ENEMY

王小枪

著

对手

上

作家出版社

第一章

从呼家楼地铁站走出来的时候，老魏下意识地停了一下，抬手挡了挡刺眼的阳光。可就是停留了这么片刻的时间，身后便传来了礼貌却极不耐烦的声音："麻烦让一下。"不等老魏完全让开，已经有数个人影从他身边匆匆经过。明明已经过了早高峰最繁忙的阶段，可这里的人却丝毫没有放慢脚步的意思。老魏仅仅是在电梯口慢了一两秒，就已经成了人流憎恶的绊脚石。

这样的节奏，让老魏既陌生又熟悉——他生活的城市没有北京这么汹涌澎湃，但他的工作却像地下的暗流，静谧、曲折、湍急，甚至凶险。不过，这些让人精神为之一紧的词，表面上绝对不能显露半分。就像他此刻的样子，其貌不扬，穿着普通，反应有点迟钝，被人在电梯口扒拉了一下，也没什么脾气，慢悠悠地出了地铁站，朝站口旁边的朝阳剧场走去。

所以，谁能想到老魏其实是厦州市国家安全局的一名干警呢？

但老魏自己却不敢掉以轻心，常年盘踞在北京地铁口的老油子们个个火眼金睛，这又不是他的地盘，还是小心为妙。

买门票的时候，常驻的杂技演出已经开始了，老魏听到演出铃响起，拿过票子紧走了两步，好像学生听到上课铃急着往教室跑一样。来到演出厅的门口，他轻轻掀起帘子，视线来回扫了两圈，仿佛在寻找自己的座位，但其实他是在搜索接头人的位置，而且已经找到了——舞台上正在表演空中飞人，观众们的脑袋都随着两个演员在半空中荡来荡去的节奏，一会儿左一会儿右地整齐转动。只有一个人，脑袋竖直着纹丝不动，好像屏幕上打了个马赛克。

"用不用这么明显啊。"老魏一边默默地想，一边找了个后排靠边的位置坐了下来。怕换地方接头找不着吗？那这小子也太小看他老魏了，自己的线人化成灰他都认识。但线人似乎有点着急，老魏屁股还没坐热，那个线人的位置已经空无一人。老魏看了一眼时间，没过点啊，不会出事了吧？他思量了几秒钟，也起身走了出去。

所幸，卫生间里的接头还算顺利。线人伴着洗手的流水声，三言两句解释了把接头地点从厦州改到了北京的原因："海那边以为自己手段高，埋了那么多的人，全让这边给抓了，还上了电视。上面很不高兴，军情局二把手的帽子都换掉。北京没台风，过来避避。"

"保重。"老魏的声音很低，大概只有线人与他擦肩而过的时候能听到。

线人的消息被老魏以最快速度带回了厦州。厦州市国家安全局第二处处长汪洋的办公桌上，摆着一部手机，这是线人之前在卫生间交给老魏的。此时里面的内容已经被整理成了书面材料，汪洋认真地翻看着：对岸军情局近期工作要点，新任负责人的履历和性格特征，部分潜伏人员代号……这些情报十分新鲜，但也在意料之内，唯有一个代号引起了汪洋的兴趣：凤凰。

正如老魏的线人所说，海峡对岸的日子现在不太好过。芝山岩的军事情报局总部，这段时间都沉浸在一股沮丧又焦灼的气氛之中。今日是新长官第一次来开会，所有参会人员都早早地到了大会议室。可不论是谁，怀着怎样的情绪和心思来到这里，进门之后都会脸色一沉，迅速低头坐到自己的位子上。

要知道，这些人都是各个情报处的处长，手下的内勤和探员少说有十几人，再加上各种线人，也是不小的队伍。平时耍起威风来，一个比一个气粗。可此时，大家都哑火了。不仅是因为面色不善的新长官早已经端坐在了大桌子的首位，更是因为在桌子的尽头，还摆着一台默不做声的电视机——电视机上正在播放中央电视台的一档时政类节目，虽然被调成了静音，但通过字幕还是很容易明白，这里面播报的是他们的情报人员被捕的内容。

果然新长官不是好惹的，这一出岂止是下马威，简直就是直接打脸。大桌子旁的处长们全都如坐针毡，可新长官硬是等到这期节目全部播完才开始讲话。自然，这种时候也没什么好话了，简单来说就是骂："这么多眼睛，这么多耳朵，底下的人都被破线了，还得靠对岸的新闻才知道，干，以后大家都不要来了，都回家种水稻吧！怎么都不说话？你们那些先基、黎明，什么晨曦，什么春风，天天说复华，人都没了，谁去复华？"

面对新长官骂骂咧咧的质问，众位处长竟然没有一个敢站出来吭一声的。倒未必是怕，只是这些官场上的老滑头心里明白得很——新官上任三把火，又是临危受命，肯定会拉一个出来祭旗嘛。这时候谁先接茬，谁还不就是那只该死的出头鸟。

新长官也不是吃素的，他一早看破了眼前的平静，直接点将："以前的事情不归我管。上面叫我今天来，我就问你们以后怎么办？干你老母，平时那么多的忠义血性者呢？刘处长？"

没被点到的几位都在心里默默吸了口凉气。要知道这位刘处长可是情报局的元老，光长官都送走了三任，轻易没人敢招惹的。不过刘处长倒是一副泰然处之的样子，他年龄不小了，瘦瘦小小的一个人看上去仿佛有些弱不禁风。一张口，语气温和缓慢，可说的话却似绵里藏针："前面的人没有了，后面的人再上去。当年怎么打，现在还怎么打。急什么嘛。"

沙包大的拳头甩空了，新长官当然不舒服，但掂量了一下刘处长的资格，又想到今后还要继续跟这帮人共事，他忍了又忍，把满肚子的怒火化成了一句无声的"干"……

海峡的两端，恩怨情仇始终都在上演。太远的先不讲，把时光暂时调到千禧年，厦州一个老码头上，几个旅客正在排队检查船票和证件。一个圆脸微胖的年轻男子把证件交给检票员，四目相对的瞬间，他下意识地想笑一笑，但表情还没挂上嘴角，便收住了。因为他已经想起了特训时，教官的话：任何多余的动作、表情甚至眼神都是危险的，因为这会让人在脑子里对你留下印象。"尤其是你啦。"教官当时还特意点到他，"你右耳后方的这颗痣，本身就是个记号，会让人忘不掉。让人忘不掉，你就离死不远了。"

教官后来委婉地劝他把这颗痣点掉，但他没有照做。因为他记得妈妈说，这颗痣是吉星，会保佑他的。尽管现在他谁的话也不大相信，但妈妈的话他一直记在心里，深信不疑。

厦州又下雨了，淅淅沥沥的并不大，但却阴冷异常。在拿回证件后，圆脸男子一边走，一边朝码头外张望着。直到一个俏丽女子的身影出现在他的视线中，那个隐藏的微笑终于被释放了出来。他加快脚步走向女子，而对方在发现他之后，甚至比他还要急切，扔掉手中的雨伞，张开双臂小跑着扑进了他的怀抱。

拥抱、凝望、亲吻，两人旁若无人地缠绵了好一阵子，才甜蜜地依偎着离开码头。雨中的一把伞仿佛撑起了一个温暖的粉红泡泡，把外面的阴冷潮湿都隔绝开来。但这个泡泡只维持到了码头不远处的一条老街道上，便随着二人低声的对话破裂消失了。

圆脸男子率先伏在女子的耳边说："叫我新竹。"

"你好，我叫花莲。"

两人的声音一个比一个冰冷，刚刚还十指紧扣的双手此时也已经分开了。这样的情景再明显不过了，他们只是假扮的情侣，实际身份都是对岸派来的间谍，而新竹和花莲也只是他们的代号。

新竹看了看和自己刻意保持着一定距离的花莲，脸上露出一丝无奈的笑容。刚离开码头没两步就这么断然地甩开手，这情侣戏码演得也未免有些假，特训的时候这样的演技在他的教官那边是合格不了的。不过，人家毕竟是初次见面的女孩子，有些不好意思也在情理之中，就先随她吧。

新竹揣测的没错，花莲确实感到有些尴尬。当初拿到见面场景剧本的时候，她还对着镜子演练过，以为自己可以轻松应付。可事情到了眼前，就和想象中不一样了。刚才亲密的一幕还回荡在她脑子里，让她感到头皮一阵阵发麻。她也知道，新竹一直在旁边默默观察她。这种气氛让她局促不安，却又无从逃离，所以她强迫自己开口问了一句："三个人。还有一个没到，他在哪儿？"

新竹没回话，只是顺着眼前这条蜿蜒的青石路向前看去。另一个人，应该马上就要出现了。果然，一辆汽车沿泥泞的路开来，停在了他们身边。一个二十多岁的瘦削男子从车上下来，和他们顺利对接了暗号。他就是花莲口中的第三个人，代号桃园。

第一步接头成功，让新竹放松了下来。"到现在我还没吃饭，你们呢？咱们这是要先去哪儿？"

新竹骨子里的开朗，让车内压抑的气氛多少消散了一些。但桃园冷峻的个性让他的每一句话都被压缩到了最短。"房子已经租好了，屋里有吃的，先回去。"

"这鬼地方也老下雨，一路上我把衣服都坐潮了。租的房子在哪儿，远不远？"新竹一边碎碎念，一边鼓捣着车上的收音机。

收音机的信号时强时弱，发出一阵烦人的刺啦声。桃园悄悄朝副驾的位置瞥了一眼，发现新竹是个左撇子。不过，他脸上没有流

李唐把门窗关好，用一瓢凉水叫醒了这个吸毒者。

"以后少吸点。这次是脚软站不住，下次你就死了。"李唐站在吸毒者身边，居高临下地看着他说。

吸毒者想起身，但挣扎了两下还是放弃了，他抹了抹脸上的水珠，虚弱地说："我这是第一次，以前从来没试过。货也不是我买的。"

"说得像真的一样。还有吗？"

"我喝多了，我也不知道什么时候来的这里，真的。"

看着对方一副死猪不怕开水烫的样子，李唐冷笑一声，冲他晃了晃在沙发上找到的那个手机："小黑哥，你手机里那些人都这么叫你，他们没告诉你，这里就是你家啊？"

李唐的话让小黑的脸色越发苍白，但他嘴里还是那句话："我没扯谎，我喝醉了，什么也不知道。"

"行啦。这些话留着以后对禁毒支队的人说吧。吸粉打针我不管。找你是别的事情。"李唐说着把那个首饰盒放在了小黑身边，"你切下来的？"

小黑瞥了一眼首饰盒，一言不发。

李唐料到了这些，继续说道："以特别残忍手段造成严重残疾，最多判你十年，值吗？"

"我切的是他的左手，不算重伤害。"小黑似乎早有防备。

"知法懂法，挺好。另一个人呢？你把他弄哪儿去了？"

"谁？"

"幺鸡——昨天晚上，你去找的不是他吗？"

面对李唐的问题，小黑再次闭上了眼睛，虚弱地喘息着。这副样子让李唐想起之前在监控录像里看到的那一幕——街口的喜雀棋牌馆里，无论幺鸡的手下小钟如何苦苦哀求，小黑都不为所动。他举刀切下了小钟的手指，鲜血喷了一脸，眼睛都没眨一下。这样的狠角色，不上点手段恐怕问不出什么结果。

当然，李唐不会干出切手这样残暴又违法的事情，他只是把小黑从地上拎起来，扒掉了他身上除了内裤之外的所有衣服，然后把他的双手反剪着铐在了铁窗棂上。窗户的高度刚好让小黑呈现半吊的状态，为了不让手铐卡得太疼，小黑努力踮起脚尖，但依旧不能阻止手铐深深地嵌进他的皮肉之内。

此刻，他再也不能无视李唐的问题，在尽量克制了一下痛苦的表情之后，艰难地回答道："小钟那儿什么也问不出来，指头都断了也不说，他确实不知道，不信你去问他。"

"当然要问，可是小钟现在也消失了，你帮我找找？"李唐继续盘问着。

长时间的反吊让小黑的脸从刚才的苍白渐渐变成了黑里透红，虽然他浑身冷得发抖，但鼻尖上却不停地滚落着汗珠。他强忍着抬头看了看，黑色墨镜不仅盖住了李唐的半张脸，更隐去了他真实的眼神。小黑咬紧牙关说："我就管切手，找人的事情还有人做。"然后他甩掉了鼻尖上的汗珠，颇为硬气地接着说："单独出警、非法拘禁、刑讯逼供，你违了三个法。幺鸡欠了我们的钱，有借条有手印，进了法院我们也有理。你为什么找他我不管，你把我放了，我就知道这么多。"

果然是混迹赌场黑道的老手，这么快就发现了李唐的破绽，那他这些把自己择得一干二净的话又有几分可信呢？李唐没有十足的把握。可要想找到幺鸡，小黑是唯一的线索。他沉吟了一会儿继续追问道："赌钱输了，就去借高利贷，是你们给他挖的坑吧？"

"我们只管借钱收利，不沾牌局。"

"哦，他让你们骗了多少钱？"

"是借。借了三百个。"小黑还在挣扎着狡辩，可声音已经越来越微弱了。

"这么多的钱，换了我也得跑呀。"李唐听了这个数字不禁感慨起来，他透过墨镜又看了看小黑，"你们还是不了解他。小钟就是给他看店的，你以为切了小钟的手指头，他就会现身吗？"

小黑的视线已经有些模糊了，他浑身颤抖，想抬起头再看看李唐，却已经没有一点力气。在失去意识的前一刻，他喃喃问道："你不是警察。你到底是什么人？"

离开小黑乌烟瘴气的小屋，李唐转进了八市尾端的一座公共厕所里。他小心地锁好隔间的门，迅速把身上的行头脱掉，全部塞进了背包里。随后，他把背包往墙角一扔，掏出手机开始在地图上搜索附近的医院。

手指横断，缝合包扎，这种精细的外科手术必须去医院，越大越专业越好，所以离棋牌馆最近的两家小诊所和一家药店都不会是小钟的目标。他要做的就是在失血过多休克之前和时间赛跑，而离棋牌馆最近的三甲医院就是厦州大学附属第一医院。

理清思路之后，李唐起身离开厕所，出门上了一辆车身泥泞的出租车。发动机点着的时候，车上印着"海峡出租"的顶灯也亮了起来。坐在驾驶座上的李唐，没有了警服和墨镜的加持，看起来就是个普通的出租车司机。

厦州大学附属第一医院由三栋楼群组成，是厦州市最大也是历史最悠久的公立医院。李唐摇下车窗玻璃，远远看了看这些颇有年代感的建筑，在川流不息的人群中找到了急诊的大牌子。

没想到的是，护士比李唐还想找到小钟。只见她指着就诊记录，向李唐问道："他是你什么人？"

"表弟。不省心，出了事也不敢和家里说。"

"哦，他昨天后半夜来的，包扎完就跑了，钱还没交。正好你来了，替他交了吧。"

"搞错了吧？我表弟这么难听的名字，也有人和他重名？"李唐有些尴尬地接过就诊记录本迅速扫了一眼，只见上面记录着一条简单的信息：钟耀光，畲族，左手外伤，外科会诊，紧急门诊手术，未办理住院手续……

"还真搞错了，畲族人，我不认识。"说完，他在护士不可思议的目光中转身离开。确实是小钟没有错，不过垫付医药费就算了。

大同路的一处出租屋是桃园、新竹和花莲的临时落脚地。在这里，他们完成了出任务前的最后准备。校准时间之后，重复地点和目标人物背景，这些规定动作在行动小组核心桃园的指挥下，有条不紊地进行着。

这次行动的目标人物，是中国人民解放军某部队高级工程师、导弹发动机技术专家黄德铭。这位专业技术少将三天前从北京飞回厦州祭祖，因为犯哮喘病进入第一医院治疗，预计一天后出院。而行动小组的任务就是二十四小时之内，把黄德铭少将从医院里带出来。

明确了这些之后，桃园向新竹看了一眼。这是行动前的最后一项准备，新竹心领神会，熟练地脱口而出："花莲，祖籍福州，受过侦察和情报的相关训练，会游泳，懂外语，不擅格斗，对牛奶过敏，这次是你十四岁离开之后第一次再回来。"

然后是花莲，她也极其熟练地说道："桃园，生于眷村，会说国闽粤沪四种语言，擅长和车辆有关的多项技能，会开海内外绝大多数车型，擅长跟踪、定位和地图能力。"

最后是桃园："新竹，有基本医学知识，懂开枪，擅长近距离搏击，有通信和问讯的专长。"

三个人复述出了彼此的背景资料，口中说的是谁，眼睛就要看向谁。单论熟练程度，三人不分伯仲。但语气和眼神之间，他们又有着些微的差别。尽管是初次见面，新竹无论何时何地都毫不掩饰对花莲的炙热。但花莲的心思似乎更多地放在了沉默寡言的桃园身上。

桃园能感觉到吗？当然能，能成为行动小组的核心，他的洞察力显然比其他两人要高，但同时他隐藏自己的能力也更高。所以，他连一个多余的眼神都没回应给花莲，只是冷冷地交代大家："我们以前从没见过。等明天事情一结束回到对岸，也许再不相见。生死有命，如果有什么意外，要是谁被捕了，我们互相只知道对方这么多。连名字和身份都是假的，谁也不会有连累别人的风险。假如有人回不来，另外的人也要马上离开，不要在这里——"

"好啦——"新竹面带微笑，语气却有些不耐烦地打断了他，"这些来之前就明白了。别说这些丧气话，来之前我拜过菩萨，会保佑咱们的。"

桃园没再说什么，他进卧室换了件颜色更深的衣服。在他进去的空当，新竹凑到花莲跟前小声说："我们见面的时候，我离你很近，你的心率好像很快。我的意思是你要不要去医院查查代谢，甲状腺功能失调有时候会让心率变快。"

花莲冷漠地看了他一眼说："来之前有人告诉我，和你见面，只有拥抱，没接吻。"

"情不自禁嘛。"新竹又笑了，"而且来之前也有人告诉我，你是我大学的同学，从初恋到现在，这么久没见面，我肯定要吻你。要不然会让人看出来的。我只是想演得更像一点。"

桃园走出卧室后指出了前往医院的两条路：一条新路，宽；另一条是旧路，窄。而他们需要分开走。

新竹往花莲身边一站，抢先说："我们俩走新路吧，医院门口见。"

桃园似乎想说些什么，但新竹话已出口，他便什么也没再说，点点头，率先走出了房门。

公交车上，花莲的头虽然靠在新竹的肩上，但她其实一直在低声警告，让对方把手从她身上拿开。新竹根本不在乎花莲的态度，只用演得更真这一条理由搪塞着。花莲无奈，开始给新竹出题，希图能分散一下他用在自己身上的注意力："刚刚过去几个红绿灯？几所学校？几个修鞋摊，和几家蛋糕店？"

"四个红绿灯，三大一小；一所小学，门口的牌子上少了一块漆，字都快看不清楚了；两个修鞋的，都在巷子的出口，有人从里面骑着车出来，证明至少可以互通，回来的时候要是有紧急情况，可以往里面跑。蛋糕店我没看见，你是在诈我。"

"有一家，不过倒闭了，门上的锁一拽就开，你要是跑不动，着急的时候可以躲进去。"

原来在这儿等着他呢，新竹摸摸自己腰上的肉，说道："你要是不喜欢，我可以减肥。"

花莲没接这个话茬，直起身子看了看表："准备下车吧，快到了。"

"这么快？厦州就不堵车吗？"新竹的语气中流露出一丝失望。

花莲不可思议地看了一眼新竹，凑到他耳边问道："你在接受训练的时候，教官一直都教你这么没有正经吗？"

新竹掏了掏耳朵："你不觉得这叫幽默呀？"

不管是喜欢还是厌恶，这是两人之间最后的轻松时刻。下车之后，花莲迅速吞食了一枚奶片，几分钟后她便出现了严重的呼吸困难。在新竹的搀扶下，他们穿过人流，熟练地挂号面诊，然后住进了呼吸科的病房。

此刻的花莲，脸色苍白，脑袋里嗡嗡直响，连走路都有些费到了病床前。药效只有十五分钟，他们必须快。

趁着门口便衣转身的瞬间，新竹和花莲推着黄德铭快速离开了病房。他们一路来到大厅，可能是因为脚步匆匆，众人自觉地给他们闪出了一条路。一辆救护车已经停在了大厅门口，虽然还没拉响警笛，但车顶上的灯已经开始闪烁。桃园坐在驾驶室里，看着同伴越来越近。救护车的后门已经提前打开了，距离任务成功只有一步之遥。

可就在这时，救护车的倒车镜里忽然晃了一下。桃园往后一看，一辆亮着灯的警车不紧不慢地开了过来，停在了救护车的侧前方。警车的后面还跟着一辆黑色轿车，几个穿着便衣、颇有官威的人先后从两辆车里走了下来。桃园心头一紧，这些人都是老警察，不仅仅是因为那辆警车，更因为他们身上透出的干练和警觉。

桃园下意识地朝大厅的方向看去，可还没看清同伴的位置，一辆警笛大作的救护车从旁边飞快地开了过来，直接停在了桃园这辆车的前面，堵住了他唯一的一条出路。车上的病人显然情况紧急，几个医护人员从大厅里冲出来，来不及往下搬运病人，就上车开始抢救。

花莲和新竹已经离大门很近了，但看到这一幕他们明显放慢了脚步。桃园和同伴们遥遥对视，同时也隐隐听到"市领导慰问黄少将……不要记者……明天就出院了……"。新竹和花莲听到了这些话吗？下一步该怎么办？桃园盯着大厅门口的这些便衣警察，呼吸越来越急促。

花莲没有听到门口的那些话，但她也不敢再朝前走了。担架床上，黄德铭的手指已经开始微微颤动，似乎随时都会睁眼醒来。而大厅深处，黄德铭的助理和之前守在病房门口的便衣警察已经从电梯里冲了出来，正在紧张地四处寻找。而外面，桃园的救护车被前后几辆车死死堵住，进不能进，退不能退。

这一刻，空气似乎都要凝固了。花莲犹豫了不到一秒钟，然后一咬牙推着担架床快步往回走去。新竹愣了一下，马上也跟了过去。桃园在外面长出了一口气，下一步该想办法尽快撤退。

几个便衣警察一路跟着助理快步走进病房，赫然发现黄德铭竟然安然无恙地躺在病床上。听见有人进来，他下意识地睁开眼睛看了看，又闭目养神似的睡着了。助理一脸愕然，还没等他解释明白，一个护士拿着一张雾化单走进来，着急地说："刚才你们哪去了？连个家属都找不着。老先生都在雾化室里睡着了。签字吧。"

桃园的那辆旧车停在医院后身的一条小路上。没多久，花莲和新竹匆匆走来。两人沉默地钻进车里，车子发动的瞬间，桃园透过后视镜对花莲投去了一个赞许的眼神。这一切当然逃不过新竹的眼睛，车内的气氛越发微妙了。

也许是沉浸在这种氛围之中，也许是还在回想刚刚失败的任务，车内的三个人谁都没有注意到在街角的不远处，有一个男人正躲在一把雨伞下，静静窥视着他们的动向。

大同路不算宽，李唐习惯把车停在街口，然后溜达回家。经过楼下的便利店，他发现墙上贴着一张寻狗启事。照片上的狗咧着嘴，仿佛要冲出纸面，对李唐狂吠两声。李唐皱了皱眉，又想起了不知所终的小钟和幺鸡。

店里传来老板的声音："酱还是两袋？"

李唐头也不回地回答："老样子。"

不一会儿，老板拿着一个塑料袋从店里走出来，里面装着一些陈有香沙茶酱。看着李唐一副狼狈的样子，老板随口问道："这是去哪儿了，一身汗？"

李唐从袋子里拿出一瓶水，拧开喝了几口说："车坏了，修了修。进了家给你手机上转钱啊，走了。"可没走出几步，他又返回来，把袋子里的一盒烟扔回柜台，"以后不要了，戒了"。

"什么时候？"

"今天。"

"哇，抽了快二十年的烟，说戒就戒，真狠哪。"

李唐随口吐掉了嘴里的一块糖，自嘲地说："狠什么，屄！都是老婆逼的。"

李唐走进家门的时候，看见一个戴眼镜的男生正在背诵古文："寡人，寡人无疾……扁鹊……寡人……"

男生眉头微皱，一脸困惑又胆怯的表情。他努力地想要继续背诵，可坐在对面的老师已经不耐烦地打断了他："先停一停。背诵记忆这个事是这样，光靠死记硬背只能事倍功半。要是有技巧，就能省心省力。"

男生听得似懂非懂，李唐在一旁看着都觉得难受。他了解妻子丁美兮，虽然无法评判她作为一名中学语文老师的专业水平，但就凭她的性格，被她盯着做事，那滋味通常都不大好受。

丁美兮把一篇古文分析得头头是道，但包括刚刚那个戴眼镜的在内，屋里几个来补课的学生，情绪似乎都不太高。古文是难点，每次讲到这部分，气氛总会显得格外紧张。李唐不喜欢这种感觉，尤其是今天，他脑子里装的事情太多了，实在想安静一会儿。平时，丁美兮不允许他在上课期间插话，但李唐今天忍不住了，打断了丁美兮说："有个事，你来一下。"

"你先去做饭吧，晚上我弟弟也要来，完了你先吃，别误你上夜班。"丁美兮迅速发号施令，仿佛每一句话都不容置疑。

"有事，今天不去了，我……"李唐再次想说点什么，可丁美兮已经重新投入到了授课的语境之中，头都不回地对学生们说："咱们重来，扁鹊见蔡桓公，一共四次，第一次……"

李唐被生生晾在一边，愣了一会儿，无奈地提着塑料袋走进了厨房。

客厅里的补习终于结束了，除了那个戴眼镜的男生，其他人都被家长接走了。丁美兮望向窗外，已经到了晚饭的时间，窗外飘来一阵熟悉的味道。蛤蜊豆腐汤，来厦州吃的第一顿饭就是蛤蜊豆腐汤，那时也是三个人。十几年前的一幕在脑子里一闪而过，丁美兮觉得心里别扭了一下。她清了清嗓子，喝了口水，好像要把这点别扭冲走似的。这个方法屡试不爽，而且不会引起别人的注意，大家都会把这当成教师的职业病——咽炎。

但其实这是一个心理暗示法，每当有干扰项出现在脑子里，就用一个特定的动作构筑具象画面将其清除，这样有助于保持注意力的高度集中。丁美兮至今还记得第一次学到这个方法时的场景，那天练习的时候，她喝水的杯子上画着一支淡绿色的柳枝。

啪——书本掉落在地上的声音打断了马上要徜徉的思绪。丁美兮回头一看，戴眼镜的男生还在慢吞吞地收拾书包，见老师回头，他不由自主地激灵了一下。丁美兮看出了学生的紧张，忽然有点心疼。她难得笑了笑，走到书桌旁，手脚麻利地帮学生收拾起来。

"怎么还让老师给收拾书包，自己收！不好意思啊丁老师，堵车，来晚了。"

一个男人的声音传来，乍一听好像带点北方口音，但整句话说完仿佛又都是海蛎子味。他叫火传鲁，是男生的父亲，也是丁美兮刚刚那股别扭的根源。好在刚才已经喝水冲走了，丁美兮热情利落地边笑边说："天天这样，街坊口的人都叫它血栓路，三年两年是通不了了。对了，期末摸底，小火说他比上次多考了二十四分。小三十分啊，别的科再往上拉一拉，就摸得着重点高中的门槛了。"

火传鲁摸了摸儿子的头，但眼睛却没离开过丁美兮："他脑袋慢，丁老师多费心了。"

丁美兮笑着把父子俩送到门口，火传鲁似乎犹豫了一下，从口袋里掏出一个信封："差点忘了，这月的补课费。"

这时候拿出这个，丁美兮能不接吗？她看了一眼火传鲁，接过信封，目送着父子二人离开。之后，她快速打开信封看了看，里面没有钱，只有一张酒店的房卡。丁美兮下意识地清了清嗓子，可还没等她回身去拿水杯，一个面容清秀但神情却有些冷峻的长发少女与火传鲁擦肩而过，径直走进了丁美兮家的大门。她的出现就像一颗导弹，直接击中了丁美兮，这种量级的冲击力，怕是喝一壶水也缓不过来了。

少女名叫李小满，是丁美兮与李唐的女儿。她就在母亲丁美兮所在的厦州六中上学，今年已经高三了。不过和丁美兮的学霸期待不同，李小满的志向似乎在艺术方面。今天她比平时回来得稍微晚一些，就是因为刚刚参加了校园文化艺术节的话剧汇演，她扮演的是《雷雨》中的繁漪。

因为卸妆刚刚洗过脸，李小满的皮肤越发显得洁白透亮。她进门放下书包，看都没看母亲一眼，便拿着一把梳子走到镜子跟前，自顾自地梳理乌黑的长发。在她修长的脖颈上，挂着一个金凤凰吊坠。这里的人讲究长命，这是父母在满月的时候为她戴上的。

父母真的希望她长命吗？眼下的李小满可不这么认为。尤其是母亲丁美兮，一张嘴像机关枪似的，分分钟要置她于死地。她不明白母亲的脑子里是怎么想的，比如现在，她只是站在镜子跟前把散乱的头发梳成辫子，可在母亲看来，这样的行为仿佛就是罪大恶极。

"你以为我愿意管你？摸底考试是什么意思你告诉我，现在去厨房备多少料，高考的时候就能吃多少饭，这道理连你们班门口那只流浪猫都懂，你不懂？摸底考试就考这么点分数，你拿什么和全厦州一万七千个考生去竞争？"丁美兮的话又快又密，把一直躲在屋里研究厦州地图的李唐都吵出来了。李小满扫了父亲一眼，那种想插话又根本插不进来的无奈，让她有点想笑。但她忍住了，这时候要是笑了，母亲还不得疯了。

其实李小满的一言不发已经足够让丁美兮气急败坏了。她看看无动于衷的女儿，又看看一旁的丈夫，丧气地说道："废了！癞皮狗也没你这么没羞没臊。别考大学了，以后上街要饭去吧。"

李小满的辫子快编完了，不知是不是故意气人，她看着镜子里的自己，嘟囔了一句："要就要，又不是不会。"

丁美兮的怒火彻底被点燃了，她扭过女儿的肩膀，质问道："李小满你看着我，再说一遍。要不要我给你现在就去端个要饭的碗？说话呀，和那些男生眉来眼去时候的你哪去了？"

"我和谁眉来眼去了？"

"学习没你的份，别的事情你干的还少吗？梳洗打扮，描眉画眼，你自己不知道你每天在干什么吗？"

"我就是烦你天天找人盯着我！有什么事不能正大光明的，你以为那些老师把你当同事当好朋友，她们背地里说什么你不知道啊？"

"李小满你在和谁说话！自己鞋上都是泥，你怨什么别人？你要是块省心的料，我用把你费尽心思转到我这个学校来？"

一顿你来我往的交锋，最终以李小满冲进卧室把门紧紧关上才算告一段落。丁美兮似乎还没解气，可当她想跟进去的时候，被一旁的李唐拉住了。她毫不客气地甩开丈夫的手吼了一句："干什么？"

"幺鸡失踪了。"

李唐的声音极其微小，却让丁美兮一下愣住了。

李唐的卧室不仅关着门，连窗户也紧紧关着。一台老式收音机里播放着海峡新闻，大概内容是有关两岸关系的讲话。

但这些内容不过是声音背景，李唐和丁美兮谁也没有注意听。丁美兮的脸上早已经没有了中年母亲的焦躁，听完幺鸡的事情，她低声问李唐："三百万高利贷，他什么时候把钱数赌到了这么大？"

李唐没有马上回答，低头仔细地穿着鞋带，在末端紧紧地系了个死扣，这才回答说："真的假的还不知道，这得问他。"

"要是能找到他的话。"丁美兮的语气中流露出一丝不安。

"找不着也得找。看不见人，也得看见他的尸首。"

"三天内找不到，就要报失，然后家里就会派新的联络人来。"丁美兮说着茫然地看了看李唐，"以后会好吗？"

"一朝皇帝一朝臣，姓蔡的不会给我们好果子吃。饿了渴了，都得靠自己了。"

李唐的话跟丁美兮心里想的差不多，只是她不想明白地说出来罢了，仿佛这样还有点盼头似的。可看着丈夫日渐佝偻的背影，她想不灰心也有点难。李唐就要出门了，和十几年来每次出门的时候没什么不同。丁美兮也一如往常地走过去，帮他穿上外套。

可今天又似乎和往常不太一样，也许是因为跟女儿吵了一架，也许是因为收到了火传鲁的房卡，丁美兮说不清楚此刻心里的感觉，她想咳嗽一下把情绪控制住，但张开嘴却变成了一段话："刚来厦州的时候，我比小满大不了多少。谁也不知道我们会待这么久。你说，咱们还回得去吗？"

李唐觉察到了丁美兮的疑虑，作为丈夫他本应该报以温柔的安慰。可他们的关系首先是工作搭档，其次才是夫妻，所以他说出一些不太伤人的大实话："间谍就像风筝，线头在海的那一边，回不回得去，由揪线的人说了算。"

丁美兮觉得这话说了等于没说，作为潜伏在这里十几年的间谍，这点道理她能不明白吗？她只是想得到一点来自丈夫的抚慰。果然，假夫妻就是假夫妻，哪怕同床共枕十几年，孩子都快成人了，在对方眼里彼此也不过是同僚。但李唐冰冷的态度也有好处，丁美兮水都没喝，就把自己从混乱迷茫的情绪中拔了出来。当务之急，就是要先找到幺鸡的下落。

此时，李唐似乎想到了什么，突然问道："你说，幺鸡会不会已经回去了？"

丁美兮冷静地摇摇头："不像，我看更像出了事。"

"为什么这么说？"

"直觉吧。女人都有的直觉。"

直觉二字像个万能定律，让李唐无从反驳。他沉吟了片刻，又说道："要是我明天午饭还回不来，有人问起，就说我拉了个黑活，去外地了。"

丁美兮点点头，问道："你确定给幺鸡看店的那个人会坐船吗？"

"他是畲族人，以前我听他的口音，原籍应该在浙江的景宁，那是畲族自治县。出了这种事，老板跑了，自己的手指头也被切了一半，肯定得跑。他这样的人在别的地方无亲无故，只能先回老家。"

"万一猜错呢？"

"我们就是靠着万一才活到现在的——最快的路是去温州的动车，然后坐大巴再到景宁。但他不敢去火车站，只能走另一条路，集美汽车站。旁边就是开黑车的，为了省钱，司机不走高速，挑的全是国道，因为手续不全，有时候还会穿村子绕路，不登记身份证，也会避开警察和要债的。我如果是小钟，就去那儿坐。"李唐说着看看手表，"每天一趟，要走就是今晚了。"

看着李唐将那把短小而坚硬的野外手电筒别在腰间，丁美兮最后嘱咐了一句："我手机一直开着。"

李唐头也不回地说了句"知道"，可刚想出门又突然回头问道："你弟弟不是说要来吗？还没到？"

丁晓禾从沙坡尾 Destination 酒吧里走出来，朝四下张望了一番。除了几个妆容精致的年轻男子，没见到一个女人的身影。丁晓禾微微松了口气，和经常出入同志酒吧的人相比，他的打扮只能用粗糙才能形容。奈何长得干净挺拔，尽管只是进去转了一圈，他还是吸引了一些热辣的目光。这让丁晓禾有些尴尬，现在甩掉了尾巴，他终于可以放心地去姐姐家了。

饭桌上已经摆满了弟弟爱吃的菜，丁美兮又端出了一盆热腾腾的米饭。丁晓禾见状赶紧起身把饭接过来，然后拿起勺子一边盛饭一边问道："我姐夫呢？又拉夜班去了？"

"嗯，开出租就是熬时间，不去吃什么。半辈子了又不会干个别的，他要是像你一样，也不用受这日夜颠倒的罪。"

听着姐姐一如既往的抱怨，丁晓禾劝慰着说："不用上班也自由，各有各的好。"

丁美兮苦笑了一下，没再说什么。此时，李小满戴着耳机坐到了饭桌旁。丁美兮看着女儿这副样子心里就冒火，碍于弟弟在此，她用尽可能冷静的口气说："吃饭的时候，把你耳朵里的东西揪出来。"

可李小满仿佛沉浸在另一个世界里，根本听不到妈妈的话。丁晓禾见姐姐脸色难看，赶紧碰了碰外甥女的胳膊，冲她使了个眼色。李小满扫了妈妈一眼，把耳机摘下来，头也不抬地开始扒拉饭粒。她戴着耳机就是不想听妈妈唠叨，可现在看来，这场唠叨又不可避免了。

果然，丁美兮机关枪一般的声音再次回荡在饭桌上："看看你舅舅。高考全年级第四，语文单科状元。本科第一研究生第一，公务员统考笔试还是第一，人家什么都是第一。上班这碗饭想怎么吃怎么吃。我在说话，你听见没有？"

丁美兮越说越气，李小满越听越不耐烦。眼见场面即将失控，丁晓禾赶紧夹了一筷子鱼肉，放到李小满的碗里，打岔说："小满吃鱼，我就爱吃你妈妈做的鱼，凉了就该腥了。"

丁美兮的目光终于从女儿的身上移开了。她关切地问丁晓禾："你公务员报的什么专业来着？"可没等弟弟回答，手机突然响了。丁美兮接起电话："是我，哪位？理财到期了？哪一笔？不对不对，怎么会是今天到，我记得是下个月呀。你等等，我去查查——"

见母亲进了里屋，李小满赶紧凑到丁晓禾跟前，小声说："舅，一会儿帮个忙。"

"这次帮你圆什么谎？"这种忙，丁晓禾已经帮了外甥女不知道多少次了。

李小满放下碗筷嘿嘿一笑，一边轻手轻脚地拿书包摘衣服，一边接着小声说："小谎不算谎。等我妈出来，就说楼下老张家的二东姐叫我去图书馆了。关路灯前就回来。"

"你妈不会去她家问吗？"

"嘘——"李小满把手指竖到嘴边，"我俩互相圆，她出门也有事儿。"

"你去哪你先告诉我，万一你妈真要找你——"话没问完，李小满就跑出去了。丁晓禾无奈地摇摇头，一转身看见姐姐正靠在卧室门旁。

"又是楼下的二东吧？"丁美兮看着饭桌旁空荡荡的椅子，问了一个不需要回答的问题。

月光下的海面，波光粼粼。在一处偏僻的海岸边，一排高高的木头房子伫立在海浪之中。从陆地进这些房子需要踩着木头做的台阶，木阶下面皆是悬空，其间长满了高高的水草。每个木门里都有灯光从缝隙透出来，两个皮肤黝黑的年轻人守在其中一间下面，百无聊赖地踢着一颗脏兮兮的足球。

突然，上面的门开了，黑暗中一个人影从半空中闪过，啪的一声，摔进了海里。没有人关心他的死活，两个年轻人更是熟视无睹，仿佛早已见惯了这种场面。

确实，在这座海边的地下赌场里，每天都有人被扔进海里。自己把命扔在牌桌上，也就别指望世上还有人惦记了。

这会儿已经是半夜了，海上一片寂静，赌场里却正是热火朝天。在一间肮脏油腻的房间里，有个人正站在简易炉灶旁，翻炒米粉。这人熟练地颠着炒勺，一件外衣系在腰间，权当是围裙。身材中等，体格倒还算结实，如果不是肩膀上露出一截胸罩带子，恐怕很难看出她是个女的。

转眼间，一锅米粉已经炒熟了。女人把它全部扣进一个脸盆里，然后吐掉嘴里的槟榔渣，端起一盆米粉挑开帘子走进赌场的大厅。

说是大厅，其实也不算很大，总共七八张台子，大小不一。不过这也足够让一批赌徒神魂颠倒了，烟雾缭绕之间，经常会闪现出精致的西装和限量款的名表。女人的眼里仿佛没有这些，她把大盆往一张空桌上一放，拿起饭勺在盆边咣当一敲。这就是个信号，告诉这里所有人，可以吃饭了。

女人似乎挺有排面，往桌子旁边一站，不管什么打扮的人，只要过来吃粉，都要客客气气地叫一声九哥。女人不怎么吭声，她自己在盆里盛了一碗，插上一双筷子，往赌场里面走去。

一个山西口音的胖子显然是第一次吃这里的炒粉，看着女人从他身边经过，他小声向旁边的人问道："这个九哥，是这儿的老板？"

旁边的人头也不抬地吸溜了一口米粉，不屑地说："老板？就快输得脱裤子了。没钱还天天过来蹭，换了你也得炒个粉吧。"

这话九哥听得一清二楚，但她不在乎。这会儿她最要紧的事儿是把手里的这碗炒米粉端到一位老板跟前。一张赌桌上，没有一个筹码，人民币、港币还有美元，一摞摞的都是现金。哪个赌徒看见这种刺激的场面还能走得动路，九哥反正是走不动了。

桌上玩的是诈金花，鏖战了半宿，此时还在台子上拼杀的只剩下两个人了。一个口音明显的北京人把几摞捆好的钞票放到中间："睁眼的怕闭眼的，还是暗牌痛快。再来点儿。"另一个玩家没说话，他只看着台子，对方出多少，他就跟多少。

九哥看着牌局，对旁边的人说："你以为自己的牌够烂，也许别人还不如你。你以为你的好，没准别人的更好。牌好不好不要紧，得命好。"没人搭理她，所有人的注意力都在台子上。

北京人慢慢捻开牌，一度想再加码。他手搭在所剩无几的钱堆上，死死盯着对方，终于还是屄了。牌面一亮，沉默的对家把桌上的钱都划到了自己跟前。北京人有点扫兴，他抬头一望，正好看见对面的九哥，马上招呼她说："那谁，哪儿来的炒粉儿？来一碗。"

桌上开始重新洗牌发牌，乱哄哄的人群里，段迎九绕到北京人背后，把自己手里的炒粉递过去，殷勤地说："五百块。今天不多借，赢了就还你。"

"输了呢？"北京人看都不看地问道。他接过炒粉，吃了两口说："九哥，别嫌我不讲究，放贷的人都不肯借你，都是怕你把手指头给剁了。"

九哥嗦了嗦腮帮子，脸上的神情说不出是尴尬还是不屑。

一大盆蛤蜊豆腐汤摆在桌子中间，旁边还有一盘海蛎煎。桃园、新竹和花莲，每人端着一碗饭，或快或慢地往嘴里扒拉着。

胖乎乎的新竹吃得最快，不一会儿碗就见底了。他一边起身盛饭，一边说："静脉全麻会影响脑子的短期记忆，越近的越有偏差。给他输的液体和小壶加药的步骤，医嘱上都有，全都对得上。就算他在病房里说他没见过花莲，再醒过来，也想不起是谁给他扎的针。"

与新竹正相反，花莲吃饭慢得像在数米粒。听完新竹的话，她接着说道："我看过他的病历，黄德铭睡眠一直不好，断断续续，还经常熬夜，医生给他加了安眠药，他不会怀疑自己的昏睡有问题。"

"这都是我们的推断。万一他有怀疑，怎么办？"桃园听完二人的分析，在一旁反问道。

"好办。"新竹快速往嘴里扒拉了两口饭说，"吃完去医院再看看，要是警察有动作，看得出来。"

"警察不一定。动作，别人倒是有。"花莲在一旁若有所思地说，"我第一次看完病历，把纸的页尾轻轻地粘上了。出院之前我又去看，已经被人撕了浅浅的一层。我问过护士，那本病历没人动过。也就是说，还有人偷偷去翻过它。"

"你的意思是，除了我们，还有人盯着黄德铭？"桃园问道。

新竹对这个说法有些不以为然："万一是医生呢？病历又不是什么绝密资料，人人都能去看。"

花莲低头看着碗里，片刻后说道："直觉。我一直相信自己的直觉。"

这样的理由更让新竹无法接受，可桃园却对这个论断表示同意，还说女人的第六感有时候很准确。

新竹快速扫了一眼身边的两个同伴，半开玩笑地说："那是因为说话的人不一样。这个要是我的直觉，你还同意吗？"

"谨慎点没什么坏处，还是小心点吧。"桃园的话似乎没什么特指，但花莲的心里还是掀起一阵涟漪。

出租屋里，桃园趴在桌子上望向窗外。花莲走到房间的门口，犹豫了一下问道："能进来吗?"

桃园赶紧起身，有些局促地说："来，随便坐。"

花莲慢慢走进来，看见桌上摊开地放着一本诗集。花莲拿起来看了看，问道："'我爱你，与你无关。'你也喜欢歌德?"

桃园沉吟了一下回答："都说这是歌德写的，其实作者是一个德国的女诗人，Kathinka Zitz。当然，我也喜欢歌德。"

"我也是!"聊到歌德，花莲的语气和神情都有些雀跃起来，"总有天才在我们中间。歌德就是。他这样的人太少了。"

"少点好。都像他一样，像我这样的人还怎么活啊?"

见桃园脸上露出一丝难得的微笑，花莲有些出神地看着他说："我以为你从来不会这么说话。"

"怕说不好，就不敢说。"

"对所有人?"

"也不是，对在意的人。"

花莲发现桃园的眼神不再躲闪，她心中闪过一道光，借着这一瞬光亮，她看着桃园问道："你写诗吗?"

"写得不好。"

"肯定好。有时间的话，能送我一首吗?"

"要是我们明天能回去，一定写给你。"

"一定能回去。"

回去，这个话题让桃园有些恍惚，他想说点什么，但话到嘴边还是咽了回去。花莲也意识到了这句话在此时此刻的敏感度，见桃园沉默，她先开口说："我想去楼下转转。"

"外面在下雨。"桃园看了看窗外说。

"我喜欢下雨。"

"那我陪你去。"

桃园毫不犹豫地朝外走去，可当他走到花莲的身边时，脚步不由得停住了。自始至终，花莲的眼神没有从桃园身上离开过。现在桃园走到了她的身边，即便他想躲开，二人炙热的目光已经在交汇的时候擦枪走火。

外面的雨越下越大，半空中亮起一道粉紫色的闪电。片刻后伴随着一声闷雷，大门开了。新竹甩了甩雨伞上的水，看着刚刚分开站的桃园和花莲，问道："雨这么大，去哪儿啊？"见二人都没回话，新竹晃了晃手里的几罐啤酒，"这是厦州，不是家里，算啦。要是觉得闷，来喝点酒"。

"你们喝吧，我先睡了。"花莲面无表情地转身回了卧室。新竹看着她关门的背影，走上去向桃园问道："你觉得我和她怎么样？"

"什么啊？"

"装傻。我和她，配不配？"

桃园一时不知该怎么回答。看着他沉默的样子，新竹笑了起来："你也太老实了吧，连句敷衍话都不会说。喝酒吧。来呀，放松点，越是紧张的时候越要放松。"

桃园接过一罐啤酒，喝了两口，认真地对新竹说："我觉得，你和她的性格差异有些大，你说呢？"

新竹根本来不及回答，噗的一下把满嘴的啤酒都喷了出来，随后前仰后合地哈哈大笑起来。

深夜的长途汽车站外，人并不多。李唐躲在站前广场旁边的小巷口，仔细审视着从附近经过的每一个人。天气湿冷，李唐把衣领竖起来裹紧。可一直等到广场上空空如也，小钟也没有现身。

李唐看了看腕表，后半夜恐怕连黑车也要收了，难道自己猜错了？正在他犹豫着想要放弃的时候，广场另一端突然有个人影出现。那人戴着帽子，脚步有些不稳。李唐看不真切，想凑近点，又怕对方发现。这时空中一道闪电，暗夜骤然明亮了几秒钟。那人下意识地抬头看了看天，却没发现李唐已经悄悄向他靠近。

这人正是被切断了手指的小钟，因为受伤，左手还露在袖管外面。此刻他已是惊弓之鸟，一个闪电已经让他心惊胆战，所以当他发现有人朝他走来的时候，他甚至都没来得及辨别是谁，就转身飞跑起来。

湿滑的雨夜，小钟和李唐都在拼尽全力奔跑。你追我赶，从广场一直跑到了附近的桥洞。雨越下越大，小钟被淋得睁不开眼睛。他想扑进桥洞里，至少不用挨淋，却没留神脚下的一块石头。加上疼痛的左手难以平衡，小钟啪的一下摔倒在地。待他狼狈地从泥水里挣扎出来的时候，李唐已经站在了他的面前。

小钟靠在桥洞的墙壁上，已经退无可退。李唐蹲在他身边，拉过他的左手看了看，包扎的纱布上已经血迹斑斑。

"幺鸡在哪儿?"李唐问道。小钟呼哧呼哧地喘着粗气，沉默不语。李唐叹了口气追问道："伤的是你的手，怎么连话都不会说了?"

小钟依旧不说话。又一道闪电在空中划过，李唐觉得眼前一晃，只见小钟突然摸出一把刀子，猝不及防地捅进了他的肚子……

第二章

小钟的刀子明晃晃地扎在李唐的肚子上，李唐低头看了一眼，不顾一切地扑倒在小钟身上。在桥洞越积越深的泥水里，两个人搏命般地拧在一起。闪电划过，映照出彼此最狰狞的表情。此时，李唐感觉体力即将耗尽。在闪电亮起的瞬间，他瞅准机会，突然飞起一脚，从侧面踹向了小钟的膝盖。咔嚓，这个人体组织里的薄弱环节断裂了。

小钟彻底站不住了，他像一摊烂泥似的贴在桥洞的墙壁上，龇牙咧嘴地喘着粗气。李唐也是勉强站起身来，他觉得嘴里黏糊糊的好像有什么东西，朝地上吐了口血唾沫，发现里面混着半颗牙。也不知道掉的哪一颗，别破相了，否则都是麻烦。他一边在心里默默叨念，一边慢慢拔出了插在肚子上的刀。刀尖上挂着血丝，李唐试着喘了口大气，有点疼。

"要不是多穿了一件，今天就让你捅死了。"李唐用刀尖指着小钟说道。贴身的防刺衣都被扎穿了，这得是多大的劲儿，小钟确实是在拼命。

黑暗中，小钟的目光不知望向何方，只听到他用颤抖的声音呻吟着说："钱是幺鸡欠的，和我没关系，我只想回家。"

李唐轻叹了一口气，上前一步拽起小钟没受伤的那只手，用膝盖死死压在地上，然后抄起刚从自己肚子上拔下来的那把匕首，用刀刃对准了大拇指："三百万，幺鸡把自己卖了也还不起。他跑了，把你留下当沙袋。到现在还护着他，你傻吗？"

此时的小钟连挣扎的劲儿也没了，软塌塌地任由李唐摆布。面对匕首，他也只是颓丧地说："我不知道他在哪儿，你杀了我吧。"

李唐毫不犹豫地一剁，小钟绝望地闭上了眼睛——刀子并没有割在手上，而是扎到了旁边的地上。小钟难以置信地看着李唐用衣服擦了擦刀柄，然后把刀子扔到他跟前："回了家，就别再来了。一路顺风。"

海港英迪格酒店距离李唐家只有三站地，从破旧的居民楼到豪华的五星酒店，只需要十分钟。丁美兮打着伞站在酒店对面的路口，和白天不同，此时她化着精致的妆容，身上穿着一条黑色裹身连衣裙，虽然不暴露，但却把她的身材修饰得玲珑毕现。此刻，她从随身的挎包里掏出口气清新剂朝嘴里喷了两下。出门的时候，她已经喷过了，但这几天口腔溃疡复发了，她怕口气重，所以把清新剂随身带了出来。

做好一切准备后，她把手伸进了挎包的夹层，摸到了手机、房卡和安全套。没有任何遗漏，丁美兮挺了挺胸，朝酒店走去。

2106房间在走廊的尽头，丁美兮刷卡进去，房间里一片昏暗。她正想往里走，忽然一双手从背后伸出，猛然将她拦腰抱住。伴随着粗暴的动作，还有喷射到她耳边的燥热呼吸与浓烈的酒气。丁美兮被这双手裹挟着，踉跄地摔到床上，这时她才看清火传鲁的脸，在酒精与荷尔蒙的共同作用下，涨得有些变形。

"你喝酒了？"丁美兮问道。但火传鲁哪里还有心思回答问题，他像一头困顿的野兽忽然发现了猎物，不顾一切地扑上去，在丁美兮的身上乱拱一气。丁美兮一阵恶心，她奋力推开火传鲁，并在他

"蚊子也是肉，我不嫌少。"阿宝接过爸爸的钱包，笑呵呵地跑了出去。陈华看着儿子的背影，待到房门一关，脸色立刻沉了下来。他看了一眼还在埋头喝汤的段迎九，顿了顿说道："离吧。我仔细想过，这样对你，对我，对阿宝，都好。你想想看，咱们现在和离婚之间，就差了一张纸。除了天天吵架，没区别。"

陈华的语气早已经没有了愤怒和怨恨，已经到了这个地步，他觉得自己已经平静地接受了婚姻破裂的事实。虽说一日夫妻百日恩，但他和这个女人真真是到了恩断义绝的程度，所以他也不想提她的种种缺点，就想尽快办手续，尽快把这件事完全放下。

然而最让陈华不能接受的一幕还是发生了——皮球踢过来，段迎九连接都不接，她好像根本没听见陈华说的话，脸上的表情没有任何变化。直到儿子结账回来，她还在锅里做着最后的打捞："都吃干净了，别浪费。"

当着儿子的面，陈华终于还是忍住没有发作。他什么都没说，装好手机、钱包，领着儿子朝外面走去。段迎九见状微微松了口气，仿佛又过了一关似的，然后她赶紧擦擦嘴，跟着走出了房间。

时间还不算晚，饭店的大厅里依旧人声鼎沸。段迎九从走廊里出来，习惯性地四下扫了一圈。之后，她略微放慢了脚步。丈夫和儿子在前面越走越远，似乎也没想等她。段迎九犹豫了一下，一转身朝卫生间的方向走去。

男卫生间里，一个矮个男人刚在小便池旁边站定，突然感觉肩膀被人搭上了。他不由自主地一激灵，还未等他扭头细看，一个熟悉的声音传来："找你都快一个月了。偏偏今天遇着了。你说巧不巧？"

男人扭头看了一眼身边的段迎九，微微松了口气，喊了一声九哥，然后便毫无顾忌地开始撒尿。

段迎九也不在乎，寸步不离地堵在男人身边说："出老千要遭雷劈呀。你骗那几个傻子我不管，可我的钱来得不容易，你不能连窝边草也啃啊。"

"抓贼拿赃，都要证据。牌桌上的事情，得在牌桌上说吧？"男人的语气有恃无恐。

段迎九自然也有后手："我有证人。三个以上，有名有姓。这么多人一起说，你要是开场子的，你管不管？偷牌耍弊，是要剁手的。"

男人瞥了一眼段迎九，堵着小便池半步不挪，摆出一副死猪不怕开水烫的架势："我现在没钱。能找出来，都是你的。"

段迎九冷笑一声："知道你没钱。以前开宝马，现在吃饭连瓶啤酒都不敢叫。没钱还，也行。帮我找几个身份证。别装不明白。我知道你和那些人有来往。我不要假的，要真的。提上你的裤子——深圳三和那么多混吃等死的混子，你能拿他们的身份证办信用卡，我也能。"

"银行骗贷现在抓得严，你不怕？"男人一边提裤一边望了望门口。刚刚有两个男的都走到门口了，看了看段迎九的背影，愣是没敢进来。想甩掉九哥，不容易。好在她提的条件也不算太苛刻：三个证，两男一女，越开越好。身份证到手，人账两清。

男人犹豫了片刻，终于还是拿出手机，拨通了一个号码。

进家门之前，李唐掏出一小瓶杂牌的高粱酒，喝了两口，又往脖领子上倒了一点。小舅子今天住在家里，这点酒可以避开一段不必要的寒暄。果然，一进门丁晓禾就主动起身跟他打招呼。李唐摆摆手，说了句"头疼，先睡了"，然后便直接进了卧室。

丁美兮没在屋里，李唐侧耳听了听，卫生间里稀里哗啦的水声，应该在洗澡吧。他没多想，精疲力竭地栽倒在床上，腹部的伤口还隐隐作痛。应该处理一下伤口，可他实在懒得动，心想等丁美兮回屋来再说吧。

深夜的卧室，只亮着一盏小灯。李唐望着自己映在墙上的影子，又想起刚才在路上与他擦肩而过的那个戴帽子的人。当时的路灯也跟这盏小灯一样昏黄，而他们相遇的地方又恰恰是阴影的部分，所以他反应慢了一点。再想回头看看，那人已经消失了。会是他吗？不会吧？李唐在心里纠结着。

　　此时，伤口的隐痛再次袭来。怎么还没洗完？李唐有些不耐烦地想。忽然，一个念头在他脑子里划过，他犹豫了一下，捂着肚子起身走到柜子前面，轻轻拉开抽屉。抽屉的最里面放着一盒安全套，李唐拿出来数了数，比前几天他拿的时候少了一个。他朝卫生间的方向望了一眼，又把安全套照着原样放了回去。然后他打开下面的另一个抽屉，拿出了药箱——丁美兮还不定洗到什么时候，看来他得自己处理伤口了。

　　每次去酒店出完任务，丁美兮都要洗很长时间的澡。对于女间谍来说，出卖色相身体，本是稀松平常的事情，可丁美兮似乎始终没有完全适应。刚开始，李唐还试图安慰她，但后来他发现，这样的安慰只会让事情变得更加尴尬。毕竟，他们要像真正的夫妻一样共同生活，而作为丈夫他又如何能说出让妻子看淡这些事的话呢？后来他干脆就什么也不说了，一切都会过去，过去也就没事了。

　　正当李唐脱了上衣查看伤口的时候，丁美兮洗完澡回来了。一见李唐的样子，她赶紧关上门，拧开收音机，然后走上前去，示意李唐躺下。棉球、碘伏、纱布，丁美兮熟练地操作着。李唐看着她湿漉漉的头发，忽然想伸手摸一摸，但最终还是放弃了。伤口一阵疼，他忍不住吸了口气。之后，他望着跟前的小灯，对丁美兮说起了刚刚在路灯影里与他擦肩而过的那个人。

　　丁美兮一边仔细处理伤口，一边听着李唐的描述，但她并不支持李唐的结论："不可能。没头发的，有疤的，搞摇滚的，都会戴帽子。找不着幺鸡，你是太紧张了。"

"这几天多留点神，希望是我眼花了。"李唐说着叹了口气，"那个小钟，两只手快废了都不肯说，他确实是不知道。"

丁美兮把用过的纱布小心地埋在垃圾桶里，也忍不住叹了口气："那怎么办？这么大个地方，该到哪去找幺鸡？"

李唐不知道该怎么回答这个问题。小灯微弱的光映照在丁美兮身上，在对面的墙壁投射出巨大的阴影。阴影的曲线很美，但丁美兮只有一身焦虑和疲惫。李唐又想伸手摸摸她的背，但最后又停住了，只是答非所问地说了一句："你晚上出去了？"

丁美兮下意识地清了清嗓子，刚想说点什么，忽然听见门外传来声响——是丁晓禾起夜上厕所。两人默契地沉默下来，轻手轻脚地收拾完毕，关灯上床。

许是执行任务太疲累了，两个人都很快都睡着了。李唐睡得轻，不管多累他的睡眠总是处于一种半梦半醒的状态。自从当年在特训班因为睡得太死被教官打醒了之后，除非用药，他这二十年来再也没有踏踏实实地睡过觉。此时，他感觉自己好像游走在一条黑暗的船上，脚下湿滑崎岖，身后还有人在追逐。而追逐他的人似乎比他还急，在离他不远的地方，呼吸越来越急促。

李唐听着这呼吸声，停住脚步，慢慢睁开了眼睛。床在微微摇动，丁美兮在身边挣扎——她又梦魇了。李唐打开台灯，轻轻呼唤着丁美兮的名字。过了一会儿，丁美兮猛然睁开眼睛，一下从床上坐了起来，见对面有人，下意识地往后缩了缩身子。直到看清面前的是李唐，她才渐渐放松，缓缓地靠在他肩膀上，疲惫地问了一句："我没说梦话吧？"

"说了。"李唐搂着她的肩膀，小声说，"这月的补课费没收齐，你不踏实。"

丁美兮松了口气，这不是犯纪律的梦话，却是最折磨她的难题。什么都得要钱，尤其是女儿。她不禁对作为丈夫的李唐抱怨着说："不这么拼命攒，你以为李小满能考上大学？真要去国外念书，就算军情局的钱下来，也就是刚够。"

李唐当然明白这些，丁美兮心气高，对女儿李小满又寄予厚望。以前和他搭伴跑夜车的老李，儿子非要出国念书，家里没钱去不成美国，最后去了新西兰，四年也花了一百万。上次说到留学的话题，李唐曾经跟丁美兮提过这事。可这非但没有让丁美兮放弃，反而更激起了她的斗志。李唐不知道该怎么劝解，只能轻轻抚摸着丁美兮的背，希望她能尽快平静下来。

可丁美兮和李唐一样，脑子没有一刻放松的时候。此时她忽然想起件事儿，抬头对李唐问道："你说，这钱，芝山岩不会不认吧？十八年前的说法，还算数吗？"见李唐面无表情地看着她，丁美兮有点着急："看我干什么？再过三个月就整十八年，一人七百万新台币的退休金，满打满算也就一百五十万人民币，再不给，钱都贬得长毛了。幺鸡也跑了，你叫我去管谁要？"

李唐被追问得有点烦躁，他不想再继续这个话题，故意打了哈欠说："和尚跑了庙还在，你急什么？"

李唐敷衍的态度让丁美兮更加焦虑，她有些激动地说："没这钱，我这些年到底在干什么？我去卖淫也比现在挣得多多了！这破差事，我早不想干了！"话一出口，她有点后悔。虽然只是一句抱怨，却是犯纪律的话。李唐注视的目光，就是一种审视和警告——作为一名来自福州的异乡人，从加入组织的第一天，她就要比那些从本地招募的间谍多接受一层审查。她和李唐做夫妻搭档十几年，李唐有一项任务就是监视她。若她有二心，不管什么原因，哪怕只是抱怨，按规定李唐也要报告上级。

"规矩不能破，上报吧。"面对李唐的沉默，丁美兮半是赌气半是无奈地说。李唐依旧沉默，半晌他从丁美兮脸上移开了目光，拍拍她的肩膀，小声地说："这些话以后别说了。"

丁美兮眼圈红了一下，但她马上把这点情绪的波动压了下去，向李唐汇报了她之前的行动："晚上我去宾馆了。福泉进出口公司向南非进口的清单，火传鲁说明天就给我。任务完毕，睡吧。"

没等李唐反应过来，丁美兮迅速躺倒，留给李唐一个冷冰冰的后背。李唐对着这个单薄的后背看了一会儿，终于伸出手摸了过去。可刚一碰上，丁美兮肩膀一晃，把他甩开了。

"生气了？"李唐凑过去问道，见丁美兮不吭声，他只好自说自话，"等我找到幺鸡，就把清单给他。"

"没准早死了，到哪儿找他去？"丁美兮背着脸闷声闷气地说。没有一件事能让她顺顺气，可偏偏又不能有一点情绪。每当这种时候，丁美兮就把李唐当出气筒，比如李唐默默躺在她身边，她却把被子都拽了过来。

虽然不是寻常夫妻，但毕竟同床共枕了小二十年，丁美兮的这点小心思李唐还是能明白，也能包容。他往丁美兮身边又凑了凑，刚想再把被子拽回来一点，不料丁美兮突然回过身来，直勾勾地看着他问："我要是有一天背叛了家里，给你把枪，你会不会打死我？"

"那怎么能，杀人犯哪能行。"李唐哄着说道。

"杀了我，你再娶一个，给你生个儿子。"

丁美兮的话戳中了李唐的小心思："二胎的事情先别和李小满说，等你怀上了再告诉她。真怀不上，我再找别人。"

李唐半真半假地说着，伸出胳膊想搂住丁美兮。丁美兮拉住他的手，突然问道："我问你，十八年了，你爱过我吗？"

"开玩笑，当然不爱。怎么能爱？儿女情长是大忌。感情是一把刀子。磨得越快越伤人，你刚毕业吗？"

一说到专业李唐马上认真起来，丁美兮看着他一本正经的样子，噗的一下笑了——李唐曾对她说，自己是以第一名的成绩从特训班毕业的。可这些年他混成这副惨样，丁美兮对这个说法始终报以怀疑的态度。不过，刚刚李唐说话的神情让她又有点相信了，哪个班里没有个把名列前茅的呆子呢。这些念头在脑子里打转，让丁美兮止不住地笑着，终于扯到了嘴里的那块溃疡。她疼得啊呀一声，吸了一口凉气。

"怎么了?"李唐问道。

"口腔溃疡。"

"我看看。"

不等李唐凑过去，丁美兮便关上了灯，把被子全拽到自己身边，翻身说了两个字："睡觉。"

也许是真的累了，黑暗中的丁美兮不一会儿就睡熟了。李唐却没有一丝睡意，他在床上躺了一会儿，扭头看看身边的丁美兮，轻轻地坐了起来。之后，他拿起丁美兮的包走进了卫生间。包里东西不少，丁美兮最宝贝的是一本花名册，上面记录着每个学生和家长的姓名、电话，最主要的是家长的名字后面还缀着工作单位和职务。作为间谍，这是丁美兮利用掩护身份搜集到的人物信息。不过李唐知道，丁美兮更看重这些人能给她带来的经济价值。

李唐翻了翻花名册，把它放回了原来的位置。这不是他要找的东西，他想看的是丁美兮的手机。熟练地输入密码，快速浏览了各种信息和通话记录，李唐打开了图片库，在最新删除的目录下看到了一个小视频。视频就是几个小时前录的，模糊的缩略图上，显现着一条裸露的大腿。李唐关掉手机的声音，想点开视频。可手指触摸到屏幕前的一瞬间，他又停住了。何必呢？谁还不知道里面是什么画面吗？他想起睡觉前丁美兮洗的那个漫长的澡，还有刚刚梦魇后说的那些话，在心里把自己劝住了。手机恢复原状放在书包里，再过几天这个视频就会自动清除，然后这件事就悄无声息地过去了。李唐抱着丁美兮的包，坐在马桶上，压低声音叹了口气。

距离约定的撤离时间还有一天，三个刚刚失手的新间谍聚在一起，商量着明日的最后一搏。桃园用龙眼复盘之前的行动过程："这个是黄德铭，在他身边有一个身份不明的神秘人，他动过病历，也去过黄德铭的病房。这个人可能会是我们明天行动中的一个变量，大家要提防。不过不管别人怎么变，我们还和今天一样。两个行动，一个接应。天黑之前，必须把黄德铭带到码头，有船在那里等着，但是最多一个小时。我们一旦到不了，就算任务失败。船什么时候再来，只能再等通知。"

"我和花莲没问题。"新竹干脆地说道。

花莲没有马上表态，而是悄悄望了桃园一眼。桃园没抬头，他对着手里的龙眼沉吟了片刻，对新竹说："今天你和花莲已经进过一次病房了，万一露了什么，明天的分工，是不是要变一变？"

"以不变应万变，你说的。"快嘴的新竹抢在花莲开口前说道，"默契比别的更重要。这是在共产党的医院抢人，不是在家里吃饭占位子，出了差错，谁负责？"

新竹的话仿佛让人无从反驳，桃园点点头，把手里的一枚龙眼孤独地放到了小桌的外围："我开车，接你们。"

新竹瞥了一眼身边欲言又止的花莲，笑着拿过桃园手里的最后两枚龙眼，往代表黄德铭的那颗旁边一放："不用这么紧张吧？该怎么干就怎么干。今天都实习过了，明天还怕不会治病救人吗？"说着，他又把代表神秘人的那颗拿起来，用手一捏，晶莹的果肉携着汁水从壳里挤了出来，直接溜进了新竹的嘴里："也许根本就没这个神秘人。就算有，吃了它，不就行了？"

看着新竹一贯的自得的神情，桃园没再说什么。他把目光悄悄移到花莲那边，正巧与花莲的目光相遇。短暂的对视之后，他起身回了房间。"早点睡吧。"

但其实那一整晚，桃园都没睡着。不仅是因为想着第二天的任务，还因为睡前新竹说，他已经和花莲好上了。

早晨是医院最忙碌的时候，桃园压低帽檐混在人流之中，密切关注着黄德铭病房的动静。围绕着他的人比之前更多了，一个护士把黄德铭所有的检查资料都交给一个大夫，说他可以带着病人先走，转院手续有其他人盯着。而另一边，关于转院的事可能并没有完全落实。黄德铭的助理经过桃园身边的时候，正在焦虑地打着电话："你别和我说，去和301的院长去说。把飞机降落的时间告诉他们，一回北京就手术，其他问题该找谁找谁，老板说的。就这么着。"

形势比他们预想的还要紧迫，桃园心里有些打鼓。病房哨探得差不多了，他不动声色地迅速离开了病区。下一步就要看新竹和花莲的了。

另一边，新竹和花莲正在天台的角落处换衣服，做着最后的准备。

"麻醉药拿好。别让针头扎着自己。鞋带要系成死扣，跑的时候可没工夫管脚底下。万一有意外，别往外跑，往里跑，哪人多往哪走，护士们穿的衣服都一样，没人分得清楚。"

花莲一边换衣服，一边听背对着她的新竹碎碎念。系好最后一颗扣子之后，她拍拍新竹的肩膀："好了，你说的话，教官都说过。"

新竹猛地转过身，看着花莲的眼睛说："教官都在阳明山喝咖啡，他们不会死，你会。他们有很多，你只有一个。"

花莲心里一颤，新竹认真起来跟之前简直判若两人。可现在没时间思量这些，她躲开新竹的目光说："可以走了。"

但新竹显然还有没说完的话，他上前一步凑到花莲跟前，极其严肃地说："等会儿要是有什么事，我会用针头顶住黄德铭。你走的时候别回头，别看我，别让他们看见你的脸。离开医院以后，别回那个住处。教官说共产党那些手段不知道是不是真的，我也不知道我会不会把你们供出来。别回去，别叫我能找到你。"

新竹说着戴上了口罩，他凝视着花莲的双眼，仿佛自言自语地说："再见面，也不知道什么时候了。"

"我们三个一起回家，肯定会的。"花莲迎着新竹的目光，拉起他的手紧紧攥了一下。而后，他们拉开天台的门，快速走进了医院大楼。

黄德铭转院不仅速度快，阵仗也大。明的暗的来了多少警察和便衣，一时都数不过来。不仅如此，医院竟然冒着大拥堵的风险，直接封了一条车道，让警车和搭载黄德铭的救护车率先离开。乔装的桃园开着救护车被拦在了临时禁止通行的牌子后面，丝毫动弹不得。而在这之前，因为医院行动迅速，保护严密，新竹和花莲甚至都没有机会靠近黄德铭，便眼睁睁看着他上了救护车。

之所以这样做，原因只有一个，黄德铭的身体状况急转直下。人群的夹缝中，新竹瞥见了坐在轮椅上的黄德铭，和前一天相比，他的脸上难看了很多，呼吸似乎也有些费劲。

眼见着警车和救护车就要驶出医院，一个警察走过来拎走了禁止通行的牌子。桃园看见远处从大楼里慌忙跑出来的新竹和花莲，急忙打着车，同时伸出右手，使劲压在左侧的颈总动脉上，一直摁到自己眼珠子都憋红了。突然，他猛地挂挡踩油门，这辆救护车发疯般地突然蹿了出去，逆行着直冲到对面，一头撞到了黄德铭所在的救护车上。

砰的一声巨响，在场的人都惊呆了。押车的警察感觉不对劲，立刻吩咐救护车先拉着黄德铭掉头回车库。此时，新竹和花莲抱着一个氧气袋趁乱拦在车前，车上的人还没从刚才的震惊中缓过神来，未及多问便让他们上了车。

车入地库，二人迅速控制了局面。新竹用匕首制住司机，花莲用麻药麻翻了医生和护士。可黄德铭在经历了这一番波折之后，已经奄奄一息。花莲上去把了把脉，对新竹飞快地摇了摇头。新竹明白花莲的意思，黄德铭性命垂危。他们执行任务的时候，尽量不说话。但此时新竹顾不了什么忌言慎语的禁忌了，他焦急地喊了一声："快，吗啡，有没有吗啡？"

花莲在药箱里一通翻找，可没等找到黄德铭已经休克，他坐也坐不住，直接摔倒在一边。新竹急了，他从前面的车座上爬过来，一边察看黄德铭，一边吩咐着花莲："找药，随便什么药什么针都行！给他灌进去！"说着，他扒开黄德铭耷拉下去的眼皮，观察瞳孔。未等看清状况，新竹忽然在瞳孔里看到身后有个人影朝自己扑过来，他猛然间一闪，刀尖划破了他的衣服，扎了个空。新竹顺势把袭击者摁在地上，原来竟是司机。

两个人瞬间扭打成一团，新竹一边攥住司机拿刀的手，一边对正要过来帮忙的花莲喊道："走！带人走，快——"

争抢刀子的过程中，两人都受了伤，但搏命的时刻，谁也不把这点伤放在眼里。眼看新竹就要制服司机的时候，只听身后传来花莲绝望的喊声："黄德铭！黄德铭！"

"一过性脑缺血，快，送急诊。"医生检查完昏死在方向盘上的桃园之后，对身后的警察交代了伤情。不等警察多问，远处有几个警察边跑边喊道："出事了，车库出事了，医生，快叫医生来！"

所有在场的警察和医生都循声跑了过去，桃园趴在方向盘上，依旧一动不动。

车库的景象让所有人震惊，随车的医生护士东倒西歪地昏睡在车上。而脸色惨白的黄德铭倒在一边，已经没有了呼吸。

"就这几个人吗？我记得撞车后，好像又有两个医生上了车啊?"一个警察回忆着说道。可是，连同司机在内的其他人，全都消失了踪影。

出租屋的窗帘紧紧拉着，司机坐在墙角的地上，双手被反捆在身后。捆绑的时候，新竹在司机的手腕上看见一个刺青。虽然他不知道这个印记的含义，但至少眼前这个人肯定不会是警察或者司机。他蹲在这人面前，问他想把黄德铭带到哪儿去，昨天是不是他动过病历。可这人对他的话充耳不闻，像个哑巴似的一言不发。

无奈，新竹只好开始搜身。外面的衣服都是医院的制服，根本看不出什么。一直翻到内衣，他才看到一个"ユニクロ"字样的日文商标。除此之外，只有一部老式非智能手机和装着一点零钱的钱包。新竹皱着眉头抠掉了手机的电池，这些东西根本看不出此人的任何身份信息。

这时，外面传来两长一短的敲门声。花莲走过去，小心地打开了门，是侥幸逃脱的桃园。他带回来一个现场的消息：出事后，公安临时封锁了医院。半小时内，附近只有一辆车没动过，是一辆三峰牌面包车，就停在医院大门外附近的路上，车牌上还沾了很多泥点子。后来司机看见医院这边出事，着急地打了个电话。

桃园停了一下，凭记忆复述出一句日语："ka do ka wa ga uki fu mei ni na da——"

"角川失踪了。"新竹听完立刻翻译了出来，随后把目光落到了身边那人身上。这时假扮成司机的日本人角川终于干渴难耐，舔了舔干裂的嘴唇，用汉语说："我想喝口水。"

李唐夹着包从附近的口腔门诊走出来。本想修一修被小钟打断的那颗牙，可牙医说牙根断了，需要种牙或者做烤瓷牙。李唐没仔细听那些啰唆的治疗过程，只记得最便宜的办法也得花一万多。他跟牙医套近乎，说都是街坊，还有没有别的办法，便宜点。牙医说，这已经是想办法后的价钱了。

李唐推托说今天没空，过两天再来。断掉的牙比较靠前，张嘴就能看见。李唐不怕丑，只是担心豁牙容易让人记住，所以牙还是得修，不过需要他自己先想想办法。他坐在出租车上思量了一会儿，拿起手机拨通了一个号码："你上次说的那个赌钱的地方，在哪儿？"

海边的地下赌场，李唐把背包倒扣在胸前。初涉赌场的新手总是能赢钱，李唐一次次往包里装钱，又一次次下注，和一张桌上的其他几个赌徒一起，死死盯着发牌人手里的扑克。

待到天亮的时候，李唐用疲倦掩饰着内心的兴奋，离开了赌场。他没有马上回家，而是开车到邮政储蓄银行，填了一张汇款单。办完手续后，他拿着底联看了一下后，便迅速撕碎扔进了垃圾桶。之后，他掏出另一个手机，脸上挂着平日没有的柔情，编辑了一条长长的短信："亲爱的小婷，刚才给你转了笔款，有空查一下。你打电话的时候我要是不接，就是在开会。最近很忙，很多生意需要处理。等过了这阵子，我们去一趟泰国，或者巴厘岛，看你喜欢，好不好？"

丁美兮一路轻轻咳嗽着走进办公室，拿起杯子接满了水。水刚烧开，有点热，她忍着烫小口小口喝着。办公室的同事对她的举动没太多反应，都是老师，咽炎这个职业病大家谁也跑不了。可丁美兮的咳嗽并不是刚上完课累的，是刚刚在学校门口见了个人气的——火传鲁竟然编造理由，到学校来找她。

"东西给你发了，我也不知道你收没收到，电话你也不接，短信也不回，微信也把我拉黑，你到底怎么了？别不理我，我不行了。醒着也是你，做梦也是你。我也不知道我该怎么办。"想起刚才他在学校门口说的话，和火传鲁那张丢了魂儿似的面孔，丁美兮只觉得恶心。她果断把那天晚上的小视频发到了火传鲁的手机上，说是给一夜情留个念想。当然了，如果火传鲁不能守住相见不如怀念的底线，那这段他露脸主演的动作片，就要在网络上热映了。

喝完了整整一杯水，丁美兮的心里才渐渐平静下来。她有时候会想不通，男人都这么没出息吗？为了下半身这点事失魂落魄，脸都不要了！不需要挣钱养家供孩子吗？如果没有间谍任务在身，丁美兮绝没心思搞这些破事。一晚上的时间，可以多教好几个学生，怎么也能收千儿八百。而且她都算要价低的，一个教研组的黄老师偷偷告诉她，隔壁班秦老师为了招揽学生补课，故意把课堂上的内容拖到家里去讲，一个小时收费六百。

"就你最老实，补课费还跟去年一样。"黄老师带着东北腔儿的话又回响在丁美兮的耳边。看着别人挣那么多，她真的眼馋啊，也想过跟风涨价，只是一直下不了决心。她在心里劝自己，手别太黑，现在已经不错了。至少比黄老师强，她连个固定的补课教室都没有。婆婆要来住，家里也没地方，补习班都快办不下去了。可转念又一想，现在不多挣点，小满的学费上哪儿找去？指望远在天边近在眼前的十八年？她心里不踏实……

丁美兮就这样纠结着下了班，没出校门就看见熟悉的出租车停在外面，李唐摇下窗户冲她招手。她心头一动，赶紧加快脚步。只见李唐笑呵呵地让她给小满打电话，要带她们出去吃饭，连丁晓禾也已经通知了。

"幺鸡找着了？"见李唐这么高兴，丁美兮不禁问道。

"没有，就是挣了笔小钱。"

"没找着吃什么饭啊。"

"没有也得吃饭哪，日子总得过吧。"李唐依旧笑呵呵的。

丁美兮有些失望，一笔小钱就值得吃饭庆祝吗？他们家缺的可不是一笔小钱啊。不过她不忍心破坏李唐难得的好心情，给女儿打了电话。

位于后江埭路的上青本港海鲜是本地有名的馆子，据说上过《舌尖上的中国》。虽然只有四个人吃饭，但李唐把他家的四五道招牌菜都点遍了，还破天荒地上了龙虾。不仅如此，他还左边哄媳妇右边逗女儿地调节气氛。一旁的丁晓禾也跟着应和，不停张罗着夹菜。

可即便如此，母女间的一场战争还是未能避免。在李小满一边低头刷手机一边用"我不吃"三个字拒绝了舅舅夹过来的一块龙虾之后，一直拉着脸的丁美兮终于爆发了。

"不吃别吃，饿死算了！"

"我吃饱了呀。"李小满头也不抬地回答。

"两口小虾米，连只耗子也不够吃，你饱什么？长身体的时候天天减肥，你能不能学点好？"丁美兮的怒吼引来了周围食客的侧目，丁晓禾有点尴尬，可李小满却毫不在乎，继续低头刷手机，她早就对母亲的唠叨免疫了。

女儿满不在乎的样子更激起了丁美兮的怒火："天天看手机，眼睛能不坏吗？配个近视眼镜，还非要什么牌子不牌子！还要出去过生日，给谁过？一堆差生臭味相投，有什么好过的？"

眼见女儿被骂得要上脸了，李唐赶紧插话说："好了好了，吃饱了就和你舅舅下楼，到门口转转吧。"

"别走。你问问她，这次考了第几？"丁美兮还对着女儿的背影不依不饶，几乎要站起来追出去，李唐赶紧握住她的手，直到小满和丁晓禾的背影消失在楼梯口。

"好好地吃顿饭，何必呢。"

李唐的手有些粗糙，但语气却难得地温柔。丁美兮端起杯子喝了口水，忍了又忍，还是小声说了起来："全年级第八百九十八名。

你知道一共有多少名？高考不行怎么办，复读？学着别人出国留学，去哪？去美国？还是回家里？幺鸡还是找不着，万一他被抓了，万一你，万一我，谁来照顾李小满？"

丁美兮说的这些，一桩桩一件件，都压在他们夫妻二人的心上。李唐也没有办法，他在脑子里搜刮了半天，勉强安慰道："不还有你弟弟吗？"

丁美兮烦躁地摇摇头，把手抽了回去："火传鲁今天来找我了，再这么下去，会出事的。"

李唐没再说什么，他夹了一筷子龙虾放在嘴里，却怎么也嚼不出滋味。

虽然已是晚上，但厦州市国家安全局三号专案组的大办公室里还亮着灯。所谓三号专案组其实刚刚成立，林志峰就是在吃晚饭时接到的通知。此时，他推门进去，发现已经有人坐在屋里了。看样子，这人比他年纪大。林志峰大方地走过去，伸出手，自我介绍说："林志峰。他们都叫我大峰。"

那人握了握大峰的手，指着桌上的两杯咖啡慢条斯理地说："我还以为汪洋在呢，给他带了一个。等他来了也凉了，你喝。"

处长的名字就这么直接叫啊，大峰心里有数了。他恭敬地询问道："专案组组长，是吧？我是来向您报到的，怎么称呼？"

那人摆摆手说："我姓魏，和汪洋是同学。组长不是我，咱俩都是当兵的。"

"啊？"大峰有些意外，他看了看四周接着问道，"东西都是新拉来的，看样子人不会少，新成立专案组，是不是出大事了？"

"你知道多少？"

"说有个棋牌馆的老板失踪了，派出所接了报警去查，发现有涉谍的东西，就转到这儿来了。没了。"

"不用看我。我和你知道的一样多。"

对方的回答让大峰更意外了，他想了想又问："汪处长呢？他去哪了？"

"应该是去你们李副局长那要人了。"

"什么人？"

"一个能人。这人十分熟悉对岸，能默写整块地图，对岸的街道都刻在脑子里，能听懂所有的方言。别人看不见的，想不到的，猜不透的，她都行。小吃、信仰、宗族，全吃透了。办对岸的事儿，没有比她更合适的了。"

大峰惊得嘴都合不拢："还有这样的人呢？那局长还犹豫什么，直接调过来呗。"

"恐怕没那么容易，你得明白，越是这种能力不一般的人，毛病越是不一般地多。局长那边，汪洋有的谈啊……"

被捆住手脚的角川饥肠辘辘，但他被堵住了嘴，只有干看着别人吃饭的份儿。其实桃园、新竹和花莲吃的也不过是煮方便面，这个时候，他们要尽量少出门。

花莲端着碗，挑着碗里的几根面条，忧心忡忡地问道："外面已经有通缉令了，新船还有十二个小时才来，地点要等电话通知，咱们就在这里干等着？"

"出去更危险。现在只有这里最安全。"桃园的面摆在眼前一口没动，他现在紧张得什么也吃不下。

"日本人的目标也是黄德铭。我们把他带回来，他们的人也在找，警察也在找，迟早会把我们找到的。"花莲越说越紧张，也把碗放在了桌子上。

"任务失败不是我们的问题。咱们不去，黄德铭病那么重，照样得死。可日本那边是什么计划，我们也要弄清楚。就这么回去，不能什么都不知道。"桃园眉头紧皱，他说的这些话与其说是反驳花莲，不如说是在给自己的失败找借口和退路。

花莲想不了那么多，角川除了喝水吃饭，什么也不说。从他身上找活路，跟让黄德铭起死回生差不多。这时，一直埋头苦吃的新竹把脸从碗里抬了起来，他用手一抹嘴角，站起来问："说吧，问什么？"

"他的真实身份，计划，还有多少人在盯着这件事？医院的事情是巧合，还是计划——"不等桃园说完，新竹已经在抽屉里找到了一把锈迹斑斑的老虎钳子。他一抬手，语气轻松地打断桃园说："知道多少说多少，就这意思吧？"

之后不等桃园回答，便在二人惊异的眼神中，拎着角川进了卧室。

李唐把车停在路口，四个人朝家里走去。雨后的小街，清新的空气稀释了刚才饭桌上的崩溃。李小满和丁晓禾说说笑笑地走在前面，李唐和丁美兮不紧不慢地走在后面。坑洼不平的路面有不少小水洼，在拐角处的一个水洼旁，李唐绕了一圈，刚好挨在丁美兮的身边。他自然地拉起丁美兮的手，笑着和丁美兮对视一下，看起来和出来散步的寻常夫妻没有任何区别。

只有丁美兮默契地收到了他的信号——拉手的时候，他捏了一下她的小手指，意思是后面有"尾巴"跟着。丁美兮也注意到了"尾巴"的存在，她和李唐的对视，表明自己已经知道了，会进行下一步行动。

"呀，我的钱包——落车里了。"丁美兮突然说道。丁晓禾听到，回头刚说了一句"我去拿"，李唐已经把车钥匙递到了丁美兮的手里。同时，他又冲前面挥挥手，示意大家先往回走着。

丁美兮转身往回走，跟一个在小店橱窗前打电话的人擦肩而过。

第三章

　　丁美兮靠在被子上，翘着一只脚，半小时前还没什么事，这会儿脚腕明显肿起来了。李唐跪在旁边，往手里倒了点红花油，在丁美兮的脚腕上揉搓起来。一阵疼痛袭来，丁美兮啊地叫出了声。李唐赶忙停手，抬头看了看她，见丁美兮示意他继续，这才又轻轻揉搓起来。

　　看着肿胀的脚腕，闻着刺鼻的红花油，丁美兮不禁哀叹道："岁数都在脚上。二十年前踩着沙子也能跑，现在去盯个梢，脚都能崴了。"

　　李唐一边揉脚，一边问道："你看清楚了，是只野兔子？"

　　"错不了。"刚才在楼下的情景在丁美兮的眼前逐一复盘，"细高跟的皮鞋，亮眼的衣服，风吹过来，头发把自己的眼睛都能遮住。包里装的不是唇膏就是小镜子，一走路碰得叮当响，这哪是跟踪？路过那么多的小摊，也不知道假装看看东西，走到偏僻没人的地方倒是站住了，打电话连手机都不开，演戏也不会。就是个家庭环境好的小姑娘，掉进情网，出不来了。"

　　听到"情网"俩字，李唐不禁笑了出来，丁晓禾这种书呆子还会织情网，还就有人往里跳，新鲜啊。想到这儿，他抬头问丁美兮："你刚说她叫什么名字？"

"朱慧。"

"丁晓禾告诉你的?"

"等着丁晓禾主动交代,下辈子吧。人家姑娘主动告诉我的。"一说到这些,丁美兮又愁上了头。丁晓禾并不是她的亲弟弟,他们一起在孤儿院长大,因为恰好都姓丁,两人从小就亲如姐弟。加入间谍组织,丁美兮几乎切断了之前所有的社会关系,但唯独没和丁晓禾失联。不仅如此,随着时间的推移,他们真的像亲姐弟一般,成了彼此的亲人。和天下的姐姐一样,丁美兮操心丁晓禾的学业、工作,现在又开始操心他的终身大事。

可丁晓禾的脑子里仿佛安了绝缘体,对找对象的事儿一点不积极,根本不像个血气方刚的小伙子。其实朱慧已经跟踪他好久了,为了躲她,丁晓禾竟然故意往同志酒吧钻,宁可让人家误会他是同性恋。可丁美兮看出了其中的端倪,没有不点火就能烧开的水,她断定丁晓禾和朱慧之前谈过恋爱。不过,再三逼问丁晓禾也只是含糊其辞地说,都是很久之前的事儿了。

想到这儿,丁美兮忽然问李唐:"刚才你从小满那儿问没问出点什么?她不是一向和舅舅最好吗?"

"她一个小孩子知道什么。"李唐随口说道,手上的动作依旧没停。

"哼,我看她的心眼都长在这方面了,真说搞对象,舅舅都未必比她懂得多。"

李唐出了口大气,抬起头不满地看着丁美兮说:"你怎么这么说自己的女儿呢?怪不得她跟我说,快要受不了丁老师了。"

"是我受不了她好吗?我为她整天操心……"

眼见丁美兮的"机关枪"又要开火,李唐放下脚做了个暂停的手势:"差生李小满,我刚才已经批评过了。我说丁老师是我老婆,让她以后别再说这种话。这样行了吗?"

丁美兮喊了一声，小声嘟囔说："谁是你老婆。"可话一说完，她突然想起件事儿，催着李唐把她手机拿过来。翻开手机上的日历，日子下面赫然画着一朵小花，果然又到了排卵期。丁美兮把手机一扔，对李唐说："到日子了，把瓶瓶罐罐都收了，抓点紧，扶我一把呀！"

李唐知道丁美兮的意思，可他拿着红花油犹豫地说："你的脚都这样了，还能折腾吗？要不等下个月？你别这么看我，我这肚子不是也没好利索吗，要二胎，也得等爹妈都不是残疾人以后吧。"

丁美兮最烦的就是李唐这股犹犹豫豫的磨蹭劲儿："戒烟，戒酒，戒可乐，都白戒了？儿子是我自己想要的？以前没这政策，你天天想要，放开二胎了，又缩回去了？你要不要？"

"要呀，当然要了。这不是一直怀不上吗？这种事情不能着急，一着急就紧张，就不行。"

丁美兮根本听不下这种大风刮来的理由，她翘着受伤的脚，一边给李唐脱衣服，一边说："大夫说了，配合中药，就得坚持。排卵期更得咬咬牙。你躲什么？你什么意思？"

"有点累。"

"今天不假装拉肚子了？"

"真的，有点疲惫。"

"因为什么？"

"幺鸡。"

这句话像一把剪刀，将丁美兮的劲儿一下子铰断了。她的手慢慢从李唐的衣服上滑下来，沉默了一会儿喃喃说道："三天了。再找不着，家里就来新人了。"

"事到如今，也只能冒个险了。"这件事的劲头太大，李唐本来只想把丁美兮糊弄过去，不想说完自己的心里也压上了石头。

大峰加入三号专案组的第一件任务就是奉处长汪洋之命，去抓那个他好不容易从李副局长那边要过来的人。

中埔水产批发市场是厦州最大的海鲜批发市场。大峰带着两个人，顶着空气里的腥味和脚下恒流的臭水，跟踪着一个邋遢的女人来到了市场的一个角落。女人脚步飞快，一边走还一边四下张望，看起来十分警觉。如果不是市场里人多，大峰都怕被她发现。

女人在摊位旁找到一个胡子拉碴的男人，他穿着高靿雨靴，站在一个摊位后面，不仔细看就像个卖海鲜的摊贩。不过，他递给女人的可不是海鲜，而是用皮筋捆着的一摞信用卡，看样子有四五张。女人则从怀里掏出一个信封交到胡子男的手里。

大峰知道这是从黑中介办的信用卡，一般情况下卡是真的，但身份证都是从非法渠道获得的。他本想等交易达成，直接上去人赃并获，可没承想竟然出了岔子。胡子男要一下收全款，可女人要先付一部分，验完卡再补齐。两人争执不下，胡子男把卡一收，甩开女人的纠缠转身要走。

见此情景，大峰马上示意身边的两个干警立刻收网。胡子男一见他们转头要跑，可步子还没迈开，就被大峰一抬脚给撂倒在地上。三下五除二收拾完他，大峰转头看看站在一旁的买卡女人。只见她一脸冷漠，既不害怕，也不逃跑。大峰心想，这就是老魏说的那个能人，看不出来啊？不过，光天化日之下，也不能做得太明显。他从腰间摸出手铐，走到女人面前晃了晃说：“你自己戴，还是我来？”

段迎九就是这种不一般的能人。她冷眼看着这个素不相识的年轻便衣，知道他也只是奉命跑腿，便一脸无所谓地伸出了双手。及至上了车，大峰打开一边手铐，铐在了车子后座的扶手上。

一路上，段迎九先是让大峰把手铐给她打开，又问是谁派他来的，老魏还是汪洋。大峰始终三缄其口，一言不发。这是出发前老魏教给他的，说她不是凡人，别三言两语让她给绕进去。大峰虽然心里不服气，但想到领导们把她说得这么神，也便照做了。

段迎九也想得开，见问不出什么来，干脆往靠背上一倚，闭上眼开始睡觉。等车开进国安局，大峰招呼她下车的时候，段迎九闭着眼张着嘴，鞋子脱一边，呼噜声随时响起。在场的人，无论是跟车的大峰，还是前来迎接的老魏和汪洋，除了愕然就是无奈。

段迎九就是这样的能人。

李唐差点没能囫囵着走出海边赌场。他知道赌场上会让新手尝完甜头再都倒回来，可没想到才第二次来，这里就不把他当新手了。当初，他们也是这样把幺鸡卷进去的吧。其实，这也是他来这里的一个重要目的，找到那个当初放贷给幺鸡的人。

果然，在输完最后的筹码还拒绝还钱的情况下，李唐被几个看场子的马仔带了一个小个子男人的面前。男人开始还很客气，按套路给李唐指了几条不用还钱的道：比如监狱里待一阵，找碴儿打架，拖住某个人；又或者去泰国，直接干掉一个人。当然，在李唐一一拒绝之后，男人也按套路命人亮出了刀子。

李唐的半条胳膊被按在桌子上，他赶紧喊道："我有钱，我的钱都在一个朋友那里，你们比我有路子，只要找到他，我一分都不要，全是你们的，听说我……哎哎，你先听我说有多少钱——"

正当李唐在刀口下拼命挣扎之际，一个熟悉的面孔突然横在他眼前。没等他反应过来，那人指着李唐说："他是警察。"李唐回忆了几秒钟，想起这人是切掉了小钟的手指，被李唐找到吊打得半死的小黑。

小黑的一句话让按住李唐的两个人稍稍松了松手，李唐挣扎着抬起头，看见小个子男人已经走了过来，听小黑的口气，他是这个场子的赌头无疑了。不等李唐开口，赌头先开口说："我们是合法的律师事务所，债务追缴，很正规的，警官。"

"他也在找幺鸡。"小黑凑到赌头跟前说。

李唐马上接过话茬："只要能找到人，利息、本金，全是你们的。除了钱，我找他有别的事。他跑是因为别的，不是因为钱。他手里起码有一千万，咱们一起找，人、钱，都能回来。"

赌头捏着一把茶刀问道："你们有110，有刑警队，那么多人都找不着，就来这里骗我们？"

虽然是质疑，但李唐从赌头的话语里听到了心动，他连忙接着说："能用公家我早用了，通缉令一发我还用和你们废话吗？警察也有三角债，要不是没办法我能来这儿吗！"

赌头手起刀落，近在咫尺的刀尖扎进一块茶饼里一挑，一小块茶掉进了茶碗，第一泡冲下去的时候，李唐慢慢在茶台边坐直了身子。

赌头还是对他半信半疑："幺鸡，我们也在找他。要是能找到，早找到了。"

"你们的人多，可是找不着路。我能找着路，苦于没人。"

"钱是你欠的，得你还。幺鸡是幺鸡，你是你。两码事。"

"我和他之间有事，大事。七天之内要是还找不到，我也得死。只要能见到他，他欠了我的钱，全是你的。"

赌头沉吟了一会儿，把手里的小茶碗慢慢喝光："你只要能找到脚印，人，我们去抓。"

李唐什么都没说，端起面前的小茶碗跟赌头的茶碗轻轻一碰："干杯。"

这杯茶虽然喝得有惊无险，但下一步怎么走，李唐开始暗暗盘算起来。

"不去。"段迎九一边呼噜呼噜地吃着泡面，一边直截了当地拒绝了汪洋。处长办公室里没有第二个人，汪洋深知段迎九的脾气，所以也根本不生气，慢悠悠地说："李副局长点了头，不去也得去。"

"我请病假，晚上睡不着，抑郁症，没法工作呀，不能上班。"

"大伙儿陪着你。我不介意在医院办公。"

"汪处长，你要的都是精兵强将，像我这样的女残弱病，何必呢？"

汪洋看着对面吃完泡面一抹嘴的段迎九，内心不禁暗自感慨，这就是个疯子啊，别说没有女人样了，连人样都快没了。头发蓬乱，脸色蜡黄，眼睛里熬得都是血道子。他摇摇头，话锋一转问道："你在那赌场蹲了多久？"

"四个月零八天又十二个小时，整。"

"还是那件事？"

段迎九见缝插针又转回到自己那套词："你看，这么个小案子，这么多年了，我还没破完。能力多差。你另请高明，放我把这个跟到底，过年我去家里给你送礼，行不行？"

可汪洋这回直接拍板了："一百多天都泡在赌窝里，没日没夜，你要没这劲头，求着我我也不要。为了调你来，我把我爷爷存的老酒都给你们处长了。你跟的那个案子也一起过来，二合一，明天一早上班，就这样。"

"耍无赖。这和包办婚姻有什么区别？"段迎九还是不乐意。

汪洋明白，像段迎九这种人，必须用甜头引着，这样才能让她心甘情愿地干活。他微微一笑，甩出了一点线索："我收到了新情报，棋牌馆失踪的人，还有你跟着那件十几年前的旧案子，都和对岸有关系。你也有毛线，我也有毛线，织的都是同一件毛衣。包办婚姻有什么不好，这嫁妆厚不厚？"

段迎九果然来了精神，立刻问道："那三个人又回来了？"

汪洋不置可否地说："对岸的间谍要来咱们这儿，首先得有一套完整的身份。你不是把这套东西都摸清楚了吗?"

聊到具体步骤，段迎九完全上道了:"给我搞身份证的只是个虾米，真龙还在后头。但有一样，这个群体是固定的，找着孙子，就能找到爷爷。要我来也行，给我人，大海捞针，我得有人手把十几年前给对岸间谍做假身份证的人找出来。"

汪洋心知这事成了，拍着胸脯说:"要人，给你。还要什么?"

"封闭办案，所有人不许回家，吃住都在专案组。没休假，没周末，破案期间男的不结婚，女的不怀孕，能干就干，不能干的趁早别来。还有——"

话没说完，段迎九的电话响了。她拿起来一看，直接塞到了汪洋手里:"家属来电话了。你跟他说，工作需要，我也不能回家了。"

距离喜雀棋牌馆不远的局口街，李唐开车在附近转悠了很久才选中一个合适的乘客。这是个胖女人，眉眼里都挤着刁横。这种人的钱不好挣，可跟她闹起来挣个投诉就非常简单了。

女乘客先是抱怨李唐在叫车软件上接单迟到，李唐则假装道歉，亲自下车给她打开了车门。然后趁她骂骂咧咧上车的时候，轻轻拽了拽挎包，女乘客的钱包在关车门的瞬间，掉到了地上。

很快，李唐便如愿以偿。女乘客让他把车直接开到出租车公司，她要投诉、查监控。

公司的监控室外，任凭操作员怎么好言相劝，女乘客始终在愤怒地喋喋不休:"让他查!他是司机，看瞎了眼也该他查!"

李唐没有一句怨言，他的目的就是来查监控。不过不是查刚才丢钱包那段，而是幺鸡失踪的那个夜晚。终于，在快速回退的画面中，一个戴着棒球帽、身形矮胖的身影，手里打着一把伞，从棋牌馆走了出来。虽然只是一闪，但李唐百分百确认这就是幺鸡。

随后，这个身影在监控画面中，换乘了几次交通工具，最后消失在一个没有摄像头的小胡同里。进胡同之前，幺鸡还下意识地回头看了看，仿佛早有防备。可这个胡同到底是哪儿呢？李唐扒着屏幕仔细寻找，忽然在胡同口旁边的一个灯箱上，看到了一行"光盘行动"的标语，落款是湖里区文明办。

李唐长出一口气，拿出手机拨通了一个号码，低声对里面说："幺鸡在湖里。具体在哪儿，你们自己找吧。"

从公司出来，李唐稍微松了口气。他走到自己的出租车前，刚要拉门上去，却发现，驾驶座上放着一部诺基亚旧款手机。李唐马上快步绕着车转了一圈，一边走一边四处张望，但目力所及之处，并没有看上去可疑的人。

这时，座位上的诺基亚手机竟然响了起来。李唐小跑着钻进车里，关好车门，小心地接起电话。他没有马上说话，而是全神贯注地听着电话那头的动静。片刻后，电话里传来一个男人的声音："把暂停营运的牌子支起来，往南开。不要走凤屿路，堵车。不管是谁有事找你，都不用接电话，事后就说你在处理一个难缠的女乘客，这也是事实。另外，你的车快没有油了，以后记得提前加，未雨绸缪。"

"你是谁？"李唐小声问道。

男人并没有回答李唐的问题，只说在火车站旁边的亘金旅馆等他，之后便挂断了电话。大街上人流如织，可李唐手里握着手机，却好像听到了自己的心跳。没有其他选择，他按照电话的指示来到了目的地。在亘金旅馆外面，李唐观察了一下四周，正犹豫要不要回拨，电话抢先响了。

"进旅馆。别回头，别挂电话。"

"这边停车会贴条的。"

"下车。"男人的口气没有半点商量的余地。

因为距离火车站只有一步之遥，亘金旅馆的附近遍布着无数黑导游和旅行社。穿过一片花花绿绿的传单，李唐走进了亘金旅馆。但这里并不是终点，按照电话里的指挥，他从旅馆侧门走出，绕到背后一条小街的尽头，随后右转，再前门进后门出地穿过一家小商店，最后走进了一家名为"真情网咖"的地下网吧。

网吧里，人声鼎沸，烟雾缭绕，加上网管大声外放的抖音神曲，李唐有点听不清电话里的声音。他把手机往耳朵上使劲贴了贴，努力听着电话里的指引："往前走，右拐，卫生间旁边，有存包放衣服的小柜子，最上面一排，从右往左数第三个格子，绿色的小锁，拽开它——"

柜门开了，李唐看见三样东西：一个小小的U盘、一张名片和一张邮票。

李唐拿起邮票，票面上邓丽君正微笑地望着他，这让李唐一时间竟有些出神。

"解解乡愁，不成敬意。"电话里男人的声音忽然也缓和下来，他停了一下继续说，"明天下午，到名片上的地址，把U盘送过去。"

"你到底是谁？"李唐说话的同时，对方挂断了电话。他只得把所有东西收好，扫了一眼名片，迅速记住了上面的地址——1970酒吧（厦大店），思明南路400-9号。

卧室的小灯下，丁美兮看着邓丽君邮票，再次发出连环夺命问："电话里还说了什么？万一幺鸡被国安抓了，每个人都有危险。我们要不要回家里？我们的退休金呢？什么时候给？"

李唐像个成绩差的学生，答不出问题只能摇了摇头。

"摇头什么意思？不给了，还是没说？"丁老师可不会轻易放过任何人。

李唐只能勉强应付了一句："刚刚接上头，怎么会说钱的事情。"

"为什么不说钱？没钱你拿什么加油？警察今天给你贴了条，

罚款算谁的？幺鸡和经费全丢了，谁来管过我们？"

李唐被追问得有些烦躁，咂咂嘴说："先垫垫。新的接口人这不是来了吗，怎么会不管。"

李唐说"先垫垫"和李小满说"我不吃"效果是一样的，直接点燃了丁美兮的怒火："这些年垫了多少次？第一回第二回我说别的了吗？你是不是觉得我小市民，我庸俗，我柴米油盐家庭妇女？就你这么跑出租，承包费都拉不回来，我那么点工资，要不你来管这家吧？"

丁美兮已经够生气了，看见李唐把脸转到一边，就更生气。她说着话一伸手，想把李唐拉回到眼前，可这一下没控制好力度，扯到了李唐肚子上的伤口。

"哎呀！"李唐捂着肚子弯下了腰。丁美兮赶紧松手，看着李唐捂着肚子坐到了床上，她心里有些愧疚，但嘴上还是较着劲："经费全垫上都行，我无所谓。你到哪儿找钱给你那个亲爱的小婷？"

李唐看了看丁美兮，什么都没说，低下头检查伤口。丁美兮叹了口气，拿着药箱走到床边，拨开李唐的手，小心地揭开了纱布。

"今天回不去，迟早也得回。在这里十几年，就算回了家里，连电车都不会坐了，从小吃到大的那家牛肉面也不知道搬没搬。都不像回家，像旅游。"丁美兮一边清理伤口，一边喃喃自语。

"我是担心小满，转回去上学，口音都不对。融入不进去，回头连男朋友都不好找。"

丁美兮白了李唐一眼："你怎么那么盼着她早恋？看看她那副样子，还怕她开不了这个窍？"

"谈个恋爱怕什么。"李唐对丁美兮的话不以为然，"都高中了还叫早恋吗？现在不多经历几个渣男，以后遇到，她都分辨不出来。"

"你就够渣的。"

"所以啊。就像你，遇到我这样的，都不知道躲躲。要不当初嫁个有钱的，还用费这柴米油盐的劲？"

丁美兮收拾好药箱，躺在床上叹息着说："后悔呀，迟了。"

看着丁美兮的侧脸，李唐恍惚想起他们第一次躺在床上的情景，那个有些手足无措的小姑娘在他身边慢慢熬成了满脸愁容的妇人，确实可惜了。

三号专案组的大办公室里，墙上的电视二十四小时播放着实时新闻。"受台风影响，厦州高崎国际机场取消了部分高崎飞往桃园的航班，包括华信航空 AE992……"

大桌的旁边坐满了等着开会的干警，人群里大峰生无可恋地对老魏说："专门从三处调过来，主持工作，还副组长。合着我加入专案组执行的第一项任务，就是拿着铐子去抓自己的上级。你知道是怎么回事，也不告诉我一声？"

老魏一脸无辜地回答道："汪洋不让说呀。任何命令都要执行，是不是。"

大峰竖起大拇指点点头："好样的。你们谁的鞋小，脱，我趁早自己换上吧。"

此时，忽然有人清了清嗓子，示意大家安静。不一会儿楼道里由远及近，传来了段迎九的声音："活该。钱当然不该赔，你们都是傻子，为什么要赔？我告诉过她多少遍，年利超过十就要洗洗眼睛看好。妈妈脑子笨，她不听，你是她儿子你也不听？我要是骗子也找你们。人都跑了，报警有用吗？现在才和我说？阿宝的生日也躲着不去，怕什么？找我有用吗？你再嚷嚷一句，我就挂电话——"

还没见面，众人已经领教了段迎九的气势，办公室里越发安静了。段迎九毫不在意这些，她走进办公室挂断电话，直接把手机往桌上一放，见众人都看着她，不解地说："你们都站着干什么？等着开会讲话，自我介绍吗？以前都没进过专案组？"

在众人惊愕的注视下，段迎九找了个角落的位置坐下，抬头对老魏说："愣着干什么？说案子，干活呀——老魏你头发都快白了，也没教教这些年轻人？"

大峰偷偷看了一眼身边的老魏，心中暗想，在这个组长手底下，谁的日子也不好过啊。

白天的酒吧鲜有客人，李唐推门进来的时候，只看见一个服务员正在打扫卫生。见李唐进来，他赶忙客气地说："不好意思，马上就好。"

这种人少的环境让李唐格外警惕，他压低了帽檐，边走边说："忙你的——昨天喝得太多，钥匙落厕所了。"

逐一推开各个隔间的门，确认里面全都没人之后，李唐走进最里面的隔间，迅速关门上锁。然后他轻轻地关上马桶盖，掀开了坐便器的水箱，用一块双面胶把昨天拿到的U盘粘在了水箱盖的内侧。

这点任务对李唐来说是小菜一碟，但他万没想到，几个小时后，取走这个U盘的人竟然躺在了厦州大学医院的太平间里。

段迎九捏着鼻子，和一个死不瞑目的中年男人对视了一会儿后，重新给他盖上了白布。

"怎么就你们俩人？"她向身旁的老魏和大峰问道。

"都在外头看着媒体。咱们没出这个门之前，不让记者离开。你说的。"老魏回答道。

段迎九"哦"了一声，示意他们说说案子的具体情况。

老魏接着说道："在照强鸭肉海鲜大排档吃饭，和人打起来了，突发呼吸困难倒地，送到最近的厦大医院，没救过来。颅脑CT扫描证实是脑干出血。这个人本身就有高血压动脉粥样硬化，病因也吻合，猝死是真的。但身份是假的。死者的身份证不是他的，上面的人三年前就从潮州离家出走了，到现在是不是还活着，没人知道。我给户籍上的派出所打了电话，刚刚确认过。"

段迎九从老魏手里接过死者的假身份证，看着上面的照片说道："冒名顶替不难，能找着长得这么像的人，真不容易，之前给我找的也太糊弄事了。"段迎九说着抬起头，看出大峰似乎有话要说，便冲他点点头。

好不容易抓住发言的机会，大峰赶紧说道："很多地方都有买卖身份证的黑市。不少流浪少年的身份证都被他们自己主动卖掉，一个三百，转手上千，有人专门赚差价。还有的人死了，没人报案，找不到家属，身份证依然有效。有人会给他用身份证申请银行卡，转账，证明这个人还活着。主要用以做假身份——"

"停！"段迎九打断了大峰的话，她没耐心听新手背书，"说说尸体，这个人是干什么的？"

"他的手指白皙，指甲齐整，皮肤和头发都没有风吹日晒的痕迹。可他的公开身份是整日出海的鱼贩子，这肯定对不上。"

"那个U盘在哪儿发现的？"

"在他脖子上挂着，伪装成项链吊坠。"

段迎九回想着公安局张队长在电话里说的话：U盘里存了几百张照片，全部是核电站的内部保密细节，拍摄角度都是偷窥式的。

"要不是航线上有台风，这个人就带着核电站的内部照片回对岸了。"段迎九凝神问道，"你要是这个倒霉蛋的朋友，现在在干什么？"

"找他。"大峰抢着回答。

"怎么找？"

"不知道。"

"他不知道，我们也不知道。那就比比谁找得快吧——"段迎九抬头指示大峰，"你去外面，给媒体的人做工作，删除所有的稿子，一条新闻也不许发。尤其是那些自媒体，多留个心眼，要亲眼看着他们把手机里的照片删掉。每个人都要洗脑，就当今天失忆了，没见过这件事情。"

"他们会同意吗?"大峰没什么把握。

段迎九嘿嘿一笑："不同意你就请他们吃饭。你这么帅，女记者不会拒绝的。"说话间，大峰便被她推了出去。段迎九又转头对老魏说："给组里打电话，所有人通宵加班，排查视频，看看这个人一周内去过哪里，吃喝拉撒的细节，我都要。咱们看看他找过谁，谁找过他。"

被新竹用老虎钳子拔掉了两颗门牙后，角川回答了桃园所有的问题。都是无关紧要的信息，这个级别的间谍，知道的很有限。同理，桃园能问的问题也不多。

三个人轮流看管角川，但心情都有些慌张。

花莲非常担心回不去家里了，但其实她是福泉人，十几岁才和姑姑一起过海去了对岸。回去回去，对她来说，回到哪儿去似乎都不是家。

新竹拿着一个旧手机到处找信号，那是他们接收指令的唯一通道。至于花莲担心的那些问题，新竹心里清楚，他们三人不过是长官手里的棋子，能不能回去由不得自己。他还断定日本已经因为角川的失踪，知道自己做任务撞了车，也许两边已经坐在谈判桌上了。不过按照国际惯例换人，日本那边是一个人，而他们这边是三个人。能不能都换回去，谁也不知道。不过，见花莲那么紧张，他还是安慰着说："只要公安没推门进来，咱们就还有机会。临来之前，我烧了香。你记住，万一只能换一个，那你就走。回去想办法往上爬，不再做棋子，做拿棋子的手。"

桃园和角川待在卧室里，现在轮到他看守。角川看上去有些虚弱，嘴角和衣服上还残留着斑斑血迹。但他仿佛比桃园轻松，听到收音机里邓丽君的歌，还主动聊起艺术的话题。甚至还逗趣说，像桃园这样热爱艺术的人，女孩子肯定感兴趣。"你和拿钳子的，都喜欢那个女的，可那个女的只喜欢你，对吗？"桃园烦躁地让角川闭嘴，他不愿想这些事，更不想看见角川门牙处的窟窿。黑乎乎的深不见底，好像他们几个人现在的处境。

夜色深沉，桃园渐渐有些支持不住，开始坐着打盹。但角川却很清醒，他甚至还记着换班的时间，让桃园再坚持一下，十分钟后就可以休息了。如果是有经验的间谍，应该能看出角川这么精神是为了时刻准备逃跑。但桃园太疲惫了，也太惊慌了，所以当角川提出要去厕所大便的时候，他虽然犹豫了一下，最终还是答应了。

卫生间的门留着一道宽缝，角川毫无顾忌地在桃园面前排泄。桃园听着屎尿屁的声音，递过去几张报纸，便把目光投向了别处。角川把报纸揉成团又展开，希图能让它柔软一点，之后慢吞吞地擦了半天。待他起身提好裤子，桃园还侧身让了一下，让角川走到前面去。他根本没想到，就在刚刚，角川在报纸的掩护下，偷偷取出了藏在内裤里的小刀片。走过他身旁的时候，角川猛一抬手，刀片立时朝桃园的颈动脉划去。

尽管桃园反应敏捷，但刀子还是在他胳膊上留下了一道长长的口子。他顾不上鲜血直流的伤口，闷声和角川扭在一起搏命。然而很快，身材健壮的角川就占了上风。他骑在桃园身上，死死掐住他的脖子，桃园脸色渐渐由红变紫。就在他行将失去意识的瞬间，角川忽然手一松，闷哼了一声倒了下去——在另一间屋子情难自禁的新竹和花莲终于听到了动静，用一个沉重的台灯砸晕了角川。

角川被重新五花大绑起来，新竹找了条毛巾蒙住了他的眼睛，嘴巴也再次堵住了。花莲给桃园包扎伤口，鲜血浸透了衣服，花莲心疼不已。她看了看桃园，却见桃园看着她的脖子，之后便把脸转向了别处。花莲意识到桃园已经看出了端倪。她拢了拢衣领，盖住了新竹留在脖子上的吻痕，继续包扎。刚刚和新竹拥吻在一起的时候，她也不知道自己是怎么回事，只能说这样的处境下想不迷乱，真的太难了。

　　尽管已经到了深夜，可一听到监控排查那边有了消息，段迎九马上一路小跑地奔了过去。思明南路的1970酒吧，猝死的中年男人一个人走了进去。

　　老魏在一旁解说道："揪着死者的线索，从他最后出现的地方，一直往前找，同时排查以往的视频记录，我们发现这个人只要来厦州，每次都去这家酒吧。最近这次，他喝了一杯啤酒就走了，没发现谁和他接过头。"

　　段迎九想了想，指挥电脑旁的大峰说："往回倒。别看他，看他进来之前的人。"

　　监控画面一帧一帧地回退，突然段迎九喊了一声："停！"屏幕上出现了一个戴帽子的男人，他推门进来，和服务员说了句话，然后直接进了卫生间。时间不长，他便走了出来，低着头匆匆离开了。

　　"这个人是谁？"段迎九脱口问道。旁边的干警马上调了酒吧门口街道的监控画面，说道："外面有辆旅行团的大巴停在门口，挡了不少视线。当时很多人从车上下来，这个戴帽子的混了进去，再往后就看不见了。"

　　段迎九又把酒吧里的画面往后看。只见酒吧里人渐渐增多，不久西装男从外面走进来，先在吧台前面打开一罐啤酒，喝了几口，坐了坐，然后起身也进了卫生间。而从卫生间出来后，他再没有回到吧台，直接出门走了。

　　"戴帽子的。"段迎九说着，让大峰把画面再次转回，定格在戴帽子男人进酒吧的时刻，"进进出出始终看不见他的脸，这个人有反跟踪意识。他去过的卫生间，就是两个人间接接头的地方。盯住这个酒吧，一定还会有人再去。"

良山大排档只做五六种食物，但这里价格便宜，通宵营业，所以几乎成了夜班出租司机的大食堂。李唐和往常一样，跑了几单活，来这里要了一碗沙茶面。吃完面条，他叼着牙签刚上车，后座上就挤上来一个胖子。

刚才吃面的时候，李唐就看见了胖子的背影。他是生脸，况且这么胖，很难不被人注意。胖子在后座上招呼开车，李唐看了一眼后视镜问道："老板去哪儿？"

胖子系上安全带说："找个桑拿洗浴，好点的。"

李唐什么也没说，打着车子开了出去。夜晚的演武大桥景色甚佳，这是世界上离海平面最近的一座跨海大桥。胖子望着大桥西侧的郑成功塑像说："听说因为这尊像，厦州再也没遭过台风。多大的风浪，到这儿都要拐个弯，是不是？"

"郑爷爷是神仙。这边认，对岸也认，哪有不信鬼神不信命的。"李唐笑笑回答。

"你信吗？"

"我来厦州十几年了，最烈的台风也就是倒几棵树，你说信不信？"

胖子歪嘴一笑，摸出一包烟问道："车里能抽烟吗？"

李唐没说话，直接把车窗户摁了下去。胖子点了两根烟，刚要递给李唐一支，就听见他说："不抽了，戒啦。"

"怕得肺癌啊？"

"要孩子。老婆天天唠叨，敢不戒吗？烦死你。"

"要孩子好，热闹。几个啦？"

"一个。你呢？"

"还和以前一样。你不知道吗？"

李唐往后视镜里看了看："你可跟以前不一样了，林彧。这么些年不见你，连个消息都没有，我怎么知道。要不是你在电话里多说了两句，我都认不出来了——你怎么胖成这样？"

"所以才抽烟，要不更胖了。"林彧往车窗外弹了弹烟灰说，"邮票是我自己送你的，喜欢吗？"

李唐会心一笑，果然还是老朋友了解自己。而更令他高兴的是，林彧已经接替幺鸡，成为四处二组新组长。李唐听到这个消息，激动得从"浅深"洗浴中心的大池子里噌地一下坐直了。

林彧在旁边呵呵一笑："我本来觉得自己不行。没办法，如今不比以前，没人可用，只能把我这样的赶上架了。"

"好事呀这是，你谦虚什么。找不到幺鸡，我就怕来个不明事理的新上级。你是内行，脚底下踩过泥的人，才知道路怎么走——"李唐高兴地拍拍林彧的肩膀，"那经费呢？能不能涨一涨？"

林彧没搭话，满头大汗地从水里出来，坐在池边上气喘吁吁地说："不行了。泡一会儿心脏就不舒服，桑拿也不敢多蒸，再这么下去，怕是要废了。"

看着林彧宽厚的脊背，李唐也有些感慨："咱们有多少年没见过了？"

"十八年，就像是昨天一样，那时候我还能做一百个俯卧撑。现在？坐下来的时候得把肚子放到腿上，洗澡的时候都看不见自己的脚，高血压高血脂，我连个贼都追不上，咱俩换一换，那个小钟就把我捅死了。"

"为了找幺鸡，我把时间全搭进去了。牙也少了一颗，医保还不给报销。"

"你女儿叫什么名字？"

"小满那天生的。就叫小满。"

"找个机会，我请你们一家吃个饭。这么些年，辛苦你们了。"

"分内事。应该的。"

两人你一言我一语地扯着闲话，李唐总往经费的事上说，林或的口气却越来越像打官腔。可经费是个绕不过去的问题，再怎么回忆当年情，眼下的事儿也得解决。终于林或还是开口了："经费出了些问题。新的钱需要流程和时间，暂时还没下来。之前的都让幺鸡带走了。"

　　"带走了是什么意思？"听到这个词，李唐隐隐有些不安。

　　"他没死。我们在厦州有一笔钱，是现金。昨天被人取走了。除了幺鸡，不会是别人。不排除，他要叛逃。"在李唐震惊的注视下，林或拿毛巾擦了擦脸上的汗，接着说，"这个人会是一颗定时炸弹，找不着他，所有人都得死。找到他，要么带回家里，要么，就让他睡着吧。"

　　说完话，林或从池子里爬了出去，走向了搓澡区。李唐在后面叫了他一声，指了指浴池边："你的烟。"

　　"开工干活，身体第一，戒了吧。"说完，林或便头也不回地走了。

　　叛逃，睡着……李唐把身子沉进水里，望着天花板镜子里的自己，疲惫地闭上了眼睛。

　　看管角川的人轮到了花莲。受伤的角川看起来更加虚弱了，花莲怕他坚持不住，拿下堵在他嘴上的布，给他灌了点水。角川贪婪地仰头喝着，完后又问道："有吃的吗？"

　　"没有。"花莲冷冷地回答。这不完全是谎话。因为担心被捕，新竹嘱咐她不要出门，熬到现在，所剩的食物也不过是几片干硬的白面包。

　　角川的眼睛上还蒙着毛巾，他叹了口气平静地说："我听见他们在收拾隔壁的屋子，卫生间的马桶也修好了。我知道为什么要把我关在厨房里，一直没人给你们打电话，换了谁也不能再等下去了。我是个累赘，他们要杀了我，在卫生间里放干净血，再把尸体藏到卧室里。对吗？"

花莲什么也没说，但嘴唇微微颤抖了两下——这正是他们的计划。

"能不能帮我把眼睛上的布拿下去，我想再看看。我家里还有妈妈，还有个孩子。"角川的声音越来越虚弱，整个人都微微颤抖着。花莲皱了皱眉，她坚持不住，走过去摘掉了角川眼睛上的毛巾。

"我去给你找点吃的。"花莲说完转身走出厨房。角川眨了几下眼睛，眼睛蒙得太久，让他的视线有些模糊，但他依然很快找到了燃气管道的阀门，就横在离他不远的墙角处。置之死地而后生，角川感觉这是他最后的希望……

第四章

　　如果不是台风撞碎了玻璃，花莲觉得他们三人也许永远都醒不过来了。角川是如何在手脚都被捆住的情况下，打开煤气放倒了他们，谁也不知道。花莲只记得自己抱着生疼的脑袋跌跌撞撞走到厨房的时候，里面已经空无一人。

　　此刻，三个人坐在车里，如同他们第一次会面时一样。桃园开车，新竹坐在副驾位，花莲独自在后排。车子疾驰在夜色中的过道上，大灯照亮了前方的路牌，牌子上赫然写着"福州方向260公里"。

　　桃园一手握着方向盘，一手使劲掐了掐依旧有些混沌的脑袋。因为是在熟睡状态下吸入了煤气，他的中毒程度最深。中间的过程他一无所知，只记得自己仿佛在一条黑暗的隧道中漫无目标地前行，直到听见远处有个声音传来："能回家了！"

　　说这句话的是新竹。彼时他刚刚被花莲用凉水浇醒，挣扎着扑到窗口呼吸了几口新鲜空气。忽然，那部被他吊在房顶找信号的老式手机响了。撤退的命令业已下达，但他们却失去了全身而退的机会。来厦州之前，长官曾经许诺，任务完成回到家里，立刻给他授奖，职务晋升一级。和同期其他人相比，这就是青云直上的跃升。可现在，他不仅从云端跌了下来，还一下坠入了深渊，很可能永无翻身之日。

新竹不甘心啊，搭不上这趟云，至少要活在地面上吧。黄德铭的死是个意外，而角川的出逃，绝对不能说出去。他快速想出了一套说辞——角川企图放煤气熏死他们，情急之下他们就把角川杀了。

说好这套谎话并不容易，回去之后，他们三人会经受多轮背靠背的单独讯问。三人的口供必须严丝合缝，否则监狱就是他们下半辈子的家了。背靠背的讯问模式新竹清楚，此时他微微转头，"审讯"着后座上的花莲。

"你们怎么知道那个日本人死了？"

"他在皮带里偷偷藏了刀片，把绳子割断，放开煤气，想呛死我们。"花莲抱着肩膀，小声回答道。

"他藏了刀片，你们也不知道？"

"知道的时候他要跑，我当时身子发软，站不起来，就拼命地叫，后来就看见他摔在地上，血流了一地。"

新竹转向身旁的桃园问道："谁对日本人动的手，是你吗？"

桃园沉默地目视前方，皱着眉头轻轻咳嗽了两声，仿佛根本没听见新竹的问话。这副样子让新竹更加焦躁，他尽量压制着心中的怒火，慢慢说道："还有五个小时的路。必须把每个人要说的话对清楚，一个字都不能错。等上了船，到了马祖岛，回了家，说错一个字，咱们都得进监狱。"

半晌，桃园才终于开口："我觉得，应该说实话。说假话，万一被识破，就完了。"

"你以为现在没完蛋吗？"新竹气急败坏地喊道，"叫你来抓人，人呢？叫你带活的，莫名其妙就死了！谁他妈知道日本人也会卷进来，刀片藏了你不知道，放开煤气也不知道，屁大的事都办不好，要我们回去干什么？你以为我想冒险撒谎，好玩啊？天天起来写那些破诗，写傻了你！"

桃园心头一颤，昨夜新竹看守的时候，他答应花莲，只要能平安回到家，就给她写一首诗。新竹听到这句话了吗？一阵眩晕向他袭来，桃园慢慢停下了车。他必须下去透口气，前面的路太难走，要好好想想。

"干什么？"桃园背后传来新竹的喊声。

"尿尿。"桃园边说边走向路边，车里传来新竹的叫骂声："干你娘嘞！"

浦南新村小区的一套小房子里，丁美兮的同事黄老师一边在厨房里忙碌着，一边操着东北腔唠叨："我就是头老绵羊，你妈来你弟弟来你们家亲戚全来薅一遍，拼了命挣点钱全没了，你连个屁也不敢放。你是个哑巴吗？"

餐桌旁的丈夫闷不吭声地低头吃面，一句话也不说。因为话少，街坊邻居确实都管他叫哑巴。他也不恼，人家这样叫他，他还点点头，好像这外号让他十分受用。

面对妻子的数落，哑巴也不以为意，只是有些奇怪，她怎么会有这么多说不完的话。以前有人跟他说，很多老师因为讲课费嗓子，回到家一句话也不愿多说。可他家黄老师简直长了一把金刚不坏的嗓子，恨不得二十四小时都在说。于是哑巴的话就更少了——都留给黄老师说吧，如果这样能让她心里痛快点的话。

但黄老师心里很难痛快，只见她举着空空的盐罐子冲出厨房指着哑巴说："一家子想吃屎跟着你都赶不上热乎的。叫你办别的什么都不会，天天买啤酒你倒是行。外面的交警都瞎了，抓不住你个酒驾的？我叫你买的盐是不是又忘了？"

哑巴还是不吭声，他端起碗喝光了碗底的面汤，拿起靠背上一件黑乎乎的工作服和桌上的车钥匙，转身出了家门，留下黄老师在屋里拍桌子打板凳地骂着："天天就让你一个人上夜班，守着个破厂子，怎么还不倒闭？"

工作服背后印着的"红星汽车修理厂"几个字,本来是白色的,但因为沾满了油污,字迹已经变成了灰黄色。哑巴满不在乎地把衣服穿在身上,钻进了一辆老款捷达。钥匙一拧,发动机的声音简直像拖拉机。哑巴看了一眼时间,慢慢开车出了小区。

修车厂的大门半开着,哑巴把车开到一扇自动卷闸门跟前。卷闸门慢慢抬起,车子开进去后,卷闸门又自动落了下来。从外面看,仿佛没人来过一般。但在门里面,声控灯已经把这间又大又深的车间照亮了。

哑巴从车上下来,径直走到车间深处的一个小屋里。他拉开桌子上的一个抽屉,里面乱糟糟地放了不少东西——电子烟、加油卡、几个车牌,还有一些美金钞票。哑巴在里面扒拉了一会儿,在美金下面拿出了一把摩托车的钥匙。

当墙上的大镜子中再次映照出哑巴的身影时,他已经换上了一身极酷的车手服,眼神也变得笃定而阴冷。之后他拿着一个黑色头盔走到墙边,掀开一块篷布,露出了一辆锃亮的摩托车。

在路灯的照耀下,摩托车和头盔闪闪发亮。哑巴伏身在车上,一路来到了思明南路的1970酒吧。酒吧里灯光昏暗,但哑巴进进出出,轻车熟路。可他并不知道,自己的一举一动都已经暴露在了国安干警的监视之下——酒吧内外,布控了许多便衣,而段迎九则端坐在安全局技术中心,通过监控画面关注着酒吧里的一举一动。

很快,披着风衣的哑巴引起了段迎九的注意。这个温度都可以穿半袖了,这人却穿着大风衣。跟进监控显示,他从酒吧门口经过了一次,进去两次,两次都进了卫生间。段迎九立刻通过无线对讲,指挥布控在酒吧里的大峰:"啤酒好喝吗?上去给人敬一杯。"

大峰从吧台旁站起来,四下一扫便发现了刚从卫生间里走出来的哑巴。他"适时"地一转身,手里的啤酒"不小心"洒在了哑巴的风衣上。

"对不起，对不起！哎呀，我这……"面红耳赤的大峰手忙脚乱地在哑巴身上一顿乱擦。哑巴警觉地向后退了一步，用大衣盖住了里面的紧身束腿裤，看了看大峰，什么都没说便转身离开了。

整个过程只有短短两三分钟，但已经足以让酒吧外的便衣找到哑巴骑来的摩托车。在监控里看到哑巴骑着摩托车向外驶去。段迎九举起对讲机说道："二组，跟住他。"

然而哑巴的反跟踪意识非常强，大约在钟鼓山隧道他便注意到了身后的车辆。之后，他的速度忽快忽慢，到厦禾路干脆停在路边，抽起了电子烟。一辆辆汽车陆续从他身边经过，哑巴始终不慌不忙。过了许久，他才戴上头盔重新出发。

此时，又有一辆黑色轿车从暗处驶来，不紧不慢地跟在了摩托车的后面。然而，几个路口过后，摩托车突然消失了。

"'消失'这个词有意思，就像地上有个坑，把他漏进去了？"从指挥中心赶来的段迎九坐在黑色轿车的副驾座上，对这个解释不太满意。

后排的老魏见开车的干警一脸紧张，赶忙说道："附近的监控没有再发现这辆摩托车。是不是他就住在这一带？"

段迎九呵呵一笑："大半夜的，老这么进进出出，邻居不烦吗？要是你，你怎么办？"

老魏想了想答道："除非我有个中转站。"

段迎九点点头："我要是他，就换个车，再回家——"说着她举起对讲机说："找。找那些半夜能开门，还不怕影响邻居的地方。"

很快，门口的一道车辙印儿锁定了红星汽车修理厂——虽然附近的监控没有拍到摩托车，但在对应时间段，一辆被遮挡了车牌的捷达开了过去，轮胎印记和门口的刚好吻合。

而确定了附近没有摄像头的情况下，干警们打开了自动卷闸门。用相机拍摄了现场布局后，干警们开始搜查，很快在篷布下找到了那辆摩托车。段迎九戴上手套，小心翼翼地四处搜查。在杂物间的垃圾桶里，她找到了一张揉成团的结账小票，打开一看，上面写着"见福便利店（浦南新村店）"。

段迎九抬头思量了一下："浦南新村。要是他动作快，现在已经快睡着了。"

黄老师坐在台灯下，哈欠连天地备课。晚上，同事来电话给她联系了一间临时教室。哪怕打一枪换一个地方，补习班也要办下去。黄老师的决心坚不可摧，所以哑巴推门进来的时候，她连头也没抬。这时候搭理窝囊的丈夫，简直就是浪费生命。

哑巴自然也不会主动说话了，他脱下外衣，背对妻子，躺在了床上——和段迎九猜的一模一样，很快他就睡着了。

"黄岐半岛与马祖列岛最近的距离只有八千米，很快就能到了。"花莲抱着肩膀坐在一艘小渔船上，心中默念。这是特训时学到的地理知识，但此刻这更像一句祈祷的咒语。对面的桃园脱下外套，披在了花莲的身上："起风了。"

花莲朝外面看了一眼，只见新竹站在船头眺望，远处马祖岛已经隐约可见。花莲回过头，看着桃园忽然说道："你还会给我写诗吗？"

"会，回到家里，我就给你写诗。"

花莲没有听清，海上风浪越来越大，桃园的声音被淹没了。一个浪头打过来，渔船剧烈摇晃，与此同时，海上传来了巡逻船的喊话声："船号为'8923'的小型渔船，我们要求你们，立即停船接受检查，立即停船接受检查。如果无视警告，我们将采取必要措施！再说一次，如果无视警告，我们将采取必要措施！"

茫茫雾气之中，三人眼睁睁看着船夫把渔船停了下来。船身上涂有五星红旗和福泉海警字样的大船越来越近，巡逻海警的面孔已经近在咫尺。花莲的大脑一片空白，忽然她身子一歪倒在了地上。原来是新竹抢过了方向盘，不顾一切地驾船冲向马祖岛。

浪头一个接一个，越来越猛地朝小船拍打。孤注一掷的新竹发疯般地喊道："妈祖保佑！妈祖保佑！保佑我们回家，一上岛就是家了！"

此时，一个巨大的海浪哗地拍过来，一下子掀翻了小船，四人尽数落海。海面上最后的声音，便是新竹用尽全力的呼喊："花莲……"

李唐从卫生间蹑手蹑脚地回到床上，刚躺下，便看见身边的丁美兮睁开了眼睛。

"睡不着啊？"丁美兮轻轻问道。

李唐拍拍她："别管我，你睡你的。"

可丁美兮却起身打开了台灯："我也睡不着。以前大炮都轰不醒，现在也不行了，一有动静眼睛就亮。我们学校的大夫说，这叫神经衰弱。"

李唐倚在床头，微微叹了口气："最近事情多，过两天就好了。"

丁美兮没接话，她靠在李唐的肩膀上，半晌才说："咱俩多久没这么说过话了？"

"有半年吗？"

"快两年了。平时就顾着和李小满吵架，都快忘了你了。"丁美兮说着，握住了李唐的手。

"唉，有了孩子时间过得就快。我还记着你刚生她的时候呢，一晃，我都要安假牙了。"

"没事，烤瓷牙看着更白，出去还能糊弄事，假装个小伙子。不像我，女人岁数一大，什么都装不住。"

听丁美兮这样说，李唐扳过了她的脸："那时候你还年轻，人人都说你美。对我来说，我觉得现在你比年轻的时候更美，与你那时的面貌相比，我更爱你现在备受摧残的面容。"

丁美兮扒拉开李唐的手，嫌弃地说："我怎么觉得有些恶心？"

"杜拉斯的小说，名著呀，怎么会恶心呢？不是你跟我聊歌德，让我给你写诗的时候了？"

丁美兮幽然想起，十八年前，她和李唐刚刚认识一天，聊起了那句著名的诗歌，我爱你，与你无关。她的脸上浮现出一丝若隐若现的微笑，喃喃说道："你说怪不怪，年轻的时候，多肉麻的话都觉得甜。现在稍微一骚就觉得膻了。"话未说完，李唐的手已经顺着丁美兮的大腿滑了上去。

"你干什么呢，离我远点，说话就好好说话，你的手！"李唐没说话，直接把灯关了。

早上出门的时候，黄老师还在梦中睡得很沉。哑巴轻手轻脚地下了地，随便胡噜了一把脸，便出门了。旧捷达开到路边，停了一下。哑巴摇下车窗，伸出一只手在街边的小摊儿上买了一份满煎糕。然后一边吃，一边继续开车向前。

和昨晚一样，他的一举一动都在国安干警的布控监视之下。实时监控的大屏幕前，汪洋刚刚收到了现场便衣"车辆确认"的消息。他没有马上下达行动的命令，而是转而对段迎九说："司机是不是昨天夜里那个人，要确认。"

当着其他同事，段迎九不好驳处长的面子。可汪洋应该知道她，任何事没有十拿九稳，只有十拿十稳。所以她眼皮都没撩地直接拿起对讲机说："大峰，昨天晚上没喝多吧。东浦路往西的二号街道。洗把脸，该你上场了。"

汪洋确实了解段迎九，所以面对这种明目张胆的无视，他也只是皱了皱眉，没再继续说什么。

哑巴开着捷达拐进了一条窄街。这条街是单行的双向车道，为了避免不守规矩超车造成的拥堵，中间用护栏隔着。因为宽度只能容许一辆车通过，所以这里经常有交警查酒驾。

大峰戴着帽子，开着一辆旧桑塔纳，四处寻找着可以制造事故的目标。当一根电线杆出现在视线之中的时候，他对坐在副驾驶位上的老魏说了句"抓紧了"。老魏死死攥住了车窗上方的扶手，大峰则踩下离合器，将挡位退到一挡上，一踩油门，一松离合，桑塔纳突然飞快地蹿了出去，直接撞向了路边的电线杆。

一声巨响，尘土飞扬。巨大的惯性让桑塔纳在撞上电线杆之后整个横了过来，原本狭窄的街道这下又被挡住了大半边，后面的车流速度一下减慢了。

不一会儿，交警骑着摩托车从车流中穿过。经过捷达旁边的时候，哑巴吓了一跳，赶紧把手里的满煎糕扔出了窗外。

事故现场，老魏站在交警身边，协助处理。大峰满身泥泞地坐在地上，看上去好像吓傻了，但其实他在悄悄观察从现场经过的每一辆汽车。一辆，两辆，三辆……每个经过这里的司机都从车里探出头来。直到第五辆车经过，大峰突然像弹簧一般从地上弹起来，因为他已经看清，这个司机就是昨晚酒吧里穿风衣的摩托司机。

大峰的动作是一个信号，老魏、交警和几个路人迅速从各个方位围住了捷达。没等哑巴反应过来，大峰已经拉开车门，把一双手铐磕到了他的手腕上。

早晨，李唐最怕坐在马桶上的时候接电话。他不耐烦地扫了一眼，见屏幕上显示出小黑的名字，裤子都顾不上提便起身把卫生间的门反锁上，然后才接起电话，喂了一声。

然而小黑不仅没带来什么好消息，还威胁李唐让他尽快还钱。李唐一下急了，对着电话愤愤地说："什么叫替我找？湖里区能有多大？我把地方都找着了，你们找不到人，和我有什么关系？咱们之前怎么说的？"

不等掰扯清楚，小黑已经挂断了电话。李唐悻悻地把手机扔到一边，又使了使劲，急吼吼地对门外喊了一声："丁美兮，我的开塞露呢！"

下楼的时候，李唐走路有点不自然。在马桶上坐了太久，他的腿还有点麻。走到楼下的便利店门口，老板习惯性地问道："酱还是两袋？"

"老样子。"李唐重复着固定台词，再次注意到墙上的那张寻狗启事。墙上的狗依旧咧嘴看着他，一个想法在李唐的脑子里冒了个泡。

"可怜的哥哥，咱们一起从家里出来，已经十六年了，这些年我们东奔西走，努力奋斗，就是为了回家。可你又找不着了，你究竟去了哪里？如今爸妈都不在了，我是你唯一的亲人，我没有尽到一个做弟弟的责任，我没有照顾好你！乡下老家的人也来找你了，我们都很想你，快回来吧！"

李唐把写着这段文字的寻人启事打了一百份，很快它就会贴满湖里区的电线杆。寻人启事上没有留下任何地址电话，除了文字，上面还印着一张喜雀棋牌馆的外景照片。作为一个间谍，只要幺鸡还在湖里区，那么他就一定能看到这张寻人启事。但愿他能尽快现身，李唐在心里暗自祈祷。

万事开头难，审讯更是如此。老魏深谙此道，所以当哑巴面对他的提问始终缄默不言时，他并没着急。"现在不说，总也得说。今天不说，那就等到明天。"说完他把哑巴独自留在了审讯室内。

如此这般，轮番讯问，哑巴依旧没有开口。段迎九想了想，也走出了审讯室。但出了门她没有找地方休息，而是给了大峰一百块钱："去买两份兴化的阿头米粉,打包严实,给他尝尝热乎的家乡味道。"

"他肯开口了?"大峰接过钱兴奋地问。

段迎九看看表:"快了。不说话也看得出来他是莆田人。小角色,手心出汗,假装镇定,再有个半小时估计就顶不住了。"

大峰麻利地朝外面跑去,段迎九刚想回审讯室,手机忽然接到了一个陌生号码的来电。

"请问,是陈星妈妈吗?"电话那头传来一个女人的声音,"我是他的班主任,我姓丁。"

"有事吗?"工作状态中的段迎九,觉得案子之外的电话都是骚扰。

可能没见过语气这么横的家长,丁老师愣了一下:"是这样,学校有一些通知,要和家长直接电话。平时都是给陈星的爸爸打电话,刚才他没接,所以——"

"他不接电话只有一种情况,给病人做推拿,手机静音,顶多半小时,一个疗程捏完了,他会回过去的。"没等老师说完,段迎九就打断了她的话,而且直接掐断了进一步沟通的可能,"我这边有点急事,先不说了,以后有事找他爸就行。再见丁老师。"

另一边,看着挂断的手机,丁美兮老师十分意外。居然还有这样的家长,对老师毫不客气不说,连孩子的事儿都不闻不问,而且这还是位妈妈。丁美兮看着花名册上陈星的照片,心想:李小满,你知不知道,不是所有的妈妈都像我一样把孩子捧在心尖上。

一阵急促的脚步声打断了丁美兮的思路,黄老师急慌慌地跑进来,嘴里嘟囔着:"死东西起床也没叫我,迟到了迟到了。"

哑巴抱着一个快餐桶,稀里呼噜地低头吃米粉。段迎九把另一桶米粉也摆在他旁边,然后坐在椅子上,不紧不慢地说起来:

"米粉这东西，老行家和尝鲜的人，吃相不一样。刚出锅还烫嘴的粉儿，咬着一头就不松嘴，一根从头吃到底，南细北粗，东淡西咸——老家是莆田哪的？东埔还是湄洲啊？"

哑巴没说话，依旧低着头吃粉，只是速度比之前稍微慢了一些。

段迎九接着说："夜里睡得晚，还得早起，洗脸的时间也没有，可非得去买早餐。吃两口就扔了，这不是爱吃，是不吃不行。溃疡加胃炎，大夫肯定也叫你戒酒了，啤酒也不能多喝。"

哑巴挑粉的筷子停了一下，但还是把这口粉吃了下去。

"升仕310R，网红街车，博世9.1M型ABS系统，压铸式后摇臂，风油水三冷，两种驾驶模式，钢铁侠的前脸，酷是够酷，就是娘了点。前减震还有点渗油，你是没发现，还是觉得无所谓，懒得修它？"

桶里的粉被吃掉大半，哑巴放下筷子，抹了抹嘴角，但嘴巴还是闭得很紧。

段迎九点点头："言多必失，话少是个好习惯。起码不会让你老婆起疑心。她要是知道你干的这些事，会怎么说？一个家庭里总有一个能说的，她会怎么埋怨你？"

哑巴咽了口唾沫，忽然想起早上出门的时候，黄老师还在睡梦中，他忘记叫醒她了。"她知道了？"

面对哑巴说的第一句话，段迎九回应得十分谨慎："现在还不知道。等你该回家的时候没回去，她就得着急了——我想知道的没多少，三件事。说清楚了，你就可以给媳妇打个让她安心的电话。"

哑巴抬头望着段迎九，既没答应，也不拒绝。

"有个戴帽子的男人，也去过那个酒吧的卫生间。他是谁？"段迎九试探着抛出了第一个问题。

花莲没想到会再次回到大同路的这间出租屋里。桃园陪着她藏在黄岐半岛的海岸边，苦苦等了一夜，但最终也没有等来新竹的影子。

此时，桃园学着新竹的样子，把那部接收指令的旧手机再次吊到了门框上。两个人都在期待着铃声响起，以及铃声背后传来的消息。

时间分分秒秒地过去了，花莲越来越没信心。她问桃园，如果一直没人管他们该怎么办。桃园沉默了一会儿问道："你开过枪吗？"

花莲摇摇头。

"那他们教你些什么？"

花莲假装咳嗽了两声。女间谍上的第一课，大多都是男人。这些她不想告诉桃园。

见花莲沉默不语，桃园接着说道："他们教我打枪、开车，教我学英语学日文。那些子弹和老师都是要花钱的，培养咱们有成本，这笔账他们肯定会算。怎么会不管？"

可是这个看起来很立得住的理由没有说服花莲："我觉得，咱们回不去了。"

"为什么？"

"直觉。"花莲停了一下，又问，"你觉得新竹会死吗？"

"他拜过佛了，不会的。"桃园说着，在心里暗暗祈祷。如他所愿，马祖岛一侧，奄奄一息的新竹被海浪冲上了岸……

傍晚，李唐拎着一袋鱼和菜回到家里。他把钥匙挂到墙上，走进厨房，刚把鱼扔进水槽里，忽然停住了。刚刚经过的餐桌上，那个他早上用过的水杯，怎么会那么透亮？早上，他明明用抓过小笼包的油手握住过杯子。李唐慢慢走回客厅，凝视着桌上那个干净得有些格格不入的杯子，在脑海中一点点复盘——

一个男人轻松打开大门，走到两间卧室门口往里看了看，又不慌不忙地来到饭桌边，拿起那个李唐早晨喝过水的杯子，对着光线看了看。他自己倒了水，喝了几口，打开电视机，开始在客厅里翻找。经过客厅的鱼缸时，男人顺手给热带鱼喂了食。随后他来到冰箱跟前，从上面拿起一张用冰箱贴吸住的外卖单，坐到沙发上看起来。

李唐拿起那张外卖单，是一家饺子馆。他沉吟了一会儿，拨通了上面的订餐电话。

饺子薄皮大馅，可李唐没什么胃口，端着那个被人刷干净的杯子，不停喝水。丁美兮问他为什么叫外卖，他推说今天活儿忙。又问他是不是取钱了，她收到了刷卡短信，他也只是简单地回答，打印了点东西。

丁美兮的脑子里一直绷着钱这根弦，直到问完第三个问题"打印的什么"，她才注意到李唐神情异常，于是赶紧找补说，她是看股票的时候无意看到的。李唐没吭声，他的注意力被电视上的一则新闻吸引了过去：今天下午三点十分，蓝天救援队接到渔民求助，在环岛海域附近，有一名少年溺水。救援队出动十六名队员，历时三个小时，两次潮涨潮落，救援队终于寻获溺水少年。不幸的是，少年已无生命迹象。救援队将遗体打捞上岸后，移交给警方处理。目前，事故具体情况正在调查之中。据不完全统计，一个月内，厦州已经发生十六起溺水事件……

海边溺水在厦州不是新鲜事，但镜头扫过之处，李唐看得真切，死者正是前几天在桥洞里和他拼命的小钟。

待小满吃完饭进了卧室，李唐把这个令人心惊的消息告诉了丁美兮。

"谁干的？"丁美兮瞪大了眼睛。

"幺鸡。他今天来过家里了。"

丁美兮紧张地抬手捂住了嘴，半晌才调匀呼吸问道："他想干什么？他在针对谁？你和我，还是小满？他要杀人灭口吗？"

李唐上去握住她的手，安慰道："别怕。他要真想动手，就会一直待在家里，等我回来。"

话虽如此，但丁美兮还是慌张得厉害。她甚至都顾不上督促李小满学习，就拉着李唐匆匆进了卧室。进门前，李唐看见出来喝水的女儿，特意嘱咐说："鱼今天已经喂过了。"

回到屋里，两人很长时间都没有说话。丁美兮眉头紧蹙坐在床上，李唐则抓着门框上的两个把手，做引体向上。上次和小钟缠斗的时候，他明显感觉到自己的体力严重下降。照这样下去，真出点事儿，怕要扛不住啊。可是引体向上只做了四个，他便哆嗦着掉了下来。他下意识地摸了摸肚子上的伤口，好像在给自己不堪的体能找点借口。

见丁美兮神情焦虑，他又解释说："我做了份寻人启事，打印了好多，贴出去了。他看见了，知道我在找他。"

丁美兮还是没说话，忽然起身打开抽屉一通乱翻。李唐见状，忙说没丢什么东西，但没想到丁美兮竟然拿出了那盒安全套。只见她一股脑倒在桌上，一个个地数起来，一边数一边说："李小满这几天一直在偷用我的粉底，今天连腮红都少了，她肯定谈恋爱了。"

李唐看着她数完才问："少了吗？"

"好像没有。"听完这话，李唐松了口气，刚想安抚一下丁美兮，不想却被丁美兮抢先开口，"我不管家里怎么处理这件事，除非他们把么鸡抓回去。要不我就不干了。他迟早会是个威胁。我无所谓，他就是把我也像小钟一样推到海里，我也不怕，李小满怎么办？我怎么跟她说？我说你要小心点，上下学的路上万一有人用枪顶着你，你怎么逃你怎么跑？"

见丁美兮越说越激动，李唐上前一把抱住了她："听我说。只要我活着，谁都不敢碰你和李小满。"

"凭什么？你是警察吗？"

"我是她爸爸。"

丁美兮的肩膀在李唐的怀里渐渐松弛下来，她长出了一口气问道："要不要告诉上面新来的那个人？幺鸡卷钱潜逃的事是他说的，既然人已经出现了，那就让他去找好了。"

李唐摇摇头："幺鸡故意洗好杯子，告诉我他见到我的寻人启事，来找我了。所以明天我先去见见他，看看他是什么意思，再说。"

"你知道他在哪儿吗？"

"他已经给我指好路了。"李唐看着那张外卖单说道。寻路的密码都在价格表上，想找到地方并不难。只不过他没想到，当他还在尽力安抚丁美兮的时候，已经有人捷足先登。在一间旧楼房的小屋里，一个男人一边喝啤酒一边看着电视上的球赛转播。另一个人在门口收了伞，抬起左手推开了房门……

哑巴彻底撂了，但段迎九却很失望——之前去过酒吧的人哑巴一个也不认识。他只负责跑腿，谁送的，送给谁，送的是什么，上面都不让他知道。钱，东西，都不会见面给他。每次给他派事儿，用的都是不同的插卡电话，他上面的人极其谨慎。

大费周章地找了一圈，以为能钓到大鱼，不想却是只虾米，真是越想越窝火。老魏看透了段迎九的心思，可能是怕她发邪火连累大家，他把远赴北京带回来的秘密档案拿给了段迎九。

果然这是一剂灵丹妙药，段迎九一看档案眼睛都亮了："哪儿来的？"

"我们埋在对岸的人提供的。他们在厦州栽了一棵树，看着吧，现在的叶子虽然小，起码也知道是棵什么树。那些树枝和树杈，没准哪天就出现了。"

段迎九聚精会神地看了起来，不一会儿忽然笑了。"对岸的人怎么都喜欢这种毛茸茸的东西。幺鸡，凤凰，起个代号都这么萌。你说这些鸟还飞得回去吗？"

"会不会，那只幺鸡，已经变成凤凰了？"汪洋在一边猜测道。

"不会吧，凤凰是百鸟之王，小鸡崽子哪那么容易。"段迎九说着看向汪洋，"老板，咱的专案组能不能起个名字，就叫'凤凰行动'？"

"只要能破案，你说叫啥就叫啥。"

段迎九是顺毛驴，得了新线索，又吃了领导的好话，她的干劲儿又上来了。很快，她从办公室的一摞快餐盒里找到了思路——

一个人的行迹、住所、身份，甚至相貌都可以改变，唯有口味不会变。通过统计棋牌馆半年来打出去的电话，翻遍半年来所有的外卖单，可以从中发现点送率极高的，是一种韭菜水饺套餐，饺子搭配骨头汤，再加一份海带丝，这是大娘水饺家的招牌套餐。大娘水饺在厦州总共有四家分店，通过配送范围排除，最后只剩了一家符合的位置，十有八九，那儿就是幺鸡的藏身之所。

2100，是幺鸡留在外卖单上的数字。李唐在湖里区围里社附近的一根电线杆上找到了这个数字。这本是电线杆的杆号，之前他在这上面贴过寻人启事。李唐又看了看外卖单，顺着数字密码继续朝前开去。最终在一栋破旧的窄楼上找到了幺鸡写在单子上的门牌号。

李唐俯身把鞋带系成死扣，朝左右张望了一下，然后三长一短敲了敲门。只听吱呀一声，门根本没锁。李唐犹豫了一下，推门走了进去。窗帘全都拉着，屋里的光线十分昏暗。幺鸡站在厨房里，背对门口煮饺子，旁边放着一个大娘水饺的餐盒。

"别怕，进来吧。除了我和饺子，什么都没有。"幺鸡头也没回地对身后的李唐说道。

桌子旁边，幺鸡一边吹了吹滚烫的饺子，一边说："岛内不嫁岛外，城市不嫁农村。亏得我不用娶媳妇，要不然住在这儿，谁肯嫁给我？"

"树上有窝你不落，非要学耗子住洞里。你躲什么，有苦衷啊？"

幺鸡没回答李唐的问题，他把几个饺子拨到自己碗里说："昨天看球睡得晚，早晨也没吃饭，我就不跟你客气了。"

见幺鸡顾左右而言他，李唐直接说出了那则新闻："小钟死了。"

幺鸡猛然呛了一下，他拨拉着桌上的空啤酒罐，从里头拣出一罐新的，打开抿了一口，假装不经意地说："是吗？"

"他知道多少事情，你不让他活下去？"

这个问题幺鸡也没有回答，他抬头看了一眼李唐，反问道："咱俩认识多久了？你在寻人启事上说十六年，我怎么记得不是？"

"这里只有你一个人知道吗？"

幺鸡这次干脆摆摆手："你还想知道什么，一起全问了，吃完了我一气儿说。"

听他这么说李唐反而问不出什么了，他看着幺鸡狼吞虎咽的吃相，淡淡地说："这么多年了，还这么爱吃饺子？"

幺鸡吃完了最后一个，满足地抹抹嘴："下雨天，外卖容易凉。饺子吃的就是热锅气，我就让他们送生的，自己煮了。"说着，他端着碗走到厨房，打开水龙头仔细地把碗洗干净，继而又对李唐说："十六就是十六，十七就是十七，怎么能含糊？你闺女多大了，一算不就算出来了？"

李唐有点不耐烦了："那就十七年。你老问这个干什么？"

"闲聊嘛。"幺鸡笑笑说，"我问你，要是今天不是今天，换了十八年前，你刚来厦州，你会后悔吗？"

"你想说什么？"

幺鸡往后一仰，整个人疲惫地瘫坐在沙发上，微微有些气喘："十几年前，再快的土狗都撵不上我。如今老了，洗个碗都得喘。

李唐，钱没了，你得问后面的人要了。"

"你要跑？回家，还是去国外？"李唐说着，想起了林彧前几天的话。

幺鸡正正身子，忽然唱了两句："你我就像浮萍一样，漂浮在茫茫的水面上……"他看着李唐问道："知道这首歌吧？罗大佑写的词，刘文正最红的时候唱的歌。浮萍，咱们都是浮萍，能往哪儿跑？"

"跑到哪儿，他们都能找着你。当叛徒的下场，你比我更清楚。"

李唐不知道这句话是忠告还是威胁，但似乎幺鸡突然被激怒了："什么下场？从我第一天受训，就用下场吓唬我。日他妈，看咱们像看狗一样，他们把我们当过人吗？"

幺鸡的问题李唐一样答不出来。幺鸡咳嗽了两声又哼唱了两句那首刘文正的歌，之后慢慢说道："刘文正这些年一直没消息，有人说他去了美国，到底是不是？"

"你那些说不出来的苦衷，我帮得了吗？"李唐不忍地问道。

"你肯帮吗？"

"你不说，怎么知道我不肯？"

幺鸡似乎有些困倦了，但他长出了一口气，打起精神继续说道："十七年四个月零三天。李唐，除了我爹我妈，你是我打交道最久的人了。每回上面让我给你派那些操蛋事情，你从来不说不行。为了你老婆你能跟我翻脸，自己的事情多为难你都不说。有时候我在想，要是你摊上我的事，你来找我，我肯帮你吗？"

"你不肯吗？"

"有些事情，不是肯不肯，是能不能。"幺鸡的语速越来越慢，眼神也有些恍惚。李唐忽然意识到了不对劲，赶忙问道："你怎么了？"

幺鸡脸上浮现出了痛苦的表情，他咬牙坚持说道："我给自己在饺子里下了药。不用叫救护车，不用找人，来不及了。李唐，记住我的话，不该知道的不要知道，干完自己该干的，回去，回家。

十七年四个月零三天，别白浪费了这么久。日他妈，我看不见你了。别过来，身上别沾上东西，把指纹和脚印擦干净，走，就当自己没来过……"

一股白沫从幺鸡的嘴里咕噜咕噜地翻上来，之后他抽搐了两下，便再也不动了。十七年四个月零三天前，李唐万万想不到他会眼睁睁地看着幺鸡在自己眼前死去。他和幺鸡的尸体安静地待了一会儿，然后拿起一块布开始到处擦。桌子、椅子、门把手……所有可能留下指纹的地方，都要擦干净。

这时，门外传来了轻微的脚步声。李唐侧耳听了听，应该不止一个人，但他的手却没停，一直在仔细地擦着……

除了沙发上的尸体，屋里应该没有其他人了，段迎九来晚了一步。在干警拍完现场照片之后，他们进入屋内开始搜查。段迎九戴上手套，一样样地察看着饭桌上功夫茶的茶具。透过两个茶杯之间，她意外地发现在饭桌后面的地板上，有一个几厘米长短的塑料小管。

段迎九小心地将它捏起来，对着门口的光线查看，仿佛里面隐藏着巨大的秘密。

第五章

丁美兮尴尬地走出银行，刚刚在里面，理财经理已经把单子递到她眼前，打开摄像头准备双录走流程了，但最后关头她选择了尿遁。"理财计划管理人提醒客户应本着'充分了解风险，自主选择购买'的原则，谨慎决策，自愿将其合法所有的资金用于购买本产品，在购买理财产品后，投资者应随时关注该理财产品的信息披露情况，及时获取相关信息。理财计划管理人不承担下述风险：一、政策风险；二、信用风险；三、流动性风险；四、市场风险；五、管理风险；六、信息传递风险；七、认购风险；八、提前终止风险；九、不可抗力及意外事件风险——"丁美兮知道这些都是银行的固定台词，但连续出现的"风险"二字还是刺激到了她。

忙活了一上午，客户最后关头跑了，理财经理怕是在里面翻着白眼骂她呢。丁美兮咳嗽两下加快了脚步，没留神差点和迎面走来的人撞了满怀。又是银行制服，她刻意回避了对方的目光，说了句"对不起"，继续向前。

然而就在丁美兮准备过马路的时候，停在路边的一辆轿车里，传来一个声音："丁老师。"

这个声音有点熟悉，一个身影哗的一下在脑子里闪过，微胖的圆脸，右耳上有颗痣。丁美兮没有停下脚步，她在心里对自己说，不是他，那个人的声音十八年前就在海面上消失了。

"丁老师。"喊声再次传来，似乎比刚才又靠近了一些。丁美兮停住了脚步，声音不是幻觉，难道真的是他？转身之间，一辆灰色轿车停在了离她不远的地方，林彧有些费力地从车窗探出头来，笑呵呵地看着她。

丁美兮清了清嗓子，走过去拉开车门上了后座。车子启动，朝大同路驶去。

林彧从后视镜里望着她说："这么多年了，李唐还这么小心眼。他没告诉你说我来了？"

"一回家就说了。"丁美兮看着窗外冷冷地回答。

"真的假不了。要是真说了，刚才我叫你，你也不会那么看我。"

"怎么看才是真的？"丁美兮说着望向后视镜，林彧一下想起当年第一次见面，丁美兮伏在他肩上耳语，神情和现在一模一样。他的脸上也不由自主地浮现出和当时一样的微笑。

这个微笑没有换来丁美兮的任何回应，她率先把视线从后视镜上挪开，然后问道："以后给我们安排事情的，就是你了？"

"好，还是不好？"

"以前幺鸡都是直接和李唐联系。有什么事情，再让他转告我。"丁美兮不置可否地答道。

林彧对她的尖刺儿不以为意，满不在乎地说："后座上那个袋子，给你的。"

一个普普通通的粗布购物袋就放在丁美兮的身边，她拿起来，掂了掂，问："要去递给谁？"

"送你的。"

丁美兮把里面的东西拿出来一看，是一个精致的Gucci女包。

"万象城的专卖店，你在橱窗前看过两次，也舍不得买。李先生也没给李太太送一个？"

"你跟踪我?"

"店里就剩这一个了。喜欢吗?"

丁美兮把包装进购物袋里,重新望向窗外。十八年前的那天,她也是坐在车后座上,仓皇地前往大同路的那栋楼——

挂在门框上的旧手机终于响了,桃园一下子跳起来,过去按下了接通键。花莲目不转睛地看着,见桃园神色凝重地嗯了几声,然后挂断了电话。

"说什么?"花莲急切地问,"让我们什么时候回去?"

桃园微微皱了皱眉:"不回去了。"

"什么意思?"

"你说的直觉。咱们得留在这儿,你和我。以前的代号也要改。从现在起,我不再叫桃园,你也不叫花莲。"

"留下来,是什么意思?"花莲的声音有些颤抖。

"找工作,结婚,在这过日子。以后,我的名字叫李唐,你叫丁美兮。"

"那我们以后?"

"叫凤凰。合在一起,分不开了。"

一阵微风顺着车窗吹进来,丁美兮的睫毛微微颤动。哭泣的感觉冲到嗓子眼就走不动了,她知道自己的眼睛已经干涸——十八年前,第一次听到丁美兮这个名字的时候,她都没有眼泪,那现在就更不会有了。

林彧见丁美兮在后面出神,伸出左手,点开了音响。坐在驾驶座上用左手还有点别扭,但他这个左撇子右手特别废,除了写字,基本啥也干不利索。要是像当初一样,桃园开车,他坐在副驾驶位就好了。左手摆弄音响,一侧身就能看到后座的花莲——十八年后,新竹说到做到,他不再是最无助的棋子,而是变成了捏棋子的人,林彧。

等红灯的工夫，林彧感慨地说道："这么久了，你一点没变。还和当年一样。"

"没变吗？脖子上都长皱纹了。女人一老，最先老的就是脖子。"丁美兮看着林彧的背影，他比以前宽了足有一倍，连耳朵上的那颗痣好像都被抻大了。

"那个火传鲁，后来有没有再去骚扰你？"

"他是个谨慎的人，吃一点疼，就不敢了。"

"你怎么这么肯定？"

"直觉吧。"

"我要是那个男人，也会迷上你。你做的事情和我们不一样，小心驶得万年船，万一他丢了魂呢？"绿灯亮了，林彧看了一眼后视镜，踩了脚油门接着说，"别相信老实人。人是会变的。就像李唐，以前三棍子也打不出一个屁，现在唠唠叨叨，嘴那么碎，像我爸更年期犯了。"

"我们俩被扔在这里十几年，哑巴也得学会说话，要不多无聊？"丁美兮的言语间维护着李唐，倒不是因为爱他，就是觉得在林彧面前，他俩关系更近。

林彧叹了口气："你们好歹是两个人。我一个人，更无聊。"

"我以为你死了。十几年，连个信儿都没有。"

"就算死，我也得再来看你一眼。"

车已经开到了李唐家附近的街道，老街区路窄，非常容易堵车。林彧的车排在长长的队伍后面，交通灯在远远的前方，想过这个路口，至少还得等三四个红灯。见车流卡住不动，林彧转身望着丁美兮，突然拉住了她的手。

丁美兮挣了两下没挣开，她望着林彧，平静地问："这也是命令吗？陪长官上床？要不要我先化个妆？"

林彧一下想起十八年前，他在黑暗中强吻花莲，她反抗的姿态也是如此决绝。和当年的新竹一样，林彧放开了手。绿灯亮起，车流缓缓向前。林彧想再说点什么，忽然接到了李唐的电话。

挂了电话，见林彧脸色越来越难看，丁美兮迟疑了一下问道："怎么了？"

"幺鸡死了。"

走进李唐家，林彧四下张望了一番。这里和他们当年的藏身之处，只有一墙之隔。趁倒水的时机，丁美兮悄悄把柜子上摆的照片扣倒了——她不想让这些人看见女儿的模样。

"李唐说，我们差点死在隔壁，不吉利，非要搬到这边来。要是早知道房价涨成这样，那些年就算卖血，管它吉利不吉利，把隔壁的房子也买下来，现在什么都不用干了。"丁美兮说着端来一杯热水放在了茶几上。

林彧笑了笑："以前他老觉得我迷信，现在自己也疑神疑鬼的。"

"有了孩子，人就变了。"

角落里放着丁晓禾的行李箱，林彧看见后问道："除了你们一家三口，还有别人在这儿住吗？"

"我弟弟。等着公务员面试，借住几天。"

林彧点点头，还是把话题扯到了李小满头上："你女儿，她怎么样？"

"很好啊。很争气，特别懂事。每天就知道把自己关起来学习，撵都撵不出去，不出去不活动，愁人。"丁美兮脱口而出，她也不知道自己为什么要撒谎，就是觉得在老同事面前不能输。

林彧敏锐地感受到了丁美兮紧绷的外壳，这和他想象中的重逢似乎不太一样。他指了指沙发说："你怎么一直站着？坐下说吧。"

丁美兮站在原地没动。

"花莲——"

林彧的语气越发柔和，但被丁美兮坚定地打断了："我叫丁美兮。你要是不想叫丁老师，就叫我李太太吧。"

李太太，这个称呼打破了林彧心里的回忆滤镜。他已经被踢出了三人行动小组，而李唐和丁美兮是一个整体。林彧笑了笑，虽然现在没太多可以让他笑出来的事情，但他还是爱笑，爱用笑掩饰一切。

"家里派我过来，总要来家里看看。以后，还和幺鸡在的时候一样，有什么事情，我会单独告诉李唐，不会再来打扰你。"见丁美兮低头沉默，林彧开始布置任务，"有一家研制低空无人机防御系统的公司，叫正信科技。想想办法，到总工程师刘晓华的办公室，去安一个窃听器，越快越好。"

"知道了。"

林彧点点头，起身朝门口走去。

"等等。"打开大门的瞬间，丁美兮的声音终于在身后响起，林彧满怀希望地转身望去，却看见丁美兮站在原地，指着桌子说，"把你买的包拿走。"

电视的声音不算小，但还是不能掩盖屋里丁美兮和李小满的争吵声。这是李唐意料之中的局面。丁美兮认定李小满早恋，拿着本《青春期性教育手册》找她谈话。就这种情况，想不吵起来，太难了。

这时，丁晓禾拿着一套刚干洗完的西装走了进来。明天要面试了，他借了李唐的西装穿一下。屋里的战局越来越热闹，丁晓禾听见动静想过去看看，却被李唐拦住了。

"怎么了？"丁晓禾小声问道。

"就……唉，没什么。"李唐说着扯了扯西装上干洗店的标签，"这还是我和你姐结婚时候买的，这么些年还没卸。你将就着凑合凑合。等你上班了，让你姐送你套新的。"

"不用不用，听说到时候会给我们发制服。"

"这么好啊，哪个单位?"

"国家安全局。"

李唐下意识地用力一扯，标签上的订书针扎进了手指肚，一滴血珠子嗖地冒了出来。

丁晓禾见状赶紧接过西装："药箱在哪儿，先消消毒?"

李唐摇着头把指头放进嘴里嘬了两下，接着问道："国家安全局，干什么的地方?"

"嗯——"丁晓禾低头避开了李唐的目光。

"不能说呀? 有纪律?"

正当丁晓禾不知如何作答之时，屋内的战火蔓延到了外面。李小满气呼呼地冲出来，完全无视母亲追在身后气急败坏的教训，钻进自己的卧室，啪的一声关上了门。

丁美兮正要强行进入，李唐拿着外套上前拦住她说："走，下趟楼。你弟弟明天面试，给他买条领带去。"

冷饮店外面的桌子上，放着丁美兮的杂牌包。李唐把刚买的新领带往肩膀上一搭，一边吃着冰淇淋一边对丁美兮说："傻了你，那么贵的包为什么不要? 非得自己花钱买? 姓林的那么抠，你以为他会自己出钱吗，花的还不是经费? 这些当官的都这样，再紧，自己花的也能挤出来——"

刚和女儿吵完架，丁美兮本来就很上火，李唐又啰啰唆唆地叨念白天的事儿，让她感觉更加烦躁。她拿着小勺在冰淇淋里搅来搅去，终于忍不住打断他说："你怎么现在嘴这么碎? 像个更年期。"

李唐手里的勺子忽然停住，抬头问道："谁这么说我?"

丁美兮没接这个茬儿，气哼哼地说："我自己有钱，股票挣了，我买个包怎么了? 我又没用你买。"

101

"谁说我像更年期？你从来没这么说过。"李唐还抓着刚才的问题不放。

"你自己看看，你不像吗？"

"是不是新竹说的？"

"他现在叫林彧。"丁美兮说完瞪了他一眼。

李唐不屑地喊了一声："听听这破名字，也不知道真的假的，现在都什么年代了，谁能认识这种生僻字？人人都管他叫林彧，天天彧也彧地叫着，祸事能不来吗？一点都不吉利。"

看着李唐的神情，丁美兮忽然想起白天自己在林彧面前维护他的样子。他一定也觉得自己是和他关系更近的人，想到这些，刚才的烦躁似乎减少了一些。她对李唐问道："他来厦州，你怎么不告诉我？"

"这几天事情多呀。幺鸡也死了，哪顾得上说这事。"

"知道他到了家里，十分钟你就扑回来，不要命了？超速闯红灯，被扣了几分？"

"我才懒得管你们在哪儿。我正好就在附近。"李唐说着把自己面前的空碗往旁边一挪，"你的冰淇淋还吃不吃了？不吃给我。"

丁美兮默默地把碗推到李唐面前，抬眼正好看到他肩膀上的领带。"丁晓禾考了国安，这个事不能叫林彧知道。他叫你去安窃听器，办公室那么多人，这怎么装？他们说什么我们就得干什么，以后要是叫你去上天呢？李小满死活不承认自己谈恋爱，两句话不对就给我甩脸子，你是她爸爸，你管不管？麻烦最近这么多，要不要去南普陀拜拜？你说话呀！"

听着丁美兮无助的抱怨，李唐舔舔嘴唇说："麻烦就像冰淇淋，吃完一个，再吃一个，慢慢吃呗。"

西装革履的丁晓禾仿佛换了个人，一下子显得成熟起来。他想自己坐车去，可姐姐说，第一次面试，宁可多等也别迟到，坚持让姐夫开车送去。

丁晓禾拗不过姐姐，但他其实不愿意和姐夫单独相处，尤其不喜欢他们出租车司机的职业病，尬聊。此刻，李唐一条胳膊耷拉在车窗外面，另一只手放在方向盘上。车子也和司机一样，吊儿郎当地缓慢前行。

丁晓禾看了看表，小声说："这近路怎么这么慢？"

"早高峰，哪条路也走不快。"李唐嘴上虽然这么说，但一拐方向盘，往前加了个塞。然后他假装看倒车镜，观察了一下丁晓禾。他和往常一样，表情平静，看不出任何情绪。李唐思量了一下，假装闲聊似的探问起来："我原来拉过一个你们这单位的，老得加班，半夜才出来打车，说一有事就没日没夜地忙，出来进去还什么都不让说，是不是？"

"不清楚。"

"你说，国安和公安有什么区别？你们将来也带枪吗？有没有手铐？"

"不太了解。"

"等你上了班，还回家来住吗？给你们分宿舍吗？"

"现在还不知道。"不等李唐再问，丁晓禾忽然指着前面的路口说，"姐夫我到了。"

李唐看了看四下的建筑："在这儿？"

"嗯，单位让我们在这集合，一会儿有人来接。"

"我说呢，这儿也不像呀——"话未说完，丁晓禾已经下了车，站在原地，朝李唐挥手。李唐冲他点了点头，继续向前开去。倒车镜里，丁晓禾的身影越来越远，李唐皱着眉，心里又多了个包袱。

其他老师都去上课了，丁美兮拿着那本她亲手制作的花名册，一页页仔细翻找，终于在一位家长的备注栏发现了有用的信息——湖里区政府办公室副主任。丁美兮拨通了这位家长的号码，温柔而客气地说："是李主任吧？我是李雨桐的班主任丁美兮。有个事情我想麻烦一下，正信科技公司您了解吗？就在湖里区，台湾街，对，有个亲戚的孩子想去实习，让我帮着问问。好的，谢谢——"

刚挂断电话，外面响起敲门声。紧接着一张陌生的面孔探进来问："黄老师，是在这个教研组吧？"

"是，您是？"

"我姓段，是学生家长，想跟您了解点情况。"段迎九走上前去，主动向丁美兮伸出了手。

对这位不速之客，丁美兮习惯性地保持着警惕。这个中年女人，看年纪倒是像学生家长。可她话里话外问的事，和孩子学习都没什么关系，反而处处围绕着黄老师的家里事儿刺探。丁美兮闭严了嘴巴，除了夸赞黄老师教学水平不错，其余的事情一概不知。

丁美兮的反应自然也引起了段迎九的好奇。如果说嘴严不八卦还算是有修养的表现，那丁美兮的穿着打扮就不得不令人好奇了。飘逸的 V 领连衣裙，剔透的丝袜，闪亮的高跟鞋，还有精致的妆容和特别打理过的头发，怎么看这个造型也不像准备站在讲台上吃粉笔灰的样子。

"丁老师，你们学校是对老师形象有要求吗？您打扮得可真漂亮。"

"谢谢。"丁美兮觉得这句恭维似乎另有深意，紧接着便说，"您还有别的事儿吗？我到时间去上课了。"

正在这时，门外有人喊报告。只见陈星抱着一摞卷子走进来，看见段迎九站在屋里，他吃惊地脱口喊道："妈？"

丁美兮也很意外，她回想起前几天打的那个电话，不禁问道："您是陈星的家长？那天打电话，是您接的？"

段迎九倒显得很镇定，马上客气地说道："丁老师？一直给阿宝补课的就是您啊？那天他爸给您回电话了吗？我让他替我道歉，道没道？他是不是给忘了？"

可没等丁美兮回答，阿宝紧张地抢先问道："你怎么来了？是不是奶奶死了？"

儿子突如其来的问题，让段迎九无比震惊。她匆匆告别了丁美兮，简单和儿子询问了两句，便开车往家里去。婆家远在内蒙古，按阿宝的描述，婆婆应该已经病重。

虽然婆婆不喜欢她，但作为儿媳妇，段迎九也觉得自己此时的表现有点说不过去。没办法，她这几天忙得连白天晚上都分不清了。幺鸡一死，线索全断，她只能带着人跟各个派出所对接，大海捞针地排查。下面的人有怨言，汪洋也给她施压。可不这样又能怎么办？有些硬骨头，就得硌断了牙也不撒嘴地硬啃。只是这样就难免伤着自己和身边的人。

进了家门，陈华果然在收拾行李。段迎九开门进来，他听见了却没回头。

"糖尿病加重了，还是血压出了问题？"段迎九凑过去讪讪地问道。陈华还是没回头，自顾自地继续收拾。

"我记得你妈是低压高吧，是不是老了容易忘，没按时按顿吃上药？"段迎九又问了一句。

陈华淡淡地说："你忙你的，没事。"

"什么时候的飞机？我看今天到包头的航班还得在南京转。阿宝说你要带他回去，他班主任今天准假的时候可不太高兴。你妈到底什么毛病？不能等到周末吗？"见陈华什么都不说，段迎九越说越急，语速也越来越快。

陈华终于停下手，抬头看了段迎九一眼，低声说了两个字："胃癌。"

段迎九好像被人当头打了一拳，她缓了缓劲儿，掏出手机一边翻日历一边说："我看看啊，后天我能抽个一天，也许得大后天——"

"她不想见你。"陈华阻断了段迎九各种不靠谱的也许，然后平和地说道，"离婚的事，我没什么条件，你觉得怎么合适就怎么来。我和阿宝也说过了，他肯定是跟我。平时你要想看他，我也不拦着。"

刚才的一拳还没缓过劲儿来，挨脸上又是一巴掌。段迎九的心里开始冒火："你都定了的事情，这是在通知我，还是命令？"

"我是想谈啊。可以谈，我随时都行啊。说好了谈，每次你都没时间，每次都不来。我知道你忙，我也忙，我们都忙，我从来没有埋怨过你，对不对。结婚之前你爸就告诉我，别指望干国安的会像普通女人普通老婆一样。他给我打过预防针，要么就别娶你，娶了就别后悔，我没有后悔，段迎九，我只是觉得我们现在和离婚没有区别，你觉得呢？"

陈华越说越激动，甚至一把抢过段迎九刚刚接通的手机："我不想再等了。今天我们就谈个透。事情没说清楚之前，谁也别走。"

"行吧。"段迎九往沙发上一坐，脱了鞋盘上腿，对陈华说，"听你的，谈吧。"

陈华慢慢冷静了下来，他把段迎九的手机放在茶几上，摘下眼镜揉了揉眼睛，刚要开口，就看见段迎九一边用手背擦汗，一边念叨："好热啊，我的毛巾还有吗？"

陈华叹了口气，走到卫生间，拿起一块灰色的毛巾。刚想往外走，又有点不放心，把毛巾凑到鼻子跟前闻了闻，确定没有异味，才转身出去。可就在此时，卫生间的门突然从外面关上了，紧接着传来咔嗒一声。门口的人影一闪而过，陈华觉得不对劲，过去一拉，门已经被反锁了。

"你干什么？把门弄开！开开门！听见没有！"在陈华的怒吼声中，段迎九拿起手机出了家门。她不想谈，也没时间谈，现在办公室里，一拨新人正等着她面试呢。

国安局大楼的会议室里，丁晓禾端坐在桌子旁，耐心地等着。朱慧则像一只小鸟，叽叽喳喳地围绕着他，非要跟他互相提问，做模拟演练。丁晓禾耐着性子回答了几个问题，可朱慧越问越不着调，丁晓禾只能单方面终止了这场演练。

可朱慧连跟踪这样的事都做得出来，她心里的小火苗怎么可能轻易熄灭。见丁晓禾不说话了，她又凑过去小声问道："我去找你，你姐姐跟你说了吗？"

丁晓禾没回答。

"为什么不接我电话？"

"手机没电了。"

"你连撒谎都不会。"朱慧得意地说，"看着我。再说一次没电了？你老躲我干什么？公安大学教你的反侦查，全用我身上了？"

丁晓禾长出一口气，目不斜视地问道："面试的内容都准备好了吗？"

朱慧傲娇地哼了一声，仿佛已经看穿了丁晓禾的心思："你考公务员，我也考公务员。你报哪儿，我也报哪儿。你辞职我也辞职。告诉你丁晓禾，你越这样我就越烦你。我烦死你。"

丁晓禾转过头看着朱慧，严肃地说："我们已经分手，很久了。"

"谁规定分手了不能再好？安全局吗？"

正当丁晓禾被朱慧的胡搅蛮缠折磨得无处躲藏之际，一个二十出头的小伙子背着包推门走了进来。他的头发有点自来卷，穿着一身便装，进来之后瞥了一眼正襟危坐的丁晓禾，便在门口旁边的椅子上坐下了。

丁晓禾料定他也是来面试的，刚想起身去打招呼，却被朱慧一把拉住了。

"敲门都不会，还会和你打招呼吗？"朱慧话里有话，故意说得很大声。可自来卷小伙子丝毫不为所动，好像屋里根本没别人似的。

回到国安局，段迎九马上向大峰问起新人面试的情况。

"按着你的安排，四个半小时，六个办事员，都在大会议室里待着。没人送水，没人进去，也没人回答过他们的问题。都没迟到，最早到的叫丁晓禾。有个叫黄海的话最少，话最多性格最外向的叫朱慧，是里头唯一的女的。第一个问几点面试的也是她。每个人都吃过早饭，除了黄海都穿着正装。没人出过这栋楼，除了上厕所也没人离开过会议室——"

"现在的孩子都这么老实吗？"段迎九似乎有些失望，她想了想又问了一句，"谁上厕所的次数最少？"

"这个有什么问题？"大峰不解，可也马上给出了答案，"丁晓禾。他一直坐着，很稳。"

"办案盯梢打埋伏，一蹲就是一天。挑个不尿频，膀胱大的，很重要。朱慧，黄海，还有这个不尿尿的叫什么来着？"

"丁晓禾。"

"就要这三个。"

因为应付段迎九，丁美兮比约定的时间晚出来了一会儿。一上车，李唐就把行动目标的详细资料交到了她的手上——

刘晓华，四十一岁，祖籍湖南，大学毕业以后留京，因为性格关系受到同事排挤，先后跳槽到武汉和上海，六年前来到福泉。离过婚，有个孩子跟着女方在福州。有技术，正信科技首席工程师，在低空飞行器研究领域很有名。平时喜欢在论坛上和人掐架，网名叫不长腿的鸟。

丁美兮一边补妆，一边听李唐详细描述刘晓华的情况："这人脾气不好，还和网友约过架。总说些过激的话，微博被封过三次，封了就注册小号，接着骂人。手套箱里有他的照片和网上的言论，还有一些博客里的文章，你一会儿看看。我觉得这是个粗中带细的人，表面看着很糙，其实很敏感。"

丁美兮不着急看这些，和人打交道，她凭的是自己的直觉和这副美丽的皮囊。此刻，她刚刷好睫毛膏，左右看了看，叹息道："睡不好觉，眼袋又大了。"

李唐看了她一眼，接着嘱咐道："这个人性格很古怪，在每个单位基本都没朋友。生活里也很孤僻，在网上连女人都要骂。等会儿进去以后看情况，如果不行就马上走。"

丁美兮收好化妆品，拿出资料翻看了两眼："文笔还可以，不过不如你。你最近还写诗吗？"

"伺候老婆闺女和小舅子就够了，哪还顾得上那些有的没的。"李唐说着一打方向盘，正信科技所在的大楼已经出现在他们眼前。李唐熟练地把车停在了摄像头盲区。下车时，丁美兮的脸上多了一副墨镜，李唐戴上了一顶棒球帽。

"我已经到楼下了。"丁美兮昂首挺胸地来到写字楼大堂，一边讲电话，一边大步流星地往里走，"好，门禁是吧？怎么和门口说？刘工办公室，好，几楼？喂？没信号，你等一下啊——"

此时，执勤的保安已经提前刷开了门禁，殷勤地提醒道："刘工程师在六楼。"

"谢谢。"丁美兮礼貌地点点头，径直走向电梯间。片刻后，她从电梯里探出头来喊道："麻烦你，电梯好像有点问题。"

保安闻声，快步走过来察看。空荡荡的大堂里，李唐大大方方地走了进来，转身进了写着"步行梯"的那扇门。

丁美兮没想到，刚上到六楼，她就和目标不期而遇了。刘晓华的形象比想象中要差。之前在照片上，他只是显得有些桀骜不驯。而本尊看上去就是一副生人勿近的模样，油腻腻的胸卡在格子衫上晃来晃去，头发蓬乱，表情严肃，好像随时准备张口骂人。

丁美兮摘下墨镜挂在V领上，领口比刚才更低了。她身姿妖娆地朝刘晓华走去，眼神飘来荡去，但总围绕在刘晓华的身边。刘晓华自然也注意到了她，眼看二人就要擦肩而过，楼道尽头有个声音喊道："刘工，远程视频会议开始了，麻烦抓点紧！"

刘晓华闻声，快步离去。丁美兮松了口气，朝步行梯的方向望去。

本来，安装窃听器对李唐来说是小事一桩。反锁好办公室的门后，他很快锁定了安装位置——办公桌正上方一直开着的灯管。把灯管从天花板上卸下来，装好窃听器，再原封不动地把灯管装回去，整个过程最多需要十分钟。丁美兮说，刘晓华去开会了，时间绰绰有余。

然而，令人没想到的是，还不到十分钟，刘晓华就从会议室里冲了出来，边走边骂："别拿老板来压我！谁的意思我也不听，我只听数据！三样数据都不合格，二十天能干出个屌来！谁能干谁自己来！"

如果安装顺利，这点时间也勉强够用。可偏偏在最后一步装灯的时候，李唐听到楼道里吵吵嚷嚷的声音，手一抖，把螺丝掉在了地上。他赶紧下地去找，却不想踩滑了旋转椅，撞到了旁边的柜子，柜子顶上的资料稀里哗啦掉了一地。李唐顾不得这些，他要尽快找回螺丝，把灯装回天花板。可螺丝滚到了桌子最里面，他伸手够了半天也摸不着。想挪开桌子，却没注意桌子上的水杯，桌子一抖，杯子倾倒，水一下子铺满了桌面。

李唐在心中暗暗骂街，却无法阻止刘晓华的脚步越来越近。

其实会议室的门一开，藏在电梯口一侧的丁美兮就要拿手机给李唐打电话。可掏出手机一看，屏幕上赫然显示：无信号。她不甘心地拨了几次，根本打不出去。眼见着刘晓华怒气冲冲地朝办公室走去，丁美兮深吸一口气，紧走几步超过去，堵在了刘晓华的面前。

"不认识了？"丁美兮的语气中带着一丝挑衅。

刘晓华显然还没消气，瞪着眼睛质问道："你谁？"

丁美兮冷笑一声："论坛里骂完了人，你痛快了，这事就完了？"

"你要干什么？"

"骂人要道歉，网上也一样。说对不起。"丁美兮说着把头一扬，把白皙修长的脖子充分展现在了刘晓华的眼前。

刘晓华没反应过来是怎么回事，他转头看看电梯，问道："你怎么上来的？"

丁美兮微微一笑："天天和人约架，次次公布地址，网上那些信息敢留不敢认吗？我加你微信不通过，还怕人找过来，你在网上那些脾气呢？"

丁美兮的话像连珠炮似的，刘晓华无言以对，气呼呼地喊了一句："保安！"

"不道歉，还撵人，你就是这么对待女性的吗？"丁美兮有点慌张，她故意提高嗓门，向屋里的李唐传递外面的情况，这也是她目前唯一能做的了。

丁美兮的声音很快消失在楼道里，刘晓华走到办公室门口，一拧把手却开不开门。他侧耳一听，发现了里面的动静，二话不说，后退两步，直接把门撞开了。办公室里一片狼藉，天花板破了个洞，里面一根水管裂开了。虽然裂口已经被堵上了，但桌上地上已是一片汪洋。

"天天叫你们检修，没人听，水管爆了知道骂人了！别给维修部打电话了，三个人也刚够修的！"李唐操着浓重口音的普通话，丧声丧气地一边说，一边拎着扳手走了出去。

很快保洁员和修理工闻讯赶来，收拾残局。刘晓华坐在转椅上，回想着刚才的情景，拿出手机，打开微信，在通讯录这一栏看到了一个叫"喵喵"的新申请。他通过了申请，在对话栏里打了几个字："我在哪个论坛里骂过你？"

顷刻，一条新消息跳了出来，只有两个字："道歉。"

李唐快速走到停车处，把湿衣服和帽子脱下来塞进后备厢。正当他准备开门上车的时候，忽然发现，林彧已经坐在了副驾驶的位置上。

江头公园背面的一条小路上，这里白天几乎没有行人，更重要的是也没有摄像头。李唐蹲在车尾，给车子换上了本来的真车牌：闽D T3953。

林彧站在一边，看着他说："最近出事的人很多。一个死了，心脏病。一个被抓了，还不知道怎么样。你们也要小心点。"

"到别人眼皮子底下去安窃听器，是得小心。"李唐拧着螺丝，头也不抬地说道。

"工行的思北支行，经理办公室的保险柜里放着一份高级客户的资料，得拿出来。见着丁美兮那天，我本来是去找机会接近那儿的经理。约了两次，到现在也没见着。你要是觉得这个容易，我和你换换。"

"买理财炒基金，这种事情还是长官来吧。"

林彧叹了口气，望着远方说道："幺鸡死了，他手里有一笔钱也跟着飞了，要是找不到，很麻烦。"

"多麻烦？"

"你的钱，我的钱，厦州所有的经费都在里面，你说多麻烦？"

李唐安好了车牌，站起身来正要说话，却被林彧抢先说："放心，肯定要找出来。吃喝拉撒都要用钱，要是找不到，我怎么和家里交代？"

李唐点点头："要是没别的事，我先走了。"

林彧冲他摆了摆手。李唐坐在驾驶座上，打着了车，又把车窗摇下来说："丁美兮说，以后别送名牌包，太贵，不如折现好了。"

林彧露出习惯性的笑容，望着出租车越开越远。

李唐拎着一袋子菜走上狭窄的楼梯，经过隔壁的时候，不由停了一下。十八年前，角川在这间屋子里，几乎要把他掐死了。最后关头，新竹用一个沉重的台灯砸倒了角川。十八年前，新竹那张圆圆的笑脸在李唐的脑海中时隐时现，渐渐和胖胖的林彧重叠在了一起。

回到家中，李唐坐在卧室的桌子前，翻看一个旧日记本。本子上写着一首诗：

爱人
爱，是耗尽生命枯萎的花
爱，是疼痛的撕扯和叫喊
爱，是不分白天与夜的梦
爱，是一个烟头，在我心里烫出一个洞
爱人啊，你让我过了一个提心吊胆的春天

李唐把这一页翻过，用手把页缝压平，拿起一杆笔，准备在空白的一页上写一篇新的。刚要落笔，客厅里传来门锁转开的声音。李唐把日记本合起来，放到了抽屉里，然后向外一看，是丁美兮回来了。

丁美兮的外套散发着一股浓烈的火锅味，李唐接过来挂到了阳台的通风处。

"吃火锅去了吧这是，这么大的味。"李唐知道丁美兮约到了刘晓华，他是想问问进展如何，但看见丁美兮一脸疲惫的样子，又把后面的问话咽了回去。

丁美兮把高跟鞋换下来，趿拉了拖鞋，往卫生间而去。李唐看着她的背影提醒了一句："你的头发。出门前，头发是扎起来的。你忘了。"

丁美兮看了他一眼，什么都没说转身进了卫生间。她知道李唐的意思，但她现在就是什么也不想说，因为进行得实在太不顺利了。整顿饭的时间，她忍着刘晓华丑陋的吃相和自以为是的话语，笑脸也送了，媚眼也抛了。高跟鞋挂在脚尖上，在桌子底下荡来荡去，把刘晓华的裤脚都快踢脏了。待他吃饱喝足，还假装忧伤地说了一句"懒得回家，没意思"。

然而刘晓华居然告诉她："这是我第一次和网友出来吃饭——AA吧。"

一大桌的菜，丁美兮为了保持形象，一口都没吃，居然让她AA。丁美兮现在也吃不下了，因为这个刘晓华实在太恶心了。

深夜，李唐翻出日记本，在一张空白页上，慢慢地写着——"十七年四个月零三天""不该知道的不要知道""回家""干完自己该干的"……

这些都是幺鸡临死前对他说的话，那日的情景在他眼前反复浮现，而这些话他亦反复咀嚼了很多遍。

卧室的门忽然开了，李唐冷不丁地一哆嗦，猛然转过身，直勾勾地望着刚刚进来的丁美兮。丁美兮看出了李唐的紧张，她走过去，缓缓拉住他的胳膊，轻柔地反复摩挲，半天才感觉他僵硬的身体渐渐放松下来。

"还是幺鸡?"看着李唐写在本子上的字,丁美兮问道。

"十七年四个月零三天,你说,他到底是什么意思?"

丁美兮想了想:"也许是给自己下了药,糊涂了,他也不知道说的是什么。"

"不可能。"李唐坚决地摇摇头,"他从来不说半句废话,他一定想告诉我什么。是谁把他逼死的?好好的一个人,跑都跑了,为什么还要自杀?"

丁美兮正要说话,突然客厅的门外传来了敲门声,在寂静的夜里显得格外清晰。

第六章

　　李唐穿着围裙站在灶台旁边，熟练地翻炒着花蛤。丁美兮在水池边刷洗螃蟹，看上去有些心不在焉。之前敲门的是丁晓禾，一池子海鲜和外面餐桌上的红酒，都是他买回来的——面试通过，现在他已经正式成为国安局的一员了。

　　一只狡猾的螃蟹企图顺着水槽潜逃，李唐见丁美兮有些失神，在一旁提醒道："哎，跑了。"

　　丁美兮回头一看，抄起不锈钢勺子照着螃蟹当头敲下去。就差一步，螃蟹便可以获得自由，但此刻它再一次地坠入了死亡的深渊。李唐又看了看丁美兮，喃喃说道："熟了，就跑不了了。"

　　丁晓禾拿着开瓶器在客厅开红酒——本来他要帮厨，被姐姐坚决地推了出来："君子远庖厨，你去外面等着吧。"

　　"那姐夫还不是天天做饭？"

　　"他算什么君子！"

　　丁晓禾回想着刚才姐姐说话时的白眼，心里有点不是滋味。姐夫虽然嘴碎，可人还是不错啊，姐姐为什么……正暗自想着，丁美兮的电话响了。丁晓禾把手机送到厨房，见丁美兮听了两句就挂了。

　　"骚扰电话。"丁美兮让丁晓禾把手机拿回客厅。可没一会儿，手机再次响了起来。丁美兮听见铃声立刻喊起来："小禾替我接起来，跟那女的说我们家长命百岁，什么保险都不买，再打电话咒我，我告她去！"

看着姐姐又要上火，丁晓禾赶紧摁了接听键，刚要说话，却听见里面传来一个男人低沉的声音："我，刘晓华，知道你在家，你别说话，听我说。我明天不出差了，你要是有空，咱们还去那个地方。"

男人说得很急，挂得也很急，丁晓禾根本没时间反应。他对着屏幕愣了一下，记住了刚才的那个号码。

"李小满，吃饭了！你舅舅为了照顾你，把大排档都搬到家里来了，赶紧的。"李唐端着一盆花蛤从厨房走出来，见丁晓禾站在桌子旁边一动不动地发呆，他用胳膊肘碰了一下，"愣着干什么，倒酒啊！"

本该高高兴兴的一顿饭，丁晓禾吃得有些心不在焉。心里揣度着刚才那个电话，耳朵边还围绕着姐姐催他相亲的唠叨。

"该干什么的时候就要干什么。我告诉你，多少人都是挑花了眼，男人也怕耽误。不信问你姐夫。"丁美兮用蟹钳尖儿挑着壳里的肉丝，说完还不忘朝李唐使个眼色，示意他给自己助攻。

"我有福气，手也得快，才能把你姐抓住。"李唐马上会意地说道，没注意到丁晓禾尴尬的脸色。假牙最大的缺点就是不敢使劲咬硬东西，这十分影响吃螃蟹的速度。

丁美兮看了一眼李唐笨拙的样子，脸上不自觉地流露出嫌弃的神色。不过她很快就转回到了重点："听我的。我们学校新招的几个年轻老师，性格和家庭都好，哪天吃个饭，相一相。"

话说到这份上，丁晓禾只能直接拒绝："刚上班，我没心思想这个。"

丁美兮盯着丁晓禾看了一会儿，仿佛看透了什么重要机密似的："你不是不喜欢那个缠着你的姑娘吗？你们又好了？"

"我……"不等丁晓禾说完，桌子上的手机又响了。丁美兮转头看了一眼，立刻擦了擦手，起身去阳台接电话。

"来来来，咱俩再喝一个。你怎么还剩那么多啊？"李唐端起酒杯朝丁晓禾的杯子上碰了一下。丁晓禾笑了笑，举杯喝了一口，越发心不在焉——姐姐起身时，他扫了一眼，屏幕上显示的号码和刚才他接到的那个一模一样。

丁美兮又失眠了，和李唐一样。但关于丁晓禾的去留问题，他俩的意见却完全相反。看通话记录，刘晓华打过来的第一个电话，肯定是被丁晓禾听见了。丁美兮觉得，再留弟弟住在这儿，还不知道要露多少马脚。

"现在让他走，你还有没有点当姐姐的情义？"李唐反问道。更重要的是，他觉得丁美兮的做法根本就不合逻辑，有悖常理的事儿更容易让人怀疑。况且，丁晓禾住在这儿，国安局的锅灶里做什么饭，咸了淡了的味道，多少也能闻得着。

"你倒是想吃国安的消息。只怕芝麻还没捡着，自己先把西瓜丢了。"丁美兮叹息道，"这次只是裙裙角角，万一是别的呢？"

李唐想了想说："'明天不出差了，你要是有空，咱们还去那个地方。'——见面也能谈工作呀，刘晓华说的这些话，也不过分吧。"

丁美兮觉得李唐是真的一点也不爱她，这话里的意思李小满都听得出来，他居然还能这么坦然地自欺欺人。"丁晓禾的脸已经掉到了鞋面上。你当丈夫的觉得不过分，当弟弟的和你不一样。"

丁美兮的话李唐有点接不住了，他背过身说："明天你不还有课吗？早点睡吧。"

"睡不着。"丁美兮仰面躺着一动没动。

"那就熬着。把眼袋早点养大，咱去整容医院把它给割了。"

"耗子窝里养了只猫。这叫什么事情？"

"一直以为是小猫咪呢，谁知道长大了，成老虎啦。"李唐说着闭上了眼睛。

一大早，新加入国安局的三位新人——丁晓禾、朱慧还有面试那天沉默不语的小伙子，已经坐到了会议室的桌子旁边。他们每人的面前都摆着一个厚厚的档案袋，袋子上写有自己的名字。丁晓禾往旁边扫了一眼，原来这位一直不说话的新同事名叫黄海。

"天将降大任于斯人也。"段迎九脸色凝重地站在对面，小声说，"这个任务不好搞。你们觉得有多重要，它就有多重要。别人我不放心，只有你们三个了。"

"你不怕我们办不好吗？"朱慧脑子快，嘴巴更快。

"我向来喜欢信任年轻人。尤其像你这么聪明的，不怕苦，还有劲儿。让老魏去能行吗？体力消耗他就顶不住。老的迟早都要被你们淘汰，这是规律。任务现在就装在你们面前的档案袋里，想好了再打开。"

三个人的眼睛都被段迎九一番极具煽动性的话点亮了，直到看到档案袋里的内容。

"这些都是银行网点？"丁晓禾不解地问道。

段迎九点点头："厦州各个银行的分行支行营业所，全都在这儿了。就把自己当成环卫工，每个角落都要扫到，挨个摸排幺鸡可能留下来的银行记录。想想看，你要是自杀，你的钱会留给谁？就算没老婆没孩子，也养过小猫小狗。只要是人就会有安排。不来往的亲戚，绝过交的家人，哪怕暗恋的同学也算。带着幺鸡的照片，去对每个网点的摄像头。他肯定会戴着口罩或者帽子，注意看眼睛。各个银行和储蓄所都要过一遍，重点是湖里区。万一有奇怪的，马上通知我。"

"什么是奇怪的？"黄海忍不住问了一句。

"一个月之内，动作频繁，集中存钱或者转账，好久没有动过的僵尸账户突然活了，就像你闷葫芦闷惯了，突然说话一样，都算。大海捞针，这种方法最细致，去吧。"

大海捞针，果然是老同志们顶不住的活儿。丁晓禾刚才有多兴奋，现在就有多失望，加上昨晚一直辗转反侧想着姐姐的事儿，一个疲惫的哈欠不经意间溜了出来。

"你是夜里没睡好吗？还是觉得这个任务太难了？"段迎九看着他问道。

丁晓禾赶紧振作精神，回答说："我很好。我没问题。"

段迎九露出赞许的笑容，对三人做了个出发的手势。

工行思北支行营业部，经理吴杰办公室的空调开到了22度，就这样他还是大汗淋漓。陈秘书敲门进来，吴经理想让她在门口顺手把空调再调低点，可看到陈秘书长袖制服里面还套着衬衫，他想了想又算了。

"外面有人给你送了点东西。"陈秘书递过来一个纸袋子。

"快递吗？"吴经理接过来问道。

"好像不是。"

吴经理好奇地打开袋子，一张厦州大学附属第一医院的住院通知单从里面滑了出来。单子上写的名字，是吴经理的母亲。

"这是谁送来的？"吴经理警惕地问道。

"一个男的，四十来岁吧，胖乎乎的。您不认识他吗？"陈秘书问道。

吴经理有些茫然地摇摇头，但很快又说："不是，我知道了，你先去忙吧。"

陈秘书离开后，吴经理想起了昨晚那个有些奇怪的代驾——

"其实以前我不干司机。我有个表哥，欠了我的钱，人也没了，也许是打牌赌博，跑了，证件也补不了。他把钱都存在思北支行，要是能查到，能拿出来，我给您百分之二十。钱数很大，比您想的要大很多。"

那个代驾司机一开车就找机会和他聊天，没说两句就绕到了这个话题。但吴经理坐在后座佯装睡着，没搭理他。回想起来，那个司机好像也是个胖子。可是，他怎么会知道母亲急需住院，却苦于没有床位的事儿呢？

这时，桌上的手机响了起来。吴经理接起电话，听了两句，便答道："您在哪儿？我去找您。"

思北支行附近的一家小饭馆里，林彧终于等来了一直约而不见的吴经理。吴经理一落座就客气地给林彧斟了杯茶，这让林彧想起昨晚他在大排档请厦大医院的主任们吃饭时点头哈腰的样子。果然县官不如现管，平时再觉得自己是个人物，求人的时候一样矮一头。

不过，林彧可不想要挟谁，能拿钱高高兴兴把事儿办了最好。他给吴经理也倒了杯茶，关切地问起吴经理母亲的病情。

"最早是偏头疼，老毛病了，我外公就有这根子，传给我妈妈了。前几年到北京，天坛医院和301都看过，没有用。这两天突然重了，疼得整夜都睡不着。"

"老人睡不着，儿女也睡不着。"林彧点点头，一脸感同身受的表情。

"我那个妹妹，天天催我。那么大的医院，那么多的病人，能排上队已经不错了。女人不懂有多难。您要不要再点个菜？加个汤吧？"

"互相帮忙，以后咱们就是朋友。你再这么客气，我都不好意思开口了。"

不等林彧再说什么，吴经理从皮包里掏出一个鼓鼓囊囊的信封和两罐茶叶，一起推到了林彧面前："我就是一个小支行的小经理，您不嫌弃就好。我母亲的事儿您帮了这么大的忙，我也不知道怎么还。只要不是违法乱纪，叫我干什么都行。"说着，吴经理端起面前满满的一杯茶水，止住笑容，换上了一副严肃而诚恳的神情："这是您垫的住院费，饭钱我也结过了，茶是新茶，我和我妹妹都要谢谢您。上班时间，我以茶代酒，干了。"

吴经理举杯一饮而尽，然后起身离开了包间。

回到办公室，吴经理的额头又是一层细密的汗珠。可想想刚才上车的一幕他忍不住又有点后背发凉——这个来历不明的假"代驾"竟然趁告别的时候，把那一袋子钱从车窗里扔了进来。幸亏自己当机立断，直接把钱扬在了大街上。

想想这些人也真是可笑，他吴杰虽然只是个支行经理，但给老人看病的钱他还拿得出。况且，再过三个月他就要去集美支行当副行长了。前任就是在人民币上出了问题，直接撸掉了。马上能吃肉了，谁还会喝这口不干净的汤呢？

敲门声响起，陈秘书又拿进来一份册子——《高净值客户周年庆活动计划（附：本行高净值客户明细）》。吴经理接过来看了一眼，马上说道："以后别把客户明细写在外面，想招贼呀。"说着，他把册子锁进了抽屉。"拐角那家银行，内部有人把高级客户资料给卖了，网上沸沸扬扬，警察都来了。这可不是闹着玩的。"

见吴经理脸色不善，沉默寡言的陈秘书拘谨地点了点头。

丁晓禾从厦州银行的一个网点走出来。他活动了一下僵硬的脖子，又使劲儿揉了揉眼睛。段迎九下发的任务列表完成了还不到三分之一，但丁晓禾决定休息一下，插播一件其他的事儿。

他拿着一枚刚从银行换来的一元硬币，找到街上一个仅存的公用投币电话。试了试听筒，万幸，还通。他把硬币塞进去，拨通了昨晚印在脑子里的那串电话号码。

"是刘晓华先生吗，中通快递。你在网上买的东西，地址让雨水泡了，没法投递，能不能再给一次？"

电话那头又传来了昨晚的声音，只不过态度傲慢，不像昨晚那么殷切。顺着这个地址，丁晓禾轻而易举地找到了刘晓华。但他没有马上暴露自己，而是一路跟着刘晓华，从公司到理发店最后又到了酒店。

站在酒店房间的门口，丁晓禾犹豫了一下，可是想到刚刚刘晓华在理发店又染发又刮脸的样子，还是伸手敲响了房门。刘晓华显然十分急切，都没问问是谁就开门了。丁晓禾也挺急切，都没等刘晓华把那句"你是谁"说完，就扑了进去。

酒店的隔音不太好，刘晓华鬼哭狼嚎的声音，几乎传遍了整栋楼。

国安局的食堂里，大峰端着两份饭过来的时候，段迎九刚挂了丁晓禾的电话。段迎九一只脚踩着凳子，姿势活像刚从工地下班的民工。她拿起筷子把餐盘里的几块糖醋小排都夹给了大峰："长大了就不爱吃甜的了。饭也打多了，这些天我减肥。"

大峰看看排骨，又看看段迎九，没来得及开口，便被段迎九抢白："看什么？我就不能减肥了？"

"从没见您穿过裙子，都这么说。"

段迎九把筷子一放："你们什么时候变得这么八卦了？操的心还挺多。还想问什么？"

大峰哪敢再问，赶紧把筷子递给段迎九，岔开话题说："怎么样，那三个新来的办事员，办事靠得住吗？"

一说这些，段迎九来了精神："女的中暑了，说是还能扛着。两个男的现在也没下班的意思。你看，年轻人就是有冲劲。"

"大海捞针，这行吗？"大峰似乎有些担心。

"应该不行。不过万一呢？这种事，都是万一。"

大峰正要回话，段迎九的手机又响了。这让段迎九更加兴奋，以为又要收到喜报。可拿过手机一看，上面显示的名字竟是"丁美兮"。

在丁美兮家楼下的诊所里，段迎九见到了儿子阿宝。他受伤的手指已经包扎完毕，这会儿正在等着医生打破伤风针。

丁美兮一见着段迎九就忙不迭地道歉："都赖我，陈星想喝冰可乐，要是我去给他拿过来打开，就不会让孩子划破手了。我负责，负全部的责任。阿宝的医药费、营养费，还有缺了别的课的补课费，全部都是我的。先在这里应个急，咱们这就去医院。真的是对不起……"

段迎九打量着儿子手上的纱布，包得严丝合缝，整整齐齐，活像个小胖萝卜。她满不在乎地说："吃点痛，下次就记住了，没事丁老师。这纱布包得倒挺好，我看不用去医院了。"说完，还像医生检查似的，拨了拨阿宝受伤的手指。阿宝脸色惨白，忙不迭地一通喊疼。丁美兮赶紧上去护住他的手，还嘱咐说，把手放平会好一点。

这时，诊所的大夫拿着一个单子走过来："二十，谁交钱？"

丁美兮连忙答应。段迎九听了随口问道："二十？诊所现在这么便宜了？"

"打破伤风的钱，在家里包好了才来的。"丁美兮说着走向诊所门口的收银台。

段迎九脑子转了一下，她再次拿起阿宝受伤的手，一边端详一边问道："在家包扎好了才来的。是丁老师吗？"

阿宝点点头，把手抽了回去。

"她以前当过大夫，还是护士？"

"不知道。"

"你受了伤，流了血，丁老师不害怕吗？"

阿宝轻蔑地瞥了一眼："我这点血算什么。刘胖子从学校的楼梯上摔下来，头上磕了个洞，校长都吓傻了，是丁老师按着他的囟门，带他去的医院！"

段迎九轻轻地哦了一声，不禁向丁美兮望去。

结束治疗离开诊所，丁美兮的电话一个接一个地没断过。可就是这样，她也没忘了提前推开诊所大门，小心地领着阿宝下台阶。

"对，雨桐爸爸来接她的时候一起带走了。要不您看看是不是落在车里了，她那个书包不大，容易忘……肯定不在我家里，这种小事我记得住……今天实在不好意思，事情有点乱，我在群里和大家都说了，缺了的半节课我下周末补上，今天短了三十分钟，下星期我多上一小时，好的好的，谢谢理解啊，再见。"

段迎九走在后面，眼看着丁美兮就要下到最后一个台阶了。她突然从后面抢了一步，假装不小心撞了一下丁美兮的肩膀。丁美兮没有任何应激反应，只是一个趔趄差点摔倒。段迎九急忙一把拽住了她："小心看路！"待丁美兮站稳后，她指着路面上的一个小坑说："对不起啊，怕你们踩上去，一着急，倒把你给撞了。"

丁美兮长出一口气："多亏了你。要不然一脚崴到里面，下星期的课也没法补了。"

"那么多孩子，哪个带没带书包都记得住，这么一个小泥坑，我还以为你肯定也忘不了。"段迎九小心地试探道。

丁美兮笑着说："孩子的事哪能忘呢。除了这些，我连自己哪天生日都糊涂。"

段迎九也还了一个笑脸："阿宝他爸说过，丁老师比我这亲妈都靠得住。课教得好，细心，还会止血和包扎。阿宝的福气。"

"急救培训，都是学校强制的。每个年级每个班，每个老师都得会，不会是要扣钱的。"丁美兮回答得特别认真。

段迎九不以为然地撇撇嘴："这帮当领导的，就知道扣钱。谁赚点钱容易啊？"

和丁美兮告别之后，段迎九母子顺着丁美兮家楼下的街道慢慢溜达。手虽然伤了，但阿宝还是惦记这口冰可乐。正好走到李唐常常光顾的那家便利店，段迎九便走到冰柜跟前，拉开门拿起一罐，想了想又换成了塑料瓶的。

"三块。"老板扫了一眼，说道。

段迎九一边拿手机扫码，一边四处张望，然后对老板问道："这条路上怎么没有摄像头？"

"你问我，我去问谁？"老板看着电视头也不回地答道。

阿宝最烦母亲走到哪儿都问东问西，看谁都不像好人，于是拎着可乐扭头就走。段迎九看出了儿子的情绪，便没再多说，几步跟了上去。两人各怀心事地走着，最后进了一家面食店要了两碗面。

伤口的后劲儿到了，阿宝疼得没心思吃饭。段迎九想安慰安慰儿子，可安慰的话该怎么说，她又好像不太会。琢磨了一会儿才说："别去想它，想点别的，慢慢就不难受了。"

阿宝捧着手，头也没抬地反问道："你说的是我的手，还是我奶奶？"

孩子的话让段迎九一愣，她迟疑了一下答道："都算。事情已经这样了，你哭，手也暂时好不了，奶奶也活不过来，还不如不哭。"

眼泪已经冲进了阿宝的眼眶，可听妈妈这么说，他使劲儿忍了忍："我没哭。我不哭。"

儿子伤心段迎九自然也难过，她拌了拌面条，临送进嘴里的时候，说了一句："哭不丢人，关键它没用。"吃完面，她又对依旧捧着手沉默的阿宝说："你爸不想让你耽误课，明天周一，还要考试。考完了我送你去机场，内蒙古的丧事讲究多，没那么快，赶得上。"

"今天你一来，我就知道奶奶死了。以前不管出多大的事，都是我爸来。"

"夜里可没吃的。你想好，现在不吃，晚上就得饿着。"见阿宝还是不动筷子，段迎九忍不住提醒他。

"你和我一起回去吗？"

"晚上我还有事。"

"我是说回内蒙古。"

"你爸说，不需要我回去。"段迎九以为自己给出了无可辩驳的答案，却发现阿宝一直在看着她。在儿子面前，她对家里的事儿一向避而不谈，但儿子的眼神让她意识到，这回可能躲不过去了。于是，她沉吟了一会儿，说道："从我嫁给你爸到现在，我和你奶奶的关系一直不好，我们没在一起生活过，也没什么感情。她有她的想法，我有我的习惯，各过各的，我看挺好。她的最后一句遗言就是叫我别回去，我听她的话，尊重老人，遂了她的心愿，全厦州再没有比我更孝顺的了。"

本来想推心置腹，可话说着说着就变了味。阿宝依旧看着段迎九，问道："你不觉得自己有问题吗？"

"明明不喜欢的人，非说喜欢。明明没法交流，偏要装着亲近。活着的时候不孝顺，死了才回去演戏挤眼泪，这才有问题。"段迎九越说越急，冷不防阿宝一下站了起来："我不吃了。我自己可以回家、吃饭、上下学，不用你照顾我。"

段迎九知道自己又说错话了，但没办法，她只会这样说话。面对赌气的儿子，她冷冷地扔下一句："我当然不照顾你，我还有事。"

阿宝拎着书包，头也不回地走了。段迎九坐在位子上没有动，只是一直看着儿子的背影，直到消失不见。

夜里，丁美兮摊平了躺在床上，李唐趴在她身上，一会儿舔脖子一会儿揉胸，卖力地上下运动。丁美兮知道这是想让她兴奋点，李唐不知从哪儿听来的，说做的时候女的兴奋更容易怀上儿子。

但丁美兮兴奋不起来，好几件事在她脑子里转悠。其一，丁晓禾把刘晓华打了。他甚至还趁丁美兮独自在厨房做饭的时候，进来跟她谈心，夸李唐特别好，只对她一个人好。这话让丁美兮既没法反驳，也不能解释。最后还是李唐走进厨房，才让丁晓禾不得不结束了这个话题。但对李唐说的那句话更让人揪心："我们单位的头儿，认识我姐。段组长，她儿子是我姐的学生。"这正是困扰丁美兮的第二件事。

李唐呼哧呼哧地忙活了半天，见丁美兮一点精神都没有，便停下来问道："你琢磨什么呢？"

"你说，会不会，段迎九已经怀疑上我了？"

"怀疑你什么？"

"止血，包扎，事情那么多，还记得住书包的细节。你要是她，你不怀疑吗？"

李唐叹了口气："你现在到底在干什么，一件事完了，再说另一件。"

李唐说完照着丁美兮的嘴亲了下去，却被丁美兮一把推开："你就一点不愁吗？"

"愁的事多了，一个个来，先得排队吧。"

这话仿佛也有点道理，丁美兮出了口大气，想回到床上这件事来，却发现李唐趴在她身上不动了。"你怎么了？"

李唐翻身下来，躺到床上泄气地说："听你的，认真发愁。"

"你愁什么？"

"要孩子呀。这个月再种不上，咱们是不是就得去大医院看看了？"

丁美兮只觉得一股子邪火撞到了脑袋上，她噌地一下坐起来，套上睡衣往外走去。

"干什么去？"李唐问道。

"热，洗个澡，接着要孩子。"临出门，她扔下一句，"刘晓华的事情，再不抓紧，就要出事了。"

"我不说了吗，排队。愁完一个，再一个。别急。咱慢慢愁，啊。"丁美兮甩手关上了卧室的门，李唐躺在床上，眉头越皱越紧。

汪洋没想到，段迎九居然到电影院来堵他。他回头看了看电子屏幕上的入场提示，心急火燎地听着段迎九的汇报。

"你想想，一个教语文的女老师，就算她受过急救培训，止血包扎，不慌不乱，手法熟练，而且还记着其他每一个孩子的细节，这算什么？我觉得，她受过注意力和跟踪训练。这是她形成的条件反射和习惯。"

"那你是什么意思？"

"我想调查丁美兮。"

汪洋转头看向别处，长出了一口气，压低声音，尽量耐着性子说："动用国安资源需要合规合法，也需要有充足的理由。"

"理由我刚说过了。"段迎九回答得理直气壮。

"凭着这两个细节就要立案侦查？不行。"不等段迎九反驳，汪洋举着手里印着爱莎公主的爆米花桶，半是规劝半是求饶地说，"幼儿园的老师说了，大班二十一个孩子，只有我没有陪女儿看过电影。我这个爸爸当得不称职，你这个妈妈也是。你不能要求所有家长都和我们一样，别人就不能细心点吗？今天是星期天，你给我也放放假，就两个小时。行不行？说话。"

段迎九笑着点点头："'很多事情的切口，就是这种不被人注意的蛛丝马迹'——这是星期一开会的时候，你说的。'很多时候，没有充足的借口也有去调查的必要。'这也是你说的吧？"

"证据，你给我证据，哪怕就一个，我就听你的。没证据就不要说话了。"

不让她痛痛快快地开工，那谁也别想安安静静休息。段迎九话锋一转："不说这个，说别的。对户籍和做假证的拉网排查，进展怎么样了？怎么老得我催呀？"

广播里又传来了电影入场的提示音。

客厅的窗帘被拉了起来，坐在沙发上的丁美兮，又穿起了那条近乎透明的丝袜。而站在她对面的刘晓华，此刻已经脱得只剩下一条内裤了。打电话之前，丁美兮还在猜度：上次在酒店挨了打，这次叫他来家里，这么冒险的事儿，刘晓华敢吗？没想到，不出半个小时，他就来敲门了。按时间算，他几乎是放下电话，马不停蹄地就往这儿赶。

丁美兮伸了个懒腰，顺便推开了急不可耐的刘晓华。

"等会儿，让我把话说完。"丁美兮理了理脖子后面的碎头发，看着浑身微微颤抖的刘晓华问道，"你不怕我弟弟再回来？"

"他就是武松我也认了……"刘晓华说着又扑过来。

丁美兮一抬腿，用脚尖顶住了刘晓华的胸口。她半眯着眼睛，好像在看着刘晓华，又好像在出神。半晌，她轻轻叹了口气："他是武松。沾上潘金莲的，都没什么好下场。算了，就到这儿吧。"

丁美兮的脚尖猛然收回，把刘晓华晃了个趔趄，他喘着粗气问道："什么意思？"

"再下去，咱俩就得出事了。"

"你把我打电话叫过来，就是要告诉我这个？"刘晓华匪夷所思地看着丁美兮，像个委屈的孩子般问道，"你要干什么啊？"

"这个问题问得好。"丁美兮狡黠一笑，"十分钟前，有人往你的邮箱里发了一封邮件，标题叫《中奖通知》，不是垃圾邮件，它是一个小视频和四张照片。里面看不见女主角的脸，只有男一号很清晰，还能看见脸上的粉刺。"

刘晓华下意识地摸了摸自己脸上的粉刺，突然回过神来："你敲诈我？"

"你一共有三个邮箱，要不要告诉你，后缀名是哪个？"丁美兮不置可否地反问道。

"我们公司的邮箱。"

"整个论坛的人加起来，都没你聪明。这句话我是发自肺腑的。"

刘晓华颓然地坐在沙发上，情绪反倒平静了下来。他低着头问道："要多少钱？"

"一要钱就真的变成敲诈了。你想买我写的一些诗和文章，把版权费和签好的协议都放在你办公室的桌上，门钥匙和进出大楼的胸卡给我，我自己去拿。"

"版权费，要多少？"

"你这个季度的奖金，足够了。"

一个数字在刘晓华的脑子里快速闪过，他一下子站起来，像一头被刺伤的野兽，疯狂地吼叫道："这钱我要送孩子出国读书交学费！奖金给了你们还会要工资，以为我不知道？去你妈的，我要报警！"

丁美兮没料到刘晓华会来这一手。眼看他抓起裤子快步朝门口走去，丁美兮急忙冲过去拽住他。刘晓华丝毫没有不能和女人动手的心理包袱，回身就跟丁美兮撕扯在了一起。丁美兮在特训时接受过一些格斗训练，但这些年荒废得厉害，加上和刘晓华力量相差悬殊，三两下便被甩开了。

就在刘晓华几乎要拉开大门的时候，忽然感觉脖子一僵，轰然倒地，失去了知觉。丁美兮站在他身后，把防狼电棒往沙发上一扔，叉着腰喘了几口大气。然后她拽住刘晓华的胳膊，使劲儿往屋里拖。可没走出几步，外面忽然传来了敲门声。丁美兮努力压制着喘息和心跳，问了一句："谁呀？"

"是我，丁老师，陈星的妈妈，段迎九。"

段迎九拍了很长时间，门才打开——丁美兮神色如常，望着段迎九客气地说："请进。"

客厅里，两人的话题围绕着丁晓禾展开。"聪明，勤快，不管学什么，一点就透。这都是丁晓禾的优点。缺点嘛也很明显，内向，腼腆，有什么话都在心里，喜怒不形于色，有时候你得猜他。"段迎九慢条斯理地说着，眼见丁美兮的额头上冒出了一层细密的汗珠，"今天也不热，你怎么出那么多汗？"

丁美兮随手抽出一张纸巾擦了擦汗，说："前些时候体检，大夫说我甲状腺功能好像有些问题。"

"甲状腺的事情问我呀。我表姐也有。你是甲亢还是甲减？"段迎九看上去十分关切的样子。

"化验指标有些低。"

"那就是减，功能减退。你知道吧，这个挺麻烦的，定期复查，终身吃药，心乱，出汗，脾气差，有时候还会心虚，发慌，你现在有发慌的感觉吗？"

"我有时候其实——咱们今天聊的好像不是这个。"在国安面前，丁美兮不想聊太多关于自己的事儿。

"对对，丁晓禾，今天来就是为了他。我就是想知道他小时候什么样？我的意思是，他爸爸对他怎么样？"

"重男轻女，对他当然很好。"

"哦，对你呢？"

"对我一般。所以初中没读完，我就跟着姑姑去了海那边，在那边读完了中学，才回来考的福泉师范学校。晓禾没和你说过吗？"

"你也知道，我们这种单位，家访和政审一样重要。涉及有些隐私的问题，你不会不高兴吧？"

"没有。主要是我一会儿还有事，要不我们？"电棒能让人昏迷多久，丁美兮心里有数。

段迎九感觉到了丁美兮的慌张，她故意拖延，感觉只要再坚持一小下，那层窗户纸就要破了。"马上马上，丁晓禾在谈女朋友的事情上，你了解多少？"

"不了解。"

"他和你的感情最好。也不会和你说吗？"

"他很内向，有什么话都在心里。你自己说的。"

"内不内向，也得分人。丁老师你看我，你觉得我是一个什么样的性格？"

丁美兮坐不住了，她猛然从沙发上站起来，直接下了逐客令："我有急事，先聊到这里吧。"

段迎九则想尽办法拖延，她慢慢站起来，又借故找手机。但丁美兮已经急不可耐了，她把手机塞给段迎九，几乎是强行往外推人。"不好意思，孩子去郊游，我必须马上去接她，再晚就迟了……"

咣！一声巨响让拉扯着的两人都停住了。只穿着一条内裤的刘晓华像一头脱困的猛兽，从卧室里撞了出来，一下子摔到了地上。

"你也不怕把老子给闷死！这个女人又是谁？"刘晓华跳起来一边穿衣服一边骂骂咧咧地往外走，"随便是谁，我什么都不管了，睡了就是睡了，谁闹到单位我也不怕！我怕什么？我刘晓华网上网下一张皮，我现在是离异是单身，谁能拿道德来审判我？来呀！"

丁美兮和段迎九都惊得呆在了原地，眼看刘晓华就要拉门走人，忽然门外蹿进一个人影，当胸一脚，把刘晓华踹了个人仰马翻——是李唐。他满脸涨红，额头上的青筋根根分明，手里拎着皮带，没头没脸地朝刘晓华抽去。

伴着刘晓华的惨叫声，丁美兮冷着脸，对尴尬的段迎九说了一句："见笑了。"

深夜的演武大桥下，雨中的海边空无一人。李唐拖着鼻青脸肿的刘晓华，就像拖着一袋沉重的垃圾。走到一个桥墩旁，他手一甩把双手反剪的刘晓华摔在了地上。

　　海风呼啸，雨也越下越大。李唐从背包里掏出一个摩托车头盔，蹲在刘晓华面前说："别觉得委屈。当初管不住自己的时候，你的狗屁尊严呢？再问一遍，版权费的合同，你签不签？"

　　刘晓华用沉默表明了自己的态度。

　　李唐点点头，把头盔扣在刘晓华的脑袋上，在合上护目镜之前，最后说了一句："等会儿害怕了，就叫出来。一叫唤，就好了。"

　　随后，他拿出一把乌黑的钢锯，安上了一根全新的锯条，把锯架在刘晓华天灵盖的位置，问道："准备好了吗？"

　　"有种，你就弄死我！"刘晓华绝望地做着最后的抵抗。

　　李唐没再多说，他左手压住头盔，右手用尽全身力气一拉一扯。一下，两下，三下，四下……尖锐的摩擦声从四面八方钻进刘晓华的耳朵，刺激着他的神经。头盔上的缝隙越来越深，越来越宽，李唐手上的力气也越来越大。锯条一前一后地拉动，锯齿渐渐浸上了一层血渍。

　　李唐感觉到了刘晓华的挣扎和颤抖，心里禁不住暗暗催促："你他妈快点吧，又扛不住。"

　　终于，头盔里传来了刘晓华哇哇的哭喊声："别锯了！别锯了！你把我杀了吧！别锯了我求求你了……"

　　李唐停下锯，一伸手，刘晓华哭着点了点头："我现在带你去……"

　　大约半小时后，李唐将一枚小小的窃听器装进了刘晓华办公桌上的灯管旁。然后，他把一份诗歌著作权版权转让书往桌子上一扔，拎起装在袋子里厚厚的一沓"转让费"，悄悄离开。

第七章

一双被雨水打湿的皮鞋，湿漉漉地踩在地板上。一步，两步，三步……最终停在了丁美兮的床边。不知是被声音惊动，还是感受到了异样的气息，熟睡中的丁美兮慢慢睁开了眼睛。瞬间，她陷入了巨大的恐惧，但没来得及叫出声，床边的人便扑到她身上，死死捂住了她的嘴巴。丁美兮拼命挣扎，却无力阻挡一个坚硬的东西蛮横地塞进她的身体。疼痛、窒息、屈辱把她包裹得密不透风，连眼前的天花板都变得摇晃而模糊。绝望已经扼住了她的咽喉，丁美兮拼尽最后一丝气力，挣脱了那只手，啊的一声叫了出来……

李唐被喊声惊醒，但却躺着没动。十几年共同生活的经验告诉他，这个时候哪怕是极微小的身体接触，都会让丁美兮产生强烈的应激反应。他现在能做的就是静静观察，待到她的呼吸渐次均匀，才轻声说道："醒了，醒了就好了，刚才是梦。你看我，我是李唐。"

半晌，丁美兮才从梦魇中回过神来。她长叹一口气，疲惫地说："没吵醒小满吧？"

"睡觉她都戴着耳机，醒不了。"李唐慢慢起身，和丁美兮并肩而坐。

丁美兮眼神望向窗外，喃喃地说："每年的这个月，噩梦都来。一天接着一天，好不了了。"

135

这话说得让李唐也有些颓然，往事像陈年的伤疤，说不准什么时候就跳出来抽动几下，用疼痛提醒你它的存在。"我进特训班的时候，也是这几天。天天都下雨，被子都长毛了。我也做噩梦，可梦总算比现实要好。最起码，现在没有教官再来打我了。"

丁美兮无助地靠在李唐身上，似乎想诉说心中的委屈与恐惧，但那感觉像一块巨石压在心头，让她不能言语。这种沉默的挣扎，李唐感同身受。他揽住丁美兮的肩膀，安慰着说："咱们在厦州，他们都在家里。离这么远，别怕。"

"就隔着一片海，林或说来就来了。远吗？"

林或的到来，李唐亦感到不安，但他不想任由这种无用的情绪在两个人之中蔓延，于是岔开话题说："你是三十六期，我和他都是三十五期。国防部蠢笨坏烂，就干了这么一件好事，把我和你分到了一个组里。要是提前就知道，当初我也不会那么难熬了。"

"1998年。这么久了，想起来还和昨天一样。那年，你还记得什么？"

李唐作势想了想，茫然地摇摇头，反问道："你呢？"

"《还珠格格》啊，探亲的时候才能在中视频道看两眼。那些教官都像容嬷嬷。熬不住的时候，我就想想小燕子。"

李唐讥笑着说："容嬷嬷你也怕？"

丁美兮不服气地反问："你就没个怕的？"

李唐想了想，有点不好意思地说："我怕坐飞机。98年2月份，中华航空有架飞机在中正机场坠毁，两百零二个人，都死了。后来我就特别怕他们让我坐飞机来这边，知道说要坐船，我晚上才算能睡得着。"

"刚认识你的时候，要是知道你这么尿，我肯定瞧不上你。"

"娶了你，有了孩子，以后还会更尿。"

李唐的话让丁美兮一怔，她抬头看了看李唐的眼睛，说不上深情，但至少分外诚恳。丁美兮觉得这就足够了，况且李唐的话也是她的心声："孩子就是死穴。不能让段迎九看见。赖我，我不该对书包的细节记那么清楚。而且，我觉得她也盯上你了。"

"为什么？"

"直觉。我要是她，也会关注你。"

"那你想好了，真要这么干？"

丁美兮郑重地点了点头："明天，等小满走了，咱们就去民政局。"

"教委的培训可能得一天，要是结束得太迟，你爸还得去接我，你就自己坐车回家。要打正规的出租车，记住车牌号，白天有急事就给你舅舅打电话。到了学校记得给我发个信息啊。"丁美兮一句接一句地嘱咐着把李小满送上去学校的出租车，可女儿戴着耳机，好像身边根本就没这个人。

丁美兮有点窝火，但更多的是忧心。出租车已经开远了，她还站在原地眺望。这时，身后另一辆出租车朝她按响了喇叭，丁美兮转过头，看见了神情严肃的李唐。上车后，丁美兮情绪低落地问道："李唐，我再问最后一次，你想好了？"李唐什么都没说，直接一踩油门开车离去。

民政局门前的小路被挖开了几处，路口竖起了一个"禁止车辆通行"的牌子。李唐把车停在路边，和丁美兮一前一后地往里走去。天空下着小雨，丁美兮打着伞对着李唐的背影问道："你还有什么要说的吗？"

"没有，我没什么要说的。"李唐甚至连头都没回。

丁美兮对这个回答有些不甘心，她紧走两步，赶到李唐身边说："说吧，再不说也许就没机会了。"

"我真没什么要说的，你想说什么？"李唐拉长脸反问。

"这么些年了，你对我的不满，我都想知道。你得说，说什么都行。"见李唐依旧沉默不语，丁美兮的情绪越发激动了，"都要离婚了，还有什么不能说的？你不说，我说。认识你的第一天，你就知道我是个什么样的人，到现在后悔了？结婚的前一天，也是在这个民政局，李唐，我问没问过你？想好了再娶我，你怎么说的？"

"我当时想好了。"李唐似乎想说点什么，但话一出口却变成了这样的应付之词。他自己也有些烦躁，漫无目的地朝四下张望了一圈。

此时，丁美兮已经基本进入了吵架状态："我不知道你想好了，我也不知道你在想什么。你什么都不说，每天除了带孩子，你和我说过多少话？要是没有李小满，是不是早就想和我离了？你看，你又不说了。"

"我不用说，你也知道我哪儿不舒服，我的疤在哪儿。"

"你不让我看，我怎么知道你那些疤好不了？"

"我是想说啊，你每次从外头回来，都没话。洗了澡你就进屋，晚饭也不出来吃。李小满还以为你在生我的气，她还以为是我做错了。"

"我不出来，你叫我了吗？"

"我叫了。我想和你说话，你总是给我个后背。你撒气，我受着。"

"你为什么受着？你是怕当乌龟，还是怕别人说你是乌龟？"

"你觉得呢？我要是在外面睡够了才回家，身上挂着别的女人的头发，你会怎么想？"

话说到这份上，只能互相扎刀子了。丁美兮含着眼泪说："要是回到十几年前，叫你重新选，你肯定不会娶我。"

李唐亦不遑多让："你呢？你肯嫁我吗？当初那个想嫁的人，也不是我吧？"

两个人说完这些，沉默地对视了片刻，转身朝民政局走去。

一辆脏兮兮的面包车停在路面的工地上，段迎九坐在车里，一边喝着豆浆，一边把李唐和丁美兮吵的这一架，看了个清楚明白。

眼见着两人从民政局里进去出来，她想了想还是有点不放心，待李唐的车子开走之后，她径直走进民政局，向办事窗口的工作人员打听起来。

"打扰一下，刚才进来的两口子，离了吗？"

工作人员是一位中年大姐，她打量着段迎九说："你是谁啊？"

"女方的姐姐，亲姐姐。"

"哦，婚哪能随便离的啊，俩人进来一个叹气，一个抹眼泪，这分明就还是有感情。我让他们回去冷静一个月，到时候要还想离再来办。你们家里人也得劝劝，组成一个家庭多不容易，岁数也不小了，还有孩子，能说离就离吗？"

"对对对，我回去也劝劝他们。"段迎九客气地点点头，退了出来。走出民政局，她拿出手机打了个电话。

"大峰，你那边还跟着吗？他们去哪儿了？"

"组长，别跟了，处长让回去开会呢。"

李唐载着丁美兮一路开到了一家饺子馆。丁美兮显然还陷在刚才吵架的情绪里没出来，李唐都快吃完了，她那份饺子几乎还没动。李唐明白她的心思，他把饺子往丁美兮跟前又推了推，有点委屈地说："是你说的，都要按真的来，要不没人会信。那些话也是你逼着我说的，说了你又不高兴了。话赶话，我也不知道我为什么那么说。两个人吵架闹离婚，总要说点过激的话嘛，是不是，你不也说了那么多吗，好多都是你起的话头呀。"

丁美兮把眼眶里的泪水憋了回去。她拿起筷子刚想吃，又停住手，低头说了一句："都赖我，对不起。"说完，她的眼圈又红了。

李唐拦住她，让服务员把饺子再拿去热一热。然后低声安慰她说："你看你，我又没赖你，我这不是怕你心里过不去吗？"

"过去了，想通了。两口子过日子，把话都说出来，更好。"丁美兮抬起头看着李唐说，"今天的这些话，说完就完了。以后谁也不许再提，能做到你就点点头，要是做不到……"

　　李唐轻轻拉住丁美兮的手："都快二十年了，你觉得我做不到吗？"

　　"快二十年了，我也不知道你心里有那么多的疙瘩。"

　　"假的，不都说了是假的了吗？"李唐又握了握丁美兮的手。

　　丁美兮心里已经松了下来，可嘴上还是恨恨地赌气说："要不是李小满，我今天就和你离了。"

　　听了这话，李唐知道丁美兮的气已经消得差不多了。但紧接着他便忧心起另一件事儿来："你说，咱俩都到这份儿上了，段迎九就算再贼，也会信了吧？"

　　"今天信了，明天呢？后天呢？我和你在厦州多待一天，就有一天的风险。我什么都不怕，就担心李小满。你说，万一哪一天，你也不知道是谁，推门就进来，还有可能是晓禾，当着你闺女的面，把咱俩带走……"

　　服务员端回了热好的饺子，让丁美兮被迫暂停。待服务员走后，李唐说道："咱们现在在船上。既然已经出了海，就不能总是去想那些翻船的事。吓也把自己吓死了。你得相信能靠岸，我就信。"

　　"幺鸡呢？他以前连叛离的玩笑都不让你开。为了一句恶作剧，你们能动手打起来，现在呢？那个忠诚的上尉情报官，他怎么不信了？"

　　面对丁美兮这一连串的问题，李唐犹豫了一下，小声回答说："他是没法开口回答你的问题了，但有人也许可以。"

　　"什么意思？"

　　"要不是让段迎九耽误这两天，我就找着幺鸡的女人了。"李唐向丁美兮说出了这几天他暗自调查的情况，"幺鸡很聪明，他临死前把我的视线全拉到了围里社。可一个准备好自杀的人，怎么可能留下痕迹呢？想通了这些，我去了他之前住过的地方。"

"有什么发现吗？"丁美兮问道。

李唐点点头："君子远庖厨，打牌的人都迷信，手上不沾油烟。幺鸡自己不会做饭，小钟吃住都在棋牌馆，可是有人在那里给他做过关东煮。锅碗瓢盆、围裙、调料，还有一个小小的发卡。很明显，有个关系不一般的女人去过他那儿，还不止一次。"

"会不会是巧合？棋牌室里什么人没有啊。"合作这些年，从没听说幺鸡沾过女人，丁美兮似乎有点难以相信。

"你觉得这是巧合，那不如我告诉你另外一个巧合——幺鸡家附近的摄像头都被人为地破坏掉了。你觉得除了幺鸡谁还会这么做？他就是不想让别人看到这个女人。"

"那下一步该怎么办？"

"明明知道有一个人，可却看不见。我想国安局的人肯定也在找她，现在就是在赛跑，谁先找到这个女人，谁就能赢。"

一走进办公室，段迎九就看见汪洋脸色不善地坐在她的椅子上。她赶紧装出一副莫名其妙的表情，解释说："没人通知我今天开会呀，我还在外头忙呢，他们才说你找我，我……"

"我一点都不想找你。"汪洋毫不客气地打断她说，"不是你在找我吗？昨天我就看了不到两个小时的电影，你给我打六个电话，你要干什么？"

段迎九也不装了，拉了把椅子一坐，堂而皇之地答道："要人。"

"什么人？"

"会吃饭，能走路，懂干活的人。"

两句话直接把汪洋气得从椅子上站了起来："我是不是听错了？我还到哪儿去给你找人？我的人全都耗在你这个组里。排查身份证的事情先不说了，还有十几个人没日没夜替你找幺鸡的视频，还要人？我是孙悟空吗，拔一把毛就能给你把人全变出来？"

见汪洋真急了，段迎九话锋一转又软了下来："你急什么。今年的新茶，云南的老普洱，我这儿都有，喝哪个？"

汪洋看着段迎九从柜子里掏出的两盒茶叶，惊讶地说："这不是我的茶吗！你什么时候拿的？"

段迎九嘿嘿一笑："反正你也喝不了那么多，我都是替领导考虑。你想想，万一有发现，我不要功劳，全是你的。"

"万一？你这些可能性全是万一？李唐和丁美兮呢，不让你查，你在我办公桌上放一份处分书，自己跑去查，丁晓禾和她的关系你怎么处理？想起一出是一出，结果呢？离没离？"

段迎九一边沏茶一边慢条斯理地说："肯定不会离呀，离婚哪有那么容易。"

"那你和陈星他爸呢？你们怎么样了？"汪洋来了个话题急转弯，段迎九没提防差点把手烫了。她刚想说什么，忽然传来一阵急促的敲门声，一个娃娃脸的年轻干警探进来个脑袋，说："有了有了有了……"

"有什么有了？"汪洋没好气地问。

娃娃脸把套在脖子上的枕圈往后一转："规律！"

段迎九眼前一亮，没等汪洋反应过来，就推着娃娃脸跑了出去。

机房中心的每台电脑前，都坐着一个眼圈乌黑蓬头垢面的干警，大家已经没日没夜地干了好几天了。娃娃脸坐在椅子上，在一堆咖啡杯可乐罐中间给鼠标扒拉出一块地方，把他电脑上的画面一一切到了大屏幕上。然后，他指着十几个拼凑在一起的监控画面，给段迎九和汪洋讲解起来：

"想尽快找一个人，横轴是地点，竖轴是时间。这些天我们扫遍了幺鸡在相同时间，出现频率最高的几乎所有地方，发现了他的一个规律——夜宵。除了暴雨和台风，他几乎每天晚上都要进这家'见福便利店'吃夜宵。这里距离他开的棋牌馆最近，时间也很规律，基本上都是每天凌晨一点到两点之间……"

"吃夜宵，这能说明什么？"段迎九问道。

"啊？"娃娃脸似乎没考虑到这一步，他眨了眨熬得通红的眼睛，磕磕巴巴地说，"说明他消化好，一天吃四顿，还那么瘦。"

要不是看他们熬得这么辛苦，就凭这个答案，汪洋都想上去扇他两巴掌。段迎九反倒显得很镇定，她眯着眼睛想了想说："固定的一家店，天天都去，这里有什么这么吸引他？是夜宵，还是人？"

陈秘书刚刚度过了寻常又不寻常的一天。说寻常是因为工作和每天一样按部就班，整理资料，找吴经理签字。还安排了一个来排查账户的小伙子，姓丁，好像是个警察——配合公检法部门调查的事儿虽然不是天天有，但也算是常规操作。

中午，她去了每天都去的便利店，买了一个每天都吃的那种饭团。晚上下班，她按惯例整理好一切，最后一个锁门离开，坐着固定班次的公交车回家。

那不寻常在哪儿呢？在一个人。这还要从中午买完饭团，从便利店出来的时候说起。走在她前面的人，不等她伸手扶住玻璃门就松开了手。眼看厚厚的玻璃门朝她拍过来，突然一个人从旁边替她拦了一把。

本来这也没什么，陈秘书和平时一样，连头都没抬说了句谢谢，就想离开。没想到，那人追过来把她拦住了。陈秘书不得不抬头看了一眼，是一个温文尔雅的男人。他递过手机微笑着说道："刚好，我想换点现金，能不能麻烦帮个忙——我先用手机把钱转给你。"

陈秘书垂下眼睛摇了摇头，快步离开，脑子里却记住了手机屏幕上男人的名字——金世达。

如果仅仅是这一面之缘，倒也不算什么。偏偏晚上回家的公交车上，这个男人又出现了。不仅出现，他越过前排大把空座，径直坐到了最后一排陈秘书的身边。陈秘书的座位在最后一排的中间，这里无论是坐是走，都不用麻烦其他人。她每天都坐在这个位置，读一会儿她最喜欢的书——白先勇的《青春念想》。

"这么巧？"金世达不仅挤坐在她身边，还主动开口聊天，"你也喜欢白先勇？"

陈秘书没搭腔，她和吴经理都极少说工作之外的话，更何况这样一个陌生男人。但金世达似乎很有兴致："很多人喜欢他评点的《红楼梦》，说他的视角很特别，你觉得呢？"

陈秘书不顾车身的摇晃，一下站起来，足足往前走了四排，坐到了一个单独的座位上。幸亏金世达没有再追上来纠缠，否则她简直要下车逃跑了。即使到了此刻，她已经躺在了自己卧室的床上，想到车上的一幕，还是紧张得心脏突突直跳。

陈秘书下意识地抱紧了怀里的小收音机，里面正播放着昆曲《长生殿》。她闭上眼睛，沉醉在那微弱婉转的曲调之中。每天，只有昆曲回荡在耳畔的时刻，才是真正属于她的时间。

可惜，这样的时间太短暂了。一阵沉重的敲门声后，父亲在外面严厉地喊道："几点了，还不睡？"

卧室的灯灭了，昆曲也戛然而止。

和平码头外一个无人值守的停车场，孤零零地停着一辆轿车。金世达从远处快步走来，拉门坐上了副驾驶的位置。驾驶座旁的车窗慢慢开了一道缝，林或戴着口罩，咳嗽了两声说："昨天夜里没睡好，感冒了，别把你给传染了。"

金世达把脸别向一边说道："不太顺利，她好像对男人有点害怕。"

林彧看了一眼金世达白皙紧致的侧脸，抚摸着自己肥腻的肚腩说："你看着可不像四十岁的人，最多也刚刚三十。是不是有什么保养的秘诀？"

金世达满不在乎地笑了笑："人和车一样，有的娇气，有的扛操。天生的。"

林彧羡慕地点点头："陈秘书和你一样大。确切地说，比你还小三个月。看着比你沧桑多了。"

"没有爱情的女人，都显老。"

"马上就四十一岁了，还是个处女。不抽烟不沾酒，不去夜店，也不怎么旅游。没出过国，没有什么上瘾的嗜好，上个月因为银行的系统临时坏了，才第一次进的网吧。上班到现在快二十年了，没变过发型，衣服的颜色也没什么鲜艳的，黑白灰，过年买个新衣裳，看着也像是发的制服。想拿下这样的人，难度确实不小。"

金世达听了林彧的描摹，似乎对陈秘书更加感兴趣了："越是压抑的人，其实越危险。"

林彧接着说道："从上班那天起到现在，只迟到过两次。一次是因为公共汽车坏了，一次是低血糖，晕厥了。家里有个独身的父亲，很严厉，很少见他笑。"

"笑不出来，是因为哭多了。和她的母亲有关系吗？"

"年轻的时候把丈夫和女儿抛弃，和别的男人私奔了。"

"追求爱情，这很感人啊。"

"可是她被骗了。想回家，丈夫又不要，当天晚上就吞了老鼠药。临死之前，她告诉女儿，不要相信男人。这句话吓了陈秘书半辈子。我要是她，我也会对爱情充满恐惧。所以到现在为止，她没有谈过一次恋爱。别说是你，就是当年的金城武，我也不知道怎么教他去搭讪。"

这句话像一根针，刚好扎在了金世达的痛点上，瞬间激起了他的斗志。"再光滑的蛋，放久了也有裂纹。我不相信一个人耐得住这么乏味的生活。"

"你我肯定是不行，但是这几十年，她不也就这么过来了吗？"

"在这个世上，没有一个女人不渴望爱情。日子越无趣，她对刺激的渴求就越大。你看着她浑身是刺，是因为不知道从哪儿下口。如果真的是一块铁板，叫我来还有什么意义？"

"那你的意思是？"

"我需要你去找点东西。"金世达望向林彧，"昆曲，你懂多少？"

半夜里的见福便利店内，大峰拿着幺鸡的照片跟当班的女营业员反复核问："你再想想，从来没见过吗？他以前老来，天天半夜都来。"

然而无论他怎么提示，女营业员还是一脸茫然地摇头。此时，段迎九拿着两罐咖啡走过来问道："你们这儿卖得最好的夜宵是什么？"

"三明治、饭团、关东煮和烤肠，卖得都可以。"

段迎九指了指身边的大峰又问："要是他隔三岔五都要来买你的三明治和烤肠，你能不能记住他？"

女营业员端详着大峰点头答道："他这么高，应该记得住。"

段迎九想了想，接着问道："你是什么时候来的？"

"快半年了。"

"一直上夜班吗？"

"一直上白班，最近才换的，有个同事生病了。你们是干什么的？"

大峰刚要回答，段迎九抢着说道："派出所。能不能把你们的排班表给我看一下？对了还有，那个总上夜班生病了的同事，她叫什么？"

"小柳。"女营业员指着墙上花名册说。段迎九看过去，照片上一个叫柳国香的女孩正微笑着望向他们。

走出便利店，大峰喝了口咖啡问道："店里的监控为什么不看？"

段迎九指了指手上的腕表："这么晚了，你再把这一摞硬盘带回去，机房的人打你我可不管。"

"我们组可以自己加班啊。"

段迎九斜了大峰一眼："替我考虑考虑个人形象吧。听说朱慧已经在背后骂我了，马跑累了也得给把草。我知道你要自己来，你也得歇歇。就这样，今天到此为止，回家吧。"刚走出两步，段迎九又想起一件事："对了，机房那个娃娃脸，叫什么来着？"

"都叫他哪吒。"

"告诉他，明天起，到咱们的专案组里来上班。"

"人员调动，这么急，是不是有手续得办？"

"我只要人，别的你去弄，走了。"

"你一个人，我送送你？"

"别跟着我，我要自己走走路，减肥。"

"你连晚饭也没吃，还减？"

段迎九没再回话，背着身子跟大峰挥了挥手。大峰无奈，转身离开。可就在他刚刚走远，段迎九突然回过头来。她朝四周看了看，走向一家亮着"二十四小时"招牌的小药店，买了个一次性针管，最后摇摇晃晃地钻进一家公厕里。

隔板间内，段迎九有些虚弱地喘息着。针管里抽满了液体，她闭上眼睛，朝身上扎了下去。

局口街附近的一条小巷子里，柳国香背着包快步向前。巷子狭窄深邃，路灯忽明忽暗，柳国香下意识地夹紧了背包。忽然，一个瘦小的人影从墙角蹿出。柳国香看不清他的模样，但却看清了他手里明晃晃的尖刀。

"钱!"强盗的声音沉闷而凶狠。

柳国香下意识攥了攥背包,还是颤巍巍地递了过去。强盗一把抢过背包,往身上一挎,却并没有离开的意思——他指了指小柳脖子上的项链:"那个,快!"

小柳慢慢伸手攥住了项链的吊坠,突然转身,边跑边喊:"贼!有人抢钱!有贼……"

寂静的夜里,叫喊声显得格外有穿透力。也许是被这喊声震慑住了,强盗追了几步,脚先软了。他朝小柳的背影看了看,转身往相反的方向逃窜出去。而小柳依旧拼命地向前跑着,直到冲进家里,她的两只手还死死地护着脖子上的项链。

呼哧带喘地缓了半天,在确认自己安全之后,恐惧突然开始后反劲儿了。小柳委屈地抹着眼泪,找出棉签和碘伏,擦拭胳膊和腿上的伤口。灯光下,她脖子上的金项链闪亮无比,那个麻将牌里幺鸡造型的吊坠,尤其夺目。

第二天傍晚,段迎九见到了上白班的小柳。她和照片上一样,脸上挂着职业的微笑,热情地给顾客推荐店里的积分优惠活动,哪怕被不耐烦地拒绝,也毫无怨言。

这看上去就是个平平无奇的店员,可段迎九还是觉得哪里不对劲儿。轮到她的时候,她指着小柳胳膊上的擦伤问道:"你胳膊受伤了?怎么弄的?"

"哦,昨天在路上让一辆电动车给挂倒了。"小柳说的时候,脸上的笑容始终没离开。

段迎九也冲她笑了笑,说:"我要点关东煮。"

随着段迎九的指指点点,小柳手脚麻利地装好了一杯关东煮。接过杯子的时候,段迎九拿出了早已准备好的照片。

"这个人你见过吗?"

小柳凑近看了看，茫然地摇摇头："不认识。"

"在监控里头，他三天两头的半夜来，都要吃一碗关东煮，雷打不动，忘了吗？"段迎九盯着小柳问道。

小柳仰着头想了想："这么一说，好像也眼熟，但是记不清了。"

"半夜买东西的人多吗？都是些什么人来？"

"这周围住的人杂，有住户，也有代驾，下夜班的，和出租车司机，什么人都会有。"

"这个店的工资一个月多少钱？"

"夜班的高一些，四千六七。比白班的高五六百。"

"几点上下班？"

"晚上十一点，上到第二天早晨七点。"

"这么辛苦，这么久了，也没打算换个工作啊？"

"我就会干个收银，老板也不错，懒得换了。"

关东煮已经吃光了，段迎九放下杯子，对小柳竖起大拇指："忠诚——我要是老板，就给你加钱。那个，关东煮再来一碗，带走。"

"好的。"被盘问得有点发蒙的小柳，又恢复了笑容。

便利店外的车上，大峰一边吃着段迎九带回来的关东煮，一边问道："她怎么说？"

段迎九抠开一罐咖啡，喝了一口回答："说不认识，没什么印象。"

"附近都是邻居，棋牌馆又不远，幺鸡天天都来，怎么可能记不住？我反正不信。"

段迎九轻轻敲打着咖啡罐，喃喃自问："我们假设她在撒谎，为什么？她为什么不肯说？有人威胁，还是幺鸡叮嘱过她？万一她没撒谎呢？她确实不认识，一个乡下进城打工的孩子，便利店一年到头进出的人成千上万，她不认识，是不是也说得过去？你觉得呢？"

大峰扎在关东煮里，一时没来得及回答问题。段迎九看了他一眼问道："好吃吗？"

"海带有点老。"

"你尝尝萝卜，我觉得还可以。"

大峰听了这话，忙不迭地挑了块萝卜，咬了一口问道："那接下来怎么办？"

段迎九看着他塞得鼓鼓囊囊的嘴巴，忍不住笑着说："接下来，把这些都吃完，别浪费。"

大峰也不好意思地笑了笑，狼吞虎咽地吃起来。车窗外，乌云密布，已经有雨点落在车窗上了。

闽南大戏院的入口处，张贴着巨型的海报——昆曲《牡丹亭》全本精华版，白先勇代表作，全明星阵容……陈秘书把湿淋淋的雨伞装进工作人员递来的塑料袋里，激动地朝检票口走去。

这场演出她盼了好久，本来遗憾没抢到票。没想到，早上在吴经理的桌子上竟然看到了一张前排贵宾席的票，是合作公司赠送的。她虽然喜欢，但也不敢要。好在吴经理看出了她的心思，他没这爱好，便送了个顺水人情。

可就在陈秘书马上要走进检票口的时候，一个熟悉的身影又出现了。金世达拿着检过的票，正准备入场。他远远看见陈秘书，笑着扬了扬手里的票。

陈秘书像犯了错的学生，忽的一下转过身去。她朝门口快走了几步，恨不得马上回到家里。出口的外面站着不少黄牛，见到陈秘书往外走，纷纷招呼着问道："票卖吗？票卖不卖？"

陈秘书紧紧攥着手里的票，她是真舍不得，可是那个金世达，他怎么也在这儿？犹豫不决之际，她又回头看了一眼，只见金世达的背影在入口一闪，他已经进场了。陈秘书松了一口气，再次朝检票口走去。

婉转的唱曲把嘈杂的雨声隔绝在外，陈秘书听得如痴如醉，便没有再顾忌身旁一直注视着她的金世达。散场后，他们一前一后来到戏院外的候车亭。雨夜，车难打。等了许久，还是金世达在手机上叫的车先到了。司机李唐摇下车窗，确认了金世达的姓名电话。金世达拉开车门，朝陈秘书做了个请上车的动作。

也许是三次见面让她卸下了防备，也许是还沉浸在《牡丹亭》生死往复的爱情故事之中，陈秘书鬼使神差地上了出租车。

"忘记他，等于忘记了一切，等于将方和向抛掉，遗失了自己。忘记他，等于忘尽了欢喜，等于将心灵也锁住，同苦痛一起。从来只有他，可以令我欣赏自己，更能让我去用爱，将一切平凡事，变得美丽。忘记他，怎么忘记得起，铭心刻骨来永久记住，从此永无尽期……"

邓丽君悠扬的歌声在小小的车厢里回荡。陈秘书止不住地心脏狂跳，她瑟缩着靠在后座的一端，仿佛随时准备夺门而逃。金世达端坐在另一边，和她保持着十分安全的距离。

外面的雨越下越大，车窗被水流模糊，看不清外面的街景。李唐扶了扶耳朵上的蓝牙耳机，听到里面传来林彧的指挥："往前开，找个偏僻的地方，你的车需要坏一下。"

雨刮器奋力地来回挥舞，李唐把车开到一条昏暗的小路上。在一阵突突突的摇晃后，车子停了下来。

"怎么了？"金世达问道。

"车坏了，我去看看。"李唐压低帽檐，抓了件雨衣，下车了。他在车头地方俯下身去，但很快便借着暗影，钻进了路边的绿化带里。大雨滂沱，他虽然穿着雨衣，但还是像个狼狈的落汤鸡。看着不远处的车子，没一会儿便摇晃了起来，李唐下意识地想摸一根烟抽，可空荡荡的口袋让他想起自己已经戒烟了。

车厢里，邓丽君的歌声依旧悠扬，但金世达却不似刚才那般彬彬有礼。他像一头出笼的野兽，疯狂地扑倒了陈秘书。那些落在嘴唇上、耳朵上、脖子上的吻，粗暴得如同撕咬和啃食。喷薄而出的眼泪，是陈秘书唯一能做的反抗。她僵硬的身体在放弃中渐渐柔软下来，一双滚烫的手探进了她冰冷的灵魂。

　　车子靠近莲坂军休所小区的时候，陈秘书下意识地理了理头发。身边的金世达又恢复了之前彬彬有礼的模样，只是这次他没有再保持安全距离，而是温柔地握住了陈秘书的手。陈秘书脸上一阵潮热，但她还没来得及细细体会这种陌生的感觉，便紧张地把手抽了回来。不远处，严厉的父亲打着伞站在大雨里。陈秘书立刻想起那张永远板着的脸，她像个做错事被抓包的孩子，心脏又开始狂跳起来。

　　送完陈秘书，雨渐渐小了，但车里的气氛却越发沉闷。李唐把车窗拉开一道缝，头也不回地问了一句："先生，要把你送到哪儿？"

　　"往前开。"

　　"油不多了。你要是不告诉我地方，得先陪我去趟加油站。"

　　"出车之前，没人教过你要加满油吗？"金世达的语气有些不满。

　　"出车之前，没人告诉我要折腾一整夜。"

　　金世达停了一下，阴沉地说道："下次你不用再来了。"

　　"这种事情，你们还要有下次？"李唐几乎是愤恨地反问道。金世达把脸轻轻扭到了一边，他不愿意再和李唐多说任何一句话了。车子在雨中前行，李唐看着外面，忽然看到一个女人顶着外套，深一脚浅一脚地往前走。他把方向盘往右打了一把，降低车速，朝那个女人贴过去。

　　"你干什么？"金世达警惕地问。

"有个熟人，我得把她拉上。"

"靠边——我要下车。"金世达厉声说道。

雨中，连把伞都没有的丁美兮疲惫地走着。本来她不用拖到这么晚，但黄老师因为孩子生病，让她替了节晚自习。平时，丁美兮因为办补习班，不大愿意替别人的课。但黄老师的请求她没法拒绝，听说她丈夫犯事儿被抓了，里里外外就剩她一个人。丁美兮联想到前途未卜的自己，更对她感同身受。

好在步履维艰之际，身后传来了李唐的喊声。丁美兮长出一口气，顶着外套紧走了几步，来到车子旁边。不想，后门突然从里面推开，一个身影冷不防蹿出来。那人根本没正眼瞧她，打着伞转身离开，可丁美兮却愣在原地。一道闪电划过，噩梦照进现实……

第八章

1998年的某一天，一辆黑色轿车穿过昭昭雾气，驶入了阳明山下国防部军事情报学校的训练基地。年轻的丁美兮透过车窗悄悄张望着这个陌生的地方，空旷的院子，茂密的树林，看上去宁静而优美。但这些风景都是过客，那座灰色的大楼才是她的目的地。

按照通知要求，丁美兮来到一间练功房式的屋子里。她放下随身的小行李箱，打量着四周墙壁上的大镜子。空荡荡的屋子被镜子无端扩大出几倍的空间，让身在其中之人更显得势单力孤。就是在这时，金世达面无表情地走了进来。他关上门，一步步地走向丁美兮。

没有敬礼，没有训练，甚至没有说一个字，金世达将丁美兮掀翻在地，几下就撕碎了她的衣服。他的动作冷静又熟练，好像经验丰富的屠夫宰杀羔羊一般。丁美兮觉得疼极了，不只是身体，更是心里。那种被践踏到粉身碎骨的绝望驱使她拼命反抗，直到挨了一记响亮的耳光之后。

丁美兮躺在地上，任由金世达摆布，再也没动弹一下，因为她知道自己已经死了。待到他穿上衣服，毫不留情地从她身上跨过去的时候，丁美兮只听见一句话："三十个月，慢慢熬吧。"

这就是她作为间谍上的第一课，刻骨铭心，二十年来都清晰如昨。所以当金世达失忆一般从她眼前一闪而过的时候，当她看到李唐的车子又换了假牌子的时候，二十年前的疼痛一下被唤醒了。丁美兮借口回学校取东西，让李唐把车子开回到之前她上车的地方，然后朝着金世达离开的方向跟了过去。

淅淅沥沥的雨掩盖了丁美兮急促的脚步声，金世达穿梭在一条条的小巷里，背影离她越来越近。丁美兮把头发披散下来，遮住了半张脸。她蹲下身，把鞋带系成死扣，然后顺手抄起路边一个沉甸甸的小花盆，一把拽掉了里面的花。紧走了几步，金世达已经近在咫尺。丁美兮毫不犹豫地举起花盆，朝金世达的脑袋狠狠砸了下去。金世达闷声跌倒，丁美兮扑上去，疯狂地砸了起来。

可惜，金世达并没有失去知觉，他尽力躲闪，避免花盆对他造成致命的打击。然后，趁丁美兮体力不支砸空的一下，他奋力反扑，一拳将丁美兮打倒在地。紧接着，他又扑上去，紧紧掐住丁美兮的脖子。眼看丁美兮就要窒息晕厥，突然咚的一声，金世达手一松倒了下去。

丁美兮慢慢睁开眼睛，恍惚中看见李唐拎着包了砖头的外套，气喘吁吁地站在她身边。

回去的路上，他俩谁都没说话。快到家的时候，李唐忽然一个刹车。车灯光线所及之处，林彧举着一把黑色的雨伞，站在夜色中，静静地望着他们。而这里正是当年他们第一次在厦州接头见面的地方。

两人同时走下车子，但林彧只朝丁美兮指了指。李唐想跟过去，但被丁美兮用眼神制止了。他无奈地把自己摁到车座上，剥了一块水果硬糖塞进嘴里。糖果甜蜜地撞击着牙齿，但李唐只感觉到无尽的苦涩。林彧严厉地斥责丁美兮，她充耳不闻，一言不发。而李唐甚至连听的资格都没有。

顶着湿漉漉的头发，二人回到了家。可站在门口，丁美兮却迟迟没有掏出钥匙。小满和丁晓禾都在家，不能让他们觉察出一丝一毫的异样。但她实在忍耐不住了，无声的哭泣让她的肩膀不由自主地颤抖起来。

片刻之后，李唐从背后抱住了丁美兮。丁美兮犹豫了一下，转过身用手捂住嘴巴，把脸深深埋进了李唐的怀里。李唐没有说话，他搂着丁美兮，仿佛又变成了十八年前沉默寡言的桃园。

这注定是个失眠的夜晚，陈秘书抹掉镜子上的水汽，看着自己白皙的脸庞。她抬起手，轻轻从脸上划过，刚刚洗完澡，皮肤湿润光滑，手指微微卸力便一路向脖子、胸部坠去。刚才那双手，也是走的这条路吗？这个想法让她脑袋麻了一下，她闭上眼睛，调整了一会儿呼吸，裹着浴巾走到了衣柜旁边。

老旧的衣柜之内，黑白灰色的衣服整整齐齐地排列在里面。以往，陈秘书看着它们，总觉得舒心又安全。但今日，相同的场景相同的衣服，她却感到有些乏味。一顿翻检之后，在最下面的一层，她找出了一件暗红色的衣服。穿在身上，她马上对着镜子照起来，完全不顾衣柜里东倒西歪的黑白灰。

李唐和丁美兮也失眠了。和往常一样，他俩并排地平躺在床上，眼睛都不眨地看着天花板。

"'忠心贯日月，奋勇撼山河。'特训班第一天，教官对我们说，就算晚上做梦睡着了，一棍子打醒，也得能把这两句话背出来。那时候都小，谁也不知道这话是什么意思。也没人敢问，人家让记，记住就好了。"

这就是李唐的第一课吗？也未免太容易了些。丁美兮听着这话，默默地想。

李唐接着说道："特训班熬了三年，快要走了，才明白它的意

156

思，就两个字，听话。上面说开车，就得开车。上面说停车，我就得停车。上面说，去厦州，一星期就回来。结果呢？我连桃园什么样子都快忘了。上面还说，从今天起，你就不是李良熙了，你叫李唐，我就得叫李唐。没有一个人来问过我，这个名字你喜欢吗？"

"你不喜欢？"丁美兮幽幽地问。

"喜不喜欢，我也已经是他了。我们家是有族谱的，'朝廷有道仕贤良'。我阿公给我起的名字叫良熙，他喜欢热闹，吃个饭都要一大家子在一起，熙熙攘攘的。我爸死得早，我是阿公带大的。这么多年我都没回去上过坟。"

听到这里，丁美兮坐起身来："这些话，你从来都没说过。"

李唐也跟着坐了起来："我也不知道今天为什么要说。心里系了颗疙瘩，割不掉，又解不开。"

丁美兮轻轻叹了口气："林彧说，我的处分还在路上。要是最坏的结果，也许会叫我回去。"

"回哪儿？"李唐冷笑一声说，"还能回哪去？回去你知道家里的捷运站现在怎么倒车吗？这么多年想回去都不让，现在说走就要走了？"

丁美兮一把握住了李唐的手说："我不害怕，去哪儿我都不怕。我就怕扔下你一个人，不会带李小满。人生就是一根甘蔗，她现在是最难啃的那一截。平时你什么都不管她，由着她胡来，她不会讨厌你。可光是不讨厌就行了吗？你叫她好好念书，她肯听吗？"

说到女儿，丁美兮的情绪不自觉地就激动起来。觉察出来的李唐反过来握住了丁美兮的手。丁美兮自己也意识到了，她深呼吸了几口，慢慢调整着平静下来。思量片刻，她接着说："他们不会让我回去的。再派个人来，她不如我熟悉。"

"有时候，我倒是希望你回去。"李唐低下头慢慢地说，"香港住着一些老人，年轻的时候从家里派来这边，每个人都在上海的提篮桥服刑过十年以上，间谍罪，等他们出了狱，家里的上峰也换了好几个，没人管，最惨的天天在街上捡垃圾，假牙都得香港政府替他们安。"

"以前老是你劝我，今天你是怎么了？"丁美兮也察觉到了李唐异样的情绪。

"知道北京奖励公民举报间谍，奖金有多少钱吗？五十万一个人。我自己都快心动了。咱俩加起来，谁知道了底细，都会忍不住去举报吧？"

很久没有这样互相劝慰地聊过天了，丁美兮的心里说不出是温暖还是落寞。她轻轻靠在李唐的肩膀上，叹了口气说："就算被抓，有你陪了我这么些年，也值了。"

"不行。想想那些留在香港，连家也回不去的老人，不行。我就算死，也不让你被他们抓住。"

丁美兮紧紧抱住了李唐，对女人来说，男人的一句话就够了吗？至少现在是的。两人静静地拥抱了一会儿，丁美兮忽然抬头问道："你说的那个坐你车的女的，还没说完，她后来怎么了？"

李唐望着窗外无边的夜色，摇摇头："没怎么。她挺好的。"

陈秘书穿着昨晚的暗红色衣服来到了单位，这样的平常之举，对她来说已经是破天荒。刚一下公交车，她便看见金世达站在她上班的必经之路。陈秘书强撑着往前走了两步，很快就转身往回走去。

身后一个影子追了过来，紧走几步，挡在了她的前面。

"让开。"陈秘书语气严厉，但却不敢抬头。金世达既不说话也不动，站在跟前不错眼珠地望着她。

"你不走，我就报警。"

"昨天我等了一夜，你也没报。"金世达的言语中满是温柔的戏谑。

陈秘书终于忍不住抬头，一眼看到了金世达嘴角的乌青。她急忙问道："你的嘴怎么了？"

"别的女人打的。"金世达满不在乎地说着，故意咧嘴做了个疼痛的表情。

陈秘书赌气地问道："你有几个女人？"

"很多。"金世达笑着回答。

陈秘书气得扭头就走，金世达一把拉住了她的胳膊，递过来一个小小的黑色礼袋。不等陈秘书再问什么，金世达已经先一步离开了。

卫生间里，陈秘书坐在马桶盖上，轻轻打开袋子，小心翼翼地拿出里面的东西。那是一件半透明的蕾丝内衣，性感的程度完全超出了陈秘书的认知范围。她迅速把内衣塞回袋子，用手捂住嘴巴，生怕有人听到自己急促的喘息声。

丁晓禾、朱慧和黄海并排坐在会议室的大桌子前面，三个人的脸都黑了。段迎九坐在对面，翻着标有各自名字的银行网点名册，逐一点评："黄海，慢，一天比一天慢。大的还好，小网点明显不行，一天下来才过这么几个。银行经理都不配合吧？"

黄海低下头，闷闷地嗯了一声。

"丁晓禾也慢，比黄海还慢，吃饭的时候看你倒是挺快的。他是经理不配合，你呢？谁给你使绊子了？"

丁晓禾老老实实地回答："是我自己的问题，开始的时候没掌握好方法。"

"朱慧最快，这么几天全跑完了，好。比两个男的强。"

听了这句话，朱慧毫不掩饰地得意起来。可惜，美不过三秒，段迎九的但是就来了。

"但是毛病太多。慢工出细活，一快就不行了。前后一共漏了几家银行恐怕你自己都不知道。萝卜快了不洗泥，你急什么？你是要证明自己什么？"段迎九不屑地翻着朱慧的册子，完全不顾忌她红一阵白一阵的脸色，接着说，"你就是个小孩子，还是那种娇情不听话惯坏了的孩子。带你们去海边抓螃蟹，他们俩再慢，带回来的也是螃蟹，你这些是什么？蟹足棒吗？丢三落四，还不让说。看什么看，不服吗？"

"不服。"朱慧扯着嗓子喊了一句。

"哪儿不服？"

"哪儿都不服。"朱慧的嗓门一点没降，"他们都不敢说，我不怕。我们干得是不好，可有那么差吗？你是不是对我有意见？是不是觉得我爸我妈在公安厅上班，我就一定是个走后门的娇小姐？"

"说完了吗？"段迎九问道。

"还早着呢！你天天在这儿吹空调，门都不出，连咖啡都有人替你买，我们呢？饭没的吃，觉没空睡，天天顶着台风，在外头一家家地找，鞋都快跑丢了，一回来劈头盖脸就是个骂，我当然不服了！"

段迎九瞪着朱慧，讥讽地说道："觉得自己特别辛苦，从来都没这么苦过。跑腿卖力气，多苦呀。回去问问你爸，派出所、刑警队、重案缉毒的都算上，二十四小时连轴转，抓个人要跑上千公里，苦不苦？思明区有四千个环卫工人，你睁眼他们就在扫街，你睡觉他们还在扫街，苦不苦？"

朱慧不说话了，可段迎九的质问却没有停止。

"你在家点个外卖，下着暴雨也有人给你送，他们苦不苦？消防队不也有你的同学吗？背着几十公斤的东西，大夏天动不动就是徒步几公里。你家旁边医院的外科大夫，做个手术得站十几个小时，随时都会猝死，还不说那些盖楼搬砖的工人。朱慧，这些人和你比，谁苦？"

朱慧吸了吸鼻子，彻底蔫了。在这些人面前，她受的这点，连苦都算不上。

段迎九缓了口气，语重心长地说："别跟人比辛苦，要比就比别的。别以为我对你有意见，我对你们三个都有意见。在这里，光能吃苦没有用。干得不好，我还得赔着笑天天哄着你们？这儿是幼儿园吗？这次作业先到这儿，六十分，勉强及格。朱慧顶嘴，扣五分，五十五不及格，罚你请全组的人吃饭。服吗？"

"服。"朱慧小声嘟囔了一句。

"别小气，没让你请大龙虾，一人一碗面，走吧。"

"去哪儿啊？"朱慧问道。

段迎九眼睛一瞪："不说了吗，请客呀。我早饭还没吃呢。"

丁美兮仰着头，盘腿坐在沙发上。李唐拿着一瓶红花油，往她脖子上那道淡淡的淤痕上涂抹——这是昨夜被金世达掐的。

"要是学校里有人问，你怎么说？"李唐边涂边问。

"年轻的时候不给你生二胎，现在想生，生不出来了。你交代不了祖宗，掐的。"

"嗯，也不是不行。屎盆子我不嫌多，你尽管扣，就怕别人不信。家里每一分钱都攥在你手里，谁拿我当过户主，我敢动你一根手指头吗？"李唐说着看了丁美兮一眼。

"就是因为你憋屈太久了，才会动手。这些年给你戴的绿帽子也不少，难免有些风言风语，大家会理解的，没准还有人觉得你是个爷们儿呢。"丁美兮说完，感觉李唐涂抹的手不动了，她停了一下问道，"又戳着你的伤疤了？"

李唐站起来说："抹完了。我没那么小气。幺鸡说过，这世上最麻烦的有两样，女人，和女人生的女人。近则不逊远则怨，我全占了。本以为他活明白看透了，谁能想到他背着咱们，也有个女人。"

丁美兮微微活动了一下僵硬的脖子，问道："你还在找这个人？"

"找到她，就能知道幺鸡为什么自杀。"

"必须找吗？"

"心里有个疙瘩，我想解开它。"

丁美兮沉吟片刻，对李唐的背影说道："你看新闻吗，知不知道有多少杀人犯，都是觉得自己安全了，回到现场看热闹的时候，让人给发现了？幺鸡已经死了，你再怎么折腾，他也活不了了。林彧又没让你去找，这件事好不容易才过去，咱们的日子现在过得好好的，你干什么呢？"

李唐转过身来反问丁美兮："过得真的好吗？"

"你还在，我还在，孩子和家还在，就是好日子。"

李唐摇摇头："幺鸡是个赌徒。一个连命都要赌上的人，怎么会那么轻易自杀？谁会把他逼到这个地步？你不知道，我也不知道，万一哪天我们也没路走了——什么都不知道，才更危险。"

丁美兮沉默了，半晌又问李唐："找不着人，你怎么办？"

"只能冒一次险了。"

步行街上，各色小店鳞次栉比。段迎九晃晃悠悠地在前面逛，三个新人不远不近地在后面跟。终于坐到一家面馆的桌子旁，段迎九挑起面条吹了吹，不等那三个人动筷子，她的问题就来了："从东往西数第四家铺子，是一家美甲店，里头有五个美甲师，只有一个闲着，她在干什么？"

三个人飞速在脑子里回忆，朱慧想起那个拿着手机大声刷抖音的人，刚想抢着第一个回答，段迎九一抬手："迟五秒就算没记住。"紧接着，问题又来了："美甲店的斜对面，一个半露天卖鲜榨甘蔗汁的小摊，牌子上明码标价，多少钱一杯，买几赠几？"

"十块钱一杯，买三赠一。"又是朱慧抢到了第一。

提问还在继续："甘蔗汁前面五十米有个井盖坏了，所有人都要绕着走，离得最近那家奶茶店反倒人多了，排在队尾的是几个女学生，她们是哪个学校的？"

这次抢答的是丁晓禾："火炬学校。三个女生，两个短发，只有一个扎着辫子。"

再下面的问题，段迎九是看着黄海说的："快进面馆的时候，有个人撞了你一下，戴着帽子低着头，你没当回事，他也没道歉，他穿着什么样的裤子，什么样的鞋？"

"黑色的登山裤，灰色的耐克鞋。"

"袜子呢？他的袜子颜色不一样，哪边是颜色重的？"

黄海卡壳了，他想了想，老实地回答了一句不知道。此时，段迎九的面条已经吃完了，她放下筷子一抹嘴，开始点评："错误率百分之二十，我还以为你们得错一半，还行。丁晓禾观察得细，朱慧脑子好，记性也最好，黄海眼睛亮，全面。虽然都没我年轻的时候优秀，瞎蒙的勇气倒是跟我当初差不多。朱慧结账，路还没走完呢。"

趁段迎九说话的工夫，三个人匆匆扒拉了两口面条，紧跟着又上路了。这次段迎九走在了三个人的后面，离她最近的是丁晓禾。他认真地观察着周围的店铺，把目力所及之处的一针一线都铭记在脑子里。

这时，对面走来一对情侣。段迎九小声提醒道："注意这个女的，看她的项链。"

老实的丁晓禾立马把目光聚焦到了女孩的胸前，全然不顾她男友愤怒的眼神。女孩越走越近，就在丁晓禾与她擦肩而过的瞬间，段迎九冷不丁推了他一把，丁晓禾一下倒在了女孩的身上。

"怎么回事你？走路都不会呀？"女孩气愤地喊道。丁晓禾感觉不好意思，本想伸手拉女孩一把，却不想这个举动更加激怒了她的男朋友。他把丁晓禾的手打到一边，喝问："你干什么？"

丁晓禾越发窘迫，连忙解释："对不起对不起，崴脚了。我就是想拉她一把。"

此时，争执声已经惊动了周围的行人，不少人停下脚步围观。段迎九也站在人群里，像个路人似的说了句风凉话："想拉一把还是想摸一把？这么年轻怎么不干点正经事？"

丁晓禾涨红了脸，站在那儿扶也不是，走也不是。这时，朱慧分开人群挤了进来，上来挽住丁晓禾的胳膊，左右看看问道："怎么了？我刚去买瓶水你这儿出什么事儿了？"

"你谁啊？"男孩质问道。

"我是他女朋友呀，哥。"朱慧看看坐在地上的女孩，"这是嫂子吧，我看看脚怎么样，不行咱就去趟医院拍个片子，千万别忍着。哎，要不咱们先到这边，这边没太阳，能站起来吗，来嫂子我扶着你——"

三言两语之间，气儿也消了，热闹也散了。段迎九拍拍站在自己旁边的黄海，也不管这件事怎么解决，转身先走了。黄海愣了一下，赶紧追了上去。

"你怎么看？"段迎九边走边问。

"小聪明，我是说朱慧。小聪明也是聪明。"黄海答道。

"你要是丁晓禾，怎么解决？"

"要是有案子要办，就先离开再说。如果需要，不行就把那个男的打倒，事后再去道歉。"

段迎九撇撇嘴，不置可否。黄海又回头张望了一下，问道："不等他们了？"

"抓人办案的时候，你也要等吗？"段迎九头也不回地向前走去。

逛了一天街，考了一天试。到了晚上，段迎九把三个人带到了小柳所在的见福便利店，提出了最后一项任务——去店里偷偷拍下所有营业员的信息。

这次的任务倒是完成得比较顺利。朱慧在银台结账，鼓捣手机假装扫不了码。小柳热情地接过手机，帮忙操作，一边还关注着监控画面里在快餐区挑挑拣拣的黄海。一拆一挡，丁晓禾轻轻松松用手机拍下了店内所有营业员的信息。

在店外顺利会合后，黄海把刚买来的三明治和水分给大家，这就是他们的晚饭了。段迎九边走边说："证件不是万能的。你们去银行的时候就知道了，要是没人配合，事后惩戒有什么用？遇到事情还得你们自己想办法。"

"拍那些营业员的信息，这个也太容易了点吧。"朱慧又有点得意。

"这不是怕你们背后嘀咕着骂我吗？难办的事我就自己来了。刚才拍到的那些收银员，平分一下，弄清楚每个夜班营业员的银行转账记录，至少两年。理财、外汇、基金、现金存取款、网银和支票，要弄到所有的细节。怎么去协调银行怎么分工，我都不管。不懂的自己去问，我只要结果。时间限制在四十八小时之内。如果吃饱了就马上开始，动作快点的话，也许都用不了这么久。"

三明治被狼吞虎咽地塞进了三个人的嘴里，吃完他们便开始讨论起下一步的工作安排。就在这时，一个二十来岁的年轻女孩背着个包，从几个人眼前匆匆跑过。紧跟着，两个痞子飞快地从后面追上来，一把拽住了女孩的头发，把她拖进了旁边一条昏暗的小巷里。

可近在眼前的一幕，段迎九就像没看见一样，只管自己埋头往前走。朱慧和黄海愣了一下，也赶紧跟了上去。只有丁晓禾停下了脚步，站在当地朝巷口望去。他犹豫了片刻，没有继续追赶段迎九，而是朝着小巷里走去。

果不其然，当丁晓禾走近的时候，痞子正用一个空钱包抽打女孩的脑袋，一边骂骂咧咧，一边威胁她，今天再不还钱，就要她拿着身份证拍裸照。解决这两个痞子，对丁晓禾来说不在话下，很快他们便落荒而逃。而那个搞不清状况的女孩，吓得连句谢谢也没说，捡起自己的东西也一溜烟跑了。

丁晓禾倒无所谓，他松了口气，一转身，看见段迎九从地上捡起刚才痞子打人用的钱包，来回翻看。丁晓禾走过去，刚想说话，却被段迎九抢了话："把你刚才的分工转给朱慧和黄海，一周之内其他的工作交给哪吒。这个星期放你的假，想干什么就干什么，当够了英雄再回来上班。"

朱慧和黄海站在一边，因为意识到段迎九是真生气了，俩人看了看丁晓禾，谁也没敢说话。

"我错了。对不起。"丁晓禾也意识到了自己的冒失，低下头说。

段迎九走到丁晓禾面前，用极其严厉的口气说道："记住，这是最后一次。你是国安干警，不是居委会大妈，别给我扯什么拔刀相助的傻事。只要一天在案子里，之外的任何事情都和你无关。以前没人教过你吗？我在像你这么大的时候，亲眼看见我的同事，因为不小心暴露了身份，跟丢了人，弄砸了正事，还被人给活活捅死，肠子流出来都没有人管！刚才万一背后再多个人，你就死在这儿了！"

段迎九背过身，平复了一下情绪，对三个人挥挥手，拿着刚才那个钱包独自离开了。

"行行度桥，桥尽漫俄延。身如梦里，飘飘御风旋。清辉正显，入来翻不见。只见楼台隐隐，暗送天香扑面。"

昆曲《长生殿》的曲调久久回荡在陈秘书的耳畔。同样无法从记忆里消散的，还有刚刚在酒店套房里，金世达递过来的那杯酒。

"我从来没喝过酒。"她本能地拒绝了。

"这个世界上，还有很多你没感受过的东西，慢慢来。"金世达的话让她无法再拒绝。从碰杯到接吻，从沙发到床上，从轻柔的抚摸到激情的高潮，如果非要拒绝点什么，那也只有她以往四十多年乏味而干枯的生活了。

到家时已是深夜，电梯里只有她一个人。陈秘书回想着刚才如梦似幻的经历，下意识地摸了摸胸口，外套的里面是早上金世达送来的性感蕾丝内衣。她以前看见蕾丝便觉得扎人，哪知穿到身上竟是如此柔软服帖。

无边的幻想在家门打开的瞬间，被按下了暂停键。父亲站在门口，一如既往地严厉问道："你去哪儿了？"

陈秘书没说话，低着头朝自己房间走去。

"你喝酒了？"看着女儿连鞋都没换就要进屋，父亲诧异地问道，"你这几天是怎么了？你是不是……"

"爸，我累了，先睡了。"陈秘书轻轻打断了父亲的话，快速走进卧室关上了门。她确实想睡，她想早点钻进梦里，再次体验刚才的温存。却不知她的父亲几乎彻夜未眠，联想到那天雨夜，送她回家的那辆车，一种不祥的预感在老人的心里慢慢升起。

段迎九哪能想到，她宝啊宝啊喊大的儿子竟然长成了一副老鼠样子。下了晚自习，他把T恤上的帽子扣在脑袋上，推着自行车，溜边走出来，到了门口还探头探脑地看了一圈，这才继续溜边走去。

段迎九突然上前拦住他："回家的路在那边，你这是要去哪儿？"

阿宝吓了一跳，啊地叫了一声，见是妈妈，才松了口气说："你怎么来了？"

"路过，来看看你。"

阿宝似乎不敢在学校门口停留，他拉着段迎九催促道："走吧走吧，边走边说。"

"急什么，这么晚了才下课，饿了吧？我带你吃碗炒饭去。"

"唉，不吃了，我想回家，走吧……"

顺着阿宝闪烁的眼神，段迎九看见了之前被丁晓禾轰走的一个痞子，骑着摩托车载着另一个人，守在学校大门口的不远处。两人不时地拦着放学落单的学生，似乎在勒索钱财。段迎九明白了儿子的不安，她没再坚持，带着回了家。

小猫趴在冰箱顶上，昏昏欲睡。阿宝坐在餐桌旁，狼吞虎咽地吃着路上打包回来的炒饭。段迎九看着儿子还包裹着纱布的手指，有点心疼。她倒了杯水，递给儿子，然后掏出那个捡来的钱包，放到了桌子上。

米饭还塞在嘴里，可阿宝已经顾不上嚼了。段迎九用尽量平和的语气说："你吃你的，我问我的。"她指了指钱包，接着说："这是我路上捡的。我送你的东西不多，这钱包算一个。里头还有你的学生证，怎么这么不小心，丢哪儿了？"

"忘了。"阿宝扒拉着饭粒小声回答。

"大前天回你外婆家，你问她要了四百块钱，说要交补课费，有这回事吧。不是老太太告的状，这事和钱包一样，都是巧合。我要是不孝顺，不回去看她，也不会知道。要钱你就直接说，实在说不出口，偶尔骗骗她也不要紧。关键是你骗了钱要干什么？这个我得知道。"

阿宝喝了口水，低着头没说话。段迎九见他不吭声，又说了一句："吸毒，赌钱，沾上这两样，你就废了。"

"我没吸毒，我没赌钱！"阿宝生气地喊了出来。

"那你为什么去骗？"

"我……"阿宝犹豫了一下，还是没说出口。

段迎九拖着凳子，挪到阿宝面前，盯着他问道："刚才那些劲儿哪儿去了？再喊啊？跟那几个拦着路要钱的小痞子，你也这么喊吗？"

这句话戳中了阿宝的痛点，他像泄了气的皮球，瘫软下去，半晌才低声说："不给他们钱，学生证就拿不回来。"

"给了就能拿回来吗？下一次再拦着你，再扣了钱包，还给吗？"

"不给，他们就揍我。"

段迎九伸出手指头，朝着阿宝狠戳过去，边戳边问："揍你哪里？什么地方，这儿，这儿，还是这儿？疼啊？疼干吗不还手？老这么忍着，管用吗？"

阿宝疼得嗷嗷叫，忍无可忍跳起来说："你干什么！"

"我要告诉你，逃避是没用的。你不能跑，你得站住，你得还手！"

"我的事情你根本就不明白！就知道天天骂我，我爸都不懂，你懂什么？"

"陈星，你属大老虎，不属鸵鸟！尿包蛋，连自己的主都做不了，这就是你爸教的？这回给了钱，下回呢？问你话呢，说话！"

"我不用你管我！这个家没你的事！你走吧！"

母子俩你追我赶，绕着餐桌转圈。段迎九抄了几把都没逮到阿宝，一个没忍住，拿起桌上的塑料杯扔了过去。阿宝一闪身，杯子落在地上，水洒得到处都是。

"你打！打吧！打死我！你再像小时候那样，把我的肋骨再摔断！"阿宝被彻底激怒了，不管不顾地朝段迎九嚷嚷起来。

"我那是不小心！那是失了手！你爸的鬼话你也信！"

"我要是爸爸，也要和你离婚！你是个疯女人！"

阿宝说完，跑进卧室，哐的一声关上了门。屋子里顿时安静下来，段迎九站了一会儿，踩着地上的水渍，回到餐桌旁边，坐一个凳子，踩一个凳子，大口大口地吃起了儿子剩下的炒饭。

中元节的晚上，街口上三三两两的人聚在一起，烧纸祭祖。李小满难得没戴着耳机，她拿着一包纸钱扔到火堆里，对李唐问道：

"在这儿把钱烧了，爷爷奶奶就能收到了？"

"能。"李唐用棍子挑了挑火堆，"他们都和你妈一样会算账，每一分钱都落不下。元宝，现金，摇钱树，都收得到。"

李小满又拿起一沓高仿美金的冥币："那边也能出国旅游啊。"

丁美兮接着说道："别家都有，咱们也不能少。好孩子有孝心，爷爷和奶奶保佑你考个好大学，给他们磕个头吧。"

李小满跟着父母，对着火堆磕完头，一边拍打裤子上的土一边说："长这么大，也没见过他们。我爸长得像谁啊，爷爷还是奶奶？"

"你有福气，随你妈。要是跟着我随了你爷爷，又黑又瘦，以后找个男朋友都费劲了。"李唐说着收拾完灰烬，转头对丁美兮说："你们别等了，先回家。车坏了，我得去修修。"

丁美兮知道李唐接下来要做的事儿，忧心地嘱咐了一句："车已经坏了，你小心点。"

这个危险的计划，李唐已经准备了些时日。他开车来到幺鸡从前的住处，从车上搬下提前买来的沙子，沿着房子一边走一边撒，筑起一道隔绝其他房屋的防火带。

随后，他来到房子里，先是拨通119，报告这所房子着火。随后，把一桶四升的矿泉水在屋子各处洒了一圈。最后，他扯出电路箱里的几根电线，用打火机把外皮烤卷，再点燃一团报纸，随手扔到了沙发上。

火焰腾腾燃烧，没一会儿远处传来了消防车的警笛声。

不出所料，这起火灾登上了第二天早晨的本地新闻播报："昨天晚上十一点，位于局口街状元巷的一住户家中突然发生火灾。消防人员及时赶到，动用高压水枪将火扑灭。对于起火原因，消防人员称尚未调查完成，但极有可能是由房屋线路老化造成短路引发的。据悉，火灾已得到控制，目前没有人员伤亡。但因为一直联系不到住户，尚不清楚具体的财产损失情况……"

见福便利店的电视上，二十四小时播放新闻频道。刚刚上班的小柳无意间抬头看去，幺鸡的旧房子清晰地出现在屏幕上，她不由自主地停下手里的活儿，走到了电视跟前……

李唐拎着出租车司机常背的马扎，带着面包、水和望远镜，埋伏在幺鸡家北面那栋楼的楼顶。这个视角居高临下，幺鸡家附近的情况一目了然。刚刚，有个戴墨镜的年轻女人在幺鸡家楼下停留了一会儿，李唐举着望远镜盯了半天，女人又走了——原来这只是一个路人。

陈秘书没去上班。上班多年，她第一次请了年假，换上了一身颜色明亮的衣服，开开心心地钻进了金世达的车里。车子开到了一处僻静的海滩，金世达又疯狂地吻了起来，但这次陈秘书沉醉地享受起来。

"是这儿吗？说出来。"金世达在陈秘书的耳后吻了一阵，轻柔地问道。

陈秘书呢喃地说："我喜欢……你……亲我这里。"

"还会有很多地方，你都会喜欢。"

陈秘书摸着自己的脖子喘息着说："就这儿，我喜欢这儿。"

金世达探索着她身上的每一处敏感区域，神秘地说道："我说的是地方。明天带你去一个你从来没去过的地方。这个世界上，还有很多好东西，慢慢来。"

陈秘书已经听不清金世达究竟在说什么，她闭着眼睛，任由自己沉浸在梦幻之中。

把陈秘书送回家后，金世达在小区附近的小卖店买了包烟。在他走进小卖店的那几分钟，有一位老人从他的车旁慢慢经过，默默记下了车牌号，又朝他的背影望了一眼。这位老人正是陈秘书的老

171

父亲。

　　金世达在店里买了一包"珍品厦州"牌的香烟，他递过去一张五十的钞票，待老板找零的时候，特意交代要硬币。在他转身离开的时候，陈秘书的父亲也已经走进了店里。金世达志得意满地玩着一枚硬币，完全没留意这个正在挑选鸡蛋的老头。

　　走到路边的一个电话亭，金世达用刚刚那枚硬币拨通了一个号码。"帮我订好机票，要是一切顺利，最多三天，你就能拿到你想要的东西了……女人就是一道门，开锁不难，难的是怎么找钥匙。"

　　透过小卖店的玻璃，陈秘书的父亲看着金世达浅笑着钻进那辆印着"神州租车"字样的黑色轿车，开车离开。

第九章

小柳站在一片焦黑的房间里，家具电器都还摆在原来的位置，只是变了一副样子。她下意识地想要收拾一下，但却又无从下手。门口的一面镜子，也被烟熏得黑乎乎一片。小柳走到镜子跟前，轻轻摸了摸挂在脖子上那个幺鸡形状的吊坠。

背后的房门突然开了，一个民警站在门口，望着她说："这儿很危险，你进来干什么？"

小柳转过头回答道："这是我的房子。"

过火后的房子已经成为危房，所以民警带着小柳来到房子外面的街边，做了房产调查记录。

"房产证早就丢了，这么久还没补办？"

"一忙就忘了。亲戚转给我的时候做过公证，手续是没问题的。"

"失火原因报告现在还没出来，赔偿的事情也得等一等。把你的信息和电话留一下，等通知吧。"

小柳写下了姓名和电话，戴上墨镜，离开了火灾现场。不远处，李唐戴上了一副平光眼镜，悄悄跟上了小柳的脚步。其实，小柳刚一靠近房子，李唐就发现了她。刚刚在配合警察登记房产信息的时候，他也一直在旁边盯梢。现在时机到了。等小柳拐进一条小巷后，李唐在后面叫住了她。

"不好意思，等一下。"李唐小跑着过来，咬掉笔帽，一手笔一手本边写边抱怨说，"派出所就是麻烦，户籍股都记完了，非得居委会再登记一次。原来的房主叫什么？"

"着火赔钱，怎么还管以前的人？"小柳显得很谨慎。

李唐往鼻梁上推了推眼镜说："房产证你不是弄丢了吗，消防、公安、房管和社区，必要程序，以后还多着呢。"

小柳点点头："要海勇。"

"哪个要？"

"重要的要。"

李唐把本子递过去："留个电话吧，回去等信儿就行了。"

就在小柳接过笔写电话号码的时候，李唐看见了她脖子上的项链。小小的幺鸡吊坠，在阳光下闪闪发光。

从小柳手中拿回笔和本子，李唐点点头转身离开。他边走边看地上的影子，在确认小柳已经走远之后，他掏出手机拨了个号码。电话接通后，里面传来语音提示："发送本机号码请挂机，回复其他号码请按1，留言请按2……"

李唐摁了一下数字2，然后对电话里说："是林先生吗，你打车的时候，有东西落在我车上了。"

安全局大楼里，段迎九急匆匆地冲进男厕所，一眼扫到了唯一从里面反锁的隔间。她走过去一阵猛敲，一边敲还一边喊："汪老板汪老板！"

"段迎九你干什么！"汪洋隔着门板尴尬又气愤地喊道。

"以后上厕所你能不能带着手机？急事！你快不快？"段迎九堵在门口理直气壮地说。

"什么急事也得等我出来！"

但段迎九已经等不了了，一找到线索，她就像野兽闻见血腥味一样兴奋，连语速都跟着加快了。"见福便利店的柳国香，幺鸡自杀之前的四天内，有人频繁地给她的银行账户转账，打过至少六笔数额不小的钱。转账的姓钟，就是幺鸡在棋牌馆雇的那个伙计。哎我说的话你听见没有？咱们得马上把这个小柳找回来！"

一阵冲水声后，汪洋在里面气急败坏地喊道："别催了别催了，这就出来！"

"那我们先出发了，你快点啊。"段迎九说着朝外面跑去。

楼道里一片忙乱，众人的脚步都不由自主地加快再加快。哪吒和老魏在前面走得最快，后面紧跟着的是丁晓禾。朱慧一路招呼着追上来："丁晓禾，你等等我。"说着她把一个三明治往丁晓禾手里塞，"再着急也得吃饭，又不是一出大门就办案，拿着"。

"我不饿。"丁晓禾看都没看她一眼，只管往前走。

"不饿才得吃，饿了我就不用管你了。三口两口的事。"

"说了不饿呢。"丁晓禾的脚步越走越快。

但走得再快，也很难甩开朱慧，她像块橡皮糖一样粘在他的身边，不死心地念叨着："你就吃一点，一口都行，不吃饭胃受不了，以后这种没日没夜的熬日子还长着呢……"

丁晓禾急了，他骤然停住脚步，冲着朱慧劈头盖脸地来了一顿："你不是我妈，不是我姐姐，我的胃受不受得了我自己知道，我是个成年人，不是幼儿园的小朋友，别这么管着我行不行？"

说完，他转身离开，脚步比刚才更快。只留下朱慧，呆呆地站在原地。黄海不慌不忙地从朱慧身边经过，用最不易察觉的目光，偷偷瞟了她一眼。

休完假，陈秘书决定搬出去住，因为金世达说每天晚上都想见到她。她自己又何尝不是呢？所以无论父亲如何劝阻，她收拾衣物的动作也一刻都没停。翻箱倒柜之间，她找出了自己所有鲜艳的衣服。她要和这个男人开始一段彩色的新生活。

但在父亲的眼里，这些憧憬和幻想，不过是喝了迷魂汤后的疯狂举动。

"我当了几十年的法官，判过几百个案子，见过上千个官司，别的不行，看人我从来没有错过。你听我说，这个男人靠不住。就你这样的年龄，你这样的长相，去照照镜子，你看看自己哪个地方比得过外面那些年轻的小姑娘？他的眼睛没瞎，他为什么会看上你？别傻了，你以为自己真的是灰姑娘，这世上哪有王子啊？"

陈秘书对父亲的话充耳不闻。收拾得差不多了，她拿起一串系在铁环上的钥匙，装进随身的小包里。这是银行几个重要抽屉的钥匙，除了吴经理，只有她还带着一串。一切整理完毕后，她直起身子，眼睛还像往常一样看着地面，小声说了一句："就算是骗，我也认。"

看着女儿如此执迷不悟，父亲越来越急，他竭力控制着自己的情绪，好言相劝道："你现在病了，很严重。你需要吃药。听我的话，忘了他，你听懂了没有？"

陈秘书没说话，径直往门外走去。父亲见状抢先一步拦在门口，像一座山一样挡住了她的路："不许走！那个人是个骗子，我看得准！"

站在父亲面前，陈秘书慢慢抬起头。她第一次直视着父亲的眼睛，轻轻地说了一句："我妈妈呢？你看她怎么不准？"

一记响亮的耳光甩了过来，父女二人都愣住了。规劝终究没能阻止出走，陈秘书拎着小行李箱，头也不回地离开了家。透过窗户，父亲看见陈秘书又钻进了那辆黑色轿车。老人佝偻着背，浑身不停地颤抖。

几辆没有标识的车飞快地开出国安局的大门，段迎九开着其中一辆，冲在最前头。然而他们还是晚了一步——就在他们到达见福便利店之前两三分钟，小柳出去了。

在火速调取了便利店内的监控录像后，一个中年男人的身影呈现在众人面前。他戴着墨镜，看不清相貌，说了短短几句话，小柳就撇下手里的活儿，连制服都没来得及换，就跟在他身后，匆匆出了门。

段迎九从车上跳下来，跑到街道中间，四处张望，没有小柳和那个男人的身影。随队前来的众多干警，都从车上下来，围拢在段迎九的身边。段迎九飞快地看着附近的监控摄像头，自言自语地说："查所有的摄像头，哪边的有损坏，重点找哪边。以一个女人快步行走的速度，三分钟她能走多远？"

说着，她又朝右手边的方向看了一眼。逆光，太阳有些刺眼。段迎九马上背过身，朝另一个方向走去，边走边大声说道："老魏去刺眼的方向捡个漏，剩下的跟我来——如果我是那个男人，就会往这边走，前面三分钟路程的步行街，每一家店铺、巷子、饭馆、大小宾馆和快捷酒店，一家都不要漏过，像吸尘器一样吸遍这条街，要快！"

说话间，段迎九已经跑了起来，嘴里还在继续布置任务："哪吒黄海，跟我往左，大峰朱慧丁晓禾往右，其他人去一站地之外的各个街口，睁大你们的眼睛，找到她！"

所有人都飞快地朝自己的目标方向跑去。此时，朱慧忽然拉了一下黄海，悄悄说了一句："咱俩换换。"

"换什么？"

不等黄海明白过来，朱慧已经跑到哪吒那边去了。黄海忽然想起刚才的三明治，便点点头朝丁晓禾这边追去。

熙熙攘攘的步行街，所有干警都隐藏在人流中，或快或慢地行走搜寻。段迎九走在最前面，她的眼睛像扫描仪似的，穿过大街上的每一个人群和每一个角落。而小柳恰恰就在她的目力范围之外几步远的地方。

人群之中，小柳紧紧跟着林彧，因为他说，可以带她去见幺鸡。

"幺鸡从来没有跟我说过你。你在哪儿见过他？你怎么知道他的事情？"小柳的心中依旧有些狐疑。

林彧一边通过街道上的镜子和路边电动车的反光镜观察身后的情况，一边回答说："棋牌馆里打杂的小钟，你知道。"

"他怎么了？我再也没有见过他，我什么也不知道。"

"他死了。"林彧说着，越走越快，身后显然有很多人在找他。

这话让小柳一惊："为什么？他怎么会死？"

林彧已经顾不上回答小柳的问题了，他早已看准了前面的一个巷口，此时便加快脚步，急急地朝那边走去。但这沉默让小柳更加心惊，她几乎是小跑着跟上林彧，焦急地问道："是不是幺鸡……"

林彧焦躁地打断了小柳的问题："他不方便露面，所以让我来找你。你也知道他那些上不了台面的事情，嗯？要是还想见他，就别问了，跟我来。"

小柳再也不敢多问一句，她低着头紧跟林彧，拐进巷口。就在闪身的一瞬间，她的身影被"扫描仪"发现了。段迎九奋力挤开人群，带着身后的哪吒和朱慧，朝巷口的方向一路追去。

此时的林彧已经气喘吁吁，他仿佛已经听到了身后的脚步声。在一个岔道口，他看了一眼小柳，小声说："分开走，到地铁站等我。"

没一会儿，段迎九他们追了上来。巷子的尽头，分出左右两条岔路。在一块标有地铁标识的指示牌下面，扔着一件见福便利店的制服。

"分开找！"朱慧和哪吒往左，段迎九往右，三人飞快地跑了出去。

地铁一号线的镇海路站，刚刚有一辆车离开，大批的人流从地铁站口涌出。段迎九和哪吒、朱慧殊途同归，同时逆着人流冲进了地铁站。

此时，小柳孤零零地站在站台的最里面，翘首等待着下一趟列车的到来。远处，车灯已经照亮了黑暗的隧道。逆光中，小柳仿佛在等待一个希望。

朱慧找到了逆流前行的最佳方式，贴墙走。所以她虽然力气小，顶不动人流，但却是三人中走在最前面的一个。在最后一段楼梯上，她一眼看见了站台上的小柳，立刻大喊一声，朝她冲了过去。

列车越来越近，工作人员巡完了一个方向，折返往另一个方向走去。段迎九看见刚刚退后一步的小柳又往站台边挪了一步，她正要呼喊，视线里忽然出现了那个带走小柳的男人。男人在小柳的身后，一步步朝她逼近。段迎九情知不妙，扯着嗓子大喊："小柳，柳国香，往后退，往后退……"

列车轰鸣而至，淹没了段迎九的喊声。就在她和哪吒几乎同时到达站台的时候，轨道上传来一阵巨大而尖厉的刹车声，伴随着一阵突如其来的闷响和此起彼伏的尖叫声，段迎九听见了一声叫喊："有人跳轨了！"

朱慧挤到跟前，朝轨道下面望了一眼，立刻倒吸了一口凉气。小柳静静地躺在铁轨上，死不瞑目。段迎九没有过去，她大口大口地喘着粗气，睁大双眼，四处张望。那个男人，他就在附近，一定就在附近！

果然，一个影子在人群中一闪而过。段迎九想扑过去，却被几个地铁工作人员拿着隔离带不断往后推。人群越发慌乱拥挤，段迎九突然停住脚步。只见她手脚并用，用近乎失态的姿势，爬上旁边一个用于涂刷标语的脚手架。摇摇晃晃地站到最高处后，她从兜里摸出钱包，把里面所有的钞票都抓了出来，猛地往空中一撒——

钞票漫天飞舞，段迎九盯着下面，视线之内除了朱慧和哪吒，几乎所有人都在低头捡钱，除了一个戴帽子的男人。他完全不为所动，急匆匆地往外面跑去。一个捡钱的路人挡在他跟前，他伸出左手一把推开了那人。

林彧一路埋头狂奔，哪吒在身后穷追不舍。为了降低对方追赶的速度，林彧故意朝老幼妇孺冲撞过去。哪吒的脚力虽然快于他，但禁不住几轮阻挡，慢慢拉开了距离。

眼看着林彧冲出了地铁口，丁晓禾从另一个方向追了过来。哪吒见状马上大喊一声："戴帽子那个人，抓他！"

丁晓禾迅速锁定目标，接力追赶林彧。

街道上，人来车往。林彧和丁晓禾一前一后，拼命奔跑。眼看林彧已经体力不支，丁晓禾再加快几步就可以追上他的时候，一个十字路口的红灯拦住了去路。林彧不顾一切地冲入车流之中，完全没做任何减速。在一阵接二连三的刹车声后，他被一辆踩死刹车滑行过来的越野车撞到了一边。

路上所有的司机和被车辆挡在一边的丁晓禾，眼睁睁地看着林彧跌跌撞撞地爬起来，穿过马路，淹没在了人群之中。再往前，是一片四通八达的楼群，林彧的冒险成功了。

段迎九也赶到了路边，她看着男人的背影在眼前消失，但深深记住了他耳后方的一颗痣。

专案组办公室内，几个新人低头站成了一排。桌面上杯子里的水，被段迎九的咆哮声震得微微颤抖，连老魏他们这些老干警也不敢出一点声。

段迎九站在朱慧的对面，指着鼻子骂道："平时你那张叽叽喳喳的嘴呢？怎么不说话了？怎么不反驳了？你的那些借口呢？让谁给吃了？你是不是以为我台湾言情剧看多了，非要把你和丁晓禾放在一起凑八卦？私自换组，你在干什么？你知不知道我为什么这么分人？黄海！"

忽然被点到名字的黄海本来就看着地面，这一声喊让他的头垂得更低了。但段迎九没有放过他："说话！为什么这么分人！"

"体力分配。"黄海用蚊子一样的声音回答道。

段迎九走过来，用刚刚指过朱慧的手指着他说："要不是你答应了这个愚蠢的女人，跟着那个嫌疑人的本来应该是你，你和哪吒的腿脚再软，也好过一个女人！"说着她绕到朱慧的背后，接着说道："食堂里的耗子都知道扬长避短，哪个放风哪个偷，你们连这个都不懂。你想去抓人，抓得住吗？屋子里这些人，谁视力最好？谁方向感最强？谁的百米跑得最快？谁适合盯梢，谁适合抓捕，谁的脑子和你一样？你要跟踪一个人，你会让谁去？你什么都不知道不了解，再干十年也只能端茶倒水，连提鞋开车都不配，在这儿干活是要动脑子的！我刚才的这些问题，搞清楚了再下班。要是搞不清楚——以后专职打水吧。"

丁晓禾偷偷看了一眼朱慧，她的眼眶里有泪水，但始终没流下来。

散会以后，朱慧开始挨个房间换水。老魏走过来，小声对她说："你刚来不知道，她就是这么个人，越喜欢谁越骂谁，因为值。你要不是块金子，她看都不看一眼。"

朱慧眼圈一红，点点头，费力地拎着水桶朝办公室走去。刚推开门，丁晓禾就看见了。他赶紧走过去，想搭把手。但朱慧直接无视了他的援手，绕过他朝饮水机走去。留下丁晓禾一人，在众人面前涨红了脸。

神州租车的店内，一个租车员坐在一台龟速的老电脑跟前，嘟嘟囔囔地说："他把你车蹭了，当时就应该找交警啊。"

陈秘书的父亲戴着老花镜站在一旁，盯着电脑屏幕说："他跑了啊，警察也找不到他。我记得车号，我只能来这里查了。"

租车员已经十分不耐烦了，他对着记录表说："不对呀，没有，都找三遍了。"

老爷子有点着急了，提高嗓门说："他的人他的车我亲眼见的，你说没有就没有？把你们租车的那些协议都拿出来，我自己找。"

"你和我换换，你觉得行吗？"租车员傲慢地应付着。

陈秘书的父亲拉开随身携带的旧包，上面印着全国法院第二十一届学术讨论会议纪念的字样。他从里面拿出一个包着塑料袋的小包，打开是一个退休的法官证。老爷子把证件高高地举在手里，对租车员说："你和我换换，你说行不行？"

从租车店里出来，陈秘书的父亲忧心忡忡。金世达开的那种车型，仅这一家门店就有几十辆。而他之前记下的车牌号，确实不在电脑记录之中。店外的路口，挂着一个红底黄字的横幅："反间防谍，人人有责。"下面还有一排小字：受理举报电话12339。

陈秘书的父亲看着这幅随处可见的标语，突然意识到了什么。他思量了一会儿，坚定地掏出老年手机，拨通了横幅上的号码。

"你好，我要举报，有个人是间谍。我是一个退休法官，我有警惕性。不，他肯定是。一个有台湾口音的男人，他追求我女儿。她没钱没权，长得也不好看，你说谁会去追求她？你听我说姑娘，110我也会打，你们要相信我，有阴谋。"

丁美兮不好意思拒绝黄老师，可借钱除外。不是她吝啬，光这个月红白事的帖子就收了四五份，工资直接切掉小一半。股票这几天也都在飘绿，这个豁口还不知道怎么堵。所以黄老师张嘴问她有没有富余钱的时候，丁美兮是真的肝儿颤。

黄老师也比之前更消瘦了，不过今天她的眼睛分外有神，显现出兴奋的光芒："丁老师，你还是没听明白。不是我要借，这钱还是你的，不用经过我的手，共同投资。我知道你谨慎，你看看我，咱俩在一个教研组也不是一天两天了，你觉得我是个冒险的人吗？要不是特别好的项目，我敢投吗？要是有风险，我敢叫你吗？"

黄老师说的也是大实话，可丁美兮还是犹豫："可是互联网金融这些东西，咱们也不懂啊。"

"李嘉诚投那么多的电厂和银行，他懂吗？全厦州学费最贵的康桥幼儿园，老板一个月都不去一次，他懂怎么给小孩子上课做游戏吗？说句自私的话，要不是实在钱不够，百分之十六的利息，这种好事，我会来找别人吗？"

"你得让我回去和李唐商量商量。我知道你是好意，可是这种事情毕竟——"正在犹豫之际，一阵敲门声打断了丁美兮的话。隔壁办公室的王老师探头进来说："丁老师，校长叫你去一趟。"

就是去了这一趟，让丁美兮改变了主意。校长告诉她，补习班被举报了。因为家长直接把电话打到了校长办公室，哪怕校长有心包庇也是不成了。况且校长哪会这么好心，嘴上说看她是老资格，从轻处罚，但最后的结果还是罚两个月奖金，还要奖惩公开。

丁美兮回到办公室，黄老师已经走了。她赶着接孩子，一时一刻也耽误不得。丁美兮沉吟了一会儿，拿出手机，拨了出去："黄老师，你说的那个项目，我也想投点。"

晚高峰，李唐的车堵在了路上。他在座椅上伸了伸懒腰，百无聊赖地听着电台里的广告。忽然一条突发新闻插了进来："福泉人民广播电台记者实时报道，据听众反映，今天下午两点三十分左右，厦州地铁轨道交通一号线镇海路站发生乘客跳轨事件，一名女子当场身亡，地铁运行受到短时影响。地铁一运官方微博证实了此事件，目前警方已经介入调查……"

李唐一下坐直了身子，他打开手机上的新闻App，本地新闻的头条正是这件事。李唐没看正文，直接点开了现场图片。出事的女人被抬了出来，放大图片，李唐清晰地看到了那个幺鸡形状的项链吊坠。

深夜，李唐来到了他以前经常和幺鸡见面的大排档，点了两个凉菜和一瓶酒。小桌上放着一包刚拆开的烟，李唐点了一根，竖着放到桌上。然后，他端起满满一杯酒，轻轻倒在了地上，在心中默念道："幺鸡呀，对不住了。"

思北支行附近的一家酒店里，陈秘书涂着浓烈的口红，赤裸的身体上只套着一件半透的白色吊带裙。站在落地的大镜子前，她柔若无骨地依偎在金世达的怀里。金世达从背后环抱着她，在吻遍了她脖子上最敏感的每一寸肌肤后，在她耳畔轻柔地说道："你现在在哪儿？"

已经完全迷醉其中的陈秘书，闭着眼睛，呢喃着说："我不知道。"

金世达的双手在她腰间来回抚弄，他用一种近乎空灵的声音，给她做出了指引："想一个你最熟悉，却最不敢去的地方，就是那种你一想就紧张的地方。"

"你要带我去哪儿？"陈秘书的声音微微颤动。

"别怕，咱们就去那儿。比如银行里，那个地方你平时走过去都不敢大声说话。可是现在，你带着我走过去，只有咱们俩。你就穿着现在的衣服，想想该怎么走？"

陈秘书从未有过这样的体验，她的呼吸渐渐有些急促，既紧张又兴奋。银行的每一个角落，她都非常熟悉，但此刻她已不是从前的她了。她拉着金世达的手，穿过大厅，沿着楼道一直走到尽头，右拐后右手边第三个门，那是吴经理的办公室，她之前出入过无数次。可吴经理绝对没想到，她还会有如此的打扮。更加想不到，她会直接爬上那张巨大的办公桌。此刻，她仿佛坐在一架巨大的秋千上，清风从裙底吹过，她坐在上面分开双腿，微微摇晃。而小腿的下面，就是吴经理最机密的抽屉，他把自认为最机密的文件都锁在里面。陈秘书根本不在乎那些什么狗屁机密，她只是第一次体会到了肆无忌惮的感觉，那感觉实在太美妙了。

金世达把陈秘书梦呓般的语言都记在了心里，他再次伏下身子说："你是不是被他锁住了？"

"是你把我锁住了。"陈秘书依旧沉醉其中。金世达看了眼时间，问了一句："要喝酒吗？"

陈秘书长长地舒了一口气："要。"

大约半小时后，陈秘书握着一个残留有口红印记的红酒杯，沉沉地睡着了。金世达从她包里翻出那串用铁环串在一起的钥匙，用床单擦了擦皮鞋，面无表情地走了出去。他没再看陈秘书一眼，也根本不在乎她脸上还挂着幸福的微笑。

陈秘书做了一个长长的美梦，直到阳光透过窗帘的缝隙照射到她眼睛上，她才迷迷糊糊地朝身边抱了抱。可是床上除了她自己，再无别人。她慢慢睁开眼睛，坐起来愣了愣神，穿上拖鞋，走向卫生间。忽然，她意识到了时间，扑到床头一看，液晶闹钟上分明显示着已经过了上午九点。

陈秘书手忙脚乱地穿上衣服，甚至都没来得及卸掉昨晚残存的口红，便跌跌撞撞地冲出门去。她在心里默念，幸亏幸亏，酒店离单位近。还忍不住偷偷以为，金世达订这家酒店就是为了照顾她上班方便。从酒店到银行，只有步行大约十分钟的路程。这十分钟，便是陈秘书一生幸福的结尾。

银行门口停着两辆警车，陈秘书愣了一下，快步走了进去。平日里人来人往的大厅，此刻空空荡荡。所有窗口上方的液晶屏上全都飞播着"暂停服务"的字样，在场的人全都脸色凝重，陈秘书有些提心吊胆。

那条熟悉的楼道，她越走越心虚。每有一个警察经过，陈秘书都忍不住哆嗦一下。远处，吴经理办公室的门口又站出一个警察，警惕地朝她看过来。陈秘书突然想起了嘴巴上的口红，她伸手使劲擦了两下，硬着头皮走过去。忽然，一个令她胆寒的念头在脑中一闪而过。她打开随身背的小包，翻了半天，那串每天带在身边的钥匙再也找不到了。

吴经理站在被撬开的办公桌抽屉旁边，气急败坏地对警察抱怨："大门好好的，几道门都好好的，这个屋子的门锁也好好的，就这个抽屉被撬了，说外贼不像外贼，说内鬼不像内鬼，这到底怎么回事啊？别的没什么，高净值客户资料不能丢呀。都是存在这儿的家底子，给人家露了富，以后谁还敢信任我们啊？"

现场的警察都十分谨慎，一个警察看着门锁问道："这道门的钥匙，就一把吗？"

"我一把，陈秘书一把。"吴经理说完转头看见了刚刚走到门口的陈秘书，没好气地来了一句："你怎么才来？你的钥匙呢？"

陈秘书怔怔地立在门口，一句话也说不出来。

"问你话呢，钥匙呢？"吴经理又问了一遍。

"在家，忘带了。"

"回家拿去！"

陈秘书轻轻地点了点头，失神地走出了银行。到了门外，她掏出手机，颤抖着拨出了那个熟悉的号码，里面传来一阵语音提示："您好，您拨叫的用户暂时无人接听，请您稍后再拨……"

电话自动挂断了，陈秘书愣了愣，又拨通了酒店前台的电话。

"麻烦你，603房间，昨天订房的金先生，他是什么时候走的？"

"他昨天半夜就走了，不过临走前，他把今天的房费也结了……"

陈秘书没有听完对方的话，就茫然地摁断了手机。她不知道自己是怎么回的家，只记得走进卧室的第一件事，就是脱掉了那件鲜艳明亮的外衣。《牡丹亭》的唱曲再次响起时，陈秘书已经洗完澡，换上了她往日灰色的旧衣服。脖子上那块被金世达反复亲吻过的皮肤，被生生搓破了皮。

陈秘书规规矩矩地坐在书桌前，像平日准备饭菜一样平和地摆弄着手里的东西—— 一把锋利的美工刀和一团洗得发旧的红布。鲜血从手腕流淌出来，浸染在那团布上，陈秘书已渐渐分辨不出，那到底是布的颜色，还是血的颜色……

大峰破门而入的时候，陈秘书已经陷入昏迷。他立刻攥住了她的手臂上方，紧跟进来的段迎九，把那团布两下子撕成条，手法娴熟地包扎伤口。

陈秘书的老父亲，倚在门口泣不成声。而陈秘书的脸上，亦无声地划过一滴眼泪。

专案组办公室的白板上，拼贴着许多照片，每张照片还配有相应的地点和文字注释。幺鸡、小柳、小钟以及之前猝死的西装男，还有新近加入的陈秘书、吴经理，全都位列其中。不过他们的位置都比较边缘，贴在中间还被重点画了红圈的是两张模糊不清的照片：一个是1970酒吧里戴着帽子看不清脸的李唐，一个是地铁纷乱人群里只留下背影的林彧。

段迎九当然还不知道他们的名字，此时她指着林彧的背影向汪洋介绍道："这就是鲇鱼，地铁站所有的监控都看过了，除了刚坏还没来得及修好的摄像头，所有的影像里都看不到他的脸。当时在现场的人也有发朋友圈的，不管是照片还是小视频，也都看不清楚。办案抓人，有时候其实也需要一点运气。今天咱们欠了点。但是——"

汪洋皱着眉递过去一杯水:"一到这个时候就但是。"

段迎九咕咚咕咚地喝了几大口,抹了抹嘴角接着说道:"但是有两个发现——第一,鲇鱼的右耳朵后面,长着一颗痣;第二,他还有个行为上的习惯,这辈子改不了,左撇子。我在现场看得很清楚,他推人、拿东西,所有习惯性的动作用的都是左手,这完全是下意识。"

汪洋想了想问道:"鲇鱼,这是他的代号吗?"

"不是,我瞎起的。黏黏滑滑,抓也抓不住,你觉得这个外号怎么样?"

汪洋眯着眼睛没接茬,扬扬手示意她继续说。

段迎九接着说道:"陈秘书的父亲是个老法官,年轻时候还当过片警,有一定的跟踪经验。打电话举报,是觉得那个男人有问题。虽然他说不清是什么问题,但事实证明,他的猜测是对的。"

"这个叫金世达的人,现在消失了?"汪洋追问了一句。

"还在找,也许现在他已经不叫这个名字了。"

"你要是他,你会藏在哪儿?"

"我们捋了一遍陈秘书那个银行丢失的高净值客户名单,临时冻结了每一笔存款。但是小柳银行账户里的好几笔钱被提走了。有的是现金,也有的是转账,已经查过了,对方的账户都是地下钱庄。"

听到段迎九答非所问,汪洋又问了一遍:"我刚才的问题你没听见吗?你要是那个金世达,你会藏在哪儿?"

"我又不是他,我怎么知道他会藏在哪儿?他要是个女人我还能猜猜看,他是个花贼,这个我没经验。"

眼见汪洋要对她这番不着调的言论发作,段迎九马上说:"大部分领导都只要结果,像您这样管过程管这么细的,真的不多了。我这么说算拍马屁吗?"

汪洋无奈地瞥了她一眼："说钱。小柳的钱呢？"

段迎九挠挠头："地下钱庄的事情都不好说。大多数都通着境外，想捞鱼得撒网。老魏揪着其中的一根辫子，他已经去追了，但是以我的判断，希望不大。地下赌场的事情你不太了解吧？"

说了半天依旧是无头案，汪洋生气又无奈，他问段迎九："你不愿意让我管过程。行，这个鲇鱼，什么时候能有个结果？"

段迎九认真地想了想，反问汪洋："你说，这会不会真的是他的代号？"

"亲爱的小婷，这些天有些忙，公司的生意多，总得出差，耽误了给你的汇款。不知道你最近怎么样，心情好不好？厦州最近的雨少多了，天气也不错，我还在想，要是你在，有空的时候陪我在海边走走，该有多好，真希望能在你身边。不管怎么样，都希望你过得比我更好一些。照顾好自己，有空再聊，再见。"邮政储蓄营业厅的门口，李唐发完了这条消息，撕碎了汇款单，一路走远了。

这些日子，刘晓华总觉得办公室的天花板上闹耗子。有时候扑腾得太凶，大半天都有动静。不仅如此，藏在天花板里的线路经常被咬得发虚。

这天，刘晓华抱着一摞资料回来，见办公桌上又掉下来几块电线胶皮。他烦躁地抬头看去，忽然发现在连接着明线的顶灯上，竟然装着一枚窃听器……

第十章

林彧租住在一栋老房子里。卧室里有一把转椅，他戴着耳机坐在上面窃听，两条腿搭在旁边的凳子上，膝盖都包着，上面还敷着冰袋。上次在大街上演了一出生死时速以后，他半条命差点没了。不是被汽车撞没的，而是被自己生生跑没的。哪怕再少跑二十米，他恐怕都难以逃脱被活捉的命运。看来拜神还是有用的。

好在窃听的工作不用东奔西跑，他天生好耳力，这点事情不在话下。"无人机防御技术开发、AUDS系统、干扰技术、探测预警技术、无人机检测系统、监测频率范围、集群智能蜂群化"，他在本子上详细记录着刘晓华的每一句技术分析。应该过不了多久，资料就可以提交了。

忽然，耳机里传来了一句让林彧倍感紧张的话。他马上把耳机摘下来，把监听系统的音量调高了一倍。刘晓华的声音清晰地传来，听上去像是在打电话："让技术部派个人过来。我这儿有个小东西，不知道谁放的，你让他们来看看。我怎么觉得像是窃听器啊。"

一些刺刺啦啦的信号障碍声音之后，又是刘晓华在说话："你刚说怎么拆？太麻烦，不管了，我先把它揪了——"

吱的一声刺耳的尖叫，窃听信号中断了。林彧顾不上双腿肿胀酸痛，呼的一下站了起来。

接到林彧的电话时，李唐刚从邮政储蓄营业厅出来。他急慌慌地跑向出租车，手里不停地拨打着刘晓华的电话，但拨了几次都被提示对方正在通话中。待他气喘吁吁地跑到车子旁边，车窗上明晃晃地贴着一张违章停车的罚单。李唐已经很少发脾气了，但今天忍不住朝车门踹了一脚。刘晓华性情古怪，如果他报警，那么他和丁美匀的暴露，都是分分钟的事儿。到底要怎么才能震慑住他呢？得想办法让他想起那天晚上被锯头的感觉。

刘晓华在办公室里心烦意乱地转了几圈，刚刚拆下来的窃听器安静地躺在他的桌子上。他重新走过去，打量着这个小东西，最终下定决心拨打了110。

时间不长，一辆警车开到了正信科技公司的大门外。保安上前询问了两句，迅速打开了电动大门。

大楼里的两部电梯都在上行，一部从一楼出发，一部从地下停车场出发。负一层的电梯先到了六楼，一个穿着工作马甲的闪送员搬着一个纸盒子走到了刘晓华办公室的门前。

刘晓华听到敲门声，一下从椅子上跳了起来。他跑到门口猛地一拉开门，八个大字映入眼帘——"全城闪送，生猛海鲜"。

"刘晓华吗？"

"是啊。"刘晓华有点蒙。

闪送员没时间多说，他直接把纸盒子递到刘晓华手里，拿起手机拍照签收。然后边走边说："麻烦给个好评，谢谢啊。"

刘晓华怔怔地望着手里的盒子，想了想，把盒子放到桌上，慢慢打开。盒子里放着一个透明的密封袋，袋子里有一条鱼。不同于一般的宰杀，这条鱼的眼睛、鱼鳞、内脏都没有清除，只是从中间被生生锯开了。切面犬牙交错，内脏和血水黏糊糊地流了出来。

刘晓华只觉得头皮一阵痛麻，锯条的尖厉的摩擦声又在耳边响起。他擦了擦额头上的汗珠，赶紧把盒子盖上了盖。这时，门外又有人敲门。刘晓华被吓了一大跳，转身看时，见两个警察已经走了进来。

"是刘晓华吗？"

"是我是我。"

"你说有人在监听你？"

刘晓华咽了口唾沫，双手微微颤抖。另一位女警察见他如此紧张，态度温和地安慰道："别怕，说吧。"

刘晓华慢慢摊开手心："对不起，弄错了。不是窃听器，是这个——"原来他手里攥的是一个烟雾报警器。

厦州五通码头的三期候船楼外，金世达戴着墨镜，背着背包，走到一台自助取票机跟前。他拿出一张身份证，放到信息验证处。屏幕上赫然出现了"验证成功"四个字，下面则显示出他的新名字：刘俊呈。

金世达收好船票和身份证，怡然自得地朝自助检票通道的方向走去。检票进站后，他找了个不起眼的角落坐下。广播里正在催促还未检票进站的旅客："各位旅客，船班开航前三十分钟停止办理行李托运手续；船班开航前二十分钟停止办理旅客登船手续……"金世达看了看时间，不慌不忙地掏出一本白先勇的《青春念想》翻看起来。

及至准备登船之际，旅客们已经开始起身排队。金世达背好包，走到队伍的最后面，随着人群慢慢往前挪着。这时，有人从背后拍了拍他的肩膀："那本书是不是你的？"

金世达随着那人的手指一看，绿色封面的《青春念想》被遗留在了之前的座椅上。他不认识这个提醒他的小伙子，但还是笑笑回答说："不要了，谢谢你。"

但提醒他的大峰已经近距离确认了他的身份。一问一答之后，站在金世达前面的一个小伙子突然转过身来，从身后一把扑倒了他。没等金世达反应过来，他的双手和双脚已经被铐住了。老魏从围观的人群里挤进来问道："金先生，今天怎么称呼？"

在一处鲜有人至的陡峭海岸边，林彧约了李唐来钓鱼。能坚持爬上来，林彧都有点佩服自己了。费劲巴拉地布置好钓竿，林彧揉着自己的膝盖，感叹道："小时候我看见我爸，大腹便便，肚子鼓得像个怀孕的女人。想打我都追不上，到后来连我妈他都打不动了，高血压高血糖，走两步就喘，夜里咳得躺都躺不下。我在想，都这个样子了，活着还有什么意思？还不如死了。所以谁也不厉害，遗传最厉害。再讨厌他，我也得一步步看着自己变成他的样子。到了他这个岁数，我才明白他为什么不去死，这是老天爷让你活着，多好。四十不惑呀李唐，都是命。"

李唐没那么高的兴致，冷冷地接了一句："你是说你，还是幺鸡？"

"有区别吗？咱们每个人走到今天这步，不都是自己的命数吗？"

"小柳呢？她的命呢？"

"认识了幺鸡，就是她的命。钱和感情都是饵，她最早要是不咬钩，能有今天吗？"林彧停了一下，他望着李唐接着说，"别觉得我心狠。我不那么做，你和我现在还能在这里说话吗？对簿公堂，坐在共产党审讯室的大灯底下，你揭发我，我揭发你，你觉得哪个更舒服？"

李唐依旧觉得不爽："自己人干自己人，这就舒服吗？这里的人讲究积子孙德，这会遭报应的。"

林彧被反复的质问搞得有些烦躁："陈秘书自杀了，金世达也被抓了，你像个娘儿们一样反反复复问我，你和丁美分会不会暴

193

露。你也怕被他给咬出来啊，你不是菩萨吗？你怎么也有怕的？你怕什么？是不是怕李小满看见你们俩被国安的人像死鱼一样摁在码头的船上，嗯？"

鱼漂一沉，李唐的竿上有鱼上钩了，但他坐在岸边无动于衷。林彧看着他，无奈地叹了口气："你想说什么？"

"我们的退休金呢？什么时候给？"

"你问的，还是你太太问的？"

"怎么说？"

"要是她问，你就告诉她快了。"

李唐太明白这种空头支票的意思了，他冷笑一声，嘲笑自己说："钱也见不着，人也见不着，我要是她，也会觉得嫁了个没用的丈夫。"

林彧沉默了片刻，耐下心来对李唐说："咱们三个都在船上，现在有台风，下不去。但也用不了多久，我跟你说句不该告诉你的话，最多一年，等信儿吧。"

"我们快回去了？"李唐问道。

林彧没有正面回答，只是嘱咐他说："刘晓华那边暂时别去碰。最近不太平，这两天我去庙里拜妈祖，也会替你们拜拜。钱的事情我会再催，会有消息的。"

李唐还是不太相信："你们怎么会管前边的事情？要不是你还在这儿，我都不知道家里还要不要我们了。"

"十几年前我就说过，上面有一只手，捏着你，捏着我，我们就是棋子。"

"所以呢？"

"所以要干一把，往上爬，不当棋子，当那只手。等咱们回去那天，什么都会有的。"

李唐没再说什么，转而望向海面上的鱼漂。林彧见他穿上了外

194

套，问道："怎么了？你是不是不太舒服？"

月光下，李唐的脸色格外苍白。

回到家里，丁晓禾起身迎了出来："姐夫，你先洗手，我去盛饭。"

李唐看着餐桌旁的三个人，轻轻说了一句："不用等我，你们先吃。"戴着耳机的李小满立刻拿起筷子，不管不顾地往自己碗里夹鱼块。丁美兮注意到了李唐的脸色，她走过去问道："你怎么了？"

"有点累。"李唐有气无力地回答。

丁美兮伸手摸摸他的额头，惊叫道："这么烫？"

审讯室里，金世达被铐在一把椅子上，头发耷拉在额前，之前的风流神采荡然无存。审讯的过程还算顺利，问得差不多了，段迎九把大峰换进去，自己去向汪洋汇报。

"从对岸直接过来的，除了接近陈秘书本身，别的都不知情。他甚至不知道为什么要去偷那份高净值的客户资料。"

"这么说是个小角色？"汪洋问道。

段迎九点点头："在厦州的接头人很狡猾，他们见过几次，始终没看见过对方的脸，说是感冒戴着口罩，说话的时候还老咳嗽，声音辨别率也不高。没有电话，也没有任何线索。"

"会是鲇鱼吗？"汪洋又问。

"我觉得是。"

"理由？"

"直觉，女人都有直觉。"

这个理由很难完全说服汪洋，他想了想又追问道："还有别的情况吗？"

段迎九回答说："他挨过一次女人的打，不知道是谁。坐过一次出租车，查过了，车牌子是假的，开车的司机很谨慎，也没留下任何痕迹。今天坐船的假身份证是提前放在一个指定的地方，也没见过人。我仔细观察过，他没有撒谎。"

汪洋想了想说："只要找到鲇鱼，这一串的鱼就都找到了。"

"只要渔网不破，上钩都是迟早的事。"段迎九还想再说点什么，忽然觉得汪洋的脸色有点不对劲，便改口问道，"有什么问题吗？"

汪洋顿了顿说："陈华给法院递了离婚起诉书。怎么个情况？"

"是吗？具体的，等我见着他了好好问问。"段迎九送上了一个尴尬的笑容。

汪洋太了解段迎九的性子，虽然知道她大概率是不听，但还是忍不住劝道："家属提离婚，我作为你的上级，了解情况，做思想工作，这是必需程序。找时间去和陈大夫谈一次，给你们双方一个缓冲，一切事情都等缓冲之后再说，嗯？"

段迎九沉默了一会儿，忽然抬头问道："你说，鲇鱼近期内还会犯事吗？他会不会给自己和咱们一个缓冲？"

汪洋转头离开，给这样的下属当领导，他觉得自己时时刻刻都需要缓冲。

李唐躺在床上，脑门上贴着一个失效的退热贴。丁美兮焦躁不已，一边给李唐额头上换洗凉毛巾，一边抱怨丁晓禾买药速度太慢。李唐知道，这些抱怨不只是因为他发烧，便强打精神规劝道："感冒发烧是好事。排毒养颜，还能给免疫系统练练兵。要不心里老有事，长个肿瘤怎么办？"

这话更给丁美兮添堵了，她瞪了李唐一眼，没好气地说："长吧，反正医保都给报，长了就割，怕什么？"

李唐没力气再说话了，他自己接过凉毛巾往额头上捂。丁美兮一把抢过来，在他脖子总动脉的位置擦了起来，以达到降温的效果。"我和你活得还不如这儿的两个普通老百姓。真得了绝症要死了，家里都不会管我们，你信不信？"

丁美兮的老一套又开始了，李唐知道现在说多错多，便一言不发地看着丁美兮。可丁美兮今天自己先泄了气，她细心地擦着李唐的脖子，有点哀怨地问道："摊上我这么个庸俗不堪的女人，后悔了吧？"

"要能退货早退了。结个婚比股市还惨，肉都割不掉，套牢了。"李唐开玩笑地说。

但丁美兮不觉得这是玩笑："我知道你嫌我俗。不俗怎么办？一家人要吃饭，周末了还想吃点好的，要交水电煤气，要垫车的份子钱，你要安烤瓷牙，李小满过生日非要卡西欧的手表，我还得给你的小婷准备……"

小婷的话题是两人不轻易触碰的禁区，丁美兮刚起了个头，眼看李唐要说话，赶紧岔开话题："我都两个月没做过美甲了。教研组那些小姑娘一到周末就花枝招展，就我和黄老师两个黄脸婆，我们连化妆品都只敢用拼音包装的，我们图什么？"

"小老百姓过日子，不就图个乐吗？"李唐答道，这其实是他的真实理想，只是对他这样的人来说，有点难以实现。

但丁美兮又掀起了新一拨的抱怨："你要再这样我就不说了，这个家你来管吧。每个月就挣这么点工资，要不是有岁数限制，我都想去考公务员了。你说，那些待在家里的大人物，他们每天脑子里在想些什么？一年到头，会想起我们哪怕一天吗？"

丁美兮越说越激动，李唐连忙提醒她小点声音，别让李小满听见。还说女儿最近有心事，总失眠。

丁美兮不屑地说："你情我爱，早恋初恋，她那些心事能有点什么出息？要不是生了她，我至于天天这么拼命挣钱吗？"

李唐拗不过她的想法，再次转换话题说："听说黄金还要往上涨，要不你取点钱出来，抄个半路的底吧。"

丁美兮犹豫了一下，对李唐说："有个事我没跟你说。我买了个保本理财，利息挺高的，就两个月。"

李唐头昏脑涨地没听进去，拿下额头上的毛巾递给了丁美兮。

审讯完金世达，重案组全员放了一天假。汪洋和老魏抓紧时间在家陪老婆孩子。大峰的母亲有糖尿病，之前一直没时间系统检查，趁着假期，他带着父母去了趟医院。哪吒的女朋友纳兰和他一样，也是娃娃脸，俩人凑到一块儿喝奶茶，看着就像大学生情侣。

丁晓禾没这么轻松，李唐的车坏在了路上，他被拉壮丁前去帮忙修车。大太阳下面，两人全都满手油污，汗流浃背。朱慧独自一人去看了一场爱情电影，演到男女主人公分手的那一幕时，泪水从3D眼镜后面不住地流淌下来。黄海去酒吧看球，喝了点酒，他敢一个人单挑对家一群球迷。

段迎九把陈华约到了小眼镜大排档。陈华的情绪比之前平和了许多，更难得的是，段迎九不再跟他顶牛了，整晚她只管吃饭，对陈华的话都是边听边笑，还破天荒地给陈华夹菜。分别之际，陈华想主动和段迎九握握手，但被段迎九摆摆手拒绝了。陈华没再坚持，道了个别，转身离开。看着他的背影，段迎九在街上站了一会儿，可转身走了没两步，她突然被什么东西吸引住了。原来大排档展示在路边的大鱼缸里，一条鲇鱼正在吐着浑浊的泡泡。隔着脏兮兮的玻璃，它和段迎九对视着。段迎九用手指敲了敲它嘴巴的位置，心想：就你了。然后她大声招呼道："老板，这鱼怎么卖？"

假期结束，大鲇鱼的家搬到了专案组办公室。硕大的鱼缸摆在会议桌的正中间，干警们面面相觑，摸不清组长的路子。

段迎九看着在水里甩胡须的鲇鱼，说道："筷子掉了，打手。盛了饭敢剩下，打嘴。要是作业没写完，等学校叫家长，逮着哪打哪。小时候我爸就这么管我，现在学校里的老师都尿了。你们信不信，教孩子，还是这样有效果。所以，抓不着鲇鱼，我就把它买回来，放在这儿。一天逮不到人，羞臊咱们一天。一个月逮不着，羞臊一个月。压力就是动力，什么时候抓着他了，什么时候吃鱼。老魏年轻时候在昆明当过兵，他做的酸汤鱼，一绝。事情就这么多，早干完早过年。各忙各的去吧，散了。"

众人刚准备要走，突然听见朱慧叫了一声："等等。"只见她鹤立鸡群地站在中间，开始挨个说起每个人的性格脾气、前尘往事，说到谁就看着谁。首当其冲就是段迎九："你什么都好，除了性格脾气。现在其实好多了，以前更糟。急了就骂人，不分场合，劈头盖脸。背后偏偏护犊子，十几年前好好的副处级，就为了袒护下属，连带着受处分，你说你傻不傻?"

后面是老魏："别看现在叫老魏，年轻的时候百米全局第一，体力比大峰还好。有耐力，可以连续开二十七个小时的车不睡觉，福泉要是变成沙漠，你就是最后一匹跟踪的骆驼。"

然后是黄海："第一次见黄海，打死也没想到他会是高考状元，脑子好，记性更好，不管是考题还是人，只要见过一面他都能认出来，老天爷赏饭吃，现在我挺服你的。"

再之后是大峰："大峰不用多说了，工作狂能拼命，见了案子可以不吃饭不睡觉，我要是这个专案组的组长，也得把你调过来。"

最后是哪吒："哪吒长得最显小，可心理年龄最成熟，懂黑客技术，会说四门外语，性格内向也坐得住。"

除了丁晓禾，朱慧把每个人挨个说了一遍。然后她再次转向段迎九："上次我不该擅自换人，跟着你和哪吒去追鲇鱼，我的错我道歉。可是如果再来一回，我建议你把大峰和黄海放在一起，从你让我调查身边熟人的秉性特点来看，最适合哪吒的是埋伏盯梢，不是追击抓人。"

段迎九点点头，问道："丁晓禾呢？怎么没说？"

丁晓禾有些尴尬地低下头，反倒是朱慧大大方方地看过来说道："他是我大学同学，也是前男友。大二学校组织郊游，我从山上摔下来，全校只有他的血型和我一样，Rh阴性。我本来就喜欢他，又输了他的血，从医院一出来就表白了。硕博连读，一起考国安的公务员，我都是因为他。这么多八卦，够听了吗？"没人敢接这个茬儿，朱慧见没人吭声，接着说道："以后要是再有什么事，记住我俩都是熊猫血，可以互相救。别的要是没事，那就这样。还有，从今天起，我不管打水了。"

说完了话，她第一个开门走了出去。

中午在食堂排队买饭，丁晓禾走到朱慧身边，低声地道歉："那天我有点着急，说话太重了，对不起。"

朱慧头也没回地说："用不着道歉。我没生气。"

丁晓禾把路过窗口里的一盘西红柿炒鸡蛋捡到自己盘子里，对朱慧讨好地说："就一盘了，你不是每天都吃吗，我替你拿着。"

朱慧猛然回头，看看西红柿炒蛋，又看看丁晓禾，问道："你什么意思？"

丁晓禾一时被问得没了头绪，慌慌地回答道："你要是不想吃，我自己留着。"

朱慧突然质问道："你不是不喜欢我吗？那你现在又端菜又道歉的是什么意思？问你嫌我哪儿不好，你又不说，天天让我猜你的心思，有意思吗？我宁可你当面告诉我，去什么假同志吧，装什么男同志，你骗得了我吗？你不喜欢我哪儿，我改呀，你一提分手我就喝安眠药那不是以前小时候吗？我现在还这样吗？你别骗我行不行？"

丁晓禾像个受审的犯人，窘迫得不知如何是好，半天才挤出一句话："我怕你受不了。"

"你不说怎么知道我受不了？"

看着朱慧执着的眼神，丁晓禾也诚恳地说道："我知道你吃米饭喜欢就炒蛋，是因为我了解你，不是喜欢你。我从来没骗过你，是你在骗自己。我希望咱们是同事，只是同事。我说完了。"随后，他把那盘西红柿炒鸡蛋放到朱慧的盘子里，自己转身走远了。

正当朱慧手足无措之时，黄海从后面上前一步。他一边看着窗口里的菜，一边小声说："我没故意偷听啊，我什么都没听见。"

朱慧没好气地端了碗米饭，瞪着眼睛对黄海说："我知道你在想什么。姐乐意。"

一家临街的公司大门被警察贴上了两道封条，面对蜂拥而至的受骗群众，警察拿着小型扩音器，向大家通报情况："听我说，分局接到群众报案，这家公司相关人员涉嫌金融违法犯罪，警方已经依法立案侦查，并且已经对失踪的法人进行通缉，案件正在进一步调查，所以大家先回去，你们的电话不是都登记过了吗，回去等消息，在这儿围着也没有用……"

李唐从街对面的小饭馆走出来，上车准备继续拉活儿。近些年，这样的场面他见过很多次。只是他没注意到，在围堵公司的受害人群里，还有丁美兮的同事黄老师。

接到黄老师的电话，丁美兮瞬间有些慌乱。但她毕竟接受过特殊训练，很快稳住了情绪，约上黄老师，在"宝钱网"公司附近的一家小饭店碰头，商量对策。

油腻腻的餐桌上，丁美兮把点的菜扒拉到一边，拿着纸和笔，一边问一边记："你第一次见那个负责人是什么时候？越具体越好，几月几日，在哪儿？其他人呢？比如他们的大老板，有没有见过？"

黄老师好一阵冥思苦想，但也说不出个所以然："第一次，好像是不是在公司……"

"具体经办人，他住哪儿知不知道？"

丁美兮的问题让黄老师的脑袋更加乱套，她想起之前警察的话，连忙对丁美兮说："我觉得现在找他们没用，咱们得找法人。"

丁美兮果断拒绝了这个提议："你别管法人，法人都是傀儡，假的。一个刚毕业的小姑娘，全部身家加起来还不如咱俩，老板给挖了坑，她肯定得跑。找着也没用。别人呢？"

"问这些边边角角的有用吗？"黄老师对丁美兮这种剑走偏锋的思路还是有点怀疑。

"也许没用，万一有用呢？这事就像拆毛衣，万一揪着一根线头，全都有了。"

可黄老师没什么信心："你又不是警察，警察都管不了。"

丁美兮放下纸笔，冷静而严肃地对黄老师说："我听了你的话，把钱全押进去了，里面有李小满以后出国留学的学费，咱们必须把它找回来。你到公司跑得多，好好想想，有没有见过他们的老板？不是法人，就是那种看着貌不惊人，看着根本就不像老板，但其实他就是老板的人，你明白我的意思吗？"

黄老师皱着眉头，苦苦地回忆。忽然，一个画面在她脑子里闪现——那是个几乎时时刻刻都在打电话的人："不行，现在走不开。我在公司。金融公司呗，周转点钱。搞游戏可不就是烧钱，烧得差不多了再卖，收购，套现啊。现在的小孩都不出去打架了，都在家里玩游戏。对呀对呀，鸭蛋的利润养鹅蛋，都是自己的窝嘛。"黄老师想起，自己曾经有一次跟在他身后出了电梯，宝钱网的人走出来，见到这人都恭恭敬敬地叫一声："毋总。"

"Wu总？"黄老师犹犹豫豫地说出了一个不是很确定的名号。

丁美兮来到一家破旧的网吧，根据黄老师提供的发音，变换各种组合搜索游戏相关的官司。忽然，一个字跳进她的视线：毋。她马上把搜索关键词改成了"游戏公司，创始人，毋"，回车键敲下去，屏幕上弹出一篇来自新星科技的新闻，标题叫《新星创业路演：游戏公司"酷游科技"》。

点开网页，文章中详细介绍了这家公司的概况和融资情况，还有关于创始团队的介绍，而创始人兼CEO名叫毋旭明。网页上还配着一张公司路演的照片，照片上毋旭明似乎正在向丁美兮微笑。

丁美兮将这篇新闻拉到最下面，看到了毋旭明篇幅不长的介绍中，有一行小字："有投资金融产品公司、研发型手游创业公司等创业经历。"丁美兮想了想，拨通了网页下方的一个座机联系电话："你好，我是新星网福泉站科技频道的记者，想约毋总做一期专访……"

听说有人要给他做专访，毋旭明正跟厦州演艺学院的一个女学生在逛街。但他显然对这件事没什么兴趣，直接在电话里拒绝了秘书。女学生正在试衣间里换衣服，毋旭明的电话又响了。这次对面的人不再称他为毋总，而是叫他另一个更为熟悉的名号：老怂。

电话的内容还是一如往常，任务难做，需要加钱。老怂听了一会儿颇有些不耐烦地打断对方说："你们要动脑筋。别老是提钱，很多事情和钱关系都不大。美国的移民官哪有那么多精力辨真假，不行就政治庇护，就说我受迫害，禁止生第三胎也行，没结婚就假结婚，这还用我教吗，再不行我就换律师了。钱好说，啊，就这样。"

挂了电话，女学生刚好换装完毕。老怂看了看价签，对售货员说："两件八折，买一百返二十，你们就该二合一，一起算账，没什么不可能，这些把戏我清楚得很。我可不是第一次来了。"

之后，他买了张团购券，带女学生吃了顿火锅。结束时，掏出几张钞票说："今天不能陪你看电影了，公司有点事情，得回去一趟。那些打工的都一样，一不看着，他们就偷懒。"

"酷游科技"的门口，丁美兮文文静静地坐在前台旁边的沙发上。一个头发稀少五十来岁的男人拎着包从外面走进来，一见到她就问："你谁?"

丁美兮站起来，还没开口，前台就抢着说："她说她是记者。"

老怂有些不太高兴，说了一句"没空"就要往里走。丁美兮突然抢了一步，拦在他的面前，把一个摁开的录音笔伸过去，问道："宝钱网也是你的公司，对不对?"话音刚落，黄老师带着四个女受害者从外面跑进来，把老怂围了个严实。

丁美兮的录音笔几乎要戳到老怂的鼻子上了："我们已经查清楚了，你找了个替罪羊当法人，钱全在你这儿，全进了这家游戏公司。"

除了录音笔，还有四五个手机围在外面拍摄现场视频。老怂耐着性子解释说："证据。现在是法治社会，一切都要摆事实，讲道理。把我和宝什么网有关系的证据拿出来，有吗?"

折腾了一天的黄老师妆也花了，气也堵了，她和其他几个女受害者早已经失去了耐心，没等丁美兮再交涉，她便忍不住叫了一声："还钱! 那是我们要命的钱!"

一声令下，几个女人都炸了，"还钱"之声不绝于耳。前台一看形势不妙，立刻叫来了一个保安。可这些人的战斗力，在绝望的中年主妇面前根本不值一提。保安、前台和老怂，都被卷入了这股愤怒的洪流中。丁美兮趁乱找准机会，一把抢过老怂的手机，当着他的面，摁了关机键。

随后丁美兮把老怂逼到墙角说："我们也不管别人。你是大老板，你抬抬手，我们就能接着过日子了。把救命钱还我们，本金就行，这件事就到此为止。行不行?"

老怂无法脱身，只能咬牙答应了丁美兮的条件，但他说自己需要时间去凑钱，希望丁美兮能先把手机给他，他去问问情况。丁美兮坚决拒绝了他："一手交钱，一手交手机。你肯定不想耽误大生意，对吧？"

　　丁美兮到家的时间比平时晚了不少，她说黄老师拉她去听了一场理财讲座。可李唐去接女儿放学的时候，分明听学校的李主任说，丁美兮借口家里有急事，提前请假走了。李唐还用家里水管漏了这件事帮她圆了谎。

　　趁丁美兮钻进里屋给女儿检查作业的时候，李唐扫了一眼她的手包，发现里面多了一部陌生的手机。

　　睡觉前，丁美兮一边泡脚一边揉腿。李唐靠在床上，一边看书一边问道："今天走了多少路啊，我看你微信运动里都排第一了。"

　　"主动关心我的步数，少见。每天我都第一，今天还算少的呢。"

　　李唐偷偷看了丁美兮一眼，接着说道："老夫老妻，天天关心倒有鬼了。你的腿怎么了？"

　　"上台讲课，站得多了呗。黄老师都静脉曲张了，她说有种丝袜挺管用，就是有点贵，都顶上半个洗衣机了。"

　　"都是骗子。十块钱一双的丝袜也一样好使，你把纱布勒紧捆在腿上，照样管用。"

　　丁美兮有些不高兴，一言不发地望向李唐。李唐也意识到了刚才话说得不对劲儿，赶紧解释："不是钱多少，就说这个意思。"

　　"李唐你是不是觉得——算了，不说了。"

　　见丁美兮已经开始擦脚，李唐下床走过去，紧紧抓住她躲闪的脚，只管替她擦着。看着她脚腕上被高跟鞋勒出来的血印子，李唐小声说道："知道要走这么长的路，换个运动鞋多好，不知道的还以为你带的是体育课。"

　　疲惫催生委屈，加上白天的事儿，丁美兮不禁唠叨起来："你就怕我多花点钱。不花钱行吗？我不年轻了，不像以前，披个窗帘都有人说好看。在淘宝上买衣服，总是不合身。合身的又太贵，小肚子上这些肉，没个大几百块的布料，绷得住吗？林彧叫我去勾搭个人，化妆品都买不起，我买个丝袜你都不乐意了。我能和学校那些小姑娘比吗？人家白天走一万步，晚上还能去夜店蹦迪。我从教研组走到教室就快残废了。"

李唐听了足有一车话，才缓缓开口："天天都跟你开玩笑，今天怎么变这么敏感了？"

"有吗？我敏感了吗？"

李唐笑着继续揉脚，心里却明白，丁美兮是在用敏感来掩饰那件她不想说的事儿。

晚上快关门了，济康诊所迎来了一位老病号，段迎九。量完血压，医生一边准备写处方开药，一边问道："糖化血红蛋白测试，做了吗？"

段迎九没说话。

"心电图呢？"

段迎九还没说话。

大夫停下笔，抬头看了她一眼说："尿白蛋白，三个月一查。尿常规，半个月一查。糖耐量和C肽释放，最多两个月一次，都要去医院查。"

这些段迎九一项都没做，她实在抹不开只得回答说："胰岛素我一直在打，没停过。"

医生又问："脚上有溃疡吗？"

"没有。"

"没有，还是没有注意？"

段迎九又不说话了。医生彻底放下了手里的笔，摘下眼镜，郑重地对段迎九说："再挣钱你也得喘口气。没日没夜这么累，饮食和生活都不规律，再这样下去，你会死的。"

段迎九有些满不在乎地说："不是说不会出人命吗？"

"就算是感冒不好好休息，也会死。糖尿病的并发症很严重，或者失明，或者截肢，我说多少遍你才明白？"医生的语气近乎严厉，段迎九还是无话可说。进了专案组，她的命就是案子的。遵医嘱，她做不到。

早上，丁美兮说她要去趟区教委，让李唐先送小满去学校。李唐不动声色地答应了一声，但当丁美兮出现在"酷游科技"的楼下时，李唐已经在附近等候多时了。他远远望着丁美兮和黄老师以及其他那几个受害者在写字楼下会合，然后又看见老怼开着奔驰车过来，下车时拎了一个鼓鼓囊囊的袋子。

李唐仰望了一下这座灰色的大楼，小心翼翼地跟了进去。写字楼是环形中空结构，"酷游科技"位于北侧。李唐多上了一层，来到大楼南侧，躲在一个卫生间里，踩着马桶，观察着对面的情况。

老怼和丁美兮进了公司的用于招待客人的茶水间。因为隔着一层玻璃，李唐拿出了之前盯梢小柳时用过的望远镜。

老怼从包里拿出一沓沓钞票，丁美兮毫不顾忌地快速点数起来。数完一万就用猴皮筋捆一下，塞进自己的包里。老怼望着她蘸唾沫的样子，轻蔑地说："都是银行刚取出来的。"

丁美兮只管凝神数钱，头都不抬。

老怼叹了口气说："公司倒闭了，该怎么赔，有法院的规矩。法人也不是我，你们抢了我的手机，逼我拿钱，差一步就是打劫了。就不怕我报警呀？"

丁美兮又捆完一摞钱，插空回了一句："真要报，你早报了。"

这个回答如此干脆利索，让老怼不得不多看了她一眼："你们是怎么找到这儿的？有人跟你说过吗？"

"你那么小心，到哪找人去泄你的底。"丁美兮说话间又数完一摞。

老怼狡黠地问道："你可不像个老师。你是干什么的？"

黄老师在一旁插嘴回了一句："别想蒙我们。她是警察，她连你住哪都知道。"

老怼的目光定在了丁美兮的身上，他想了想说："我看看我的手机坏没坏，好吧。"

丁美兮趁着往包里放钱的空当，顺手拿出了老怼的手机。不过因为专注于数钱，丁美兮根本没注意老怼把手机调成静音，偷偷拍下了她的脸。而这一幕被对面拿着望远镜的李唐看了个一清二楚。

钱数得差不多了，丁美兮抬起头对老怼说："你不笨，咱们就都别装傻。利息不要了，你把本金还给我们。要不谁也别上班，我天天来拉横幅泼油漆，我们有人是心脏病，保安敢乱来你就试试。除非你把这家公司也关了。"

老怼悄悄收起手机说道："还，肯定还。你们容我几天。"

送走丁美兮他们几个，老怼指挥员工搬着梯子过来，准备拆掉门口的监控。他又跟前台交代了两句，直接上了电梯也要离开。李唐看到这里，脸色越发凝重。

清晨，老魏接到了一条令人兴奋的线报。他来不及把女儿的早饭摆好，就急匆匆地赶往专案组。

办公室里，老魏指着鱼缸上的一张照片向大家介绍情况。"昨天以前一直很安静，到今天早晨六点，他的脚步突然变快了。不再和律师讨价还价，办理了加急移民，几个银行账户里的大额定期也动过了。还通过地下钱庄，换了不少的美金和欧元。看样子，要跑。不过，目前还是没有找到他和幺鸡的关联。"

段迎九伸手揭下鱼缸上的照片，仔细端详了一阵，照片上的不是别人，正是老怼。丁晓禾犹豫了一阵，问道："他会不会就是鲇鱼？"

老魏摇摇头："我们有人跟着他。这个人不是左撇子，耳朵后面也没有痣。"

段迎九走到白板跟前，把照片啪地往上一贴。原来这张照片，一直贴在白板的角落里。"冬眠了这么久，他这是睡醒了。不是鲇鱼，也是一窝子。都是一个缸里的亲戚，就不分谁远谁近了。"

"酷游科技"楼下，老怼急匆匆地走向他的奔驰车，正要开锁，突然发现左前轮的轮胎瘪了。他气急败坏地把车钥匙塞进包里，左看右看，刚好发现一辆空驶的出租车从一侧开了过来。老怼赶紧一路小跑，追上去摆着手把它拦了下来。还没等车停稳，他就拉开车门，钻了进去。

"先生去哪儿？"李唐坐在驾驶座上，看着后视镜里的老怼，客气地问道。

第十一章

　　哪吒和纳兰租住在老城区的一个旧小区里，这里的楼单面冲外，楼梯都在露天。这天，纳兰上楼来的时候明显带着气，一路从楼道冲过来，根本不顾忌身后的哪吒，拎着满满一袋子菜和肉蛋奶狼狈追赶。

　　终于，在隔壁邻居的门前，哪吒抢先一步绕到了前头。纳兰好像还没消气，故意转过身子，把脸对着邻居的窗户。哪吒也不慌，围在纳兰的身边一通甜言蜜语。

　　"爸妈没法挑，老板也没法挑。你也知道我们单位加班多变态，昨天我把蛋糕都取了，都快回来了，他们又给我打电话。我说我媳妇过生日呢，你说巧不巧，老板说她也过生日。我说你这不是为难我吗，老板说，你来把加班费领了，回去给你媳妇买个礼物，拣贵的挑。你说，我去还是不去？"

　　脏兮兮的玻璃窗上映照着纳兰渐渐变暖的脸色，哪吒顺势掏出一个精致的盒子递过来："一直没找着合适的机会，你说巧不巧，今天要道歉。"

　　"你怎么不早说呀，你干什么这是？"纳兰言语娇嗔，手上的动作倒是干净利落。只不过她打开盒子一看，脸上刚刚泛起的笑容也消失得干净利落——一个钥匙链静静地躺在盒子里。

哪吒也不以为意，连哄带推地把纳兰带进了屋里。出租房小得有些局促，门一关，纳兰仿佛完全没了情绪。她径直走到墙上的挂历跟前，在今天的日期上画了一笔。这样的标记在挂历上已经画了有半年时间，纳兰往后退了一步，看着挂历自言自语地说："这个月他只回来过四天。从这半年来看，没任何规律。"原来刚才的又追又哄，不过是在为刺探邻居的动向打掩护。

此时，哪吒站在与隔壁相接的那面墙下面，抬头望着天花板的接缝处说："从他家跑过来的白蚁越来越多了。我给社区打过电话，前后催过那个人两次，他要是再不回来，这栋楼也快被啃塌了。"

"狡兔三窟，他肯定不止一个家。"纳兰说道。

哪吒摇摇头叹息着说："下次和上头说说，给咱俩也分个大别墅。一样是盯梢，咱们这条件也差了点。"

纳兰瞥了他一眼："别不知足。我都住半年了，你才来多久呀。"

"上个月我才调到专案组，早和你认识谈恋爱同居就不对了。老板的剧本就是这么写的。"哪吒说着嘿嘿一笑。

一提到老板，纳兰又有话了："我把你举报了。老板今天没找你吗？"

"举报我什么？"

"让你假装我男朋友，没让你真动坏心眼。私自亲我，组织上批准过吗？"

哪吒凑到纳兰的跟前说："都是按要求演的，谁也没说不许假戏真做啊。"

"上学的时候你就喜欢我，我怎么不知道？"

"保密单位保密专业，什么都得保密。"

纳兰看他一眼，又指了指刚才哪吒给她的那个盒子："生日礼物也保密，我差一点就猜错了。"

"你以为是什么？"哪吒盯着纳兰的眼睛忽然认真地问道。

纳兰的脸红了一下，没好气地把手里的菜扔给哪吒说："做饭去。"

段迎九在饭菜里挑拣了一会儿，对身旁的老魏说："听说了吗？哪吒和纳兰好上了。"

"看他俩眼神就知道了。"老魏头也不抬地回答说。

"还是你经验多。你和嫂子也是因为工作搭配，好上的？"

老魏眼神恍惚了一下，说："在一个屋子里打埋伏，一待就是两年，换只母猫也有感情了。"

"听这意思你还勉强将就了。都说是人家追的你，我怎么不信。"

"她要是还活着，你问问她。"

段迎九看了老魏一眼，从菜里夹出一块鱼，适时换到了下一话题："这什么鱼？牌子上写的可是乌江，拿鲇鱼糊弄，把我当幼稚的女学生了。"

段迎九的话让老魏想起了之前的那张照片，他对段迎九问道："那个女学生跟着的老板，要盯到什么时候？"

"先别打草，蛇都出洞了，先摸摸底吧。"盯梢，段迎九有的是耐心。

"不上市。为什么要上市？和媒体扯点别的，别承认也别否认。路演只是做做样子，是给投资人看的。谈哪，谁想收购就跟谁谈，都照着套现来……"坐在出租车后座的老怼一直在接电话，直到小区门口才停下。

这是一处私密而幽静的高档公寓，李唐趁着打印小票的空当迅速扫视了一下，然后把小票连带微信收款卡片一并转身递了过去。但老怼只接过了小票，看了一眼，从钱包里掏出了现金。

"你话不多啊。"老怼望着李唐说道。

李唐埋头找零钱，没和他对视："顾客在打电话，不好聊天。"

"开出租的比专车还客气，谢谢啊。"

李唐点点头，待老怼下车后，调转车头往回开去。刚刚接零钱的时候，老怼手里还拿着一张门禁卡，一闪而过，李唐已经看清了上面贴着的门牌号。现在的问题，就是怎么混入小区。后视镜里，老怼刷了门禁卡，还和门卫打了招呼。戒备如此森严，想从正门混进去怕是难了。李唐边想边看着窗外小区的围墙，忽然一棵大树出现在视野之中。这附近没有摄像头，踩着树翻墙，对李唐来说几乎就没有难度了。

高层建筑的步行梯少有人走动，李唐埋伏在此，不一会儿就等到了老怼再次出门。看着电梯下到一楼停住，李唐悄悄走出来，先拉下了老怼家的电闸，然后用一张手机大小的塑料硬卡片，轻松打开了大门。

一进门，天花板的角落里便赫然出现了一个监控摄像头。如果不是提前断电，李唐一开门就会出现在监控之中。虽然还不知道老怼的来路，可单凭这个摄像头就可断定，必不是凡人了。

李唐越发小心起来，他把手套鞋套穿戴整齐，开始在屋子里搜寻。然而结果却让他大失所望，除了一个储物柜的抽屉里放着一只劳力士表和一些美金欧元现钞，其他地方一无所获。李唐想要离开，又有些不甘心。忽然他看到卧室的床单空荡荡地垂下来，这是个支架床，下面是空的，会不会……

李唐趴在床边的地板上，伸手进去一通摸索，果然摸到了一个红酒大小的铁盒子。他靠床坐在地上，把盒子翻过来调过去地看了一圈，除了掂起来有点沉似乎并没有什么异样。盒子没上锁，打开盒盖，里面是一堆单据和信封，上面压着一块硬盘，盒子的重量应该都来源于此。

李唐想从单据里找到点蛛丝马迹，便毫不犹豫地拿开了硬盘。可他的手指刚刚碰到硬盘上，就听见啪的一声，一股强劲的电流让他瞬间失去了知觉——这并不是什么硬盘，而是一块高压电池。

　　厦大附属第一医院的内分泌门诊，丁美兮把刚刚出了结果的化验单递给医生，紧张地询问着自己的情况。甲减需要定期复查，最近事情太多，复查的时间一拖再拖，她很怕会因此加重病情。

　　"吃饭怎么样？"医生看了看化验单，一边在电脑上开处方，一边问道。

　　"可能是因为太忙了，总是没胃口，有时候去自助餐，连以前一半的量都不够了。"

　　"别的呢？和以前相比，有没有什么不一样的？"

　　"皮肤。"丁美兮举起胳膊冲着医生说，"您看我胳膊这儿，脖子和后背也这样，越来越粗，用贵的化妆品也不管用。有什么办法吗？"

　　医生看了一眼，漫不经心地在处方里加了些润肤药膏。丁美兮见医生似乎没那么重视，又说道："我还总发脾气，和丈夫吵架。心里烦躁，想忍，就是忍不住。"

　　虽然言辞恳切，但医生却选择了忽略。他打印好了处方，对丁美兮说："化验结果还可以，放平心态。去看看二楼的肿瘤门诊，就知道你这没什么大不了的。甲状腺功能减退，常见病，按时吃药定期复查就可以了，好吧。"

　　丁美兮接过处方，看着医生马上要叫下一位患者，又忍不住问了一句："那个，我老怀不上二胎，是不是也和这病有关系？"

　　"这个不好说，怀孕受很多因素影响，而且也不是你一个人的事儿。"

　　叫号器响起，下一位患者已经推门进来了，丁美兮无奈地走了出去。所有的事儿都悬而未决，哪怕是坏结果呢，总比没结果强，这种感觉让人更加烦躁。走出门诊大楼，丁美兮习惯性地给李唐打了个电话。

"您好，您拨叫的用户暂时无人接听，请您稍后再拨……"丁美兮看着手机屏幕，不耐烦地挂断了电话，招手拦了一辆出租车。

睁开眼睛的时候，李唐发现全身上下，也只有眼皮还可以自由活动。他蜷缩在卫生间的浴缸里，被脱得只剩一条内裤，嘴上封着胶带，手腕被塑料卡扣捆得死死的，看上去好像一条马上要被开膛破肚的大鱼。

老怼也的确准备好了，脚边的工具箱张着血盆大口，露出一众锋凿斧锯。而他自己则打开地漏，清理缠绕的头发，仿佛正在打扫通往死亡的隧道。

李唐呜呜地叫喊挣扎，老怼手不停头不回，仿佛在自说自话："知道哪露馅了吗？我一路上打了四个电话，提到的钱数足够一个亿了，挂了三次，你都不搭茬，不应该。说你性格内向，不会聊天吧，你还不像那老实人。你不是懂礼貌，你在记路。你说说，叫我怎么能不怀疑？拉闸断电是应该的，可我的手机会自动报警，智能化联网家庭监控，不懂吧？好好学习，得跟得上时代呀。"

下水道清理得差不多了，老怼又拿来了水桶和刷子，应该是用来事后清洗地面的血迹的。准备停当，他平静地看着李唐问道："你身上什么都不带，不像贼，我也没得罪过你，车牌都是假的。你想干什么？"

话虽如此，但老怼并没有打算给李唐回答的机会。他真的像杀鱼一般，熟练地戴上口罩和橡胶手套，拿起一把凿子和一把锤子，走过来拔掉浴缸的塞子，将水龙头打开。随后才走到李唐面前，把他的脑袋歪着摁在浴缸的边上，将凿子杵到他的太阳穴上，嘟嘟囔囔地说："别动啊。你要不动就特别快，一下子就不疼了……"

锤子高高举起，下落的一瞬间李唐突然两腿一用劲，猛地一蹬，一头顶到了老怼的下巴上，把他撞得人仰马翻。李唐挣扎着起来跑到门口，门被反锁了。他挣了挣双手，捆扎带非常结实，一时很难挣脱。李唐见状回身来到客厅，他光着脚，把电视机、空气净化器、花盆、立灯、酒柜等能端倒的东西，都端翻在地上。一时间，屋里乒乒乓乓闹开了锅。

老怼摔了一跤，也有些狼狈。但他并不慌张，不紧不慢地走过来，拎起一把椅子从身后打倒了李唐，然后拎起他一只脚，再次将其拖进了卫生间的浴缸。这次他连凿子也不用了，直接拎起锤子，用胳膊擦了擦头上的汗，说："闭眼睛，听话。闭眼，来。"

李唐放弃了挣扎，他绝望地闭上眼睛，心想：死了也好，一了百了，再也不用纠缠这些破事了。

可惜，天不遂人愿，锤子扬起的时候，外面的门铃响了……

叮叮当当的动静让楼下的邻居报了警，李唐靠着这点运气，从命运的悬崖边翻了上来。不过，他却跟老怼合伙，用一副情趣手铐和一盒避孕套，假扮成微信摇一摇上约来的同性炮友，骗过了警察。

本来还要做笔录，幸亏这个看上去很高端的小区不止这一家招猫逗狗。民警的步话机里传来消息，三号楼有一对新婚夫妻吵架，女的要自杀，已经打了110。两个苦不堪言的民警只好让两人签了字，然后便匆匆离开。

各自穿好衣服，老怼对李唐说："不好意思啊。"

"没事。"李唐揉了揉勒出血印的手腕。

"你找我有事吗？"

"有事。"

老怼点点头："说完了，就当今天没见过。对你对我，都有好处。"

李唐还是两个字："还钱。"

老怼愣了一下，脑子里闪过丁美兮的脸。他笑了笑说："你们这两口子，真是要钱不要命呀。"

晚饭后，李唐靠着床头，拿出了玛丽亚·杜埃尼亚斯的小说《时间的针脚》。每次在外面和别人动了手，回到家他都想看看书。虽然大多数时候都看不下去，但有本书挡着，他仿佛就找到了一个安静的藏身之处。

但没藏一会儿，丁美兮就把他揪了出来。

"你知不知道，我今天在李小满包里找到了什么？"

"你又翻她书包了？"李唐随口一说，马上看出丁美兮的表情格外凝重。他不得不合上书，壮着胆子问："找着什么了？裸照？早孕试纸？"

丁美兮拿出一包七匹狼细支烟，往床头柜上一拍："今天抽烟，明天就要吸毒了。她完了，这个孩子已经毁了。"

"你能不能别老说得这么……"

李唐半是反驳半是规劝，但丁美兮通通听不进去，她激动地打断了李唐的话："那我怎么说？你去问她，你看她怎么说，说了也都是假的，天天都在撒谎。能把我骗了也算，拙劣。大夫让我心态好一点，我看你倒是挺好的。你看着我干什么？你想说什么？"

李唐还能说什么呢？丁美兮的暴躁和焦虑不是一个人一件事造成的，她的心整天都处在五花大绑的状态下。李唐能做的，也只有帮她解开一个扣，能松快一点是一点。他默默地从床底下拉出一个背包，放到丁美兮面前。

不明所以的丁美兮上前把背包拉开一条缝，看着里面一沓沓的人民币，惊喜地问："奖金发了？"

"是你被骗了的本金。"说完这句话，李唐听了一下门外的动静，压低声音向丁美兮讲述了下午的经历。

丁美兮听完这一段，捂着嘴巴愣了一会儿，然后凑到李唐跟前，心有余悸地问道："你觉得，他是个什么人？"

"不管是什么人，以后都得多长只眼睛和耳朵。"

"你说，要不要报警？"丁美兮一时还没从慌乱中缓过来，她说完这话看了看李唐，端起杯子喝了几口水，强迫自己冷静下来后，接着说，"我就是觉得有点儿不踏实。随随便便就敢杀人，那可是杀人哪。他的胆子怎么能这么大？"

李唐也有猜不透："说他是个疯子吧，也不像。警察进来的时候，我看他一眼，他就知道怎么说话了。天衣无缝，一句话都没搭错。"

"要不要告诉林彧？"

李唐摇摇头："没想好之前，先别说了。李小满也是，没想好怎么跟她谈，先不要谈。什么事情一张嘴，就被动了。"

说到李小满，丁美兮又有些不服气，可想到李唐拼了命才找回来的钱，她还是忍住了一肚子反驳的话，对李唐说："钱总算回来了。家里就这么多，我也没敢和你说。这要是都被骗走了，我也别活了。"

李唐叹了口气，拍拍她的肩膀说："这些钱先别存了，你不是一直想要个LV吗，买一个。"

"你以为我不敢吗？"丁美兮说着白了李唐一眼，可双手却把装钱的背包搂得更紧了。

拿回本金让丁美兮多多少少松了一口气，躺在床上和李唐说着话，她便不知不觉睡着了。李唐还醒着，手腕上捆扎的伤痕，之前没太大感觉，晚上一静下来便觉得火烧火燎地疼。这时手机嗡嗡振动了一下，他拿起来一看，是一条来自丁晓禾的信息：姐夫，你出来一下。

李唐有些不安，丁晓禾看出什么破绽了吗？刚到家的时候，他询问过手腕上的伤痕，李唐说帮人修车剐了一下。丁晓禾当时就追问说："两只手都剐了？"李唐搪塞说是别人的大车，没扶好，所以两手都伤了。说这话时，他恨不得把脸埋进饭碗里，能进国安的都不是一般人，哪怕丁晓禾还是个生瓜。所以，现在他是又想到了什么吗？李唐犹豫了片刻，还是蹑手蹑脚地起身走了出去。

但等待在外面的其实只是一瓶红花油。丁晓禾把一盏小台灯放在饭桌上，又铺了两张纸，他让李唐伸出胳膊，在伤口旁边倒了点红花油，然后小心地揉搓起来。

"别的我也不懂，正好学过这个，就下楼去买了。怕我姐睡着吵醒她，我就先给你发了个微信。"

"破了皮也能抹吗？"

"找周围肿的地方，绕开它。"

灯光下照着丁晓禾认真的脸和小心翼翼的手指，李唐看着他一时有些感慨，表面上妻女傍身的他，已经很久没体会到来自他人如此细致入微的关心。他不禁感慨道："有你在这儿也挺好的。"

但敏感的丁晓禾却把这句话听成了另外的意思。他低着头，仿佛有些不好意思地说："过两天我就分宿舍了，你和我姐再忍忍啊。这些时候一直在家里混吃混住，什么忙也帮不上，有什么好。"

听话听音，李唐赶紧找补着说："你是穿制服的，公检法国安哪，别人也不敢欺负我了。"

丁晓禾抬头问道："谁欺负过你吗？"

李唐尴尬地笑了笑，回答说："我小人物一个，还不是常有的事儿。"

丁晓禾把目光重新投回到李唐的手腕上，片刻之后说："人人都有窝囊的时候，别往心里去。"

李唐迅速捕捉到了丁晓禾波动的思绪，他试探着问道："你是不是有什么心事？我也不懂你们单位那些东西，就是看你最近有点，怎么说呢，背都驼了。因为女孩，还是工作？"

丁晓禾没有马上答话，李唐心里有些打鼓，刚才的话会不会是诱饵，引着他现身？如果是这样，这是他自己的想法，还是他的领导段迎九指示他做的？他之前有没有这样试探过丁美兮？好多个念头一下聚集到了李唐的大脑中。

"有个人，在我眼前头跑了。他离我特别地近，可我就是没抓着他。"片刻之后，丁晓禾的回答让李唐微微松了口气。但丁晓禾似乎重新陷了进去，他出神地喃喃自语："最近的时候，就从这儿到门口，就这么近。要是再来一回，我非得……"

"啊呀！"李唐叫了一声，把丁晓禾的思绪拉了回来。他慌忙拿开手，问道："是不是碰到口子了？"

"没事没事，就这样吧，再搓就成猪手了。你也累一天了，休息吧。"

丁晓禾点点头，起身收拾药瓶和纸团。李唐举着手腕进屋前，瞥了一眼他的背影，心中掠过一丝犹疑。这一夜他可能又睡不着了，丁晓禾会不会也一样呢？

睡不着的还有老怼，而他的应对方法是换个地方睡。简单收拾了一些东西，他回到了哪吒和纳兰蹲点的隔壁。开门的时候，哪吒正巧出门扔垃圾——为了制造这样的巧遇，哪吒和纳兰常年在门口放着一袋装满废纸的垃圾。

"回来了？"哪吒经过老怼的身边，很自然地打了个招呼。老怼没吭声，只是礼节性地点了点头。哪吒走出去两步，又回头说道："前些天社区给你打电话了吧，这几天白蚁好像又多了。"

老怼一只脚已经迈进了屋里，但要是不回话反倒显得不自然了。他头也不抬地说："这种事情，物业不管吗？物业费我可没欠过。"

"哪儿有灭哪儿，得进屋。我自己买了些药，你要需要，随时过来拿。"哪吒说完拎着垃圾走远了。老怼哎哎地答应了两声，迅速进屋关上了大门。

段迎九今天回去陪母亲吃了顿晚饭。说是陪母亲，不如说是带着耳朵去听母亲唠叨。

"你不是管不了，你是不想管。你和你爸什么时候管过我，管过这个家？坏人骗子满街跑，你妈妈的棺材钱让人骗走了，我养你这么大呀小九，你说我是活该？"母亲说话永远都是带着气，好像墙上遗照里的父亲，永远都是拧着眉毛注视着家人。

段迎九不接茬，她知道自己虽然和母亲合不来，但是却完全继承了她的说话风格。她要是一张嘴，三两个回合，母女俩绝对得打起来。所以，她一口接一口地往嘴里扒拉饭，完全不给自己回嘴的机会。

母亲依旧喋喋不休："我养你们才是活该。那些钱也不是我的。那是你哥哥的。他离了婚，讨不着老婆，再有两年就五十了，还在啃老。你看看他的崽，学习不好，也没人管，念个职高能有什么用，毕业了要去富士康打工，那钱是路费呀，你知不知道？"

饭菜悉数钻进了肚子，段迎九擦擦嘴，一边往厨房里端饭碗，一边压着情绪背诵提前准备好的台词："降压药记得吃，怕忘了就写个条，贴《新闻联播》旁边。中医院的大夫给你托人问过了，说你得自己去号脉，不见人，不给开方子。"

话说完就要走人，但母亲硬是拦住了段迎九的去路。"钱！我被骗了的钱，你管不管？"

躲无可躲，段迎九只好扔了一句："百分之十九的利息，我早就说是骗子，你听不听？"

"你在和谁说话！是不是你爸给你托了梦，叫你替他气死我！"

段迎九没再回嘴，她没时间进行这些无谓的争吵。扭头朝外走的时候，和刚刚买完西瓜回来的哥哥撞了个正着。哥哥是个面瓜性子，没能耐但心眼好。见母亲一个劲儿往外轰妹妹，便一路追了出来，走到跟前，还硬往段迎九手里塞了一袋卤豆干。

兄妹俩并肩走了一段，哥哥告诉段迎九，陈华带着阿宝前两天才来过，还带了两袋大米，嘱咐段迎九对陈华好一点，他自己带孩子不容易。之后又不免担心起自己的儿子，说他没有阿宝聪明，好在知道刻苦，每天都去上晚自习。

段迎九一直没太吭声，看着哥哥一副未老先衰的样子，她都忍不住怀疑：他俩到底是不是一个妈生的？她就像孙悟空，什么妖魔鬼怪都能一眼看透。可哥哥却像唐僧，妖精当着他的面玩花活，他还在念阿弥陀佛。

晚自习？开什么玩笑！半个小时候后，段迎九劈头盖脸一顿嘴巴子，把侄子从网吧里扇了出去。在众人的注视下，侄子连个屁都不敢放。姑姑的脾气他从小就知道，家里没人能镇得住她。况且，打也不白挨—— 一般情况下，吃完嘴巴子还能再吃顿夜宵。

大排档的小桌旁，段迎九点了一桌子菜，看着侄子吃得满头大汗。指着老太太的退休金过日子，孩子出来开荤的时候确实也不多。

作为回报，侄子向她透露了家里近期的一些真实情况："我爸和奶奶说，你和姑父关系不好，总吵架。要不是阿宝，你们早离了。奶奶吃饭不大行，做什么都爱吃不吃的。我爸说带她下顿馆子，她也不去，怕花钱。"

"得攒着供你打游戏。"段迎九忍不住揶揄了一句。

侄子耷拉着脑袋，沉了沉才又拿起一串烤肉说："她就是瞎折腾。你来了就吵，你一走了她就想，想起来还要哭。我爸说，她是更年期没个完。"

段迎九有点不敢相信，父亲离世后，她很多年没再见母亲哭过，就和她自己一样。可在心里，她总觉得自己更像父亲，痴迷于工作，连自己都可以放弃。

丁美兮伸长脖子，脸几乎快要贴到了电脑屏幕上。密密麻麻的表格里，是银行的理财经理向她推荐的各种产品。她忽略了理财经理的介绍，眼睛像扫描仪似的逐行过了一遍，抬头问道："一个保本的都没有？"

"最近都不多。有个短线的基金，收益算是最好的，要不要看看？"

丁美兮下意识地攥紧了背包，那里面装着李唐拼了命才要回来的钱。锤子、凿子，还有李唐勒破的手腕，这些东西在她脑子里闪过之后，她坚定地拒绝了理财经理的建议："我先去存个定期吧，等有了稳健型的产品再说，谢谢。"

但存钱也不容易，一年期、三年期、五年期，加上银行为鼓励存款，对大额存单的利息优惠，各种排列组合，让丁美兮纠结不已。因为她占用的时间太长，后面排队的顾客，不禁抱怨起来。甚至有人冲她喊道："就那么点钱，能不能快点啊？"

丁美兮回头看了一圈，没确定话是谁喊的，只好不甘心地回了一句："有钱去VIP，别在这儿挤着呀。"

这句话让等待的人群更加愤怒，有个女的干脆站起来说："这么多人都等着呢，都有事，能快点吗？"

丁美兮故意赌气地回过头，对窗口里面说："继续。刚才我说到哪儿了？"

背后的女人也不甘示弱，冷笑着说："穷酸。"

丁美兮被激怒了，她噌地一下站起来，朝等候区走去。跟她吵架的女人也站了起来，做好了正面迎战的准备。可就在这时，银行的玻璃门外，一个人影快速闪过。任何人都没有注意，除了丁美兮。她攥紧背包，突然改变了行进方向，低着头穿过大厅，在银行门口与一个刚刚走进银行的灰衣男子擦肩而过。

出了银行，丁美兮直接钻进了隔壁的一家眼镜店。没一会儿工夫，当她再次走出来的时候，身上已经换了一身打扮。外套挎在胳膊上，之前攥在手里的背包换到了肩膀上，马尾辫破开成了披肩发，鼻梁上还多了一副眼镜。

换了个人一般的丁美兮一路小跑地回到银行，紧张地推开大门走了进去。刚才对她指指点点的那些人，甚至大堂经理，都没有认出她。但扫视了一圈，她也没有再看见刚刚擦肩而过的灰衣男子。丁美兮看了看表，时间仅仅过了五分钟，人怎么就不见了呢？她又不甘心地走到街上，四处张望之后，依旧一无所获。

已经很久没有人让她如此慌张了，更何况这个人晃了一下又消失了。丁美兮拨通了李唐的电话，微微颤抖地说："你上次说，在路灯下看见他，戴着帽子。我刚才也看见了，他真的回来了。"

汪洋还是比较庆幸，毕竟这次段迎九把他堵在了办公室，而不是厕所。当然，只要被段迎九堵住，滋味就不会好受。快一个小时了，段迎九坐在汪洋对面，伴着巨大的音乐声，全神贯注地打着手机游戏。

还是汪洋先挺不住了，他把鼠标一扔，摘下眼镜，看向段迎九。完全同步，前一秒还在手机屏幕上忙活的段迎九，在汪洋投来目光的瞬间，把手机往腿上一扣，也看向了汪洋。

"你要熬到什么时候？你到底要干什么？"汪洋烦躁地问道。

"排查假身份证。"段迎九的语气反倒是不疾不徐。

"不是在给你排，在给你查吗？"

"慢。"

段迎九的一个字差点把汪洋炸开："你有没有点常识？你知不知道这要多少人？现在有的农村还有人拿着第一代的身份证，你能想象吗？排查是个力气活，你不知道吗？"

段迎九没说话，把手机放到桌上，恭恭敬敬地给汪洋递过去一杯茶。汪洋接过茶杯，一口没喝，咣当一下放在了桌上："油盐不进啊，段迎九，撵也撵不走，你是什么都不怕。三处堂堂的副处长，贬成普通干警你都不怕，我知道你是滚刀肉。化装侦查，赌场里就算有人接应，你那也是玩命，我知道你没个怕的。我把你从三处调过来当副组长主持工作，就是叫你来折磨我的！当年带队执行任务，你的一个侦查员因为熬夜，恍惚了没关手机，导致要抓捕的嫌疑人跑了，你多厉害呀，主动扛雷挨处分，跟上级争辩不说，驴脾气犯了还要自己引咎调离一线，底下人都把你当偶像了，你多威风呀，光知道护犊子，你什么时候能体谅体谅我？"

听了这一车话，段迎九伸出手指抠了抠耳朵，小声说："去年体检，大夫一再告诫你不要生气。血压高，危险。鲇鱼没逮到，凤凰没抓着，他们和十几年前那三个间谍到底是什么关系，一直不知道。这么多的问号，你也上火，我也上火。人只要是假的，身份就也得是假的。不如再多加点人，撒撒网，万一能捞起来呢？"

"万一？"汪洋气得直想拍桌子，他太清楚了，若真是万里有一，他们的排查工作也许还能轻松点。可有什么办法呢，十几年的案子，到如今线索只剩下这风雨飘摇的万一了。

离家不远的一座商场，李唐和丁美兮坐在地下一层的美食城里，默默地吃着一份荷叶饭。正是饭点，美食城里人流如织。没一会儿，一个食客端着一份炒面线坐在了他们对面，看上去像是拼桌的陌生人。

但这只是别人看上去的样子，拼桌的人是林彧，他们互不交错的目光，只是训练有素的默契。丁美兮吃得很慢，压低声音说："我没看错，就是他，样子也没变。当初我差点让这个人杀了，他一直都刻在我脑子里，错不了。"

"人的记忆是最不可靠的东西。"林彧挑起一大口面线，边吹边说。

"不会错，他推门的时候，我注意了他的手，虎口上的那个刺青还在，他就是角川。"

李唐从荷叶饭里挑出一块炒黑的火腿，快速看了林彧一眼。满满一盘子的面线，林彧稀里呼噜已经吃得见底了。他坐直身子，打了个饱嗝，伸手摸了摸左侧的胸口。十八年前，死里逃生之后，刘处长亲自把勋章戴在这里。

李唐也吃饱了，他摸摸裤兜，那台传递消息的诺基亚手机就装在兜里。十八年前，他从这台手机里得到指令，和丁美兮一起化身成了凤凰。

然而这一切都建立在一个共同的基础之上——黄德铭死于日本间谍角川之手，而他们三人合力杀死了角川。

商场一楼的大屏幕上，正在直播本地新闻：为响应不久前、我市经贸代表团围绕促进厦州与日本的产业对接的合作访问，日本多家企业代表近日莅临我市，分别与厦州企业各界推进一系列经贸合作，涵盖了电子信息产业、新材料、生物医药等众多高端制造业。其中，一批重点合作项目将在明天上午十点整，由日方代表与我市企业家代表，在凯宾斯基酒店进行签约仪式。据悉，厦州市持续打造国际一流营商环境……

李唐和丁美兮站在大屏幕前，看着西装革履的角川站在六七个中日双方企业代表之中。口袋里的诺基亚手机嗡嗡作响，先走一步的林彧给李唐传来了指令。

丁美兮盯着屏幕喃喃说道："你上次说，在路灯下看见一个戴帽子的人特别像他，我还不相信，以为你找幺鸡压力太大。没想到，竟然是真的。他这是洗白了，还是假身份？"

"不管真的假的，只要家里那边看见他，咱们就完了。"

"林彧怎么说？"

李唐看了看丁美兮，用犀利的眼神回答了这个问题。

"什么时候？"丁美兮不寒而栗地问道。

"明天，签约之前。"

"怎么动手？"

"我也不知道。等他想好了，会来告诉我。"

丁晓禾一下班就匆匆去找李唐借西装。下午在单位，朱慧在楼道里悄悄告诉他："晚上六点半，凯宾斯基二楼，中餐厅八号包房，公事。"虽然没弄明白怎么回事，但丁晓禾依旧不敢怠慢，一路上还担心李唐出车没回来。幸好，刚走到巷口，就看见李唐急匆匆地走在前面。

"姐夫！"

话音一落，李唐猛然回头，脸上似乎有一丝惊讶闪过。丁晓禾没多想，紧走几步追了上去。就在他走到李唐身边的时候，一个路人低着头从对面走来，先后在李唐和他的身边擦肩而过。

丁晓禾神思一恍，回头望着那个背影，感觉似曾相识。

"怎么了？"李唐见他出神，拍了拍他的肩膀问道。

丁晓禾回过头说："没事，好像有点眼熟。"

"你刚一喊吓我一跳，今天怎么这么早回来了？"李唐接着问道。

"那个，晚上有点事儿，还得借你西服穿穿。"

"行啊，走，回家拿去。"李唐边说边揽着丁晓禾往家里走，"晚上什么事，相亲啊？"

丁晓禾没说话，不甘心地又回头看了看。李唐还在唠叨着说些什么，语气中没有丝毫的慌张，因为他知道，刚刚从身边低头经过的林彧此时已经消失不见了。

走出去两三条街，林彧才渐渐放缓了脚步。刚刚约李唐在他家附近见面，马上碰面了，却半路杀出个程咬金，而这个人好像就是之前追击他的国安警察。他管李唐叫姐夫，那他就是丁美兮的弟弟？此时，电话嗡嗡响起，林彧接起来问了一句："丁美兮什么时候有个弟弟？"

李唐在电话里简单解释了一番，但此时林彧最关心的还是角川。他左右看了看，说："角川的事情不能拖，连夜动手吧。"

凯宾斯基酒店六层的大厅里，因为第二天上午的活动正在进行着紧张的布置和彩排。会务、执行、公关等各部门的人，都在四处奔忙，询问和呼喊此起彼伏。林彧混进大厅，不声不响地贴墙站着。他不动声色地四下张望，寻找着角川的影子。远处的人群中，角川的影子忽然闪过。林彧立刻捕捉到了他，挤开人群追过去。但角川仿佛真的只是个影子，一瞬间便淹没在了纷乱的人流中。

林彧站在大厅中间，有些气喘。如果说奔跑让他的身体感到疲累，那么紧张则是在消磨他的精神。角川不是一般的目标，他是埋在林彧职业生涯根基上的地雷，一旦爆炸，二十来年的努力都将付之东流。所以必须扫掉这颗雷，没有其他选择。

这时，一个保安注意到了东张西望的林彧。他走过来问道："找谁啊？"

林彧看都没看他一眼，随口说道："分局的，来看看。"

"您随便看，有需要跑腿的随时叫我。"保安的口气立马殷勤起来。

说话间，一个医生拎着急救箱从林彧身边经过。一个念头在林彧脑子中闪过，他假装不经意地说："这发布会还挺正式的，还有急救措施。"

"日本人嘛，就是这么死认真，什么事都抠这么细。"

林彧点点头，溜溜达达朝医生靠近，了解性地聊了几句，便离开了。

将车停在一条没有摄像头的小街边，李唐下车换假车牌，丁美兮站在车旁，一边望风，一边在大众点评网上查看凯宾斯基饭店的图片，熟悉地形。一楼是咖啡馆，二楼中餐厅，自助餐也在那。而明天的发布会和今天的彩排，都在六层，因为不是普通人群的消费场所，只有粗略的一张照片。

丁美兮越看心里越憋屈，就像在银行被骂穷酸一样。况且还要杀人，这更让她心里感到一阵焦躁。她看看蹲在车屁股后面拧螺丝的李唐，犹豫地说："光是让咱们过去，什么也没说，到底要做什么？真要是一动手，咱们就成杀人犯了，要判死刑的。我有点害怕。"

李唐不知道该怎么回答丁美兮的问题，他也不愿多想这些。在这件事上他和林或的意见完全相同，角川绝对不能留。这时，诺基亚手机又振动起来。李唐接起来听了两句，挂断电话后，他对丁美兮说："走吧，下一步指示来了。"

"现在去酒店？"

"先去买点药。"

丁晓禾今天第二次看见了李唐，只不过这次还加上了姐姐丁美兮。丁晓禾喊出姐姐的时候，感觉站在电梯间的二人似乎有些局促，好像还小声嘀咕了两句。待走到近前，两人的脸色更显尴尬。

"你们怎么在这儿？"丁晓禾好奇地问道。

两人都没正面回答，而是大眼瞪小眼地互相推诿了一阵，都指责对方泄密。这话说得让丁晓禾更摸不着头脑了。最后，还是李唐站出来说道："这不结婚纪念日嘛，我和你姐出来偷吃点好的，还让你给撞见了。"

话没说完，丁美兮把手机举到丁晓禾的眼前："大众点评上有个自助餐的优惠活动，原价每人二百六十八，现价买一赠一。等李小满下了晚自习，你可别告诉她啊。"

"结婚纪念日，我记得是在下个月吧，姐你前一阵不是跟我说过？"

"下个月就没优惠了。"李唐见丁美兮有些不知所措，赶忙接过话茬，"都这个岁数了，我们也不挑，提前过了，有个意思就行。"

见李唐投来询问的目光，丁美兮连连点头，并抓住机会转换话题，对丁晓禾问道："你来这儿干什么？要不一块儿吃，不过你就一个人，吃这个有点亏。"

"有点事，单位的事情。"尴尬转移到了丁晓禾的脸上。

李唐碰了碰丁美兮的胳膊肘："别问了，有纪律。"

丁晓禾赶紧点点头，匆匆告别了姐姐和姐夫，朝朱慧通知的地点疾步走去。

但丁晓禾上当了——包间里等着他的有三个人，除了朱慧就是她的父母。而她父母的任务，则是来相看未来的女婿。

丁晓禾在完全不知所措的情况下，被朱慧拉上了桌。一番寒暄询问过后，二老对这位"准女婿"似乎相当满意。作为公安厅厅长的朱父，一边自斟自饮，一边说道："昨天我还和你的博导一起吃饭，他说你的性格更适合留校。公安大学很不错啊，搞研究也好，当教授也好，不用打打杀杀，每年还有暑假，文武一样报国，是不是？"

丁晓禾没吭声，只是不停地用勺子搅动着面前的那碗海参粥。此时，朱慧的母亲又见缝插针地跟了一句："你到哪儿，慧慧就要跟到哪儿。你们要是回了学校，以后两个人一起上下班，更方便。"

二老一唱一和，好像这事已经拍板决定了似的。一直在旁边给丁晓禾夹菜的朱慧，见他一直低头不语，赶忙跳出来打圆场说："干什么干什么？人家是来吃饭的，不是找朱厅长面试找工作的，好吗？爸你能不能别喝了！"

说完，她还朝抬头看过来的丁晓禾得意地眨了眨眼睛。丁晓禾忍了忍，又把嘴边的话咽了回去，重新开始搅动眼前的粥。朱慧不以为意，边吃边说，一个人撑起了一间屋的气氛。但很快，朱慧的父母也看出了丁晓禾的冷淡。朱慧的父亲甚至半开玩笑地透露出了不满："年轻人，谦虚一点当然好，拘谨就没必要了。下一次去家里，朱慧的妈妈下厨，你陪我喝一点。嗯？怎么不动筷子，我点的菜不好吃吗？"

连着两句问话，丁晓禾都没搭腔。朱慧再次跳出来，揶揄了父亲一句："你点的菜从来都不好吃。我都说了别要这个。你尝尝这块鱼，肉都松了！"

朱慧的母亲也看出了端倪，赶紧拿起菜单说："小丁自己再点一个，来——"

话音未落，丁晓禾突然站了起来，对着朱慧父母微微鞠了一躬，冷冷说道："阿姨，朱厅长，我本来以为今天是公干，怕耽误事，提前吃过饭了。真的不好意思，浪费了这么多菜。家里还有点事我先走了，抱歉。"

看着丁晓禾离开的背影，朱慧刚夹起来的一块鱼肉，啪的一下，掉在了桌子上。

李唐他们也上当了。刚开始，一切似乎都进行得很顺利。丁美兮把药交给林彧后，带来消息：角川没有参加彩排，大会统一订了房间，都在八楼。但没有具体房间号，需要李唐去找。

自助餐厅里，李唐一边大嚼着三文鱼一边擦眼泪，芥末钻鼻子的速度实在太快了。八楼的房间要怎么进去呢？这时门口传来一个小孩的叫喊声："爸爸，好多大螃蟹啊！"

李唐循声看了一眼，一个抱着孩子的男人正对门口的接待员说："我们就在楼上住，可以挂账吧？8028。"

李唐又往嘴里塞了一块三文鱼，然后把装满各色肉类和海鲜的盘子往丁美兮跟前一推，起身向外走去。饭点的自助餐厅，食客川流不息。李唐不经意间从抱孩子的男人身边挤过，随后手里便多了一张房卡。

八层都是客房，楼道里静悄悄的。李唐坐电梯上来，看着门牌号指示标想了想，走到电梯旁边的内部座机旁，按照索引拨通了餐饮部。

"我点的东西怎么又错了？你说是什么？日料。怎么老是送错？你不用问我，你先告诉我你送哪个房间了？白天呢？"

在电话里报出8012这个房间号之后，李唐迅速挂断了电话。他一路走过去，戴好了薄手套，在门口深吸一口气，轻轻敲了敲门。

门内传来脚步声，随后一个保洁员打开了房门。

李唐一愣，问道："这个房间的人呢？"

"走了，刚刚退房。"

李唐开着出租车在夜色中疾驰，身边坐着林彧，后排坐着丁美兮。车子内的气氛，犹如十八年前他们前往海边准备逃离的时候一样，仓皇而压抑。他们三人仿佛又变成了当年的桃园、新竹和花莲。李唐沉默不语地开车，丁美兮在后座小心观察，而林彧压不住火气，一直不停地说："办不成，反正每次都是办不成。药没用，刀子没用，绳子和乙醚也没用，找不到人，屁都没用。"

"会不会是他发现了什么，临时搬走了？"丁美兮回想着白天的情景猜测道。

林彧也马上想到了丁美兮之前描述的场面，应该是这样了。当年的角川，被他们三人绑着，尚且能拼命杀出一条生路。现在丁美兮能认出他，那他也一定能认出丁美兮。

但李唐不同意这个看法："如果认出来，他晚上还会去彩排吗？我要是他，下午就回日本了。"

"那是你。"李唐的话让林彧更火大了，"不是谁都像你一样，遇着事就知道躲。我要是他，就会把咱们三个都干掉！"

李唐没吭声，但丁美兮有些看不下去了。"明天。反正他要去签约，还有机会。"

但林彧的毒舌也没放过她："你以为机会是什么，是胸牌是签字笔，是给媒体的车马费，摆在桌上等你去拿吗？忘了十几年前的黄德铭了吗？要不是头一次没把他带走，他会死吗？"

和丁美兮一样，李唐可以忍受林彧对自己的冷嘲热讽，但换成丁美兮，他分分钟听不下去了："你也知道没带走他会死，为什么带不走？你要是把那些花在纠缠丁美兮身上的功夫挪出来一点，两个黄德铭也带走了。"

"干，这些话早你怎么不说？别忘了当初你才是组长！上面老糊涂了，让一个黏黏糊糊的闷瓜来当头，心比娘儿们都碎，车都开不好，你还能干成什么？"

"你不黏糊，你怎么也干不成？你那么能，医院门口被公安撞见，还不是要靠花莲？"

"那角川呢！要是听了我，在你家隔壁就把他宰了，养到现在等过年吗？"

吱——李唐猛然踩下刹车，把车停到路边，拍着方向盘对林彧吼道："这么细的旧账，你要算，来啊！"

林彧二话没说，直接上手揪住李唐的领子，眼看拳头就要落下来，咣当一声，丁美兮的包从后面飞过来，直接砸在了前挡玻璃上。两个人都停了手，车里只剩下一阵阵愤怒的喘息声。

半晌，后面传来丁美兮的冷言冷语："你们以为家里没记账吗，真要算，回去，到刘处长办公室去算个够！"

三个人手里都记着账，今天算是三头六面说破了。片刻后，林彧气呼呼地开门下了车，李唐一脚油门，出租车钻进了夜色之中。

一进家门，李唐就从抽屉里拿了一支开塞露钻进了卫生间。但关上门之后，他首先打开的不是开塞露，而是手机。不停闪烁的小灯，提示他有新邮件，那一定是小婷的消息。

"你没打电话，想来肯定是忘了。今天是你生日，是不是多亏有我提醒你？别再皱眉头，别苦着脸，你笑一笑会更好看。可惜我不在，没法陪你吃蛋糕。你一个人在厦州，记得照顾好自己。对了还有个小事，滚石的最佳乐队初赛结束了，我们乐队入围了，但是进复赛要交报名费，你方便支援一下吗？也许你现在，是在和下一支五月天在说话，或者是旺福也说不定……"

李唐收起手机，剪开了开塞露。憋了三天，他今天务必要清空体内的废渣。只有这样，他才能让自己重新冷静下来，解决这些不断涌来的麻烦。

随着一阵马桶冲水的声音，李唐回到了卧室。整晚都没怎么说话的丁美兮忍不住问道："酒店那么大，签约的人那么多，明天就咱们三个，你说怎么办？"

"十几年前绑黄德铭，医院的人比现在更多，不也照样把他带走了？"

"万一带不走呢？"

李唐看着丁美兮写满忧愁的脸，认真地答道："那就只有一条路了——用炸弹，同归于尽。"

听李唐这样胡说八道，丁美兮还想再追问些什么。但没等开口，李唐就把灯关了。

第二天早晨，李唐家照旧是由丁美兮和李小满的争吵拉开帷幕。

丁美兮拎着一件李小满换下来的衣服，质问道："我就问你，为什么衣服上有烟味？"

李小满也不遑多让："我就问你，是不是翻我书包了？"

"你这种口气是在和你妈妈说话吗？"

"你要是这样就别说了。我要吃饭，上学要迟到了。"

"你还怕迟到？迟到了正好逃学，课都不用上了，直接去外头和那些抽大烟的混去吧！"

争吵似乎在逐渐升级，但李唐却一脸见怪不怪的平静。他帮女儿收拾好书包，把它和两份三明治递给刚刚洗漱完的丁晓禾，嘱咐道："学校组织他们今天去博物馆，你顺路，送小满一趟。家里的事情我断后。"

李唐的声音不大，但话都进了李小满的耳朵。爸爸话音刚落，她站起来就顾自朝外走去。丁晓禾也来不及打招呼，赶紧追了过去。

丁美兮看不惯李小满这副样子，还想追出去，被李唐一把拦住："孩子也有隐私，你确实不应该翻包。帮个忙，马上要出发了。"

丁美兮甩开李唐的手，坐在餐桌前，喘了半天大气，才问道："林彧打电话了？"

李唐没搭话，他从卧室里抱出一个纸箱子，放到丁美兮面前，说："打不打，这事儿都得办。去把门锁好，台灯拿过来接好，我还差最后一步了。"

丁美兮看着这个箱子有些摸不着头脑，她锁上门，回来打开箱子一看，瞬间愣住了——箱子里，真的躺着一枚简陋的土制炸弹。

第十二章

从家里到车上，丁美兮一直在急吼吼地骂，李唐则始终不温不火地答。

"你是不是疯了？那是炸弹啊，咱们快成恐怖分子了，性质就变了啊！你哪弄来的？"

"小时候在家里，他们教的，也不知道还能不能响。"

"你还真听林彧的？他这是让你去死。他呢？他自己都不露面！"

"不听是个死，听了也是个死，反正都活不了，还不如拼一把。"

"拼什么？拼命吗？你今年多大了？十五还是十六？等你被判了死刑，吃了子弹，谁给你身上盖党旗？"

李唐没吭声只是默默把后座透气的车窗都关了。丁美兮根本没想停："就算你想当英雄，东西怎么往酒店里带？没看新闻吗？今天副市长也要来，安检都过不去。你提个土炸弹，怎么进去？"

"林彧说，他有办法。"

"他的办法全都是害你的！他让你昨天给我的茶里泡了安定片，让我一觉睡到死，连你半夜做炸弹都不知道，你还有什么不敢不听他的？"

"不听他的，你和我还在厦州干什么？你以为你真是个教书的老师，我真是个出租车司机吗？"

丁美兮终于不说话了，片刻之后她忽然扑上去拽了一把方向盘，孤注一掷地说："拐弯，咱们去自首。好歹保条命！"

李唐甩开丁美兮，一个急刹，把车子停在了路边。就在这时，扔在前挡玻璃旁边的诺基亚手机又嗡嗡起来。丁美兮仿佛看见炸弹似的，禁不住一哆嗦。李唐平复了一下喘息，接起了电话。里面说了几句，就挂了。丁美兮马上凑过来问："他怎么说？"

"你不用去了。"

"什么意思？"

"他怜香惜玉呗。"

丁美兮愣了一下，骂了一句"你去死吧"，摔门下了车。

凯宾斯基大酒店正门口，中日企业家签约发布会的易拉宝和指示牌都已经竖了起来。长长的警戒线拦住了大部分去路，所有进去的人，无一例外，都要通过安检门。

离活动开始的时间越来越近，进入酒店的人也越来越多。李唐戴着一顶棒球帽，背着一个黑色的包，低着头趁乱从安检门框外侧的缝隙里挤了进去。这套掩耳盗铃的操作马上被现场的保安发现，两个人一路追着李唐，直到标着"安全通道"的门口。

哐当，一个人高马大的保安把李唐摁在了门上，另一个则抢过他的背包，迅速拉开拉链。但包里的东西却让两个保安都愣住了，一个硕大的榴莲，龇牙咧嘴地散发着臭气。

他们赶紧松开李唐，满含歉意又有些不解地看着他。李唐捡起帽子重新戴好："甭看，都是你们逼的。昨天就不让往里带，可我就想吃，怎么了，碍着什么事儿了？"

签约发布会如期举行，林或看着手机里的视频直播，听到女主持人说："中日企业家的代表已经来到现场，再有三分钟，双方的签约仪式就将正式开始……"他拿了根牙签，从一张小马扎上站起身来——从他所在的早点摊子望去，凯宾斯基酒店所在的大楼，高耸入云。

场内的准备也已经完全就位。副市长正在台上致辞，中日双方的企业代表站在台子两端，静静等待着即将开始的签约。角川站在日方代表的最中间，头发梳得一丝不苟，脸上挂着和蔼又亲切的微笑。

李唐混在人群中，死死盯着角川，心中开始默默倒数。5，4，3，2，1……轰然一声巨响从远处传来，在场的众人先是一愣，继而人群中突然有人大喊一声："炸弹！"

现场顿时乱作一团，所有人都在不顾一切地往外跑。警察和现场保安大声地疏散人群，引导大家往安全通道的步行楼梯里走。

林彧催促的电话又来了，李唐听他说完，转身到背景板后面，伸手从榴莲肉里掏出一把细细的刀子。随后他混入人流，紧紧尾随在角川身后。紧张、拥挤、疲惫，三者合力让角川没跑出几步就开始放慢速度，大口大口地喘着气。下到二层的时候，角川的额头上渗出了细密的汗珠。他停下脚步，一手扶墙，一边喘息着从兜里掏出一瓶哮喘气雾剂。正要往嘴里喷的时候，身后的人群一挤，药瓶滚落到了地上，一下就找不到了。

角川赶紧抓住一直跟在他身边的女翻译，费力地向她说了句什么。女翻译点头嗨了几声，向人群中的医生喊了一句："拿药来。"

一瓶哮喘气雾剂从人缝里递了过来，而就在这一喊一递的空当，李唐已经越来越靠近角川。

重新拿到药瓶的角川，立刻朝嘴里喷了几下。药物似乎起了点作用，他挣扎着继续往外走。李唐紧跟其后，已经来到了角川的身边。再往前一步，就可以出手。李唐把手伸进裤兜，悄悄摸出了那把刀子。角川的脚步有些踉踉跄跄，李唐的精神也有些慌张而涣散。就在他决心要出手的时候，忽然发现身边有一个三四岁的孩子，从这个矮小的视角看去，正好是他手里闪现的刀子。

李唐不禁一愣，手里的动作下意识地停了一下。很快，孩子被身边的父亲抱了起来，脱离了李唐的视线。但此时，人群已经流动到了一楼，大批特警占满大厅。近距离刺杀角川的机会，已经没有了。为了方便疏散，之前门口设立的警戒线和安全门都已经撤掉了。角川被众人簇拥着走到了酒店大门跟前，不知是有意还是无意，他回头看了一眼，正好与身后的李唐对视到了一起。

李唐有些失神地站在人群里，任由角川走出了他的视线。他说不出此刻的心情，懊悔、恐惧还是无奈，也可能比这更多。但很快，人群中的骚动打断了他的思绪，甚至有一些警察也朝门外跑去。李唐感觉到异样，随着人流挤了过去。在晃动的人群中，他清楚地看见角川瞪着双眼躺在地上，身旁的医生对警察说："已经没有呼吸了……"

一系列画面在李唐的脑子里闪过：换假车牌的时候，林彧打来电话，让他们在去酒店之前先去购买硝酸甘油喷雾剂——丁美兮在洗手间外面，把药传递给了林彧——角川哮喘发作，可是喷了医生递来的药，不仅没有缓解症状，反而越发呼吸困难，最终因为支气管痉挛，窒息而死。

炸药，榴莲，刀子，房卡，催促动手的电话，一切的一切都是备胎，林彧早已经给角川设计了必死的圈套。李唐所做的一切，更像是在接受某种考验。角川死了，他们三个人都暂时安全了。但李唐的心里反而升起了一丝不安。

段迎九一路跑着冲进汪洋办公室，比脚步更快的是她的声音："照片呢照片呢，给我看看……"办公桌上的几张照片，被她一把抓到手上，挨个验看起来。

汪洋在一旁问道："海关那边的线索，说这个人几年前上过我们的监控名单。你认识他？"

"是他。"段迎九看着最后一张照片，那上面拍下的是角川虎口上的文身，"文身被他修过了，这是怕人认出来。不过底子改不了，再变也没用。"

"什么来路？"汪洋问道。

"十几年前，黄德铭绑架案，他也有份。"说完，段迎九转身离开，边走边喊道："朱慧，跟我去看尸体……"

角川的尸体停在距离凯宾斯基酒店最近的厦州大学附属中山医院。段迎九站在尸体旁边，久久端详着那双到死也没闭上的眼睛。一旁的朱慧拿着十几年前的卷宗，看也不看一眼，直接复述出了案情概要："黄德铭，导弹发动机技术专家，从北京回厦州祭祖时犯病，在厦大一院就诊期间，被海外间谍绑架未果。这件案子至今悬而未决。线索显示，日本和对岸都和这个案子有关系。资料里记载过，死者在十几年前曾在厦州出现，当时的名字叫角川，现在改了名字，身份也变了，离开大陆之后一直在经商，没有其他任何动向，这是他这些年来第一次再到厦州。"

段迎九细细地察看着角川临死前因为窒息在脖颈处抓出来的伤痕，问道："你的记性是天生好，还是训练的？"

"都有，天生的多一点。"

"你平时话多，也是天生的？"

"对。"

"那为什么今天没什么话？面前躺着一个这么有意思的嫌疑人，你不好奇吗？"段迎九回头看看朱慧，"心里有事啊？"

朱慧没有回答，直接反问道："这个日本人的死，会不会和那几个间谍有关系？"

"一团毛球。线头越多越好。你……"正说着话，段迎九突然眼前一花，眼前的朱慧变成了模糊的一团。她晃了晃脑袋，缓了一会儿，才渐渐听到朱慧疑惑的问话："你说什么？你怎么了？"

段迎九心里很清楚，复查没有去，胰岛素也没有按时按量注射。但她不想让这些事情影响案子，于是脸一拉，假装责怪地说："你看看，一催，把我的思路都催乱了。"

李唐和丁美兮又失败了——月经晚来了一天，让丁美兮心中燃起了希望。下班后她兴冲冲地想测一测，可一坐在马桶上，内裤上的血迹刺进了她的眼睛。偏偏她心急，手里的验孕棒提前撕开了，又浪费了好几块钱。

失望地坐在床上，丁美兮叹了口气说："回回都失败。你说，成个事怎么就那么难？"

李唐在一旁安慰着说："年龄不饶人。我现在去厕所尿个尿，站那都得先等半分钟，你还以为是十几年前吗？"

"总共就剩那么几颗卵子，又白排了。"丁美兮惆怅地停了停，忽然赌气似的把那根撕开包装的验孕棒扔进了垃圾桶，"算了，不要了。"

"急什么，慢慢来呗。又没人催你。"李唐又在一旁安慰她说。

"当然急啊。我甲减好几年了，这个病需要终身服药。而且今天是甲状腺，明天呢？我们学校教物理的崔老师，还没结婚，头一天还站在讲台上，第二天就心梗猝死了，谁都想不到。"

李唐坐到丁美兮身边，摩挲着她的背说："咱们不是已经有李小满了吗？"

"她就是个长不大的傻孩子。咱们每天干的都是些什么事情？今天如果不是角川，换了是你，换了我，这世上就剩下她一个人了！"

"还有丁晓禾呢。"

"算了。真怀上二胎了，生下来怎么养？你好意思让丁晓禾去养吗？"

眼看丁美兮越劝越抽泣，李唐也忍不住了："你今天是怎么了？是不是忘记吃药了？"

丁美兮冷笑着回答说：

"我每天都这样，我每天都吃不好睡不好，是你不知道。你呢？天天做噩梦说梦话，你自己不知道吗？你比谁都清楚林彧是个什么样的人，亲眼看见他挖好了坑，你也要往里跳。

"以前还行，让你当小偷，让我去找别的男人上床，好事坏事起码还会说出来。现在呢？他知道角川有哮喘，先让我买药，再让你把炸弹安到酒店外面，看着是为你好对不对，全都是他设计好了的，六楼跑到一楼，别说角川了，你也快喘了吧？你拿刀子能杀了最好，就算杀不了，还能拿调了包的药毒死日本人，一箭双雕，他多贼呀。

"他说咱们都是棋子，他早变成那只握棋子的手了。今天算过关了，明天呢？后天呢？错了李唐，当初在家里就是高考，咱们报错志愿了，你明白吗？"

丁美兮发了长长的一顿牢骚，但却丝毫没有打动李唐。他看着丁美兮，神情凝重地回答说："就算错，也得说是对。你去问问那些监狱里的犯人，要是当初知道现在，还会抢劫杀人、绑架撕票吗？手里已经端上牢饭了，难道不吃，我们自己把自己饿死？咱们当初，既不是高考也不是报志愿。什么活儿都能改行，只有咱们不行。"

李唐的话让丁美兮不禁有些凄然："一天不行，就一辈子不行？就这么一步步往下走，变成一个杀人犯？"

"脚底下只有一根钢丝，不想掉下去，就得往下走。"

丁美兮只觉得一颗心被吊在半空，随着李唐说的那根钢丝，摇来荡去。这时，门外传来丁晓禾的声音："姐，姐夫……"丁晓禾的语气听上去十分欢快，他在门口换了拖鞋，踢里踏拉地走到丁美兮面前，手里还拎着一大一小两个生日蛋糕。

　　李唐和李小满的生日只差一天，昨天是李唐，今天是李小满。父女俩一人戴了个纸壳的生日帽，对着蛋糕上的蜡烛许愿。李小满的愿望可能不算少，她闭着眼睛，双手合十，嘴里似乎还在念念有词。李唐偷偷睁开眼睛，看看女儿，又看看蛋糕上插着的蜡烛，39，17。他不再年轻，却还在疲于奔命。女儿却不是那个仰视他的小女孩，她想按照自己的节奏上路，但那条路是正确的吗？会不会也像当年的自己和丁美兮那样，懵懵懂懂就走上了歧途，到现在连个回头的机会也没有了……

　　窗外吹来一阵风，把属于李唐的蜡烛吹灭了。李小满刚好许完愿睁开眼睛，她非常顺手地拿起打火机，打着点火，动作非常熟练。一旁的丁晓禾早已看出姐姐姐夫脸色凝重，他赶紧招呼着吹蜡烛，想把气氛活跃起来。

　　但李唐坐在桌子旁边一动没动，他望着蛋糕上跳动的火苗，冷冷说道："打火机用得很熟练哪。你抽烟多久了？"

　　李小满的眼神中刚刚还满是欢乐和憧憬，这一句话好像兜头浇了一盆冰水，直接把她冻住了。

　　见李小满不言语，李唐接着说："二十四个节气，小满是什么意思？粮食饱满，但还没成熟。你要是叫大满，我就什么都不说了。别的我都不说你。唯有抽烟不行。我抽了十几年，我知道戒烟有多难。你是不是觉得特别威风？你是被它给控制住了。你被烟捆得死死的，挣不开了。"

　　李小满摘下头上的纸壳帽子，往桌上一放，哭丧着脸说："是不是昨天都把你的生日给忘了，是因为这个吗？"

　　李唐没理会她的话，继续说道："我在你这么大的时候，也觉得自己什么都明白，也觉得没人能捆住我。你妈说得对，今天能抽烟，明天就能吃药、吸毒。控制你，都是一个意思。明白吗？"

咣——大门一开一合，扇起一阵风，把两根蜡烛都吹灭了。李小满像黑色芯子上冒出的白烟，转眼消失在大人们的视线中。出门走了一段，她掏出手机，拨通一个电话，没好气地说："肖锐，你在哪儿呢？过来接我一趟，我家前面一站，在那儿等你，快点啊！"

没等李小满走到约定的地点，一辆轰鸣的跑车飞驰而来，停在了她身边。车窗摇下来，一个戴着墨镜的黄毛小子冲她招呼说："上来吧，先转一圈去。"

见肖锐没有下来给她开车门，李小满有点不高兴。但想着快点离开这里，她还是咽下了这口气，自己拉开车门坐上了副驾驶的位置。肖锐探过身子，给她系好了安全带："坐好了啊！"

又是一阵轰鸣，车子一下蹿了出去。在市里绕了半圈，二人最终停在了一处无人的海边。肖锐买了零食和饮料，想了各种话题，想逗逗李小满。可李小满就像上瘾似的，一根接一根地抽烟，没一会儿半盒烟就下去了。

"敢不敢去海里游个泳？"给李小满又点了一根烟，肖锐想了个新由头。

"离我远点。"李小满没好气地把肖锐搂在肩膀上的胳膊甩掉。

"半包烟都抽完了，还烦呢？"

"烦得都要死了。"

"你光在这儿抽，确实不解气。我有个办法，不知道你敢不敢。晚上别回去了，到我家去住。"

李小满吐了一口烟，她其实并不会真抽，只是让烟雾在嘴里打个转，就吐出来。但这不妨碍她用抽烟的方式，排解忧愁。此时，她看着海面上升起的月亮，不无羡慕地说："我要是像你一样就好了。我爸我妈怎么不去外地打工啊？"

"还是不够穷。"肖锐一边说，一边瞄了李小满一眼。

李小满知道肖锐脑子里想的那点事，上次他拿手机给她看黄色小视频的时候，她就知道是什么意思了。她并不害怕，也不在乎处不处女，一辈子当处女才可悲呢。她只是一时还想不明白，和肖锐在一起，自己能得到什么。电影里演的那种轰轰烈烈的爱情，还是像她妈妈那样，把男人玩弄于股掌之上？

犹豫之间，李小满把半截烟扔在地上，对肖锐说："一宿不回家，我倒不怕，就怕我妈把你给杀了。"

"那多酷呀。试试？"

"试什么？"

"杀人哪。"

李小满被肖锐异想天开的脑洞逗笑了，这一笑就像解除了禁止令一般，让肖锐再也不用小心翼翼地克制沸腾的欲望。他拽过李小满，迫不及待地亲了上去。可没过几秒，陶醉的表情在肖锐脸上消失了。他松开李小满，然后从嘴里吐出一块口香糖："你怎么嚼这个呀？"

"抽烟的人都嚼，要不会让别人闻出来，傻呀你。"捉弄了肖锐，让李小满彻底开心起来。

周末，李小满窝在床上，快中午了还不肯起床。李唐一边擦地，一边喊她。准备去加班的丁晓禾，把李唐叫到了一边。李唐本以为是要劝他别生气，没想到，丁晓禾拿出一张照片，好奇地问了起来："姐夫，这个刚从相册里掉出来的。你们那会儿够年轻的，这什么时候拍的？"

李唐接过照片看了看："哦，还有这么张照片呢，我都忘了。"

"这个人从来没见过，谁呀？"

李唐看着照片，不知如何作答。照片上一共三个人，左边是他，右边是丁美兮。站在中间的林彧，咧着嘴开怀大笑。

"就是以前认识的一个人……"李唐吞吞吐吐地说着，但明显应付不了丁晓禾执着的眼神。正在这时，手机响了，丁晓禾接起来听了一下，立刻回答："我马上到。"

李唐顺势把照片夹在了相册里，对丁晓禾说："这又催你了？"

"嗯，我得赶紧走了，姐夫。"

说着，丁晓禾匆匆离开。出门前，他又不甘心地看了李唐一眼。李唐依旧在擦地，看不出任何异常。可照片上的人，明明就是那天在楼下与李唐擦肩而过的人。他们拍过这么亲密的照片，不会不认识。可认识，为什么面对面经过，却又视而不见呢？还是因为自己在场，他们不方便相见？一连串的问题，从头一天夜里偶然发现这张照片开始，就在丁晓禾的脑子里来回盘旋。只是，现在还来不及想答案。

李唐埋头擦地，直到丁晓禾关门下楼。他放下拖把，拉起刚从卫生间出来的丁美兮拽进卧室，给她看了这张尘封已久的照片。

"这是什么时候拍的？"端详着这张旧合影，丁美兮问道。

"来厦州的第二天。"

"我们为什么要拍这么个东西？谁提的议？"

"你看上头，谁笑得像个大傻子。非要留个念，真当是厦州五日游了。"

丁美兮把照片凑近看了看："你说，也就十几年，怎么林彧像是换了个人？当初那么幼稚，嗯？"

"他一直都挺让人讨厌的。"李唐头也没抬地回答道，林彧那张脸他多一会儿都不想看见。

丁美兮还没搞明白其中的缘故，举起照片问道："有什么问题吗？就一张照片，能说明什么？"

"丁晓禾见过他。"

"什么时候？"这个消息让丁美兮颇为意外。

246

"前天。当时我和林彧正要接头，还没说话，丁晓禾就出现了。然后我和林彧就假装不认识，过去了。当时以为没事了，谁想到家里还埋着颗雷。"

"晓禾故意问你话，你觉得，他是什么意思？"丁美兮越想越紧张。

"不管是什么意思，都要想个理由，解释我和林彧为什么视而不见。还有，得找个机会，让丁晓禾尽快搬走，不能让他在家里住下去，他是最大的麻烦。"

"你老说麻烦像糖葫芦，这次还吃得下吗？"

李唐没有回答丁美兮的问题，而是自言自语地说："他看到照片是个巧合，我碰上林彧也是巧合。人这么多，还没个长得像的人了？你说呢？"

丁美兮拿起照片，又仔细看了一会儿，叹了口气，感慨道："我那时候真年轻啊。你看，脖子上一点皱纹都没有。"

加班的内容和往常一样，每人一堆资料，大海捞针。丁晓禾望着鱼缸里游来游去的鲇鱼出神，忽然身边传来段迎九的声音："你们都在干什么？龟兔赛跑吗？"

丁晓禾赶紧把注意力移回到眼前小山一样高的资料上。身边的黄海倒是没出神，不过一直哈欠连天。隔着很远的朱慧，其实刚刚也在发呆，一样是被段迎九的一句话叫回来的。

段迎九自己抱着一摞档案，哗地倒在桌上："发呆充愣，想什么呢？说说。"丁晓禾和朱慧都尴尬地不敢抬头，没想到段迎九话头一转对黄海问道："迷迷糊糊，眼睛都快睁不开了，你在梦游吗？"

"没想到今天加班。熬夜看球，困的。"黄海忍不住又打了个哈欠。

段迎九却丝毫没留面子："你不是我儿子，你是成年人，不管是看球还是分手，先把自己的事情解决好。要么就别来，早点告诉我，你吃不了这碗饭。"话里有话，一石三鸟，段迎九说完便回了自己的办公室。

没一会儿朱慧跟了进来，她关上办公室的门，坐在段迎九跟前说："要是不忙，打扰你一分钟。"

"我很忙。"段迎九头也没抬，她的办公桌上堆着小山似的档案。

"那就半分钟。"朱慧十分执着。

"再不说就剩二十秒了。"段迎九依旧没抬头。

"我想调走。我的能力有限，配不上这个专案组。是我自己的问题。没处理好和同事的正常关系，心态也不好，影响了工作，拖了大家的后腿。"

"十秒。"

"根据规定，先进行口头陈述，调离申请已经写好了，下午我就送来。"

"说完了吗？"

"我想走。"

段迎九把手里的资料桌面上一扔，抬起头来对朱慧说道："你想什么呢？谈恋爱把脑子谈坏了吧？缺人缺这么厉害，新的都找不来，我会放你走吗？落井下石，你这人品堪忧呀。这件事不要想了，专案组不是停车场，想来来，想走走。除非今天就是预产期，连夜要生孩子，否则你走不了。"

朱慧被噎得眼泪都快下来了，她似乎还有话想说，但看看段迎九的脸色，又给咽了回去，转身往外走去。

这时，段迎九又说了一句："等这个案子了了，你和丁晓禾，谁干得臭，不用你们说，我立刻调走，送礼也没用。还有什么要说的？"

朱慧停住脚步，想了想，还是把刚才咽下去的话说了出来："我一来这儿就听说过，你的婚姻也有问题，拿得起放得下，我就是想问问，你是怎么做到的？当然，你可以不说。"

段迎九看着朱慧，冷静而坚定地答道："结婚搞对象，就是警察抓小偷。势均力敌，你追我追你，才能过好一辈子。问题是对手不好挑，挺难的。运气好就碰着一个，碰不着就拉倒，这么简单的事，我也不知道你们为什么黏黏糊糊的？还要问什么？"

"没了。谢谢。"

望着朱慧的背影，段迎九也不知道她有没有找到属于自己的答案。其实，很多事她也想不通，但那都不要紧。只要有案子，其他事都可以放一放。放一放，很多事就不是事了。

天竺山国家森林公园景色极其优美，但老怼一点也不喜欢，爬山太累了。况且他也没有心情欣赏风景——一方面移民的事儿还没有着落，他现在已经不要求必须去美国了，澳大利亚、西班牙甚至东南亚，都可以接受；另一方面，那个跟着他的女学生，也让他放心不下。周末带她去了趟鼓浪屿，连吃带玩，还留了张银行卡。可女学生似乎感觉到了什么，听老怼说要出国几天，竟然问他是不是不回来了。这话让老怼心里一酸，他一直放不下这个姑娘，大概就是因为这点吧。

但即便如此，他还是没说实话。什么美国分公司，开业敲钟，满嘴跑了一通火车，哄骗姑娘，也宽慰自己。不过该来的总是要来，就是在鼓浪屿吃最后一顿饭的时候，他接到了相约爬山的电话。

走了很久，老怼终于在一处偏僻无人的山路旁，看见了静静等候的林彧。看着他一身专业的登山装备，老怼喝了一口他递过来的水，问道："怎么最近又迷上爬山了？"

林彧笑笑说："血压血糖血脂都报警啦。不想早死，就得动动。"

动动，老怼心里一颤。林彧最想动的不是自己的胳膊腿，而是他兜里的钱。

"得跟你借点钱，周转一下。"林彧直接说道。

老怼犹豫地问了一句："多少钱？"

"现金，你有多少？"

老怼扇了扇衣角，根本没有一丝风。他叹了口气答道："我就是个CEO，连法人都不是。动公司里的钱，尤其是现金，不是我一个人说了就算的。"

"说了是借你的，又不是不还。你说个利息，家里的低，给你按这里的算。大额存单，再多一个半的点，理财也就这么多了。"

"我现在有点不敢乱动，我怕被人盯上。"

"为什么？"

"我有个小公司爆雷了，很敏感。"林彧没接茬，老怼抬头看了他一眼，补了一句，"我想想办法，好吧。"

林彧系紧鞋带，直起腰看着山林深处，缓缓说道："回去把你的毛巾挤一挤，掉出来的都不止这个数。你有多少钱，上面比你自己更清楚。有句话可能不该说，他们都觉得你现在有些——怎么说呢，犹豫，躲躲闪闪的，不积极了。"

这话比要钱更甚，老怼当然听得出弦外之音，他急忙辩解道："这谁说的？我把命都快搭在这儿了，他们还不满意？你了解我，你是知道的，上面的哪件事情我不是尽心尽力，光钱我都贴了多少了！"

"你急什么。堂堂企业家，稳重点。"林彧知道打中了老怼的要害，语气又平和亲切起来，"咱们是自己人，我也跟你掏个底。一朝天子一朝臣，上面现在喜欢的是年轻人，就像当年的咱们。十几年前，你帮我找船回金门的时候，不也是红人吗？如今不是往日了，再不出点成绩，老头子就要提前退休。到时候，你和我都不会舒服。"

老怼看着林彧，犹疑地问道："钱也要你来筹，上面是不是真的不管我们了？"

"我也不愿意来，这种事本来也和你无关。管经费的人出了点问题，所以才来找你。抠抠唆唆，历来连顿饭都不请，我巴不得和你少见面。"

老怼的心情稍微放松了一点，他朝旁边指了指说："这边有家沙茶面还不错。我请客。"

"你怎么还爱吃这东西？"

"小时候在家里，教官让我天天吃，腻得吐了，还接着吃。他说这是厦州当地人最爱吃的东西，我要来，就得像这儿的人。人就是这么贱，吃久了，我倒离不开了。"说着，他又看看林彧，"去不去？我掏钱。"

沙茶面终究没有吃，林彧说他得锻炼，继续往山上走了。老怼没这份体力，一个人下了山。他一边走一边拨打电话，事不宜迟，得赶紧把林彧这边应付过去，否则他哪儿也跑不了。

"有个事情，你帮我办一下。"电话没讲完，老怼便看见，远处有人正站在他那辆老式奔驰旁边，拿着开锁工具，捅咕车门。他挂了电话，随手捡起一个空可乐罐，将它来回一折，再左右一拧一撕，扯出一道锋利的薄边，不紧不慢地往前走去。

脚步声响，偷车贼听到了动静，回身一看，老怼已经站在面前了。但偷车贼完全没把他放在眼里，当面把开锁的小玩意儿揣起来，像没事人一样，迎着老怼走过来。俩人擦肩而过时，他甚至把老怼轻轻地撞了一下。

老怼也没追究，好像什么都没发生似的继续往车旁走。偷车贼走出去几步，忽然感觉手上痒痒，好像有水滴流下来。他抬手一看，手背上被划了深深的两道口子，血已经把整只手掌淌满了。再看老怼，他站在车门边，把手里沾着血的易拉罐一扔，开车扬长而去。

老怼在车上继续遥控指令，几个小时后，一个女学生拿着一个背包，走进了一家名叫莲花首饰的金店。她把背包往柜台上一放，对里面的人说："我想熔一些金子，打一尊小金佛。"

"有多少？"

女学生把包拉开，露出一大袋耀眼的金条。

传真机一张张吐，段迎九一张张看，这些都是老怼名下的银行流水单。哪吒站在一旁说："这笔钱数额很大，都是走的个人账户，和他的公司运营没有关系。这么多的钱带着不合适，我猜测，要么就是通过地下钱庄换了外汇，要么就是黄金。"

段迎九看着一条条流水，若有所思地说："他那么抠，这么多的钱，光吃沙茶面可吃不完。这是要给谁呢？"

"会不会是，要跑了？"大峰猜测道。

"一个守财奴，他要是想跑，就不止带这么多了，准备收网吧。对岸的日子不好过，也许是要买茶叶蛋和榨菜的钱。看看吧，他会等谁来取呢？"

这时，桌上的座机响起——法医传来了角川的尸检结果，角川治疗哮喘的药被人调包，药物引起支气管痉挛，和邓丽君一个死因。

挂断电话，段迎九对众人说："好坏两个消息，先说好消息，有个好办法，能查到凶手的药是从哪儿买到的。"

"坏消息呢？"老魏心里有种不好的预感。

段迎九干咳了两声："角川出事酒店方圆十公里，看看是谁，去药店帮一个哮喘病人，买过治疗心脏病的喷雾剂。大海捞针，这种笨办法咱们最有经验，所以也不算坏消息，对吧？"

对于干警们，这确实算不上太坏的消息。但对于丁美兮则不然，因为才过了多半天时间，她在药店购买硝酸甘油气雾剂的监控录像就呈现在了段迎九面前。

"药是喷雾剂，购买时间是角川死的前一天，都对得上。"播完视频，老魏在旁补充说道。

段迎九想了想，对老魏小声说："我这就和汪洋说一声——还有，一会儿开会，找个借口，让丁晓禾先避一下。"

"什么借口？"

"你经验这么多，你想。"

傍晚，哪吒蹲在出租屋的设备跟前，戴着耳机，反复调试。忽然，外面传来一阵敲门声。哪吒起身问了一句："谁？"

门外的老怼没吭声，隔了两秒，他又敲门。脚步声渐近，门开了。老怼换上一副热情的面孔，单手一举："灭蚁药。你试试我这个，特别灵。"未等哪吒应答，他便不由分说地挤进屋里，朝天花板和墙壁的连接处张望，"你看你看，都爬到这儿来了"。

哪吒似乎有些猝不及防，他上前接过老怼拿来的药粉，说道："这儿高，我来撒。"

老怼也没推让，直接把药粉递给了他："赖我。前些天去了趟外地，低估了这些小东西，像传染病，跑到你家来了。对不起啊——这是什么？"

哪吒回头一看，老怼正站在被防尘布盖住的设备前面。他一边好奇地问着，一边伸手掀开了布。哪吒来不及阻拦，老怼一下看到防尘布下的设备，惊讶得说不出话，半晌才呆呆地问道："胆机，你还有这个？"

哪吒走过来，满眼期待地说："你也懂行？"

老怼对眼前的这台雅琴MS-850电子管功放HiFi分体式胆机音响视若珍宝。他前后左右看了一圈，又问道："怎么戴着耳机？"

"墙不隔音，怕吵着邻居。"

老怼蹲下身子，熟练地打开音响，问道："高频通透吗？"

"还行。"

"每个声道几个300B管？"

"两个。"

"分体双单声道，全电子管胆整流，这可是个大坑。什么价?"

"我没什么钱，这就算顶配了，去年国庆买的，满一万减一千，刚刚不到一万五。"

老怼一边看一边连连点头："以后别戴耳机了，我不怕吵。"说完，他摁下播放键，顷刻，胆机里流出来涓涓如水的歌声。HiFi顶级人声测试天碟《试音邓丽君》，此时播放的是《月亮代表我的心》。

仿佛不愿意打扰邓丽君的歌声，在两个段落间歇的空隙，老怼轻轻地问了一句："你岁数这么小，也听邓丽君?"

"会说中国话的，都爱听。"

歌声再次响起，老怼悠悠地说："是呀，谁能不爱她呢。"

一曲终了，余音绕梁。片刻之后，俩人才有些恋恋不舍地站起来。

老怼先开口说："我在你这么大的时候，也喜欢胆机。比你还烧得厉害。吃饭我都舍不得，买这个怎么都行。"

哪吒笑笑："你刚从坑里爬出来，我又进去了。"

"改天再来，欣赏你的好歌。"老怼转身刚走两步，又被墙上的年历吸引过去，"现在还挂年历的可不多啦。"

"媳妇公司发的，不挂白不挂。"

老怼随手翻了翻，年历上空空如也，之前纳兰写写画画的标记已经荡然无存——哪吒在开门前，迅速换好了备用年历。潜伏在敌人身边，事无巨细都要留一手。

"这话说得好，不挂白不挂，日子就得精打细算。走啦。"老怼说完转身出门，只是在哪吒关门之后，他脸上的笑容慢慢凝固消失了。

为了哄女儿，李唐提早到学校门口等着。李小满也算给面子，

254

虽然拉着脸，还是上了他的车。一路上，她戴着耳机一言不发，甚至都没往驾驶座的方向看一眼。

李唐从后视镜里看了看女儿，轻松地说："那口气，也该顺完了吧？你妈天天骂你，十几年了你也不生气。我就说你一回，还是为你好，你还没完了，真小气。"

李小满还是看着窗外，板着脸说："不等你老婆了？"

"谁叫她老批评你？不管！"

"吹吧。"

李唐一踩油门，车子嗖的一下提起了速度。晚风吹动了李小满额前的刘海，她嘴角微微上扬，算是跟爸爸和好了。

心情好，路也顺，父女俩不一会儿就到了家门口。本以为他们俩最早到家，却不想，丁晓禾抢先一步。只见他在门口支了个梯子，摇摇晃晃地站在上面，在家门口装了个摄像头。

"小舅你这是干吗？"李小满好奇地问道。

丁晓禾满头大汗，边拧螺丝，边回答说："巷子口那家便利店，进小偷了，咱们未雨绸缪。"

"这个是不是还能连到手机上，实时监控？"

丁晓禾擦了擦汗说："哪只鸟飞过去，都知道。"

李唐抬头望着那个正对着自己的摄像头，笑着说："高科技防贼呀，挺好。"

饭桌摆好之后，三个人坐在一起边聊天边等丁美兮。说是聊天，但李唐和丁晓禾都各有心事。李唐是照片还没解释明白，家门口又安了个摄像头。丁晓禾本来晚上有会，可老魏突然让他调休半天。联想到专案组的会议并没有取消，丁晓禾意识到自己被排除在外了。至于原因，他不得而知，只是隐约觉得也许和姐姐姐夫以及那张老照片上的人有关。

李小满心情倒是不错，加上丁美兮也没在，她的话显得格外多。"我妈和那几个老师在外头偷偷补课，学校其实都知道。人家就是不说，他们还真以为都是傻子。"

"你怎么知道？"李唐问道。

"副校长的儿子就在我们班，他爸在家说了，老鼠在哪儿干什么，猫什么都明白，懒得抓。"

"那到底抓，还是不抓？"丁晓禾若有所思地问。

"看心情呗。"李小满根本听不出什么弦外之音。

丁晓禾又自言自语地追问道："万一是放长线钓大鱼呢？"

李小满一时语塞，她有点听不明白小舅的意思。李唐刚想接话，丁美兮从外面推门进来了。她一边换鞋一边唠叨着："门口那条路又堵死了。走得脚都断了——你们吃呀，不用等我。"

李唐没再说什么，起身去厨房端饭。只听身后李小满叽叽喳喳地说："家里有什么变化，你没看见？"

"怎么了？"丁美兮不明就里。

"这可不像你。平时我藏个什么你都知道，门口安了摄像头你没看见啊？"

丁美兮回头望了一眼，问道："谁安的？"

此时丁晓禾抢先对丁美兮说道："姐，你猜我今天遇到谁了？你和姐夫那张旧照片上，跟你们合影的那个男的……"

第十三章

晚饭时，丁晓禾显得热络非常。他亲自做了一道蒜香鲇鱼，还一边给众人夹菜，一边说："难得今天不加班，我也下下厨。天天吃现成的，都不好意思了。"

"没事献殷勤，非奸即盗。你想干什么？"丁晓禾这点演技根本骗不过李唐的眼睛，他开玩笑地问道，"是不是打算再住半年？"

丁晓禾脸上闪过一丝尴尬："本来一上班就会有宿舍，赶得也巧，单位排不开，我就只能给你们添堵了。"

"住呗，好像我们要赶你走似的。"丁美兮说着把鱼头夹到丁晓禾碗里，"从小就喜欢鱼头。吃，别光顾着说话。"

丁晓禾笑着看看丁美兮，说道："人真的挺怪，越近的事情有时候越记不清，小时候的事倒是忘不了。就像你们旧照片上那个老朋友，模样变化那么大，还能认出来。"

李唐的目光都藏在碗里："那是你火眼金睛，我都快认不出来了。从你们单位出来的都这么眼尖吗？这算不算职业病？"

"也谈不上眼尖，就是印象深了点。你们是故交，见面也不打招呼，他会不会是来找你们的？"

丁晓禾的话直接得像一支箭，嗖一下射向李唐。箭尖正冲眉心，李唐紧张得一言不发。

"问你话呢，没听见吗?"丁美兮的话与其说是催促，不如说是提醒。射程之内，沉默就是等死。

李唐当然知道这个道理，第一步要做的就是躲闪。只见他把空碗递给坐在餐桌外侧的丁晓禾:"给我再盛点饭。"

丁晓禾接过空碗，却没起身，又问了一句:"姐夫，你和那个人，是不是有什么矛盾? 你很讨厌他吗?"

连沉迷于手机的李小满也嗅到了空气中微妙的味道。所有人都看着李唐，等着他的回答。

李唐没想到，刚刚擦着头皮飞过去的箭拐了个弯又冲他飞过来了。没的躲了，哪怕射穿手掌，也得把它拦截住。他抬头看着丁晓禾，脸色沉郁地说:"不想见的人，非见不可。不想聊的事，非说不行。你到了我这个岁数就明白了，人活着就像海里的一块木板，就这么漂着，你哪知道会碰见谁，要说什么话。"然后，他指了指丁晓禾手里的空碗，问道:"还有米饭吗?"

丁晓禾似乎也意识到了自己的失态，赶紧站起身往厨房走去。

在旁观望的李小满看看父母，小声地问了丁美兮一句:"小舅今天怎么了?"

"读书太多，读成神经病了。"李唐吃了口鱼肉说。

晚饭后，丁美兮难得没堵着李小满唠叨。卧室的门早早关上了，李唐在各个角落里小心地翻找着可能存在的窃听器或者隐形摄像头，丁美兮则把耳朵贴在门上，仔细听着外面的动静。

李唐一边找，一边小声嘟囔着:"以前我就说他得走，你不听。现在好了，小猫翻脸变老虎，要吃人了。今天是摄像头，明天就是窃听器，再往后，连我便秘的事都要知道了。"

丁美兮转回头问道:"听说现在的窃听器比白蚁还小，找得着吗?"

一无所获的李唐，坐在床上颓然地说："现在没有，半夜也许就有了。得想个说法，撵他走。"

丁美兮也往回走了几步，来到李唐面前："你在饭桌上回答他的那些话，我听着都心虚。这时候撵人，他会更怀疑。"

"林彧就是颗种子，在他眼里发了芽，不管我说什么，他都不会信的。"

"那就这么硬着头皮，糊弄下去？"

李唐皱起眉头想了想，虽说照片是个引子，但丁晓禾今天的举动过于反常，也过于明显。他对丁美兮问道："你说，他今天为什么会突然这样？要怀疑，早就怀疑了。他是不是受了什么刺激？"

丁美兮摇摇头："我们从小一起长大，他的性格我极其了解，别看咄咄逼人，其实他是害怕，他怕我和你有问题。自己是猫，偏偏姐姐是老鼠，换了你，怕不怕？"

"他不是怕亲手抓你，他是怕前途受影响。万一你上了黑名单，他还怎么升职加薪当老板？"

丁美兮没好气地推了李唐一下："这是你的脏心眼。"

李唐偏不服气："你是不是读书也读傻了丁老师？他是国安局的干警，吃饭睡觉抓特务，他不是那个跟着你叫姐姐的三岁小孩了。青蛙吃蚊子，天敌，明白吗？"

"那你说，怎么办？"

李唐依旧坚持自己的观点："先得知道他怀疑的速度为什么加快了，这里面有事情——你把我当成他，问我，一条一条问，看看问题到底出在了哪儿。"

灯光下，丁美兮像审判官一样，开始拷问李唐。

"你给林彧打电话的时候，是不是让他听见过？"

李唐坚决地摇摇头："我记得我说过的每个字，尤其是和一个国安局的人。"

"咱俩那天夜里去吃自助餐，碰上了丁晓禾，这算不算巧合？"

"就算再巧，也全是推测，不是线索，警察得有痕迹才会想到谁是小偷。还有什么？"

丁美兮又顺着角川事件开始想，忽然想到一个细节。思路方向大致相同的李唐，也想到了这一点。四目相对，两人几乎异口同声地说了一个字："药。"

"林彧让你买的那个小药瓶，治什么的？"这次李唐抢先问道。

"心脏病。"

"怎么个治法？"

"犯病的时候用它往嘴里喷。角川也往嘴里喷药，但他喷的是哮喘药。林彧把药调了包，让角川自己杀了自己。"

丁美兮补全了刺杀的链条，李唐开始推测国安后续的动作。"尸检结果今天出来，为了避嫌，丁晓禾被禁止分析讨论。他没有加班，跑回来除了安摄像头，沉不住气，还把不该问的也问了。"

丁美兮想了想，对李唐问："药，林彧，和那张旧照片，在他眼里，能有多少关系？"

"我倒不是怕他，我怕的是别人。"

"段迎九。"两人又是几乎异口同声。空前的紧张让丁美兮的脸色显得异常苍白，她沉默了片刻，自己给自己提了个问题："厦州的天眼比蟑螂还多，我去药店买一瓶家里谁也用不着的心脏病喷雾剂，这个事情，怎么解释？"

李唐第一次没有嘴硬，他叹了口气，喃喃说道："那串麻烦的糖葫芦，怕是吃不完了。"

深夜，戴着耳机的纳兰，打了一个长长的哈欠。下班回来，哪吒告诉她，隔壁邻居登门造访。虽然算不上怀疑，但至少能感觉到他的谨慎。或者想来踩点，以后好来安个东西。总之，他们两人在这间屋子里交流，要小心再小心。

嗡嗡嗡，手机在床头振动，这是二人换班的闹钟。哪吒揉着眼睛走过来，拍拍眼圈乌黑的纳兰。两双惺忪的睡眼，相视一笑，一个无声的拥抱之后，纳兰和衣倒在了床上。

寂静的夜里，墙上钟表的嘀嗒声都显得格外清晰。哪吒靠在椅子上，百无聊赖地转动着手里的笔。面前的纸上，是他和纳兰轮番记录下的老怼的活动行程："九点四十六分，外卖""十点二十，倒垃圾""十一点十五分睡觉，有鼾声"，如此种种，不一而足。

笔杆在指间来回翻飞，忽然哪吒手指一攥，紧紧握住笔，坐直身子在纸上写下了三个字：明天见。

哪吒的消息，让专案组全员一早就被召来开会。朱慧第一个到达，照例坐在角落的椅子上。没一会儿黄海咬着一块满煎糕坐到她身边："早啊。"

朱慧对黄海的问候置若罔闻，眼睛始终没离开手机屏幕。黄海边吃边看了看她的脸色，又问了一句："这么大的起床气？谁又惹你了？"

"烦着呢，离我远点！"朱慧没好气地答道。

黄海看着朱慧的样子觉得又好气又好笑，他故意逗她说："你说，今天的行动，老板会派谁去抓人？动手的那个。"正巧丁晓禾此时走了进来，黄海凑到朱慧耳朵边小声说："肯定是丁晓禾。赌一顿火锅，敢不敢？"

朱慧不耐烦地站起来，直接坐到了另一把椅子上。

此时，段迎九走了进来。墙上挂着一张厦州地图，老怼和哪吒所住的区域，已经圈上了红圈。段迎九指着这里对所有人说："水池子就这么大，不管鱼往哪儿游，所有的路口都有人守着。重点是看他和谁接头，只要碰面，马上抓人。"

这个屋子里，再没有比丁晓禾更希望立功的人了。上次让鲇鱼从眼皮子底下溜走，他太不甘心了。所以一听到选接头人，他不由自主地就坐得更直了些。

段迎九扫视了一圈，继续说道："哪吒提供了这个人平时的生活习惯，几点吃饭，去哪吃，在什么地方买东西，所有的细节都要有人盯着。除了这些，我还需要两个离他最近的人。丁晓禾——"

丁晓禾一下从椅子上弹了起来，站得笔直，期待地看着段迎九。黄海借机朝朱慧飞了个眼儿，得意地暗示自己打赌赢了。可没想到，段迎九的话拐了个弯："你负责现场监控——黄海，你和朱慧今天需要谈一天恋爱，热恋，就像哪吒和纳兰那样。"

"我和朱慧？"黄海似乎还没从偷偷的得意中缓过神来。

"除了你俩还能有谁？我和老魏吗？还是朱慧和丁晓禾？你就说行不行吧？"

"行！"没等黄海回话，朱慧率先站起来答应了。

段迎九朝两人一指："来，叫大伙儿看看，你们像不像一对腻腻乎乎的小两口。"

黄海呆坐在椅子上完全不知所措，朱慧走过去坐到他身边，顿了顿，拉起了他的手。肩膀挨着肩膀，手指扣着手指，眼睛却谁也不好意思看谁。

段迎九端详了一阵说道："怎么说呢，你们像是一对儿吵了一辈子，巴不得对方赶紧咽气的老冤家。"

所有人都在注视他俩，朱慧深呼吸了一口，转过头，对黄海说："抱着我。"

黄海舔了舔嘴唇，缓慢地抬起了僵硬的胳膊，却不知道该往哪儿放。段迎九开始看表了，朱慧也急了，冲黄海喊道："没抱过女的啊？抱啊！"

黄海仿佛下了很大决心才尴尬地搂住了她的肩膀。段迎九又看了看表，直接转身望向其他人："算了，换人吧。"

可话音刚落，人群忽然一片惊叹声，段迎九回头一看，朱慧竟然猝不及防地搂住黄海，神情投入地吻了下去。

一进办公室，丁美兮就看见黄老师在办公桌前的各个抽屉里埋头翻找。

"找什么呢？"丁美兮随口问道。

黄老师头也不抬地回答说："年初的体检报告，现在又说要去校医室存档，发神经。"

"要这个干什么？"

黄老师抬头看看她说："鬼才知道。你也得交，赶紧找吧。"

体检报告就在抽屉里，丁美兮的东西一贯整理得井井有条。但此时的丁美兮因为买药暴露身份，已经成了惊弓之鸟。学校没来由地突然收体检报告，会不会也和这件事有关呢？毕竟，段迎九知道她在这儿教书。

可是，这件事无论如何躲不开。黄老师已经找到了报告，正问她要不要一起去交。丁美兮犹豫了一下，拿出报告，向主任办公室走去。

体检报告在桌子上堆了高高的一摞，办公室主任一边埋头登记，一边说："教物理的崔老师，头一天还站在讲台上，第二天就猝死了，心梗。这你们都知道。学校为了避免这类事情，每份报告都要存档。"

这个理由似乎也说得过去，丁美兮嗯了一声，放下报告转身要走。主任忙不迭地在背后叫了她一声："还有丁老师，你有护照吗？或者港澳和台湾的往来通行证？"

"有钱我全交私下补课的罚款了，哪有那些东西去旅游？"丁美兮冷冷答道。

"学校要做个统计，刚刚通知的，都要问问。"

丁美兮脸色凝重地转身离开，藏在心里的担忧又在起起伏伏。

李唐开车来到丁美兮买药的那家药店。营业员迎上来问："买什么？"

"老样子。"李唐做出一副十分熟络的表情说道。

营业员看着李唐有点摸不着头脑，她想了想又问："你是要？"

"每个月我都来，你忘了？"

李唐惊讶的表情拽着营业员又辨认了一番，可最终她还是摇摇头说："每天来的人那么多，记不住了。"

"也是啊。"李唐说着瞥了一眼天花板角落的摄像头，说，"大夫要一个月内的药量变化，可我把病历弄丢了，你这儿有没有我买过药的底子，能看看吗？"

"什么药？"营业员走到电脑前，认真查询了起来。

丁晓禾开车，拉着朱慧、黄海和老魏去指定的埋伏地点。一路上，朱慧始终紧紧攥着黄海的手，头也靠在他的肩膀上。待到下车的时候，两个人有说有笑，完全成了一对热恋的情侣。

丁晓禾坐在驾驶座上，望着越走越远的朱慧，心中一时五味杂陈。这时，耳机里段迎九发话了："鱼睡醒了，干活吧。"

各个位置上的人，全部立刻打起了精神。

提着垃圾，趿拉着拖鞋，老怂不慌不忙地走出屋来。他似乎无意地朝哪吒的屋子望了一眼，然后便朝一楼的方向走去。

哪吒站在窗帘后面，望着远去的老怂，对着微型话筒向所有布控人员传达消息："不管几点睡觉，他每天早晨都是这个点起床，倒完垃圾再去711买早餐，老习惯了。"

躲在另一辆车里指挥全局的段迎九，拿起对讲机小声说道："别以为早睡早起是养生，这就是老了，不信问问老魏。要换了大峰，要是没人叫，他能睡到明年。"

老魏排在等车的人群里，听见这句话，忍不住笑了一下。但是站在711便利店里卖关东煮的大峰却笑不出来，他嘴上戴着口罩，连哈欠都打不痛快。不一会儿，老怼来到了他的面前。"菜团子，鸡蛋、海带和魔芋，加点汤。"大峰按照他的要求熟练地装好食物，直到老怼结账离开，他才抬眼望了一下。

走出711便利店，老怼边走边吃，和低头看手机等车的老魏擦身而过。经过一条小巷后不久，朱慧和黄海从里面拐了出来。二人卿卿我我，不远不近地跟在老怼身后。

吃完早点，下一站是菜市场。老怼先买了点蔬菜，又转战海鲜摊位。他选了条鱼，为了块儿八毛的斤两，和小贩计较了半天。

朱慧假装在看螃蟹，一边看还一边指指点点给黄海。这个位置离老怼算近的，角度刚好能看清他的动向。黄海一边笑着听朱慧讲螃蟹，一边把自己的手从朱慧手里抽出来，搂住了她的肩膀。不想朱慧又伸手把黄海的胳膊拽了下来，重新把手和他握在一起。

"手心都出汗了。"黄海小声嘟囔了一句，脸上的笑容却不敢减少半分。

朱慧好奇地看着一只螃蟹，满不在乎地说："出点汗怕什么。别搂我，不舒服。"

黄海凑到朱慧跟前，拽拽她的手，示意她摘下耳机——这下他俩的对话便不会出现在其他人的耳机里了。

"知道为什么丁晓禾不喜欢你吗？"一摘下耳机，黄海又恢复了之前欠揍的语气，当然，笑容还是没有变。

朱慧顿了顿，也把耳机摘下来："跟你有关系吗？"

黄海拉着她，挪到了另一个海鲜鱼缸的前面，他指着缸里的一只大甲鱼说："以前是没关系，现在有。你是不是觉得所有人都要迁就你？"

"我需要你的迁就吗？"

"周围的人不跟你一般见识，是懒得计较。还真以为自己有多大魅力啊？你是太阳，别人都是金木水火土，谁不围着你转谁倒霉。反正都是个得罪，我要是丁晓禾，也得离你远远的。"

朱慧脸上看不出半点生气的表情，相反，她一转身满脸甜笑地搂住了黄海的胳膊，头往他肩膀上一靠，小声问道："还有吗？"

黄海亲昵地摸摸朱慧的头发，温柔地说："就算国家规定，不娶你就要犯法，宁可蹲监狱，我也不干。"

"接着说。"

"改改你的小姐脾气吧。大早晨就拉个脸，你以为你是段迎九吗？"

"再接着说。"

"没了。"

一番"甜蜜"的较量之后，黄海重新戴上了耳机，拉起朱慧的手继续朝前走去。不想朱慧忽然脚下一滑，扑进了黄海的怀里。黄海赶忙抱住她，以为这是要趴在他肩膀上哭一会儿。没想到，片刻之后，肩膀传来一阵锥心的疼痛，朱慧狠狠咬了黄海一口。

黄海努力保持着微笑，一边抚摸着朱慧的头发，一边嘟囔着说："没事没事，都快过去了。"

买完鱼的老惢，拎着大兜小袋再次走进了小区。段迎九彻底看不懂了。她冲着对讲机说道："干什么？买菜做饭，这是要退休了吗？接头取消了？还是什么意思，谁说说？"

坐在另一辆车里的丁晓禾猜了一句："会不会是在家里接头？"

老魏在大街上边走边说："开源节流，在家里吃饭又健康又安全，精打细算，挺会过日子的。"

段迎九完全不同意这个观点："我要是他，就不会把人招到家里来。风险大一倍，我看起来很傻吗？"

站在小区外面街道上的黄海提出了另一种推断："是不是临时把时间或者地点改了？他用什么发出去的消息？"

但也没得到段迎九的认可："和他接触过的每个人我们都摸过了，都没问题。哪吒呢？"

哪吒站在窗前，遥遥望向远处回答道："已经看见他了，确实回家了。"

段迎九失望地挠了挠头："接头这么大的事情，怎么一点都不勤快？这帮懒人要是在我组里，早把他们全开除了。"

然而，段迎九并不知道，在另一个地方，有一人已经开始悄悄活动了。老怼恋着的那个女学生正在陪同宿舍的闺蜜逛街。闺蜜从试衣间里走出来，身上穿着一条新裙子。

女学生看了一眼，摇摇头说："你脸黑，穿这种亮颜色的衣服不好看。换个浅点的再看看？"

闺蜜有些不甘心，左转右转，看了又看："我怎么觉得我不黑呀。"

"反正你不太适合这种红。"

闺蜜最终还是屈服了："好吧，我再试试那几件。"说完，她重新钻进了试衣间。女学生看看表，对里面说了一句："你慢慢试。我有点事出去一下，一会儿就回来。"

"嗯，你去哪儿啊？快不快呀？"闺蜜有一搭没一搭地说着，女学生已经走出了商店门口。

李唐被集美区后溪镇卫生院的医生灰头土脸地撵了出来。他本以为这里不是三甲大医院，医生拿点好处，可以帮他开个假的心脏病诊断单。但没想到，刚直不阿的好大夫就偏偏让他碰上了。

碰上好人却办不成事，这说明什么？说明自己就是个彻头彻尾的大坏蛋。李唐又气又恼，恨不得扇自己两巴掌。没办法，恶人自有恶人磨，留给他的只有最后一条路了。他找了家偏僻的药店，买了阿米替林、心痛定和氯雷他定等几种药，这些药治的病各不相同，但有一个共同点，就是都会产生一些心脏方面的不良反应。

四五个药瓶全都打开了，李唐举着一瓶矿泉水，望着摊在手心里的一撮药片，深吸了口气，一闭眼，把这些药片全都吞了下去。

"早班售货员"大峰终于被替下来了，卖了好几千块的营业额，愣是没等来接头的。一钻进丁晓禾的那辆车，大峰就抑制不住地打起哈欠来。

丁晓禾见状好心地说道："你先睡会儿，有动静了我叫你。"

大峰眼睛都要闭上了，一听这话又被迫睁开了："老板在耳机里听着呢，有你这么给我上眼药的吗？去跑个腿，帮我买点提神的东西。"

丁晓禾自知失言，赶紧问："要什么？"

"肯定是槟榔啊，难道泡茶喝咖啡？"

"厦州不是不让卖槟榔吗？"

大峰歪着头瞅瞅丁晓禾，无奈地说："你还真是个好孩子。去，随便找个偏僻的小卖部，别问有没有，直接把钱给他，懂了吗？"

丁晓禾点点头，刚要下车，大峰又把他叫住了："那么多的牌子，你也不问问我要哪儿个？干的还是湿的？"

"要什么样的？"

"求求我。"

"啊？"丁晓禾脸都快红了，"峰哥，都听着呢，别闹了。"

另一辆车上，段迎九听见俩人的对话，一边剪指甲，一边下意识地说道："笨蛋，槟榔就叫'求求我'，还没懂？"

话一出口，丁晓禾未必听懂，但段迎九马上把自己说懂了。她扔下指甲刀，抓起对讲机说道："'求求我'是个牌子，'明天见'也不一定是时间，也许是个地方！快，马上查，把整个厦州叫'明天见'的地方都找出来！"

这时，哪吒也传来消息："他又下楼了。拎着一袋垃圾，不过没穿拖鞋，换了一双系鞋带的鞋。"

段迎九死死地盯着由各路监控传输到监视器里的图像。待老怼从小区门口出来，她抓着对讲机说："黄海和朱慧别跟太紧，要提防他记住你们的脸。换另一组交叉，咬住就行，不要太近。"

老魏率先查到了"明天见"的线索："中山路步行街背后的小路，有家足疗店，就叫'明天见'。"

段迎九一拍司机，车马上发动了。她冲对讲机说："大峰，马上到这个地方，他的上线在这儿！"几路人马以最快的速度，向"明天见"包抄了过去。

在所有人到达之前，女学生独自一人来到"明天见"足疗店，手上挎着从莲花金店取出来的背包。她走进一个包间，里面空无一人。坐着等了一会儿，包里的手机响了。她胆怯地朝外面看了看，接起电话，轻轻喂了一声，然后点头说道："对，他叫我来，给你送点东西。"

电话里说了句什么，女学生起身往外走去，边走边问："好，我去哪儿找你？"

老怼溜溜达达地走出小区，在一家露天甜品店停了下来。他站在柜台边，看了看价格表，然后点了一杯甘蔗汁。等着榨汁的空当，他假装无意地朝四周看了看。丁晓禾从街对面走了过去，但他丝毫没有引起老怼的注意。

老怼重新看向柜台里面，对老板招呼着说："少掺点水啊。"

"明天见"足疗店的对面有一个位于二楼的半露天茶座。林或戴着墨镜，坐在茶座的椅子上，慢慢品着手里的茶。眼看着大峰第一个冲进足疗店，又看见段迎九领着两个便衣从另一侧冲进去，林或安心地出了口气。现在可以安全收货了。

　　不久之后，林或出现在足疗店后身的一条小巷里。他抠掉了一部手机的电话卡，同样被扔进垃圾桶的，还有女学生之前装金子的背包，里面的东西已经尽数转移到了林或的背包里。

　　女学生短暂停留的包间里，段迎九伸手试了试泡脚盆里的水温，然后转头不解地问道："房间订了，钱也交了，热水都摆好了，人倒走了？"

　　店内的女前台跟在旁边说："也没说要退房，我们也不敢撤桶。"

　　"一男一女，谁先走的？"

　　"男的。"

　　"为什么要先走？"

　　"有人给前台打了个电话，说这个包间里客人的手机打不通，让我来告诉他句话。"

　　"说什么？"

　　"就说是有台风。他听完就走了，一会儿来个女的坐了坐，也走了。"

　　一来一回，把众人耍得团团转，段迎九心下觉得不妙。这时大峰匆匆进来说："监控里找着他了！"

　　电脑屏幕的监控里，一个戴着墨镜的男人利用恰到好处的角度，用举起来的手机遮着自己的脸，一边打电话，一边往外走去。看着这个背影从门口消失，段迎九仿佛一下回到了上次的地铁站。一个背影全然不顾周围发生的一切，坚决而快速地向外面走去。那个背影，和眼前这个如出一辙。

"鲇鱼？"大峰问道。

段迎九没有回答，她眉头紧锁地看着屏幕。女学生走进了包间，顷刻又出来，一样举着电话，顺着之前背影的方向，一路走了出去。

"快，找到这个女的，别让她再死了！"段迎九火速下达了命令。

甘蔗汁喝得见了底，老怼坐在一张塑料小桌旁，一边看表，一边嚼着吸管。过了一会儿，他拿出手机拨了一串号码，很快电话里传来"您好，您拨叫的用户暂时无人接听，请您稍后再拨……"的提示音。

老怼不动声色地挂断了电话，站起来，问了一句："小老板，厕所在哪儿？"

顺着老板所指的方向，老怼不慌不忙地朝小店背后走过去，钱包和车钥匙都还扔在桌上。一拐进后巷，他立刻加快了脚步。但很明显，后面有人在跟。

老怼在岔路上拐了个弯，趁跟着的人没追上来的时候，捡起了一个空可乐罐。如同上次一样，他一拧一撕，可乐罐马上变成了一把利刃。

简单换装后的黄海和朱慧不远不近地跟在老怼身后。走了一段，老怼突然掉头，反身往回大步走来。朱慧和黄海猝不及防，只能硬着头皮继续往前走去。狭窄的胡同内，三个人擦肩而过。尽管侧过了身，朱慧还是被老怼轻轻地撞了一下——

说时迟那时快，一直注意着老怼手里的黄海，在老怼抬手攻击的一刹那，猛地把朱慧推到了一边，易拉罐锋利的薄边擦着朱慧的喉咙划了过去。几乎命悬一线的朱慧被黄海推倒在地，等她反应过来，黄海已经不管不顾地扑了过去，和老怼撕扯在了一起。老怼疯

271

狂地用易拉罐乱划一气，黄海的胳膊、大腿、胸口，全都被老怼划烂了，一股股的鲜血突突地往外涌。但他根本顾不上这些，只是死死地掐住了老怼的脖子不放手。

此时朱慧也从地上爬了起来，她本想上去帮忙，可刚一靠近，就被老怼一脚踹倒了。不仅没能帮上忙，还挡住了黄海的视线。老怼借机把黄海摁在了地上，黄海虽然依旧勒住了老怼，但易拉罐的利刃已经离他越来越近了。

朱慧从地上爬起来，还没等靠近，就听到黄海拼命喊道："别过来，滚蛋！"

但朱慧哪里肯走，她不顾一切地再次扑上去，照着老怼的手腕子一口咬下去，鲜血立时滋了出来。

老怼发出了一声凄厉的惨叫。

在"明天见"足疗店的附近，女学生也加快了脚步。就在她要走出小巷，拐上大道的时候，一个身影拦在了她的身前……

开了一会儿车，李唐停在了一片空场附近。几个少年用书包堆了个球门，正在踢球。李唐脚步沉重地走过去，额头上浮着一层细密的汗珠。一颗球朝他飞过来，李唐用脚尖一接，把球停住了，对望着自己的一众少年说："加我一个？十年前，《海峡时报》杯野球联赛最佳射手，黄金右脚，要不要试试？"

天色渐晚的时候，李唐开车回到了家里。从停车的街口到家，区区几步路，他竟然感觉有千里之遥。他大汗淋漓，呼吸越来越沉重，最后连眼睛都花了。恍惚之间，他看见丁美兮和李小满慌慌张张地向他跑过来。

李唐只觉得脚下一软，听着丁美兮的呼唤声，放心地闭上了眼睛。

再次睁开眼睛的时候，李唐身上连着各种仪器，躺在病床上。他少有地看见了乖巧的李小满，心里忽然觉得很放松。李小满见他睁眼，立刻喊起来："醒了，我爸醒了。"

一个大夫走过来，看看他，又看看机器上的指标，问道："心脏不舒服多久了？"

"半年。"李唐慢慢说道。

"平时吃药吗？"

李唐看向丁美分，她会意地接了一句："硝酸甘油喷雾剂，随身带着。"

大夫看着打印传导出来的检查单说："心肌有损伤，以后得注意了。戒烟戒酒戒咸，禁止剧烈运动，多休息少熬夜，要不你会死的，明白吗？"

丁美分点点头，眼圈忽然红了。她刚想对李唐说点什么，病房的门被推开了。丁晓禾匆匆赶来，关切地问道："姐夫怎么了？"

审讯室里，段迎九坐在老怼对面，反复打量，好像文物贩子正对着一件古董鉴别真伪。

终于，老怼先开口了："你不打算问我点什么吗？"

段迎九问了两个字："饿吗？"

老怼看着手腕上被朱慧咬破的口子，对这个问题有点反应不过来："嗯？"

段迎九接着说道："每天这个点你都会准时吃饭，沙茶面最多。今天费了不少体力，肚子都叫了吧。"

"我要是真的说饿了，你也端不来。"

"不试试，怎么会知道？"

老怼靠在椅背上说："我就是个辛苦开公司的小老板。有人追我，我就跑。有人打我，我才还手。我是个守法的人啊。律师也不许见，这么半天又什么都不问，要什么呀你们？"

段迎九看了看手表，又问了那俩字："饿吗？"

老怼不说话了，和段迎九一起不停地看着她的手表。时间一点一点流逝，老怼的耐心也在慢慢消耗。终于他再次不耐烦地说道："企业的资料，工商和税务那里都有，随便去查好了。那么细的东西，我怎么会记得住？"

"别的记不住，钱你记得最清楚了。公司有公司的制度，你给女学生那么多钱，怎么走账？不怕别的股东知道吗？"段迎九的话点到了老怼的软肋，"你是个很有意思的人，感情淡漠，不相信任何人，对这个女孩子倒是一往情深。读琼瑶小说的年纪也过去了，你这算是晚熟吗？"

"你想说什么？"老怼警觉地问道。

"说你单纯地利用她，当挡箭牌，不像。可她干的事情，就是个替死鬼。你一个连买条鱼都要砍价的人，居然舍得给她几十万的银行卡。我在想，你究竟是个什么样的人？"

"她什么都不知道。不知道，不犯法吧？"老怼强作镇定地说。

"错了，全错了，你弄错了。她不在我这，犯不犯法这都扯远了。"段迎九猛然站起身来，看着疑惑的老怼说，"你让她去足疗店送东西，她去了。我们过去的时候，房间里除了两个泡脚盆，一个人都没有。你刚才在替她开脱，你不知道她在哪儿吗？"

老怼反问了一句："你们知道那么多，她现在在哪儿，不清楚吗？"

段迎九微微一笑："我也不瞒你。每个人我们都要盯，再细致，也得分主次轻重，没法像看孩子一样替你看着她。学校不在，去过的步行街也不在，她平时常去的每个饭店和卖衣服的地方，都找不着。会不会，是你们的人把她带走了？我知道的，和你知道的一样多。唯一不知道的，就是她。"

老怼努力保持着面部表情的平静。段迎九也不着急，她再次看看表，仿佛自言自语地说："这么久了，还找不到人。她会在哪儿呢？"

林彧的电话打不通了，丁晓禾匆匆来看了一眼，再回去电话也打不通了。丁美兮和李唐都陷入了巨大的恐慌之中。

"如果林彧被捕，就等于咱俩也戴上了铐子。"李唐虚弱地说道。

丁美兮不愿面对这种最坏的结局，她摇摇头说："他那么鬼，当初掉进海里那么大的浪都淹不死，怎么会被抓走？"

"他的手机从来不这样。这个人都失踪了，你说呢？"

丁美兮心乱如麻，她攥着手机转了两圈，问道："他会把我们供出来吗？"

这个问题李唐也不敢想。一旦噩梦成真，那么他们一家……可怕的念头还没完全涌出来，胸口又一阵发紧。丁美兮赶紧过去轻抚安慰，李唐缓了一会儿问道："小满呢？"

"晚上还有作业，我叫她回家了。"见李唐似乎还不放心，丁美兮赶紧补了一句，"叮嘱过她了，除了我，谁敲也不要开门。一会儿等你舒服点，我就回去看她。"

李唐颓然地靠在被子上，心力交瘁地说："上次让你去拜妈祖，你去了吗？"

丁美兮坐在床边，紧紧地拉着李唐的手回答道："去了。我还找人算过，熬过这个月，家里的事情就全顺了。"

"妈祖保佑吧。"

"会的，你那么折腾自己也没死，肯定有后福。"

丁美兮说着，眼圈又红了。李唐看着她说："吃药的时候也忘了给你打电话，我还攒了点私房钱，万一过不来，别让老鼠给啃了。"

"傻子。"眼泪终于夺眶而出，丁美兮把脸转到一边，用手擦

275

了擦。

李唐感叹一声："唉，不傻的是段迎九，不这么干，身上的泥点子，洗得掉吗？"

"别担心。就像你说的，麻烦就像吃饭，总会吃完的。"

"可惜，赶上没胃口的时候了。"

丁美兮再次握住了李唐的手，两个人就像当初在岸边无望地等着新竹一样，瑟瑟发抖，又相依相偎。

家里，李小满收拾了一个背包，准备出门。临走之际，她想起养了鱼还没喂，便又折回去，往鱼缸里撒了一把鱼食。

审讯室内，老怼独自一人焦躁不安。段迎九站在单面反射的玻璃墙外，静静观察着他的一举一动。忽然，老怼猛然转过身来。虽然在他看来，那里只是一面密不透风的墙，但他依旧恶狠狠地瞪着双眼，仿佛在和段迎九隔空角力。

而在另一个房间，女学生坐在沙发上，呆呆的一言不发。自从在胡同里拦住她的去路，纳兰就一直陪在她身边。奔波了一天，女学生看上去疲惫极了。纳兰给她准备了各种食物，但她一口都没吃。

第十四章

　　三碗热气腾腾的沙茶面端进了审讯室。老魏慢悠悠地掰开一双筷子，说道："这家的酱最地道，猪大肠也不腥气。大老远给你买回来，真的不吃啊？"

　　老怼看着眼前的面条，第一次没了胃口。

　　段迎九等不了了，她早都饿了，面一拿进来，她第一个开吃。没一会儿，她满头大汗地在碗里拨弄了一圈，跟老魏说："油葱酥呢？"

　　慢条斯理的老魏此时才挑起第一筷子面条，还没吃到嘴里，便被段迎九问住了："不好意思，忘了。"

　　"哇，老同志也这么不细心！没油葱酥，还叫沙茶面吗？"

　　老魏往嘴里放了一块猪肝，笑笑说："就怕端回来的时候这口汤没了热气，着急了。"

　　段迎九点点头："你要那么说，也对。同安饭店老馆子去过吗？凡是懂吃的，专门守着离厨房最近的桌子。米面粉菜，从锅里出来，第一个就到他们嘴边。"

　　"锅气。"老魏用筷子比画着说，"我爸也讲究这个，他爱了一辈子烫嘴的汤，后来食道癌了。"

　　你来我往，有问有答，段迎九和老魏真的像两个小饭馆里的食

277

客，把老怼干干净净地晾在一边。终于，老怼忍不住了，趁两人都占着嘴，他插了一句："我那张银行卡里的钱，都是合法的，你们没道理冻它。"

"女学生手里那张？没冻啊，法律历来保护民营企业，谁说冻了？不信你可以找个提款机试试，一分钱也不会少。"段迎九一边嚼着大肠，一边指着老怼跟前的面说，"再不吃真的凉了，你是不是也怕得食道癌？"

老怼微微张了张嘴，不知是想吃还是想说，但最终他还是闭上嘴选择了沉默。段迎九摇摇头："你也不吃，她也不吃，你们俩还真挺像的。"

老怼像是被刚出锅的面条烫了，浑身一激灵："找着她了？"

段迎九不说话了，她捞干净了最后一口面条，端起碗来，专心致志地喝汤。

"她什么都不知道，她不是替死鬼。要是知道你们盯了我这么久，我肯定不会让她去送东西。"老怼越发急切。

汤也喝完了，段迎九放下碗筷，打了个饱嗝。老怼盯着她看了好一会儿，终于低下头，缓缓说道："在她们学校，我有个线人。"

段迎九一路小跑着从审讯室出来。她边走边对身边的老魏说："就我和你，再带一个哪吒，别人先不要说。"

"大峰呢？"

"也算别人。"

"出事了？"

"这栋楼是个包子，馅儿里有鬼。"

厦州演艺学院门口，和女学生一起逛街的闺蜜，从一辆豪车里钻了出来。白天试过的衣服，此刻已经穿在了身上。豪车一溜烟开走了，哪吒找准机会凑上去，打了个招呼："你好。"

女学生的闺蜜莫名其妙地看着这个陌生的男同学，问道："你

278

哪个系的?"

不等哪吒回答，一辆轿车开过来，停在了他俩身边。

毕竟年轻，一进审讯室，女学生的闺蜜就全交代了。汪洋站在审讯室外，听着段迎九的汇报："能想象吗？成绩全系第三，高考的分数线也不次。这么好的底子，偏偏当了老怼的线人。"

"给了多少钱？"汪洋问道。

"他的钱都给了另一个，那才是真爱。屋里这个姑娘，也就买买衣服，吃吃饭。"

"一顿饭两件裙子，就图这个？"汪洋听着都觉得难以置信。

"还真就是几件裙子。为了买个大牌子，贷了利滚利的校园贷，最后是老怼帮她还的。"

汪洋惋惜地说："这些大学生就是间谍眼里的菠萝饭，太容易吃了。部里拍的那套专题片还是有意义——另一个真爱呢？"

"纳兰和她聊了半天，最后再添把火。水一开，老怼就能下锅了。"

汪洋好奇地问段迎九："你把她藏哪儿了？神神秘秘的，连我都不让见。"

段迎九狡黠地一笑："见见人不怕，就怕见着鬼。鲇鱼接到电话的时间，和我们去足疗店的时候同步。监控录像上的时间可以证实。老怼在鲇鱼跑出鱼缸之后，给他打电话打不通，这才知道出了事，自己开始跑。"

"这证明老怼是不知情的。"

段迎九点点头："唯一通报消息的渠道，就是专案组自己。我仔细回忆过，除了一直在我身边、没分开过的老魏，加上在另一条线上的哪吒和纳兰，剩下的人，屁股都可能不干净。"

汪洋皱了皱眉："你怎么想？"

"钓鱼也不着急拉线。对岸那几个饵，我扔到水里都十几年了。上面要是同意，我就再等等看？"

汪洋一拍脑门："回回让我半夜去敲人副局长家的门。看着吧，老失眠又要骂娘了。"

纳兰把女学生带进审讯室的时候，老怼已经平静了很多。看了她好一会儿，才问了一句："吃晚饭了吗？"

女学生的眼泪噼里啪啦地掉了下来，她强忍着哽咽，点了点头。老怼想伸手拍拍她安慰一下，但手一抬才意识到手铐的存在。他抑制着自己的情绪，对纳兰点点头说了句"谢谢"。

待女学生情绪平复一些之后，老怼缓缓说道："你知道什么，就说什么。知道多少，就说多少。别怕，政府不会为难你的。"

一直低着头擦眼泪的女学生忽然抬起头，望着老怼，片刻之后说了进门后的第一句话："我怀孕了。"

老怼足足惊讶了五六秒。如果说在此之前，他还本能地周旋着，那在听到这个消息之后，他彻底放弃了抵抗。"有笔吗？再给我张纸。"他抬头对老魏说。

凭着老怼提供的精准情报，国安干警连夜抓获了三名间谍。清晨，忙活了一宿的段迎九和老魏窝在车里狼吞虎咽地吃早点。连审讯带行动，两人已经两天两夜没合眼了。段迎九喝了一口豆浆，感慨地说："一个送快递的，一个打鱼的，还一个写代码的，你说，没点技术还干不了特务了。"

"被逼的。"老魏闷声闷气地说，"年轻的时候打埋伏，我还学过两年半的车工。"

在段迎九眼里，能称得上有两把刷子的人不多，老魏算一个。所以此刻，她把自己心里的疑问抛了出来："专案组里历来藏龙卧虎，你觉得，谁会是那个鬼？"

"不知道。"老魏头也没抬，还沉浸在早点里。

段迎九又扯了根油条，吃了几口，又问："你说，刚抓这几个人里头，有没有凤凰？"

"也不知道。"

段迎九叹了口气："是啊，他们也不会把代号文在身上，又没一句实话——哎？李唐和丁美兮，这两个人在干什么？"

老魏把嘴边的豆浆放了下来。段迎九看着他想了想又说："丁老师给她丈夫买的心脏病喷雾剂，应该没过期吧？"

时间紧迫，李唐必须跑在前头才有活路。

可病房里的丁美兮却紧紧抓着他的鞋，说什么也不撒手。"你聋了？没听大夫怎么说？心率还没稳下来，现在往外跑，要死吗？"

李唐不管不顾地扑上去，压低声音说："要么死在外头，要么死在国安局，你选吧！"

丁美兮的双手僵住了，李唐趁机抢过鞋子，一边穿一边说："林彧不是被抓就是跑了。出事了不跑，等着被抓吗？"

可当两人遮遮掩掩，悄悄潜回家里的时候，竟然发现李小满不见了。黑漆漆的屋里只亮着鱼缸里的小灯，丁美兮完全崩溃，却又不敢放声喊叫。她掐着自己的胳膊痛苦地说："叫这死孩子丢了吧！大半夜叫外头那些人贩子把她拐走，卖到山里去，再也别回来！"

李唐只拿着一个背包，他把几瓶矿泉水和两个充电宝放进去，然后看着鱼缸说："喂过鱼食她才出的门，最多算离家出走。以为咱俩不回来，无非就在同学家。我给她留了言，放心。"

丁美兮彻底慌了手脚，茫然地站起来，四下看了看问道："还要拿什么？"

"除了钱，什么都不要动。别让人看出来我们要跑。"说着他往包里装了些现金，对丁美兮交代说，"丁晓禾和林彧的电话，接着打。"

"打了，都没开。你说，是不是关机的时间越久，出的事越大？"丁美兮沉不住气了，各种惶恐的问题四散涌出，"回家要坐船，怎么倒车？你说要带李小满走，她现在死到哪儿也找不着，我也不走。万一，我是说万一，咱俩被人扣住，李小满一个人怎么办？你说话呀！"

李唐停住手，望着丁美兮慢慢说道："她在厦州，咱们还回什么家。要活要死，都在一起。"他伸手理了理丁美兮额前纷乱的头发，说，"走吧"。

近郊的一处民宿外，李唐下了车，打开了门上的密码锁。丁美兮坐在车上，紧张地张望着，见李唐对他挥挥手，才下车跟着走了进去。

因为长久没人居住，屋子里的温度比较低。丁美兮裹着一块薄薄的毯子，蜷缩在沙发上，说道："我从来不知道这个地方，你也没说过。"

李唐似乎根本没听到丁美兮的话，他仔细检查了门窗，语速飞快地嘱咐说："不管发生了什么事情，你就在这儿待着。最多到明天现在这个时候，什么事情都会知道。"

"这是林彧的安全屋，还是你的？"丁美兮问道。

李唐不理会她的问题，他看看腕表上的时间，继续说："要是有人来问，就说这是从手机上订的民宿。这么多年，咱俩头一次过结婚纪念日。至于多少钱，订了几天，用谁的身份证登的记，你什么都不知道，都推到我身上。"

"你自己一个人回家去，还是要去找林彧？"丁美兮还是不甘心地问着。

李唐依旧条理分明地嘱咐："开的是我的车，几点来就是几点来，一切都按真实发生的说。别撒谎，一个谎言往往需要十个谎言去圆。圆来圆去，就会有破绽。所有的事情都是我办的，你也问过，我不说，因为这是惊喜。你什么都不知道，明白吗？"

丁美兮点了点头，但马上又抓着李唐的手问道："这次的麻烦到底有多大？你还有多少我不知道的事！"

李唐扶着丁美兮的肩膀，强行把她拉到自己的思路上："平时你忙着教书，我忙着开车，咱们这种小人物，浪漫一次不容易。我是自己感觉身体没问题，才非要从医院里出来。把你带到这儿，才发现李小满的电话关机了，我出门回家去找她，就再也没回来。我去了哪儿，干了些什么，我是个什么样的人，有多少秘密，心脏的毛病到底怎么回事，你一概不知道，不清楚，不明白。"

丁美兮的肩膀微微颤抖，不知是冷还是害怕。李唐望着她，片刻之后说："就这样吧。"

"我等着你。"

"二十四小时之内，要么来的是我，要么就是丁晓禾了。"

李唐说完，起身准备离开。丁美兮愣了一下，突然赶上去紧紧抱住了李唐。李唐轻轻叹了口气，也慢慢抱住了丁美兮。片刻之后，他摸了摸丁美兮的头发，松开双手，转身出门离去。

天光渐亮，李唐坐在家里的沙发上，脑子里逐条回忆着自己之前的安排。药店他已经悄悄潜入，窜改了电脑里的记录。社保号、购买数量和时间一应俱全，现在任谁来查，都会显示他半年来一直在持续购买硝酸甘油喷雾剂。之前，手腕上的伤痕，他去修车厂帮忙抬了引擎盖子，故意在手腕上扫了一下，制造了真实的"事故"现场和目击证人。当天还跟两个修车工喝了顿酒，强化了他们对这件事的时间记忆。刚刚，他又安置好了丁美兮。

现在，只剩下意想不到的李小满了。时间一分一秒在李唐的心尖上爬，终于在将近六点的时候，大门被慢慢推开。和肖锐在海滩玩了一宿、刚看完日出的李小满，出现在了门口。看着李唐乌黑的眼圈，她自知难逃惩罚，干脆走进来把包往沙发上一扔，甩了一句："你骂我吧。"

李唐长出了一口气，慢慢站起来，平静地问道："想吃点什么？我给你做去。"

李小满比挨骂还不自在，小声嘟囔了一句："什么都行。"然后转头望向卧室，心虚地问道："我妈呢？"

"她着急准备资料，先走了。"李唐在厨房边打鸡蛋边回答。李小满没事让他悬着的心放下了一大半，接下来还有一件事，就是解决掉那张十几年前的照片。

漆黑的海面，一条脏兮兮的海钓船向远方驶去。开船的是个黑黑瘦瘦的本地人，名叫阿良。无论车船，他都是掌舵的好手，眼力好，话又少。也正是因为这一点，林彧看上了他。

船开到深海，阿良灭了发动机，躲进了下层的船舱。林彧坐在船头，支好钓竿，脸色凝重地接通了电话。

"倒了三棵树……是，另外两个还好。最要命的是送快递的，他姐姐知道他的一些事情，很麻烦。"

电话里传来一阵斥责，林彧马上说道："我打这个电话不是诉苦，是要报告，他拉在屁股上的屎，已经擦干净了——他姐姐的中风很及时。"然后，他把手机换到另一个耳朵上，继续说道："凤凰很安全，我刚刚给他们报过平安。还有，老怼的底已经摸遍了，他在这边没什么留下的人，女朋友也没有……"

紧张的电话终于挂断了，林彧疲惫地长出了一口气。之前在山上，老怼其实向他悄悄承诺，一旦被抓可以拿出一半身家交给林彧，条件是剩下的钱留给女学生，而且关于她的事对上面只字不提。为了安全收钱，林彧只能把老怼扔出去。但他也兑现了诺言，

284

没有向上面汇报女学生的事。

老惢比他的资格还要老，当初在特训班是神一样的传说，现在依旧逃脱不了被捕的命运。林彧意识到，后面的路肯定越来越难走了。不过只要走过去，他就是下一个神一样的传说。

病历复印件、就诊记录、药品销售记录……关于李唐心脏病的所有资料都摆在汪洋的面前。段迎九面无表情地汇报说："大夫有医疗证明，买药有半年以上的记录，药店的位置，在丁美兮家里到学校之间的路上，有医保能报销，合情合理。"

汪洋翻看了一下病历，抬头问道："你怎么看？"

"要么就是真的，要么就是个高手。"

"又是直觉？"

"女性的直觉有时候很准确。你不去参加孩子的家长会，哪次是真加班，哪次是撒谎去踢球，汪太太没猜错过吧？"

汪洋无奈一笑，但很快又提出了一个更敏感的问题："丁晓禾呢？"

"他是个不会撒谎的人，可他姐夫不一定。"

汪洋严肃地说："你要慎重。他们这种关系，如果怀疑，丁晓禾就得调离专案组。"

段迎九收起病历，很认真地答道："我没怀疑啊。证据说他是清白的，他暂时就是清白的了。"

医院门口，黄海骑着摩托车突突突地来到朱慧身边，伸手递给她一个头盔。朱慧看看他手上的纱布，犹豫了一下："你行不行？"

"不放心你就自己打车回去。"黄海的口气还是一贯地张狂。但想到行动时他奋不顾身救了自己一命，朱慧便没再说话，她接过头盔，坐到了后座上。

"你敢不敢抱着我？"

见黄海如此得寸进尺，朱慧没好气地拍了他一下："骑好你的车就行了。"

黄海也没反驳，一踩油门，车头一转，朱慧差点从车上闪下去。此时，黄海又刹车停住，歪头对朱慧说："你没坐过摩托车吧？"

朱慧只觉得心脏一阵狂跳，乖乖抱住了黄海的腰。摩托车再次启动，在车流中左突右冲，钻来钻去。朱慧把下巴扛在黄海的肩膀上，就着耳边呼呼的风声喊道："再快点儿，再快点儿！"

"不怕死啦？"

"你不也不怕吗？"

"我是怕救不了你，段迎九把我骂尿了。"

"我要是死了，你会哭吗？"

"我长这么大就没流过眼泪，不哭。"

"你要是死了，我也不哭。"

摩托车飞驰在路上，朱慧搂着黄海，感觉他浑身散发着蒸腾的热气。是啊，人生在世，身边的人哪怕不能让你笑，至少也能和你一起扛着不哭。想到这些，朱慧把头靠在了黄海的背上。

摩托车最终停在了一家不起眼的沙茶面馆外。露天的一张小桌子，两碗面，一盘花生米，但朱慧的劲头都用在了啤酒上。时间不长，地上的瓶子就摆了一片。朱慧借着酒劲，毫无顾忌地说："我就烦你。这有什么不敢说的？喜欢谁讨厌谁我全在脸上挂着，我才不 care 别人怎么想。从第一次见面我就烦你，你知道吗，没有理由，就是看都不想看你一眼的那种。"

黄海听了这些并不恼，一粒一粒地吃着花生米，见瓶子空了就再开一瓶。

朱慧越说越来劲："也不知道怎么回事，就是你想看的人吧，你就看不着。不想看的人，偏偏一天到晚都要耗在一起。你看什么？别以为我不知道你怎么想的，觉得我幼稚。我才不在乎你怎么想，我无所谓。"

看着朱慧举杯又干了，黄海笑了笑："你是不是觉得今天捡了条命，特别兴奋，话这么多？要不要我给丁晓禾打个电话，叫他过来？"

"去死吧你。"朱慧一巴掌拍在黄海的肩膀上。

黄海不以为意，接着说道："我要是你，都瞧不起自己。强扭的瓜明明不甜，非要扭，扭断了知道吗？人家不喜欢你，你不能逼着兔子吃肉，不明白吗？就这么点事，怎么还没完了。"

"啊——"朱慧猛然尖叫了一声，"我他妈不喜欢他！我说过了，我烦他！你听不懂人话啊！"

黄海摇摇头，干了杯中酒，边起身边说："就这些，我手机快没电了，你喝醉以前，我先把账结了。"

朱慧似乎根本没在听黄海的话，她抄起桌上的半瓶酒直接灌了起来。黄海伸手想抢，却被朱慧一把拉住了。裹着纱布的伤口一阵刺痛，黄海禁不住一哆嗦。啤酒咕咚咕咚溜进了朱慧的嗓子眼，两行泪水也顺着眼角无声地流了下来。黄海觉得心里好像也疼了一下，下意识地伸出手，轻轻擦干了朱慧的眼泪。

朱慧放下酒瓶，抬头看了黄海一会儿，突然说："咱俩结婚吧。"

黄海一惊，他想说点什么，可话没出口，朱慧就醉倒在了桌子上。

李唐要开始解决最后一个麻烦了。他打开电视机，转到中央一台的《新闻联播》，把音量调大。然后拿起那张三人合影，对坐在沙发上的丁美兮问道："准备好了吗？"

丁美兮深吸一口气，严肃地点了点头。李唐把照片一撕两半，扔在地上，走过去结结实实扇了丁美兮一个耳光。丁美兮觉得半边脸火辣辣的，脑袋也一阵眩晕，但她坚持着一动没动，冷冷地说："不够，继续。"

李唐的手再次高高扬起，可是看着丁美兮脸上逐渐浮现出巴掌印记，他有点下不了手了。丁美兮见李唐不动，拉起他的手又朝自己脸上狠狠抽了一巴掌，之前淡淡的印记变成了血红色。丁美兮把头发胡乱扯下来两绺，拿起茶几上的手机，使劲朝地上一摔，手机应声碎裂。然后，她看看门口丁晓禾安装的摄像头，对李唐说："这个你来吧。"

丁晓禾一拐进楼道就觉察到了异常。电视的声音巨大，却无法掩盖李唐怒气冲冲的叫骂声。

"查查查，就知道查！迟早查得家破人亡！不想过，都别过了！"

话音未落，咣当一声，从门口飞出一个东西。丁晓禾走上前去一看，正是他前几天安装的摄像头。转身再看，家里更是一片狼藉。披头散发的丁美兮呆呆地坐在沙发上，仿佛一尊泥像。

李唐喝得满脸通红，指着丁美兮的鼻子，歇斯底里地喊道："你不说，我不说，这种事就没人知道了？丁晓禾看不见，还会有丁大禾，谁也不是瞎子。今天是他，明天就是李小满。我要是她，就会当面问问你这个当妈的，不让她早恋，自己在外面倒不闲着，十几年前的男人都找上门来了！"

"你醉了。"丁美兮面无表情地说道。

"不醉我也不敢说！十几年前我管不着，你爱和谁和谁，现在你是我老婆，我管得着，还管得住吗？"

丁美兮木然地将头发捋到脑后，不经意间露出了脸上的几道手指印。抬眼看到门口的丁晓禾，她也像什么事儿都没发生一样，淡淡地说了句："回来了？"

李唐朝门口斜了一眼脸色苍白的丁晓禾，起身晃晃悠悠地进了卧室，狠狠关上了门。该看的该听的，丁晓禾都看见听见了。最后一个谎也圆上了，李唐躺在床上略略松了口气。

客厅里，丁晓禾穿过一地碎片和那张四分五裂的合影走到丁美分面前，强忍着眼泪，轻轻地说了句："姐，对不起。"半个小时后，他拎着一个行李箱，头也不回地离开了李唐和丁美分的家。

深夜，段迎九坐在办公室，反复思量和丁美分的每次接触。门外，丁晓禾落寞的身影一闪而过。段迎九愣了一下，起身出门，叫住了他。丁晓禾确实不会撒谎，面对段迎九，他的脸上写满忧愁。

段迎九走到他身边问道："心里有事？"

"我……"

没等丁晓禾说出个所以然，段迎九就招呼他说："跟我来。"

回到办公室，段迎九打来开水，泡了满满两大杯茶。"你别看我茶杯茶碗不专业，茶叶可相当不错。汪洋给的，一般人我还真舍不得往外拿。不过你晚上要是失眠就别喝了。"

丁晓禾接过热茶，轻轻说了句"没关系"。话一出口，段迎九马上跟了一句："反正不喝也失眠是吧？心事就像药片，吃不吃，它都在那。还不如吃了，反正就苦一会儿，苦完了就完了。"

丁晓禾抿了一口热茶，想说话，又像是在打腹稿。段迎九看了他一眼，接着说道："你说它像伤疤也行。现在怕疼，不管不碰，等化了脓再开刀。索性挑破了用酒精擦个透，第二天就好了。你明白我在说什么吧？"

"我怀疑我姐夫。他和我姐，有问题。"丁晓禾组织了半天语言，最终还是用最直接的方式说了出来。

段迎九也没想到他会这样说，有些意外地问："什么问题？"

"具体的我也说不出来，我就是觉得……"

"你觉得？直觉这种女人才相信的东西，你也觉得靠得住？"段迎九看着欲言又止的丁晓禾，停了片刻后说道，"证据。你给我证据，哪怕就一个，我就听你的，没证据就不要说话。"

"我怕万一……"

"你是怕他们有事，还是怕你自己被调出专案组？"

丁晓禾沉吟了一下，低着头说："都怕。"

段迎九看了他一会儿，说："立案侦查，就算我不要证据，汪洋也会要吧。"

丁晓禾站起身来："懂了，我先出去了。"

"等等。"段迎九又叫住了丁晓禾，"黄海和朱慧的事情，你不知道？"

"他们怎么了？是不是受伤了？"

"嗯，挺突然的，还是让当事人自己和你说吧。"

丁晓禾听得云里雾里，但第二天一早谜底就解开了。每个人的办公桌上都放了一张红色的请柬——笑脸写满幸福，笑眼里含着甜蜜，弯弯的嘴角挑着快乐，朱慧和黄海共邀您参加我们的订婚礼，庚子年十月二十五日下午十八点整，宸州洲际酒店，美好时刻，期盼光临，送予新郎新娘一份最珍贵最美好、最甜蜜的祝福！

丁晓禾心中涌起一股说不出的滋味。

送走了上班的丁美兮和上学的李小满，李唐回到家，反锁门窗，仔细地搜寻起来。花盆、鱼缸、酒柜、墙角甚至墙上的钟表和电视背后的狭缝，一切可能藏匿窃听器和摄像头的地方，李唐都逐一找过。丁晓禾人虽然走了，但他的东西有没有留下来，谁也说不准。

卧室、客厅、厨房都搜完了，李唐最后走进了李小满的卧室。女儿大了，这个房间他平时不怎么进来。让李唐没想到的是，平时那么爱打扮的李小满，房间居然这么乱。本来就对这间屋子不太熟悉，再加上乱，李唐一时都不知该从哪儿下手。刚迈了一步，他就被扔在地上的一件白色胸罩挡住了。李唐下意识地捡了起来，看了看印在上面的 Hello Kitty，一时间不知道该放在哪儿好。想了想，还是放回地板上吧，这样至少李小满不会发现有人来过她的房间。

搜寻了一圈并没有什么发现，李唐都快要放弃了，忽然发现写字桌下面的一个抽屉上着锁。对李唐来说，打开这种级别的锁，根本用不着钥匙。抽屉里，放着一包细烟和一个小小的打火机。除此之外，还有一张拍立得照片。李唐拿起来看了看，照片上，李小满靠在一个黄毛小子的肩膀上，背景是鼓浪屿的日出。

丁美兮没想到自己会再次遇见火传鲁，还是在学校里。从他身边经过时，火传鲁正在和另一位学生家长聊天。丁美兮故意视而不见，但还是感觉到了火传鲁炙热的目光。

但更让丁美兮没想到的是，火传鲁竟然在洗手池旁边突然从身后抱住了她。丁美兮费了不小的力气，才甩开那钳子一般的拥抱，压低声音说道："你疯了！"

"我是疯了，我早就疯了！"面容憔悴的火传鲁神经质般地喃喃说道，"见你的第一天我就疯掉了，你别不理我行不行？以前你那么好，说翻脸就翻脸，你到底是怎么了？是不是小满的爸爸威胁你了？"

丁美兮不想与他纠缠，往外面看了一眼，甩了一句"有人来了"，便趁其不备迅速离开。但火传鲁竟然像着了魔一样，放学的时候，他竟然直愣愣地等在学校门口。大庭广众之下，丁美兮不敢过分刺激他的神经。她从火传鲁身边走过，虽然没说话，但明显放慢了脚步。

火传鲁立刻跟了上去，极其诚恳地说道："你说过，你丈夫对你不好，我能比他对你好一百倍。为了你，我可以离婚，只要你一句话。上午在楼道，你应该听见了，小火的妈妈没来开家长会。其实她不是加班，我们分居了。我把咱俩的事情都跟她说了，但她不知道你是谁。我一直在等你，我快死了。求求你，能不能给我个机会，和我吃顿饭，我有话想要说给你听。"

丁美兮本想拒绝，但就在这时，一位同事从不远处路过。她只好微笑着答道："好啊，今天我有点事，改天，好吗？"

火传鲁仿佛抓住了救命稻草，眼睛顿时亮了起来。

晚饭，李唐只做了一锅西红柿鸡蛋汤，其余都是外卖。他一边给女儿盛汤，一边说："今天太忙了，凑合一顿吧。"

"天天外卖我才高兴，哪个菜都比你炒的好吃。"李小满吃得不亦乐乎。

李唐看着吃得不亦乐乎的女儿，幽幽说道："你这么挑食，以后还是得找个会做饭的男朋友。"说着，他凑到女儿跟前，小声问道："最近，谈恋爱了吧？"

李小满看了他一眼，又把脸埋在了碗里。

"恋爱的人身上有味儿，我能闻出来。"李唐进一步诱导，"我又不往外说。想想看，我要是告诉你妈，现在就是她拍着桌子来问你了。"

李小满哼了一声蹦出来俩字："诈我。"

"都高中生了还不谈恋爱，谁信哪。"

李小满顿了顿，露了一句："有个男的喜欢我，我没答应。"

"演技不错，骗你妈是绰绰有余了。"

没想到李小满眼珠一转，抬头说道："演得好不好，得看别人信不信。你们俩其实没必要那么演，挺累的。"

"说什么呢？"李唐没想到，刺探女儿的消息，反倒被将了一军。

李小满看着李唐，用平时少有的认真表情说："你喜欢我妈比我妈喜欢你要多一点，我知道。小舅搬走那天，你俩打架，其实我也看见了。昨天夜里我想过了，你们要是离，我还是选择跟着我妈。我知道你对我好，可咱俩要是都甩了她，她会受不了的。"

李唐一时不知说什么好了，他一直觉得李小满天真幼稚，还有

292

点二，没想到她还有这么细致入微的一面。这些年，他和丁美兮之间，真真假假，虽然尽量瞒着，但恐怕李小满也觉察到了不少。想到这些，李唐心里越发觉得愧疚和无奈。他想说点什么，又一时找不到合适的语言。

就在这时，丁美兮急匆匆地推门进来。李小满一看见她，马上起身进了卧室。丁美兮顾不上理会她，直接凑到李唐跟前说："有麻烦了。"

接到丁美兮发来的饭店位置，火传鲁既兴奋又忐忑。走到包间门口，他先停下来，用手捂住嘴，检查了一下口气，这才敲门进去。

等在包间里的，是翻滚的火锅和各色菜品、海鲜，以及吃得满头大汗的李唐。看见火传鲁在门口进退两难，他指了指旁边的座位，然后递过去一部手机："打开。"

火传鲁慢慢坐下，打开手机，看见了视频中憔悴的丁美兮。"我有孩子，你也有孩子。我有家庭，你也有。咱们不要再骚扰对方了，可以吗……"

视频的声音很小，加上手机的杂音，火传鲁几乎把耳朵贴在了手机上，还是不能完全听清丁美兮说的话。旁边的李唐，一边嚼着涮肉，一边给他复述："可以吗？求你了，别毁了我，别毁了我的家。"

一阵热气扑过来，火传鲁的眼镜蒙上了一层白雾。李唐用筷子扎透了一颗牛肉丸，举起来咬了一口，看着火传鲁说："你戴个眼镜，好赖也算个文化人。有句词儿是怎么说的？项庄舞剑。以前你总去我家接孩子，上下楼我还给你让过路。你这样的好爸爸也会勾引别人老婆，嗯？今天要是鸿门宴，你是不是就一剑把我扎了？"说着他又扎了一颗牛肉丸，朝火传鲁一指："吃呀，这牛丸都是现打的。这几个大螃蟹都是提前点好的，你挺有钱的呀。来了就能吃，是团购的吗？"

"你动手了？"火传鲁木然地问道。

"你说什么？"

"别打她了，行吗？我发誓，再也不去骚扰她了，我们再也不见面了。我求求你，别动手，别打她。"

火传鲁越说越激动，忽然低下头呜呜呜地哭了起来。李唐刚打开一只肥硕的螃蟹，听着火传鲁的哭声，一时觉得索然无味。

第十五章

　　专案组大办公室里，包括刚刚摆过订婚酒席的黄海和朱慧，全员到齐，忙碌工作。段迎九拿着资料远远站在门口外面，静静地窥视着屋里的每个人。"这栋楼是个包子，馅儿里有鬼。"她又想起之前自己对老魏说的那句话，再看看屋里。丁晓禾揉着眼睛翻找网页，哪吒纳兰共同核对着一摞资料。从卫生间里出来的大峰匆匆走来，看看段迎九一眼，低头进了大办公室。没一会儿，老魏慢悠悠地走过来，敲了敲手机，也走了进去。

　　段迎九会意，转回自己的办公室，关好门，听了听老魏传来的消息。"刚才不方便接，我在单位。等多久？七个月？哥，我妈就是做个胃镜啊，光检查就要排这么久？排到了我都退休了——多少钱？也行也行。红包要给谁？我从来没干过这事，你得教教我。"

　　这些都是大峰的声音，他慌慌张张地跑去卫生间，看来不是肚子着急。段迎九想起之前在"明天见"足疗店，大峰赶在她的前面，第一个冲了进去，监控里的人也是他第一个查到的，前几天黄海和朱慧的订婚宴，他随了礼金，人却没到。段迎九的目光锁定大峰，快步走了进去。她啪啪拍了两下白板，示意开会，布置下一阶段的任务。

　　白板上，老怼的照片被挪到了一边，他的线人——女学生闺蜜的照片被贴在了中间。段迎九敲了敲这张照片："怎么样，像不像演员？怎么说都是表演系的学生，基本素质还是有的。我们不需要她当众孤独，她也不知道周围有我们的眼睛。这次拍的是纪录片，一条过。学校的假也替她请过了，这位姑娘经常夜不归宿，她不主动说，不会有人怀疑她去了哪里。"

"你觉得，策反她的人还会去找她？"哪吒问了一句。

"有价值的人是不会被遗忘的。清清白白，长得又漂亮，为什么不找？"段迎九说着看了看表，"十分钟以后，纳兰会把她送到一家奶茶店。从那儿开始，需要有人不间断地跟着她。学校，商场，酒吧，夜店，饭馆，她经常去的地方，都要值班。在座的分成四组，老魏，咱俩一组。"

老魏摆摆手："今天血压有点不稳，我申请盯监控吧。"

"哦。"段迎九不动声色地转过头，"那就大峰吧。"

教室里，学生们都在刷刷地埋头做笔记。丁美兮绕着教室边走边说，讲的都是期末考试的重要考点。"一是古文，二是古诗词。你们去翻翻三年内的中高考试题，人肉大数据，哪几篇课文出现频率最高？《出师表》《〈孟子〉二章》，还有什么？《核舟记》。这都是重点。怎么复习重点？一笔不落，每个字都要嚼碎了吃进肚子里……"

刚绕回讲台，黄老师的脸出现在玻璃窗外，无声地冲她招了招手。丁美兮赶紧走出去，把门拉紧小声说："不是告诉你了吗，钱的事情别在这儿说，等放学……"

"不是钱的事，是你家李小满。"黄老师着急地打断道，"她跟同学打起来了。"

丁美兮只觉得脑袋嗡的一下，她快步走向办公室，一进门就看见了坐在转椅上抠指甲油的李小满。

考虑到这里是学校，丁美兮尽量压住自己的火气。她走到李小满跟前，问了一句："为什么要打架？"

李小满不吭声，依旧抠着已经斑驳的指甲油。

"我从来没想到你还会打架。抽烟，迟到，和家长撒谎，夜不归宿的事情我还没顾得上问，李小满，你要干什么？"

李小满还是没说话，只是把跷着的二郎腿换了个方向。

"把腿放下来！"丁美兮的火气噌噌地往上冒。

李小满看着自己的手指甲，头也不抬地问了句："批评我，还是批评腿？"

丁美兮再次调整了一下情绪，尽量平和地说："去道歉。给老师，给毛珍慧，挨个道歉。"

"不去。"李小满一秒钟都没犹豫地说。

"你把人家的脸抓破了，头发薅掉一大把，凭什么不去？站起来，现在就去！"丁美兮说着走到李小满身边，拽了她一把。

没想到李小满一下甩开了她的手，抬起头对峙似的问道："为什么？她先骂的我怎么不说？我没错我干吗要道歉？你不信我，跑去信一个外人的话？"

"你回回考试倒数，人家全年级前三名，你说我信谁！"

李小满忽地站了起来，大声嚷道："这个前三名烂嘴嚼舌头，到处说你搞破鞋，你要说你不是我妈，我现在就去说对不起！"

说完，李小满不顾一切地冲出了办公室。丁美兮尴尬地呆立在屋里，第一次在女儿面前无言以对。

放学后，李小满没等丁美兮，她以最快的速度走到学校外面，肖锐开着一辆灰色路虎，也刚好到达。她拉开车门坐上了副驾驶的位置，车子一溜烟便开走了。没一会儿，从另一个方向，李唐开着出租车慢慢驶来，他找了个车位，规规矩矩地停好，然后拿起手边的旧款诺基亚手机，摆弄了两下。下次无论如何不能再摔这个手机了，跑了三家手机店才修好，费劲。

这时，丁美兮拉门上车，坐在了副驾驶的位置上。她听了一会儿始终没接通的电话，然后对李唐问道："看见李小满了吗？"

"没有，怎么了？"

"跟我闹了点别扭，自己先走了。"

"你们俩在学校也吵架？"

丁美兮不耐烦地摆摆手："开车吧。"

盯梢专用的别克商务车停在厦州演艺学院的附近，段迎九和大峰并排坐在后座，一左一右盯着窗外。段迎九把椅背放得很低，半坐半躺。可没一会儿，车里的空气就浑浊得让她受不了了——大峰的屁一个接一个，味道十分浓郁。段迎九把车窗开了一条小缝，可这点通风量根本不管用。终于她忍不住说道："你这也太臭了，中午吃什么了？放这么多的连环屁？"

其实大峰也早忍不住了："昨天半夜吹空调着凉了，对不住啊，五分钟。"说着他抓起一包纸巾，拉开门下了车。但他并没有朝公厕的方向直接走去，而是拐了个弯，左右看了看，进了一家 Wi-Fi 覆盖的便利店。片刻工夫，他走出便利店，这才钻进公共厕所。隔间里，他拨通了一个号码，低沉地说道："你最好现在就走。"

伴着马桶冲水声，大峰打开了隔间的门，没想到段迎九直愣愣地堵在外面。大峰吓了一跳，结结巴巴地说了四五个"你"。段迎九把大峰往一边推开，关门进了他刚刚待过的隔间，然后在里面说："女厕所满了，将就将就。别愣着，到门口去，帮我站个岗。"

待两人一前一后走出公厕，远远望去，两个交通协管员正对着别克车拍照贴条。虽然段迎九飞快地冲了过去一顿解释，可是罚单还是从小本上撕了下来。无奈地上了车，大峰骂骂咧咧地说："他娘的打双闪也不行，他要想贴，除非人在车里，别的都跑不了。"

"知道为什么贴条的总是一男一女吗？"段迎九重新半躺在座椅

298

上问。

"怕挨打。吵吵起来，女的能挡一下。"

段迎九望着窗外，没吭声。大峰茫然地看了她一眼："不是因为这个吗？那是为什么？"

段迎九没有回答，反问大峰："平常你观察挺仔细的，怎么今天连贴条的都看不见了，嗯？"

"看见了，没喊在你前头。"大峰的回答似乎有点心虚。

盯梢持续到天色擦黑。大峰把车开进安全局大院，对后座上昏睡的段迎九喊道："老板，老板，到了。"

段迎九迷迷糊糊地嗯了一声，微微抬了抬眼皮。只见大峰解开完全带，着急地边跑边说："还得跑趟厕所，一会儿你记着锁车啊——"

段迎九开了点窗户，犹疑地看着大峰一路远去的背影。

丁美兮坐在车上，足足打了十几通电话，可李小满的电话始终提示无法接通。她把手机摔进包里，气呼呼地说："一到要命的时候就打不通，给她配个手机干什么？没这东西我还能多活两天。这是怕我死不了，咽不了最后一口气。"

李唐目不斜视地开着车说："别老死啊活的，听着这么瘆人。"

这话一出口，丁美兮的矛头马上转到了李唐身上："你当然无所谓了，开完车回家灌两瓶啤酒，一觉睡到天亮，她从小到大，你管过哪些？"

李唐马上不说话了，一副若无其事的样子，静静开车。

但丁美兮的压力阀打开了却没那么容易关上了："怀她的时候就不省心，吃不好睡不好，走路摔跤我还怕把她摔出来，生以前早产，生出来又没奶，从小感冒发烧，你开着这车，大半夜的去了多少趟医院？女人能遭的罪怎么全让我受一遍？长大了也不能省点心！一天到晚的破事还嫌不多吗？怎么就那么不懂事？"

李唐听了这一通，趁着等红灯的空当，抽出一张纸巾，递了过去。

"我没哭。"丁美兮话虽如此，但还是接过了纸巾。

"后悔也迟了。早知道当初吃点流产药，哪有今天这些事。谁家都是这些鸡毛蒜皮，硬着头皮往下过吧。"过了路口，他慢慢停下车，"小暑吃鲜藕。我去买点吃的带回去，懒得做饭了。"

望着李唐微微驼背的身影，丁美兮叹了口气。她下意识掏出手机，又打了一遍李小满的电话，还是无法接通。车门打开，本以为是李唐回来了，丁美兮抬起头，看见的却是摘掉了墨镜的林彧。

看着愣住的丁美兮，林彧低声说："本来要找李唐，没想到你也在，太巧了。"

话虽如此，林彧的目的就是来找丁美兮。交代完任务后，他拿出一个黑塑料袋递到丁美兮跟前："这是三万块钱，都洗干净了，能存能转账，也可以花。"

"这是经费，还是什么？"丁美兮看了一眼，没有马上接。

"上次见面，李唐问我借钱，他没跟你说吗？"

丁美兮这才把钱接过去，打开看了一眼说："平时垫那么多，这到底是借的，还是欠我们的？"

林彧当然看得出丁美兮的脸色，他尴尬地笑笑说："最近出了点事，上面的钱周转过来，需要时间。这是我自己的。要不是小婷着急交学费，我也不会借他。"

提到小婷，丁美兮意识到林彧这是话里有话，她看了他一眼，镇定地说："她要报个夏令营，李唐和我说过。"

"怕是不止夏令营吧。"林彧望着丁美兮接着说道，"小婷已经动了来厦州读书的心，他也和你说过吗？"

"连你都知道了，你说呢？"丁美兮迎着他的目光反问道。

林彧继续着他的弦外之音："李唐这个人很有意思，他好像现

300

在什么事都不肯跟我说。小婷在谷歌上天天搜厦州的大学，我也是无意中看到的。"

"是不是我们在百度上搜过什么，你也能看得见？"

"都网络时代了，哪还有什么隐私？聊天记录都给你备份了。我就是有那份心，也没工夫查。最近忙得很，我还有事，就到这儿吧。"

丁美兮把钱紧紧地攥在手里，林彧的话听起来轻飘飘的，但其实是赤裸裸的威胁。

临下车前，林彧忽然又回头问了一句："那个叫丁晓禾的，你弟弟，听说考进厦州国安局了？"

"一起长大的邻居，不是亲戚。都是成年人，他要考哪儿的公务员，税务工商，食药监察，我也管不了他。"

"哦，其实要像你一样，当个老师也挺好。每年还有寒暑假，是吧。"

车门啪地关上了，可直到林彧走得快看不见了，丁美兮才长长松了口气。

又过了一小会儿，李唐拎着一袋藕糕上了车。打着了车子，把嘴里的藕糕咽下去，他问丁美兮："林彧来过了？"

"他给你打过电话？"丁美兮反问。

"车座上有别人坐过，屁股都坐热了。除了他还会有谁待这么久。专挑我不在的时候来，有事吗？"

丁美兮皱着眉头说出了林彧布置的任务："火传鲁。他所在的单位，和另一家关联公司都挂在一家集团的下面，有一份内部批文的复印件，只有火传鲁能弄到。"

李唐吸了吸鼻子："麻烦。"

"还有个麻烦，比这个更大。"丁美兮看向李唐，"林彧知道丁晓禾了。"随后，她把之前跟林彧的对话，向李唐复述了一遍。

"你说的没问题。"李唐坚定地安慰道,"只要是实话,就不需要去撒更多的谎弥补。我们也不想他去考公务员,事实就是这样,谁能拦得住?"

"瓜田李下。裤子上沾了屎,不是你拉的,也算你的。"

"屁!"李唐提高了嗓门,"你去看看那些偷钱抢劫的贼,家里亲戚当警察的多了,法官的儿子也有杀人犯,这又算什么?下次他来,我和他说。"

丁美兮不想再多争辩,她掏出黑塑料袋告诉李唐:"他给你放了三万块钱。说是你要借的。"

"你没打借条吧?以前还垫着那么多没报,这钱咱不还他。"

丁美兮看了李唐一眼:"你借钱干什么?"

"不借你也要不回来钱哪。我们那出租车公司也这样,拖欠的奖金要是要不来的,得借。进出两条路,扯平了。"

"我还以为又有什么事情,又要垫钱了。"

"我和他说过,杀人放火随便,不给钱,蚂蚁我也不去踩了。这一天天的,我把腰肌都坐劳损了,挣点钱容易吗?找盲人按两个小时,半天的工资全搭进去了。"

"小婷什么时候要来?"丁美兮拦住了李唐的话,突然问道。

"来?来哪儿?是不是林彧跟你说什么了?"

"我就是问问,你急什么。"

"我没急呀,我是跟她说过,叫她旅游她也不来。要来也是大学毕业以后的事了。"

丁美兮不知道李唐是不是故意隐瞒,但她还是直接说出了自己的想法:"来厦州读研究生,挺好的事情,我不反对。"

"你这么说倒显得我小人了。我借钱总得有个说法吧,林彧还告诉你些什么?"

"你希望他告诉我什么?"丁美兮瞪着李唐反问道。

李唐没有回答，只是边开车边小声嘀咕了一句："你们倒是没秘密。"

"停车。"丁美兮拉下脸说。

"我没说什么吧？你们确实没秘密，我说错了吗？"

"停车——我到了。"

车在路边慢慢停住，丁美兮照了照镜子，开门下车一路走远。前面不远就是进出口公司，丁美兮去找火传鲁了。李唐郁闷地捶了方向盘一拳，喇叭猛然一响，把他自己吓了一跳，可丁美兮却没有回头。

加完班走出单位，火传鲁显得有些疲惫。可当他不经意间看到马路对面的丁美兮时，立刻像打了兴奋剂一般，小跑着冲了过去。两人在路边默默对视了一会儿，火传鲁忍不住问道："他是不是，又打你了？"

丁美兮低下头没说话，火传鲁也没再继续追问。他带丁美兮上了车，来到了一家高档餐厅。点了满满一桌子菜，丁美兮几乎没怎么动，吃不下饭的坏心情不是装出来的。

火传鲁一边小心翼翼地给丁美兮夹菜，一边说："上次见面我就说了，打女人这种事，南方北方一样丢脸。我不知道你今天要提离婚，我的意思是，要是早知道你下这决心，那天我也跟他不客气。"

"有热水吗？"

丁美兮刚问完，火传鲁立刻起身倒水："刚端过来的，小心烫。其实你要是不那么忙，可以出去转转。我有些亲戚住在乡下，城里这么闹，不如那里清静。换个地方，也能给你换换心情。"

听着火传鲁絮絮叨叨不停地说，丁美兮突然横下一条心：任务不能不做，日子也还要过，麻烦再大，也得想办法吃下去。想到这些，她似乎有了胃口，拿起筷子大口大口吃起来。

"我就是想让你高兴点，想陪你散散心。你不要嫌我烦，想去就去，不想去就不去……"

火传鲁还在念叨着，丁美兮突然打断他问："哪天？"

火传鲁的眼睛闪闪发亮："要不，就今天？"

吃完饭，李唐瘫在沙发上，拿着电视遥控，一圈一圈换台。丁美兮刚刚传来消息，要和火传鲁出去两天。他说不上生气，就是觉得麻烦。

李小满往鱼缸里撒了把鱼食，看着游来游去的热带鱼，幽幽地说："心情不好，也别拿遥控器撒气。"

"我心情不好吗？"李唐不由自主地停止了换台。

"好不好自己知道。"

李唐把身子整个转过去，看着李小满问道："哎你是不是觉得，我只要不开玩笑就算郁闷？成年人很累很辛苦的，休息一下不说话，可以吧？"

李小满眼皮都没抬一下，依旧看着鱼缸里游弋的小鱼。李唐没脾气，顺便找补了一句："你妈有公事，教委组织她们去福州的学校听课，一两天就回来。"

"一天还是两天？"

"你找她有事吗？"

李小满冷笑了一声："她说去福州，你信吗？这话真的假的，你也不去找找？"

也许是女儿轻蔑的语气，也许是心里本来就有个疙瘩，李唐噌地一下从沙发上站起来，严厉地说道："李小满你说话注点意啊，你这是说什么？"

对父亲突如其来的愤怒，李小满毫不在意，转身走进卧室，关门前扔出来一句话："能过就过，不能千万别勉强。这种日子你还没过够吗？累不累啊？"

李唐像被台风蹂躏的小树，颓然地倒在沙发上，没皮没脸，却又无法反抗。

又是一个早晨，段迎九独自站在鱼缸前，看着鲇鱼来回游弋。丁晓禾抱着一摞资料推门进来，见段迎九在，他放下资料汇报说："那个女学生的通信记录，换过的三张手机卡，两个电信一个移动，短信电话和微信的资料，全在这儿了。"

段迎九既没接话，也没回头，好像根本没听见刚才的话。丁晓禾见状，没再说什么，他轻轻走到一边，给段迎九的茶杯里倒满了水。

"你最近怎么每天都来这么早？"段迎九突然问道。

丁晓禾一愣："我从家里搬到宿舍住了。"

"为什么？"

"离单位近，省得路上跑了。"

"我问你为什么吵的架？"

丁晓禾在脑子里搜刮着可能说得通的理由，段迎九却转过头来，抢先说："撒谎这事，对你来说挺难的。跟谁吵了？姐姐还是姐夫？"

"谈不上吵架，家里太小，我老住着，他们也不方便。"这是丁晓禾能想出来的唯一说辞。

段迎九没有再纠结这件事，转而说道："你姐姐给我儿子补课好像也快半年了，一直都还没有感谢过。这样，你组个局，我请他俩吃顿饭。选个贵点的地方，别替我省钱。正好，也能缓和缓和你们之间的关系。"

"我就不去了，我……"

段迎九没给丁晓禾找理由的机会，直接打断他说："就今天。

去，打不通电话就别回来。"

　　送完李小满，李唐接到了丁美兮让他速速回家的消息。一进屋，就看见茶几上摆了一大堆金光闪闪的首饰。李唐有点傻眼，他走到跟前，拿起一个金手镯，咬了咬，一个鲜活的牙印。旁边还有一个金戒指，李唐想戴到自己手上，可指头太粗，挨个试了试，只能勉强戴到小拇指上。他举起手对着阳光照了照，喃喃说道："要不是你说的，我觉得这些全都是假的。"

　　"我到现在也不想让这件事变成真的。"丁美兮伸手理了理头发，靠在了沙发上。头天晚上，火传鲁带她回了趟老家，本以为只是一趟轻松的游玩，却不承想变成了大型订婚现场。把火传鲁乡里乡亲都见了个遍不说，所有的亲戚张口闭口都叫她新娘子。丁美兮已经记不清有多少人对着她拍照录像各种合影了，加上长辈们纷纷掏出的金货和红包，以及火传鲁掩藏不住的笑脸，她只觉得一阵阵天旋地转。此刻，她逃命似的回到家，心中充满了失控的恐惧。"回不了头了，李唐。厦州没多大，朋友圈里的小视频昨天半夜就传到学校了。这次的麻烦，吃不下了。"

　　"你等一下，我脑子有点乱，你让我捋捋。"李唐飞快地梳理着思路，边想边说，"快事快办，一拿到林彧要的东西，就和姓火的分手。婚外情玩大了，这件事连你自己也没有想到。谁也不知道乡下人那么实诚，带个女的回去，全村就当新娘子了。不撒谎，实话实说，这个事走到哪儿都不会有漏洞。我好说，帽子绿了也不止一次，还戴得住。要说麻烦，是李小满。"

　　一提到女儿，丁美兮更显疲惫，望着李唐说道："昨天我和她在学校吵架，也是因为这个……"话未说完，丁美兮的手机响了。她不禁一哆嗦，看了看屏幕，来电的是丁晓禾。

　　"喂?"丁美兮接起电话，眼睛却始终看着李唐。

如段迎九所愿，丁晓禾订了一家高档的海鲜餐厅。时值7月，各类考试刚刚结束，餐厅里摆了好几桌谢师宴。人群中，丁美兮稍一犹豫，脚步慢了下来。李唐在前面走了一小段，也跟着慢下来。待步调一致，他伸手搭上丁美兮的肩膀，在她耳边轻声说："不管她说什么，就当是菜单子，一样一样吃，总有结账的时候。"

　　包间里的桌子不算大，段迎九拎着醒酒器，先给自己倒了满满一杯红酒，然后举杯说道："丁晓禾肯定说过我。明着不说，背地里也该说过。我这个人太幼稚，人情世故上像个傻子。听听隔壁的谢师宴多热闹，哪有家长拖了这么久才知道请老师吃饭的？我先自罚半杯。"

　　喝完，她准备给李唐倒酒。李唐赶紧捂住杯子："不好意思，开车了。"

　　"代驾呀。要是信不过别人，你小舅子，现成的。"段迎九似乎不想放过李唐。

　　但李唐的手没挪开："哪有开出租的找代驾，单位有纪律。再说我这酒量也不行。"

　　段迎九还想抢他的杯子，丁美兮主动把自己的杯子递了过去："我喝吧，学校下午没课。"

　　段迎九笑着把杯子接过去，给丁美兮也倒得满满的："你说怪不怪，喝酒这事，好多女的都比男的厉害。酒品就是人品，结婚嫁人，老婆也把丈夫捏得死死的。是不是，丁晓禾？"

　　丁晓禾勉强笑了笑，没说话。他本以为自己已经把之前的情绪都消化掉了，可真和姐姐姐夫见面，还是感觉到一丝尴尬。不过，当他看到段迎九不断给丁美兮添酒的时候，他还是站起来说："我来吧。"

　　段迎九没理会丁晓禾，她把满满一杯红酒递给丁美兮，在两人交接酒杯的一瞬间手微微晃了一下。酒滴四溅，洒到了丁美兮的手上。丁美兮完全没有下意识闪躲的机警和灵敏，手背上顿时殷红了一片。她手忙脚乱的不知如何是好，丁晓禾马上递过去几张纸巾，段迎九赶紧接过来，一边给丁美兮擦手，一边道歉说："粗手粗脚，你看我多笨，幸亏没洒到衣服上，洗都洗不了。"

李唐拿着另一块纸巾，把丁美兮的手接过来，说："洒衣服上也没事，搓点盐粒和白醋，泡三分钟，一洗就没了。"

段迎九回头看了看李唐说："一句话，就知道家里谁干活。"几个人都哈哈地笑了起来，段迎九借此再次举杯敬酒，感谢丁美兮给阿宝治伤。丁美兮也爽快，见段迎九一口下去少了半杯，自己也依着这个量喝了一大口。

"痛快！"段迎九看着丁美兮说道，"我就喜欢干巴利脆的人！你要是和丁晓禾换换，我肯定挑你不挑他！"

李唐见段迎九把话题往工作上引，便在一旁接茬说："单位的事也能说呀？我以为你们有纪律，一个字也不能提呢。"

段迎九摆出一副满不在乎的样子："都是一家人，我不说，丁晓禾也说了。就算他不开口，你们还会不问吗？"

这是明显的试探，李唐看看对面的丁晓禾，再看看段迎九，使劲点了点头："问，天天都在问。吃得好不好，住得好不好，问到最后还是从家里搬走了。这弟弟话少，打雷下雨都憋在心里，您肯定比我们更了解。"

丁晓禾一直低头吃饭，听到最后一句，接茬说道："单位挺好的，等我不忙了，再回去。"

段迎九一挥手："好不好只有自己知道。这么大的小伙子，住得要是不舒服，肯定又厚着脸皮回家去了，你们想撵都撵不走。没必要的心，操它干什么。"说着，她又举起了酒杯："人都一样，都是哪舒服就在哪待着，谁愿意窝在一个憋屈的地方，是吧丁老师，听说你老家不是厦州的?"

李唐意识到段迎九把枪口转向了丁美兮，便抢先答道："福州连江，一个小地方，好多人都没听过。"

虽然没说上话，但段迎九却一直望着丁美兮。她自己先喝了一口，又问道："弟弟像姐姐，你的话也不多，平时也这样吗?"

"还好吧。"丁美兮也举杯喝了一口。她也知道现在是自己在过堂，心情不免有些紧张，脚下微微一动，正好碰上对面段迎九的脚。丁美兮触电般地缩了回去，段迎九整个人却纹丝不动，她望着丁美兮，紧接着又问了一句："你的脸色挺差的，是昨天晚上没睡好吗?"

丁美兮摸了摸自己的脸："很差吗? 再喝点就好了。"

转眼之间，酒过三巡，靠墙的柜子上已经放了两个空酒瓶。此时，服务员又端上来一个大盘子，打开锃亮的罩子，原来是一道热气腾腾的蒜烧鲇鱼。黏黏糊糊的鲇鱼头正好对准了李唐，鱼已经烧得身首分离，李唐望着它的眼睛，他伸手把这道菜转得歪了一些。

已经喝红脸的段迎九用手指敲着太阳穴说："你看，让这鲇鱼一打岔，忘了，我说哪儿了?"

"两夫妻。"丁晓禾提醒道。

"对，大西洋那边过来的两口子。"段迎九努力睁了睁眼睛，继续说道，"风筝断了线，回不去了。其实间谍嘛，无非也是份工作，上下班挣工资。和咱们一样。赶上裁员，收入断了，新单位不好找，大年三十老婆又病了，男的只能自己出门找钱。袖子里藏了把尖头改锥，随便找了个人，拦着路要钱。偏偏赶的是个下岗工人，兜里的钱还要给孩子交学费，两个人就在胡同里撕巴起来——"

李唐给段迎九的杯子里添了点酒，回头看看丁美兮，她的脸也喝红了，还拎着瓶子自己给自己倒酒。李唐过去拦了一把，却被丁美兮甩开了。

段迎九对着李唐继续讲故事："哎，那两口子里的男的，也和你一样，照顾媳妇到什么程度？我这么心大的都嫉妒。嘘寒问暖，多喝杯酒都怕胃溃疡。怎么说呢，不像个丈夫，像爹。"

丁美兮喝了一口，放声说道："别管他，说你的，这故事有意思。"

段迎九又转向丁美兮："本来是谋财，到头来变成害命了，抢劫案成了杀人犯，死刑。"

"完了？"丁美兮瞪着眼睛问。

"都死刑了，可不完了嘛。"

"那女的呢？"

段迎九凑近了一点问："你觉得呢？"

"纪律。不能说。"李唐插了一句，虽然两人都带着酒，但是这出戏中戏处处都有玄机，他担心丁美兮一句话没说对，掉进段迎九的陷阱。

丁美兮直愣愣地望着段迎九说："怎么就不能说？不能说还扯这么多干什么？你说是不是？"

段迎九嘿嘿一笑："男的被抓了，女的就自己过年呗。"

"没脑子。"丁美兮把酒杯往桌子上重重一放，"大年三十出去抢钱，又不是火车不是高速，抢多少够过的？把除夕夜混过去，还有年初一呢！"

"所以说呀，笨不笨都是天生的。她要是像你一样精明，也不会把日子过成这样。"段迎九说着又开了一瓶酒。

丁美兮直接探出身子，抢过酒瓶，一边倒酒，一边说道："我们老家有句话，明天早晨才知道今夜几点出月亮。这世上哪有后悔药。我要真是她，我就不嫁这个男人。"

"别喝了。"李唐和丁晓禾几乎同时说出了这句话。但丁美兮充耳不闻，她坐在椅子上，也不管桌子下面踢到了谁的腿，边喝酒边说："从生孩子，到孩子生孩子，女人就这几十年，你多拼命多努力都没用，嫁得好不好，管你一辈子。"

李唐慢慢伸手，去抢丁美兮手里的酒瓶子。丁美兮连推带甩地嚷嚷着："松开，你别管我——"

啪！争夺中瓶子摔到地上，碎了，红酒洒得到处都是。丁美兮一下子翻脸了："干什么？你要干什么？我喝点酒怎么了？"

"你喝醉了，回家。"李唐沉着脸说，他不能让场面继续失控。

"我不回去！"丁美兮再次挣脱了他。有服务员听到动静，进来查看，被丁晓禾推出去，要求结账。

屋里只剩下三个人，有两个都喝多了。段迎九还在一口接一口地喝，好像根本看不见眼前丁李二人的撕扯。而丁美兮仿佛要把心中的郁闷全都倾倒出来，她大着舌头，扯着嗓子喊道："你放开我，你除了能拽我打我，还能干什么？我上班下班累死累活，这个家里里外外大人孩子你管过多少？喝酒不行，补课不行，干什么都不行，你让我做什么？别碰我！"

李唐一言不发，只是自顾自地使劲儿往外拽她。丁美兮用尽全身力气把李唐往桌上一推："自己什么都不行，怪得了谁？就知道打我，你他妈还不如那个拦路抢劫的杀人犯！"

哗啦一下，桌子翻了，盛着鲇鱼的盘子也一齐摔到地上。段迎九好像已经喝呆了，依旧坐着一动不动。

李唐终于忍不住喊了一句："你要干什么！"

丁美兮哆哆嗦嗦地举起手，指着李唐，刚想张嘴说话，忽然一转身，哇地吐了一地。段迎九被传染了，她忽然起身，撞开卫生间的门，抱着马桶也哇哇吐了起来。

回家的路上，丁美兮恢复了清醒。其实自始至终她的脑子都没醉，但连喝带吐一顿折腾，她的胃里确实非常难受。

李唐一边开车，一边把自己放在出租车上的水壶递给她："先喝点水顶顶，胃里别空着，一会儿回去喝点粥。"

丁美兮喝了口水，揉着发胀的脑袋问道："你说，段迎九要干什么？"

"不管干什么，饭已经吃完了。下顿什么时候吃，饿了再说吧。"

"她怀疑上我们了。"丁美兮始终不安心。

李唐安慰道："谢师宴捎带政审，最多算搂草打兔子，别给自己乱扣帽子。"

丁美兮鄙视地看了李唐一眼，叨念着说："要是心大能当饭吃，你早就撑死了。"

李唐满不在乎地说，"最多和林彧一样胖，了不起得个糖尿病，打一针就好了。"

提到林彧，丁美兮心里一激灵，她马上跟了一句："这件事，不能叫林彧知道。"

李唐早已做好打算，看着丁美兮难受的样子，他不想让她再费心劳神，于是便岔开话题说："你的酒量见少啊。以前五十八度的白酒，喝七两你都没事。"

丁美兮闭上眼睛叹了口气："不喝醉，这顿饭哪有个头儿啊。"

离家只剩一条街的时候，火传鲁站在街边拦下了车。李唐摇下车窗，有些不耐烦地看了他一眼。火传鲁似乎在强压怒火，他对李唐说："李先生，我要和你谈谈。"

李唐既不说话，也不开车，只给火传鲁留了两只耳朵。见他这副样子，火传鲁更来气了，他弯腰扒着车窗说："我不怕你。有什么事情，都可以说，都可以摆出来。你再怎么恐吓都没有意义。哪怕你拿刀子划的不是车，是我。我也会来。"

"你在说什么？"李唐扫了他一眼，感觉有些莫名其妙。

火传鲁毫不顾忌，继续说道："你不爱丁老师，你可以离开她。你要什么，你想怎么样，对我说。"说完，他看着脸色苍白的丁美兮问道："他又逼着你去哪儿了？我在这儿，你别怕他。"

"你划了他的车？"丁美兮努力回想着火传鲁的话，对李唐问道。

李唐没吭声，此时他已经心知肚明，这事是李小满干的。放学的时候，他其实看见李小满上了那辆灰色路虎，但是大庭广众，他不想做得太难看，便没有现身阻拦。现在看来，这俩人果然没干好事。

丁美兮还在直愣愣地看着，李唐夹在她和火传鲁中间，避无可避，只能说了出来："是李小满，她交男朋友了。"

"男朋友？什么意思？"这个消息让丁美兮的酒彻底醒了，她厉声质问李唐："你看我干什么？早怎么不说？"

夹缝中的李唐心里也蹿起一股无名火，他转头对丁美兮吼道："你天天都不在家，我到哪儿去告诉你？我不看着你看着谁？看别人的老婆吗？"

丁美兮也毫不退让："李唐，别的事情怎么都行，孩子的事，我决不让着你。"

李唐一巴掌打飞了她手里的水壶："不让着你还怎么的？法院没判之前，我就是李小满的亲爹！"

丁美兮摔门下了车，朝家的方向独自走去。火传鲁生怕李唐下车追着动手，警惕地拦在车门前面。没想到李唐一踩油门，唰地把车开走了。火传鲁愣在原地，一时间手足无措。

李唐开始并没有把李小满谈恋爱的事儿想得太严重。但是带着李小满划车，证明这小子不是什么老实百姓。李小满这个年纪的小女孩，太容易被这些小混混引诱。况且，他和丁美兮这样的身份，要时刻提防靠近这个家庭的每一个人。

打了几个电话，又找理由看了看学校门口的监控，李唐很轻松地找到了金湖洗车行。洗车行外面排了几辆私家车，三个把头发染得五颜六色的小工，正围着一辆脏兮兮的灰色路虎做精洗。没一会儿，其中一个咳嗽着从后面走了出来。他拿着一个小电风扇，仔细吹着发动机上面的落叶。这人正是肖锐。

两个小工边擦车边聊着。

"这几天那辆老款奔驰没来呢？"

"谁知道啊，不来更好。死老头子装大款，其实抠搜得很，毛病还特别多。"

"哎你可别瞎说，那人好像是良哥的朋友。"

肖锐没参与他们的对话，他仔细检查着车子的里里外外，生怕留下一丁点痕迹。李唐远远看着他，把车熄了火，准备上前问问。可他刚打开车门，马上又缩了回去，而且顺手摸出一顶帽子，匆忙戴到了头上。原来目力所及之处，之前吸毒的赌场小黑，突然从里面走了出来。肖锐和其他两个小工一见到小黑，立马点头哈腰，叫了一顿哥。但小黑也并不张扬，因为他身后跟着的才是车行的老板——给林彧开船的阿良。

三个小工赶紧从刚刚擦干净的路虎旁边闪开，小黑把车子开到门口，阿良拉门上去，车子呼的一下开走了。

李唐尚不知道阿良的名字和来历，但见小黑给他当司机，便料定此人必有来头。这一切都得调查清楚，首当其冲的便是和李小满缠在一起的小混混。

夜幕降临之后，李唐再次来到金湖洗车行，这次只有两个小工在。车子没完全擦完，肖锐咳嗽着接了个电话。然后给李唐擦车的小黄毛随手扔过来一条毛巾说："哎师傅，有急事得出去一趟，你自己找块毛巾擦擦吧。"

"洗车费免啦？"李唐在后面问道。

小黄毛头也不回地说："扫墙上二维码，五折。"

李唐眼看着他们匆匆往外走去，这才从车里下来，四处看了看，确认没有摄像头之后，他从后备厢掏出了一个微型摄像头，装在了车行隐蔽的夹缝中。

喝完酒，丁晓禾心中的疑虑不仅没有消除，反而又增加了一层——段迎九也在怀疑姐姐和姐夫。但段迎九不承认："谢师宴捎带政审，相谈甚欢，其乐融融，哪个叫怀疑？"

"我要是你，我就怀疑。"丁晓禾忧心忡忡地说。

段迎九呵呵一笑："我办公室的茶叶又丢了，我还怀疑你，怀疑大峰呢。可我总得有证据，才能指着鼻子骂你们。法治这两个字，你刚毕业，应该比我更懂吧。"

"我怀疑，是不希望他们有问题。"

段迎九看看他，揉着太阳穴答非所问地说："婚姻这种问题，没人管得好。我要是你，就不操这份闲心。"

丁晓禾听完，似乎欲言又止，半晌才说："我还以为你挺能喝的呢。"

段迎九喊了一声，她现在没时间跟丁晓禾争辩，还有个人等着她去处理。

安全局大楼的楼道里，大峰拿着电话嘀嘀咕咕地说："你说，我听着呢。我在值夜班，你说方不方便？喂？喂？"刚把电话从耳朵边拿开，一只手拍了拍他的肩膀。大峰一回头，段迎九已经转身走了，只留下三个字："跟我来。"

"我是给鲇鱼通风报信的那个鬼?"大峰气得面红耳赤，啪的一下把手机拍在汪洋的办公桌上，"查，你们现在就查。只要我有一句话说不清白，现在就抓我。要是查不出来……"

"你就辞职？"段迎九抢着说道。

大峰愣了一下，反问道："凭什么？我干得好好的，凭什么辞职？"

汪洋坐在一边，慢悠悠地沏茶，被冤枉是不爽，不过现在还不到他开口的时候。段迎九在一旁接着对大峰说："以前半句话不对付就要炸毛，这么冤枉你，反倒沉得住气了。我和汪老板都以为你要掀桌子，看，白准备了。"

"那是你以为。"汪洋洗茶沏茶，头也不抬地插了一句。

"你们什么意思？"大峰被绕晕了。

段迎九答道："笨人笨办法，找内鬼，我只会走排查这一条老路。你这几天神神叨叨的，只能从你先下手了。你送红包就送红包，找关系就找关系，打个电话都要神神秘秘，你的红包能从厕所里送出去吗？叫你去盯个假梢，偏偏要闹肚子，怕我说你，还要偷摸跑到便利店买个成人尿不湿，到厕所鼓捣半天，这种新出的款式你会穿吗？海鲜有问题，有消协有公安有旅游局，你给那个大排档打什么恐吓电话？'你最好现在就走'，这算什么？黑社会威胁报复小老板吗？看我干什么，我说的不对吗？"

大峰本来一肚子气，被段迎九一通数落，噎得一句话也说不出来。此时，汪洋的茶沏好了，他把两人叫到桌子跟前，一人递了一杯，然后看着大峰说："公立医院就这么麻烦。你去北京看看，做个胃镜得排一年。你赶巧了，我同学是三院影像科的主任，明天早晨带你妈妈去，说我的名字就行。"

大峰眼前一亮："您那个女同学吧？"

汪洋皱着眉头，直起腰来："哪儿个？有意思吗？初恋怎么了，我结了婚又再没联系过，有问题吗？"

段迎九用胳膊碰了碰大峰："问你呢，有问题吗？"见他不吭声干愣着，她又话锋一转："说呀，你觉得谁会有问题?"

大峰想了想："那个内鬼啊，嗯，会不会是丁晓禾?"

"为什么?"汪洋问道。

"他最近有点恍惚，有几次在食堂我叫他，听都听不见。"

段迎九喝了口茶，若有所思地摇摇头："丁晓禾就是张白纸，底子要是有墨汁，早洇出来了。不是他。"

"那你觉得是谁?"大峰追问着，但段迎九却没有给出答案。她想起手机里有一张去丁美兮家探访的时候，偷拍的全家福。照片上的丁美兮和李唐，都是一脸笑容。

夜深了，金湖洗车行里已经空无一人。李唐悄悄潜入其中，在休息室里仔细搜寻着蛛丝马迹。休息室到处都乱哄哄的，烟头烟盒、外卖餐盒、啤酒瓶子、烟灰缸，扔得到处都是。李唐扫视了一圈，翻了翻地上一些贴着快递单的塑料袋，从里面找出了一个不同于其他地址的黑色塑料袋，袋子里有半包拆开的止咳冲剂。

李唐把袋子翻过来，看见印着收件人地址的不干胶。虽然残缺，但依旧能看出一些关键信息——朝阳西路、六栋602、肖锐……

第十六章

旧居民楼的楼道里，墙面上密密麻麻贴满了小广告。李唐拎着一瓶矿泉水，边走边喝。来到肖锐家门口，他站定敲门，一遍，停了一会儿又一遍。没人开门，屋里也没有丝毫动静。从这个距离听上去，如果里面藏着人，那他的脚步要比猫还轻。李唐练过这功夫，但他觉得肖锐应该没这本事。

随后，他把瓶子里的水喝干，甩了甩水滴，掏出一把折叠小剪刀，在瓶子上剪下钩状的一个薄片。薄片伸进门缝，拨动了三两下，便打开了大门上的A级防盗锁。李唐小心地迈步进屋。他没有急于打开光源，而是先仔细查看一番是否有防盗监控设备，确认安全后，才拿出了随身携带的户外手电。

这间屋比休息室更脏更乱，外卖盒、方便面桶、空啤酒瓶、垃圾、衣服、脏兮兮的足球，所有这些均匀地铺撒在了整间屋子里。跟这间屋子差不多纷乱的，还有桌子上的一台电脑。黄片、盗版电影、乱七八糟的网游，也十分随意地躺在电脑里。李唐在一堆图标里扒拉到一个取名"新照片"的文件夹，打开一看，全都是李小满和肖锐在鼓浪屿看日出的时候拍的。李唐一张张地翻到最后，看见李小满叼着烟，靠在肖锐的肩膀上，满不在乎地望着屏幕前的李唐。

李唐心里升起一股无名的焦躁，他啪啪地点了几下不大灵敏的鼠标，关掉了照片文件夹，然后起身准备继续搜寻别处。手电光射出，床头有个白色的东西反光晃了一下。李唐上前拿起来一看，是一件白色的胸罩，罩杯上印着 Hello Kitty 的图案。这件内衣前几天还躺在李小满卧室的地板上，让进屋搜寻监听设备的李唐无所适从。此刻，它换了个地方现身，就像李小满本人一样，仿佛在向所有人示威。

李唐还是不知该把胸罩放在哪儿，他比前几天更气，忍不住骂了一句"他妈的"。但事情不能再这样失控下去，他摞起两把椅子，在钟表和柜子的夹缝处，装了个极其隐蔽的针孔摄像头。这个角度看过去，屋里几乎没有死角。今后，李小满在屋里的一举一动，他都能看得一清二楚。但李唐此时在心里不断祈祷：李小满，你可别再上这儿来了……

从国安局大楼出来，微凉的晚风吹在丁晓禾的脸上。他站在单位门口，攥着手机踌躇不已。稍早之前，还在办公室排查资料的时候，他收到了朱慧发来的微信：一个小时以后，第一次你请我喝奶茶的地方。丁晓禾当时看了看身边打着哈欠翻资料的黄海，心里告诫自己，不应该再和朱慧纠缠，她已经是别人的未婚妻了。可是此刻，他也不知道为什么，脚步不由自主地朝宿舍相反的方向走去。

虽然许久没有光顾了，但丁晓禾还是轻车熟路地走进奶茶店，很自然地坐到了以前经常坐的靠窗位置。朱慧还没来，丁晓禾看着周围的学生情侣，略略有些不安，就像第一次请客时一样。那时丁晓禾没什么钱，听说朱慧家条件好有背景，他还生怕把她约到这儿，她会不乐意。可那天，她欢快得就像一只初入山林的小鸟，笑容比奶茶都甜。

"还是一杯原味一杯绿茶多放珍珠？"柜台里，奶茶妹忽然朝他坐的方向问了一句。丁晓禾的思绪被骤然打断，抬头一看，朱慧已经不知何时坐在了他的对面。她笑着冲奶茶妹点点头，然后转而对丁晓禾说："别怕，今天没骗你。上次我也是实在没办法了，能用的招用遍了，才把你诓过去。今天我请客，就算扯平了啊。"

朱慧的神情前所未有地平和，这反倒让丁晓禾有些不好意思："那天我也不对，没吃完就走了，让你和你父母都下不来台。无论如何，那样做也不礼貌。"

朱慧摆摆手："以前追你没皮没脸，血管都是烫的。现在冷下来，才知道自己有多讨厌。"

"别这么说，其实我也有问题。"

奶茶妹端来了两杯饮料，朱慧嘬了一口，拿出一个大袋子递给丁晓禾："给，以前你送我的东西，一样没少，都在这儿了。我和黄海要领证了，你打算随多少钱的礼啊？"

丁晓禾看了看袋子里的东西，然后咕咚咕咚一口气喝完了整杯饮料。熟悉的甜腻味道划过口腔，吞进肚子，然后慢慢消失，如同朱慧曾经炙热的感情。丁晓禾把心中的一丝怅然也塞进这个礼物袋子，然后郑重地对朱慧说道："我刚认识你的时候特别惊讶，你像太阳一样炽热明亮，给人温暖和光明，这是我之前二十年从没有过的体验。可时间长了，我才意识到，也许自己天生是个夜行动物。你没有任何错误，只是我适应不了。"

朱慧第一次没有急慌慌地抢话说，她安静地喝完饮料，对丁晓禾笑着说："喝完了，走吧。"

两人一前一后来到街上，分别之前，朱慧抬头望着丁晓禾问道："话都说完了吗？"

丁晓禾没有躲避朱慧的目光，轻轻地说："我不知道自己是不是说清楚了，也不知道说的这些是不是对……"

"你知道吗？"朱慧又一次抢过话头，"你说什么都没关系，都对，都清楚，我都爱听。以后找个比我漂亮的女孩。最好比我还聪明，对你还好。可别找个不如我的，叫我瞧不起你。"

朱慧的眼中闪过点点光亮，可面对丁晓禾的目光，她还是一如既往地嘴硬："这么看着我干什么，我才不会哭，我生下来到现在就没哭过。就这样吧，就算是，见最后一次吧。"

在泪水突破防线之前，朱慧踮起脚，在丁晓禾的脸上落下了一个轻轻的吻。

远远望去，朱慧踮起脚，最后一次吻了丁晓禾的脸。

金湖洗车行附近的一家海鲜大排档里，一个中年男子正在小桌旁点菜。他戴着一块不辨真假的劳力士，身边放着一个Gucci的手包，边边角角已经有些磨损了，这打扮像极了时刻都要撑场面的小老板。

小黑带着肖锐和车行的另外两个小工也在大排档吃饭。一辆摩托车开过，溅起一个水洼，脏水直接扑到了小黑的脚边。显然，他们坐的位置不如早到一步的小老板，小黑朝小老板的方向张望了一下。肖锐和另外两个小工立刻心领神会，他们起身走到小老板桌前，摇头晃脑地吆喝了几句。小老板纵使满心不情愿，但还是无奈地换了桌。

黄海在不远处无声地注视着这一幕。可能是换桌影响了心情，小老板简单吃了几口就起身离开了。之后，他不紧不慢地走着，黄海也不紧不慢地跟着。小老板一路都在打电话，一会儿从左耳换到右耳，一会儿又从右耳换回左耳，时不时地他还会回头看看，似乎担心有人跟踪。黄海跟得很小心，发现小老板回头，他马上趁其不备戴了顶帽子，又把外套里外换了个面。

穿过长长的步行街，小老板终于挂断了电话，在一家半露天的烟摊儿旁停下买了包烟。趁着扫码付款的空当，躲在暗处的黄海用一台小小的拍立得相机，给小老板拍了一组照片。之后，他来到一家工薪消费的半自助洗浴城，掏出手牌，找到更衣室里最角落的柜子，把刚拍的照片放了进去，又顺手从里面拽出了一个灰扑扑的腰包。

廉价的洗浴城人流汹涌，黄海蹲在地上，把腰包窝在肚子下面，将拉链拉开一道窄窄的缝隙，里面露出了三沓钞票。他快速合上拉链，起身离开。跟踪偷拍，对他来说小菜一碟，如果不是在步行街远远看见朱慧和丁晓禾的goodbye kiss，今天这一趟堪称完美。

双闪灯有节奏地眨着眼，李唐刚刚挂断小婷的电话。小婷兴高采烈地告诉他，乐队得了第一名，多亏他寄来的报名费。李唐趁机委婉地规劝："乐队这不弄得挺好的吗，不好好发展，来厦州做什么？"

小婷的语气轻柔，态度却十分坚决。她已经申请了厦州大学化工系的研究生，很快人就飞到厦州了。"我就是想去看看你，我想你了。"当小婷说出这句话的时候，李唐再也找不出任何拒绝的理由了。要和小婷见面了，她现在是什么样子？已经上研究生了，那便不再是李小满这样的中二少女，而是一个窈窕的淑女。她应该长得很美，像她母亲一样。会有男人为她倾倒，展开猛烈的追求，甚至求婚。到那时，他该怎么办呢？

这一系列的问题把李唐拉入了对过往的回忆之中。他忽然想起十几年前，有一次他和幺鸡去出任务。那天，幺鸡买了一副新墨镜，一边在副驾驶位上照镜子，一边问他，国庆要去哪儿玩。李唐说，想去趟香港，女儿想迪士尼都想了半年了。然后，很自然地，话题又回到了李唐最关心的钱上。"干好今天晚上这一单，一起发。"幺鸡一贯地传达着上面的话。

当时，李唐还没开出租车，两人开着那辆旧捷达，冒充国安局的便衣，去找冶金局的老郝套一份保密资料。现在想来，那时的手段真是太拙劣了，处处都是漏洞，做事凭的全是一腔孤勇。当然，他们很快被识破了，如丧家犬一般被小区的保安撵得飞跑。李唐跑得快，先一步钻进了车里。一上车他便立即打火，把油门和离合器同时踩到了底。

幺鸡的速度越来越慢，身后追赶的保安也越来越近。李唐看着外面，手脚都不由自主地哆嗦。只要挂挡开车，他就可以安全脱身。可是幺鸡怎么办？李唐强忍着恐惧，咬紧牙关，一秒一秒地等待。终于，幺鸡还是抢在保安前面拉开了车门。他屁股还没坐稳，捷达车便蹿了出去。

事后，两人在一个公园的角落停下，像烂泥一样瘫在地上。活儿没干好，钱似乎又要泡汤了。幺鸡喘着粗气笑话李唐："穷疯了，命都没了，还惦记钱。"可李唐没法不惦记，丁美兮要买房，他打算开出租车，每一步都要钱。他不疯，丁美兮也得把他催疯了。

幺鸡也和林彧一样会推诿，说钱要拐几个弯才能来。可幺鸡比林彧实在，他拍着胸脯说："你今天没把我扔下，我要再骗你，妈祖也看不过去。日他妈，挣的都是卖命的钱。我要是自己吞了，还是个人吗？叫我不得好死。"

话虽那么说，该愁还是要愁。回到出租屋，丁美兮又带来了一个麻烦的消息——她怀孕了。她只是轻轻地说了一句，然后马上追问钱的事儿。但李唐却在暗暗发愁：如果留下这个孩子，那小婷去迪士尼的愿望又要推后了。

一晃十几年，幺鸡不明不白地死了，连李小满都交男朋友了。而终究没去成迪士尼的小婷要来厦州了，真真切切地走入了他的生活。给她当了二十多年爸爸，到这一刻李唐才发觉，自己对这个女儿似乎既熟悉又陌生。

深夜回到家，李唐和丁美兮轮流泡脚。如果说十几年来，他俩还有什么没变的话，那恐怕只剩下一起泡脚这个习惯了。丁美兮追问李唐关于李小满男朋友的事，听说没找到，马上一脸怀疑的表情。

李唐往盆里添了点热水，用手试了试水温，抓着丁美兮的脚轻轻放回盆里，然后苦口婆心地说道："都多少年了，我是不是撒谎，你还看不出来吗？真的没找到，一个小混子，我不至于骗你。"

"你是不是怕我去找他？"丁美兮一边轻轻拍打脸上的面膜贴一边问道。

听她这么说，李唐立刻正色说道："我告诉你，这种事情，你越去强拆效果越差。李小满的狗脾气再上来，闹个离家出走，你想想。"

丁美兮刚要瞪眼睛，李唐忽然摁住了她的手："有个事，我得告诉你，小婷要来。"见丁美兮没吭声，李唐又解释了一句："我拦过了，拦不住。"

"我知道。"丁美兮平静地说，"上次林彧送钱的时候说过。小婷在网上搜过厦州大学的专业，他们都知道。你说那钱是干别的用。你不说，我也没法问。小婷和钱都是你的面子。你要脸，我就得托着。我是想过告诉你，找不到口子。"

丁美兮的话让李唐脑子嗡地响了一下："我在网上搜过的消息，买过的东西，和任何人说过的每句话，他们是不是也都知道？"

丁美兮看了李唐一眼，用沉默回答了他的问题。

李唐颓然坐在沙发上，慢慢地说："昨天晚上我又梦见小柳了，梦见她还在找幺鸡。幺鸡说的那些话像根线一样牵着我，他肯定是要我去找什么东西，找什么人。可我怎么也找不到。最近的事太多，毛线团成了球，我的脑子都乱了。"

丁美兮握着李唐的手，安慰着他说："林彧不是说了吗，棋子就是这样，浮浮沉沉，掉在海里连个泡泡都不会冒，别想他了。自己的问题都解决不了，还管得着别人吗？"

"可他死得不明不白，这个不管，下一个呢？"

"你是担心小婷变成小柳吗？"

李唐默认了这句话，可他心里担心的其实不只是小婷。

丁美兮一边擦脚一边说："林彧天天都在催命，要火传鲁手里的批文。火传鲁的注意力根本就不在批文上面，他净身出户，借遍了所有亲戚和朋友的钱，贷款买了一个小房子，铁了心和我结婚。这件事情都长着腿，自己会跑，很快就会满城风雨，要是这件事情处理不好，我有可能就会暴露，我这颗棋子，怕是快要废了。你说，那个段迎九是不是会算命，算准了这几天要开锅，她再来加把火？"

"你刚才说什么？"李唐忽然眉毛一皱，看着丁美兮问道。

丁美兮被问蒙了，想了想回答："加火？"

"往前，再往前一句——你说你这颗棋子，快废了？"

"怎么，不能这么说吗？"

李唐的眼睛亮了一下，他看着丁美兮严肃地说道："你把刚才的话再说一遍。"看着丁美兮不明就里的样子，李唐把洗脚盆挪到一边，光着脚走到床头柜前，翻了半天拿着丁美兮的三管口红坐回来。

"你看，这是小婷，这是火传鲁，这是他手里的批文。"李唐指着排列整齐的三管唇膏，又把搭在肩膀上的擦脚毛巾揉成一团，放在旁边说，"这是段迎九，她是月亮，咱们是地球，日夜围着转，停不下来。想动她，肯定是动不了。"

"能动得了谁？"丁美兮问道。

李唐轻轻一捅，三管唇膏像多米诺骨牌一样依次倒下："火传鲁手里的批文，只要拿到它，林彧这里就能过关，兴许还能拿到该咱们拿的钱。而要想拿到这个批文，你就得嫁给他。你和火传鲁一旦结婚，就是全厦州最大的桃色新闻，所有人都会知道，包括林彧，和他上面的人。"

丁美兮渐渐明白了李唐的思路："卒子过河，我这步棋子，就算走到了头。"

"满城风雨，对一个间谍来说，这条路基本就算到头了。批文到手，十有八九，就该让你回去了。"李唐说着指了指代表小婷的唇膏和代表段迎九的毛巾球，"到那个时候，这两个麻烦，就都不是麻烦了。"

丁美兮愣了一会儿，这是一步险棋，能不能按照他们预想的方向走下去，谁也说不准。她抬头看着李唐问道："真回得去吗？"

"我要是你，我就信。"李唐认真地答道，"只有相信才能活下去，这日子才能往下过。人活的都不是今天，是明天。"

"可我要是嫁给他，得先和你离了。"

"你要是想好了，我去和李小满说。"

李唐的坚定让丁美兮越发犹疑："你是不是已经想好了？"

"只有这一条路了，没的想。"

丁美兮的眼神从憧憬到犹疑最后还是渐渐黯淡下来。她无数次想过回去，但说到离婚，却点到了她最大的心病。"咱俩离婚，李小满要跟着谁？"

正在这时，李小满懒洋洋的声音从门口传来："我回来了。"

计划按部就班进行，丁美兮在厨房做夜宵，李唐坐在餐桌旁，给李小满修手表。

"没坏，这是电池坏了，换一块就准了。"李唐鼓捣了一会儿说。

"是吗？"李小满似乎话里有话，"上回换了才多久啊，这就又慢了。这表饿了吃电池的呀？我可不是非要换新表。一星期才补三晚上的课，我已经迟到两回了。只要我妈没问题，我没问题啊。"

"买。"李小满刚说完，李唐就拍板定夺了，"卡西欧。明天放学之前，它就在这儿等你。"

见爸爸这么痛快，李小满有点意外："不过啦？还是喝酒啦？"

"你要还是不要吧？"

"我特么当然要了！"

此时，丁美兮把一杯牛奶和一个煎鸡蛋端出来，放到李小满面前，自己转身又进了厨房。李小满扫了一眼妈妈的脸色，小声问道："吵架啦？是不是把你骂惨了？跟你说啊，买表这事别犯冲动，夜里让人一收拾，明天又跟我要赖皮。"

李唐勉强挤出一个笑脸："不至于。不过有个事儿，得问问你的意思，我和你妈……"

"要离了？"李小满抢先接了下半句。

李唐看着手里的表，慢慢地点了点头。虽说这都是计划之中的事儿，但真说出口了，他还是有点不舒服。毕竟，在李小满看来，一切都是真实发生的。

但李小满表现得极其平静，她喝了一口牛奶，接着说道："是要问我跟着谁吗？上次不说过了吗，我妈。没别的事了吧，我先吃饭了。"

李小满说完埋头苦吃，李唐一抬头正好看见丁美兮站在厨房门口，默默地注视着女儿的背影。

事情并没有按照李唐的计划展开，火传鲁这边首先出了问题。因为气不过他出轨，前妻先是让姐姐带着一群娘家人，在单位门口把火传鲁当众揍了一顿。之后，又到单位举报，说火传鲁贪污公款。火传鲁被打了个满脸花不说，他出轨再婚的事儿在单位也彻底公开化了。而且因为前妻的举报，纪委宣布，在事情调查清楚之前，对其进行无限期停职处理。林彧要的那份批文，火传鲁恐怕一时拿不到了。但他要娶丁美兮的事儿，反倒成了箭在弦上不得不发。

丁美兮给李唐带来这个坏消息的时候，李唐心里也正在犯愁。

公司要求统一更换新能源电动车，但换车的费用由司机自己承担。十大几万，李唐拿不出来。负责谈话的老总也是实话实说，政府一声令下，他们都是胳膊拧不过大腿。凑不出钱也只能自谋出路了。

进钱的项目遥遥无期，出钱的口子接踵而至。李唐坐在车上，烦躁得扔下了手机。可没一会儿，手机又嗡嗡地响了起来。这次还是丁美兮，她又带来一个坏消息，李小满自杀了。

厦州大学附属第一医院的大楼里，十几年前，为了绑架黄德铭，李唐曾经小心翼翼地在这里穿梭游走。此刻，他站在急诊的观察室里，心情比刚走进医院的时候稍微放松一些。李小满并无大碍，她若无其事地躺在病床上，除了头发显得有些凌乱，别的看上去并没什么异样。

望着站在病床前的李唐，她用一贯满不在乎的口气问道："谁让你来的？"

"我身上长着腿，自己能来。"李唐虽然没有责怪，但神情总也算不上高兴。

李小满背对着丁美兮，颇为不耐烦地对李唐说："还要我说多少次？晚上睡不着觉，白天上课又不许犯困，刘静妈给她买的聪明药，不知道剂量，吃多了，行吗？你们又不信，胃也洗了，吐也吐了，我可以走了吗？"

李唐没回答，坐在他对面的丁美兮也没吭声。父母的沉默更刺激了李小满的情绪，她啪地拍了一下被子，大声喊道："我没自杀！不就是我妈找了个真爱要离婚吗？至于我去死吗？我傻吗我？"

整个观察室的人都朝这边侧目，李唐用眼神制止了丁美兮已经冲到嘴边的话，耐着性子对李小满说："留观十二个小时，大夫说的。"

听了这话，李小满也没办法了。她塞上耳机，干脆闭上眼睛装睡。李唐见状冲丁美兮招招手，两人起身朝门外走去。刚走到门口，就听见李小满在背后说："我改主意了，爸，我以后跟着你过，别拒绝我。"

　　约林处长林彧费了不少工夫，所以他把这次会面安排在一家高档洗浴中心里。这里的海鲜餐厅在富人圈里颇有名气，环境也十分私密。酒足饭饱再去楼上的洗浴部蒸个日式桑拿，赤裸相见，也像彼此展示坦诚的态度。

　　林处长身材高大，官威十足，看上去一副不苟言笑的样子。林彧一直在努力调动着气氛，他边剥虾边笑呵呵地说："真的，我对自己好奇的事情，就非要问到底。你说，我这种没完没了的劲儿，像不像你儿子？"

　　"我儿子比你可烦多了。"林处长淡淡地说。

　　"说说嘛。现场执法，肯定和电视剧里演的不一样吧？"

　　林彧的眼神中几乎流露出了崇拜，这让林处长很是受用。他清清嗓子，低声说道："毒贩都是八仙过海，知道他们怎么藏毒吗？"

　　"胃还是肠子？"林彧瞪着眼睛问道，"不会是屁股吧？"

　　林处长微微一笑："就算你怀疑，怎么确认他是不是在肛门里藏毒了？"

　　林彧停下手上的动作，极其认真地期待着答案。只见林处长用手比画成活章鱼的样子："让你咳嗽，一咳嗽，你的菊花就张开了。"

　　包间里爆发出一阵大笑，林彧边抹眼泪，边举起一把清酒的酒壶："喝酒喝酒……"

　　中午的浴池人最少，林彧泡了一小会儿就迫不及待地爬上来，喘着粗气念叨："不行，心脏受不了，我得缓缓。"

　　林处长却像一尊石佛，他把整个身子都沉在水里，耷拉着眼皮，纹丝不动。林彧坐在池边，拎起肚皮上的肥肉揉了揉："今天又吃多了。再不减肥，长途飞机都没法省钱，经济舱都坐不进去了。"说着，他看向林处长，缓缓说道："林老板最近有朋友去美国吗？拉斯维加斯？"

此时，一直稳坐浴池的林处长慢慢睁开眼睛，看向林彧。林彧知道时机已到，接着说道："当地时间，这个月最后一个星期六，到恺撒，玩二十一点，第七十六号赌桌，你朋友的运气会非常好。如果顺利，没准能赢一百万，美金。"

林处长没说话，但林彧心里还是比较有把握，这个价码还不动心的人太少了。果然，林处长很快也从池子里爬上来，对身旁脸蒙热毛巾的林彧问道："你和我都姓林，认识这么久了，还不知道你老家是哪个地方的林？"

林彧摘下毛巾，笑了笑回答："我这种生意人，劳碌命，成天到处跑，哪儿都是家。"

"生意人，不去搞海关，天天和我泡在一起，有意思吗？"

"条条大路都要通行证，都得搞，民营企业家不容易的。"说着，他招呼来一个服务员，嘱咐他用自己带的茶叶泡一壶茶，"没别的爱好，也就剩喝喝茶了。"

"喝茶好啊。我有个地方，茶新鲜，嫩。"

"是真的茶吗？"

林彧反问一句，两人不约而同地笑起来。"我这身体不灵，高血糖高血压，只能喝点真茶了。"林彧一边自嘲，一边暗暗想，这应该是最后一个条件了吧。

花样年华KTV里，洋酒啤酒摆满了桌子。几个衣着清凉的陪酒小姐，围着林彧和林处长，玩骰子赌酒。林处长的衬衫已经敞开了半截，露出里面白色的背心，他满头大汗，脸色在酒精作用下，已经发紫。

林彧也喝了不少，眼神有些迷离。这时，音响里切到邓丽君的《我只在乎你》。林彧立刻指着屏幕问道："谁会唱？你们谁唱邓丽君唱得好?"一个小姐拿过话筒,努力摆出深情的姿态,刚唱了两句,就被林彧夺过话筒打断:"不行。不够。这歌怎么能这么唱?"

林处长从小姐堆里探出头,他早已没有了刚才的架势,含糊地说道:"老板不高兴了。换个会唱歌的。深情点儿不会吗?"

另一个陪酒小姐眼疾手快,拿起另一支话筒,款款唱了起来。林彧听得渐渐入了神,他向身旁的陪酒小姐问道:"这个唱歌的,叫什么?"

"您想叫她什么,她就叫什么。"小姐娇媚而温顺地答道。

林彧眯着眼睛,看着不远处唱歌小姐的身影,片刻之后满意地点点头说:"叫她美兮。"

段迎九和汪洋站在审讯室隔壁的单面反光玻璃面前,审视着正在审讯老怂的朱慧。汪洋看了一会儿问道:"就这么一个办法吗?在一个个地排,一个个地过?"

"日子就得这么过,慢慢过吧。"段迎九答道。

"那你觉得朱慧怎么样?"

"不怎么样。"段迎九吸了吸鼻子,"问得不好。轻重缓急、先后顺序都不对,哪有这么审讯人的。"

审讯结束后,朱慧第一个走了出来,见段迎九端着茶杯站在外面,吓了一跳。审了半天,也没个所以然,见着领导自然有些心虚。朱慧定了定神,小声说:"还是没进展。"

"正常。"段迎九就回答了两个字。

"是不是我问得不够好?"

"正常。"还是那两个字。

"今天怎么让我来审了?"

段迎九又喝了口茶:"锻炼新人哪,这还用问?还要说什么?"

朱慧沉吟了一会儿,说:"我要和黄海领证,办个婚礼,想请三天的婚假。"

"走流程，打印出来替我签个字。模仿得像点儿啊，去吧。"

"什么意思？你怀疑她吗？"大峰不知何时来到了段迎九的身边，之前他一直在审讯室里和朱慧配合记录。

"我这么说过吗？你这个人，怎么能怀疑自己人呢？"段迎九瞪了大峰一眼。

楼道里，朱慧的背影越来越远。她和黄海真的快结婚了。段迎九心里恍惚了一下，一个女国安，嫁给同事，会是什么样的结局呢？会不会也和自己一样？可她自己并没有嫁给同事啊？

想到这儿，段迎九忽然意识到，自己有好久没有家里的消息了。深夜，她悄悄回到家里，不想一开门就被眼前的景象镇住了。除了几个不好挪动的大件，客厅几乎被搬空了。

段迎九下意识地往后退了几步，看了看门牌号，忽然明白了一切。她拿出手机，拨通了陈华的电话："你们是不是搬家了？你倒是告诉我一声啊，大半夜的，我又白跑一趟！"

陈华是带着离婚协议书来到春和茶馆的。趁着段迎九翻看协议的工夫，他一边泡茶，一边轻声说："你把这个家当成一个苹果。你血糖高，不能吃，但是也舍不得扔，就在这儿放着，枯了萎了就这么搁着。一说要削皮切块，你就逃避，就躲着。躲得苹果都放烂了，要不了了。你不是不想离，是不愿意去想，怕麻烦，像个鸵鸟一样躲着拖着。除了工作，你不愿意面对生活里的任何麻烦。小时候阿宝一生病，你就头疼。你不是解决不了，你是懒得去医院的儿科门口排队。单位才是你的舞台，家庭不是。"

段迎九不耐烦折腾那些小杯小碗，看完协议，她直接端起大个的过滤杯喝了一口，对陈华说："说得一套一套的，你什么时候不按摩，改心理大夫了？"

"你忙嘛，我就替你分析一下。"陈华比之前平和了很多。

段迎九把离婚协议书放到一边："你还挺仗义的，个个条款都向着我，房子也不要。陈华，苹果放烂了，责任不在你。你干吗像出轨被抓一样心虚？我用你给我留钱吗？阿宝万一考不上大学，自费出国，你去哪儿凑钱？"

陈华苦笑了一下，他拿出一支笔递给段迎九，又把签名那一栏替她放正，轻轻地说："那是我们俩的事情。"

段迎九也许犹豫了千分之一秒，然后痛快地签上了自己的名字。

两人默默地喝了一会儿茶，起身往外走。陈华跟在段迎九的身边，一句接一句地嘱咐："前天我刚去看过妈。什么都没说。你要是不愿意她担心，过年，过中秋，我可以陪你再回去。"

"谢谢啊陈大夫。"

"家门的钥匙我给隔壁刘阿姨了。她退休在家，也不出门，你什么时候回去，都可以去拿。"

"我不要那房子，以后给阿宝吧。"

"你血糖高，得定期测，得好好治疗。糖尿病是狼崽子，看着没什么，养大了就是祸害。别不当回事。"

这句话让段迎九有些意外："你怎么知道我血糖高？"

陈华顿了顿，依旧用很轻的声音答道："我毕竟是你丈夫。"

段迎九注视着眼前的陈华，想说什么，又觉得说不出口。茶楼里，客人来回穿行。踌躇之间，段迎九的眼神忽然越过了陈华的肩膀，一个熟悉的身影一闪而过。她顾不得陈华的反应，拔腿追了出去，可茶馆外的小街上，空空如也。

"你怎么了？"陈华追出来问。但段迎九已经无心与他交谈，她冲陈华挥挥手，说了句"你先走吧"，然后自己又一头冲进了茶馆。茶馆附近没有一个摄像头，是个监控死角。能找到这种地方的，除了陈华这种熟悉地形的老街坊，也就只有狡猾的"鲇鱼"了。

再次回到茶馆，段迎九直接扑到前台，要看监控。前台的姑娘一边吃米线，一边追剧，眼皮都懒得抬一下，便扔出两个字："坏了。"

"什么时候坏的？"

"不知道，问老板。"

段迎九瞥了一眼手机里的剧，三言两语剧透了大结局。前台终于愤愤地抬起头问道："你有事吗？"

"刚才走的那个男人，耳朵后头是不是有个痣？"

"怎么了？"

"他来这儿，是一个人，还是几个？"

前台看了看段迎九，警惕地问道："你是什么人？是警察吗？"

"你觉得我像队长，还是局长？"段迎九打了个马虎眼，继续问道，"和他见面的那个戴帽子的男的，长什么样？"

大概是相信了她的身份，前台仰起头想了一会儿说："挺高挺瘦的，下巴挺尖。"

"你们店里的摄像头，是不是他们俩来过以后，才坏掉的？"

"记不清了，好像是。"

"耳朵后头有痣的这个人，要是他来问，有没有人在背后打听过他，一定要否认，也不要修那个坏掉的监控。明白吗？"

前台似懂非懂地点了点头。段迎九看了看她跟前的那碗米线，轻轻说："吃吧，吃完就把这件事给忘了。"

峰回路转，批文的事情又有了转机。出乎所有人意料，火传鲁辞职了。他兴奋地把这个消息告诉丁美兮，还安抚她说，因为辞职要交接工作，很多东西都要从他手里再过一遍，包括那个批文。

丁美兮有些莫名其妙的惆怅，事情似乎又回到了他们之前计划的轨道上。但这也说明，她必须马上和李唐离婚了。

客厅里一片狼藉，收拾东西的丁美兮，差不多把所有家当都掏了出来。李唐在一边打下手，主要是帮丁美兮断舍离。可越是这样，丁美兮越舍不得扔东西，多年积攒的毛巾，促销囤购的卫生纸，整卷的垃圾袋，一分一毫她都想留着。

"真要让咱们离开厦州，就是一个电话，一夜之间的事情。电视冰箱，沙发衣柜，连这个房子都不能要了。"李唐在一旁劝道。

可丁美兮似乎早就想好了万全之策："咱们把房子租出去，找个能签长约的房客，十年合同，租金一次付清，赶走还能带着现金。"

"还租？"李唐觉得简直不可思议，"我下午出去找个中介，抓紧卖了。离婚分钱，也说得过去。"

丁美兮断然拒绝了这个提议："这几个月的房价在坑里，一高一低能差出一个卫生间来。不卖！"

看着丁美兮蓬头垢面还一脸算计，李唐忽然有些感慨。他没再多说什么，待她收拾完毕，开车带她来到了海边。天色已近黄昏，晚霞铺满海面。他俩就像当年在海边等船时一样，坐在海边，看着远处一艘时隐时现的小船。

"那年也是这么等着，不知道什么时候船才会来。"李唐说道。

丁美兮也有些感慨："自从生了李小满，就过得特别快。都十几年了，怎么我觉得像是十几天一样？"

"是没变，以前也是这么站着，也是这个姿势，还和那天一样。这十几年跟着我，挺苦的吧。"

"你别这样行吗，我有点不习惯。"丁美兮转头望向李唐。

李唐也望向丁美兮，点点头说："行，实话不爱听，那就说点虚的。我瞒着你存了点钱。"

"多少？"丁美兮立刻警惕起来。

"没多少，几根小金条，想着给李小满攒点嫁妆。这回万一只让你带着孩子回去……"

一丝不祥的预感在心头涌起，丁美兮骤然打断了李唐的话："你不回去吗？你一个人待在厦州，你能干什么？"

李唐觉察出了她的紧张，赶忙安抚道："万一，只是说万一。你都要走了，留着我干什么。"说着他掏出一个纸袋子递给丁美兮，里面装着一个LV的长钱包。

丁美兮一看就急了："不是说别买别买吗，你脑子里进了盐粒了？"

"私房钱都换了金条，先给你买个小的，以后换大的。"

"张嘴。"丁美兮上前不由分说地掰开了李唐的嘴巴，"你的假牙什么时候安？和你说了多少次，残牙不治对心脏不好，你聋了？你吃药把心脏吃出的问题你不知道吗？万一我们都走了，就把你一个人留在这儿，你好死不死地出点事，谁他妈会知道？啊？说话呀！哑巴了？说话！说呀！"

也不知道什么时候，丁美兮已经泪流满面。李唐笑了笑，轻轻把丁美兮搂进了怀里。晚风把他们的头发吹拂得凌乱不堪，像极了二人此刻的心情。

ENEMY

王小枪 著

对手 下

作家出版社

第十七章

段迎九穿了一身暗红色的西服来到香格里拉酒店。黄海和朱慧今天摆酒席，她是主婚人。这是段迎九第二次穿这身衣服，上一次是十几年前她自己结婚的时候。当时看见化妆师掏出粉底朝她比画过来的时候，她吓得差点掏出枪来。

妆到底也没化成，因为接到一条重要线报，段迎九把新郎和一屋子宾客扔在酒店，自己跑去办案子了。等她赶回来的时候，大厅内只剩下陈华和满桌的残羹冷炙。面对这样的局面，段迎九没有遗憾，更不觉得愧疚。她一边狼吞虎咽地吃着剩菜，一边告诉陈华："往后都是这种日子。你要是愿意结这个婚，咱就结。不愿意就直说，我理解。"

"要是不愿意，我就不等你了。"十几年前，陈华说话就是这么轻声轻语，完全听不出他是个来自草原的蒙古大汉。

可段迎九始终没有停下脚步，吃完婚宴的剩菜，她又连夜出差办案了。陈华什么都没问，都是需要保密的，是纪律。他心想，再等等吧。草原上，再张狂的马也有回家的时候，更何况是人。可没想到，一等十几年，段迎九还是越走越远了。

一只手伸到段迎九面前的盘子里，抓了块喜糖。段迎九回头一看，是大峰。春和茶馆"今日盘点"，段迎九派他和哪吒去店里装了一个隐秘的摄像头。看着段迎九投来询问的目光，大峰十拿九稳地点点头，然后对着段迎九上下打量一番说道："挺帅的呀。"

"那当然，主婚人嘛。"段迎九扶了扶胸前红色的喜条。舞台上，音乐响起，婚礼正式开始了。

要离婚，得先找到结婚证。丁美兮记得结婚证就放在床头柜下面的一个抽屉里。那个抽屉平时都是李唐在用，她几乎不怎么动。这会儿要拉开，才发现滑轮已经生锈，抽屉刚拉开一点，就倾斜着卡死了。

见丁美兮气急败坏的样子，李唐走过去，手上使了点巧劲儿，把抽屉扶正打开了。"老东西都有点自己的脾气，不能使蛮力，只能想办法顺着来。"

丁美兮没搭腔，她向抽屉里看去，里面放着一摞书本。拿开最上面的结婚证，一本手抄诗集赫然出现在眼前。那是十几年前，李唐从家里带来的。因为上面的一句诗"我爱你，与你无关"，彼时的花莲对沉默寡言的桃园暗生情愫。

丁美兮恍然回想起当年的情景，不禁问道："你不是说要送我首诗吗？"

"后头不都是给你写的吗？"

听了李唐幽幽的回答，丁美兮伸手要去翻看，却被李唐抢先一步拿过了本子："看什么看，你不是嫌恶心吗？"

丁美兮不甘心，非要拿过来看看，抢夺之间，两个人的手扯到了一起。他们愣了一下，马上分开了。片刻之后，李唐说："有日子没拉过手了，是有些腻。是吧？"

"嗯。"丁美兮低着头轻轻答应了一声。

"当初，我以为你要跟着林彧走，再也不回来了。"

"谁让你像个闷葫芦，心里有话也不问？"

"唉，老实人真他妈吃亏。"

待到李小满下课回来的时候，家里已经基本收拾停当。除了卧室少了一些东西，外面基本看不出太多变化。李小满一反常态，到家就钻进屋里认真地看起书来。丁美兮悄悄走进来，坐在女儿的床沿上，思量了半天，不知从何说起。

半晌，李小满坐在写字台前，头也不回地问了一句："有事吗？"

丁美兮咳嗽了两声，想起身去喝口水，又想起自己的水杯已经打包收起来了。她坐回床沿，轻声说："以后，其实，我也会经常回来。"

李小满嗯了一声，没回头。

"你爸忙的时候，我带你去下馆子。"

李小满又嗯了一声，还是没回头。

丁美兮脸上有点挂不住，嘴唇微微颤抖着说："你是不是特别瞧不起我？话也懒得说一句？"

李小满这次干脆连嗯都没了，好像什么都没听见一样。

丁美兮望着女儿的背影，挣扎着问了一句："你没什么要和我说的吗？"

"没有。"李小满在心里默念着，可她没把这两个字说出口。最后一夜，她也不想把气氛弄僵，而且她也不想破坏自己的好心情，毕竟手腕上崭新的卡西欧手表还在闪闪发光呢。

可什么也不说，似乎也应付不过去。在听到丁美兮又问了第二遍的时候，李小满客气地回了一句："明天早晨别熬粥了，有点腻，行吗？"

丁美兮强忍着悲伤的叹息，点点头，从李小满的房间退了出来。如果这个计划能护女儿周全，那现在的委屈也算不了什么了。

婚礼接近尾声，丁晓禾坐在一个背对典礼台的位置，埋头吃饭。因为陆续有客人离场，朱慧从旁边穿行了好几个来回。丁晓禾不敢抬头，生怕跟朱慧对视，可等她走过去，又忍不住看她的背影。此时，哪吒一屁股坐到了丁晓禾的身边。他找了双干净筷子，一边吃一边问道："刚才怎么没看见你，老段找着你了吗？"

丁晓禾赶紧转过脸来说："她有事要先走，我开大峰的车去送了她一趟。"

哪吒似乎很赶时间，三口两口扒干净了一碗饭，抬手看看表，对丁晓禾说："我也得先走一步，一会儿你搭老魏车吧。"

"行。"丁晓禾看着哪吒问道，"你和纳兰什么时候办？"

"起码一年。"哪吒抹了抹嘴，"别怕，给你留足时间攒份子钱。"

"谢谢啊。"丁晓禾浅笑着说。

哪吒神神秘秘地凑过来，小声说："她妈妈讲迷信，说今年不吉利，我俩犯冲，主要是对她不好。"

这句话让丁晓禾忽然想起，纳兰前几天和朱慧闲聊时说的话："咱俩同岁，你抢先一步嫁了，更显得我嫁不出去了。"

其实哪吒和纳兰怎么会不着急结婚，上完学年纪就不小了，又工作了两年，家里催婚都催出花来了。只不过他们这样凭自己的功夫硬考上来的小年轻，不敢像厅长家的大小姐朱慧这般任性罢了。专案组这么忙，朱慧想什么时候摆酒就什么时候请假，可哪吒和纳兰连出来喝喜酒都是按钟点请假。而且满桌的好菜纳兰都不敢吃太多，下一步她要化身春和茶馆的前台小妹前去蹲点，茶馆里售卖的上百种茶叶，价格、口味、颜色等她都必须烂熟于心，时间只有一晚上。今晚，她恐怕要喝茶喝到吐了。

朱慧的婚结得也不太顺。新娘三姑妈三姑夫，礼金二十万；新娘堂姐堂姐夫，礼金十万，金手镯金项链各两对；新娘姑外祖母礼金十八万八千八百八十八，三百克金锁一对；新娘小姨小姨夫礼金二十万，金桃一对；新娘大舅大舅妈礼金二十万……这个规模的礼金单子，之前已经震惊了黄海，婚礼当场宣读，又把他老家来的亲友震了个目瞪口呆。朱慧曾经委婉地规劝母亲，把这个唱钱的环节去掉。但母亲坚持说，彰显财力才能确保女儿今后在男方家庭里的地位。朱慧懒得纠缠这些鸡零狗碎，果然婚礼上，黄海的脸色一直不大好看。

再者，婚礼将近尾声的时候，朱慧的父亲直接下了命令：婚假结束，就要黄海辞职。他不在国安局了，朱慧也会很快离开。愿意继续干对口工作，公检法随便选一个就是了。

如果说财力上的碾压黄海可以用学识和清高略作抵抗，那么对于他职业生涯命令式的干涉，则是他完全无法接受的。但他比丁晓禾聪明，当着众人他没有直接反驳，而是用隐隐嘲讽的口气问："公检法没门槛吗，我想去哪儿，就能去哪儿？"

军人出身的朱厅长是个粗线条，没听出黄海话里的揶揄，直接答道："你考呀。你不是高考状元吗？笔试拿个第一，他们谁敢不要？"

"就这么定了吧。"朱母的口气倒是温和，但态度比老伴儿更坚决。

黄海不知如何作答，幸亏送完宾客的朱慧及时回来救了场。

"你们在这儿嘀咕什么呢？"

黄海没给岳父岳母说话的机会，搂着不明就里的朱慧，边走边说："专案组的都等急了，走吧。"

朱厅长意识到，这位新姑爷看着机灵随和，其实比之前正面硬刚的丁晓禾更有主意。

经历了这样一场疲惫又别扭的婚礼，小两口回到家自然也兴致不高。朱慧还是一贯我行我素的口气："你不用听他们的，要答应也轮不着你。除非我生个四胞胎，累死在家里，别的谁也拦不住我。"

"户主是你，你说了算。"黄海不冷不热地回了一句。不同于丁晓禾个性的柔软，黄海的心里有一股子乡下人的硬气。

正在摘耳环的朱慧透过镜子白了他一眼："领证之前我和你说什么来着？说这种屁话有意思吗？"

黄海没再搭话，纠缠这些破事都是浪费时间。电视上正在直播欧冠小组赛，巴萨对拜仁，他的注意力全在球赛上。而这时，电话又响了。黄海扫了一眼屏幕，待朱慧走进卫生间才接起来。

"一个男人，出轨的男人。拍到脸就算，越快越好。"手机里一个男人小声说道。

黄海毫不犹豫地回了四个字："我要涨价。"

对方犹豫了一下，答应了这个条件。黄海挂了电话，又把注意力转回到了球赛上。晚上熬夜痛痛快快看一宿球赛，明天再找个理由躲过婚后回门。或者也不用找理由，只要他稍晚表现出一些不想去的意思，凭朱慧的大小姐脾气，是不会求着他去的。前脚朱慧一走，后脚就可以出门做任务，黄海觉得自己的计划简直天衣无缝。

只不过这个计划里，并没有将朱慧父母的情绪考虑进去。既然岳父母说话办事不考虑姑爷的意见，那姑爷也不打算照顾岳父母的情绪了，一切都交给朱慧自己去应付吧。屏幕上，足球飞入门内，黄海激动地从沙发上蹿了起来。

民政局的楼道里，段迎九和丁美兮、李唐迎面相遇。但他们谁都没说话，段迎九还朝一边侧了侧身子，让刚刚从婚姻登记处走出来的丁美兮和李唐先通过。从窗户往外望去，丁美兮一下楼就直接钻进了另一个男人的车。他不是上次段迎九在丁美兮家"巧遇"的那个男人，而是一个名叫火传鲁的学生家长，据说他的孩子之前也一直跟着丁美兮补课。而丁美兮的作风问题其实早就人尽皆知，只不过这次闹得更大了。

"咱们也进去吧，趁着这会儿人少。"段迎九的身边传来陈华的声音，他俩今天也是来办离婚手续的。手续办完后，陈华又邀请段迎九在小肥羊吃了一顿散伙饭。陈华喝了酒，整顿饭都在回忆十几年婚姻的点点滴滴，虽然大部分情节都与段迎九无关。

放在以前，段迎九早都找理由跑了。可今天，她守着热腾腾的火锅，静静听了很久，直到陈华自己说烦了，才举起酒杯一饮而尽。

"都在酒里了。"喝完，段迎九起身离开，彻底告别了这段婚姻。

从民政局出来，火传鲁又带着丁美兮去了上次那家高档海鲜餐厅。他早已经提前点好了菜，一进门就嘱咐服务员开始做，不一会儿店里的各色招牌便被陆续端上了桌。

"都是你爱吃的。我和后厨打过招呼，海鱼里多放了辣椒，你要不要先趁热尝尝，一凉鱼就缩了。"火传鲁一边拿公筷给丁美兮夹菜，一边殷勤地劝说道。

但丁美兮眼睛一直盯在火传鲁刚刚给他的批文上，听了刚才的话，她淡淡地问了一句："你怎么知道我爱吃什么?"

"你无意中提过的。"

"我说过吗?"

"你说的每句话，我都记得住。"

丁美兮慢慢抬起头，打量着火传鲁。火传鲁一见，马上抓住机会说："我托了个会看日子的人，说明天就特别好，你要是没意见，咱们要不把证领了?"

"明天教委要听课，请不了假。"

"好好好，听你的。过两天，过两天。"嘴上虽然答应得痛快，但脸上还是不禁流露出一丝失落的神情。

丁美兮望着他，举起手里的批文，问道："我就是个语文老师，要这么个东西干什么？我说要，你就给，为什么不问清楚？我说有个朋友，那个朋友是谁，他要来干什么，是不是在骗你，万一泄了密，你会不会跟着倒霉，你没想过吗，还是脑子坏了不会问？"

连珠炮似的问题，火传鲁一个都没接，他默默吃了两口菜，才小声答道："别说一个批文，你要是得了病，器官移植，肝肺心脏，要什么我也割给你。"

"你是不是疯了？"

火传鲁抬起头，看着丁美兮说："见你第一天，就疯了。"

李唐的车就停在海鲜餐厅的不远处，他远远看着丁美兮送走了火传鲁，然后快步朝他走来。

一上车，丁美兮便问："去哪儿见他？"

"批文呢？"李唐反问道。

丁美兮转头看了李唐一眼："放我这儿，不放心吗？"

按照规矩，李唐此刻应该先确认批文，但他没有坚持，一边发动车子一边说："林或说是让等他电话，走到哪儿算哪儿。"

车子最终停在了老码头外的一条小路上，这里是当年他们三人第一次见面的地方。除了多出一个小公交站，这条路几乎没什么变化。但在这里会面的人，早已不复当年的心境。李唐和丁美兮站在公交站的凉亭下，各自翻看手机。不一会儿林或便悄悄赶来，坐在了他俩身后的椅子上。

"为了你公开辞职，还要净身出户，火传鲁已经废了。因为这个疯子，你离婚的事情，全厦州的教育界也都知道了。上面的意思是，你可能得回去。收拾一下吧，以后恐怕也不用回来了。"林或看着丁美兮，他的话听上去既像责怪又像命令，"不是今天就是明天，等信儿吧。就算没领结婚证，学校也知道你改嫁了。蜜月期去一趟南方，出趟国，天经地义。你们可以先去澳门，提前订一个威尼斯人的套间，有人会安排你离开。"

"我要带着女儿。"丁美兮冷冷说道。

林彧看看李唐说："当爸爸的要是没意见，我无所谓啊。"

"火传鲁呢？"李唐在旁边插了一句，林彧的话不能全信，要旁敲侧击地探听他的真实意图。

"失踪案，该报警报警嘛，走正常流程。"林彧交代说。

而丁美兮关注的是另一件事："李唐什么时候走？"

林彧的答案有点出乎意料："谁说他要走？"

不等李唐开口，丁美兮抢先质问："我已经臭了，身败名裂，他也一样，他为什么不走？"

"你不看新闻吗？去年全国离婚率百分之四十三，结两对就要离一对，很正常。再娶一个，不难。"

林彧说着，脸上一副无所谓的表情，这更加激怒了丁美兮，她提高声调继续问道："你要给他安排个新老婆？也是上面派的？说凑就要往一块凑，这是一夜情还是二婚？"

李唐向旁边挪了两步，假装不经意地挡在丁美兮身前，添了一句："我把房子都挂到链家了。"

林彧冷笑一声，慢慢站起来，看着丁李二人说道："执行命令，什么时候开始讨价还价了？"

丁美兮一把扒开身前的李唐，毫不畏惧地迎着林彧的目光问："是不是上次在车里吵架，李唐惹你不高兴了？我没说你给他穿小鞋，十几年了，我们的孩子都快高考了，为什么不能让他和我们一起回去？"

林彧没有回答，只是冲丁美兮一伸手："批文呢？"

"钱呢？该我的一百五十万，什么时候给？"

"如果不给呢？"

"那批文也不给了！"

林彧没想到丁美兮会和他正面较量，他偷偷瞄了一眼李唐，感觉李唐应该也不知情。因为他的神情更慌张，一边拦着丁美兮，还一边对林彧解释："她甲状腺功能减退，终身服药今天忘了吃，她这是闹病呢！"

可丁美兮的怒火已经压不住了，她拼命甩开李唐，像一头愤怒的母狮对着林彧和李唐狂吼："路上了，拐弯了，就几毛钱还要先洗干净，你们蒙谁呢？从幺鸡到你，这钱拐了这么多次弯，怎么老是拐不进我们家去？不给就不给，别骗人啊。你不想当棋子，你要当那只手，行，李唐把牙都摔断了，种一颗要上万，你这手倒是给他安上呀！我，一个堂堂人民教师，搞外遇的破事儿闹得满城风雨，就不说那些学生怎么看我了，现在班主任已经被撸了，下一步就是调岗。我连讲台都上不去，饭碗眼看就要砸了。李唐你在这儿装什么？出租车公司逼着你换车，你有钱吗？你连罚款加油都得自己贴，你还在这儿要脸呢？等着跑黑车吧！"痛骂了一顿李唐之后，她冲到林彧面前，冷冷地甩了一句，"也别处分了，干脆枪毙吧"。

林彧抹了抹脸上的唾沫星子，看看丁美兮，又看看李唐，平心静气地说："你说的这些我都知道了。有些事情我能定，定不了的，我和上面说一声。等信儿吧。"

小路又恢复了之前的宁静，望着林彧远去的背影，李唐轻轻叹了口气。丁美兮以为这是在责怪她，不服气地说："不闹这么一次，他们会一直欺负下去。不给钱，不放人，把我们欺负死。"

这话听上去似乎也有些道理，但换作李唐，他不会选择这么做。看着余怒未消的丁美兮，李唐本想再劝解劝解，但这时手机忽然响了起来。李唐接通了这个陌生号码的来电，耳边立刻响起小婷兴奋的声音："你在哪儿？我已经到厦州啦！"

林彧的车只开出一条街就停了下来，他猛地拍了下方向盘，发泄出隐忍已久的怒气。十几年前，来厦州的前夕，给他交代任务的长官说，跟他一起去大陆执行任务的，一个是特训班十年一遇的天才学员，一个是手段和功夫都无出其右的美女，让他执行任务的时候多留心多学习，千万别丢脸。

错过撤退的时机后，李唐和丁美兮两人作为"凤凰"潜伏了下来。被赋予这个代号，本身就是最高级别的褒奖。可没想到，短短十几年，两人竟然混到了这步田地。生活经营得一穷二白，一见面就像领失业救济金的穷鬼一样，没完没了地唠叨经费。现在竟公然拿批文来要挟他，这样的人，一辈子都只能是个任人摆弄的棋子。

林彧缓了好一会儿，待呼吸平稳之后，打通了汇报电话。他原封不动地汇报了丁美兮的所作所为，并且说出了自己的处理意见："我建议，既然这颗棋子已经废了，干脆……"

李唐风风火火地开车赶到了厦州高崎国际机场。尽管时间紧迫，他还是找地方把出租车洗得干干净净，自己也收拾了一下头发。前几天，他还想去一趟香港，提前见见小婷，趁她转机的时候拦住她别来厦州。但小婷的行动力太强，不等李唐安排好，她就先斩后奏地来了。要看这股果决的劲儿，女儿比爸爸强。李唐用这样的想法，安抚自己紧张的情绪。

机场大厅里，李唐在穿梭的人流中来回张望。一个年轻女孩在他的视野里出现了几次。她拉着行李箱，脖子上套着一个旅行枕，翘首期盼，似乎是在等人。李唐又悄悄打量了这个女孩一番，她身材瘦削，虽然皮肤是热带独特的小麦色，但五官样貌却是温柔清丽的。

大概注意到了李唐的目光，女孩也朝他看了过来。两人对视了几秒后，李唐小心翼翼地叫了一声："小婷？"

女孩的眼睛一下子亮了，她像一只小鸟，轻盈又飞快地扑到李唐身边，盯着他看了看，说："刚才我就觉得是你！你怎么老了这么多?"

李唐下意识地摸摸脸:"老吗?"

"比照片上老。"小婷说着掏出手机,一边自拍合影一边笑着说,"你给自己拍照还用美颜哪?"

咔嚓,手机屏幕上留下了李唐的拘谨和小婷的笑容,这是父女二人的第一张合影。

一路上,李唐向小婷复述着他来时编好的谎言:生意上出了点小问题,有笔账让别人给拖累了,限制高消费。为了谋生,暂时开出租。

小婷一直表现得很兴奋,不停打断李唐,询问厦州有什么好吃好玩的。直到听李唐说开出租车的时候,她才短暂停顿了一会儿。李唐有些紧张,这些年他拼命给小婷寄钱,想给她编织一个美好的梦境。她怀着无限的憧憬奔到父亲面前,却不想是这样的局面,正是年轻爱虚荣的时候,她会不会受不了。

那几秒钟的停顿,李唐备受煎熬。没想到,小婷突然大叫一声:"太好了!我还以为你要破产完蛋了,你还有车!"

李唐微微松了口气,笑着对小婷说:"走,带你去吃半月沉江。"

晚饭后,李唐带着小婷开上了演武大桥。第一次来厦州的小婷摇下车窗,举着手机兴奋地四处拍照,一边拍还一边问李唐:"我在谷歌上查过,自从有了郑爷爷,厦州再也没有过台风。真的有这么灵吗?"

李唐像当初回答林彧一样回答着小婷:"心诚则灵,神仙当然不一样。过两天我带你去南普陀,拜拜菩萨。"

"你许愿了?"

"观音菩萨最慈悲,知道我惦记你,叫我省心,保你平平安安长大。"

李唐的声音听起来有些幽深，小婷看着他问道："上次见你，是什么时候？"

李唐没有回答她的问题，先是问小婷研究生入学的情况，又问她要不要出国旅游。两人热烈地讨论了一会儿，小婷忽然真诚地问道："你是不是以为我是扑你的钱来的？"见李唐不吭声，她又接着说："我知道你不想让我来。男人都有正经事要忙，我懂。要不是那边的学费比这边高太多，我也不来。我和你一样怕坐飞机。厦州大学还有留学补助你知不知道，我们班总共才二十一个人，三分之一都想要来！学校里有海外社和同乡会，学姐说这边的工作更好找。勤工俭学，我什么都会。你有你的难处，以后就不用给我寄钱了。"

李唐的心里涌起一阵酸涩。这个孩子本就是他年少冲动的产物，母亲早逝，父亲浪迹天涯。她自己不放弃不堕落，努力地长成了一个好姑娘，拼命地来到他身边，想抓住属于自己的一点亲情血脉，可还得小心翼翼地体察着父亲的情绪，配合着他说笑。李唐觉得自己不能再继续欺骗小婷了，哪怕只说出一部分真相，也是父亲献给女儿的一片真心。于是，他脱口而出两个字："假的。"

"是真的，我说的是真的，我发誓。"小婷一时没明白李唐的意思。

李唐目视前方，平静地解释说："我说的是假的。以前告诉过你的那些，都是假的。"

没想到小婷马上答道："我知道。"

李唐有些意外："你知道什么？"

小婷也把头转向窗外，轻轻叹了口气说："保育院里的小孩太多，孟妈妈根本记不住。一会儿说你在这边当老板，一个月能赚一条船，一会儿又说你要回来投资开鞋厂。隔半年你再问她人呢，怎么说好又不回来，她都不知道说过些什么。所以我知道你有事。"小婷再次看向李唐，认真地问道："你是不是犯了法，躲在这边开出租车，回不去了？"

李唐一时不知道怎么回答，没想到小婷突然噗嗤笑了："你这么胆小的人，闯个红灯就算违法了吧？什么真的假的，你骗了我多少事情？"

李唐也跟着小婷笑了笑，他望着车窗外的夜色，无奈地说："日子还久，慢慢和你说吧。"

小婷突然安静了下来，顿了顿，开口说："孟妈妈说，越是很久没见的人，见面的第一天越要多说话，说得越多越好。她说，让我千万别腼腆，我要当了哑巴，以后就没法聊了。"

"那你平时话多吗？我的意思是别勉强，随意点。"

"孟懿子问孝，子曰无违。你是当爸爸的，你说什么就是什么。"小婷的声音一如往常温柔。

出租车慢慢驶过厦州大学思明校区的门口。小婷看着门口的四个大字，有些神往地问："我现在就想进去看看，可以吗？"

"周一到周五，每天一个半小时。周末一天不超过五千人。现在你是游客，想进去得预约。再过十天你就是学生，谁也拦不住了。"

"爸爸……"

小婷猝不及防地一喊，让李唐有些不习惯，他打断了小婷说："要不你就叫我名字吧，我不介意。"

"很别扭吗？"

"有点不太习惯，可能过些时候就好了。"

"你是不是怕谁听见？"小婷沉吟了片刻问道，"你女朋友是干什么的？"

李唐没有回答小婷的问题，而是自顾自地说："有些事情它在昨天和今天不一样。我其实也没想撒谎，你明白我的意思吗？"

小婷特别认真地点了点头："你也不想把我一个人丢下不管。你犯了法，回不去，又不想让我知道了觉得丢脸。虽然不见面，你一直都在惦记我。我理解得对吗？"

整天面对浑不吝的李小满，突然冒出一个这么善解人意的女儿，李唐一时都反应不过来。他说不出这种感觉是心酸还是欣慰，沉吟了一会儿才坚定地说："从今天起，咱们就再也不分开了。"

"你还没告诉我，你女朋友，是干什么的？"小婷又提起了刚才的问题。

李唐想了想，坦诚地说："我结婚了，还有个孩子。"

"男孩女孩？"小婷看看他又问。

"和你一样，过几年就和你一样大了。她特别乖，性格和你也差不多，你们肯定会相处得很好。你看，尤其嘴角，尤其是笑的时候，你俩几乎一模一样。"

小婷的心里有些忐忑，但听了李唐的话，还是努力扬起嘴角，浅浅地笑了笑。

围绕着春和茶馆的布控，已经全部安排妥当。纳兰在茶馆前台，热情而熟练地迎来送往。茶馆斜对面的楼上，国安局征用了一处民房，从房子的窗户望出去，茶馆大门口一览无余。两架望远镜支在窗口，除了休婚假的黄海和朱慧，其余人三班倒，每星期换两次岗。

段迎九还是守在别克商务车里盯监控，哪吒负责开车以及领导身边的其他杂务。但段迎九却对他不太满意，附近那么多小吃摊，但哪吒每次出去买饭，都能选中方圆三百米内最难吃的那份。

傍晚时分，段迎九有点犯困。她让哪吒搜一首歌听听，可他搜了半天，一首合意的都没有，直到邓丽君的《何日君再来》响起，段迎九才让他停下来。

听着歌望向窗外的人流，哪吒自嘲地说："上个月纳兰过生日，我俩去了一趟KTV，新歌榜前三十页，没一首会唱的。"

"你这么年轻，不至于吧？"段迎九难以置信。

"天天窝在专案组，外面火什么电影都不知道了。老板你说，年前能抓得住人吗？"段迎九没吭声，哪吒自言自语地说，"我妈最爱听邓丽君，她说邓丽君是特务，从小我就好奇这个八卦，到底是不是？"

此时，段迎九忽然一抬手，冲着窗外一个身影，问哪吒："你看，那个人是谁？"一个戴墨镜的男人，边打电话边慢慢朝茶馆走去，来到门口，他朝左右看了看，转头的瞬间，段迎九清楚地看到了他右耳后面的痣。

楼上望远镜前的大峰也看到了，追了"鲇鱼"这些时日，突然看见他就在眼前，大峰几乎不敢相信自己的眼睛。他对另一架望远镜前的丁晓禾问道："是他吗？"

丁晓禾盯得眼睛发胀，但他很肯定地答道："是他！"

所有人的心都揪成了一团，哪吒的一只手已经攥到了车门把手上，他屏住呼吸，小声问了句："抓不抓？"

邓丽君的歌声里，段迎九一动不动地望着外面。当她看到打完了电话的林彧抬脚走进了春和茶馆时，她抑制着自己的激动对众人吩咐说："都别动——鲇鱼没有自己喝茶的闲心，看看他要等的人是谁！"

进了春和茶馆，林彧径直走到茶架旁挑选起来。他用左手拿起一块茶饼，放到鼻子前嗅了嗅，转身对前台的纳兰问道："这个怎么样？"

纳兰跟过来回答说："保真古树，化开快，稍微带点蜜香，普洱里算走得最快的。"

林彧老练地一笑："家家都说自己是真的，不是拼配的吧？"

纳兰对答如流："老板说了，假一罚十。不是勐海茶，赔你一万。"

林彧看都没看纳兰一眼，便把茶饼递给她问："多少钱？"

"五百三。在这儿喝带茶道，五百五全包。"

林彧从架子上拿起一把茶刀说："茶道免了，给我找个安静的地方。"

纳兰点点头，两人一前一后朝茶馆里面走去。忽然林彧的手一松，茶刀当啷一声掉到了地上。林彧弯腰捡起来，面色如常地继续往里走去。

茶馆外面，大峰正在熟练地往手枪里填子弹。丁晓禾麻利地把鞋带打成了死结。老魏和另外两名便衣干警，顺着不同方向闲逛，其实是把住了出入茶馆的路口。段迎九的耳机里，传来纳兰的声音："老板你们几个人？拿几个茶杯？"

之后耳机里一片寂静，过了几秒，哪吒忍不住小声问了一句："鲇鱼怎么不说话？"

电水壶咕噜咕噜地喷着热气，纳兰一边在走廊的木茶几上拆茶饼，一边用眼睛余光瞥见林彧进了最里面的茶室。

此时，她的耳机里传来段迎九的声音："纳兰？"

"在。"纳兰不动声色地望着手里的茶饼，用极轻的声音应答道。

"他人呢？"

"进去了。"

"他有什么异样？"

"没有。"

"他愣了几秒钟不说话，为什么？"

"不知道。"

段迎九在脑子里飞快地思索，忽然问纳兰："刚才当啷一声，是不是茶刀掉了？你怎么做的？"

此时纳兰已经端着茶盘，脚步轻快地朝茶室走去："什么也没做。"

段迎九心里咯噔一下，她抓着耳机又问了一句："你有没有吓一跳？"

纳兰的脚步突然停了，她愣了一下说："没有。"

段迎九一把将车门拉开，飞快地跳下车，所有人的耳机里都传来了她焦急的喊声："抓人，现在就抓……"

第十八章

看着人去楼空的茶室，段迎九的脸色有些难看，她拉住了想追出去的大峰，说："这是他挑好了踩过点的路，追不上了。"

"用不用留个人，碰碰运气？"大峰问道。

"没必要，他再也不会回来了。"

段迎九一反常态地没发火，这反而让大家心里更不舒服。尤其是纳兰，她站在一旁，脸色苍白地向大家道歉："对不起，我没想到他会抠那么细。"

"粗一次就会要命，你要是鲇鱼，也会一样警惕。"段迎九慢慢说道，她并非改掉了暴脾气，而是大脑还在飞速转动，"找那个要来接头的。马上把茶馆附近的摄像头全调出来，他要等的如果是个守时的人，就在十分钟之内。撒网，捞鱼！"

监控中心的由三十六块屏幕拼成的墙上，哪吒站在旁边用一根激光笔向众人介绍情况："春和茶馆是圆心，有效半径平均在三百米左右，除了北侧的步行街，剩下的东西南三个通往茶馆的方向，从'鲇鱼'出现开始，一直到他逃脱之后的十五分钟之内，通过附近的七个摄像头，和他前后脚出现的，一共三十六个人。老魏带人排查了他们的职业和家庭情况，没什么特别发现。截止到五分钟之前，大峰他们刚把这些人在你第一次在茶馆遇到鲇鱼那天的行踪过了一遍，百分之九十九的人都有在家、单位或者外地和商场的证明，只有一个人除外。"

一个瘦削男人出现在屏幕上，段迎九骤然想起之前和春和茶馆前台小妹的对话：

"和他见面的那个戴帽子的男的，长什么样？"

"挺高挺瘦的，下巴挺尖。"

哪吒在一旁讲起了此人的情况信息："郑贵平，祖籍山西定襄，七年前来到厦州定居，朋友都叫他郑三。没有案底，曾经开过一家小的广告公司，失业四个半月以后，今年初进入麦田地产，担任思明区湖滨路客户经理。按照店长的说法，他是个老实人。"

段迎九喃喃说道："老实人，房产中介，这样的人游到哪儿都不会惹人注意。还有呢？"

"'鲇鱼'上次去春和茶馆的当天，只有他既不在家里，也不在店里。我们查过，他也没有带客户看房的记录。"

段迎九端详着郑三的照片："挺高挺瘦，下巴也挺尖。哪吒，给大伙儿订夜宵吧，又得大海里捞针头了。查天网，从当天早晨开始过，看看这个不好好上班、迟到早退的老实人到底去了哪儿。"

按照段迎九的指示，一众干警忙活了数日，摸清了郑三当日的动向。从麦田地产门店出来，他上了一辆公交车，坐了四站下车，边走边接了个电话，然后穿过一片居民区，最后消失在思明区一条无名的胡同。丁晓禾与哪吒连夜赶到了这个地方，他们搞不清这附近是本来就没有摄像头还是摄像头被破坏了，但继续往前走了不远，在胡同尽头发现了一座锦江之星快捷酒店。

很快，二人在酒店的监控里再次看到了郑三的身影。他一进门口便迎来了一个浓妆艳抹的女人，这个女人之前已经在酒店前厅待了好久，显然是在等待客人的小姐。两人面对面聊了几句，女人挎上郑三的胳膊便朝楼梯走去。酒店的经理看到这一幕有点心虚，但丁晓禾与哪吒只有失望。经理的神情说明他们知道酒店里长期徘徊着暗娼，但这也恰恰说明郑三背着所有人出来就是找女人，跟"鲇鱼"扯不上关系。

放学的时候，李小满视而不见地从丁美兮身边走过。丁美兮无奈地追过去说道："晚上想吃什么？我带你下馆子。你爸有点事，今天咱俩凑合一顿吧。"

李小满半信半疑地望了望丁美兮："什么事这么急，连我都不管了？"说完又自顾自地快步朝外面走出去。

丁美兮正要回答，有路过的老师和她打招呼，等丁美兮寒暄完，李小满已经独自往前走远了，丁美兮赶紧追了上去。放在以前，李小满这个态度她早就气得七窍生烟了，但现在她没工夫生气，时间紧迫，好多事都得跟李小满交代清楚。

第一件，就是她要继续在这个家里借住几天，因为随时准备撤离，她必须和李小满在一起，确保到时候可以把她带走。第二件，就是小婷的事儿。李小满是李唐捧在手心里长大的，从小到大独得很，骤然得知李唐要领回一个女儿跟她一起生活，恐怕心理上很难接受。而她不接受的方式也只有一个，就是闹。

可是从餐厅的饭桌上到去补习班的路上，丁美兮竟没找到一个适合开口的机会。这一方面是李小满对她说什么都不大想听，另一方面她自己也在犹豫。如果很快就能离开，那何必让女儿不痛快呢？

想着这满脑门子的官司，丁美兮独自回到了已经不属于她的家。她没开灯，默默放下钥匙和包，然后坐到沙发上，疲惫地叹了口气。

"这么晚才回来啊。"一个声音从背后冷冷传来。丁美兮一下从沙发上弹了起来，鱼缸的补光灯在水中映出幽蓝色的光亮，把林彧的脸色照得更显阴森。但林彧并没有看向丁美兮，他一直盯着游来游去的小鱼，似乎漫不经心地说："女人都不爱听关于年龄的话题。但我还是得说，你的敏感度和以前比，差远了。"

"你吓死我了！"丁美兮心有余悸地说道。

"李唐呢？他去哪儿了？"林彧问道。

"离都离了，我怎么知道？"

林彧终于抬起头，他一边向丁美兮走来一边说："火气这么大，要不要我给你倒杯水？"

林彧的靠近让丁美兮越发紧张，现在只有他们两个人，正面硬刚她占不到便宜。于是，她调整了一下情绪说道："批文的事情，和他没关系。"

"我问的是他人呢？"林彧又重复了一遍刚才的问题。

"为什么不给他打电话？"丁美兮隐隐感觉到了一丝严厉的气息。

林彧没有得到正面回答，转而开始审问丁美兮："你今天一天都在哪儿，谁能证明？从早晨起床开始，我要知道你们俩在哪里，干了些什么。具体到每个小时，每分钟。"

"我……"丁美兮一时语塞。林彧并没有继续追问，而是补了一句："批文今天必须拿走。"

丁美兮立刻倔强地反问了一句："要是拿不走，就要打死我吗？"

林彧盯着她看了一会儿，把手默默伸向衣服口袋。丁美兮心里一紧，枪还是刀？林彧的心狠手辣，十几年前角川的门牙已经证明过了。但林彧掏出来的并不是武器，而是一支笔："欠你的钱，我给你写个借条。"

批文和借条同时递到了对方的手里，丁美兮吹了吹借条上的新墨迹说："是你非要写的。我从来没想过去逼你。你就是不写，批文我不也得老老实实拿出来？"

林彧把批文仔细翻看了一遍，小心收好后答道："全球都在讲民主，谁说的有道理听谁的。你说得对，欠你的钱是得还，天经地义。"

丁美兮小心试探着问道："你说的不是气话吧？"

"怎么会。我要是你也得着急。放心，半年内要是还给不了，我自己去拆房卖地。"

"还是气话。"

林彧不置可否，他站起身来，仿佛要就此离开，可往外走了两步突然没头没脑地问了一句："对了，我还没通知，李唐就把房子都挂出去了，他是等不及了，还是掐算好了上面一定叫你们回去？"

"离婚，钱和房子都得分，演戏得演全套啊。要不是为了那个破批文，也不至于这么麻烦。"丁美兮不忿地抱怨了一句，但心里却在悄悄打鼓。

"过错方是你，净身出户理所应该。怎么还要卖房子分钱？你们不是协议离婚吗？"林彧的问题严谨得像民事法庭的法官。

丁美兮有点扛不住了，她把借条揉成纸团往地上一扔，冲林彧喊道："不就是让你打了个借条吗？上纲上线，你干脆给我念一遍《婚姻法》吧！"

林彧的脸上没有一丝表情，他直勾勾盯着丁美兮说："你心里越慌，发的火就越大。不知道怎么回答我，就用赌气把泼撒出来。这个事情比借条严重得多，你还在装什么？十几年前在隔壁，你连杀人都不怕。现在比以前更懂事了，没得到通知，就下了要走的心。我要是不拦着你，这就叫叛逃。"

丁美兮一言不发，但没控制住嘴唇微微抖动了一下。只听林彧突然怒喝一声："丁美兮！从今天起，不能离开我的视线。重复一次。"

只这一句话，就好像把丁美兮带回了阳明山下的训练基地。她下意识地立正，低声答道："从今天起，不离开你的视线。重复完毕。"

紧张的状态持续了十几秒，林或才渐渐松弛下来。他捡起地上的借条，缓缓说道："一个好消息，后头还跟着个坏消息——你和李唐暂时都不用回去了。"

"这算好的，还算坏的？"丁美兮茫然地问道。

"你怎么不问我，什么时候才叫你回去？"

"什么时候，我们才能回去？"丁美兮机械地重复着林或的问题。

"也许，可能，你们俩都要在厦州退休了。"

丁美兮看着林或一步步走过来，把借条塞进自己的手里，然后凑在她耳边，极轻地说了一句："小婷来了。你说，这算好消息吗？"

肚子咕咕催了好久，丁晓禾才放下手里的工作下楼吃饭。早已过了饭点的拉面馆，只有稀稀拉拉的几位食客。丁晓禾找了个靠窗的位置，三口两口就把面条秃噜了大半碗。

店内的墙壁上挂着一台电视，无精打采地重播着本地新闻："今天上午，第十三届厦州国际动漫节'金海豚奖'动画大赛颁奖仪式在集美隆重举行，66部作品从3116部参赛作品中脱颖而出并斩获'金海豚奖'。众多入围作品作者、国际动画协会、台湾中华资讯软体协会、新加坡漫画创意协会等嘉宾，以及国内外动漫画企业、出版社、平台等齐聚一堂，同日举行的动漫节平台招商合作签约仪式上……"

刚喝了两口汤的丁晓禾忽然停住了，"第十三届厦州国际动漫节"这几个字他之前在别处看见过。他在脑子里快速检索着记忆库，忽然一份报纸的字迹浮现出来。

丁晓禾扔下二十块钱，急慌慌地冲出面馆，打了辆出租车，一路飞奔到胡同里那家锦江之星。他再次调出了之前的监控，一个落地报纸架摆在郑三的身后，最上面的一份《海峡都市报》头版头条标题正是"第十三届厦州国际动漫节'金海豚奖'隆重揭晓"。

专案组办公室里，丁晓禾飞快地汇报着自己的发现："这个颁奖礼是昨天的事，新闻今天一早才印出来，报纸最快也得到上午才能买到。酒店监控的时间比它提前了至少六天。为了制造在场证明，有人在故意作假，这是一伙非常聪明的人，这个郑三有问题。"

紧接着，另外两方面的信息也及时补了过来。哪吒确定了视频的来源："查实了，这个视频监控是后补替换的。自证清白的郑三本人就是个软件高手，以前开广告公司的时候，他本人就是技术部总监。公司关门也和他的黑客手段被人投诉有关，全对上了！"老魏也打来了电话，他找到了监控里出现的女人，据她交代，进了房间，她和郑三除了看电视什么也没做。

此时，段迎九的手下正按着一份《海峡都市报》。她直接指示道："通知大峰，抓人。"

海峡对岸，一盘中国象棋摆在了刘处长和新长官的中间。新长官上任也有几个月了，刘处长也基本摸清楚了他的性子。急脾气、爱吼叫，真到了要紧的关头，一样也是不敢拍板。否则"凤凰"那边一出状况，他怎么马上就约下棋了。

在情报局混了大半辈子，刘处长见过的人经过的事儿太多了，所以他还是一贯慢条斯理的老样子。马已经捏了半天，新长官一边催棋一边问"凤凰"的事儿，刘处长一脸为难地说："你老是问我的意思，你才是老板啊。"

"那两个是不是你的人？谁拉的屎谁擦，十几年的惯例你不懂啊？你这个马到底跳不跳？"新长官急吼吼地问。

刘处长想了想，又把马放了回去，拿起一枚卒，轻轻往前拱了一步："既然林彧觉得没把握，要不，就当没这颗棋子吧。"

啪，新长官直接把一枚车砸到这个卒的上面："我就说嘛，小卒子一个，话都不听了，还不干它？"

眼看着卒子要被吃掉，刘处长突然抓住了新长官的手腕子："你让我再想想。"

郑三被捕的时候，正趴在一家盲人按摩理疗馆的按摩床上拔火罐。他光着膀子坐在审讯室里，背上黑紫色的火罐印子上，还有几道抓捕时划破的伤口。和以往被捕的人完全不同，郑三不等别人问，自己就急切地全招了："我喜欢逛军事论坛，就是个爱好。网上我发过的帖子你们都看见了，我就是个二把刀。那个人发过一篇炮兵和侦察兵装备的文章，把四十年前越战侦察兵仪器装备的照片都贴了，我也以为这算泄密，他说这些东西在淘宝上都有，一千多块钱，最多五千就能把装备买全了。我查了确实有，慢慢就信他了。"

老魏拿出一份秦岭地区1:50000高斯投影坐标系的军用地形图，指着问道："咱别玩虚的啊，这个地图你看得懂，对吧？"

郑三赶紧摇摇头："我看它就是个瞎子。我对地图真的从来不感兴趣，就不爱这东西。我喜欢的是装备，军迷都知道这是两码事，就像川菜和牛排，它不通呀。"

老魏晃晃地图，严肃地说道："这里头有军事禁区和涉密地带。"

郑三一愣："什么意思？"

一旁负责记录的纳兰马上熟练地背出了相关法条："非法获取国家秘密罪，《刑法》第二百八十二条，以窃取、刺探、收买方法，非法获取国家秘密情节严重的，处三年以上、七年以下有期徒刑。"

这话让郑三一下子坐不住了："我就是个跑腿的，那个网友我见都没见过，他和茶馆那个我谁都不认识，谁知道他们是干什么的！"

"为什么要去换酒店里的监控？"老魏突然问了一句。

郑三脱口而出："他们给我打电话，说这地图是偷出来的，有人报案，派出所到处抓人。不这么干我就是个贼，以后连饭碗都要碎了。我有通话记录，不信你们可以查！你们赶紧去查呀！"

如果不是铐子管着，郑三恨不得扑到老魏身上自证清白。看样子他真是被间谍收买利用了，老魏不经意地朝单向反光玻璃墙看了一眼。

玻璃墙的另一侧站着汪洋和段迎九。看着郑三急慌慌的样子，汪洋问道："这个老实人说的话，有几句是真的？你要是'鲇鱼'，接下来会怎么做？"

段迎九真把自己变成了"鲇鱼"，她甚至穿上了林或逃亡时扔下的衣服。虽然站在汪洋身边，但汪洋的问话，她根本没听见，就像灵魂附体一般，段迎九一点点还原着"鲇鱼"的心声：

"该睡觉睡觉，该吃饭吃饭。反正抓的人是这个倒霉蛋，又不是我。这样的傻子不知道我的任何信息，随便他从夜里说到白天。关键是为什么国安局知道我会去茶馆？为什么？真的是巧合吗？不可能，怎么会有这么巧的事情？国安局里有我的人。我身边会不会也有他们的鬼？人很重要，地图更重要。郑三已经废了，我不可能再去冒险找中间人，我要自己去拿。去兰州，什么时候去？立秋，就立秋！"直到这时，她才转头对汪洋问道："你刚才问我什么？"

"我——"汪洋也被段迎九神神叨叨的状态惊着了，定了定神才说，"我问你这个郑三说的话，有多少是真的？"

段迎九看着玻璃墙里面答道："他确实是个老实人，说的话都是真的。让他给鲇鱼送地图那个人的IP地址就在兰州，换了我也会自己去。"

汪洋眉头微皱，他想起了另一件事："今天早晨的新闻，美国卫星侦测到兰州附近的西北地区，出现了大量导弹部队。网上的解读是中国故意暴露，意义在于威慑。这个新闻和这份地图，有没有什么关联？"

段迎九还没有答案，但下一步行动的计划已经定了："兰州国安局有熟人吗？打个电话问问，哪家馆子的手抓肉最好吃？"

"时间呢？为什么肯定是立秋？"汪洋追问道。

段迎九笑笑说："见过小偷吗？手再快的贼受了惊，也得在家喘口气。躲个三五天，可不就立秋前后了？"

林彧站在卫生间的镜子前，轻轻扶了下右耳，那颗跟了他几十年的痣赫然显现。小时候妈妈说，这颗痣是福气，一定要一直留着。后来教官说，这颗痣是特征，最好把它去掉。来厦州之前，他去体检，医生嘱咐他，要定期复查这颗痣，因为它越长越大，有癌变的风险。林彧不知道自己有没有命活到生癌的那一天，但现在这颗痣已经大到二十米外都可以看清了，对一个时刻需要隐身的间谍来说，这就是最严重的癌变。

"妈，这颗痣还给你，你在天上收到了，要多保佑我啊。"林彧在心里把这句话默念了三遍，然后咬住一团毛巾，用早已准备好的手术刀向耳朵后面割去。

大约半小时后，林彧完成了对耳朵的止血和包扎。桌子上除了一碗泡面，还有一摊带血的纱布。伤口的牵拉让他这口面吃得相当艰难，吸溜一根面条，他都觉得半边脑袋疼。

偏偏这时候，他又接了两个重要的电话。

先是刘处长，听说林彧要亲自去兰州拿地图，他似乎有点担心。"甘肃和陕西那么大，随便找个美院的学生都能把秦岭画下来，你只能去问这一个笨蛋拿吗？"

林彧回答得倒是很沉稳："只有这一个笨蛋手里有。放心，他不会知道我。"给上司吃了定心丸，他又问起李唐和丁美兮的事："老板怎么说？"

刘处长谨慎地反问了一句："这么着急，你有什么话要说吗？"

林彧答道："厦州国安在茶馆提前埋了人，没出六个小时，郑三也被抓了。司机和老师也动了退休的心思，这里头会不会，有什么猜不出来的关联？"

刘处长似乎还在举棋不定："是不是老鼠，只有猫知道。老板也没想好，所以才来问我。不过以我对他的了解，可能、大概、十有八九会取消李唐和丁美兮的这个小组吧。"

"老狐狸。"林彧在心里暗暗骂道。别的方面不敢说，刘处长这套四平八稳全身而退的话术，一般人修炼三辈子也学不会啊。但听出来也没办法，在这个层面上，林彧依旧是一颗棋子，明知被人当枪，也只能听命令往前冲。挂了电话，他从抽屉里拿出胶带、手套和一小捆塑料卡扣，穿戴整齐，遮好伤耳，准备出门"打猎"。

就在林彧即将迈出家门的时候，电话又响了，这次是新长官。

"刘处长给你打电话了吗？"新长官开门见山地问道。

林彧心里一激灵："十分钟之前打过一次，老板。"

老板的风格就是直来直去，他直接告诉林彧："李唐和丁美兮，先不要动他们。老刘的脑子是不是进了海盐了，你把资格最老的人都干掉，再有点什么事情，找谁办？幺鸡，还是金世达？"

"哦。"林彧这一声应得有些婉转。

"有话就说，你哦什么哦？"

林彧沉吟片刻，谨慎地组织着语言："有一种传言，说李唐给您办过一些事，和外汇有关系的私事。我是怕，怕这种不负责任的传言影响到您。李唐很贼，你以为他很听话，回头别再惹上麻烦。"

电话里沉默了一会儿，再开口时，老板的语气似乎没那么急躁了："幺鸡已经死了，他到底告诉李唐多少东西，谁也不知道。老刘那么能，怎么不知道还有个小柳？如果你能把他俩摸透，凤凰的毛，你随时拔。"

虽然附加了条件，但拿到主动权已经让林彧很满意了。他微微立正，对老板说："放心，不会很久了。"

因为林彧的突然袭击打乱了节奏，李唐的两个女儿撞车一般地相见了。小婷安静地等在楼下的便利店门口，而李小满则在家里摔东砸西地收拾行李。李唐试图解释小婷的存在，但李小满一句话给噎回去了："你是我爸爸呀，家长怎么会错呢？"他又试图挽留，后爹恐吓加电脑诱惑，手段用尽，却也只换来李小满不耐烦的一声喊："妈你好了吗？"

丁美兮拿着一些衣物从卧室里出来。李小满像是一夜之间长大了，她特别客气地对丁美兮说："我那屋还有点儿隐私，你能等我一分钟吗？"

丁美兮点点头，看着女儿走进自己的卧室，关上了门。

李唐不无自嘲地说了一句："恭喜你，从今天起，她的敌人换成我了。"

望着满地狼藉，丁美兮也有些唏嘘："好好一个家，这才几天啊，就变成这样了。"

李唐走到她面前，帮她理了理耳边凌乱的头发，小声说："那几根小金条先别给她。等这个逆子结了婚，给咱俩生个外孙子，再往下传。"

"你的假牙到底什么时候去种？"

"大夫说安个套就行，又不是种地，万一种歪了，没人帮我扶。"

"跑车记得准点儿吃饭，钱挣再多都治胃病了。"

"有空约着一起吃吧，我请你下馆子。"

"夜车就别拉了，别随便跟人一夜情。"

"嗯，想的时候我联系你。"

丁美兮一脚踹过去，李唐第一次没有躲，结结实实地挨了一脚。

"你傻呀，不躲？"

"再来一脚吧，以后再想踢都踢不着了。"

"还有屁吗？抓紧放。"

"甲功复查半年一次，再忘就是猪脑子了。你丈夫要是不介意，我可以发个微信提醒你。"

"你怎么不去死啊？"

两个人半开玩笑似的聊着，像是离职的同事，互相告别，直到李小满拎着一个书包走出卧室。她的神情比刚才平静了很多，她拎起已经装进塑料袋的热带鱼，走出家门之前，转头对李唐说："爸，我和我妈先走了，晚安。"

李唐站在楼梯边默默注视着母女二人的背影，却见李小满一下楼就把一袋子连鱼带水甩在了地沟里。

待小婷进门的时候，李唐已经勉强把家里收拾了一遍。之前李小满的卧室，虽然书架和柜子都空了，但看上去还算整洁。小婷四下打量了一番，觉得很满意。她洗了澡，换了睡衣，正准备上床休息，可掀开被子却惊恐地捂住了嘴——床上被泼了鱼缸里腥臭的脏水，中间还躺着一条死去的热带鱼。

虽然李唐马上帮她更换了被褥，但睡在这张床上的第一夜，小婷还是做了噩梦。李唐闻声赶来的时候，小婷还没从梦魇中挣扎出来。她疯狂地掏着枕头底下，好像在找什么东西。

她找的是一把小刀，之前一直放在枕头下面，今天忘了从行李中掏出来。李唐倒了两杯啤酒，递给小婷一杯，小心地问道："是不是保育院里的人对你不好？"

小婷摇摇头，反问道："你最后一次见我是什么时候？"

李唐喝了口啤酒想了想回答："你要没印象，就是还没记事。"

小婷露出一丝焦虑的表情："你到底惹了什么麻烦，这么多年也不敢回去？是不是杀了人？"

李唐沉吟了片刻才回答道："你知不知道你妈一家信什么教？我答应过她，下地狱的事情，到死也不干。我倒不在乎，我得给你积点德。没杀人，没放火，可是再也回不去了。这些年把你一个人扔在保育院，对不住了。"

小婷举起酒杯，和李唐碰了一下，一仰脖全干了。她一边示意李唐给添满酒，一边说："他们说，我妈出车祸死了。我见过外婆一次，她老得人也不认识了。我问她，她也不知道。"

望着小婷，李唐好像又看到了多年前的女朋友："我和你妈是同乡，一个渔村。来厦州之前，我才知道有了你。她信教，不肯打胎，非要把你生下来。哪知道得了产后风，好了，永远年轻。"

"我和我妈像吗？"小婷问道。

李唐点点头："你会长，净挑好的地方像。一看见你，我就想起年轻时候的荒唐事了。"

"我还以为见了你会特别地别扭。"小婷抹抹嘴角的啤酒沫说，"外婆老糊涂了，我偷了她削芒果的刀子她也不知道。她死了，我什么也没要，这就算她送给我的吧。学校里老有人欺负我。撕书我不怕，被子里放蛇也不怕，可她们剪我的裙子不行。好好听话，这是你跟我说的。"

女儿的委屈像刀尖划过李唐的心脏，他想说点什么，又觉得自己仿佛没什么资格。小婷默默喝光了杯中酒，说了句"我困了"，便起身回了卧室。临进门的时候，她突然说了一句："要知道来了会这么打扰你家，我就不来了。"

丁美兮那边过得也挺别扭。火传鲁尽量把新租的房子收拾整洁，又亲自下厨做了一桌子菜，还特意开了一瓶红酒。对李小满的突然到来，他有点吃惊，但却没有表现出丝毫反感。晚上，他还主动让母女俩睡在唯一一间卧室的双人床上，自己在客厅打地铺。

但这一切更加剧了丁美兮的不安。和女儿躺在一张床上，她只能看见一个冷漠的后背。月光下，母女俩各自睁着眼睛，夜不能寐。

纷乱的夜晚终于过去了，立秋转眼而至，日子似乎又步入了正轨。小婷办好了入学的手续，已经开始上课。李唐没换烤瓷牙，而是换了辆车。坐在一辆崭新的丰田黑色轿车上，戴着白手套的他成了一名专车司机。专车的押金比换电动出租车便宜，时间也更自由。安在肖锐家里的摄像头一直开着，李唐只要在手机远程监控里看见李小满，就立刻发微信提醒丁美兮，让她喊女儿赶紧回家。

丁美兮也换了工作，她被黄老师拉着，一起跳槽到了厦州海洋职业技术学院。跟重点高中的学生不同，这些职高的学生恨不得老师拉着耳朵都不想听课。丁美兮每天在课堂上几乎要喊破嗓子才能稍微盖过下面学生们打闹玩笑的声音。

有时候，她会禁不住跟黄老师抱怨："你当初叫我来的时候可不是这么说的，高职技校怎么比高中都累啊？"

被老怼骗钱的经历，让黄老师在心里把丁美兮当成了自己人。她和火传鲁的事闹得最凶的时候，黄老师不仅没议论过半个字，还处处维护丁美兮。一有跳槽的机会，她就拉着丁美兮一起走。所以，面对丁美兮的抱怨，她只当是闺蜜之间的说笑，毫不客气地揶揄道："工资还比以前多了呢。钱难挣屎难吃，你今天才知道啊？"

轻轻推开家门，黄海的脚步声简直比猫还轻。可他刚刚走到客厅的中间，突然之间灯光大亮。黄海被晃了一下，然后就看见坐在沙发上的朱慧。既然已经暴露，黄海索性放开了。他好像根本没看见朱慧阴沉的脸色似的，径直从冰箱里拿出一瓶冷饮，边喝边反问道："几点了还不睡？"

"知道手机上有多少未接来电吗？"朱慧冷冷地问道。可黄海不仅没有回答她的问题，而且脸上竟然没有一丝愧疚的神色，甚至都没掏出手机再看一眼。

朱慧的火气更大了："你要不是因为脑出血摔在路上，就是去找律师起草离婚起诉书了，选一个。"见黄海仰着头咕咚咕咚喝水，她抄起手边的遥控器就砸了过去："说话。"

一瓶冷饮全干了，黄海打了个嗝，瓮声瓮气地说："你爸说，和他聊事的时候，谁也别接电话。"

"我爸又找你了？"朱慧完全没想到，"他要干什么？是不是又要逼你换岗调职？"

黄海没回答，他拿着喝空的水瓶瞄了瞄，然后遥遥一抛，瓶子画出一道抛物线，快要掉入垃圾桶的时候，忽然一歪，滚到了外面。黄海露出了一丝遗憾的表情，然后意味深长地说："听说了吗，就差了那么一步，丁晓禾就要抓着鲇鱼了。"

第十九章

兰州牛肉拉面开满大江南北，段迎九坐在一家拉面店的小桌旁，点了两个凉菜和一把羊肉串，耐心地等着她请的客人。

等了好一会儿，汪洋出现在她的面前。段迎九立马恭恭敬敬地站起来，跑前跑后地取面盛汤、倒醋加辣。可她越是殷勤，汪洋就越警惕："无事献殷勤，非奸即盗。你想干什么？"

段迎九嘿嘿一笑："楼里上上下下那么多人，我的情商最低。放着这么近的领导也不会拍马屁，怪不得我现在也升不上去。好在还来得及。赶紧趁热吃口面。"

汪洋刚夹了一筷子面条，听完了这些话又放下了："你又捅了多大的娄子？"

"哎呀，你看你，跟我爸一模一样。一天不挨骂就浑身难受，非得我妈甩几句难听的才觉得日子能过。"说着，段迎九吸溜了一根面条，"明天就要去兰州了，今天提前适应一下伙食。一个人吃饭还不如吃饲料，你就勉为其难陪陪吧。"

汪洋这才稍稍放松了点，看着段迎九问道："带谁去，想好了吗？"

"朱慧。"段迎九一边扒拉面条下的卤蛋一边说，"那个鬼还没露头，要带就带个最清白的。"

虽说段迎九说得挺有道理，但汪洋还是有点不放心："两个女的，还是要小点心。当地的国安和公安都协调好了，还要什么？"

领导都主动提了，段迎九便毫不客气地狮子大开口了："以前和你说过的大海捞针，你还得催催。你别瞪着我呀，我知道公安忙，人口普查办公室你也找了，这不是没办法的办法吗。我自己要是能办，也就省了这两碗面了，再想想办法。"

汪洋眉头紧皱："你要的是福泉全省的摸排，二十年前到十五年前，所有户籍和个人的底子，你这是要我的命啊。我问你，你对这个计划有多少信心？"

"没多少，也就是七八个方法里的一个，总要挨个试试吧。"一听这话，汪洋啪的一下把筷子拍在了桌上，段迎九赶紧劝道，"嘘嘘嘘，这儿可不是你办公室。你想想，任何一个从任何地方来的任何人，要想在厦州像一个普通人一样待下去，就得有一套假身份。名字、身份、履历、户籍，缺一个都站不住，这么一长串的东西，不可能没破绽。咱们只要找出来一个，嗯？梳理全城摄像头，排查各地派出所这些精卫填海的小事，我们不都自己干了吗？"

汪洋拿段迎九一点办法没有，他接过段迎九塞进手里的筷子，没好气地说："还有什么我不爱听的，一气儿说完！"

"没带钱包，手机里也没钱了。"段迎九边吃面条边说。

丁美兮的老毛病又犯了，因为火传鲁没留神买了两根蔫巴黄瓜，她怒不可遏地嚷嚷起来。狭小的房子里，她的声音显得格外刺耳。

"这和钱根本就没关系。一块二两块三现在还算个钱吗？这些鸡毛蒜皮的亏怎么每天都吃得这么窝囊？说了多少遍土豆丝先洗了再切，切完了再洗一遍，咱们每天这都是在干什么呀！"

可是骂成这样，火传鲁照样不生气。他腰间系着围裙，一边择菜一边赔着笑，面对丁美兮的捶捶打打，最多也就是小声说一句

"我来吧"。直到一点点把丁美兮让出厨房，他才小心翼翼地说："米饭再有四分半就蒸好了，高压锅你不会使，别动它，到点儿自动就跳了。今天有点赶，弄了点排骨莲藕汤，你也爱喝。新公司这几天总是加班，人力卡得又有点严，我怕你和小满来不及吃，稍微着急了点。下次注意啊。"

水珠顺着指尖滴答滴答地落在地上，丁美兮默默地缓了半天，从火传鲁手里把土豆丝又争回来，一边洗一边小声说了句"知道了"。

"要是太累，就请两天假。其实你不上班也行，有我呢。"火传鲁关切地说。

丁美兮摇摇头："最近有点忙，老忘了复查。都是破甲状腺闹的，我没冲你。"

"差点忘了，专家号不太好挂，我直接挂了个特需。星期五下午两点，要是你不介意，我陪你去吧。"

丁美兮终于看了火传鲁一眼："一直把你挤在客厅住，不好意思。"

火传鲁一边用饭勺炒菜，一边用略微夸张的语气答道："这算什么，这还叫个事。正好最近总加班，我住办公室也挺方便。"

此时，大门打开，李小满懒洋洋地走进来，中断了这段各怀心事的对话。屋里安宁了片刻，但没一会儿又爆发了一场升级版的战争。而且李小满不是火传鲁，面对母亲的责问，顶嘴顶得趾高气扬。

"四个小时以前，我就给你打了电话，现在才回来，是堵车了吗？"

"嗯。"

"刚才我一直在看地图，没有堵车。你要新手表，也给你买了，几点放学几点回家，你不知道吗？"

"不愿意就还给你。哦对了，这是我爸买的。"除了硬刚，还有暗讽。李小满都没给丁美兮回嘴的机会，就提高嗓门冲着厨房喊道："米饭怎么还不来？还让人吃饭吗！"

"来喽。"一直躲在厨房避嫌的火传鲁像得了圣旨似的，端着米饭锅快步走过来，手忙脚乱地张罗给李小满盛饭。但李小满不仅不领情，还直接把碗抢过来说："我自己有手。"

可一抢一递之间，碗没能稳在李小满手里，而是来了个桌上椅子上地上的三级跳，最后摔了个粉碎。

"你干什么！"丁美兮噌地一下站了起来。开始，李小满像聋了似的，既不听也不说，但很快在丁美兮气势汹汹的逼问下，她也蹿起来了："我嫌他脏！"

"你再说一次！"

"手指甲那么长为什么不剪？我就是嫌脏，为什么不能说！"也不知道是小女孩的手段，还是的确情绪作祟，李小满抢先一步红了眼圈，她带着委屈的颤抖喊了一句："你看我多余，干脆打死我吧！"然后摔门进了卧室。

丁美兮颤抖得更厉害，她刚想冲进卧室，却被火传鲁拦下了："孩子说得没错，这些天太忙了，指甲真的忘剪了。你今天要是进去，孩子就真恨我了。"

丁美兮竭力使自己冷静下来，她慢慢地深呼吸了一口气，这才开口说："我不吵，我想和她谈谈。总这么下去不行，我会死的。"

但就像李唐说的，没准备的谈话，根本不会有好结果。大约一个小时后，丁美兮走进了卧室，她第一次在女儿面前展现出无助和祈求。"其实我也不知道该怎么和你说，你也知道妈妈，你跟着我到了这个家，有时候我怕你心里有疙瘩，越怕我就越着急。很多事情我也不知道会走到哪一步。我认识你爸爸的时候，也不知道会和他结婚，不知道会当你妈妈，我什么都不知道，小满，我只知道为了你，叫我怎么都行。"

可惜这么动情的话，也只换来女儿一个冷漠的请求："妈，给我买个新手机吧。你不用陪我去买，直接把钱给我就行。"

丁美兮怔怔地站在女儿的身后，刚刚说到动情处，她几乎想扑过去搂住女儿。她以为女儿就算再浑，多少也能体会到一点母亲的苦心吧。但很显然，这些只是她一厢情愿的自我感动。

婚假一结束，朱慧就跟段迎九坐上了开往兰州的飞机。她穿着大风衣，黑超遮面，红唇耀眼，把身边的段迎九衬托得像个保洁阿姨。不过，朱慧的心情却没有打扮得这么美丽。因为父亲的干涉，黄海一直不痛快，两人拌嘴冷战也是断断续续没停过。加上黄海没黑没白地沉迷球赛，朱慧总感觉这日子随时都要过不下去了。听说她要出差，妈妈还埋怨说，单位怎么能让新婚夫妇出外勤。殊不知，朱慧恨不得从家里逃出来，眼不见心不烦。

段迎九端详着朱慧的大墨镜，不解地问道："飞机上还戴墨镜，你是睡着了，还是醒着？"

"戴着它我就当眼罩了，想睡的时候随时眯，要有人搭讪，能装听不见。"朱慧的招数是美女们的专属手段，段迎九从来没有过这样的困扰。离开墨镜，她的目光又落在朱慧闪亮的指甲上。朱慧感觉到了段迎九的好奇，主动给她展示起来："美甲，做过吗？脚上也有，一套的。回头你也试试，现在最火的是冰雪奇缘，上下二十个指头，每片雪花都不一样。你要是不喜欢这么花哨，还有别的。"

这一套套的，段迎九听着就像天书。朱慧讲得倒是孜孜不倦："化妆品你肯定也不买。不过我建议你先从皮肤管理开始，面膜先贴上，真的有效果。回头我带你去美容院，你脸小不用打瘦脸针，皮秒就行。忍三天消肿期，马上年轻一岁半。"

"都是糊弄人的，那些什么号称能塑身的内衣，一套两万多，一百斤的肉，穿什么还是一百斤。"段迎九对朱慧说的不太感冒。

"人人都是一百斤，有的斤两长得好，前凸后翘，有的不会长，一大坨全堆在了小肚子上。也别说漂不漂亮了，走路也费劲，一上岁数高血糖高血压全来了。好东西一分钱一分货，怎么会没用呢？"朱慧拿起一本航空杂志，指着封面上的女模特振振有词地"教育"段迎九，可没说几句，就听见身边传来了轻轻的呼噜声。

下了飞机，段迎九并没有马上联系兰州当地的国安局，而是带着朱慧来到兰州最热闹的正宁路美食街，见一位线人。

会面的地点是一个半露天的摊位，一个看不出岁数的大胡子男人坐在油腻腻的桌子旁，手拿小刀，专心地对付桌子中间的一盆清炖羊肉。桌上的白酒已经空了几瓶，但大胡子就是进不了正题。一片喧闹之中，段迎九扯着嗓子对他喊："老爹，我是老周的朋友，老周啊，他给你打过招呼了吧？"

可大胡子翻来覆去就一句话："先喝酒，喝完酒再说别的。"

段迎九装听不见，可坐在大胡子身边的一个年轻女孩，直接在搪瓷缸子里倒满酒，举了起来。

眼看酒是不喝不行了，朱慧挺身而出："我来。"

两个年轻姑娘一阵推杯换盏，最终朱慧还是败下阵来。好在她扶着电线杆子哇哇狂吐的时候，大胡子已经和段迎九在旁边背静的地方嘀咕上了。

兰州国安局的同僚接到段迎九和朱慧的时候，已经快半夜了。朱慧脸色苍白地坐在后座，车窗开了道缝，把她一早做好的发型都吹乱了。她也懒得整理，有气无力地问了一句："你不是说鲇鱼会来吗？"

"我说过这话吗？"段迎九在一边装傻。

"他要的就是这里的情报，不会来吗？"

段迎九望着车窗外的街景若有所思地说："受了惊的鱼，怎么可能还咬钩？他有那么傻吗？"

"那咱们来这里干什么？"

"人不来，消息会来呀。"

朱慧正想说什么，可话还没出来，就一转头扑到窗外又吐上了。段迎九看她确实难受，就向开车的司机问道："同志，你们局里的人喝多了怎么办？有没有当地的什么醒酒茶？"

司机从后视镜里看了她一眼，正色答道："有正事的时候，我们都不喝酒。"

好不容易到了住处，朱慧从包里拿出几张面膜扔给段迎九，让她先贴上，然后自己歪歪斜斜地进了卫生间。

段迎九抓坏人一把好手，可面对湿漉漉的面膜却有点无从下手。她翻来覆去比量了半天，最后还是朝卫生间的朱慧喊道："这个面膜，怎么分里外？"卫生间里没人应声。她又喊了一声"朱慧"，里面还是没动静。

段迎九立刻警觉起来，她屏住呼吸听了听，突然把面膜往床头柜上一扔，三两步扑到了卫生间门口，拧了拧把手，门从里面反锁了。她没再犹豫，光着脚冲出房间，没一会儿拎着一个灭火器进来，对着门把手抡起来就砸。

没几下子，门被砸开了。只见朱慧和衣坐在马桶上，眼泪把妆都冲花了。段迎九平时有点看不惯朱慧的大小姐脾气，可这会儿看她悄悄流泪，心里却特别不是滋味。一个得不到的丁晓禾，一个得到又把握不住的黄海，也确实难为朱慧了。段迎九走到朱慧身边，蹲下来轻轻拍了拍她的背。朱慧一下子抱住了段迎九，伏在她的肩头放声大哭。

路过李唐家，丁晓禾本想给姐姐打个电话，从搬出去，他们还没见过面。但是犹豫了一下还是没打，因为他怕李唐在家。偏偏怕什么来什么，丁晓禾还在路口踟蹰，李唐就迎面走过来了，身边还跟着有说有笑的小婷。

四目相对，小婷敏锐地觉察到了丁晓禾眼中的尴尬和疑惑。李唐见状连忙介绍起来："小婷，我女儿。这个是小满的小舅——别站着了，上家去，等会儿蒸条鱼，正好陪我喝一杯。"

"不用了。就是路过。我姐还好吗？"丁晓禾的冷淡分明地挂在脸上。

李唐丝毫不以为意，还格外热情地答道："能不好吗，前些时候她还说想叫你一起吃个饭，怕你忙，也不敢问你忙什么，哪天咱们一块聚聚？"

丁晓禾对小婷同样不甚友善的目光颇为敏感，他望了一眼小婷，顿了顿，还是问了一句："小满呢？她和我姐在哪儿？"

"你姐姐已经结婚了。"不等李唐回答，小婷抢先说出了这句话，随后她接过李唐手里拎着的菜和鱼，扔下一句"我先回去了"，便快步离开。

晚饭时，父女二人的话题，自然也离不开丁晓禾。李唐向小婷解释，丁晓禾性格内向，不爱说话，看上去有些冷冷的，让她不要介意。但小婷却一针见血地问："他和你们有矛盾？"

"你来以前，他在这儿借住过几天。时间久了，难免有点鸡毛蒜皮。"李唐笼统地说了一句，想就此糊弄过去。

但小婷没那么好糊弄："他连你们离婚都不知道，还不叫矛盾啊。"

"小孩子怎么这么多问题？"李唐半开玩笑地教训着，他实在不想继续这个话题。

但小婷停不下来，从丁晓禾她又联想到了丁美兮："你前妻是个什么样的人，能说说吗？你挺在乎她的，是不是？不想说就不说，不勉强。"

三个问题层层递减，弄得李唐仿佛不得不说了。他想了想答道："你要是这么好奇，哪天我带你见见她。"

"好啊。李小满要是不反对，我很乐意。"小婷笑了笑，"要是真见了面，她会不会叫我声姐姐？不会给我碗里下老鼠药吧？"

看来那一床的脏水还没从小婷的心里洗净，李唐心下暗想。也对，李小满都有这个心眼，何况从小在保育院长大、把察言观色四个字都刻在骨髓里的小婷呢。这样的孩子比一般人要敏感机灵，想摸透她的心思，难。

正不知说什么好的时候，李唐的手机响了。电话里传来丁美兮焦急的声音："方便吗？我有点急事要出去，能不能麻烦你来一趟？半个小时以后，小满的班主任要来家访。"

"好，我知道了。"

挂了电话，李唐一边换衣服一边说："家访。这边的老师都不怕麻烦，是吧。锁好门，有事给我打电话啊。"

小婷头也不抬地说："我在她这么大的时候，有事自己全都办了。"

李唐微微地顿了顿，没再说什么便开门出去了。

"刘晓华要约我见面。"

李唐听到电话里丁美兮焦急的声音，就知道肯定有情况，但他还是没想到刘晓华会在这时候突然冒出来。

"约在哪儿？"

"他家楼下的茶馆。"

李唐一边开车一边琢磨着说："该打打该吓吓，按理说不应该呀。他又想干什么？一会儿我陪你进去，这是个疯子。"

"他点名要见我一个。"丁美兮一边化妆一边说，"听他电话里的声音，还算理智。不是想上床，所以叫理智。"

李唐猜不透这葫芦里卖的什么药，但他想到了另外一个关键问题："林或知道这事吗？"

"我还没告诉他。要说吗？"

"先看看情况再说。"

观音茶庄门外，李唐像之前每次出任务的时候一样询问叮嘱："手机的电还够吗？"

"够。"

"着急的时候，用开水泼他的眼睛。"

丁美兮点点头，她解开安全带正要下车，李唐突然伸手拉住了她的胳膊："小心点。"

丁美兮看看李唐："以前你怎么不这样？"

"没说过吗？"

丁美兮想了想："说过，我和你结婚那天晚上，第一次出去，你送的我。以前没什么，怎么现在这么别扭啊？"

说完，丁美兮轻轻甩开了李唐的手，下车朝茶庄走去。

包间的门敞开着，丁美兮走进来，不动声色地把椅子拉到安全距离之外，才慢慢坐下。刘晓华看上去有些憔悴，人瘦了一圈，曾经染黑的头发冒出了一层白楂儿，显然很久没收拾了。

见丁美兮坐下，他客气地寒暄起来："好久不见了。最近，过得好吗？"

"找我什么事？"丁美兮冷冷地问道。刘晓华不是火传鲁，除了交易和威胁，他们之间没有半点情分。

刘晓华端起茶壶，颤巍巍地给丁美兮倒了一杯："别怕，不是窃听器的事，喝茶。"见丁美兮碰都不碰一下茶杯，刘晓华端起茶浅浅喝了一口："怕我害你吗？怎么会。我这个人就是吃了较劲的亏。你说，我要是早点认识你，早点吃这一堑，把这副容易上火的急脾气改改，会不会好一点？你也好，孩子也好，都不至于离我这么远，这么怕我？"

刘晓华流露出前所未有的疲惫和脆弱，丁美兮感觉到有些异样，便轻声问道："你没事吧？"

"我病了，肝癌。"

这实在是个惊人的消息。丁美兮对刘晓华重新审视了一番，果然，他像脱了刺的仙人球，从前尖锐的斗志消失殆尽，整个人都软了下来。说话也是讲两句，缓一缓，身体似乎已经非常虚弱。

"我也不管你们给我弄什么窃听器，你们到底在干什么。我连自己都管不好，顾不了那么多了。我就想求你们一个事，能不能，把之前讹我的那些钱，还我一点？一半也行，再少点也行。看病不怕，我有医保，我就想给孩子留点钱。你也有孩子，你能明白的对吧？可不可以回去和主事的商量一下，就当捐慈善了，行吗？"

刘晓华的语气近乎哀求，丁美兮心软了。她让刘晓华回去等消息，但其实心里一点底都没有。对于他们来说，刘晓华已经是个没有威胁也没有作用的弃子。往弃子身上扔钱，恐怕连李唐都不会答应吧。

没想到李唐竟然同意了。"你说得对，这钱是得还他。要死的人了，怎么会有威胁？都是为了孩子，我能理解。钱在林彧那儿，我想想怎么跟他说。林彧要不给，我就给老板打电话。越级的家法，认就认了。"

李唐回答得很是慷慨，但丁美兮的心里却泛起一丝不安："假如有一天，我也癌症了，李小满怎么办？"

"你这都是屁话。"李唐皱着眉说。

"和我一批进六中的五个老师，一个去年已经心脏病没了，追悼会上我见过他孩子，才比李小满小一岁。一个刚割了胆囊，教物理的老于痛风疼得床都下不来，我算这里头最扛造的。明天哪个倒霉，谁知道？"

李唐沉默了，连一句搪塞的话都说不出来，丁美兮的不安同样也传染给了他。

望着窗外，丁美兮接着说道："林彧不可能还钱。咱们的还不肯给，何况刘晓华？借条也扯淡，写上欠一个亿又怎么样？还不是白写。我已经不抱希望了，骗子。你说得对，咱们上了船，下不去。现在连日子都快过不去了，我从来没像现在这么稀里糊涂过。年轻的时候意气风发，想着以后人五人六，傻不傻呀。刘晓华就是面镜子，我今天看着他，就像看着我自己一样。"

李唐按下了车窗玻璃，这个沉重的话题让车里压抑得透不过气。他不愿意再继续下去，于是便岔了一句："我今天遇着丁晓禾了。"

"他去找你了？"

"说是路过，我觉得他没撒谎，就在巷子口。他才知道咱俩离了。"

"你说的？"

"小婷说的。"

"天上掉下个亲闺女，有人给你做饭，再没人唠叨你了，幸福吧。"

"说句心里话，我……"李唐话未说完，挂在支架上的手机嗡嗡振动起来，屏幕上显示出"小婷"两个字。丁美兮替李唐摁了接听键，小婷慌乱的声音从里面传出来："你在哪儿？煤气好像一直在漏，死沉死沉的黄色的那个，是不是阀门？"

李唐一打方向盘，转上了左侧的车道："你把窗户开开，灶台关好，别着急，我这就回去。"挂了手机，他扫了丁美兮一眼说："劳驾陪我绕一趟吧。"

丁美兮看着李唐的手机屏幕，幽幽说道："十几年前的今天，咱们也差点被煤气呛死。"

"是今天吗？"

丁美兮轻轻地往椅背上靠去，闭上了眼睛："那一片都是老楼，老阀门，早锈住了。"

李唐家楼下，车子没熄火。丁美兮坐在副驾驶位上，趁着等李唐的工夫，在手机上翻看百度百科里的"肝癌"词条。忽然，她身边的车门被打开了。李唐站在外面，指了指丁美兮对小婷说："叫丁阿姨。"

"阿姨好。"小婷乖巧的声音马上飘了过来。丁美兮一愣，赶忙边下车边说："小婷！你爸念叨你都多少遍了，早就想回来见见你。找个时间，我把小满也带着，咱们出去玩一趟，鼓浪屿你还没去过吧。"

小婷点点头，说了句"谢谢阿姨"，又嘱咐李唐"你慢点开车"，然后便转身就往回走去。丁美兮的热情被晾在半空，她只好朝小婷挥了挥手，以示告别。

回程的路上，李唐絮絮叨叨地解释说："她非要下来，拦也拦不住。"

"又不是偷情出轨，你这么虚干什么？"丁美兮冷笑着问道。

"我虚了吗？没有呀。"李唐的回答比上一句显得更虚，见丁美兮不接茬，他又说道，"李小满走那天，把鱼缸里的水，全倒她床上了。早知道这么麻烦，生这些小崽子干什么呀。"

"谁叫你熟得那么早，我还没来大姨妈，你倒当爹了。"

李唐呵呵一笑："世上的事就这么怪。想和你要个二胎，腰都累断了也怀不上。不想开枪的时候，一颗子弹就中了。"

"小婷的妈妈，好看吗？"

"分和谁比了。"

"和我。"

"那肯定她好看。我说真的啊，不好看我能找她吗？"

"这么多年，我要分不清楚你哪些话真的，哪些话假的，不是白活了？"丁美兮靠回到椅背上，难得地笑了。

车子一路开到火传鲁家楼下，李唐和丁美兮都下了车。

"刘晓华的事，听我信吧。"李唐说，"以后别和李小满一般见识。你要跟她较真，也得气个肿瘤出来。"

丁美兮叹了口气："生下来就是冤家。欠她的，我慢慢还吧。我给你淘宝上买了点治神经衰弱的中药，三四天就到了。最近还失眠吗？"

"一阵一阵的，还行。"

"临睡前就别写诗了，反正写了也发表不了。"

"发不了才要写。"

"走吧。"

"我让你去复查甲状腺，你去了没有？"

"大夫说，十个人七个有甲状腺结节，迟个一两天，死不了。"

淡淡的言语之间，弥漫着一丝不舍。话说尽了，二人轻轻拥抱。明天太阳照常升起，他们却都在担心看不到。

火传鲁轻手轻脚地收拾着饭桌上的水杯。其实他也是刚刚上楼，本想等着丁美兮，可看见刚才的一幕，他便默默地提前回来了。

丁美兮一进门，见火传鲁在家，有点意外："这么早就加完班了？"

"嘘——"火传鲁竖起手指，然后压低声音说，"小满感冒了，我回来送点药，还回去。"

丁美兮赶紧拿出手机看了一眼，一边着急往卧室里走一边说："哎呀，我手机静音忘调回来了……"

火传鲁伸手拦了丁美兮一下："已经睡着了。刚烧起来，吃了药发发汗，睡一觉就没事了。"

火传鲁做事一贯细致认真，他这么说，丁美兮也便不那么担心了。但她忽然想到刚才在楼下的一幕，心里涌起一阵愧疚和尴尬。反倒是火传鲁，仿佛什么都没发生，一刻不停地收拾桌子。

"你都看见了，怎么不问我？"丁美兮忍不住说道，"你不是块石头，心里有疙瘩，为什么不解开？解不开，还是不想解？"

火传鲁似乎不太想回答这个问题，他拿起桌上的电动车钥匙，说："不早了，改天再聊吧。"

"等一下。"丁美兮用眼神把火传鲁摁到了椅子上，"你比我大几岁，也算同龄人。一见钟情是小孩才信的事情，人人都有难念的经，日子过得没意思，偶尔出个格，刺激一两次，我都理解。就为了这个，宁可把自己好好个家都拆了，满城风雨，妻离子散，连饭碗和半辈子的名声都不要了。百依百顺也有个度，你是真的在乎我，在乎得连我前夫也不在乎了？"

火传鲁看着桌子上的水杯，沉默了一会儿，喃喃回答："你觉得我在乎名声，以前我也这么以为。循规蹈矩，上学的时候要考第一，研究生完了再是博士，分到单位要好好做人，活得像把尺子。你知道吗，当年那批同学，我是唯一没看过毛片的。我前妻，她比较保守。前几年身体又出了点小问题，切了卵巢，雌激素也没了。三四年吧，我基本像独身。我也以为我忘不了你，是因为和你在酒店那天的事，但其实我早就认识你了。十四年前，中秋那个星期的第一天，下午，厦州总工会在少年宫组织的一个活动，全市职工爱国知识竞赛，我也在。你坐我前面那排。你说得对，都咱们这个岁数了，谁还信琼瑶那套东西？可十几年前我还信，只不过我当初和现在一样尿，不敢当面和你说话。后来我想办法托了人去六中想给你捎话，才知道你已经生孩子了。"

"我都忘了。"火传鲁的讲述让丁美兮格外吃惊。曾经有人偷偷注意她打听她，她竟浑然不觉。而这个人惦记了她十几年，最后兜兜转转还是走进了她的生活。丁美兮觉得自己作为一个间谍实在是有点失败。

此时，火传鲁起身准备回单位。

"太晚了就别去了。"丁美兮犹豫了一下，挽留他说。

火传鲁提着几袋垃圾边走边说："还有活儿没干完呢。过几天忙完，我就回来住。"临出门前，他又冲丁美兮笑了笑："多少年了，你还和以前一样，没变。"

"你弄头发了？"汪洋盯着换了个发型的段迎九，不可思议地问道。

段迎九觉得满脑袋的啫喱还挺新鲜，见汪洋看出来了，便得意地说："上飞机前朱慧带我去弄的。怎么样？"

汪洋后退两步又仔细端详了一阵："怎么说呢，像个男的。"

段迎九立马拉下脸冲他翻了个白眼："还有什么不好听的话赶紧说完，我很忙。"

汪洋微微一笑，立马转回工作："你说鲇鱼的心思是在导弹上面，秦岭的地图能理解，之前抓过的那几个人，掌握的那些事，和导弹有关联吗？"

段迎九想了想："会不会是这样，就像我一样，这个人实在是太能干了，上面给他派了好几个活儿，导弹也要，土豆也要。"

"你是在开玩笑，还是说真的？"

"导弹和土豆，你要哪个？"

"我都要。"

"那就别挑肥拣瘦了。"段迎九把一张照片放到汪洋面前，"兰州同事提供的好东西。这个人是个鱼贩子，最近半个月之内，飞了兰州九次往返，再努努力就成国航金卡了。一个卖海鲜的，总去西北，奇怪吗？他要是贩羊肉的还勉强说得过去吧？"

"身份摸清楚了吗？"汪洋问道。

段迎九点点头："朱慧的酒没白吐，该打听的都问到了。高山族人，在厦州待了很多年，根子还在对岸——让郑三跑腿送地图那个发烧军事的网友，我怀疑就是他。"

八市的海鲜区永远热闹非凡。段迎九照片上的鱼贩子站在一个规模较大的摊位前，一脸谦卑的笑容，招呼着来来往往的顾客。他的生意还算不错，手下几个出货的小工一直没停手。直到早上的高峰期过去，鱼贩子看看腕表，对干完活儿的伙计喊了一声："吃饭！"

忙活了一早上的几个人，围着一桌子满煎糕和面线糊埋头苦吃。黄海隐匿在人流中，假装无意地瞥了他们一眼。他的目标是鱼贩子，这是金主派给他的新任务。

黄海的眼圈乌黑，白天上班，半夜看球，他已经连续多日每天只睡三四个小时。这还不算什么，接连几场比赛下注失误，才是最要命的。手头的钱都扔进去不说，还欠了平台几场球。他连夜给中间人打电话找活儿，查小三追债什么类型都可以，只要钱给足。

吃完早饭，是市场最清闲的时刻，鱼贩子拿着手机钻进了市场里脏兮兮的公厕。黄海藏在鱼贩子旁边的隔间，他换了一件与刚才颜色迥异的外套。听到隔壁传来马桶冲水和开门的声音时，黄海把一台小小的相机，从包里掏出来塞进裤兜，然后跟着出了公厕。

鱼贩子一路走，黄海跟着一路拍。不知是睡眠不足导致的精神涣散，还是挣钱心切让他的心绪起伏，他完全没注意到，在一个拐弯的路口，鱼贩子已经通过路边停着的摩托车反光镜，发现了他的踪迹。

鱼贩子佯装不知情地走进了一家鱼龙混杂的老小区。在大门口，他停下脚步接了个电话。黄海若无其事地从他身边走过，在路边一个卖糖炒栗子的车摊前面，买了一包刚刚出锅的热栗子。

及至拐进楼道的电梯间，鱼贩子故意停顿了一会儿。待黄海从不远处走来，他才假装不耐烦地摁了几下按键。电梯门应声而开，鱼贩子先走了进去。紧接着，在头上加了一顶棒球帽的黄海也跟了进去。六层已经被鱼贩子摁亮了，黄海摁了九层，之后便埋头于手机。

　　不一会儿，六层到了，老旧的电梯门像蜗牛一样慢腾腾地打开。就在鱼贩子迈出电梯的瞬间，哗啦一声，糖炒栗子撒了一地。黄海赶紧摁住电梯，里里外外地捡栗子。趁着这个空当，他瞥见鱼贩子走进了601室。

第二十章

旧楼的楼道昏暗幽长，黄海小心地绕过到处乱堆的杂物，蹑手蹑脚地来到601室的门外，仔细探听着屋里的动静。门的另一侧，鱼贩子也正透过猫眼窥视着黄海的一举一动。

过了一会儿，鱼贩子拎着满满一袋垃圾，开门走了出来。他不慌不忙地朝垃圾桶所在的步行梯通道走去，仿佛完全没有注意到躲在侧面阴影中的黄海。屏住呼吸的黄海刚想松口气，突然眼前一花，塑料袋里的垃圾像下雨一样洒了过来。一阵恶臭之后，鱼贩子一下子扑到了黄海的身上。

两个人在狭窄的楼道里闷声肉搏，几个回合下来，鱼贩子抢先一步掐住了黄海的脖子。黄海拼命地挣扎，两只手几乎把鱼贩子的脸撕烂了。可这些动作根本无济于事，能够吸入的空气越来越少，黄海几乎快要失去意识了。

"爸爸追不上了，我是今天爬楼比赛的冠军……"伴随着一阵急促的脚步，楼梯间里传来一个小孩和父母兴奋的叫喊声。鱼贩子还有些不死心，可眼见着一家人的声音越来越近，他只能无奈地松开了手。空气重新吸入肺里，黄海挣扎着起身，抱着脖子连滚带爬地跑向了电梯。

李唐很少主动约见林彧，所以即便时间紧迫，林彧还是来找他见了一面。但他万没想到，李唐居然是替刘晓华出面。

"我就直说了。讹了刘晓华的那笔钱，能不能还给他？"

"为什么？"

"他得癌症，肝癌晚期。"

"这个事情，好像应该去找医保中心吧？"

"住院报销不是问题，他想给孩子留点钱。"李唐说到这儿也有点心虚了，他从倒后镜里看了一眼林彧，又解释了一句，"你也知道，像他这样的人，到死也没人肯帮他。"

"除了你和丁美兮。"林彧冷冷说道，"要不是为了钱，我还不知道你们私下见过他。"

"时间太紧，我怕出事，就像上次他发现了窃听器那样，来不及。"这个解释李唐自己都觉得有点牵强，所以自然也搪塞不了林彧。

"连猴山都有秩序，何况人呢。李唐，纪律就像猴皮筋，松一次，就再也紧不了了。再来不及，也不差一个电话呀。"

李唐说了句对不起，他没觉得自己做错什么，但林彧的诘问让他意识到，像他们这样的人根本没资格怜悯别人。

把车子停在指定位置后，一直在后座沉默不语的林彧望着李唐缓缓说道："心里不服，骂我是个人渣。是不是？"

"没有。"

林彧笑笑说："十几年前，三个人去绑黄德铭，来厦州之前我拜了妈祖，保佑咱们顺顺利利。你嘴上不说，心里笑话我像个乡下迷信的老人家。现在怎么了，自己都想当菩萨？"

林彧的嘲讽狠狠抽打着李唐的自尊，他无言以对，只能打开手机上的接单页面问道："还要去什么地方吗？不去我就接单了。"

但林彧却拒绝放过他："你要多少钱？"

"不要了。"

"一万，美金，够吗？十万呢，一百万？干脆一个亿？你和他换一换，你想给李小满留多少？厦州银行的金库够不够？"

"他没那么贪，就想把自己的钱要回去。"李唐忍无可忍地解释了一句。

"那就咱俩换换。今天听你这么说，我是该笑，还是该哭呀？"

李唐不想再继续这场对话，他摁开了接单键，此起彼伏的订单信息纷至沓来。

林彧戴上一副墨镜，临下车前最后说了一句："刘晓华的癌症是老天爷送给你的礼物。他不死，迟早是一颗定时炸弹。看着吧，你的好运气马上就要来了。"

好运气？李唐心里默默想，当年逃回金门的船翻了，他没死在海里，怕是把这辈子的好运气都用光了。

会议室里，人差不多快到齐了。段迎九也快到了，她扯着嗓子打电话的声音由远及近，几乎整层楼都能听见。"说了多少遍了，别老是让你一个老太太给我打电话，给自己的儿子找工作，他自己为什么不打？他是哥哥还是我是哥哥？再说我到哪儿去给他找工作？我自己都快失业了，就这样就这样，我进地铁没信号了！"

电话挂断的同时，段迎九走进了会议室。所有人都抖擞精神，坐正身子。朱慧皱着眉头，一只手悄悄藏在下面拨手机——黄海的电话一直打不通。

"黄海人呢？"段迎九目光如炬，朱慧手一哆嗦，下意识地站了起来。几乎同时，会议室的门被撞开了，黄海气喘吁吁地冲了进来。他鼻尖上挂着汗珠，左腿微微有些瘸，见段迎九望着他，赶紧解释了一句："跑得急，磕了一下。"

段迎九和黄海对视了一下，并未追究。她从档案袋里拿出一张照片，啪的一下贴在之前已经布满照片的白板上，然后一抬手腕，命令道："对表。十分钟以后出发，抓人。"

所有人都在低头对时，只有黄海还抬头看着白板上的照片。照片上，鱼贩子满脸笑容地看着他，丝毫没有刚刚想要置他于死地时的凶残。

很快干警们涌出会议室，按照指示各自就位。黄海拖拖拉拉地走在最后面，朱慧本来已经走过去了，见他一直没跟上，便回到他身边问道："你怎么了？"没等黄海回答，她一把拉起他的裤子，只见小腿上磕了一个口子，血已经把袜子都浸湿了。

"开车拉他去医院。"从身后走过来的段迎九头也没回地吩咐朱慧。

"我自己能去。别耽误正事，快走吧。"黄海冲朱慧点点头。朱慧犹豫了一下，转身跟上了众人的脚步。看着朱慧的背影，黄海微微松了口气。

黄海逃离后，鱼贩子没有追赶，他回到家里，更换了全身衣服，又戴了一顶防晒的渔夫帽，背上一个包，匆匆出门。

小区外面，离开李唐的林彧正从门口经过。他与鱼贩子擦肩而过，在路边站了一会儿，拦了辆出租车。

"跟着那辆车。"林彧指了指前面一辆满身泥泞的旧轿车，车上的司机正是鱼贩子。

鱼贩子的车一路开到郊区的一片渔场，他把车远远停在路边，步行着来到渔场深处的海岸边。没过一会儿，林彧戴着墨镜走了过来。他没有跟鱼贩子打招呼，而是像一位观光客似的，站在石头上举目远眺。鱼贩子起身向他走来，但在一个安全的距离停住了脚步。

"闯了两个黄灯，路又不堵，急什么？黄灯变红灯，你的驾照今天就没分了。"林彧率先开口说。

鱼贩子故意没看他，口气也更加警惕："有人跟着我，还带着相机，不像是普通人。"

"你是不是欠了什么钱，债主雇了人找你？"

"听见我这么说，你好像一点都不意外。"鱼贩子似乎更警惕了。

林彧笑了笑："意外天天有，还不习惯吗？咱们和那些偷包的贼没区别，天天都在走钢丝，谁知道今天出了门还能不能回去？要是比倒霉，就不用大老远来这儿，打个电话，发个信息就行啦。"

"最近墙也不好翻，我还怕你找不到我。"

"推特不行还有邮箱。科技这么发达，除非不想找，或者是露个面，就永远不再出现了。"

"什么意思？那个跟着给我拍照片的人，也是我编出来的？"

"要是有人追我，我也得跑。严丝合缝，逻辑闭环。我怎么听说，你要回家了？"

"要走几年前就走了。我走了，谁和你做买卖？"

"你的买卖留给海鲜市场吧。我才不在乎你走不走。我也不管你是一个人，还是一帮人。你就是跑到非洲去，只要还能上网，不见面其实更好。东西呢？"

兜来兜去终于回到了正题。鱼贩子从裤兜里拿出一个小小的 U 盘，朝林彧扔过去："为了这份破地图，我快把兰州的拉条子吃吐了。"

林彧接住 U 盘收好，对鱼贩子说："找个好用点的 VPN，去你的网银收好钱，剩下的一半发我邮箱。今天就算是见过了。以后还是网上聊吧。"

鱼贩子终于转头看了看林彧："什么时候退休了，我也看看你长什么样。"

"放心，不是女的，你不会喜欢我的。"

鱼贩子的脸上又挂上了谦卑的笑："我见过那么多的人，你是最谨慎的一个。"

"要不是你不谨慎，咱们早就见面啦。"林彧说着，转身离开了渔场。

国安局附近的一家医院里，黄海坐在外科门诊楼道里，等着包扎。按照刚才开会时布置的时间，他的同事三分钟后就能到达行动目的地。时间一分一秒地流逝，手机都被攥湿了。黄海又看了一眼腕表，拨出了一个号码，用极低的声音对里面说了一句话。

与此同时，行动目的地——一家7天快捷酒店。大峰开车在最后一个路口，边等红灯边找车位。他的目光扫过一辆满身泥泞的旧轿车，发现靠前两辆车的地方正好有个车位。红灯结束，大峰赶紧一脚油冲出去，可还是没快过身边骑着小摩托的哪吒。他穿着闪送员的制服，直接开到酒店门口，把车子一支，拿着箱子就走了进去。

哪吒坐着电梯上了二楼，朝楼道尽头走去。最里面的房间，丁晓禾已经和两个便衣干警守在门口的两侧了。哪吒走过来，抬手敲门。

"您好，闪送。"

屋里没有动静，哪吒又敲了敲门，里面还是没有回应。埋伏在一旁的丁晓禾望向头顶处的摄像头，酒店监控室里的段迎九看到这个眼神，对身旁的朱慧问道："大峰过去了吗？"

"马上走到门口了。"朱慧盯着监控屏幕答道。

大峰站在门口一侧，冲一个女服务员使了个眼色。女服务员用门卡一扫，大峰即刻拧动门把手，带着两个干警冲了进去。段迎九在监控里紧张地看着这一幕，但片刻后，大峰却独自一人走了出来，隔着屏幕冲她失落地摇了摇头。段迎九立刻起身朝外面跑去，朱慧愣了一下，也赶紧跟了出去。

房间里空无一人，茶几上刚刚倒好的一杯热茶还冒着热气儿。窗户敞开着，段迎九站在窗口，俯身望着一根蜿蜒伸到地面的管道。楼下人来人往，没有任何异样。人流之中，也根本看不到鱼贩子的身影。大峰对着话筒呼叫守在门口的老魏："大门口什么情况？"

"没情况，怎么了？"

所有人的耳机里都能听到老魏的话，可谁也没有回答他的问题。

"人呢？抓着人没有？"

老魏见没人吭声又问了一句，可依旧没人回答。

回程的车上，气氛极其沉闷，连最活跃的大峰都拉着脸皱着眉一声不吭。段迎九坐在副驾驶座上，头也不回地说："有话直接说，别像个小娘儿们嘀嘀咕咕的。哪吒！"

可哪吒还在犹豫之间，丁晓禾先开口了："都到门口了，还能叫人跑了。已经不是第一次了，为什么？是不是专案组里不干净？"

"你是说，这辆车里有鬼吗？"段迎九直接反问道。

"是。"丁晓禾的回答也十分干脆。

段迎九沉吟了一会儿说："入党申请书都是怎么写的？共产党员都是信仰无神论的唯物主义者，什么神神鬼鬼？你是头一次出来抓人吗？打麻将都做不到每把都中，抓人也一样，有时候就是靠运气，和证据和速度有多大关系？"

"还是有关系。没证据没情报，光靠运气，没用。"朱慧接着说了一句。

段迎九继续反驳道："谁还不想靠运气的，都给我。心里郁闷，睡不着觉的人，回去档案室翻翻卷宗，看看建国后到现在破获大大小小那么多的案子，有多少是神来之笔。"

丁晓禾还是有些不服气："你让我们大海捞针，又说这个没用。"

"所以我才让你去捞针。"段迎九说着转过头看着丁晓禾说，"现在要是全国大学生辩论决赛，我肯定选你当辩手——必要的努力当然得做，不必要的牛角尖你钻它干吗？万里长征这才是第几步？我的意思你明白吗？"

"明白了。"丁晓禾答道。

"不过你说得也对，这车上肯定有鬼——鬼就在你们心里。抓着鲇鱼，鬼就没了。"

这句话让众人微微振奋了一下。段迎九望向车窗外，前面就快到六中了。她解开安全带，让大峰停车："我先下。"刚跳下车，她又转到后面敲了敲窗户，对里面的丁晓禾说："厦州大学那个课题组太慢了，去催。"

六中附近的一家面馆里，段迎九和阿宝一人点了一碗面、一颗卤蛋和一碟海带丝。阿宝多要了一罐冰可乐，趁他去端面的工夫，段迎九拿起可乐帮他打开了拉环，但想了想又放下了。

在段迎九面前，阿宝一如既往地沉默，他稀里呼噜地吃着面条，似乎想尽快结束这顿饭。对段迎九的问话，他也回答得非常简单，多一个字都不说。

"我们的事儿，你爸怎么跟你说的？"

"协议离婚，和平分手。谁都不争房子，都要给我。"

"按理说，是该和你商量商量，单独约一次，装模作样地问你，有些细节的事情。"

"没必要，我爸说没这个必要。"

"别老把自己当孩子。"段迎九听着儿子的话，顿了顿说，"我还没你大就觉得自己成人了。长大是个好事啊，你都学会打架了，多好。"

阿宝愣了一下，他看见段迎九正望着自己手腕上露出来的青紫，马上放下可乐，手垂下来用袖子遮住了伤。正在这时，两个小痞子叼着烟走进来，段迎九扫了一眼，发现就是曾经跟阿宝讹钱的那俩人。

烟雾飘过来，段迎九抬手扇了扇，接着刚才的话继续说道："不用藏，会打架是好事。你也不会欺负人，不让别人欺负就行。打架就像抽烟，没有第一次，到老都学不会。只要动了一次手，就会了。我看看你这手——这是打人落的，还是挨打挨的？打你的人还认得出来吗？"

段迎九大大咧咧的声音已经引起了痞子们的注意，两人不断地朝他们张望着。阿宝的脸涨得通红，面条也吃不下去了。在和痞子对视了两下之后，他站起身就要往外走。段迎九一把将他拉了回来，同时对那两个痞子招招手："过来坐，来。"

两个痞子晃晃悠悠地走过来，毫不客气地坐在桌边，其中一个吐了口烟，嚣张地说："怎么，阿姨要请客呀？"

段迎九没搭理他俩，望着浑身不自在的阿宝，她像辅导作业一样，心平气和地告诉阿宝："上次劫你钱包就是他俩，平时欺负你也少不了。来，还手。"

"你干什么的？"段迎九的气场让痞子有点犹疑。

阿宝却更加胆怯了，他拉了拉段迎九嗫嚅着说："走吧，晚自习要迟到了。"

段迎九紧紧攥住阿宝的胳膊，坚定地鼓励说："他们怎么打的你，你怎么还回去。听我的，只要迈出第一步，后头就全会了。来，动手。"

两个痞子看情势不对，骂骂咧咧地起身要走。段迎九忽然转头，凶神恶煞的目光把两人都按在了椅子上。

"来吧。"

母亲命令式的鼓励让阿宝透不过气，他慢慢伸出手，轻轻地扇了痞子一个耳光。还不等对方有什么反应，自己的眼泪先夺眶而出。

下午的单子不多，李唐去银行取了两千块钱，悄悄来到了厦大第一医院的肿瘤病区。

刘晓华住在一间双人病房，他穿着病号服，比之前看上去更加消瘦。小小的一副身躯，蜷缩在病床上，昏昏沉沉地睡着。李唐没有叫醒他，悄悄把装着两千元的信封放到他枕头边，便转身离开。

难怪丁美兮扛不住，想给他退钱，是个人看到这副光景，心里也不会无动于衷吧——林彧除外。李唐暗自想着，忽然感觉手机在振动。他接起来，听见丁美兮虚弱地说："你在哪儿？我快不行了……"

丁美兮拿着一个塑料袋坐在副驾驶座位上，隔几分钟就吐了两口，急性肠胃炎让她浑身上下一点力气都没有了。

"可能是吃了隔了夜的剩饭。以前每次热热都没事啊。"

李唐瞥了丁美兮一眼："以前都是你热了让我吃，你当然没事。"见丁美兮没吭声，他又碎嘴子似的说道："火传鲁的电话怎么还打不通了，平时不是随叫随到吗？是不是把你娶到手，女神也不灵了？"

"滚蛋。"丁美兮忍无可忍给了李唐一句。

"还能骂人就没事。接着骂，有日子没听你唠叨，有点不习惯。"

丁美兮闭着眼睛强忍着胃里的翻腾，沉了一会儿说："告诉李小满，泡袋方便面，晚饭将就一下。"

李唐摇摇头："生病我也得说你。学校门口那么多面馆，会说话能走路，张嘴吃个饭很难啊？李小满这年龄放旧社会早当妈了，晚饭自己还吃不了了？方便面还泡，煮挂面是不是还不会？光学习什么都不会，管用吗？"

丁美兮叹了口气："要是真的光会学习也行啊。"

"你们俩最近怎么样？"

"还行吧。"丁美兮调整了一下坐姿，一提到李小满她觉得比生病还难受，"你说，我把心都快掏给她了，刚生下来像只猫那么大，一直给她弄到一米六。她哪怕正眼看看我也行，她对街上那些要饭的叫花子也挺有礼貌的。还以为这次就能回家了，现在看回去也没用，哪怕去了美国也没用，她彻底废了。"

李唐最不爱听这两个字，立刻反驳道："你能不能别老这么说，什么叫废了。"

"像我一样，干什么都不行，不就是废了？别人拿我下棋都嫌累赘，还不是废了？"

丁美兮越说越激动，话也越说越过界。李唐听不下去，着急地反驳道："十几年前我和你一样以为能回去。上不了岸在海里漂着的人多了，不止你和我。林彧已经开始防着咱们了，你看不出来？这种牢骚能发吗？"

"干得不憋屈，还不让说了！你怕，你离我远点儿啊！"

"你以为谁愿意陪着你？幺鸡还没死的时候我就问过你，是不是不想干了，不想干你早点说，他们连李小满和小婷在网上搜过什么都知道！你甲状腺有问题你控制不住情绪，那就什么也不管了？你想干什么！"

两个人的情绪都失控了。丁美兮干脆把手里的塑料袋团一团扔到脚下，掏出手机一边拨号一边说："掉头，去国安局。你送丁晓禾上过班，找不到大门，哪条街总会知道。"

李唐眼睛一扫，丁美兮的手机已经拨通了丁晓禾的电话。"干什么啊你！"李唐大吼一声，伸手去抢手机。

"我去自首，省得你一直怀疑了！"丁美兮高高举起手机，一脸豁出去的表情。李唐还在奋力争抢，但不待他得手，电话里便传出了丁晓禾的声音："姐？"

"姐？姐？"丁晓禾喊了两声，对面断断续续，过了一会儿，才传来丁美兮清楚的声音："信号不太好，你在哪儿呢？"

"嗯，我现在在外面有点事，有事吗？"丁晓禾边说边往厦州大学的校园内走去，听到丁美兮又提起相亲的事儿，他赶紧回绝说，"噢那个女老师啊，你帮我先推了吧，不是不想见面，最近实在是有点忙。"

丁晓禾忙着应付电话，没注意对面走过来的几个女学生。待他挂上电话，她们已经走到了跟前，而其中的一个竟是小婷。突如其来的邂逅让两人都有些尴尬，丁晓禾犹豫了一下，想假装没看见低头走过去，没想到小婷径直走过来说："就在这儿说，还是找个什么咖啡厅？"见丁晓禾不说话，她又问了一句："你不是来找我的吗？"

"不不。"丁晓禾赶紧解释，"我不知道你也在这儿——计算机系，在哪儿边？"

"你姐姐没在电话里告诉你吗？"小婷似乎听到了刚才的电话。

"我们在说别的事情——你觉得，是她让我来找你的？"丁晓禾反问道。

小婷自知误会了丁晓禾，尴尬地转身就走，可没走出几步，她又扭头对丁晓禾说："我爸爸说，他们离婚是自愿的，谁都没错。"

小婷的背影瘦小而倔强，丁晓禾看着她想起了自己小时候，丁美兮曾经告诉他："害怕的时候扭头就走，别让别人看出来。"

整个晚上，小婷的背影总时不时出现在丁晓禾眼前。他不得不提醒自己，来这里还有正事——段迎九之前一直在催的《5G网络远程信息操控技术的可行性（初版）》方案报告已经出来了。计算机系一位年轻的副教授把方案交给丁晓禾说："这组技术只是理论，实践的时候肯定还会出一些问题。就像打游戏，你们先做内部测试，升级打怪，收集的漏洞越多越好。"

"大吉大利。"

"早日吃鸡。"

说完，二人给了彼此一个鼓励的微笑。

黄海的腿上已经包扎完毕，但他并没有立刻离开医院。他先是和金主交涉了价钱，不仅单次费用要涨，还必须一次付清十次的价钱，五十万。之后，他来到护士站，询问他之前已经物色好的目标："喝醉的那个醒了吗？"

"两个喝醉的，你说哪个？"护士一边整理单据一边答道。

"脾气暴的那个。"

护士看看输液区的方向："输了一下午的液，再醉也该醒了吧？"

黄海顺着护士指的方向走去。一个醉汉有气无力地坐在输液椅子上，身边的妻子一脸嫌弃地帮他清理衣服上的呕吐物。

黄海坐到醉汉身边，像老朋友似的看着他问："等你一下午了，还没醒酒啊？"

"你谁啊？"醉汉慢慢睁开眼，迷迷糊糊地问。

黄海转而问醉汉的妻子："他是不是断片不记事了？"

妻子更没好气："你别问我，问他！喝喝喝，你们把他喝死了再给我送来！"

黄海又把脸贴到男人跟前："真的忘了？中午喝多了揍我，踹我，你的劲儿呢？"

"你他妈有病啊？"

黄海突然收住脸上的笑容，用自己的额头狠狠地撞到了酒鬼的脸上。随着一声尖叫，两人瞬间扭打在一起，急诊楼道顿时乱作一团。值班护士一看这架势，直接拨打了110。

直到警察把他带到派出所做了笔录，黄海才放下心来，他现在不怕留下案底，他是怕人不知道他打架。果不其然，晚饭后，朱慧坐到黄海身边，看着电视屏幕上激战的球赛，假装不经意地问道："刚才那人为什么吃黄牌？"

"假摔，骗点球。骗过去就能晋级。"黄海说着眼睛都没离开屏幕。

朱慧继续问道："那么多的摄像头，裁判就在旁边，撒这种全世界都能看得见的谎，有意思吗？"

"万一呢。"

"要是没万一呢？我知道每个人撒谎都有目的，但我实在想不出你为什么要骗我？"听了这话，黄海不得不转头看向朱慧，只见她神情冷峻地接着说道，"我大学选修过法医，在湖里分局实习过半年，你的伤口不是摔倒磕的。脖子上也青了，你没把那颗人头摔出去吗？"

黄海突然眼睛一亮："湖里分局？现在还有熟人吗？别让你爸知道了，本来对我就不待见，雪上再加层霜，更没活路了。女婿和醉鬼打架，中午一次，下午一次。"

正说着黄海的电话响了，他打开免提，手机里传来一个毫不客气的声音："金山派出所，你是黄海吗？医院里打架的事想好了没有，私了还是公了？"

朱慧气得直哆嗦，起身进了卧室。

在医院吊了瓶水，又开了点药，李唐把丁美兮送回了她的新家。火传鲁没在，他便自然地走进厨房，烧水切菜，给丁美兮做她每次生病都要吃的葱花面。刚才在医院里，医生因为丁美兮没有按时复查甲状腺，把李唐当成家属训了一顿。本来他还因为丁美兮发疯似的给丁晓禾打电话而生气，被医生这么一训，火气全没了，仿佛又回到了之前凡事围着老婆转的光景。

此刻，他一边煮面，一边念叨："一拉肚子就想我的葱花面，还得是细面条。你那胳膊腿都快细过面条了。天天减肥，你还打算三婚吗？有点免疫力全给减没了，你也别骂李小满，娘儿俩一模一样。"

丁美兮虚弱地歪在沙发上回了一句："小婷不嫌你嘴碎吗?"

"嫌啊,所以我才憋到这儿来说。哎,你这儿是不是没有香油啊?"

"没有算了。"

自从来到这个家,丁美兮没怎么进过厨房,所以家里缺什么东西,她根本不清楚。

"那你将就吃吧。"李唐端着一碗热气腾腾的面从厨房走了出来。还没走到丁美兮跟前,大门忽然开了,火传鲁拎着打包的盒饭出现在门口,三个人都尴尬地停在了原地。热汤面让李唐没法一直停着,他把碗放在桌子上,冲火传鲁和丁美兮点点头说:"我先走了。"

李唐走后,火传鲁什么都没问,只是嘱咐丁美兮趁热吃面。饭后他又清洗碗筷,帮丁美兮倒水,督促她服药。最后一切收拾停当才说:"要是没什么事,我先回公司了。"

"没什么要说的吗?"面对火传鲁无止境的隐忍和包容,丁美兮越来越难以承受。她知道现在不能和火传鲁把关系闹僵,但却又忍不住希望火传鲁能发一顿火,质问甚至臭骂她一顿。

可火传鲁偏偏什么都不说,面对丁美兮的问题,他还在自己身上找不足:"你给我打电话的时候正在开会,手机在办公室充电,没接着。"

"你累不累?"

火传鲁默默地摇了摇头。丁美兮感觉一拳打在了空气里,她也没力气继续纠缠,冲火传鲁摆摆手说:"走吧。"

火传鲁拿起外套,走了几步,又回头说道:"李师傅开车拉你去医院,带你买药,还给你做饭。这本该是我的事情,咱应该谢谢他。"

如果不是生病,丁美兮恨不得扑上去给火传鲁两巴掌,让他别再演好人了。但话没出口,李小满回来了。火传鲁马上又点燃一腔热忱,招呼李小满:"饿了吧,一分钟,炒河粉一热就好。"

塞着耳机的李小满一如既往地眼皮都不抬一下，扔下书包，直接进了卫生间。之后她旁若无人地坐在餐桌旁，摆弄着筷子等晚饭上桌。

火传鲁一边端上饭菜，一边殷勤地说："我让他们少油少盐，你尝尝咸淡，不行咱再加点酱油。"

李小满拿起筷子就吃，却突然被丁美兮厉声喝住了："放下，叫人。"

"叫什么人？"李小满莫名其妙地问。

"火叔叔专门回来给你送饭，你是不是应该打个招呼，说声谢谢？"

火传鲁一见这场面，马上拿起外套就往外走，还息事宁人地对丁美兮说："孩子饿了先吃饭，行啦我先回去，有事给我打电话，一定接得住。走了啊。"

门一关，屋里只剩下母女俩，气氛更加凝重了。

"李小满……"

丁美兮刚一开口，李小满就把筷子啪的一下拍在桌子上，起身往卧室走去。

"站住！"丁美兮也从沙发上蹿了起来，"从现在起，和我说话的时候，把耳机摘下来。耳机！把耳机摘下来！"

母亲的喊声像一把火，一下点燃了李小满，她转身冲丁美兮嚷嚷道："哪儿受了气哪儿撒去，别冲我犯病啊！"说完一头钻进卧室，在里面反锁了门。

丁美兮彻底失控了，她把刚吃下肚的那碗面化成了歇斯底里的力量，一边砸门，一边叫喊："一天到晚拉个驴脸，这家里谁活该欠着你？白天累死累活，晚上我还得给你赔着小心伺候，以后你给我当妈，我当你孙子吧！聋了哑了？要么一句话顶死我，要么一个屁没有！说话！你给我说话！你在外头动了什么歪脑筋，干了多少见不得人的事，今天都说个清楚！"

卧室的门忽然打开，丁美兮被晃得差点摔倒。李小满尖叫一声："你干什么！"

丁美兮上手把她使劲儿往外拽，李小满开始还挣扎，后来干脆甩开门，冲出来往沙发上一坐，不冷不热地说："说吧，你知道些什么？对完了证据，早点给我判死刑。"

丁美兮的火气一点没消，看着李小满一副无所谓的样子，她继续骂道："你心虚什么？破罐子破摔了？你平时的那些谎多会撒呀，胡说的鬼话编得有多圆？考试不行这个你倒是全校第一，从你会说话开始到现在，你扯的那些谎话每一个字我都知道，只是我不说！我给你留点脸！"

"我没脸，我不要。不用给我留着。"

丁美兮只觉得天旋地转，昨天洗衣服，她从李小满的兜里掏出了一个避孕套。都到了随身携带的地步，她简直不敢想女儿天天都在外面干什么。马上要被揭穿了，李小满既不害怕也没有半点羞愧，丁美兮感觉比自己被捉奸还难堪。"你以为你还有脸吗！夜不归宿，离家出走，抽烟喝酒早恋，李小满，你自己翻翻你的书包里都放着些什么！丢不丢人！"

丁美兮说着拎起女儿的书包，书包里的东西噼里啪啦地掉了一地。李小满抢了几下，后来干脆把书包扬了："翻！翻个够！见不了人的事全翻出来！我早就不要脸了，你呢？你那些脏事就捂得住？你就是命好，没了李唐还有火传鲁这个窝囊废，我要是个男人，你赶紧给我滚蛋！滚蛋！"

啪！一记响亮的耳光给这场爆裂的争吵按下了暂停键。李小满怔怔地站了三秒钟，头也不回地夺门而出。可当她站在楼道里的时候，屋里传出了母亲号啕的哭声。哭声里，有绝望，有痛苦，有委屈，有很多很多的不可言说。

李小满呆呆地站着，想走却被这哭声牵绊着迈不开步。也不知道过了多久，她慢慢转身，推开家门，重新走了进去。她一步一步靠近蜷缩在地上的母亲，眼泪不知不觉地流淌下来。

窗外的夜越来越寂静，林彧站在街边的阴影里，遥遥望着属于丁美兮的那扇窗户。

晚饭时，小婷向李唐提起在学校看见丁晓禾的事儿。

"他来家里了？"李唐喝着啤酒问了一句。丁美兮下午闹的那一场，谁知道会被丁晓禾听去几分？

"没有。"小婷一边吃菜一边说，"在学校，我听见他在给丁阿姨打电话。"

"哦，够巧的啊。"

"他，还是我？"

"都是。当时我和你丁阿姨就在一起。你说巧不巧？"

李唐暗自松口气，开始夸小婷做的菜好吃。但小婷似乎有什么心事，她默默地吃了几口，忽然问道："李唐，你们俩离婚，是不是因为我要来？"

"这和你有什么关系？"

"既然不是，又分不开，还老在一起，为什么还要离？"

李唐举着酒杯在半空悬了几秒，然后无奈地说："很多事，以后慢慢告诉你。"

接到电话的时候，段迎九正在家里给母亲量血压。母亲已经知道了她离婚的事儿，整晚都在喋喋不休地唠叨。血压量了几次，都因为老太太不停说话而导致显示不准。如果不是有这个电话进来，段迎九几乎要忍不住发火了。幸亏，电话里传来了好消息——鱼贩子家里有线索了……

第二十一章

一早起来，李唐就觉得不对劲儿。看上去没什么异常，可就是哪儿哪儿都别扭。比如从一睁眼，右眼皮就一直跳个不停。李唐又揉眼，又往眼皮上贴纸片，没用。临出门的时候，他扫了一眼墙上的日历，下面写着一行小字：诸事不宜。添堵。

到了楼下，李唐更郁闷了——崭新的车门被剐了个长长的道子。难道真的诸事不宜？可停一天车，就要倒赔一天车份钱，再加上还得自己修车，损失更大。

小婷从后面跟上来问道："上保险了吗？"

李唐看了看脚下的路面："轧的就是消防通道，违停，想保也保不了。"

"那就报警呀，找肇事的人。这不有摄像头吗？"

"上车吧。"李唐说完打开了车门。摄像头是他的敌人，所以家附近的这些早都坏掉了。

厦大附近的路堵得死死的，李唐从车窗探出头，想看看前面是不是有事故，可目力所及，除了一排鲜红的尾灯，其余什么也看不见。他摇上窗户，拿出手机想看看平台上有什么单子，可手机偏偏死机了。强制重启也没用，平台的页面就是纹丝不动。

李唐烦躁地拍了拍手机，无意间抬头，发现车流已经往前挪动了。他赶紧踩了一脚油门，可车流松动出来的距离根本承受不了这一脚油门。眼看前面的红色尾灯又亮起来，李唐紧着又来了一脚刹车。然后紧接着，咚的一声闷响，后面的车追尾了。骂街的话都溜到嘴边了，生生让李唐给咽了回去——他一回头，发现后面追的是一辆警车。

闪着警灯的警车，加一辆前来处理事故同样也闪着警灯的摩托车，把李唐的车围在了中间。路过的司机都忍不住看一眼，不知道的以为发生了什么大事。李唐撅着屁股扎在车里乱翻一气，就是找不着自己的驾照。最后他愁眉苦脸地钻出来说："忘家里了，没带。"

"驾照也不带，还敢开专车。"警察揶揄了一句，让李唐报身份证号。李唐一边说，一边暗自想着早上看的黄历。诸事不宜，看来真不该出车。

丁晓禾还没走到办公室，就接到了段迎九的电话。

"厦大的事情怎么还没解决？"段迎九劈头盖脸地问道。上次丁晓禾拿回的方案书，直接被她扔到一边。她说没工夫做内测员，要拿就拿个成品来。

丁晓禾答不出来，再先进的技术，也得慢慢完善，可这些话段迎九完全听不进去。此刻，她在电话另一头教育丁晓禾："科学家的话也不可信，别听他们的，接着催。你现在就得跟要债的一样，去他们单位蹲守。他吃饭你也跟着吃饭，他睡觉也跟着睡觉，就算谈恋爱你也贴身跟着，耗死他。用不了两天，要原子弹也给你造出来。"

丁晓禾一边听着一边推开了办公室的门，但眼前的场景让他吃了一惊。段迎九也察觉到了异样，问道："你想说什么？"

"就是……办公室里一个人都没有，他们……"

没听完丁晓禾的回答，段迎九便挂断了电话。她坐在大同路的一间粤式茶餐厅里，放下手里的茶，在手机编辑了一条消息：来大同路吃早茶，现在。一键群发，除了丁晓禾，专案组的其他人都同时收到了这条消息。

这间茶餐厅离国安局不算近，离李唐家倒不算远。虽然位置不显眼，但口味不错，所以食客也络绎不绝。没一会儿工夫，众人陆续赶来。听说段迎九请客，几个人毫不客气地边点边吃。尤其是大峰，跟前吃空的食屉已经摞到了摇摇欲坠的高度。

段迎九伸手从大峰面前捏了一个包子放进嘴里，一边嚼一边布置任务："线索有，证据也有。嫌疑人就在附近，等外围布控好了，随时下楼抓人。吃个七分饱就行了，说你呢大峰。"

"还没到七分，你接着说。"大峰说着又从经过的餐车上拿了两屉叉烧包。

段迎九白了他一眼接着说："安全起见，抓了人回去审，会有新人来，我们不参与。"

"照片和地址呢？"哪吒问道。

段迎九看看表："行动之前再说，双保险。还有什么问题？"

"丁晓禾呢？"朱慧一早发现少了一个人，终于找到机会问起来。

"猫抓老鼠狗看家，他有他的事。"段迎九答道。

朱慧沉吟了一下，还是问出了心中的疑惑："只有他没参加，他是内鬼吗？"

段迎九拿了一屉虾饺放到朱慧面前："吃饭。"

饭后，黄海照例和朱慧扮成情侣在茶餐厅附近溜达。虽然表面上看起来很轻松，但黄海心里却一直有些疑惑。朱慧没头没脑地提问，吃完饭又和段迎九悄悄说了点什么。这些举动，让他有些心神不宁。

趁着朱慧停在一家小店橱窗外的时候，黄海小声问道："什么时候抓人?"

"不知道。"朱慧看都不看他一眼。

"一天不抓,就这么逛到天黑?"

"有怨言自己去跟老段说。"

"刚才你们俩在前台嘀嘀咕咕,说什么?"

"说你。"朱慧瞪了黄海一眼,"懒懒散散,办完了这件事就开除,准备自谋出路吧。"

黄海满不在乎地笑笑:"我有什么可说的,丁晓禾才是红人。今天为什么不让他来?"

"你说呢?"

"都猜得到的事情,就你非要说出来。"

"我傻呗。"

"有证据吗?"黄海再次凑近朱慧问道。

朱慧看了他一眼,不置可否地往前走去,甩下一句话:"什么证据?我听不懂。"

车门上划的一道子还没修补,车屁股上又被撞瘪了一个坑。李唐开着新伤摞旧伤的汽车,一路开到了家附近。他不时眨眨眼,早上贴的纸片已经掉了,但右眼皮还是跳个不停。回想着这诸事不宜的一早晨,他拨通了丁美兮的电话:"上回让你去拜妈祖,你到底拜没拜?"

丁美兮挤在去学校的公交车上,用手捂着听筒说:"心诚则灵,求神拜佛得你自己去,哪有托人办的?"

"这眼皮子一直跳个没完,你说的那个土法子也不管用啊。"李唐又烦又丧地说道,"回家,不出车了。你下午要是没课,中午一起吃火锅去?"

公交车上,电子报站器的声音掩盖了一切,丁美兮冲着话筒问道："你说什么？"

"我说，挣钱哪有个够，中午带你一起吃火锅去……"

李唐提高嗓门吼叫着，他的车子刚好经过埋头前行的老魏身边。

段迎九的茶已经续了四五回，她难得有空闲慢慢品茶，但眼珠却一刻不错地盯着手机屏幕。突然电话嗡嗡地振动起来，段迎九抓起来听了两句，立刻挂断对着耳机里对众人下令："抓人。"

李唐已经开到了家门口，早上停车的位置还空着，他想了想，还是决定换个地方。车子又继续向前开了十几米，到了一个偏僻的角落。李唐下车来转了一圈，确保没轧线没违停，之后便锁上车准备离开。然而转身之际，一个人朝他迎面走来，不等李唐看清，一根小小的电棒已经杵到了他的肚子上。李唐浑身一抖，软软地滑到了地上。

茶餐厅里，段迎九的耳机里传来了哪吒兴奋的声音："人抓着了！"

丁晓禾又一次在厦大的校园里巧遇小婷。但这次小婷没有第一时间看见丁晓禾，她的全部精力都在和一个男人纠缠。这个男人穿着西装，看上去倒是一副斯文样子。可他干的一定不是什么斯文事儿，否则小婷以及和她在一起的另一个女生，怎么会一脸慌张焦虑呢？

丁晓禾没有马上冲过去，上次在胡同里出手救人，段迎九就批评他鲁莽又烂好人。这次又是在校园里，还牵扯着小婷，情况不明便贸然出手，显然不是明智之举。丁晓禾假装经过的路人，慢慢靠近，想从他们的交谈之中获得一些信息。果然，没走两步，他就听见小婷提高嗓门说了一句："校园贷我知道，你是违法的！"

另一个女生则胆怯地小声说："我欠了三千，还了一万五，还不够吗?"

西装男拿出几张纸,说是什么合同,继续纠缠着。丁晓禾已经基本弄明白了其中的原委,此时他已经走进了小婷的视野,但面对小婷的呼喊求助,却没有停下脚步,头也不回地径直离开了。

如果没有巡视的学校保安,小婷不知道还会被西装男纠缠多长时间。她想把事情的原委都报告给学校,但看着同学蒋水梅的哀求的眼神,她还是停住了。西装男的手里不仅有借款合同,还有蒋水梅的身份证和她拿着身份证拍的半裸照,作为她借款的抵押物。西装男虽然被保安轰走了,但东西还在他手上,事情远没有结束。

小婷和蒋水梅沮丧地走出保卫部办公室,忽然发现丁晓禾朝她们走来。他默默递过蒋水梅的身份证,然后转身就走。小婷愣了一下,把身份证塞给蒋水梅,匆匆追上丁晓禾问道:"他还会再来吗?"

丁晓禾一句话不说地继续往前走。小婷不死心,继续追着问:"那个人讹了她好多钱,还的都超过借的好几倍了,能不能也要回来?又要当好人又要当哑巴,你什么意思?"

丁晓禾停下脚步,看着小婷严肃地说:"回去告诉你的同学,少干傻事。明知道有坑,非要跳。"

"还有件事,要麻烦你。"小婷拦住丁晓禾,连推带拉地把他带进了学校附近的一家咖啡厅。

因为他帮好朋友解围,小婷对丁晓禾的态度热情了许多。她点了两杯咖啡,和丁晓禾面对面坐下聊了起来。

"今天幸亏你了。我朋友之前一糊涂,拍了拿身份证的半裸照,现在还在那些人手上呢。能不能拜托你,也一并给要回来啊。"见丁晓禾不吭声,她又接着说道,"要是学校保卫部的来问,我就说我们不认识,放下身份证你就走了,问你叫什么你也不说。这样是不是不会给你惹麻烦?"

小婷搅动着咖啡，看了看沉默的丁晓禾，又说："李唐说你话少，是因为你们俩之间没有共同语言。他说你和你姐还挺能说的。你们说什么了？你姐和你提到过我吗？她是不是不想让我来厦州？"

"他们俩为什么会离婚？"丁晓禾终于开口了。

"什么意思？"小婷不解地问。

"要是忍不了，早就离了。你爸爸怎么会忍那么多年？"丁晓禾话一出口就有些后悔，小婷眼中闪过的诧异说明她应该不知道之前的事情。

"他忍什么？"

"没什么。"小婷眼中闪过的诧异让丁晓禾意识到，她对之前的事情应该并不知情，所以丁晓禾立刻打住了这个话题。

小婷看出了丁晓禾的心思：想知道李唐和他姐姐之间的事儿，又不方便问。所以，她也放出了诱饵："我还知道你姐姐别的事情。"

"什么事？"丁晓禾马上追问道。

这次轮到小婷沉默了。丁晓禾看看她，想结账离开。但小婷已经开出了条件："做个交易吧。加微信，把我同学的照片要回来，我就告诉你你姐姐的事。"

李唐被一阵刺眼的灯光唤醒，右眼皮依旧在微微跳动。他眯缝着眼睛，等灯光慢慢弱了一点，才看清周围的样子。

这看上去是一间审讯室，李唐戴着手铐，被固定在椅子上。对面两个人一胖一瘦，看样子是审讯员。胖的略微年长一些，他负责问，瘦的年轻点，负责记录。可能是在和李唐做心理上的较量，所以两人开始谁都没开口。尤其是胖的那个，一直用犀利的眼神直勾勾看着李唐。

李唐搞不清状况，此刻他只有以不变应万变，保持沉默。

最终还是胖子先说话了："我姓谢，这位是我同事小余。为什么找你来，你知道。问你的本该是当地人，枝枝蔓蔓，你的眼睛和耳朵太多，只好把我们调过来。"

李唐依旧沉默着。老谢也停了一下，看看李唐，然后报出了他的档案："李良熙，出生在桃园，屏东眷村，邓丽君的童年就在那儿度过，你们俩算是同乡，对吧？李唐这个名字是来厦州以后起的，喜欢这个名字吗？"

李唐没说话，能报出他底细的人可能有谁，他在脑子里默默盘算着。

老谢见他不吭声继续说道："老鼠钻洞，水蛇出窝，再小心也会留下痕迹。你大老远从对岸跑过来，在这儿安家落户，要上班，要看病，还要交三险一金，总要找人做一套完整的假身份。时间再久再远，也会有人记得你。"

老谢说到这儿又停住了，他在等待李唐的回答。但就在前一分钟，李唐微微抬了抬眼皮，看见小余不经意地看了一眼隔壁。他立刻意识到，眼前的两个人都是傀儡，真正抓他的人还藏在幕后。尽管他们在极力营造气氛，让他以为这里是国安审讯室，但这点细节都藏不住的人，是不会被跨地区调来负责审讯的。于是，李唐打破沉默，缓缓说道："我没钱，你们绑错了人，我要报警。"

接下来便是漫长的沉默与对峙，李唐望着天花板一言不发，他能感觉到老谢和小余的耐心在一点点土崩瓦解。审讯室里密不透风，老谢已经不顾形象地解开了衬衫最上面的两颗纽扣，连说话的口气也渐渐焦躁起来："一天，一星期，一个月，一年，要是不说话，打算这样耗下去，你以为谁会先张嘴？"

李唐像是没听见一样，目不转睛地盯着天花板。老谢还想再说，被小余拉住了。"要不，歇十分钟？"小余低声说，"太闷了，透透气。"

两人起身，先后从李唐面前走了出去，裤子后面都洇出了大片的汗渍。也不知是不是有意试探，两人出去后并未把审讯室的门彻底关死，而是留了一道窄缝。两人在门口说的话，清楚地传到了李唐的耳朵里。

"我看你有点大喘气，早晨吃药了吗?"小余对脾气急躁的老谢问道。

"不吃也死不了，就是老饿，破甲亢没个完，和这破案子一样。证据都凿在桌子上，还得走程序，就这么问，问到过年也白费。法制治国，那就慢慢治。像以前把人往收容所一丢，去他妈的，石头也能问出来。现在架个摄像头，问个晒（福州话，屎)!"

李唐环视四周，果然有摄像头。所以后面，老谢对他拍桌子瞪眼，他都不为所动，继续闭紧嘴巴。

中午下课后，刚走出教室，黄老师就凑到丁美兮身边问："带饭了还是去食堂?"

"下午没课，他接我去吃个火锅。一起去吧?"丁美兮抱着一摞书客气了一句。

黄老师自然识相地拒绝了："我能和你比吗，天生累死的命。要还有老火这种男人，你给我也找找呗!"

丁美兮看着黄老师拐进食堂，拿出手机拨打了李唐的电话。"您好，您拨叫的用户暂时无人接听，请您稍后再拨……"丁美兮心里有些疑惑：李唐知道她下课的时间，而且打电话的时候就说自己收车回家了，怎么会电话无法接通?

她想了想，又打开微信，用语音聊天的方式拨了一次，仍然没接。

又出车了吗? 丁美兮一边猜度，一边往外走，时不时地再打一通李唐的电话。可直到她走进学校附近的小餐馆，点了一碗酸辣粉之后，李唐的电话始终处于无法接通的状态。

这不对，李唐一定出事了，必须尽快找到他的下落。丁美兮首先找的是专车公司。她拨打了公司的400电话，报出了李唐的名字和车牌尾号，投诉李唐无故撤单还不接电话。

但客服查询了一会儿后，十分客气地告诉她：李唐这一上午都没接单。丁美兮只觉得后背发凉——没接单却打不通电话，李唐多半是被控制住了。那么控制他的会是谁？丁美兮在心里挣扎了片刻，从联系人里翻出了丁晓禾的电话。

一行汗珠从李唐的脸颊上慢慢滑下来，屋子里的温度似乎越来越高了。老谢的呼吸越来越粗重，他急躁地重复着刚才的问题："耳朵后长痣的男人去家里找你，当时丁晓禾碰巧也在。你们假装不认识，擦肩而过，说说这件事吧。"

李唐抿了抿干裂的嘴唇，答了一句："能不能给点水喝？"

"四个小时了，开车这么久也得进服务区休息休息。"小余似乎在替李唐求情。

"先吃饭。"老谢也累了，他答应了小余的提议，起身往门口走去。可马上要出门了，他却又像收到指令一般停住了脚步。片刻后，老谢对小余说："带他去喝点水。"

李唐被两人从椅子上拎起来，架出了小屋。穿过长长的楼道，又拐了个弯，他们停在一间屋子的门口。老谢试探性地推了推，门开了，里面似乎拉着窗帘，黑乎乎的。

"进去吧。"老谢看看李唐说。

"这是哪儿？"李唐心里掠过一丝不安。

"先进去吃点东西，吃完了还得接着问。"

老谢话音刚落，小余在背后猛地推了一把，李唐整个人便扑进了屋里。所谓的"喝水"，完全出乎意料。

李唐平躺着被固定在一张担架床上，脸上盖了一大块纱布。折腾了一气，老谢也已经疲惫不堪，他一边喘着粗气，一边喝问李唐："你没杀过人，手上也没血，把该交代的都交代了，不会判你死刑。戴罪立功，你还能减刑。我再问一次，肯说吗？"

李唐已经知道自己要面临什么，但心里反而更踏实了，他边挣扎边喊叫："刑讯逼供，国家安全局就是这样操蛋吗？把你们领导叫来，我要见他！去叫他呀！"

老谢没再说话，他一挥手，小余拎着一壶水朝李唐的脸浇了下去。纱布一下子糊在了李唐的脸上，水流隔绝了空气，他浑身颤抖，挣扎在窒息的边缘。

"姐？"

"在哪儿呢？"

"我在单位，有事啊？"

三言两语，丁美兮已经判断出丁晓禾与李唐的失踪没有关系。她按捺住心中的不安，平和地说："那天你姐夫说你见着他了，还有小婷。"

丁晓禾迟疑了一下，回答道："是，聊了几句。我那天路过，本来想上楼看看你，也好久没见了。"

"小满天天都念叨你。晚上下了班要是没事，你先去学校捎上她，等我加完班去找你们。咱们去金榜路吃海鲜去。"

"行，那我先打电话订个座。"丁晓禾挂断电话，忽然听见旁边的一间屋子传来异样的声音，那是楼道尽头的一间审讯室。不过不是他跟进的案子，自然也不便探听，丁晓禾边查电话边朝远处走去。

而丁美兮则已经起身走出了小餐馆，有关李唐的消息源就那么几个，时间紧迫，她要尽快去下一站。

蒙头，浇水，揭开。再蒙头，再浇水，再揭开。李唐被折磨得奄奄一息，却始终没有吐露半个字。

老谢急了，他死死地揪住李唐的头发，恶狠狠地骂道："日你先人，死鸭子瘪嘴不说话，你以为当哑巴就能过这关？"说完，他打开旁边的一个箱子，骂骂咧咧地翻找着什么。

小余凑到李唐面前，心平气和地说："你和另外两个间谍来到厦州，目的是绑架回乡探亲的黄德铭。计划一变再变，他死在了你开的救护车上。出了这么大的事还要留下来，十几年一直潜伏到现在，你是自愿的，还是被逼的？"

长时间的窒息，似乎让李唐失去了说话的力气，他整个人瘫在担架床上，偶尔从喉咙深处发出一声呻吟。

小余继续问道："火传鲁，刘晓华，一个妻离子散，另一个活不过今年。都是拜你们所赐。你以前的上级叫要海勇，他死了钱也不见了，你们就去找工行思北支行的吴经理。他不配合，就找人去引诱独身的陈秘书，她让你们害得割腕自杀，你知道吗？"

李唐微微动了一下，似乎要说话，小余马上把耳朵凑了过去，只听见李唐含糊不清地说了一句："谁呀？"

此时，老谢已经回到了担架床边。他拿着一把锈迹斑斑的老虎钳子对小余说："掰开他的嘴。"

老虎钳子用力一拖，李唐嘴里那颗带着套的残牙被生生拔了出来。老谢用尽了所有的力气，牙套和残牙一起，滚到了地上，喘着粗气说不出话来。小余松开手，瞥了李唐一眼，气恼地说："迟早都要说，该说的就不说，非要逼着我们动手，反正脸也不要了，你今天不说个一二三，谁也别出这个屋子了。"

血沫子顺着李唐的嘴角滴滴答答地流淌，他歪着头呜呜地叫着。小余想了想，又说道："你不说，你老婆也得说。她早就想跑了，是不是？"

这句话掐住了李唐的命门，他突然疯狂地吼叫起来："操你妈！

418

别动她！别动她！"

李唐的癫狂让老谢和小余看到了希望，两人一句接一句地逼问起来："她给你打电话打不通，知道你出了事，不等你自己就要跑，再带个孩子，孤儿寡母，你也不肯救她们吧？"

"火传鲁，要海勇，刘晓华，黄德铭，还有柳国香和陈秘书，这些伤天害理的事情，是谁让你干的？那个不管你们一家死活，到现在还缩在后面当乌龟的上线，他叫什么？"

疼痛和焦灼几乎把李唐蚕食殆尽，但他依旧在反抗。他知道对手也已经快要耗尽力气，都剩下最后一格血，谁先露出破绽谁就输了。所以，当老谢说出那一长串名字的时候，李唐知道机会来了。他突然喷着血沫子说了一句："柳国香！我不知道谁是柳国香！"

小余没看出李唐的心思，他下意识地骂了一句："还在装！你不知道，怎么会去她和要海勇的旧房子？"

这句话仿佛是一个开关，让李唐像断了电一样，消停了。

"我说。"李唐冷静的语气与刚才判若两人，他努力地把头歪过来，眼睛死死盯着隔壁的方向，"幺鸡留给小柳的除了钱，还有一间旧屋子。我去那放了火，把人引出来，只给你一个人打过电话。除非你也被国安抓了，否则没人会知道。林彧，当初我让你把她送走，可没让你杀人——出来吧。"

四周一片安静，老谢和小余面面相觑。

李唐深吸了一口气，突然炸了一样地喊道："出来！"

丁美兮的突然造访，让小婷颇为意外。图书馆外静悄悄的，丁美兮满脸尴尬地欲言又止。

小婷和她保持着一定的距离，低声说道："没关系，有什么事儿你说。"

"你爸爸没给你打电话吗？"丁美兮直接问道。

"我在学校的时候，他一般不打扰我。"

"哦，我还以为他会跟你说。"丁美兮心里揪得更紧了。李唐如果逃走，不会不带着小婷。没打电话，看来的确是被控制了。

"这件事是不是特别不好开口？"小婷见丁美兮沉吟不语，追问道。

"你平时吃晚饭，是回家，还是去食堂？我是说，能不能麻烦你在学校对付一顿？"

"我还以为你们要叫我去外面吃。"小婷看不透丁美兮支支吾吾的真正目的，接着又问，"还有事吗？"

丁美兮叹了口气说："你爸不好意思张嘴，那就我说。我想回去借住一晚上。我和现在的丈夫吵架了，吵得很厉害。本来打个电话也可以，但我觉得还是应该见见你。毕竟……"

"酒店不能住吗？"小婷突然打断丁美兮的话问道。

"住回前夫家，现在的丈夫才会害怕。"

小婷沉默了一会儿，点点头说："你们应该复婚。"说完，她便转身离开了。

望着小婷的背影，丁美兮收起了脸上尴尬的神情。她拿起手机，先看了看时间。李唐已经失踪了大半天，这个时间足够把他运出这个国家，也足够他说出许多心里的秘密。想到这儿，丁美兮翻出了段迎九的号码。电话一通，她立刻说："我是丁美兮，现在有空吗？"

"有啊，你说。"段迎九的语气难得轻快，上午的行动十分顺利，她正要去跟汪洋汇报情况，心情大好。

如此轻松随意的回答，让丁美兮马上意识到李唐的失踪和段迎九没有关系。她马上起身往校园外面走去，边走边语气平静地说："阿宝啊，他之前在我家里补课，今天搬写字桌才看见他落下的东西。他爸爸的电话又打不通了，就打到你这儿来了。"

"哦。"段迎九说，"理疗的时候他总这样，你是要我去拿吗?"

"好啊，我马上回学校，你方便吗?"

段迎九答应完丁美兮，随即挂断了电话。她想了想，从手机通讯录里翻出陈华的号码拨过去，等了一会儿，里面传来提示音："您好，您拨叫的用户暂时无人接听，请您稍后再拨……"

汪洋看着照片里一个二十多岁的小伙子，他平时的身份是鱼贩子手下的一个装卸工人。几张照片里，都是他在出入同一栋老旧小区住宅楼，最后一张则是一个外卖员的背影。

段迎九指着这张照片说："美团、饿了么、麦当劳、肯德基，有时候还有闪送。鱼贩子出事以后，他就住进这个小区，深居简出，要不是有这些送餐的，他早饿死了。可哪知道天天点外卖，却被邻居老太太给盯上了。"

汪洋笑笑说："看来12339的电话已经深入人心了，挺实用啊。"

"广场舞皇后哪知道他是个间谍，还以为是搞传销的。老年人都谨慎，所有能举报的电话都打个遍。"

"那也行啊。"汪洋站起来说，"走，去看看皇后送来的这个礼物。"

段迎九摆摆手示意汪洋坐下："早审完了，该吐的都吐了，就是有一样，有点可惜。"

"什么?"

"自家窝里的那个鬼，不露头了。你说，他是不是睡着了?"

审讯室的门开了，一串脚步声后，林彧终于出现在了李唐的面前。他看了看李唐奄奄一息的样子，吩咐道："放下来吧。"

小余走过来，解开了李唐的绳子。可最后一截还没解利索，本来一动不动的李唐突然跳起来，一脚把老谢踹倒在地，左手揪住了头发，右手一拳一拳地砸了下去。林彧站在旁边默默看着，小余见状也不敢吭声。鲜血随着拳头的起落喷溅出来，终于林彧开口阻拦道："再打，他就死了。"

李唐并未马上停手，他一直打到筋疲力尽，胳膊几乎抬不起来了，才停下手。脸上湿乎乎的，有水有血，李唐长出一口气，撩起衣服抹了一把。看着老谢躺在地上像死了一样，小余慢慢走到林彧面前，刚要说话，林彧突然一挥手，啪地抽了他一记响亮的耳光。小余再不敢言语，捂着脸闪到了一边。

此时，林彧的电话嗡嗡响起。他接起来，直接把手机放到了李唐的耳边。电话里传来新长官的声音："幺鸡出事，别的人也出事，一个接一个，我的人都快被国安抓完了，我只能一个一个地试。喂，你有没有在听我讲话？"

李唐啐出一口血沫子答道："栽假牙，一颗一万二，不打折。"

黄海骑着小摩托飞驰在路上，手机振动，他腾出一只手接起来，直接说道："就那个数，打包，一次付清。要不就算了。"

电话里的人显然是接受了这个条件，然后说出了这次要偷拍的目标。但黄海听到这句话，表情一下凝重起来："什么？"

第二十二章

段迎九坐在丁美兮的办公室，看着她拿回一个被胶带缠成木乃伊的快递盒子。丁美兮拿着剪刀，一边费力地撕扯胶带，一边抱怨说："送快递的手都糙，买个电脑也敢给你往地上乱摔。"

一本写着陈星名字的百科词典放在段迎九面前的茶几上，但她的注意力并没在这上面。职高的办公室不同于重点高中，各种宣传画和奖杯被摆在显眼的地方，段迎九仔细打量着四周的环境，也揣度着丁美兮的变化。

"除了教课，还管招生就业，我要是你，也得跳这个槽。" 段迎九对丁美兮笑笑说。

丁美兮从快递箱子里拆出一个以假乱真的LV包，自嘲地说："全厦州参加高考的人，一万五千三，这是去年。今年还要再多两千个，加上高职招考的五千二，十九个考点，五百多个考场，总共考试的人两万都不止。你说，有多少人能考上大学，顺利毕业，最后再找个称心如意的好工作？"

"你干得不称心吗？"

"称不称心先不说，能端起饭碗来的，一半都不到。三百六十行，有你这样的人，就有像我这样的。好的能挑清华北大，差的只得来这儿。招生是不愁的，就业的事情，家长和学校全都心知肚明，谁还会计较？我这个兼差就是个摆设。不给工资不给奖金，也就比以前多混个办公室。你喝水呀。"丁美兮说着指了指茶几上的水杯。

段迎九端起杯子喝了口水，眼睛其实一直在打量丁美兮："你一双鞋加一个包能顶我三个月的工资，还不满足，丁老师太贪心了。"

丁美兮坐在段迎九对面，看看脚上浅绿色的LV鞋，满不在乎地说："包就得这么背，一个真一个假，平时拿假的撑场面，见了识货的，得拿真的。谁还没见过用胶条缠死的LV呀？"

丁美兮的神经似乎在闲聊当中微微放松下来，段迎九看着她的脸忽然说了一句："你今天的话比以往多很多。"

"是吗？"丁美兮很认真地反问道。

"区区一本词典，随便找个谁都能捎给阿宝他爸，再不行也缠个胶条，发个快递。今天专门叫我过来，是不是有什么麻烦啊？"

丁美兮的脸色微微一变，停顿了一会儿说："算是吧。其实我的麻烦你也应该知道，那天咱们在民政局不是碰见了吗？"

段迎九拿起茶几上的那本词典，翻了翻又啪的一下合上："麻烦就像一本书，烧不完，撕不烂，想解决，总要打开它。有些地方我和你很像，心里有事情，找不着一个能帮忙的人。当然也有不一样的地方，这些麻烦我自己能解决，你解决不了。"

"厦州这么大，也只能和你说说了。"丁美兮幽幽说道。

"偏偏我今天有空，你说巧不巧。"段迎九目不转睛地望着丁美兮说。

丁美兮露出一丝苦笑，接着说道："我和李唐离婚，所有人都觉得是我的问题，其实孩子才是最大的问题。我和他过不下去，和孩子有很大关系。"

"相夫教子，教书育儿，有什么不对吗？"

"李小满怎么看我，阿宝怎么看你？他没觉得你才是家里的罪人吗？我不知道该怎么和孩子往下处了。"丁美兮主动望向段迎九，眼神诚恳又无助，"当朋友不行，当闺蜜也不行。不能好好说话，你要板着脸骂她，当场就要驳回来。问什么都是隐私，都敏感，什么都不能碰，除了给她做饭洗衣服，我就比保姆多个户口本上的名字。夜里睡在一张床上，伸手你都摸不着她。学校里都是竖着的耳朵，没事也盼着你出事。也不知道怎么就想到了你。我也是实在没办法了。"

段迎九默默倾听着，丁美兮第一次在她面前表现得如此脆弱，这让她心里有些犹疑，毕竟这些苦楚她也体会过。于是，她用自己的方法，回答了丁美兮的无奈："我特别喜欢假设。假如说，你不是妈妈，你是女儿。你觉得你妈妈好吗？让你给你妈打分。能及格吗？"

"要么五十九，要么六十一。"

"我要是我儿子，就给他妈打三十分，满分一万。你是老师你知道，要是差个十分八分的，想想办法，补补课，还能努一下。死活都及不了格，那就干脆别去想它了。"

丁美兮的目光朝一边放空，她似乎把这些话都听进去了。段迎九接着又说："再假设一回。假如说，你担心的不是母女关系，你担心的是别的，比如说，一些让你晚上睡不着觉、让你害怕的东西，你的焦虑有没有可能，是在这儿？"

丁美兮没有回答这个问题，她努力做出安静沉思状，但心里却越来越紧张。段迎九对她的怀疑没有消除，她像一只猫，蹲守在旁边，伺机而动。而李唐恐怕凶多吉少，已经过去这么久了，手机上依旧没有任何来自他的消息。

段迎九在对面，望着丁美兮继续说道："养过宠物吗？小猫小狗闹得厉害，挨了咬，也不会记恨它妈。人会不如畜生吗？孝顺就是颗胖大海，给点时间，它不会让你上火的。你是老师，怎么会不知道这个?"

"大夫都不会给自己的孩子看病。"丁美兮说道。

"那是开药打针,不是拌嘴吵架。你怕的不是这个,你在怕什么?"丁美兮把目光收了回来,和段迎九对视了一下。顷刻,段迎九先开了口:"职业病,我的口气是不是吓着你了?"

"没有。"

"也许你不信,我想帮你。这句话我是真的。"

"谢谢。"丁美兮的语气极为诚恳。

此时,段迎九突然一伸手,把丁美兮放在一边的手机拿起来,屏幕亮了,除了露出上面的时间,上面没有一条未读消息和未接来电。段迎九把手机放回原位,起身告辞:"不早了,我得回去了。有时间咱们可以一起吃饭。"

"等你有空的时候,我请客。"

"好啊。"两人客气地走到门口,段迎九突然回头又补了一句,"下次再有麻烦,随时找我——哪方面的都行。"

"嗯。"丁美兮点了点头,看着段迎九一路走远,消失在走廊尽头。随后,她马上回到屋里,拿起手机拨了110:"你好,我前夫失踪了……"

走出"审讯室"大楼,李唐抬手遮了遮刺眼的阳光。一个导游举着小旗,像赶鸭子似的,带着一队吵吵嚷嚷的小红帽游客朝不远处的"太和殿"走去——原来这里是同安影视城。临上车前,林彧到冷饮摊买了根纯冰的老冰棍。李唐拿过冰棍,没拆包装,直接敷在了刚刚被拔过牙的腮帮子上。但冰棍的效果不大,待林彧开车把李唐带到海边的时候,他的嘴已经肿了起来。

"没什么要问的?"林彧开口说。

"电话里不是都说清楚了吗?"李唐看都没看林彧一眼,肿胀的嘴巴让他的声音听起来有些含混。

"你要没问的，那就我问吧。你是不是想回去？"林彧的话很直接。

"回哪儿？"

"说句将心比心的话，该给的钱不给，夫妻反目，满城风雨，从结婚起帽子就是绿的，人人都在看笑话。赶上身边的人被抓了，吃了药也睡不着觉，天天提心吊胆，差点就死在厦州，我要是你，也不想干了。"林彧皱着眉看看一脸忧郁的李唐，接着说，"有些话，只能放在今天说。放心，上面有只手拉着你，肯定掉不下去。"

"你的手吗？"

"老板的手，比我的更有劲儿。你给他办的那些外汇的私事就是一副手套，连着血和痂粘在手上，摘不了了。我要是他，也不敢动你。今天的事情，我做不了主，他也做不了主。共产党的鼻子最近太灵了，一副牌还没打完，到处点炮。涉及根基的事情，人人都要过堂。你一个人吃点苦，总好过让丁美兮也去受罪吧？"

李唐看了林彧一眼，想说句什么，可话到嘴边，又咽了下去。

林彧苦笑一下："你在心里怎么操我妈，我都懂。但是没办法李唐，除了你，我再没有信得过的人了。等你的脸好了，还得去办件事情。"

"丁美兮呢？信得过她吗？"

林彧转而看向大海，答非所问地说："你转告她一句，找不到你，可以找我，不用去找110。"

"还有事吗？"李唐也看向了大海。

林彧转身往车的方向走去，等李唐从身后跟上来，他没头没脑地说了一句："你有没有听说，老板过年就要退休了？"

"是吗？"李唐不冷不热地答了一句。海对岸暗潮汹涌，哪个浪头拍下来都足以让他灭顶。他现在能做的，就是尽力扑腾，不让自己淹死在海里。

开车回到市区的时候，已经很晚了。林彧把李唐放在地铁站附近，对他说："旁边有个药店，买点布洛芬。怎么都得疼一两天，熬过今晚就好多了。"

李唐没说话，刚要下车，又听见林彧说："还有个事。十几年前咱们一起来厦州，你家隔壁那个房子，还记得是谁给租的吗？他们现在在上海，还叫李春秋和姚兰。"

"还是两口子吗？"李唐问道。

"暂时没听说要离。和你们一样，孩子也上中学了。"

"他们要来吗？"

"等短信吧，一串数字，是你第一次来厦州的时间。他们要办点事情，需要你的配合。"

"丁美兮知道吗？"李唐知道自己暂时过关了，可丁美兮还没有定论。

林彧依旧没有正面回答，只是望着外面催促道："最后一班地铁快来了，抓紧时间吧。"

墙上的钟表嘀嗒嘀嗒地行走，李小满躲在卧室看书，丁美兮守着手机，等待李唐的消息。报完案回家，她立刻给家里的大门换了个锁芯。虽然她知道，对于林彧这样的人，区区一个防盗锁根本挡不住，可换了多少能让自己安心一点，毕竟李小满还住在这儿。

下了班，丁晓禾也如约而至，不过因为火传鲁又加班，他们也没去外面吃饭。丁晓禾问起她和李唐现在是怎么回事，丁美兮三言两语应付了过去。不过，她还是依稀感觉到丁晓禾的不安和疑虑。

桌上的电话突然嗡嗡地响起，丁美兮的思绪一下子跳了回来。她甚至都没来得及看清楚屏幕，就飞快抓起手机，摁下了接通键。李唐低沉的声音从电话里传来："跑了趟郊区，没信号。开着别人的车，手机也坏了，刚修好，放心吧。"

绷了整整一天，丁美兮此时终于松了口气。她轻轻嗯了一声，便筋疲力尽地靠在了沙发上。

给丁美兮报完平安，李唐没有马上回家。他找了一家露天大排档，要了几瓶啤酒，独自喝了起来。腮帮子越肿越高，李唐吃菜也不方便，他干脆只要了一碗海鲜粥。好歹不用嚼。

六七瓶啤酒下肚，李唐舀了一勺凉透的海鲜粥，还没送到嘴里，一阵脚步声传来——幺鸡拎着一瓶啤酒坐在了对面。他一把打掉了李唐手里的勺子，把啤酒起开递过去说："牙都没了还吃什么饭？喝酒！日他妈，这种日子你还没过够吗？你说，咱们大老远跑到这儿来，人不像人鬼不像鬼，家也回不去，图什么？"

说完，幺鸡便举瓶喝起酒来。李唐呆呆地望着幺鸡，心里清清楚楚地知道眼前所见不是真的，可还是忍不住说："你到底在说什么？想找你的时候找不着，不找你你天天托梦，话说不清楚，屁也不放完就死了，我他妈去哪儿猜你那些谜？"见幺鸡只顾喝酒，李唐急了。他扑过去一边抢夺幺鸡手里的酒瓶子，一边骂骂咧咧地喊道："喝喝喝，喝死倒是什么都不用管了，你到底想说什么？你想告诉我什么鬼东西？说呀！"

旁边桌的人开始对着李唐指指点点，没一会儿，大排档的服务员也朝他走来。一边自言自语，一边对着空气又抢又夺，半夜的醉鬼，他们见多了。两个人把李唐连拉带拽地拖到不远处的垃圾桶旁，毫无意外，李唐涕泗横流地呕吐了起来。

在酒精的作用下，李唐难得睡了一宿踏实觉。但天刚刚亮，手机就传来两声振动。李唐有些不甘心地摸到手机，打开一看，立刻清醒了——20001012093015，一个陌生号码发来了这串数字，这正是他第一次来厦州的时间，精确到了秒钟。李唐顺着号码回拨过去，对方很快接通了，里面传来一个彬彬有礼的女声："李师傅，两天的专职司机，我们两个人，厦州市区包车，多少钱？"

李唐下意识地摸着还有些肿胀的嘴角，尽量口齿清晰地问："您在哪儿？"

一个大型地下停车场内，一辆英菲尼迪越野车缓缓停在了车位上。李唐开着专车跟过来，在英菲尼迪旁边慢慢停住。李春秋和姚兰从车上走了下来，二人气质高贵，衣着考究，他们不慌不忙地来到李唐所开专车的旁边，李春秋先给姚兰打开车门，护着她进去，又把行李箱递给李唐，自己才绕到另一侧，钻进车里。

专车驶出地下停车场，李唐戴着一副白手套，熟练地说着职业规范用语："现在按导航出发，开始给您计费。要是温度不合适，您随时跟我说。请问您有没有指定的路线？"

李春秋没有回答李唐的问题，自上车他便一直在忙，微信电话不断，普通话、上海话中间还夹杂着英语。他把声音控制得很低，怕打扰别人已经成了习惯。

姚兰听到李唐的问话，赶忙回答说："我们不常来，听你的。不要耽误时间就好了。"姚兰的妆容非常精致，长期富足的生活让她保养得宜，看上去比丁美兮年轻得多。可事实上，她比丁美兮还要大两岁。

李唐在后视镜里和姚兰交换了一个眼神，然后自然地说道："哎？不好意思，这个行车记录仪好像有点问题……"

车速慢慢降下来，姚兰望着李唐把行车记录仪的连接线拔掉，微微松了口气说："十几年了，我一眼就把你认出来了。你怎么还这么瘦？"

李唐感慨地笑了笑："还能再看见你们。没想到啊。"

此时，李春秋终于结束了商务电话，用极简洁的语言和李唐打了个招呼："好久不见。"

"你们过得挺好的啊。"李唐由衷地回了一句。西装、皮鞋、领带、手表，李春秋身上的行头比李唐的高级很多。

当年，姚兰和丁美兮非常要好。这次一见李唐，她便忙着问道："你和花莲怎么样？听说你们的孩子也读高中了？"

李唐顿了顿，淡然地说："离了。"

这个消息有点出乎姚兰的意料，李春秋见状马上接了一句："这次要办的事情，他们和你说了吗？"

"国际未来商业领袖峰会，好几个部长级别的外国首脑，给他们房间安窃听器，这可能吗？"

李春秋笑了笑："当初你们来厦州，绑架那个导弹发动机技术专家，我也觉得不可能。就像有人打车，总不能因为路不好走，就不去吧。"

"也对。"李唐若有所思地说。

按照计划，李唐把李春秋和姚兰送到了厦州天元酒店。所有参加领袖峰会的高级官员都住在这家酒店，安保级别也提到了最高。李唐把行李箱交给门童，转身往回走的时候，两个特警与他擦肩而过。他下意识地回头看看，李春秋和姚兰的身影已经消失在了巨大的玻璃转门里。

段迎九把自己悄悄锁在了办公室里，她把会议室的那块大白板也搬了过来，一边思索，一边在各个人物照片之间擦擦画画。

办公室外传来一阵敲门声，段迎九充耳不闻。敲门声持续了一段时间，又静了下来。可没一会儿，外面传来钥匙开锁的声音，很快汪洋便气呼呼地推门进来。他把钥匙往桌上一扔，质问道："你要干什么段迎九？"

"嘘。"段迎九连头也没回。

"嘘什么嘘！"汪洋见她这样更来气了，"体检也不去，又找人替你顶。去年找的那个还行，好歹是个同龄人。今年找个朱慧，你的指标和二十多的小姑娘能一样吗？"

听了这一串连珠炮，段迎九丧气地唉了一声："你看看，就差一步，差点就打通了。你一叫唤，我又乱了。"

"破不了案子还赖上我了？"汪洋拉了把椅子坐下，往桌子上一拍说道，"别看那块破板了，看这个！"

"首届厦州国际未来商业领袖峰会。"段迎九探着脖子看了看，手都不伸地问，"这又是什么活儿？"

汪洋指着请柬回答："新情报，两个间谍已经到了厦州，一男一女，不是夫妻就是情侣，目的就是这个。"

"和我有什么关系？"段迎九还是不买账。

"内鬼不是睡着了吗？你不想叫醒他？"汪洋这才抛出诱饵。

朱慧站在传真机旁，尴尬地跟段迎九解释顶替体检失败的事儿："他们把我当成碰瓷的了，说我冒名顶替是想讹人。验尿好说，还没到验血那一步就露了，护士的眼太尖了，我把外套都换了……"

但段迎九的心思已经都转到了新任务上，她抱起一摞传真照片扔到桌子上，打断朱慧说："三天之内，从各地来厦州的所有情侣和夫妻。国际航班单算，剩下的按省市县乡镇分好组，全体三班倒，一个一个查。"

朱慧一边麻利地收拾着源源不断的照片，一边说："飞机、船舶和高铁都好说，困难的是私家车，高速之外的省国道都不好查。"

"那就精卫填海。查各个路口的抓拍，一个个对车牌，查车主，他们住在哪儿，来厦州干什么，所有的事情都要摸清楚。"朱慧抱起一摞资料正要往外走，段迎九又补了一句，"等那些体检的回来，不管是谁，任何人，如果谁对这个案子尤其感兴趣，你来告诉我。"

"要是……"

"任何人。"段迎九把这三个字重重地重复了一遍。

很快，朱慧带来了结果："没有任何人打听这件案子，暂时。"

对于这个结果，段迎九没表态。她对着会议室里忙碌的身影大声说："抓紧抓紧，要是明天这时候再找出来，咱的劲就白费啦。加完班吃火锅，汪老板请客啊！"

所有人都在专心致志地干活，没一个搭话的。段迎九扫视了一圈，有些悻悻地离开了大办公室。

转眼到了峰会召开的日子。一早，四辆大巴车依次从厦州天元酒店的大门口开进了院子。车子的前窗都贴着"首届厦州国际未来商业领袖峰会"的标识牌，依次停好后，四个戴着白手套和黑墨镜的司机，从车上走了下来。

李唐是最里面一辆大巴的司机——负责这次会议车辆工作的正是他从前的出租车公司。李唐找到从前的领导季总，用一顿饭加一千块钱超市卡，从别人手里撬来了这个开大巴的机会。

此刻，李唐不动声色地掏出手机，把它当成镜子，对着阳光，朝酒店十五层最西侧的一个房间晃了晃。很快，那个房间的窗户打开了一半。这是李唐和李春秋的接头暗号，之后，双方同时在手机上倒计时三分钟。

从酒店侧后方的小门走进去，李唐正了正胸前的工作卡，一路穿过大厅，往电梯口走去。酒店的前厅大堂有不少警察，或检查，或察看，各自忙活着。前台的电子液晶屏上醒目地显示着一行通知：十六层商务套间停售。

叮，电梯来了，李唐走进去一看，楼层标识上贴着一块小的金属牌，十六层是行政楼层。李唐按亮了十五层，之后看了看手机，只剩一分钟了。

李春秋的手机上只剩十几秒，他紧盯着飞快跳动的数字，三分钟一到，立刻从衣服里掏出一个戒指盒子放到地上。盒盖一打开，三只巨大的蟑螂迅速地往各个方向逃窜。

此时，姚兰已经拨通了酒店前台的电话，她气愤地对电话里说："来个人看看，房间里怎么会有蟑螂！"

安静的酒店里很快钻出了多名保洁，他们穿着统一的制服，有的翻地毯，有的抖窗帘，还有两个站在李春秋所住的套间门口，听着里面姚兰不满的抱怨声。

而楼道另一侧的保洁间的门无声地开了。李唐也换上了一套保洁制服，他戴着口罩，推着清洁小车，一路走进电梯，将十六层的按键摁亮了。片刻之后，电梯大开，李唐呆住了。十六层房间的门全部都开着，楼道站着数不清的警察和便衣，有人拿着测窃听器的设备，在各个房间里进进出出，有人在打电话汇报实时情况，还有人站在楼道里，守门。

而电梯开门的一瞬间，这些人的目光都锁定在了李唐身上。一秒，两秒，三秒，李唐的手上使了把劲，硬着头皮推车往前走去。警察们的神情更加奇怪了，而李唐则在飞快地琢磨着对策。这时，口袋里的手机响了，寂静的楼道里，连嗡嗡声都显得格外刺耳。李唐拿出来看了一眼，马上挂断了，是丁美兮。

此时，已经有一个警察朝他走了过来。李唐抬起头迎着他的目光，率先开口："十五层有客人发现了蟑螂，说有好几只，经理怕上面也有，叫我们都看看。"

"是吗？"警察狐疑地望着李唐说，"你等一下。"

说完他抓着对讲机询问："十五层什么情况？"对讲机里暂时还没人回答，等待的时间虽然只能以秒计，但对李唐来说却像是度过了一个世纪。而李唐的手机在这个时候又嗡嗡地响了起来，警察看他纹丝不动，提醒道："你的电话。"

李唐把手伸进口袋，直接关机，然后回答说："上班时间不许接，有规定。"

警察的怀疑越来越甚，他盯着李唐又看了看，正要说话，对讲机嗞啦嗞啦地响了，有人在里面问："什么人在上面？"

警察走开两步，跟对讲机说："一个保洁。"

"保洁？没有保洁上去啊——等着，我去看看。"

对讲机的嗞啦声暂停了，刚才盘问的警察往前走了一步，封住李唐的退路，说："你等等啊。"

"好。"李唐轻轻说了一句，此刻他已经可以清晰地听到自己的心跳声了。放下对讲机，警察又接起了手机。他溜溜达达地对着电话里说着什么，声音极低，却时不时地往李唐这边扫一眼。

李唐的口罩随着他的呼吸一凹一鼓，速度越来越快。他的手慢慢松开了小推车，一只脚已经迈向了安全通道的方向。虽然，打电话的警察就堵在那个方向，但如果要硬闯的话，那里是逃跑的唯一出路。

突然叮的一声，电梯灯亮了。一个穿着西服的行政经理从电梯里出来，一路走到李唐面前喝问："谁叫你上来的？你叫什么名字？"

李唐看着经理默不做声，而警察们的目光像探照灯一样，都聚焦在了李唐的身上。

"问你话呢？你是哪个区的？"经理继续追问道，"把你口罩摘下来！快点！"

空气仿佛凝固了，李唐慢慢抬起手，伸向耳边的口罩带子。他已经注意到，刚才的警察已经摸向腰间，不是拿枪就是拿手铐。而另一个方向，还有一名警察也在向他靠近。

眼看着口罩就要摘下来的时候，忽然——

咚！楼下一声巨响。所有的人都吓了一跳，几个警察跑进一个距离最近的房间，往楼下一看。一个行李箱掉到了一楼的地面上，摔了个粉碎。行政经理和几个警察飞快地往下跑去，有人向对讲机内问道："出什么事了？"没一会儿对讲机里有人回答："十五层有个房间有蟑螂，女客人在行李箱里翻出来一只，她直接把箱子给扔下去了。"

之前问话的警察匆匆走出几步，又想起了李唐，刚要转身回来，他的电话又嗡嗡地振动起来，他听了两句，有点意外地反问道："换？现在？"

很快电话挂断，警察在楼道里大声宣布："B方案，换酒店。全体，现在！"

唰的一下，所有的警察顷刻撤离，楼道里只剩下大口喘息的李唐。

重新换上司机制服的李唐和李春秋、姚兰一起坐电梯下一楼。但在这里，他们不能表露出任何一丝互相认识的迹象。姚兰一边给李春秋整理着稍有些乱的领带，一边问道："学校的事情你没忘吧？记得给校长打电话。"

"一会儿就打。"李春秋仰起头，从电梯顶上的镜子里望了一眼站在角落的李唐。

"就说我们不上了，教得不好，当然要转学。我们是花了钱的呀。"姚兰似乎还在生蟑螂的气，"酒店也要换个干净的，我去退房。"

下了电梯，李唐绕了两步，从厕所的方向重新走回到大巴车旁边。司机们已经挤在一起嘀咕上了，李唐凑过去问道："上个厕所怎么就要散了？你们接着电话了吗？"

一个把墨镜抬到头顶上的司机没好气地说："人家活动换酒店了，那边自己就有大巴，还要咱们干什么？炒菜啊？"

李唐假装费解地问："说变就变啊，换哪个酒店了？"

"离这儿最近的五星级还有几个？国际会议中心酒店，一会儿开车回去正好路过。"

李唐开着大巴,小心地拐上街道。没开出多远,国际会议中心酒店就出现在视线之中。他降低车速,有心观察酒店的外部环境,却意外地发现林或正好从酒店里走出来,在路边拦了辆出租车,匆匆离开。

李唐又看了一眼外面的酒店大楼,似乎明白了其中的关窍。棋子,他绞尽脑汁拼命周旋,其实只不过是给别人打掩护的棋子。

安全局的大办公室内,排查过的和没排查的传真照片,全都堆积如山。段迎九戴着一个脖枕,从一个个的干警身后走过,不时地捡起一页页传真照片,看看又放下。

哪吒排查的速度很快,他的左手边已经露出了李春秋和姚兰的照片。他正要伸手去拿,刚巧走过来的段迎九手先一步捏在手里,看了看,问:"这两个人是什么来路,查了吗?"

"还没有。"

"好好查这两个人。"

哪吒接过照片看了看:"有问题吗?"

"没有。"段迎九郑重其事地说,"直觉。女人的直觉有时候特别准。没看过社会新闻吗,怀疑丈夫出轨,证据归证据,很多人最早靠的都是直觉。"

没一会儿,哪吒拿着一份刚刚打印出来的资料急匆匆小跑着过来说:"有了!"

段迎九接到手里一看,资料的第一页就是厦州天元酒店的照片和李春秋与姚兰的入住登记等相关资料。

"他们从上海一路开车过来,提前订的就是这家酒店。"

段迎九眼神一闪:"快,把这两个人所有的资料都调出来!"

第二十三章

李唐回到家，丁美兮已经等在屋里。"为什么不接电话？"

"你今天不上班啊？"李唐没回答问题，反而不咸不淡地问着。

"昨天你被人抓了，为什么不告诉我？"丁美兮不吃转移话题的套路，走到李唐跟前看着他的脸继续问，"你的脸怎么了？到底出了什么事？"

"假牙掉了。"李唐摸了摸还有些胀疼的腮帮子，一边回答一边往旁边走。

但丁美兮抢先一步堵住了他的去路："看着我！林或叫你去办什么事，连我都不能知道？我以为你死了！"

丁美兮态度强硬，但声音却有一丝颤抖。李唐心头一阵触动，他微微抬手，本想拍拍丁美兮的胳膊，但此时电话在口袋里振动起来。李唐停了一下，手顺势拿出了手机。

屏幕上显示着一个陌生的号码，李唐接起来，里面传来姚兰柔软的声音："我。现在有空吗？"

李唐还没开口就下意识地看了丁美兮一眼，从吃惊到愤怒，瞬间完成。李唐赶紧伸手，想拉住转身离开的丁美兮，却被她一把甩开。

"松手！"丁美兮快步走到门口，"小心染上病。"说完摔门而去。

电话那头的姚兰似乎也听见了什么，问他怎么了。李唐赶紧回说："没事，刚才没听清，你把地址再说一遍。"

傍晚，李唐开车来到公园附近。他找了一处摄像头死角，停好车子，然后戴了一顶棒球帽，慢慢往公园深处走去。

姚兰约的地方是一家经营高级日料的私人会所，位置极其隐蔽，加上周围浓厚的绿植掩映，不熟悉的人很难找到。李唐一路找过来，绕过一丛垂叶树，看见又窄又小的门口外姚兰正站在灯下等他。

但李唐并没有走过去，走到半截他已经感觉有人在跟踪，刚刚路过拐弯处的路灯，人影一闪，让他更加确定了这个想法。他停住脚步说："忘锁车了，马上就回来。"手里悄悄向迎过来的姚兰做了个包抄的动作。

姚兰心领神会，沿着树丛另一侧的小路走过去。两人脚步飞快，一左一右，夹住了跟踪在李唐身后的丁美兮。

幽暗的路灯下，丁美兮和姚兰都十分意外——好在这是个惊喜的意外，确认身份后，两个人的手紧紧握在了一起。

会所内部，曲径通幽，服务员半弓着身子，自始至终都不看顾客的脸，眼睛只管望着地面，往里引路。换上了日式木屐的李唐和丁美兮，跟在姚兰身后，边走边打量着周围的环境。这种高档的餐厅，他们还是第一次来，局促在所难免。

房间内的餐桌上已经摆满了大大小小的碟子，中间一座水雾缭绕的刺身山，下面守着一只张牙舞爪的龙虾。为了保证私密性，包间内没有服务员。李唐承担了这个功能，用一块软布垫着烫好的清酒，给其余三个人一一斟满。

李春秋一直在接电话，他有些抱歉地举了举手，一边听着电话，一边把自己的清酒端起来，和等着他的三人碰了下杯。看到李唐端起来的是果汁，李春秋投来一个询问的眼神，李唐赶紧小声说："开车，我就不喝了。"

姚兰和丁美兮紧紧挨在一起，当初留在厦州，是姚兰的开解和帮助，让丁美兮度过了最难熬的时光。此时再次相见，姚兰依旧如当年那般，热切地说："你应该把女儿也带着。管它什么别的，怎么都要见见的。"

丁美兮似乎有些不好意思："我都是来蹭饭的。下次吧，总有机会。"

姚兰打开手机，递给丁美兮一张照片。上面是一对笑容灿烂的双胞胎姐妹，穿着西式的学生装，背景是国际私立学校。姚兰笑着指给丁美兮："左边这个是姐姐。刚刚读初一，我打算让她们高中再出国。他老说我没出息，舍不得孩子。"

丁美兮努力隐藏着心中的羡慕，看看姚兰又看看照片说："和你年轻的时候真像，笑起来更像。"

"我们年轻的时候，笑过吗？"

"以前哭，现在笑，也行啊。"

姚兰望向丁美兮："要是没你，我都熬不到现在。"

"这句话该我说。"

时光泛起，带出一丝伤感。丁美兮赶紧岔开话题说："要是不忙，我带你去吃一家小摊牛肉面，味道和十几年前吃过的一模一样。"

"下次吧。明天他要去鼓浪屿看一个房子，后天就回去了。"

"十八年了，第一次见。下次又不知道什么时候了。"

姚兰拉住丁美兮的手满是憧憬地说："要是他那个民宿搞好了，我就经常来，天天找你。"

女人聊天，李唐插不上话。他又给大家添了轮酒，回到自己的座位上，吃起肥硕的海螺来。不过，比海螺更让他开眼的是餐厅的牙签，两根一组，搭在一块小小的玉石上，拿起来细看，牙签的一端还刻着餐厅的名字。

另一边的李春秋终于放下了手机，他给手机插上充电宝，端起已经凉了的清酒，对李唐说："不好意思，来。"俩人碰了碰杯，李春秋说了句惯常的场面话："忙吗最近？"

"您在这儿坐着，我哪敢说忙。瞎混呗。"

似乎是习惯，刚吃了一口酥嫩的和牛，李春秋就拿起了牙签。他用手捂着捅了捅牙齿，客气地问："在厦州搞专车，人均收入怎么样？高吗？"

"分和谁比了，反正饿不死人。"

李春秋瞥了一眼丁美兮，压低声音又说了一句："我给酒店打过电话，扔下去的行李箱被清理过了。"

"我去看过，碎成了渣，不可能有指纹。"

两人对视一眼，李春秋又把话题拉回到之前："企业呢？台商在这边的状况好不好？"

"大人物才操心的事情，我不太懂。"

"了解厦州的房地产吗？我在鼓浪屿看了个房子。"

李唐往嘴里塞了一块生鱼片，默默地摇摇头。虽然是可信之人，但他确实和李春秋聊不到一起。而且他也真的不了解房地产，反正现在什么房子他也买不起。

眼看就要陷入尴尬的境地，李春秋伸手把酒壶拿过了，自己添上，突然问了李唐一句："你是一直就不沾酒，还是今天不想喝？"

"也不是。开出租的叫代驾，没那个必要。"

"抽烟吗？"

"好像这屋里不让抽吧？"李唐说完，立刻领会了李春秋的意思。丁美兮并不是他们今晚要见的人，李春秋有些话不能当着她说。

二人来到院子里，李春秋点了一根细细的香烟，抽了一下，只在嘴里转转，就吐出来了。

李唐没抽，他在一旁看着李春秋，问道："没瘾头，你还抽它干吗?"

"你呢,一直就没学会?"

"戒了。"

"戒烟?要二胎吗?"

李唐苦笑了一下:"以前是想过。我要像你这样还差不多,养个孩子多贵啊。"

李春秋也苦笑了一下:"每天起床三件事,要债,还债,戒烟。生意如今不好做,家家都有本难念的经。"

"没事,我这本比你的厚多了。"

一句自嘲拉近了两个中年男人的距离,李春秋感慨道:"不好念,还不能不念。敲钟打坐,吃素念经,谁让我们在庙里呢。"说着,他把抽了一半的烟插进烟灰桶里,随手又点了一支,"再往下抽就全是焦油了"。

李唐看看李春秋,想了想说:"有件事,我想问问你。你觉得,叫咱们今天去安窃听器,就算没有意外,能成吗?"

李春秋望向李唐,眼神中透出一丝意外和不解。

李唐接着说道:"有没有一种可能,上面也知道成不了。所以先找个人,去另一家酒店提前安好。然后等着这边出事,蟑螂也好,人也好,只要有隐患,代表团只能搬走,搬到那个最具备接待可能的酒店去。我也不知道啊,我就是瞎猜的。"

李春秋抽烟的频率明显加快了,过了一会儿,他问李唐:"你怎么看新竹这个人?"但没等李唐回答,他自己先跟了一句:"要是下棋,咱俩加起来也赢不了他,你觉得呢?"

"他脑子转得是挺快的。"李唐回答得很谨慎。

"杀伐决断,我要是老板,也喜欢这样的人。"李春秋又抽了一口烟,话题一转,"我特别讨厌下棋。姚兰给孩子报兴趣班,我一向反对。"

"喜欢什么，得看孩子自己。"李唐依旧很小心。

"孩子是不知道的。她们需要家长的引导。如果你告诉她，牺牲是对的，她就会奋不顾身。不管你是不是骗她，你说呢？"李春秋看了李唐一眼，接着说，"所以自己的脑子要清楚。两年了，今天是我第一次喝酒。我什么都不怕，就怕糊涂。"

李春秋似乎一直话里有话，李唐正要说点什么，姚兰的声音从背后响起："你们聊什么呢，这么半天？"

李春秋的烟又抽到了一半，他把烟头往桶里一插，看看李唐，对姚兰说："来了。"

分别的时候，姚兰久久拥抱着丁美兮，眼里还隐隐泛起泪光。丁美兮似乎也十分不舍，但回到李唐的车上，她还是长出了一口气——这样的会面太让人疲惫了，不能远，也不能近。

李唐一上车就碎嘴地抱怨："我是没吃饱。乌冬面还没上呢，你们就要走，全世界的女人都不吃主食吗？"

车窗开着一半，夜风吹散了丁美兮的头发。她扶着脑袋说："后来上的那个鸡尾酒，我当是饮料了，喝了一半才知道，你也不提醒我。"

"我也不知道啊，别说喝的了，好几样吃的我都没见过。你说，这顿饭得多少钱？"

"越有钱的人，挣钱越容易。我也只敢说带他们去吃个牛肉面。"丁美兮深吸一口气，又缓缓地吐出来，闭着眼感慨道，"吃顿饭就要花这么多，他们过的是什么日子啊。"

"挑男人就像挑搭档，一步错步步错。你当初要是找了李春秋，现在也不用这么受罪。"

"是啊。就这命，找菩萨诉苦，菩萨也不理我。"

"许愿的时候是不是没许对，不过老火对你挺好的。"

丁美兮自嘲地笑了笑，望着前方问道："姚兰来，我也不知道。林彧不信任我了，是吗？"

李唐反问道："你要听实话吗？"

姚兰立刻回了两个字："不要。"

李唐停了停，喃喃说道："林彧是个聪明人。下棋，办事，都比咱们强。对付聪明人，要多长个心眼。至于狗屁信任，下了车就把它忘了吧，上面从来没相信过任何人。"

丁美兮也停了一会儿，说："我总觉得，林彧快疯了，他早就不是以前的新竹了。"

李唐感受到了丁美兮心中的不安，他解决不了这个问题，但也不想眼睁睁看丁美兮深陷其中，只好岔开话题说："昨天晚上，我又梦着幺鸡了。"

"他说什么？"丁美兮好奇地问道。

"还是那串数字，我还是猜不透。成心病了，这个鬼到底想告诉我什么？"

挖出李春秋和姚兰，让汪洋也很兴奋。尽管和北京开了一天的视频会议，让他有些疲惫，但他还是把段迎九叫到了办公室。

"把你认为的那个内鬼名字写下来吧。"汪洋在桌上铺了一张纸。段迎九二话不说，刷刷两笔。汪洋戴上眼镜一看，有点吃惊地问道："你觉得那个鬼，是他？"

"很意外吗？"段迎九看着他反问。

"我还以为是另一个人，咱们想的不一样啊。"

"你别吓我啊，专案组就那么几个人，会有两个鬼？"

"口袋不是已经张开了？到底是哪个，这次就看谁往里钻了。"汪洋想了想，又问道，"布控什么的都安排好了？"

"放心，大峰安跟踪器一绝，又快又隐蔽。还有老魏给他放风，绝对百分之百。别说一辆英菲尼迪，就是来个孙悟空也跑不了。"

黄海和朱慧在国安局食堂里吃得狼吞虎咽。连轴转了十几个小时，两人都饿得前心贴后背了。黄海快速扒拉完了一盘炒饭，喝了口水，问道："我的活儿差不多了，你还得多久？"

"没准得通宵了。你先回吧，不用等我。"

"都过了那么多人了，还不够？"黄海说着瞄了一眼低头吃饭的朱慧，见她没吭声，又说道，"你不觉得吗，老段最近有点神神秘秘的。"

"她一直不就那样。"

"颠三倒四，以前好像不是吧。"

朱慧的勺子停在半空，她抬起头看着黄海说："你到底想问什么？"

黄海特别认真地凑过去，小声回答："会不会是，早更了？"

"滚！"朱慧白了黄海一眼，继续埋头在炒饭里。

黄海端起餐盘，说了句"遵命"，朝外面走去。食堂的墙上挂着表，黄海看了看，加快了脚步。

没一会儿，摩托车从国安局驶出，一路开到了一座海边的游乐场。夜班时分，这里的气氛如同鬼城一般阴森。黄海掏出手机，看见上面显示有一条未读短信。而短信的内容也只有短短一串数字：0216。

黄海停好车，掏出手电筒，沿着游乐场四周寻找起来。没一会儿，他在一个写着编号"0216"的垃圾桶前停住了脚步。黄海伸手进去，掏出来一个黑色的背包。借着手电的光亮，他打开看了看，一摞摞的现金，刚好五十万。

第二天一早，李唐送小婷去学校。虽然，暂时还没有收到林或的下一步指令，但李唐却总有种不好的预感。所以，快到校门口的时候，他对小婷嘱咐说："有个事和你说一下。最近要是有事情，别发微信和短信，打电话吧。"

"嗯。"小婷轻轻地答应着。

李唐接着说："除了我和丁阿姨，要是有别人去找你，说是我让他来的，不管谁，哪怕有我的声音留言，都别信。我最近的微信被盗过，听说手机上的信息，很容易被黑客盯上，你知道吧？"

"知道。"

小婷温顺异常，李唐看看她，不放心地反问道："你怎么不问问我，为什么嘱咐你这些事情？"

"我都听你的。还有别的吗？"小婷依旧如此。

"还有就是，丁阿姨那边，可能家里有点小事情，想回来住几天。可能就最近，我是说……"

李唐有些尴尬地支吾着，却被小婷打断了："我也有个事想和你说。我申请了宿舍，下周一就能住学校了。"

"你不用住校。过了这几天我就接你回去，那是你家。"

小婷正要下车，可听了李唐的话，她又关上车门，问出了心中的疑惑："你到底在外面欠了多少钱？是高利贷吗？那些要债的没有底线，他们会怎么对你？你为什么不找丁晓禾？"

没有一个问题是李唐可以解答的，面对小婷关切的目光，他也只能敷衍地安慰道："放心，没什么问题，很快就好了。"

小婷知道这不是实话，她没再说什么，失望地下车离开了。

码头上，通往鼓浪屿的轮渡缓缓靠过来。闸口一开，游客们纷纷朝船上走去，姚兰和李春秋也在登船的人流之中。而他俩身后，还有一位戴帽子的游客，戴着墨镜拎着水壶，此人正是段迎九。

到达鼓浪屿后，李春秋和姚兰来到早已预订好的酒店。酒店的一楼，不仅视野开阔，景色优美，还自带一个拱形顶棚，是一个半露天的咖啡厅。

二人选择坐在窗口的一张桌子上，李春秋慢慢地搅动着咖啡，而姚兰则一直在和手机里的女儿视频，不停地询问和叮嘱："早晨的蜂蜜喝了吗？不要喝澳大利亚的，喝新西兰的。你怎么总是记错，我和阿姨说，叫她提醒你。Nicole有没有打电话？这星期不是改成日语课了吗？"

刚点的奶茶终于送到了姚兰的跟前，李春秋一抬头叫住了正要离开的服务员："不好意思，外面的摩托艇，怎么个玩法？"

"太危险了，玩它干什么？"姚兰耳听八方，一边视频，一边阻拦道。

但李春秋的态度并未改变，于是"服务员"哪吒彬彬有礼地询问道："您问的是竞速艇、运动船还是汽艇？"

"还有什么？"

"本来还有喷气艇，前天发动机坏了，还没修好。如果您第一次玩，可以先试试简单的。水上摩托可以吗？"

"怎么收费？"李春秋望着哪吒迅速问道。

哪吒保持着职业的笑容对答如流："看您选座式还是立式。座式的加教练每分钟十五，会员是十块。五分钟起。"

"谢谢。"李春秋礼貌地点了点头，待哪吒离开后，他拿起桌上的烟盒和打火机，往外面走去。

海滩上游客众多，李春秋一边抽烟，一边漫无目的地四处张望。手里的烟只剩一半了，他缓缓走到不远处一个清扫垃圾的保洁员身边，把半截烟往垃圾斗里一扔，随口抱怨了一句："沙子够粗的呀。"

保洁员的皮肤被晒得又粗又黑，他光着脚踩在沙子里，动作熟练地用夹子夹着塑料袋和饮料瓶，头也不抬地回了一句："这还是洗过的。”

李春秋抬头看看阴沉沉的天空：“好几天都看不见太阳，这是要阴几天啊？”

“那谁知道。”

“天气预报也不准，早知道不来了。”李春秋说完，深一脚浅一脚地往回走去。桌子旁，姚兰已经结束了视频通话。李春秋朝她挥挥手，二人一起上了三楼的客房。

楼道里空无一人，李春秋刷开房门，却并未将门卡插进墙上的卡槽内。他一边四下打量，一边拉着姚兰说：“我先去冲个澡，太闷了。”

姚兰立刻会意，两人一前一后走进了卫生间。停了几秒钟，李春秋打开花洒，伴着哗哗的流水声，他神色凝重地小声说：“办入住的时候，前台把身份证拿走的时间有点长。你不觉得吗？”

姚兰想了想：“我一直在看着她，没发现什么问题。”

李春秋摇摇头：“你见过刚住进来，客房服务员就来打扫的吗？”

姚兰轻轻摸着他的手臂，劝慰般地猜测说：“我们是早晨来的，她们也许还没收拾完。”

“海边那个保洁，连昨天的天气都不知道。我故意说错，他也分辨不出来。只有一种可能，他昨天根本就不在这儿。”

再也找不到侥幸的借口，姚兰的眼神黯淡了下去。

卫生间的水流了十几分钟，李春秋关上龙头，对姚兰说：“下楼吧，去玩一会儿。”

各式摩托艇，整齐地停在窗外的海边，纳兰站在柜台前给二人办手续。姚兰沉默地站在旁边，脸色有些阴沉。李春秋则是一副兴致盎然的样子，细致地挑选着装备：“这两个的扣子都松了，帮我换一下——那台最靠边的摩托，是汽油的还是柴油的？油满不满？”

一个穿着制服马甲的小伙子一边回答问题，一边帮他拿东西。此时，纳兰抬头问了一句："要不要教练？"

"不要。"姚兰抢先回答道，看上去她好像还在因为丈夫要玩这个危险游戏而生气。

摩托艇像一把刀，把海面一劈为二。它行驶的速度并不快，因为坐在驾驶员位置的是姚兰。李春秋坐在姚兰身后，一边帮她协调，一边耐心教导："记住，先挂保险再打火。加油的时候别太猛，就像什么事情都没有一样。拐弯的时候适当减点油，万一遇着风浪，别离别的船太近，别减油，否则会让浪打翻。万一掉进水里，别着急，你有救生衣，电子保险也会起作用。"

姚兰一言不发，双手微微有些颤抖。李春秋从后面握住她的手，接着说："只要我还在岸上，他们的注意力都会是我。等你开到刚才的位置，我就往酒店里跑。他们会有人跟着你，别慌，跑到人多的地方，就有机会。记住地图上看过的那几个地方，换掉衣服，扎到人堆里——上面一定会想办法，肯定有人会接你。只要能到市区，你就赢了。"

摩托艇兜了个大大的圈子，开始往回行驶。眼看距离海边越来越近，一直沉默不语的姚兰突然说了一句："你走。"

"不可能。"李春秋斩钉截铁地拒绝道。

"听我说！我什么都不会，脑子笨，家里有多少钱都不知道，功课不会辅导，连留学报名都不会，出去也是个废物。你的体力好，反应也快。我留下，你还有个救。"不等李春秋反驳，姚兰一把抓住他的胳膊，几乎是用恳求的语气说，"孩子怎么办？你妈怎么办？别想你自己，想想她们！"

这句话像一根针，把李春秋的嘴缝上了。他望向越来越近的海岸，几个颇为特别的"工作人员"已经有意无意地朝他们靠拢过来。

没有退路了，李春秋在心里做出选择。

摩托艇靠岸后，姚兰率先从上面跳下来，紧接着李春秋也踩到岸边。两个人合力，将车头掉回出发时的方向。面向大海，姚兰最后望了一眼李春秋。几秒钟后，李春秋冲她笑了笑，突然说了一句："记住我的话！"

没等姚兰反应过来，李春秋突然推了她一把，瞬间转身，抢下卖菠萝小贩的尖刀，把一个路过的女游客死死地勒住，冲姚兰大喊了一声："走！"

眼看着海滩上的人被李春秋吸引了过去，姚兰手忙脚乱地去开摩托艇。可不知道为什么，连续摁了几次绿色的开关，摩托艇就是打不着火。姚兰满头大汗，她在摩托艇上又踢又打，却依旧无济于事。

一直没听见摩托艇的启动声，李春秋心里更急了。没想到，一直被他勒着脖子的人质，反倒没那么紧张，她伸手拍拍李春秋的胳膊说："劳驾，稍微松一点。能说话就行——手上注点意啊，别万一扎歪了，就收不了场啦。"

但围在外面的国安干警们都紧张坏了，因为李春秋劫持的人质，不是别人，而是段迎九。虽说段迎九有点身手，但面对歇斯底里的李春秋，谁也不敢掉以轻心。

李春秋并不知情，勒紧了胳膊，冲段迎九吼道："别说话！"

段迎九根本不把他放在眼里："杀人犯都不叫唤。你哪敢杀人，身上一直没命案，还能回头。你比你老婆聪明，要是换了她我还真有点怕。"

李春秋越来越紧张，看着还在拍打摩托艇的姚兰，歇斯底里地喊道："再动就是个死。你试试！"

段迎九置若罔闻，只管往姚兰的方向走，反倒是变成了她的劲儿带着李春秋："算了。咱们这个岁数的人，银行有贷款，事业不好不坏反正是扔不掉，上有老下有小，老婆又那么笨，孩子还没考大学，手上脚上全是自己戴好的镣铐，你豁不出去……"

"闭嘴！"李春秋的刀尖已经顶住了段迎九的皮肤。

没想到，段迎九一个闪身，直接转到了李春秋的对面："真要动手啊？挪个位置，刀子该对准动脉。"

扑通——笨手笨脚的姚兰从摩托艇上摔下来，掉进了海里。李春秋见状，把刀子一扔，发疯般地朝她跑去。但没等他跑出两步，干警们便蜂拥而上，把他扑倒在地。

看着挣扎的李春秋和落汤鸡般的姚兰，段迎九不禁感叹了一句："唉，都不容易呀。"

回到单位办公室，大峰和哪吒一人抱着一桶方便面，头也不抬地秃噜着。出任务回来，一个个都像饿死鬼似的。黄海和丁晓禾留在单位继续排查资料，没有参加这次行动。梳理完一摞资料，丁晓禾抬头问大峰："怎么样，鼓浪屿的事情顺利吗？抓人还是干什么？"

"什么都有。"大峰答道。

"那怎么没把人带回来？"丁晓禾问。

大峰又吸溜了一口面条，说了句模棱两可的话："运气这东西，三十年河东三十年河西，是吧？"

黄海之前一直没说话，他排查速度比丁晓禾快得多。不仅如此，他还时刻关注着手机上直播的比赛，时不时地还发条弹幕。可听了大峰的话，他忍不住问道："那到底是抓着还是没抓着啊？"

此时，手机里传来南美洲的解说员激情澎湃的声音。哪吒循声看了一眼手机，对黄海问道："最近还买足彩啊？"

"买，上次还中了一千二，小摩托加油全靠它了。"

段迎九戴着手套仔细搜查着英菲尼迪的每一个角落。一根刻着小字"爪楊枝"的精致牙签，出现在她视线之中。她小心地捏在手里看了看，然后给朱慧打了个电话："问问你那些富二代的闺蜜，厦州最好的日本馆子，牙签能精致到什么程度？"

没过半小时，朱慧直接发来微信，餐厅名称地址一应俱全。段迎九回了个大拇指图标，对现场的人吩咐道："我先撤了，你们准备拖车吧。"

刚上车，汪洋的视频电话就进来了。段迎九一分钟也不想耽误，她把手机卡在支架上，一边飞车一边和领导汇报工作。车速让信号断断续续，视频里的汪洋频频让段迎九开慢点。

段迎九完全没有降速的意思，她只是提高了嗓门，把自己的计划又说了一遍："五号安全房，卧龙小区7号楼101，老魏和纳兰已经把他们藏好了。现在，只要不让姚兰和李春秋露头，那个鬼自己就会暴露。这回能听见吗？"

"什么时候再带回来？"电话那边的汪洋也不由自主地提高了嗓门。

"登台唱戏，什么时候谢幕了，什么时候再回。"

段迎九说完挂断了电话，透过车窗望去，一条小路蜿蜒向前。路的尽头，正是李春秋他们四人之前吃饭的会所。

听明她的来意后，会所经理把段迎九带进了李春秋他们吃饭的包间。除此之外还叫来了当天的服务员和接待员，一起配合调查。牙签确认无误，正是出自这家店。但当段迎九提出调看监控的时候，经理却无奈地说："黑卡顾客都有隐私需要，店里也没有摄像头。门口的监控只保留一天，但是很奇怪，昨天晚上的坏掉了。"

段迎九第一次遇见这样的餐厅，不禁朝包间四周打量了起来。

经理见状赶紧解释说："我们强调私密性，顾客到店之前的一分钟，菜就会上齐。每个服务员都受过训练，基本不会和客人面对面。"

"添酒加菜，你们总要见见吃饭的人吧？"

"日式服务都是躬身低头，她们也不会主动去看客人的脸。"

段迎九一时有些挠头，想了想，问服务员："没有脸，别的也行。衣服、发型、包、手表，或者是不是瘸子、伤疤，什么都行。和那对夫妻吃饭的不是两个人吗，好好想想，男的女的都算。"

服务员有些茫然，可她身边的接待员突然说了一句："鞋可以吗？"

"你说。"段迎九马上鼓励道。

接待员回想了一下说道："在门口换鞋的时候，最后进来的女士，穿着一双浅绿色的休闲鞋，LV的，我怕弄脏了，还特意往里面放了放。我只记得住这个，因为这个颜色挺特别的，所以我有印象。"

段迎九眉头微蹙，浅绿色LV，这双鞋她也有印象。

此时，英菲尼迪已经被装上拖车，拉到了地面上来。不远处的路边，林或坐在车里看着拖车慢慢开走。他拿出手机，拨了122的报警电话，问道："麻烦你，海沧台湾街，悦实广场的地下停车场，我的车不见了，是不是没停在车位里。会被拖走吗？"

手机里说了几句什么，林或轻轻答道："那就是丢了，谢谢。"他挂断电话，想了想，打开新建短信的页面，输入了一串数字：44444。

专案组办公室，还在加班的黄海听见手机发出了短促的振动声。是短信，他拿过手机扫了一眼，又不动声色地放下，继续干活。一直干到深夜，他伸了个懒腰，起身喝了口水走出了办公室。

此时，大楼里已经基本没什么人了。黄海慢悠悠地溜达到机房门口，往里扫了一眼，然后推门走了进去。屋里没人，可桌上的杯子还在冒热气。他直接来到一台计算机前，打开屏幕保护，输入一串密码，刚刚打开查询页面，楼道里传来了一阵脚步声。

"黄海?"值班员推门进来，看到黄海揉着脖子坐在电脑前，奇怪地问道。

黄海已经把屏幕恢复成了之前的画面，他懒洋洋地回头反问："不好好值班，跑哪儿去了?"

"上厕所算脱岗吗? 你来这儿干什么?"

"还能干什么啊? 又筛出来几个新目标，进系统接着查呗。我们专案组成民政局了，全体加班查两口子。出轨谈恋爱的也算，眼睛都快查瞎了。"黄海说着，闭上眼睛又揉了揉脖子。

李唐这次真的慌了。在等待一个醉酒的客人在街边呕吐的时候，他接到了林彧的电话——李春秋和姚兰被抓了。

挂掉诺基亚手机，李唐马上给丁美兮打了个电话："你在哪儿，别动，等我过去。"

之后，他顾不上还在马路边挣扎的乘客，一路飞车到了火传鲁家。见到丁美兮劈头问道："李小满回来没有?"

系着围裙做饭的丁美兮一听到李小满的名字，下意识地问道："她又出什么事了?"

李唐尽量控制情绪，压低声音说："李春秋和姚兰被国安抓了。不要慌! 记住我说的话，现金，充电宝，外套，两瓶水，除了这些什么都不要带。把厨房的火关掉，跟我去接李小满。要是她问，就说要给她办转学，明天先不用去了……"

李唐交代的话还没说完，外面突然响起了一阵敲门声。两人立时屏住了呼吸，停顿了几秒钟后，丁美兮问了一句："谁?"

"我。"段迎九在门外回答道。

段迎九在外面等了好一会儿，门才打开。只留了一道缝，丁美兮堵在里头问道："这么晚了，有事吗？"

"有事。"段迎九回答得直截了当。

"您说。"丁美兮还是没有让开的意思。

段迎九看着她，越发疑惑地说："就算是个过路的和尚，丁老师慈悲心肠，也得给碗水喝吧？"

"您是喝水，还是问话？"

"不管是哪样，能进去说吗？"

正在两人在门口僵持不下的时候，后面伸出一只手，直接拉开了大门——是李唐。段迎九丝毫不感到意外，她大步走进屋里，单刀直入地问："仙岳路人民公园附近有家只有黑卡VIP才能进去的会所，专营日料，像咱们这种工薪阶层的老百姓，进一次就把家吃垮了。丁老师，你去过吗？"

"去过。"李唐抢先回答了这个问题，"穷单身豁出去一次，小人物也能吃顿大的。我们没去过你说的那个地方，不便宜的日料倒是吃过。我和前妻勾勾扯扯，这犯法吗？"

"犯法。"段迎九凝视着二人，"现在有一桩小案子，你要不要听听？"之后，她把李春秋和姚兰的身份任务一一讲明，并说出了那双被接待员指认出来的LV鞋子。

听完段迎九的讲述，丁美兮沉默了一会儿，起身取出鞋子，摆在了茶几上。李唐拎起一只鞋，指着鞋帮上的logo说："这双鞋根本不是LV，你看清楚，两个v，一大一小。和它一模一样的，这家店在淘宝上卖了七千四百多双，我为什么会记得这么清楚？"李唐说着掏出手机，打开淘宝，翻出一页和客服的聊天记录，举到段迎九面前："都是客服忽悠我的。说他们卖了这么多，没一双有质量问题。他们从没说过自己是国际牌子，创始人姓吕，卖的不是假货，这是正品。鞋是我买了骗她的。没骗成，又讹了我个真钱包。"

不管李唐说什么，除了瞥了一眼他手机的页面，段迎九自始至终都在凝视着丁美兮。李唐太聪明，所有的说辞都是他设计好的，而经历了丑闻和离婚的丁美兮似乎已经快要坚持不住了。段迎九觉得她离成功也许只差几个问题了。"你说，昨天整整一个晚上，你和李师傅都没出门，你们在哪儿，都做了些什么？"见李唐又要抢答，段迎九打断他说，"我想听丁老师自己说。"

丁美兮长出了一口气，她知道此时自己已经避无可避，于是索性抬起头，看着段迎九回答道："就在这儿，在我家。还有——火传鲁也在。"

"三个人，这是要唱戏吗？"

"在谈判。"

"谈什么？"段迎九的问题紧追不舍。

"谈复婚。开诚布公，什么都能谈——"说到这儿，丁美兮突然起身，快步上前打开了卫生间的门，"从结婚到现在，卫生间里都没有过火传鲁的毛巾和牙刷——"随后她又撩开了客厅角落的床单，指着单人行军床说："他在这儿住了不到一个星期，就搬到了新单位的办公室，包括今天在内。咱们是熟人，脸上挂不住的事情你也都知道，我也没必要再瞒着。婚是离了，心离不了，李唐这么个窝囊废，在一起的时候我恨不得一天都过不下去，真搬走了又像野猫抓了心。昨天怎么和老火说的话，今天一模一样学给你，我也不知道为什么会这样，你说怪不怪？"

段迎九的目光一刻也没有离开过丁美兮，此刻她慢慢起身，往门口走了两步，似乎准备离开。可就在经过柜子的时候，她突然伸手拿起了丁美兮的手机："你越这么说，我对老火越感兴趣。能不能给他打个电话，听听他怎么说？"

李唐的心已经提到了嗓子眼，但丁美兮看上去却相当镇定。"好啊。"

话音未落，手机便递到了眼前。丁美兮接过手机，迟疑了一下，滑开屏幕，拨打了火传鲁的号码。

等待了很久，电话里终于传来了火传鲁的声音："美兮？"

丁美兮打开免提问："你在哪儿？"

"公司。有事吗？"

顿了顿，丁美兮说："李唐又来了，你要不要回来？"

电话另一端沉默了，段迎九死死盯着丁美兮，李唐则下意识地揉了揉被拔掉牙的腮帮子。

见火传鲁没反应，丁美兮又说道："该说的话，总要说个清楚。按照昨天晚上说的那样。"

"昨天晚上？什么？"火传鲁突然问道。李唐的手停在了肿胀的脸颊上，段迎九的手已经轻轻伸进裤兜摸索着什么。丁美兮的脸色异常苍白，她抿了抿嘴唇，努力控制着举电话的手，以防出现肉眼可见的抖动。

这时，手机里刺啦了一声，火传鲁的声音再次传来："信号不好，刚才卡住了——不管他说什么，我还是昨天那句话，我不离。"

丁美兮抬眼望向段迎九，挂断了电话，之后问了一句："够了吗？"

段迎九把手从裤兜里抽出来，依旧望着丁美兮说："你觉得够，那就够啦。"

"还有别的事吗？"丁美兮又问道。

段迎九转而看了李唐一眼，轻轻说："朋友就是这样，有事总要先记着自己人。你们没问题，我晚上也能睡得着了。"

在电脑前耗了将近一个小时，黄海一杯接一杯地喝水。值班员再次端着水壶，准备烧水泡茶的时候，发现桶里已经空了。"换个水啊。"他说着，拎着空桶走了出去。

黄海头也没回地嗯了一声，但眼睛余光一直跟着值班员的脚步。他前脚出门，黄海后脚便将电脑切换到一个加密的后台页面，输入密码后，屏幕上弹出一个搜索框。黄海一边回头张望，一边在搜索框里输入了"安全屋"三个字，一敲回车，八个安全屋的具体地址赫然在目。他快速打开已经静音的手机，将这八个地址无声地拍了下来。

半小时后，黄海拿着一张记满了电话号码的纸，来到了大楼天台。这是八个安全屋所在小区的物业电话，安全屋平时无人居住，所以水电应该都没有消耗。只要向物业投诉有人盗用水电，那屋内是否有人便一目了然了。

黄海把每个号码挨个拨出，每排除一个，就把一个号码划掉。直到问到卧龙小区，物业回答，亲眼看见有人出入。

"你等一下，我亲戚刚进去，忙忘了，抱歉。"黄海搪塞了一句，挂断了电话。随后，他又拨了另外一串手机号码，刚一打通就说："是卧龙小区的值班电话吗？卧龙小区？对不起打错了。"

再次挂掉电话后，他打开那个惯用的足球直播 App，点开第一场正在直播的比赛，快速发送了一条弹幕：7-1-101。

第二十四章

卧龙小区7号楼1单元101是一套三室两厅两卫的房子。进门前，李春秋和姚兰的身上都披着宽大的外套，为的是遮住手铐。脸上戴着特制的墨镜，不仅外人无法分辨他们的容貌，他们两人的视线也被完全隔绝。

进屋后，李春秋和姚兰被分别送进了两个卧室。他们被安置在一把椅子上，解掉了腰带和鞋带，脚被一副铐子连在了椅子腿上。

一切安排妥当之后，老魏关上卧室门，对纳兰说："我去弄点吃的，你看着他们。"

卧龙小区地处偏僻，时至深夜，附近还在营业的只有一家二十四小时便利店。从陈设到商品，这家店都是模仿的711，只是相对店面稍大一些。此时，店里没什么人。老魏转到冷餐区，看了看货架上所剩无几的东西，拣了四个三明治，转身走到柜台处结账。

旁边的锅里，关东煮所剩不多。一个戴棒球帽的男人，似乎在纠结挑选。老魏结完账头也不回地走了，男人却微微转头看了看他的背影。若是李唐在一侧，定能一眼认出此人——小黑已经和他打过好几次交道了。

带着食物回到安全屋内，老魏和纳兰解除掉了李春秋和姚兰的手铐、墨镜。两间相对的卧室，门一打开，李春秋和姚兰都看到了彼此。纳兰把三明治递到姚兰面前："没你们平时吃的那么高级的东西，将就一下吧。"

姚兰完全无视纳兰的举动，她既不吃饭，也不说话，两眼放空，神情冷淡。站在两件屋子中间的老魏，一边吃着三明治，一边回头看了看另一间屋子的李春秋。除了默默吃饭，他的反应和姚兰差不多，外人丝毫看不出他的所思所想。

夜色渐浓，窗外下起了蒙蒙秋雨。小黑躲在7号楼外面，寻找进去的机会。过了许久，单元门从里面被推开了，一个居民出来遛狗。就在单元门行将关闭之际，小黑伸手拦了一把，闪身溜了进去。

一梯两户的老小区，门口没有门牌号。小黑看了看两扇差不多模样的防盗门，先走到其中一户门前，侧耳听了听，屋里传来隐约的电视声。他又转到另一扇门前，里面没有动静。他又伸手摸了摸门框和门把手，上面都有落灰。小黑正要再次伏耳听去，忽然，楼道里传来开门声，有人下楼扔垃圾。小黑迅速收身，拧开单元门扬长而去。

李唐藏在火传鲁家的阳台上，确认段迎九离开后，迅速回到客厅。丁美兮还在一遍遍拨打李小满的电话，可是结果都一样，不接。最后，干脆直接挂了。李唐想了想，拿起丁美兮收拾好的包说："走，我知道她在哪儿。"

丁美兮一边手忙脚乱地拿外套，一边随后问道："你怎么会知道？她在哪儿？"

李唐没有回答，而是嘱咐丁美兮："别关灯，别拉窗帘，就当是下楼买趟东西一样，快！"

但丁美兮突然停住了脚步："不能走——段迎九既然怀疑了，我要是她，也会盯着你和我。就算火传鲁把话遮过去，你觉得她会信吗？现在出去太冒险了。"

"那刚才段迎九已经进了屋，你拿着手机偷偷给火传鲁发消息，让他帮你，还不是一样冒险。走一步看一步，先找着李小满再说。"

李唐着急地拉起丁美兮的手，可他却被丁美兮的一句话拽住了："小婷呢？她怎么办？"

李唐愣住了，飞快地想了一下，问了一个自己也不知道答案的问题："带着她一起走，林或会同意吗？"

这时，家门打开，李小满回来了："爸，你怎么上这儿来了？"

"来送抚养费。"李唐快速调整情绪，平静地说道，"另外还有个事儿，正跟你妈商量呢。我这两天挣了笔小钱，你想不想去趟武夷山？"

"好啊，什么时候去？"一听要出去玩儿，李小满表现得相当兴奋。

李唐一边掏手机，一边回答说："看看天气和路况吧，看日出，肯定连夜就得出发了。"

"夜路也好，不堵车。"丁美兮藏起心中的慌乱，在一旁附和道。

李小满简直难以置信："你们是说，今天？疯了吧，我还得上课啊。"

"请假呗。我就这两天有空。"李唐说着看了丁美兮一眼，似乎在征求她的同意。

丁美兮干咳了两声，抬头看看李小满说："有个事儿，就是……我正给你联系转学呢，本来想定下来再跟你说。现在赶上这个机会，就告诉你吧，课耽误两天也不怕。"

李小满把父母二人来回打量了一番，狐疑地问道："你们是不是有什么事？不会是要复婚了吧？"

李唐不置可否地把话题引向了别处："我还给你找了个路上的伴儿，小婷也去。"

李小满的笑容渐渐凝固，她转身想进卧室，却被丁美兮拦住："去吧，咱们都散散心，也难得你爸爸有时间，以后再找这样的机会也不容易了。"许是母亲的示弱打动了李小满，她僵持了一下，还是跟着父母一起出门了。

雨越下越紧，雨刮器来来回回卖力工作。三个人各怀心事，谁都不说话。虽然天气见凉，可车里却显得格外闷热。

丁美兮在微信上联系小婷，没一会儿，她对李小满说："小婷加你微信了，你通过一下。小满？"

"我手机没电了。"李小满看着窗外回答。

"车上有充电线。"

李小满塞了塞耳机，不耐烦地说："等会儿行吗？把这节英文课听完。"

一直埋头开车的李唐赶紧接了一句："不着急，一会儿见了，当面加吧。"说完，他通过后视镜给丁美兮使了个眼色。当务之急是安全撤离，绝对不能把李小满这个不定时炸弹引爆。

丁美兮母女的到来让小婷一下局促起来，她像个客人似的站在一边，两只手不知道该往哪儿放。李小满漫不经心地溜达到鱼缸旁，逗弄着里面游来游去的金鱼说："换鱼了？氧气管也扔了，怕麻烦啊？"

"嗯，热带鱼不好养。"小婷轻声回答。

"这个也不好养。养鱼和种花一样，有缘分才行。"李小满看着金鱼，似乎话里有话。

女孩间的暗潮汹涌丁美兮最是了解，她赶紧从卫生间出来，热情地对小婷说："武夷山你们俩都没去过。白天看没什么稀奇，主要是日出，太美了，不自己看都没法说它有多漂亮。东西都收拾好了吗？"

小婷似有若无地答应了一声，便坐在了沙发上。丁美兮则坐在凳子上，一边给鞋带系死扣，一边感慨："我和你爸结婚那年去过一次，没经验，都不知道带什么。咱们这次多准备点东西，吃的喝的穿的，别到时候着急了又没办法。哎，你收拾好了吗？"

丁美兮话音刚落，李唐便拎着背包走出卧室，应声回答："好了，出发。"

丁美兮站起来去拉鱼缸边的李小满，李唐则把目光投向了小婷。但小婷稳稳地坐在沙发上，抬头望着李唐，轻轻地说："你们去吧，我有点累。"

李唐看出了小婷目光中的执拗，还不等他开口劝说，丁美兮抢先一步上前说道："我开始也说今天别去了，小婷上了一天的课，大晚上折腾，太累。可再一想你爸说得也对，往后天越来越冷，没法上山了。咱们现在去还能赶个尾巴，这不也是为了欢迎你吗？"

小婷又看看李唐，还是说："我还是不去了。"

丁美兮见状，直接拎起小婷放在地上的背包，蹲在她跟前，半搂着小婷的胳膊说："难得咱们一家都有时间，走吧，上车一觉睡醒，睁眼就到了……"

小婷被这突如其来的热情包裹得有些不知所措，她刚想说什么，却被李小满抢先来了一句："人家不愿意，干吗非得强人所难？人不愿意和咱们一起去，看不明白吗？"

"行了！"惶恐和紧张把丁美兮推到了情绪崩溃的边缘，她只能朝李小满撒口气，才能稍稍缓解一下。

但李小满从不在嘴上服软，尤其是对丁美兮。她轻轻哼了一声，冷笑着说："骂我人家就肯去了吗？要有用你干脆过来打我吧。"

眼看着一场争吵又要爆发，李唐拉下脸，先发制人地说："今天都得去。谁不去也不行！"说完，他背起小婷的包，拉住李小满就往外走。

"干什么!"吃软不吃硬的李小满一把甩开了李唐的手。

"这个家我说了算,行不行!"李唐有点急了。

"行啊,可这是你家,不是我家。你和我妈早就离了,你忘了吗?"李小满说完摔门而去。

此时,小婷也缓缓站起来,浅浅一笑对丁美兮说:"丁阿姨,谢谢你的好意,我痛经,实在不能陪你们去了,对不起。"

卧室的门关住了小婷的身影,客厅里只剩下无奈而焦躁的李唐和丁美兮。沉默了几秒钟,李唐放下背包说:"你在这儿等会儿,我去追小满。"

楼下熟悉的胡同里,李唐紧追着李小满。这条路他不知道领着女儿走过多少次,但怎么也没想到会走到今天这步田地。他很着急,也很疲惫,所以当他终于呼哧带喘地拽住李小满的胳膊时,说话的口气与其说是严厉,不如说是哀求。

"你要干什么?"

"我干什么了?"李小满还是任性地甩开了李唐的手。

"你能不能懂点事?"

"什么叫懂事?"李小满端起了和丁美兮一样的机关枪,把每个字都变成子弹,朝李唐无情地发射过来,"她来了我就得挪窝,她加微信我就要通过,她养鱼我就得把鱼缸空出来,是吗?"

李唐抹了一把脸上的雨滴,无奈地反问:"我带你们出去玩,大半夜地求着你,我错了吗?"

李小满仰脸看着父亲,半步也不退缩:"我错了!她是你亲生的,我呢?平时嫌我考不好丢你们的脸,为了讨好你这个不清不楚的闺女,课都不让我上了,请了假陪着你们一夜不睡觉,开车去看什么破日出!"

"你把鱼缸里的脏水倒在她床上,她说什么了?我把你从小惯到大,你都快高考了李小满,我再像三岁时候抱着哄你吧!你和那个黄毛看日出就行，陪我和你妈去一趟就不行？"

李小满的脸一下子黑了："丁美兮跟踪也就算了，你也跟踪我。我真瞧不起你！"

李唐本不想说破这件事，他知道李小满一定会生气。但话赶话说出来，他也不能再往回抽了，只能咬牙硬扛着说："我是你爸爸！我怕你走歪了，怎么了！"

"那你怎么不去跟踪那个私生女！当初你怎么不怕丢脸？这种丑事你敢干，怎么不敢让我说？"看着李唐震怒的眼神和已经扬起的巴掌，李小满干脆迎上去，"你打死我，今天不打你就不姓李！"

啪——如果没有雨声的遮盖，大概一栋楼都能听见这记响亮的耳光。但巴掌没有落在李小满的脸上，而是打在了李唐自己的脸上。雨水冰凉，脸颊火热，李唐感觉自己快要裂开了。

李小满也被浇透了，分不出脸上流的是雨水还是泪水。她憋着一口气，半天喊出一句"窝囊废"，然后转身在雨中跑远了。

姚兰和衣躺在床上，身后的房门开了，又关上，她像什么都没听见一样，始终保持着背对的姿势。段迎九在她背后静静地站了一会儿，又静静地退了出来。来到客厅，老魏低声向她汇报说："两个人都没什么过激行为。不吵闹，也没任何要求。女的情绪有点低落，晚上没吃饭，别的一切正常。"

"绝食，还是没胃口？"段迎九问道。

"暂时看不出来。"

"没人向你打听过什么吗？"

老魏摇摇头。

段迎九皱了皱眉："这么平静，太不习惯了。窝里那个鬼，是不是也睡着了？"

加完班已是深夜，朱慧载着黄海一起回家。黄海坐在副驾驶的座位上昏昏欲睡，朱慧扫了他一眼，随口问了一句："你不觉得很奇怪吗？"

"什么？"黄海打着哈欠说。

"老段哪。一天到晚神神秘秘的，你说，她能不能找着那个鬼？"

黄海嘿嘿笑了一下："这和赌球一样，她不也说了吗，破案抓贼，有时候得靠运气。"

"她的直觉很厉害。"

"你们女人都挺厉害的。"

"你觉得会是谁？"

"你越是觉得不像的人，越可能是。你觉得呢？"

朱慧突然踩了一脚刹车，然后转头凝望着黄海。黄海被晃了一下，也转头看向朱慧。无言的对视持续了三秒钟，朱慧突然说了一句："不会是老魏吧？"

黄海把头往后一靠，闭上眼睛，懒洋洋地说："我还以为你会猜哪吒呢。"

"为什么？"

"不是说了吗？越不像，越有可能。"黄海长出一口气，"下次遇到红灯，你刹车能不能柔和一点？"

"不能。"路口的交通灯已经变成了绿色，朱慧一脚油门下去，车子嗖的一下蹿了出去。

阿良坐在路虎车上，面无表情地听着电话里小黑的汇报。最后，他轻轻说了句："我知道了。"然后挂断了电话。

路虎一溜烟开到了金湖洗车行。这个点已经没什么生意了，肖锐和两个黄毛小工，一边收拾打扫，一边准备关门。见老板的路虎车开过来，三个人马上殷勤地凑过去，肖锐冲在最前面，抢先开口打招呼："良哥。"

路虎没往里开，而是慢慢降下了车窗。阿良打量了一下三个人，然后一指肖锐身后一个身材瘦小穿着洞洞裤的黄毛："上车，帮我去办个事儿。"

"哎。"洞洞裤像领了圣旨一样地拉开后车门，跳了上去。阿良一踩油门，车子飞了出去。后座上的洞洞裤得意地挥了挥手，肖锐和另一个黄毛，不约而同翻了个白眼，又失落又嫉妒。尤其是肖锐，虽然都是小工，但他一直觉得自己比那两人长得帅，而且他在这儿干的时间最长，无论是干活还是客户，他都是最熟的。洞洞裤才来没几天，为什么带他出去？肖锐拉下洗车行的闸门，郁闷地点了一根烟。

雨淅淅沥沥下了一夜，到早上也没完全停。朱慧看了看身边还在打呼噜的黄海，轻手轻脚地起身下床，慢慢拿起了他放在枕头边的手机。滑开屏幕输入密码，朱慧快速地察看了一圈，微信、短信和通信记录，甚至相册。没想到，手机竟然像新买的一样，空空如也，所有的记录都被删得一干二净。

正在朱慧疑惑之际，黄海突然翻了个身。朱慧赶紧把手机塞回枕头旁边，回身坐到了梳妆台前。黄海揉了揉眼睛，打着哈欠问道："弄早饭了吗？"

朱慧一边梳头一边回答说："懒得做，楼下便利店，买了车上吃吧。"

"又是三明治？我都快吐了。"黄海崩溃地捂住了脸。朱慧看都没看他一眼，起身去了卫生间，黄海则透过指缝，悄悄看着她出门的背影。

老魏拎着和头天一模一样的四个三明治从外面回来，不过因为天气冷，他又多要了四杯热豆浆。

李春秋和姚兰被重新铐在了椅子上。和昨天一样，姚兰闭着眼睛，对跟前的食物不闻不问。段迎九举着三明治在姚兰面前转悠了一圈，问道："真不吃？这是要绝食吗？减肥还是殉道？你见没见过绝食的人？他们到最后会怎么样，知道吗？"

姚兰无动于衷，眼皮都没眨一下。段迎九扫了一眼对门的李春秋，接着说道："想自杀，不吃饭倒是痛苦最小的办法。禁食三天，连饿的感觉也没了。唯一的麻烦是会很慢。从今天算，你还得坚持很久。再往后等你体内的葡萄糖和蛋白质也没了，只有一个结果，脑细胞死亡。到时候你会出现意识模糊，别说我，连你的同事、丈夫，甚至孩子，你就都不认识了。"

孩子像一根手指头，撩动了姚兰的心弦。她的睫毛微微抖动了一下，但依旧没睁眼。

段迎九的假设还在继续："这是个麻烦。万一啊，我是说万一，你丈夫后悔了，想见见孩子。孩子真的来了，叫你你也不答应，你倒没什么，孩子得多伤心，是吧。"

姚兰的眼睛终于睁开了，可面对段迎九递过来的三明治，她突然一抬手，直接打掉在了地上。

段迎九并不恼火："你看，又浪费一个，吃我的吧。"说着，她又拿起一个递到姚兰面前。

此时，对面的李春秋突然说了一句："吃吧。"

看着李春秋用戴着铐子的双手举起三明治，狠狠咬了一口，姚兰的坚硬如铁的眼神渐渐软了下来。她终于接过段迎九的三明治，一口一口地吃了起来。

这时窗外突然传来一阵嘈杂声，救护车的警笛声伴着一个女人的哭喊声，由远及近。老魏立刻起身，把窗帘拉开一道缝，警觉地观察起来。一个担架从楼上抬了出来，担架上的人还在口吐白沫。

身旁的女家属慌乱地对医生哭诉："早晨起来还好好的，吃了个饭团就这样了，他到底怎么了？"

饭团，老魏心里一惊，早上买三明治的时候，柜台里还摆着饭团。他立刻回头喊了一句："别吃！"

此时，李春秋已经吃完了手里的大半个三明治，他的眼神突然发直，木木地望着朝他扑来的老魏。段迎九见老魏的反应，也下意识地扑向姚兰。

"怎么了？这是怎么了？"段迎九一边掐住姚兰的嘴，一边问道。

"有人在便利店下了毒！"

救护车拉响警笛，从卧龙小区疾驰而出。不远处，小黑举着一杯热豆浆，转身离开。

隔着一条街的路边，洞洞裤缩着脖子，站在路边。不久，阿良的路虎开过来，洞洞裤利索地上了车。

"哥，便利店咋惹了你？"洞洞裤一上车，就向阿良问道，"下次不用给饭里头撒脏东西，等着顾客举报那多慢嘛，我黑夜直接把他家店给砸了。"

阿良目视前方，缓缓说道："犯法的事情，怎么好做。"

洞洞裤听了赶紧点头："是了是了，还是得智取。我把摄像头也闹坏了，没人知道。"

阿良瞥了他一眼，嘴角微微扬起："三个洗车的，就你最聪明。"

洞洞裤喜不自胜，露出了一个得意的憨笑。

另一边，国安局专案组办公室。段迎九猛然推开门，走进来当众宣布："一个好消息，一个坏消息。抓住两个间谍，一对夫妻，但是让他俩死了。行了，忙你们的。该处分处分，该领功领功，就这样吧。"

门又被重重关上了，段迎九回了自己的办公室。所有人都面面相觑，黄海攥着手机，默默看了看办公室的门。

一瓶高粱酒，两碗拉面，李唐和丁美兮在一家二十四小时的小店绝望地耗了一宿。除了听天由命，现在他们什么都做不了。

终于，在他俩回到车上，半梦半醒挣扎之际，黑色的诺基亚手机嗡嗡振动了起来。丁美兮骤然惊醒，她看着李唐一脸惊惶地接起电话，听了几句，又愕然地挂断，心中更加惴惴不安。

"怎么了？"

这句话丁美兮连问了两遍，李唐才恍惚地回过头，看着她说："李春秋和姚兰，死了……"

车子慢慢开动，但车上的两个人却长久说不出话。直到一个红灯，李唐差点闯过去，两人才慢慢回过神来。

斑马线上，一个母亲正领着孩子小心经过。李唐看着他们不禁感慨地说："那么好一个家，两个人那么好的日子，就这么没了。"

丁美兮也看见了那对母子，一想到孩子她就不由自主地揪心："孩子怎么办？还是两个。她们平时过得那么好，娇生惯养的，也没受过苦，往后的日子该怎么过？私立学校的学费那么贵，要是没人交，转到公立学校连中考都参加不了，他们有没有人管这些事情？要是咱俩和他们换换，李小满可怎么办？"

后面汽车催促的喇叭声忽然叫醒了李唐，他想起那晚在日料会所，李春秋的话："你怎么看新竹这个人？要是下棋，咱俩加起来也赢不了他，你觉得呢？"

李唐喃喃自语道："李春秋和姚兰怎么会死了？"

"你说什么？"丁美兮不明就里地问。

李唐只觉得头皮发麻："手眼通天，连国安抓了的人都能弄死？可能吗？"

"没可能吗?"丁美兮似乎也陷入了沉思,但在心里她暗暗做了个决定。

一路无话,车子开到了火传鲁家。临下车时,李唐宽慰了丁美兮两句:"放松点,有我没事。无非还是糖葫芦,慢慢吃。"

丁美兮点点头,走了两步,又转身叫住了李唐:"路上慢点。"

待李唐的车子开远,丁美兮马上拿出手机,拨通了黄老师的电话,低声说:"我发烧了,三十九度,你替我请个假。急性肠胃炎,先请三天,假条我回头补吧。"之后,她挂了电话,快步上楼。必须要快,现在她能掌握的只有速度。

安全局大楼的厕所里,黄海坐在隔间的马桶盖上,打开手机短信,看见上面有个陌生的号码发来的一行毫无规律的数字。他看着数字思量了一会儿后,打开手机里的足球直播软件,找到一个赛事集锦进去,在弹幕里编了一些看似随机的数字,发送了出去。

出了隔间,黄海一边洗手一边长出了口气。忽然,门口传来段迎九的声音:"怎么样,看球赛,弹幕是不是很烦人?"

黄海透过镜子,看了段迎九一眼,然后转身和她一起走了出去。出了大楼后门,一辆虚掩着门的车子等在那里。黄海和段迎九先后上了车,汪洋戴着墨镜坐在驾驶座上,听见关车门的声音,一踩油门,车子驶出了后院大门。

一直开到僻静的海边,车子才停住。汪洋开了半扇前窗,侧耳听着段迎九和黄海在后座的对话。

"说说吧。弹幕里的摩斯码,给汪老板翻译翻译?"段迎九问道。

黄海还是那副闷头睡不醒的样子:"说了你们也不明白。"

这话让汪洋有点不服气,他摘下墨镜,转身反问道:"你怎么知道我不明白?"

黄海:"有时候我们联系会用电话,这个简单。摩斯码有点复杂，我得从头说。他们通过偷拍照片注意到了我，毕竟我受过专业训练，拍出来的照片效果跟那些小律所和调查公司的人不一样。之后，他们应该是跟踪过我，很快就查到了我工作的地址。正义路43号，虽然咱们单位不挂牌，不过对于鲇鱼来说，想知道这是什么地方，简直易如反掌。"

"他们当时一定高兴坏了。跟踪和偷拍都是专业的，还有什么，能比发现一个深陷赌球泥潭的国安人员，更叫人兴奋呢？"段迎九在一旁补充说。

"嗯，之后不久，他们就直接找我了，把比赛时间、赌球记录和输赢金额都整理好发给我。不过，鲇鱼真是鬼啊，只用电话要挟我，从不露面。他很清楚我的作用，虽然不涉及核心工作，但一样可以通过材料和会议的细节，弄到价值不一的消息，通风报信。之后咱们的几次行动，我都给他及时发了消息。可即便如此，鲇鱼还是不肯见面。"

"那如果有突发情况呢？"段迎九问道。

"如果着急，我会给一个休眠的手机号上留言，除了通过网络回拨过来的电话，我们之间的沟通都是用弹幕发摩斯码。鲇鱼极其谨慎，密码本也常换。"

听到这里，汪洋有些一筹莫展，再次回头，看向段迎九。

"别看我。"段迎九立刻回话说，"能做的我们都做了，我连李春秋和姚兰都搭进去了，局里的处分眼看着就要到了。他不露面，我有什么办法？"

"他们真的死了？"黄海诧异地问道。

段迎九严肃地回答："演戏必须投入，汪老板说的。纳兰在便利店里上了一宿夜班，一直猜测鲇鱼会不会自己去救人，谁能想到他会找人去灭口呀。"

原来邻居惊动了救护车的阵仗都是提前安排好的戏码，故意演给李春秋和姚兰看。而他俩吃的三明治里，只是放了安全剂量的镇静剂。里外两层皮，一并骗过了鲇鱼。黄海恍然大悟，赶忙说道："这两个人肯定知道鲇鱼在哪儿。问出来，去抓呀。"

段迎九摇摇头："越是老资格，挤的牙膏越细。为了孩子，他们也得和我们讨价还价，看着吧，早着呢。"

黄海有点着急了："那我还得接着当这个鬼？朱慧已经开始怀疑我了。天天赌球，还老得输，再这么下去，媳妇忍得了，老丈人也忍不了了。"

汪洋叹了口气："那些非法的律师所和调查公司都查过了，没有鲇鱼的任何消息。这条路，你可能还得……"

段迎九嘴快地接上了话："老板的意思是这口锅你还得再背会儿。"

丁美兮回到家，亲手熬了一锅海鲜粥，端到刚睡醒的李小满跟前，心平气和地劝慰起来。"心是好心，方法错了，事办砸了。不管怎么说，都该提前和你商量一下。小婷是李唐心里的一个疙瘩，解不开又剪不掉，一直硌在那儿。我和他都无所谓，就怕你不舒服，怕你不认他这个爸爸，这都是他说的。小满，从现在起，我再不强迫你干任何事情。要是说了不算，你也别叫我妈妈了。"

李小满的神情渐渐缓和下来，丁美兮趁机把粥往前推了推："海鲜粥趁热吃，凉了就不鲜了。"

眼看着李小满拿起了勺子，丁美兮的心暗暗打鼓。一碗粥很快见底了，不出所料，李小满歪在沙发上沉沉地睡着了。丁美兮麻利地收拾好碗筷，泡到厨房水池后，也没忘了把藏在油瓶子后面的安眠药塞进兜里。李小满没用过药，只一片就能让她沉睡几个钟头，到时候她们就离厦州好远了。

收拾停当之后，丁美兮转头看见了墙上和火传鲁的结婚照。这是火传鲁坚持要拍的，他说这十几年来都梦想着看到丁美兮穿上婚纱的样子。丁美兮恍惚了一瞬间，如果她早早遇到火传鲁，会不会人生就是另一番景象了？想到这儿，她拿起李小满的手机，拨通了火传鲁的电话。

"小满?"火传鲁的语气中带着一丝惊喜。

"是我，她没带手机。"丁美兮停了一下说，"之前，我给你发微信，叫你帮我，然后给你打电话，说李唐在。其实，那天……"

"不用解释了，没关系。就这个事吗?"

"对，就这事。"

"真的没关系。"火传鲁一如既往地温和，"那我挂了。"

"等一下——"丁美兮拦住了他说，"你对自己好点，按时吃饭，别太累了。"

火传鲁也被这句话拦住了，半天才缓缓地说："美兮，这是你第一次这么说，谢谢你。"

丁美兮嗯了一声，匆匆挂上了电话。开弓没有回头箭，火传鲁这样的男人，她这辈子没机会了。

林彧也在家里收拾着。他的包里装了几根尼龙扎带，一捆胶布，一副手套，还有一把锋利的美工刀。临装包前，他还特意检查了美工刀的刀刃，寒光闪闪，锋利异常。

开往福州的高速上，相较于厦州收费站，同安收费站人少偏僻，一天也过不了几辆车。林彧一般都选择从这里驶入高速，他相信在他前方的丁美兮也会做出同样的选择。

丁美兮开车进了高速服务区。这里距离同安收费站仅有三十五公里，本来从同安上来的车就比较少，刚上高速进服务区的更少。加之李小满的药劲儿应该还没过，在这里进去休整一下，然后就可以直接开到头。

服务区里只有零星几辆汽车，丁美兮把车停在紧贴卫生间门口的位置，快步进了卫生间。但仅仅两三分钟后，等待丁美兮的便只有敞开的车门，李小满已经踪迹全无。丁美兮觉得脑袋嗡嗡直响，她焦急地四下张望，大声呼喊着李小满的名字。

"妈。"

李小满的声音从身后传来，丁美兮转身一看，女儿手里拿着一瓶矿泉水，睡眼蒙眬。"你去哪儿了！"丁美兮慌张地问道。

李小满喝了口水，反问道："你去哪儿了？我怎么到这儿了？"

"上车，快，上车再说……"

一声汽车鸣笛声，打断了丁美兮的话。循声望去，身边一辆灰色轿车慢慢放下车窗，林或用微笑向丁美兮打了个招呼。此时，他已经戴上了出门前准备的手套，望着丁美兮母女说："你说巧不巧，在这儿都能碰得上。这是女儿吧？"

"叫叔叔。"紧紧拉住李小满的手，听到她迷迷糊糊地喊了一声后，赶紧说，"最近功课压力太大，她有点睡不好。听说同安有个中医，能调……"

林或决然地打断了丁美兮的话："不管去哪儿，都不能大意。怎么能把孩子一个人留在车里？是吧？路这么远，不安全。上车，我送送你们。"

丁美兮下意识地往后退了一步，拉着李小满的手握得更紧了。

"上车。"林或重复了一遍，语气比之前更加强硬。见丁美兮依旧不想顺从，他直接开门下了车。

丁美兮快要窒息了——林或戴着手套，意味着他不想留下痕迹；一只手插在裤兜里，表明里面装着武器，随时可能拔出来。她的确已经是一枚弃子了，但这不重要，重要的是李小满绝对不能受到伤害。宁可死，也要保全女儿。

正当丁美兮下定决心鱼死网破之际，一辆轿车呼啸着疾驰而来，然后一个急刹车，停在了三人身边。李唐怒不可遏地从车上下来，两步冲到丁美兮面前，猛地推了她一把，愤怒地叫喊道："我要说多少遍你才肯听？我要怎么说才行丁美兮？你是不是疯了？"

见丁美兮差点被推倒，李小满一下清醒了过来，冲着李唐大吼一声："你疯了！你干什么！"

"你问问你妈我在干什么？你问她！"李唐的声音也毫不示弱，但吼叫的同时，他把李小满往自己的身后拉了一把，让她离林彧又远了一步，同时还严厉地呵斥道，"上车去！"

李小满还想说些什么，一旁的丁美兮低声打断她说："去车上等着。大人的事情，你少管。"

李小满当然看不出暗流涌动的险情，她气哼哼地上了李唐的车，砰的一下摔上了车门。

李唐的愤怒尚未平息，他不依不饶地冲丁美兮喊道："就因为那个破学校有出国留学的野路子，就什么都不管了？出国出国，外头就一定好吗？你自己沤在厦州十几年，连个外国人都见不着，你知道美国就一定好吗？"

丁美兮也急了："那你说怎么办！她考的那么点烂排名破分数，到时候三本也考不上，去大同路扫街吗？还是到这儿来看厕所？你是她爸爸，你想个办法啊！嫌我找的路不好，你怎么不来？"

"我不来你就要带她去看学校了，我不来你就要疯！"

"骂我你倒是挺有劲儿的。"

"现在要是没离，我他妈抽你的心都有！"

"李唐，我真瞧不起你！"

吵这场架，事先没有彩排，但李唐和丁美兮越吵越上头，不仅话题契合得天衣无缝，连情绪状态也都全部拉满。

假如十几年前，留下来的是他，现在也能和丁美兮这么默契吗？林彧看着这场戏，心中默默想着。但这些终究已是不可追的假如，眼前李唐和丁美兮口沫横飞的表演已经让他有些不耐烦，现在该到他登场了。

"麻烦。"林彧轻轻的两个字堵住了李唐的嘴，"孩子上学就是麻烦。别因为这么个小事，闹得再把警察招过来。你说呢？"

李唐看着林彧投来的目光，冷着一张脸，不说话了。林彧把手套摘下来揣进口袋，自此端出那套无巧不成书的说辞："你说巧不巧，刚好路过丁美兮家，看她着急开着车往外走，以为是孩子病了，不放心，这才跟过来。要是知道当爸爸的也会来，我就不用白跑这么远了。"

说完，他转身上车离开，留下几乎要瘫倒在地的丁美兮和李唐。

回程的路上，李小满再次睡去。汽车进入隧道，四周陡然暗了下去。此时，李唐幽幽开口："要走了，连我都不要了。我要不是小人，在李小满电话里种了木马，我也不会知道。有大路不走，非要翻墙。登高爬梯子，这都是玩命的活儿，你是个儿吗？我也怕，可再怕也得想明白。以后再干任何事情，动动脑子。"

丁美兮沉默半晌，最终只有一句话："为了李小满，让我死都行。"

车子轰的一下冲出了隧道，阳光骤然射入车内，李小满的眼皮不自觉地跳动了两下。

从教室里出来，小婷一眼就看到了远处的丁晓禾。但她没有表现出来，依旧和身边的同学说笑着。直到丁晓禾看到她，主动走上来和她说话："有空吗？我来这儿办个事，要是方便，我请你喝杯咖啡。"

可惜下午的咖啡馆人头攒动，没有找到位置的两个人只好在操场附近边走边聊。穿着便装的丁晓禾依旧有些学生气，走在小婷身边，就像校园里的一对学生情侣。

小婷对丁晓禾的到来并不意外，对他想说的话题也不意外。所以丁晓禾还在支支吾吾地措辞，小婷就直接说道："我昨天见过你姐姐，她带着李小满去我家了。"

丁晓禾十分意外，赶紧问道："她说了什么？"

"你找我，就是这个事吗？"小婷看着丁晓禾的眼睛反问。

丁晓禾一下被问住了，怔了怔才说："我只是想替我姐姐解释一下。她不是你想的那种人，我了解她。"

小婷低头沉吟了片刻说："我知道她是好意，想让我和李小满和好，一起去武夷山看日出，好得像亲姐妹一样。你觉得可能吗？"

小婷的话让丁晓禾的心中再生疑团。他摇摇头喃喃地说："不可能。我是说，我姐不可能为了这个，让你们都请了假去看日出。李小满的学习就是她的命。"

"你可以自己去问她。"小婷轻轻地说。

丁晓禾思量了一会儿，对小婷说："以后可以这样，要是你对她们有什么不方便说的话，或者觉得奇怪的事情，可以问我，任何时候都行。"

"你上班那么忙，还顾得上管这些事情？"

"外人就不管了，她是我姐姐啊。"

小婷点了点头，不经意间和丁晓禾对视了一下。

黄海又一次拒绝了和朱慧父母一起吃饭，这次的理由是上星期就说好的老乡聚会。

"你为什么就那么讨厌我爸我妈？"朱慧一边开车一边问道。

黄海想了想，分外诚恳地回答说："我要是讨厌他们，我是你儿子。我就是不习惯，不自在。我这种农村出来的，不知道怎么和他们那种人相处，你明白我的意思吗？"见朱慧不吭声，他又接着说："哪天吧，请他们到外头吃，我请客。"

朱慧沉默着又往前开了一段，突然说："等会儿你把车开走，晚上就别喝了。吃完饭，去接我一趟。"

这个结果让黄海有些意外，他痛快地答应下来。待黄海离开后，朱慧没有马上去父母家，而是站在小区门口打了个电话："你帮我问问，现在哪个学姐还在分局？赌博，问问谁在管这事儿。有个朋友一直在赌球，最近可能过火了……我自己查查就行。"

近郊的一座无名野山里，两名登山客尖叫着从山上跑下来。金湖洗车行的小工洞洞裤死不瞑目地躺在山下的乱石之间……

第二十五章

黄海没有如约去接朱慧。深夜，他端着直播球赛的手机回到家里的时候，朱慧正坐在沙发上看电视。

黄海有些愧疚，想过去道歉，却被电视上的节目吸引了过去："你怎么也看上球了？"

"天天耳朵里灌着，偶尔看一眼，还挺有意思的。"朱慧盯着电视回答说。

"早说呀，半夜我也不至于一个人待着，等会儿一起看啊。"黄海说完转身进了厕所。朱慧飞快地把黄海放在茶几上的手机拿过来，短信微信依然删得干干净净，但在上网记录里，赫然出现了一个在线赌球网站。

没一会儿，黄海换好衣服，拿着啤酒回到了沙发上。电视上正在直播英超联赛，一颗足球在屏幕上传来传去，黄海投入其中，眼睛也随着足球一会儿往左一会儿往右，似乎丝毫没有发现朱慧一直在旁边看着他。

忽然，屏幕上一个精彩的进球，黄海一激动，把手里的啤酒洒到了沙发上。朱慧起身想去拿抹布，却听见黄海头也不回地说："不用找抹布，这儿有纸。"说完，他凭感觉在身边摸了两下，终于拿到了纸抽。朱慧的耐心已经耗尽，她失望地向卧室走去，却听见背后传来黄海的声音："别猜了，就是赌球。"

此时，电视里传来了比赛结束的哨音。黄海松了口气，转头望着朱慧说："猜猜，这场球我能赢多少？"说着，他用手比了一个六。

"六百万？"朱慧轻蔑地猜测道。

黄海自嘲地一笑："六万，好几个月的工资。我知道你不在乎，这点钱都不够你妈给咱们的新房铺地板的。可我不一样，我觉得挺多的。"

朱慧不死心地走回来，坐到黄海身边，尽量平心静气地说："任何人去澳门，只要玩过火，赌场都会劝他三次，也只劝三次。苦口婆心地说别赌了，回家去好好过日子。如果第四次还要去，赌场就不会再劝了，因为这人已经废了，劝不住了。从咱俩认识到现在，你赌了二十九次，一次比一次大。我一直没劝你，是以为你和那些赌徒不一样。如果你是那种需要看着捆着才能戒瘾的男人，那不是你的问题，是我的问题。我眼瞎了，错看了你。还有，别小看人，六毛六分我也不会浪费。黄海我什么时候跟你提过钱的事？你就是自卑，屄。要钱要崩了这种心态的人最多。你以为你赢六个亿我就看得起你吗？"

黄海喝着啤酒看了朱慧一眼，想说点什么，可最后还是摇头一笑："算了。"

朱慧最受不了这种掖着藏着的吞吞吐吐，她气呼呼地对黄海说："有屁就放。你是不是个爷们儿？"

"你要不嫌臭我真放了。"

"你越这样，我越瞧不起你。"

"问题就在这儿，你看得上的人，可他看不上你。"

"你说什么？"朱慧心里的痛点被结结实实地踩了一脚。

"没什么，再说就没意思了。"

"特别有意思。求你了，赶紧说。"

见朱慧已经杠上了劲儿，黄海把空啤酒罐往垃圾桶里一扔，也针锋相对地顶上了："你真要听，我就说。狗丢了，你又养只猫。猫是猫，摇尾巴的事情不会干。你和你爸妈斗气，这是宫斗戏，别拉着我，我只会演谍战剧，明白了吗？我算什么，打折促销吗？老板我要个西瓜，没西瓜了有个榴莲你要不要？你要的是西瓜啊，没有咱不吃行不行，买了榴莲又嫌臭，你不是自己受罪吗？"

不等黄海的话说完，朱慧直接掀翻了跟前的茶几。黄海毫不慌张，他拍了拍满身的瓜子皮，从身上捡起一颗裂开的开心果仁，一边嚼着，一边往卫生间走去。朱慧像尊石像一样呆立在原地，耳边还响着进球回放的背影音乐。

林或看看表，离约定时间越来越近，若不抓紧很可能会迟到。但他还是在出门前拨通了李唐的电话："丁美兮想跑，你女儿怎么办，你想想吧。"

虽然只有一句话，但这其实是一个隐晦的命令，今后丁美兮的一举一动，李唐要随时监控。林或相信李唐可以听懂这句话的意思，但能做到几分，他不确定。这个时候，李唐一定会像十几年前一样，摆出一副深沉的苦瓜脸。林或最讨厌这一套，装深沉怕是只能吸引女人吧。可到头来，女人的问题一样也解决不了。

林或不同，如今在他眼里，早都不分什么男人女人，他只想让自己成为一个可以解决任何人和任何问题的人。所以，半个多小时后，当林或出现在林处长面前的时候，他立刻换上了一副恭恭敬敬的嘴脸，忙不迭地道歉说："迟到啦迟到啦。怕什么来什么。就怕路上堵车耽误时间，我还提前半小时出门，赶上什么了您肯定猜不到。厦州国际马拉松。我把车扔到路边，一路跑过来，差一点就得冠军了。"

林处长仿佛没听见林或的话，他坐在巨大的餐桌前，左一口螃蟹，右一口海参，仿佛嘴里嚼的都是大馒头。旁边还有两瓶酒，一瓶茅台，一瓶二锅头，全都打开了，边吃边喝，津津有味。

见林处长一直不说话，林彧拿过二锅头，给自己满满倒了一杯，小心翼翼地端起来说："多少年没沾过白酒了，今天必须自罚一杯，满杯。"说完，便把杯中酒一饮而尽。

林处长依旧没抬眼皮，吃饱喝足，他端起茶杯喝了一大口，咕噜咕噜漱了一通，然后直接把漱口水吐在了面前的碗里。

林彧面不改色，他又给自己添满酒，端起来压低声音说："国外那笔钱，收到了吧？"

林处长终于抬起头，一边吐了口牙缝间的渣子，一边问道："这算什么，堵我的嘴吗？你是不是觉得那么点钱，就得让我赔着笑来陪酒？"说完，他把胸前的餐巾一扯，起身向外走去。

关门声一响，林彧收起了从一进屋就挂在脸上的笑容。他拿起筷子，细嚼慢咽地吃起饭来。笑多了，腮帮子上的肌肉发酸。况且，下面他也用不着笑了。

时间不长，林处长又拉着脸回到了包间。他坐在林彧对面，盯着他看了几秒钟，忽然笑了："真沉得住气，可以，是个成事的人。你要是在我们单位，起码正科。"

这次轮到林彧头也不抬地说话了："把刚才我喝的酒补上。我喝多少，你补多少。"

"你说什么？"林处长有些讶异地问道。

林彧慢慢抬起头，一字一顿地说："补酒，听懂了吗？"

对视了几秒钟，林处长端起面前倒好的酒杯，喝了一半。

"一杯。"林彧一边吃饭一边说。

林处长犹豫了一下，还是把杯子重新端起来，喝光了剩下的酒。

林彧从嘴里拿出一根啃干净的鸡骨头说："那个告你的刁民，再不会去上访了。"

专案组办公室里的大鲇鱼被养得格外肥硕,只不过它栖身的大鱼缸已经从大办公室挪到了段迎九的办公室。伴着恣意畅游的鲇鱼,段迎九捏着那截从幺鸡自杀现场找到的小塑料管,冥思苦想。鱼缸就像一个闹钟,时刻提醒她案子还没破。

专案组的其他人,三三两两地小声议论着组长的怪异行为。大峰在门口张望了一下,问道:"几天了?"

"三天,把自己锁里面了。"丁晓禾回答道。

"没事吧?"大峰又问道。

哪吒回答说:"不出门,也不怎么吃饭。之前,汪老板进去看了一次,说是没事。"

老魏抿了口茶,对众人说:"该抓的抓不着,该审的审不了,好容易接起来的线又断了。这几天谁也别犯错啊,里头可是点火就着。"

此时,朱慧从外面走进来。大峰见进来的只有她自己,便凑上去小声说:"我要是黄海,就不挑这几天迟到,除非想听那位骂人。"

朱慧一边开电脑一边说:"应该在路上了吧。"

"应该?"大峰默默地用口型重复了一遍这两个字,然后和身边的老魏对视了一眼。而坐在角落里的丁晓禾也听出了这个微妙的细节,他起身倒水从朱慧身边经过,但朱慧毫无反应,目不斜视地盯着电脑屏幕。

此时,黄海和他的摩托车被一个红灯截在了路口。口袋里传来振动,他摘下头盔,接起电话听了几句,马上说道:"接着押。什么没钱了?我昨天押了多少?五十万全押了?我他妈喝醉了那是!等等别挂,我让你等等!"路口亮起了绿灯,但黄海却没往前走,他推车停在路边,对电话里接着说道:"告诉你们老板,我有他想要的东西,叫他拿钱来找我。"

阿良躺在一家牙科诊所的诊疗台上，一名医生两位护士围在旁边给他洗牙。诊所的里面还有一间屋子，透过虚掩的房门看去，一个混混模样的人正哀求着跪在小黑跟前。

和这里的医生一样，小黑也穿着白大褂，手上还戴着橡胶手套。他一边在一堆牙科工具里翻来翻去，一边问跪在眼前的混混："数学题。日利率0.05，年利率多少？"

混混脱口而出："18.25。"

小黑冷笑一声："脑子不错，怪不得会坑公司的钱。第二题，翻一番，日利率0.1，年利率多少？"

"36.5。"

"第三道，法律题。年利超过多少算高利贷？"

"36%。"这次，混混回答得有些艰难。

小黑点点头："很清楚嘛。公司要做百年老店，认真纳税合法经营，以后要去纳斯达克敲钟的。私下转贷涨利，你想害我还是害良哥？"说着他拿起一把钳子走到混混跟前，直截了当地下了命令，"张嘴。"

混混吓得边哭边哀求，但这些对小黑丝毫不起作用，他骂了一句脏话，用更狠厉的语气再次命令道："张嘴。"

在里间的惨叫声中，阿良的洗牙结束了。他对着护士举过来的镜子，仔细检查着牙齿。没一会儿，里屋的门开了，小黑用沾满血的双手招呼了一下，刚刚洗牙的医生立刻拎着拖把走了进去，把屋里的血迹擦得干干净净。混混跟着小黑走出了诊所，临出门前，还捂着腮帮子给阿良鞠了个躬。

戴着墨镜的林或与他俩擦肩而过，他走进诊所，把门关好，对还在照镜子的阿良说："勤洗牙，好习惯。"

阿良转过头，笑笑说："一天七泡普洱茶，牙都染了。你要不要洗洗？"

林彧拉了一把椅子坐下，摇摇头："我只有五分钟，下次吧。"

阿良见时间紧迫，马上进入正题："国安那个小伙，要钱。昨天夜里输了五十个，已经废了，还想见老板。"

"你就是老板。见不见你看着办。"林彧一边不时地观察着门外，一边说，"要钱不怕，就怕他不要钱。我不怕贵，只要他的消息值。还有什么？"

"洗车那个黄毛处理好了，给女主播打赏，信用卡倒不开，欠了高利贷，跳崖自杀了。"

林彧哦了一声，看看阿良说："可惜死得不是时候，浪费了。要是放到十七年前，你就不必费大劲找尸体了。"

"这个事不好再提了。"阿良也越发谨慎起来。

林彧笑了笑："怕什么，除了我，全岛的人都以为你死了。现在的阿良是低调的企业家，听说最近又开了两家医院？治前列腺还是割包皮？"

阿良掏出一张精致的VIP体检卡，扔到林彧手里："小打小闹没意思。有空去试试，正规体检，都是三甲医院的返聘专家，下一步搞养老院。要不是你，这些事情我都不干了。"

林彧把卡收了起来："要不是为了你，我也不会出一身汗，在岛上累死累活地抹痕迹。"说着他便起身要走。

阿良见状，赶紧补了一句："还有，查出来老怼的一些账。你说的那个丁美兮也在里头，套路贷。"

"怎么还有她？"林彧皱了皱眉。

"要不要找个人去？"阿良试探着问道。

林彧沉默半晌，转身离开了诊所。

堆积如山的资料、昼夜不眠的电脑、七八个硬盘，还有那个贴满照片的白板，所有这些，几乎把段迎九埋了起来。她手里始终捏着那段小塑料管，脑子里的各种念头，像时断时续的电路，刺刺啦啦地闪着火花。

"段迎九……"门外传来一个轻轻的声音，段迎九下意识地抬起头，这个声音再次传来。"段迎九……"

段迎九推开手边的资料，循声朝门外走去。可拉开办公室大门，她着实吓了一跳，一个满脸是血的女孩站在她眼前，不是别人，是幺鸡的女友，小柳。

段迎九从来没有这么茫然过，她呆呆地望着小柳，脚步不自觉地跟着她往前追去："你告诉我，小柳，地铁站那天把你推下去那个人，他叫什么？你认不认识他？你告诉我，这截塑料管到底是什么东西？我猜不出来，我没法去抓那个把你害死的鲇鱼！"

楼道里的灯光忽明忽灭，小柳的身边突然出现了一个恍惚的身影。段迎九一把拉开小柳，那人影果然是鲇鱼。只不过，他依然时远时近，模糊不清，就像当初在地铁里逃走的时候一样。

段迎九紧追不舍，眼看只有一步之遥，她不管不顾地抄起楼道里的一个灭火器，抢起来就要往鲇鱼头上砸去。此时，一只手紧紧地抓住了她。楼道里灯光大亮，小柳和鲇鱼都消失了，取而代之的是抓住她的汪洋，和一群忧心忡忡的同事。

段迎九瘫坐在地上，大口大口地喘着气。汪洋冲一边使了个眼色，朱慧和纳兰赶紧上前把她扶了起来。

"先去我办公室吧。"汪洋吩咐完朱慧，又悄悄对大峰说，"把她办公室锁了，钥匙给我。"

在汪洋的椅子上坐了好一会儿，段迎九渐渐从幻觉中挣脱了出来。但她的状态依旧颓废不堪，低着头，喃喃自语："死胡同，哪条路都走不通。姚兰审到一半突然晕厥了，脊柱肿瘤，虽然是良性的，但是压迫了神经，需要手术。李春秋的状态也不太好，一时半会儿也不会松口。黄海一直没接到鲇鱼的消息，这根线也断了，不知道什么时候才能续上。还有幺鸡，好几天了我都能梦到他。我有种感觉，不会很久，我就会猜透他的秘密，但是……"

汪洋把一杯水递到段迎九手里，打断了她的话："没有那么多但是。你都等了十几年，还怕这一两天？"

"你和你老婆谈恋爱谈了十年，你怕有危险不肯和她结婚，你怎么没问问她，你都等了这么久，还怕等这一两天？"

"我后来不是结婚了吗？"

"可我现在不还没有吗？"

汪洋坐到段迎九对面，直视着她的眼睛说道："听我说，现在唯一的希望都在黄海身上。再着急也不要逼婚，男人是需要时间的。黄海是，鲇鱼也是。他还需要情报，大量的、能积累鲇鱼信任的情报，明白吗？"说完汪洋把一串钥匙扔到桌上，"这是你的旧钥匙，废掉了。我让人锁了你的办公室，从明天起，休假。随便你干什么，三天不许上班"。

段迎九噌地一下蹿了起来："我说了，我快找着那根新线了！"

汪洋也急了，拍着桌子吼道："找着也不行！谁是老板？谁要听谁的？你敢来试试，我去告诉医务组，把你捆到心理科，明天就给你办住院！"

段迎九泄气了。她什么也没说，转身离开。

汪洋在身后招呼道："给我把门带上！"

可段迎九充耳不闻，大开着门，头也不回地走了。

从学校回来，小婷坐在卧室里发呆。刚才和蒋水梅逛夜市的时候，她遇到了李小满。李小满的身边还有个头发染得乱七八糟的男人，一看就不是学生。但李小满没有一点畏惧，主动上来和她打了招呼。不仅如此，她还故意提起那次未成行的武夷山之行："那天去武夷山，他们都是为了陪我。回去叫你，是个礼貌。"

488

本来拉着蒋水梅一走了之，这件事也就到此为止了。可偏偏小婷耳力好，听到了身后李小满和男人的对话。

　　"那是谁呀？"

　　"那么老还看不出来吗？我姨。"

　　夜市是逛不下去了，小婷匆匆告别了蒋水梅，一个人回了家。可是回到家里又如何呢？尽管李唐竭力收拾，可这个家依旧处处可见李小满的痕迹——毕竟，她在这里出生长大。小婷越发觉得自己是个多余的人。

　　此时李唐从外面回来，边脱外套边望着餐桌说："还没做饭呢？"

　　小婷像犯了什么错误似的跑出来，看着李唐说："我也刚回来。"

　　李唐觉察到了小婷的紧张，一下想起丁美兮之前说的话：天上掉下个女儿，给你洗衣做饭。李小满也快十八了，可她连一杯水都没给李唐倒过。小婷千里迢迢来到这里，就为了能有个亲人有个家，还要为此看人脸色受尽委屈。李唐心里涌起一阵愧疚，急忙说："没事，泡个面，加个鸡蛋就行了。"

　　小婷已经朝厨房走去了："我给你买饭了，微波炉转一下，马上就好。"

　　李唐哦哦地答应了两声，但注意力已经都转到了别处——丁美兮来电话，李小满又联系不上了。李唐把脱了一半的外套又穿在了身上，急急慌慌地朝外走。看见小婷端着饭走出来，他也顾不上解释，只用手指了指电话就转身离开了。

　　盒饭的热气缓缓升起，门外李唐的声音越走越远："别着急，我现在就去找她……"这个她应该就是李小满吧。小婷端着饭，怔怔地站在客厅里，感觉无比落寞。

　　深夜，李唐揉着胳膊回到了家。果然不出所料，李小满又去了那个杂毛男朋友肖锐的家里。李唐从手机的监控软件里，看见李小满抱着半个西瓜，一边看电影一边和肖锐搂搂抱抱的时候，气得直想砸手机。他火速冲到肖锐家楼下，想了想还是没上去。在楼下的杂物堆里，李唐找了半块砖头。肖锐家楼层比较高，他使劲一甩，才打破了窗玻璃。可甩的这一下，还把胳膊抻了，一直到家都没缓过来。

客厅里静悄悄的，晚饭上扣了一个盘子，旁边还放了一双筷子。李唐以为小婷睡下了，便轻手轻脚地走到餐桌旁。可桌子上，除了饭还留了一张字条：我去学校住了。别太累，保重身体。李唐下意识地又想出去找人，可抬头望见时钟，已经太晚了。他颓然地坐在椅子上，无奈地叹了口气。

丁美兮终于接到了李小满的电话，可事情并没有到此结束。电话里，李小满张口闭口五分钟就到，可过了不知道几个五分钟，她依然踪迹全无。不见到李小满本人，丁美兮无论如何也放不下心来。上次被李唐截回来之后，李小满跟丁美兮说了很多话，甚至还表示，觉得丁美兮太累了，希望她能活得轻松一点。丁美兮一度以为，经了事儿，女儿终于长大了。可现在看来，还是老样子，性格定了，到老也改不了。

正在灰心焦虑之际，一辆出租车远远开过来。丁美兮赶紧迎上去，可车子到了跟前，她才发现，那只是一辆与出租车同款车型的私家车。丁美兮失望地转身离开，可车子却在她身边停住了。林彧开门下来，在她身后感叹着说："可怜天下父母心啊！我没你这份辛苦，所以也不敢要孩子。"

丁美兮下意识地往后退了一步，那天的情形让她心有余悸。"那个，前几天的事情，我和李唐吵架，我们……"

林彧打断了她："不不，不是那个事。"说着他掏出一张照片递给十分警惕的丁美兮："有个事情，要麻烦你一下。公务员。手里有一样我们需要的东西。刚正不阿，尤其瞧不上臭钱，针插不进，水泼不进，已经有一阵子了。当然，是人就有小毛病，如果孝顺也算的话。这个孝子每个工作日的中午都要陪老太太吃饭，分秒不差。他妈妈和你住一个小区，你说巧不巧？"

丁美兮看着照片心中已全然明了，但她依旧问了一句："要我做什么？"

林彧清了清嗓子："他还有个毛病，喜欢——结了婚的女人。"

丁美兮默默地把照片还了回去。看着照片上的林处长，林彧又不自觉地加了一句："他和我一样，也姓林。"

一回到娘家，朱慧又成了娇惯的小公主。听说她减肥不吃饭，母亲特意熬了海参小米粥，亲手端到她跟前。

朱慧的父亲在一旁自斟自饮，看朱慧心不在焉地滑手机，随口说道："吃饭看手机不好，我的胃病就是这么得的。"

"你是喝酒喝的。"朱慧说着话眼睛都没离开手机。

父亲思量了一下，看着朱慧又说："我怎么听说，黄海在赌球？"

朱慧看了父亲一眼，立刻明白了是怎么回事。她关掉手机里的电视剧，拨了那个帮她打听消息的闺蜜的电话，摁开免提，大声质问："黄海赌博，证据呢？别说你不知道。我只问过你一个人。你看见了吗？你有证据吗？"

电话那边，闺蜜也没客气，直接把结果告诉了她："有个境外赌球网站下午刚被抄了，名单上就有黄海。需要的话，自己来看吧。"

电话挂断，母亲才端着一条没了热气的鱼慢慢走过来。父亲把杯中酒一饮而尽，劝慰道："谁年轻还没个错，过年我也玩牌，没什么大不了的。再有一次，我亲自去锤他。"

面对黄海出格的行为，一向威严的父亲竟然是这种态度。这反倒让朱慧的自尊心更加难以承受。她草草吃了几口，便推说太累回家了。黄海依旧深夜未归，朱慧决然地从抽屉里掏出了早已准备好的离婚协议书。

黄海在经常出入的大众洗浴待了一宿，早上他刚把洗发水揉到头上，手机就响了。抹了一把眼睛上的泡沫，黄海抓起手机，气急败坏地说："等你们一宿，又不来了？我他妈还得上班呢！"

电话的另一头，正在吃早餐的阿良低声说："去，拉开最左边第一个柜子，拿钱。够你赌一阵子了。下一笔，我得先等着你那个值钱的消息。"

挂了电话，黄海踩着一把吱吱呀呀的椅子，打开了左侧第一个柜子。可摸了半天，柜子里只有一枚一元的钢镚。

休假的第一天早晨，段迎九拿着早点，来到了地铁一号线岩内站的入口。之前的排查，加上她闭关这些天的筛选，她选出了五个鲇鱼或者疑似鲇鱼的人出现过的地方——海沧，湖里，同安，集美，还有最远的天竺山森林公园。既然进不了办公室，干脆来这些地方碰碰运气。

但转了大半天，没找到鲇鱼，却碰见了陈华。当时，段迎九正在一家做活动的美甲店现场体验，目标是街对面的成罡律师事务所。律所的玻璃窗上贴着债务清欠、依法追缴的字样。而律所的旁边，就是阿良的牙科诊所。段迎九还不知道这两家完全不搭界的店有着怎样的内在联系，她只是隐约觉得，自己离鲇鱼的活动路径越来越近了。

陈华就是在这时出现的，身边还跟着一个女人。段迎九一眼便认出了他，她甩开美甲师，直冲到陈华身边，也不打招呼，只管和两人并肩同行，而眼睛则一直望着身边这位气质温婉的女士。

"段迎九？"一看见前妻，陈华触电般放开了女伴的手，"你怎么在这儿？不上班吗？"

段迎九看都不看他一眼，对着那位女士问道："这是，女朋友吧？"

"盛老师，做英语培训的。"陈华连忙介绍道。

"盛宇桐，幸会。"盛女士礼貌地点点头说。

不等陈华介绍，段迎九便伸出只做了三个美甲的手，自我介绍道："老陈前妻。"

盛女士和段迎九握了握手，刚想抽回去，却被段迎九攥住了。她望着盛女士手上的戒指对陈华问道："你们什么时候好上的？这么快就要结婚了？陈华，你了解人家多少就求婚了？"

许是被段迎九攥疼了，盛女士皱着眉头叫了一声："放手！有病吧你！"随后她猛地抽出手来，扔下一句"神经病"，气呼呼地走了。

看着陈华殷勤地追过去，段迎九朝他的背影喊了一声："你这女朋友不靠谱，不听我给你推理推理吗？免费的！"

陈华头也不回地走了。段迎九看着他的背影，微微有一丝失落。可是忽然，一个念头在她脑海里闪过。她嘴角悄悄扬了一下，转身朝那家律师事务所走去。

推开门，往会客椅上一坐，段迎九直截了当地问道："除了要钱讨债，你们还有什么业务？"

一下站起来两个业务员，手快的那个先递上一张名片，紧接着问："您是想？"

"我丈夫出轨了，查小三，多少钱？"

另一个业务员马上站起来，把段迎九往里屋让："姐您先进来填个单子，价钱好说，有折扣。"

段迎九抓起桌上的笔，在名片上写了一行手机号码，扔给业务员说："记住，左撇子，右耳朵后头有个痣，这是我丈夫。别人不管，我只管他。找到人，随时给我打电话。"

一直转悠到傍晚，段迎九换了身衣服，悄悄摸进了专案组的大办公室。本来以为大家都下班了，可当她慢慢推开办公室的门时，却发现汪洋和朱慧还在里面。

"不是让你三天以后再回来吗?"汪洋责问道。

段迎九赶紧打马虎眼说:"那个,家里钥匙落我屋里了。你要怕费单位的电,我拿了就走。"

"行了。你来了正好,先把朱慧这个事情解决一下。"汪洋阴沉着脸说,"黄海在赌球,再不管就要去卖血了。两口子都是你的人,你说怎么办?"

"立刻停他的职。一星期以后带着十万字的检查回来上班。再有一次,党内警告处分,全系统通报批评,扣一季度工资。以后还敢,直接开除,终身不录用。够吗?"段迎九说完小心地看了一眼朱慧。沉默了片刻,朱慧转身离开了。

听着朱慧远去的脚步声,汪洋和段迎九对视了一下。

"你看看,都是你造的孽呀。"段迎九指了指汪洋,然后没等他反应过来,迅速钻进了隔壁自己的办公室,在里面把门反锁了。

晚上,趁着还没拉上顾客,李唐给丁美兮打了个电话,询问李小满今天回没回家。

"回来了。"丁美兮咳嗽了两声,油烟机坏了,她打开窗户还是满屋子烟气。此时,她把手机夹在耳朵和肩膀中间,对李唐说:"刚进门就喊饿死了,我给她炒饭呢。没事。"

"嗯,没事就好。我今天找人算了算,咱俩犯太岁,得到年底才能过关。最近事情也乱,多加点小心吧。"

丁美兮忙乱地答应了两声,忽然听见电话里传来嘟嘟声。她看了一眼,对李唐推说菜要煳了,便匆匆挂了电话。

没一会儿,那个标注了一个"林"字的电话又打了进来。丁美兮清清嗓子,接起电话,柔声细语地说:"你好。"

"说话方便吗?"

"怎么了？"丁美兮一边问一边关上了厨房的门。

"明天中午有空吗？"

"有事吗？"

"我和教委的吴主任要一起吃个饭，你要是有时间，咱们一起？"

"好啊，要是我不加班的话。"

"我去接你。"

来电话的正是林彧说的那位林处长。丁美兮在心里暗暗冷笑了一下——中午的时候，她算准时间，假装和他擦肩而过。傍晚，他们便又在小区里偶遇了，聊了两句，留了电话。没过几个小时，她就接到了这个邀约电话。男人，位高权重也好，富可敌国也罢，沾上女人，都是一副嘴脸。

接到小婷的电话，丁晓禾匆匆赶到了厦州大学。小婷坐在保安部办公室里，身上脸上沾了一片片的黑色，看上去狼狈极了。李小满派肖锐在宿舍楼下堵她，拿黑墨水泼了小婷一身一脸。

瘦弱的肩膀让小婷显得格外无助，丁晓禾又愧疚又怜惜。带着她洗了洗脸，想送她回宿舍。可走了没几步，小婷忽然站住不动了。丁晓禾问了半天怎么了，她才小声说："今天是我生日。"

"那我请你吃饭吧。"丁晓禾马上说，"可是你这衣服，要不要先回去换换？"

"就这样吧。"小婷仰起头看着丁晓禾说，"就当是为了庆祝生日，往身上泼的颜料吧。"

二人转身朝学校外面走去，找了一家不起眼的小馆子。丁晓禾还在路过的蛋糕店里买了一个小小的蛋糕。蛋糕的中间，插上了一根细细的金色蜡烛。小婷慢慢闭上眼睛，在火苗跳动之间，默默许了个愿，然后轻轻吹灭了蜡烛。

"生日快乐！"丁晓禾举起一杯啤酒说道。

"谢谢你。"小婷也举起了酒杯，但她喝了一口酒，脸上却满是惆怅与落寞。

丁晓禾见状，小声说道："我能替李小满向你道个歉吗？"

"你是你，为什么要替她道歉？"小婷看着丁晓禾反问道，见丁晓禾无言以对，她自嘲地笑了笑说，"挺好的。要不是李小满，也没人和我一起过生日。其实我挺后悔来厦州的，特别后悔。现在想回，又回不去了。"

丁晓禾沉吟了一下说："有些话，不知道你爱不爱听。我觉得，我姐和你爸爸，可能终究会复婚的。如果不是为了你，我姐姐绝不会给李小满请假去看日出。"

"是吗？"小婷一边喝着啤酒一边说，"我已经搬到宿舍住了，她们随时可以回自己的家。"

"不不，我不是这个意思，我是说……"

小婷根本不在意丁晓禾的解释，她把啤酒一饮而尽，举着空杯问："还喝吗？"

夜色渐浓，小婷似乎有点醉了。丁晓禾劝住她，并护送着她往宿舍走去。一路上，小婷都没说话，她脚步飞快，低头前行。丁晓禾紧跟在后面，忽然发现那副瘦弱的肩膀，一下下地颤抖起来。他紧走两步，赶到了小婷的面前，看着她泪流满面，却不知如何安慰。片刻后，丁晓禾掏出一包纸巾递了过去，可小婷突然往前一步，扑在他的怀里痛哭起来。

没一会儿，丁晓禾便感觉到衣服的肩膀处，已经被小婷的泪水浸湿了。他缓缓抬起手，想抚摸一下小婷披散下来的头发。可不等他的手落下，小婷便抹了抹眼泪，往后退了一步说："对不起，今天谢谢你。"

说完，她便转身跑向宿舍。丁晓禾有些怅然地朝她望去，但那个瘦小的背影，很快便消融在了黑暗之中。

第二十六章

　　黄海被朱慧赶出了家门。在浴室里睡了多半宿，一个电话把他从睡梦中叫醒。挂了电话，他骑着摩托车火速赶到了单位。天刚亮，加班的几乎都撤了，上正常班的还没来，此时，楼道里几乎一个人都没有。黄海走到汪洋办公室门口，轻轻拧动把手，门果然没锁。他闪身进去，不一会儿，抱着一摞文件从里面走了出来。

　　穿过楼道，黄海的目光扫过每一个房间。终于，在楼道尽头找到了一间小会议室式的屋子。黄海推门看了看，里面没人，他又回头在楼道里张望了一番，之后抱着文件迅速钻进了屋里。

　　房门反锁，几个文件袋被一一打开，黄海把里面印着绝密字样的一张纸拍了下来。同时，打开手机里的球赛直播软件，用弹幕发出了一串数字。

　　"这和时间紧不紧没关系。就跑了几个地方就告诉我没有，那么多的律所，我为什么非要来你这儿？直说吧，你们是不是专门骗定金的？"段迎九大刺刺地坐在成罡律师事务所的会客椅上，恼火地嚷嚷着。

　　先前接待她的业务员早把热情扔到了一边，他们见惯了抬杠闹事的客户，脸上没有丝毫慌乱，端着茶杯抿了一口，冷冷地说：

"没有就是没有，定金缴付，概不退还。"

段迎九也豁得出去，不单是鞋，甚至连袜子她都脱了下来，往椅子把手上一搭，双腿一盘，慢悠悠地说："行，我反正没事干，下岗人员一个，你们不给好好找人，追债那套我也懂。干脆，实习完了我也在这儿干吧。"

业务员把茶杯咣当往桌上一放："诈搅讹人，地方可没找对。这儿以前收过你的账吗？"说着，他就挽起袖子朝段迎九走过去。

恰在这时，一个彬彬有礼的声音从里面传来："抱歉，这位女士。"斯斯文文的阿良从里屋走出来对业务员说："做不到的，确实不该收定金。退款。"

刚才还十分嚣张的业务员，听到阿良的话，当时就屁了，一边点头一边忙不迭地说："这就办。"

段迎九见这架势，一把拉住业务员，诚恳地说："我不要钱，我想要人。"

业务员又变成了之前第一次见面时的模样，赔着笑脸，说着客气话。可无论段迎九怎么说，他们的结论就一句："抱歉，这项业务我们做不了。"

段迎九拿着几张钞票，失望地走出律所。大街上人来人往，一个戴墨镜的男人迎面走来，与她擦肩而过。一种似曾相识的感觉隐隐浮现，段迎九立刻转头，凝神望向男人的耳后。没隔几步距离，一切都非常清晰，这个男人的耳后并没有痣。段迎九松了口气，想起那天看见小柳的幻影，也许自己太想抓到鲇鱼了吧，看谁都像。

再一次与段迎九擦肩而过，林彧心中也是一惊，所以直到进了成罡律师所，他也没有马上摘掉墨镜。阿良在里屋和业务员交代着什么，见他进来，举手示意让他等一会儿。

林彧坐在外厅，百无聊赖地翻看桌上的一本登记簿。最上面的一页，便是业务员手写记录的一行字：男人、微胖、左撇子，右侧耳后有痣……林彧心中一惊，他与段迎九相遇的地方离这里只有二三百米。如果她反应过来，不出五分钟就能赶回来。

林彧坐不住了，他给阿良发了条微信，起身离开了律所。

而另一边段迎九也正朝他们刚刚相遇的地方飞奔而来。因为没走出多远，她便在路边看见了一个小店的招牌：祛斑、除痘、点痣……段迎九当时脑子一闪，刚刚那个男人的右耳后虽然没有痣，可耳后的那块皮肤与旁边颜色不同，很显然是祛除痣后留下的疤痕。

大街上人来车往，有的人匆匆前行，有的人东张西望，有的人打着电话，有的人搬着东西……段迎九站在刚刚和林彧相遇的地方，呼哧呼哧地喘着粗气，四下里搜寻着鲇鱼的影子。

就在眼睛酸胀不已的时候，一个衣着醒目的外卖员闯入了段迎九的视线。因为电车速度太快，外卖员差点和一个男人相撞。男人下意识地伸出左手一挡，段迎九看得清清楚楚，他就是戴着墨镜的鲇鱼。

人流密集的街道上，段迎九不敢轻举妄动。鲇鱼这种亡命徒，随手劫个人质，那样她单枪匹马一个人，会更加被动。眼下，她只能紧紧地跟住他，找到合适的时机再动手。

林彧也知道段迎九一直在跟着他。公共场合，他也不便明目张胆地逃跑，只能不紧不慢地在街上穿行。前面的路段，堆着一些白灰，有几个工人正在路面做简单的修补施工。林彧经过他们身边，突然转身，拐进了一条窄街。之后，他故意停在了街边，通过一个路人眼镜里的反光折射，林彧看到了段迎九快步跟了过来，见他停在路边，也赶紧收住了脚步。

林彧趁她立足未稳，转身进了一家便利店。段迎九摘掉黑框眼镜，走到门口一侧，死死地盯着里面。过了一会儿仍没人出来，她定了定神，拉开门走了进去。

便利店中空间狭小，只有四排货架，但店里买东西的人却不少，几乎每个过道都站满了人。店员戴着一次性手套，正在给一个顾客盛盒饭。林彧躲在便利店的角落，身后有一堵无法拆除的承重墙。他背对着门口，在货架上挑了一个最厚的口罩，直接扯开包装，戴在了脸上。

段迎九一步步朝林彧的方向走去，此时若是林彧转过脸，便能与段迎九四目相对。段迎九的手已经摸住了腰间的手铐，突然她眼睛的余光扫到了旁边亮着灯的微波炉，炉内一无所有，温度和时间的数字还在随着运转而跳动。段迎九一惊，赶忙大叫一声："快出去！都快出去！"

空转的微波炉因高温起火，整个炉子瞬间红透了——紧接着一声巨响，一个火球从便利店的门口喷射出来，便利店被炸得一片狼藉。路过的行人惊慌地四散奔逃，街道上顿时乱作一团。在烟雾弥漫之间，早已戴好口罩的林彧从便利店里走了出来。他拍拍身上的尘土，沿着道路内侧，快步朝远处走去。

可没走出几步，林彧忽然感觉脚下一沉。他低头一看，满脸污黑的段迎九从后面扑了上来，将一只手铐铐到了他的右腿上。眼看着段迎九就要把另一只手铐铐到自己的手腕上，林彧狠命踹了一脚，将段迎九踹倒在白灰堆边。段迎九岂肯轻易放弃，她快速起身一扑，再次抓住了林彧的脚腕。这次的冲击力比刚才更大，林彧被扑得失去重心，脚下一绊摔倒了。

段迎九像个泼妇似的，不顾一切地朝林彧一通乱抓。林彧扭脸躲过了段迎九的手，抬起脚重重地踹了过去。两人扭打在一起，引来了许多路人围观。段迎九一边奋力撕扯林彧的衣服和手臂，一边声嘶力竭地对周围的人喊道："这个死男人，打我，打孩子，外面有人还要跑，家也不要了，谁帮我拉着他！拉住他！"

虽然围观者众多，但听到是家务事，没有一个人上来帮忙。段迎九毕竟是女人，拼尽全力，还是被林彧一脚踹翻了。

晃荡着一个手铐，林彧快步向前，边走边观察周围的情况。此时，一个孕妇小心翼翼地下了出租车，司机也同时下车，打开后备厢，帮忙取东西。林彧紧走两步，直接钻进驾驶室。车子没熄火，林彧关上车门正要挂挡，副驾驶室的门突然开了，一把白灰砸到了他的脸上。

车厢里立时灰尘弥漫，林彧的墨镜也完全被白灰遮住了视线。就在他慌乱地四处乱抓之际，一副手铐铐住了他的双手。从副驾驶室一侧钻进来的段迎九一脚把林彧踹到了车门外面，紧接着她也快速下车，绕到倒地的林彧面前，喘着粗气说了一句："没想到吧，我有两副铐子。"

林彧躺在地上一动不动，似乎已经放弃了反抗。段迎九伸出手，想要摘掉林彧的墨镜，看看"鲇鱼"的真面目。可就在林彧即将露出真容的一瞬间，一阵强烈的眩晕撞倒了段迎九——一路追踪，让她错过了注射胰岛素的时间，加上剧烈的奔跑和厮打，她的血糖一下掉到了谷底。眼前一黑，段迎九躺在地上失去了知觉。

再次睁开眼睛的时候，"鲇鱼"已经不见了。段迎九渐渐清晰的视线里，只有哪吒和大峰，以及忙碌的救护人员。她慢慢把耷在地上的右手拿起来，小心翼翼地护着做了一半的几个美甲。见哪吒凑过来，她艰难举起右手，用极微弱的声音说了一句话。

现场嘈杂不堪，哪吒听不清段迎九的话，急切地问道："鲇鱼的什么？你说什么？"

段迎九望着长长的指甲缝里，从"鲇鱼"胳膊上挠下来的一缕带血的肉丝，想再说一句，可力气用尽却再也说不出一个字。

林彧狼狈地逃回住所，他洗了个澡，拿出棉棒和碘伏给伤口消毒。消毒液刺激着伤口，一阵刺痛。林彧在心里暗暗骂了一句，随手打开了音响，里面传来了邓丽君温柔婉转的歌声。

他看着胳膊上被段迎九抓破的伤痕，心中暗想，女人发起狠来，比野兽还疯狂。不知道过一会儿，丁美兮会不会也如这般拼死反抗。想到这些，林彧翻出手机里的一张照片，那是他在李唐家偷拍的一张全家福。照片上，丁美兮浅浅一笑，和当年在码头第一次相见之时，别无二致。

林彧的指腹轻轻划过丁美兮的脸，然后果断地熄灭了手机屏幕。

林处长的黑色奥迪车上也放着邓丽君的歌。坐在副驾驶座上的丁美兮，显然精心打扮过。

林处长递过一杯咖啡，丁美兮摇头拒绝了。

"你们当老师的，熬夜备课，不喝咖啡吗？"林处长问道。

丁美兮笑了笑："我对咖啡因过敏。"

邓丽君的歌声回荡在车厢里，林处长看了一眼丁美兮，轻声说："有人说过吗，你挺像邓丽君的，尤其笑的时候，特别是眼睛。"

"是吗？小时候还行，长大就不爱笑了——鱼尾纹太烦人。"丁美兮柔声说道，车厢内的气氛越发暧昧了。

奥迪一路飞驰，很快出了市区，朝内厝澳驶去。车窗外，风景如画，郁郁葱葱的树林掩映下，是一片山背后的近郊别墅群。看着眼前依次闪过的电线杆子，丁美兮问道："不是去饭店吗？"

林处长看看她，笑着回答："还是老师最单纯。你们校长现在敢去外面吃饭吗？放心，那些人比你还要谨慎。"

别墅群内，树木高大，道路幽深。丁美兮悄悄看了一眼手机，一格信号也没有。就在她心里暗暗打鼓的时候，车子一个转弯，停到了一栋别墅的后门外。

"到了。"林处长打开车门走了下去。丁美兮朝外面望去，这是一栋两层的独栋别墅，四周人迹罕至，根本没有住户。通往门口的小路上布满了苔藓，草坪上扔着的一把铁锹甚至有些锈了。不时有乌鸦从树上飞过，呀呀的叫声更显阴森。

丁美兮从车里下来，望着在门口到处找钥匙的林处长，迟疑了一下说："对不起，我想打个电话。"

林处长在花篮筐里摸到了钥匙，回头望着她说："不着急，慢慢打。"

丁美兮在林处长的注视下，一边找信号，一边按下了李唐的号码。信号微弱地闪烁着，足足过了五六秒，电话终于通了。

李唐的手机躺在副驾驶座上嗡嗡振动，他本人则在路边和一个乘客因为绕路的问题，反复纠缠。

嘟嘟声反复响着，林处长看了看表，已经有些不耐烦了。最终，电话里传来了"无人接听"的提示音，丁美兮艰难地收起手机说："走吧。"

小路上，青苔湿滑。丁美兮低着头，走得格外小心。一步，两步，三步，她的手机突然响了，是李唐。

丁美兮如同抓住了救命稻草，接起电话，直接打断了李唐的解释，用平静而客气的口吻说道："本来也不想麻烦你，我有点事情要忙，孩子能不能请你帮着接一下？"

李唐感觉到了异样，连忙问道："你在哪儿？"

丁美兮依旧按照刚才的节奏说："今天晚上要加自习课，放学可能会晚。你照着九点二十四左右过去，就不迟。谢谢，再见。"

电话被丁美兮主动挂断了，李唐的脸色越来越难看。他马上回拨过去，但手机里传来的只有提示音："您好，您拨叫的用户暂时无人接听，请您稍后再拨……"

内厝澳六号别墅已经长久没人居住了，厚厚的窗帘全部拉着，更显得屋内气氛压抑。林处长把丁美兮让了进来，然后走进里面打开了灯。丁美兮被突然的光亮刺中了眼睛，可还是清楚地看到了墙壁上，因为年久失修留下的水渍。

穿过通道，林处长一路走进客厅，径直来到红酒柜旁，一边挨个挑选，一边轻描淡写地解释着："现在都是这副鬼样子，神神秘秘，搞得像地下党。纪委查得要死，你去路边摊喝碗扁食也叫犯错误。他们带着厨师很快就到。哎，开瓶器搞到哪里去了？"

看着林处长在酒柜抽屉里一通乱翻，找出了五六个钩尖叉刺的开瓶器，丁美兮越发感到胆战心惊。她轻声说道："对不起，能不能借用一下卫生间？"

林处长头也不抬，往旁边一指，继续挑选着开瓶器。

反锁上卫生间的门，丁美兮四下打量了一圈，更加绝望。唯一的窗户，已经被一排铁栏杆从外面封死了。角落里放着一个巨大的防水黑胶袋，她蹲下身子，壮着胆慢慢打开，里面放着一把小型电锯、一把剔骨刀、一把锤子、一个托盘、一个铁钩子以及医用手术手套、口罩和手术衣。这些加起来，就是一整套碎尸工具。

丁美兮脸色惨白，她再次拿出手机，依然没有信号，连微信位置也发送不出去。

疯狂地拨打了一通丁美兮的电话后，李唐最终拨打了110报警。可电话里的接警员却一直例行公事地询问着姓名、身份、工作单位。

李唐着急地大喊："你先帮我找人，找人！说这些废话有什么用？你们能不能快点，你听我说！"

可接警员早已见怪不怪，继续照章询问："请问当前报警的地方在哪里？请按提问如实回答，如不清楚案发地名称，也可以提供案发地附近明显建筑物、大型场所或者是单位的名称——"

李唐又着急地喊了一通，最后啪的一下挂断了电话。他闭上眼睛，拼命让自己冷静下来。丁美兮刚刚打电话时的语气，与平时完全不同。她是想告诉自己什么？

李唐拍着脑袋望向窗外，忽然看见了一根电线杆。他猛然想起当初寻找幺鸡时用到的方法，电线杆编号。后来说起幺鸡的事，他也把这个方法告诉了丁美兮。

"放学可能会晚。你照着九点二十四左右过去，就不迟。"这是丁美兮传递给他的最重要信息。李唐打开手机查了一下，然后发动汽车，朝内厝澳方向驶去。一路上，电线杆一根根闪过，2102，2103……十几年来，李唐从未如此焦灼，他紧握方向盘，把油门踩到了底。

前方一个十字路口，因为转弯没让直行，两辆车蹭到了一起。两个司机站在车旁边，理论着是非责任。李唐老远就按响了喇叭，可两个司机像是聋了一样，只管较劲，没一个人理会。

李唐没有减速半分，他按照既定的路线全速开过去，直接把两辆车从中间撞开，唰地开了过去。

几个开瓶器似乎都不太趁手，红酒的软木塞子被撬得乱七八糟，木屑撒得到处都是。林处长似乎对这里的一切都不太熟悉，他拉开柜门，到处寻找着什么。

丁美兮悄悄走出来，尽可能平静地说："我有个东西忘拿了，可能掉车上了，我去看看。"

"好啊。"林处长的话像一句特赦令，丁美兮连忙转身穿过通道，来到了门口。但是结局并不如她幻想的那般美妙——门已经被插死了，反扣着的二道锁还加了把将军不下马。

不知站了多久，丁美兮再次回到了客厅。林处长好不容易打开了红酒，此时又在到处找杯子。他撅着屁股弯着腰，露出了腰间的一捆绳子，但说话的语气却像个没事人："奇了怪了，杯子怎么没了呢？"

费尽力气，林处长找了两个杯子，一方一圆。他边倒酒边对丁美兮说："你们这些当老师的，读书多，懂得也多，就是不知道学校外面的事情。知道行贿的人怎么送酒吗？"

丁美兮呆坐在沙发上，好像根本没听见林处长的话，脸上没有半点表情。

林处长并不介意，他放下酒瓶，摇了摇自己那杯酒，喝了一口说："最好要送自己酿的酒。便宜，还有心意在里头。收的人也不怕，不算腐败。就像这种破酒，一毛钱也不值，喝起来还挺有味道。"他把另一杯酒递到丁美兮手里，自己又坐回桌边说："送酒其实是个幌子。我要敢收你的酒，就等于敢收你的钱。至于钱怎么给——聊这些闲天，你是不是没兴趣听啊？"

丁美兮端着酒杯，双手微微颤抖。林处长凑过来和她轻轻一碰："庆祝一下，辞职获批，我今天自由了。说吧，想知道些什么，我都能说。来，喝一口。"

丁美兮不敢反抗，像木偶似的抿了一口酒。

林处长望着她，似乎有些扫兴："别这样，你越这样，其实越没意思。你知道吗，你让我想起我刚刚参加工作的时候。在看守所，来了个重刑犯，怕出问题，熬夜看着他。刚开始的时候那个人特别亢奋，不睡觉，叫唤，骂人，吐口水，像个牲口一样乱踢乱撞，谁也摁不住他。所长让他吵醒了，就起来在他耳朵边上说了一句话，说你肯定是死刑。啪，一枪崩了你，等着吧。你知道吗，那个人突然就傻了，一动不动。你跟他说什么都没反应，就像你现在一样。"

看着丁美兮噤若寒蝉的样子，林处长似乎很享受。他端起酒杯一饮而尽，然后对丁美兮说："你也干了吧。"

丁美兮的呼吸越来越沉重，她听话地喝光了红酒，一串鲜红的酒滴顺着嘴角缓缓流淌了下来。林处长心满意足地把酒杯从她手里拔了出来，似乎是在安慰她说："这就好，喝点酒能放松。"

说完，他便转身把杯子放回桌上。此时，丁美兮突然从身后拿出一把在卫生间里找到的锤子，死命朝林处长的后脑砸了过去。可惜，紧张的神情出卖了她。林处长早有防备，一闪身躲过了这致命一击。随即，他一把拽倒丁美兮，然后揪住她的头发，一路往卫生间拖去。

李唐的车陡然急停，这里栽着最后一根电线杆子，上面的编号有些缺损，只能看见前面三个数字，212。李唐朝车窗外探出头去，只见石子小路的尽头是一座独栋别墅。

李唐来不及多想，他下车朝别墅里冲去，刚刚闯进栅栏，一条凶猛的狼狗便朝他扑了过来。李唐下意识往后退了一步，刚好站到了狗链子的长度范围外。但狼狗依旧不甘示弱，龇着尖牙朝他狂吠。

此时别墅的门开了，一对夫妇带着年幼的女儿，抱着风筝和玩具，似乎正要出门。李唐一怔，赶紧别退边说："对不起，找错门了。"

四下转悠了一阵，李唐发现这里的别墅，外观看起来全都一模一样。因为没有明显的门牌号，他怎么也找不到丁美兮暗示编号的那根电线杆子。李唐焦躁地四处张望，忽然看见不远处有个烟盒大小的东西隐隐可见，和周围整洁的环境有些格格不入。李唐过去捡起来，发现那是一张公交卡。上面除了一段轮胎印，还有一个已经磨旧的Hello Kitty的贴纸。

这是丁美兮的卡，李唐再清楚不过了。上面的Hello Kitty是李小满最喜欢的图案，这张贴纸还是她亲手贴到妈妈的公交卡上的。那时，她还没那么叛逆，经常和丁美兮玩到一起。直到现在，每每看见卡上的贴纸，丁美兮还会忍不住怀念那段美好的时光。

如果说电线杆子编号是他们十几年的默契，那这张公交卡就是李唐一家三口的专属密码。不到万不得已，丁美兮绝不会扔下这张卡，她一定陷入了极其危险的境地。李唐把卡装进口袋，沿着轮胎碾轧的方向拔腿跑了过去。

　　丁美兮的双手被林处长腰间的绳子紧紧捆了起来。她跪在地上，披头散发地哀求着："是不是林彧？你误会了，他不可能杀我，你是要钱还是要什么？求求你林大哥，你有孩子吗？我还有个孩子，她还没成年！她什么都不懂，我求你了，你听我说，能不能让我再给我女儿打个电话行吗？她连家里的煤气灶开关都不知道在哪儿！我……"

　　一截胶带打断了丁美兮的话，林处长把她的嘴封上了。他还有很多活儿要干，检查地漏，把塑料袋铺到卫生间的地上，按顺序摆好放血和分尸的工具……凡此种种，已经累得他出了一头汗，所以他不想听丁美兮无用的唠叨了，烦。

　　准备工作的最后一步，是戴上橡胶手套。此时，林处长终于说了一句话："我没骗你，区教委的主任确实是我同学。本来也能约着，特别不巧，双规了。"

　　说完话他拿起手术刀，刚一转身，一直等待时机的丁美兮瞅准位置，用头狠狠地撞到了他的太阳穴上。林处长像一头大象，沉重地栽倒在地上。丁美兮挣扎着站起来，正要往外跑，却被林处长从身后一脚踹翻了。丁美兮只觉得眼冒金星，趴在地上，动弹不得。

　　林处长举起一把锤子，正要砸下来，门铃突然响了。

　　六号别墅的门开了一道缝，林处长向门外看去，两个居委会的工作人员站在门口，一个手里拿着一册登记簿，一个抬头望着砖木之间的缝隙问道："内厝澳居委会。你是房主吗？"

林处长擦擦额上的细汗回答说："不是。"

工作人员往里面张望了一下，又问："这个房子一直没人住呀？"

林处长警惕地说："有事吗？"

"这一片白蚁最近闹得凶，你看，那块木头里面恐怕也有，要不要杀一杀？"

林处长顺着工作人员指的方向看了看："是吗？"此时，卫生间里传来了隐隐的叫声，林处长赶忙说道："确实是啊，我们自己找人弄吧，谢谢啊。"说完便匆匆关上了门。

工作人员慢慢走远了，而别墅旁边的树丛后面，李唐悄悄露出了半张脸。

卫生间里，林处长给丁美兮的头上套了一个黑色塑料袋。估摸着工作人员已经走远，他重新戴上了橡胶手套，还穿上了手术衣，戴上了防溅护目镜。一切准备就绪，锤子再次高高举起。突然一个人影在他身后一闪，一瓶沉重的葡萄酒狠狠地砸了下来。一声触骨的闷响，林处长扑倒了。

待林处长清醒过来的时候，他的处境和丁美兮刚好掉了个个儿。胶带和绳子把他固定在了一把椅子上，他既不能动，也不能说话，只能发出一阵阵呜呜的叫声。

李唐穿上了碎尸的全套装备，拿着手术刀走了过来。只见林处长瞪大双眼，剧烈地呜呜了一阵，一只血淋淋的耳朵被扔在了他面前的手术盘上。

李唐端着盘子走到马桶前，掀起盖子，把热乎的耳朵往里面一扔，转头对林处长说："别叫唤了。祈祷吧，在你的血流干净之前，有人打通你的电话，能来救你。"

哗啦啦，抽水马桶把耳朵冲走了。面无表情的丁美兮从外面走进来，端起一杯红酒，倒在了鲜血直流的伤口上。林处长抽搐了几

509

下，疼得晕了过去。

死里逃生，手刃仇人，可李唐和丁美兮却感受不到一丁点畅快。尤其是丁美兮，头发散了，妆也花了，像只淋了雨的小猫，蜷缩在座位上。

李唐也是一副懊丧的神情，他一边开车一边分析着："没人能证明他要杀人，最多是绑架，或者是强奸未遂。林彧也不会承认他们之间认识。其实林彧早就怀疑你了，服务区差点出事以后，我其实应该把你接回去住，或者……"

"李小满呢？"丁美兮听到服务区，立刻打断李唐问道。

"在家。"

听到这两个字，丁美兮缓缓闭上眼睛，疲惫地说了句"谢谢"。

李唐看了她一眼，顿了顿，说："我要是你，我也要跑，也得带着孩子离开厦州。可是你听我说，现在跑不了。"

"那就这么耗着？你再晚去一秒钟，李小满就见不到我了。"说到这儿，丁美兮突然拉住李唐的胳膊，"林彧不是傻子，他知道我们在想什么。就算在这儿待到退休，他也不会再信任我了。咱们走，不管去哪儿，去山里，或者偷渡到随便哪个地方，那些骗鬼的退休金我也不要了，一分钱都不要了，能留条命就是好的！"

李唐沉默不语，丁美兮所说的生活他不想吗？不，他只是知道那不可能。

但丁美兮的语气却异常决绝："李春秋和姚兰已经死了，要是没死呢？姚兰是两个孩子的母亲，她能挺多久？不知道哪天就会把你和我咬出来。如果现在自首，判几年，还能减刑。要是等到以后被段迎九抓住，刑期就要翻倍。万一再摊上别的事，就像那个老怂，失手杀了人，那就是死刑！"

"你要去投案吗？"李唐惊疑地看着丁美兮问道。

"不投案，不自首，跑又跑不了，等死吗？"丁美兮激动地问道。

"就算被抓着，还能谈判。家里那边会要人，我们顶多被驱逐出境，我了解过。"

"怎么了解？"

"新闻上说……"

"李唐你醒醒吧！"丁美兮急了，"那些新闻都是假的，都是骗鬼的！谈判？你以为你是斯诺登吗？谁会为了你和我两个小人物浪费机票？十八年前坐着小船往回跑，林彧如果不是命大漂到岸上，那他连个泡泡都不会冒，十八年后也一样！从来厦州那天到现在，他们管过多少？工资都快不给发了，谁会记得你？今天要是在这条路上出个车祸咱俩死了，除了李小满，你以为有人会关心吗！"

丁美兮的话像一把锋利的刀子，划破了这些年他们心里所有的幻想与期盼。李唐找不出任何反驳的话，心烦意乱地砸了一下方向盘。

段迎九在抢救床上苏醒过来，此时她已经被送到了厦大第一医院的急诊中心。便利店爆炸伤者众多，周围的医生都在忙碌。留在医院守着她的大峰，则站在门口焦急地打着电话。

段迎九略微欠了欠身，叫了医生一声"大夫"，结果医护人员立刻围了过来。段迎九护着右手，对医生说："我没事。早晨打了胰岛素，没吃饭，低血糖了。高糖给我推了吗？没人动过我这只手吧？"说着她高高举起右手把大峰喊了过来："指甲里有鲇鱼的DNA，快！"

整整一天，汪洋的电话特别多。关于案子，关于段迎九，关于鲇鱼……接电话的间歇，他抓紧时间上了个厕所。果不其然，还没等马桶的水冲下去，电话又响了。汪洋看了一眼屏幕，露出了棘手的表情，来电的人是朱慧的父亲，公安厅的朱厅长。

汪洋犹豫了一下，还是接了起来。不等他喂一声，电话里边传来朱厅长的嚷嚷声。汪洋听了一会儿，耐着性子说："你先听我说。朱慧找过我，黄海的处分也给了，你先别嚷嚷，嚷嚷管用吗？赌博和别的事情不一样，要是一刀切有用，这世上早就没赌棍了。要雷霆手段，也得有和风细雨，我来找他谈谈。现在的关键是你闺女，她眼睛里不揉沙子，哥你明白我的意思吗？"

厕所的另一个隔间里，丁晓禾把汪洋的话全都听到了耳朵里。

火传鲁站在家门口，望着李唐把丁美兮一路送回来。丁美兮木然地从他身边经过，一句话也没说，径直走进了屋里。李唐也说不出什么，转身准备离开，忽然听见身后火传鲁不卑不亢地说道："李师傅，我已经报警了。请你以后不要再骚扰我爱人。你要是再敢来，我豁出去，和你拼了。"

李唐无力和火传鲁争执，他疲惫极了。一路到家，他拿着黑色的诺基亚手机，反复拨打那个熟悉的号码，电话里也一遍遍传来提示音："发送本机号码请挂机，回复其他号码请按1，留言请按2……"

小婷从卧室里循声出来，望着李唐问了一句："吃饭了吗？"

李唐只管拨电话，看都没看她一眼地摇了摇头。

小婷又说："我去给你下碗汤面？"

"没胃口，不想吃了。"

"这么晚，去哪儿了？"

"有个活儿，跑了个长途。"

"丁阿姨的长途，给钱吗？"李唐放下电话，抬头望向小婷。小婷下意识地低下头，但想了想还是看着李唐说："一次两次倒没什么，老这样，主要是对丁阿姨的名誉不太好。"

"这些话，是谁说的？"李唐问道。

"有个姓火的叔叔，他刚刚来过家里。"

"发送本机号码请挂机，回复其他号码请按1，留言请按2……"诺基亚里的提示音还在继续，但李唐停顿了一会儿才说："有些误会。我们已经见过了，没事了。"

这个敷衍的答案没能满足小婷，她再次问道："他说的那些事情，都是真的吗？"

"都是大人的事情，不用多操心。"

"你们离婚，是不是因为我？"

黑色诺基亚里的提示音一遍遍地重复着，李唐的心情也越来越烦乱，他还在思量该怎么回答，小婷又追问了一句："我来之前，丁阿姨和李小满一直不知道我。就像我也不知道她们，是不是？"

李唐终于压抑不住了，像被沸水顶开的壶盖，一下蹿了起来："你不要管那么多，这些事情我都和你说过，小婷你不明白吗，我离婚是我自己的事情，我说过和你没关系，大人的事孩子有时候越掺和越麻烦，好吗？"

一连串的爆发让两人都呆住了，李唐长出了一口气，想平复情绪道个歉，可话才说了半句，茶几上的手机响了，来电人是李小满。

李唐几乎是下意识地抓起手机，迅速接起来，关切地问道："怎么了小满？你说。"

小婷彻底闭上了嘴，她终于明白，在李唐心里，两个女儿永远无法同日而语。对她是小心翼翼的表演，而对李小满则是流淌在血液里的本能。小婷默默回到卧室，微信列表里那个特殊的联系人一直在等着她的消息，也许现在到了该见面的时候了。

第二十七章

　　李唐一连接了两个电话，除了李小满，还有一个是车行打来的。为了躲避小婷，钻进卫生间的李唐，一边提裤子，一边对电话里嘱咐："追尾是我自己的问题，不能走保险，你别给我上进口件，就要国产的，我自己花钱。前些时候抹剐蹭那份还没挣回来呢。你核一下账，发过来我看看。"

　　走出卫生间，李唐才发现，两间卧室的门都大开着。他叫了小婷两声，没有回应，转头便看到了餐桌上留下的字条："明天考试，我先回宿舍了。"

　　只剩他自己，家里一下安静了下来。李唐回想着刚才的情景：小婷的追问，自己的烦躁，李小满的电话……这样一幕在小婷的心里意味着什么？父亲心思如弦，女儿又怎会无知无觉？如果说当年把她扔下是无可奈何，那现在下意识里的区别对待，才是对小婷最大的伤害。

　　莫名的烦躁再次袭来，李唐感觉喉咙一阵灼烧。他想倒杯水，可保温瓶和水壶里都空空如也。他想去厨房接点水烧上，可一抬手却把茶杯带到了地上，摔了个粉碎。

　　李唐蹲下，本想捡起地上的碎玻璃，可看了一会儿，捡起了刚刚气愤之下扔在地上的诺基亚手机。手机像一块坚硬的石头，屏幕依旧亮着。李唐下意识地又拨出了那个号码，还是一样的提示音。

啪的一下，诺基亚再一次被摔到了地上，弹了几下，四分五裂。只有提示音还在重复播报："发送本机号码请挂机，回复其他号码请按1，留言请按2……"

孤零零的路灯下，小婷静静地等待着，等待一个电话，或者一个人。虽然留了字条，但李唐一定能觉察出她的失落。现在，只要他打来电话，哪怕没有接李小满电话那么快，哪怕没有什么安慰和道歉，她都会马上回家，回到她思念了很多年的父亲身边。

所以，从家里出来后，她走得很慢，每一步都期待着回头的信号。但是，直到微信里的特殊联系人开车停在她身旁的时候，李唐的电话也没有打过来。

灰色轿车上，林彧摇下车窗，问小婷："怎么，心情不太好吗？"

小婷攥着手机，朝李唐家的方向望了一眼，默默地上了林彧的车。

车子一路开到了海边，林彧率先下车，小婷跟在后面，始终和他保持着适当的距离。

望着小婷，林彧温和地说道："别怕，你和我不一样。就算以后有人问起来，你什么都不知道，不知者不罪。来厦州之前，他们没告诉过你吗？"

小婷抱着瘦弱的肩膀，想起那个一直去她打工的奶茶店找她的男人。那是林彧和李唐在对岸的顶头上司，刘处长。小婷不知道他的具体身份，只把那人嘱咐她的话，小声告诉了林彧："他们说，公安和国安都在盯着我爸爸。那边知道的越多，这边就越安全。"

林彧点点头："其实，你可以换个角度，你爸爸现在不重要，重要的是盯着他的人。那个丁晓禾，你们到什么程度了？"

听到这儿，小婷不由自主地低下了头："他很腼腆。"

"所以你可以主动一些。"林彧鼓励着说，"越腼腆的人，心里的火烧得越旺。相信我，只需要你添把柴，他就着了。别觉得做这些是为了我，就当是为了你自己想要的那些东西吧。"

林彧的话仿佛沾染了魔力，一直回荡在小婷的耳边。宿舍的灯已经熄了，小婷缩在被子里，犹豫再三，还是给丁晓禾发了一条微信："火传鲁今天找过我了，恐怕要出事。"

很快，丁晓禾便回复了消息："什么时候有空，能见面聊聊吗？"

黄海挨打了，就在自己家楼下，打人的是丁晓禾。奉命回家已经让他不太痛快了，现在又冒出来个打抱不平的，黄海真真是烦透了。但他没还手，就当是朱慧打的吧，自己确实对不住她。况且，他任务重大，缠进这些事儿里，容易出岔子。如果挨顿打能解决问题，那也不失为一个好办法。

开门进家，朱慧还没回来。曾经装修精美的新房，在上次吵架的时候，被朱慧全砸了。不知是工作忙还是没心情，地上的狼藉还摊在原处没有收。黄海站在客厅里看了看，把头盔放在桌上，拿起工具开始打扫。待朱慧拎着外卖回来的时候，屋子里已经全然收拾干净了。

看着整洁的房间和坐在电视机前看球赛的黄海，朱慧有些讶异，她冷淡地问道："你回来干什么？"

黄海还是眼不离球的状态，回答道："陪陪你。"

"不需要。"朱慧说着直接敞开了身后的大门。

"汪洋给我打的电话，这是命令。"

"那你已经完成任务，现在可以走了。"

黄海停了一下，转过头看着朱慧，问道："看完这场球，行吗？"

半边脸肿胀，嘴角还在渗血，明显是刚刚挨完打，朱慧惊讶地瞪大了眼睛问道："谁把你打成这样？"

黄海把头转回到电视上，沉默了一会儿，低声说："狗！"

从急诊中心转入内分泌科，段迎九被彻底拴在了医院里，这是她最难以接受的局面。躺在病床上，段迎九一边翻看自己的病历，一边嚷嚷："糖尿病慢性并发症？怎么可能？我怎么一点感觉都没有？我那天晕倒就是低血糖。"

守在一边的汪洋一直不说话，待查房医生离开后，他严肃地对段迎九说："血糖高低我不管。我只管遵医嘱。你在这儿踏实住院，敢下病床一步你试试。"

段迎九气得直翻白眼，啪的一下把病历摔在了床头柜上。

"摔地上也得照办，这是局里的决定。"汪洋的态度异常坚决，"还有，DNA数据库里暂时没比对出来，但好歹有了一条腿，总比以前好撞线了。鲇鱼的那些信息已经全部下发，市公安局增加监控摄像头，只要他出现……"

"他出现了吗？"段迎九抢白着问。

"只要他……"

"我就问他出没出现？出现了吗？"

汪洋被段迎九撑得说不出话，只好回答："暂时没有。"

段迎九来精神了："那不还得我出去找吗？你把猫关在这儿，谁给你去抓耗子？"说着就想起身下床。

汪洋急了，指着病床严厉地喊道："再折腾你就成瞎猫了，糖尿病搞不好还会锯腿，截肢你懂不懂？"见段迎九还要反驳，他马上做了个手势，走过去把病房门关好。"先听我说！今天早晨的情报。火箭军，一个搞导弹的高级别军官，不排除正在被人策反。现在只知道大概范围，具体的人和身份还在核实。内部的归内部，外部的归我们。需要尽快找出策反这个——暂时就叫他国宝吧，你需要先把病养好，然后把策反国宝的人找出来。我个人的推测，十有八九，就是鲇鱼。"

段迎九凑上前问："有证据吗？"

"从对岸到咱们这儿，在厦州的下水道里钻来钻去的，除了这条滑腻腻的臭鱼，还有谁？"

"这个国宝是什么来路？"

"目前只知道他很谨慎。从不露面，单线联系，线索很少，所以才要在策反他的人这边下工夫。你问这么多干什么？出不了院，你就在这儿好好待着。"

段迎九不甘心，她刚要说话，外面传来了敲门声，紧接着阿宝把脑袋探了进来。

"阿宝啊，快来快来。"汪洋热情地把孩子迎进来，客套了几句，便抽身离开了。但阿宝并没有因为汪洋的离开而和母亲亲昵起来，相反，他把椅子拉得比刚才还远，像个客气的探视者。坐定之后，递给段迎九一张满是英文的打印纸。

"录取通知书，我的。"

段迎九拿过来扫了一眼，惊讶地问："去美国？你？"

阿宝点点头："下学期就走。有奖学金，能寄宿。"

"什么时候定下来的？怎么不和我商量商量？"

阿宝答非所问地说："我爸本来今天也要来，临时有个病人……"

"女病人吧？"段迎九毫不客气地打断了儿子的话。她拔下正在充电的手机，起身下床，一边拨号一边和阿宝说："搞英语培训的，教你几句英文不收费吧？反正你不蹭白不蹭，过不了年他俩就得分，长不了。"

"为什么？"阿宝显然知道段迎九话里的意思。但段迎九已经没工夫回答他了，电话接通，她连句招呼都不打，直接命令似的说："我那九万块钱你得还我，越快越好。什么挪不开，阿宝要出

518

国，下个学期就走——早晚反正你抓紧，想想办法。借的时候就这么说的。"

电话里的人还在说着，段迎九就把电话挂了。她坐回床边接着和阿宝说："刚是你舅舅。他要是问你，就说下个月就走。"

阿宝犹豫了一下说："下星期就走了。"

"今天晚上我就去找他。"段迎九说话的架势，仿佛要立刻冲出医院。

可阿宝拦住了她："我不要你的钱。"

这话让段迎九有点上火，她把两腿一盘，像分析案件似的对阿宝说："陈华的意思，还是你的意思？就你们父子俩平时抠抠唆唆那小气劲，肯定不是嫌少。是不是陈华让那女的给拿住了？那也不对。我别的不行，就剩个眼毒，那个女的没那骨气呀，劝着逼着不让你花亲妈的钱？要不就是……"

"你以后还打算结婚吗？"阿宝的问题打断了段迎九的分析。

段迎九听了一愣，仰着脑袋说："挑挑再说吧，急什么。看谁有钱，长得甜，还对我好了。"

看着母亲的神情，阿宝掏出一把钥匙，放到床上："我爸说，你的病很麻烦，要是再不好好歇着，会出事的。平时少住单位，我也不在，你回家去住吧。钥匙别扔，就当是你借我的吧。那些钱你留着，万一下次再摔到马路上，起码有钱能交住院费。"阿宝说着低下了头，又小声补充了一句："这些，是我爸说的。"

林彧找上门的速度比李唐预想的快。两人照例来到无人的海边，林彧看着漫无边际的海面，一条条地给李唐出选项。

"丁美兮就是一颗定时炸弹，说不准哪天就响了。你，我，她身边的所有人都会粉身碎骨。哪怕她是你的老婆。被共产党抓回去，蹲一辈子的监狱，天天吃窝头，头发白了也出不来，你愿意吗？她不见了，所有人都会安全。这是一个版本。

"或者这只是林老板的个人行为，他喜欢丁美兮，就像火传鲁一样。这个世界上总有一些和大多数不一样的人。这种变态就喜欢把女人弄死，一个，两个，或者以前还有，直至被公安抓住。这是另一个版本。

"还有一个版本……"

"不用说了，哪个版本都不重要。"李唐轻轻打断了林彧的话。

"你平复愤怒的时间，比我想的要少多了。"林彧有些意外地望着李唐。

"认命了。"

林彧流露出一丝赞许的神情："一个能控制自己情绪的人才是最厉害的，你比以前成熟多了。要是丁美兮能像你一样，该多好。"

李唐没理会这些，冷冷地问道："刚才那几个版本，下一次会用哪个？"

林彧的脸色黯淡了一秒钟，但很快调整过来对李唐说："那笔退休金，有准日子了，立冬。可以是现金，也可以帮你们换成美元和欧元。这个好消息还是你转告丁美兮吧。她不会再有危险了，如果她不再犯那些幼稚错误的话。"

"谢谢。"李唐冷淡地说。

林彧轻轻地叹了口气："你是不是特别恨我？李唐，有人是草料，就得有人是牙齿，可咱们都不是那个指挥动作的脑子。如果你和丁美兮换成是我，或许也会这么做。你信不信？"

口袋里振动的手机打断了林彧的话，他拿出来看了一眼，又看了看李唐。李唐马上会意："我先走了。"

确保李唐不会听到他的声音后，林彧才接起了电话。听了两句，十分恭敬地回答道："谨慎是对的，像您这种熊猫一样的国宝，当然要保护好自己。不着急，我等得起。"

长长的堤岸上，李唐走到停车的位置。临上车前，他眺望了一下远处的林彧，刚巧林彧也正朝他看过来。瞬间的对视之后，李唐上了车。从棋子到草料，李唐知道自己已经退无可退。既然如此，那就先从拔牙开始吧。

第二天，李唐开始了对林彧的跟踪。出门的时间，经常光顾的便利店，甚至经常吃的盒饭，一点一滴李唐都小心地观察着。林彧极其谨慎，出门必戴墨镜，时时刻刻都在观察周围的情况。李唐自然也格外小心，一直在远处盯梢。哪怕为了查清林彧的具体住址，他也没敢靠近，而是找到物业，在快递领取登记簿上找到了一个林先生的签字——6号楼3单元302。

傍晚回到家里，李唐用力推开了卧室里笨重的大衣柜。自从搬进这座房子，这个柜子似乎从未挪动过地方。但事实上，柜子背后是李唐的秘密档案。墙面上挂着一块木板，和段迎九的大白板一样，木板上用颜色、粗细不一的笔织就了一张记录着各种资料事件的信息网。有地图，有人名，有数字，有地址，有时间，有绰号，还有电话，所有信息之间用各种颜色的线条连接区分。

例如，李春秋、姚兰、小柳和小钟，这些名字上画了红叉，被捕的金世达则用圆圈圈住了名字。除此之外，人名还对应着事件的时间地点，比如段迎九和丁美兮的几次碰面，丁晓禾搬家，小婷来厦州，等等。甚至林处长、林彧、老怼带着名字的车牌号，曾在药店买过的心脏病喷雾剂名称和用法剂量，所有的一切事无巨细，全部都记录在这张密密麻麻的网上。当然，幺鸡临终前提到的那串数字也在上面，数字底下还用红笔画了两道粗线，并在后面打了一个大大的问号。

林彧位于这块木板的正中央，李唐把一块他所住小区的地图贴了上去，在上面添上门牌号的资料：6-3-302。随后用小字标注了今天见面，以及林处长企图杀害丁美兮的地点：临海堤岸湾区段、内厝澳六号别墅。林彧的名字下面已经记录了很多这样的小字，此前他们每次见面的时间地点，李唐都详细地写在上面。未雨绸缪，他已经准备很久了。但现在开始，要把这张网好好利用起来。

此时，桌上的手机响了一下。李唐拿起来一看，丁美兮在微信上发来一张照片——一个浅红色的验孕棒，看上去隐隐有两条红线。照片的下面跟着三个字：你女儿。

在垃圾桶里看见李小满的验孕棒，丁美兮天崩地裂地给李唐发了消息。可当李小满真的回到家里时，丁美兮反倒平静了。她拎了个马扎，坐到李小满身边，一边择菜，一边回忆起当年生孩子时的情景："小满，你知道吗？按照大夫的说法，你本来会提前一个月出生。"

李小满伏在餐桌上写作业，她难得没戴耳机，听到母亲突然说起生孩子的话题，立刻想起早上扔在垃圾桶里的验孕棒。

见李小满的笔停顿了一下，丁美兮接着说道：

"当时听大夫说你要早产，我都快吓死了，急急慌慌地就住院去了。可住了几天，大夫又说胎儿稳定了，不早产了。等到了真要生的时候，因为你脐带绕颈，大夫又让选顺产还是剖腹产。我肚子疼得死去活来，你爸紧张得光知道抽烟，半天也拿不定主意。

"好不容易把你生下来，第一天晚上我真是这辈子都忘不了。你那么点一个小人，竟然活活哭了半宿，也不知道你哪来这么大力气。我第一次当妈，根本不知道是怎么回事，后来明白你是嫌屋子冷。整个月子我脑子都是乱的，你爸又笨手笨脚，我也不知道怎么弄你。你那时又瘦又小，奶又不够，简直愁死了。"

李小满第一次听母亲这样平静地讲述过往，但碍于面子她还是头也不抬地说了一句："我爸还说他特别后悔把我生出来。"

丁美兮笑了笑："对，你一生病他就这么说。不过你一发烧他就疯了，男人都这样。你和他挺像，嘴里有刀子，说话能划破人，说完了该干的活儿照样干，天生卖力不讨好。"

李小满抬头看看丁美兮，好奇地问："你觉得我像你们俩谁多呀？"

"你长得漂亮，脑子好使，作文写得好，这都随我。数理化不行，皮肤黑，说话噎人，这随李唐。"

李小满有点不服气地看看自己的手臂："我很黑吗？"

丁美兮未置可否，顺着自己的思路继续说：

"以后等你结婚嫁人，也不知道会找个什么样的。你爸算个尺子吧，起码别比他还差。再往后生个孩子，要是他的脾气也随了你，那孩子顶嘴的时候，一定想开点。再生气也忍忍，窝一宿，第二天就好了。

"你问过好几次，怎么没见过你爷爷奶奶。我也没见过，你爸爸也没有。他很小的时候父母就去世了，他不知道该怎么教你，怎么带你。没见过，就不会模仿，其实我也是。那次动手打你，我特别后悔，特别——"

听着丁美兮的声音有些哽咽，李小满也柔软下来，轻轻说了句："我知道。"

但丁美兮的目的不是煽情，她立刻调整了情绪，接着说："有些事情，等你当了妈妈，你会更明白。但是你现在太小了，你明白我的意思吗？这次是弱阳性，下次就是阳性，就可能怀孕。这些事情，你现在还承受不了，万一……"

这是母女俩最平静的一次谈话，所以即便不爱听，李小满的回应方式也只是轻轻地打断："我觉得你应该和我爸复婚。"

丁美兮愣了一下："为什么？"

"这辈子再也没有比他对你更好的人了，除非你也讨厌小婷。"

丁美兮一时无言以对，她端起菜盆，默默地走向了厨房。李小满趁她不注意，掏出手机，给肖锐发了一条微信："你再去趟厦大，给那人道歉，到时候给我开直播。"

晚饭后，李小满收到了肖锐发来的消息。她钻进厕所，打开微信视频电话。屏幕上，肖锐对着小婷做出了举手投降的姿势："对不起，李小满叫我来和你道歉。"说着，他掏出一瓶墨水，拧开盖子递过去："我怎么泼你的，你也怎么泼我。"

小婷往前一步，接过墨水瓶，并没有泼向肖锐。她拧紧盖子，把墨水瓶还给肖锐说："我不接受你们的道歉。那天你怎么骂我的，重新说一遍，一个字一个字，全都收回去。"

肖锐无奈，只能把那天和李小满搜肠刮肚想出来的难听话，又一字不差地重说了一遍。一边端着手机直播的黄毛，忍不住咻咻笑起来。而另一端的李小满，透过摇摇晃晃的镜头发现，一直站在小婷身前护着她的，竟然是丁晓禾。

段迎九给专案组的人群发了开会的消息，地点就在厦大一院附近的一家饭店里。为了能按时出席会议，朱慧还专门上楼接了她一趟。

包间里的段迎九穿着朱慧的大风衣，吃得不亦乐乎。费这么大劲从医院里偷跑出来，除了开会，她最重要的目的就是吃顿有滋味的饭："病号饭太素了，又不让吃饱，一过五点半就收餐，一颗瓜子都找不着。"

众人看着她腮帮子鼓鼓的样子，偷偷直乐。大峰直接递过去一瓶啤酒："你别噎着，来杯啤酒啊？"

"来啊。"段迎九指着杯子说。

老魏一巴掌把酒瓶子拍了回去，把一杯热茶放到段迎九跟前："你差不多得了，糖尿病不是闹着玩的。"

段迎九满不在乎地喝了口茶，长出一口气，叹息道："你们要是再不来，我就快出家了。"

此时，包间的门开了，满眼红血丝的黄海走了进来。他背了个脏兮兮的包，满身满手都是油污。"摩托车坏了，没修好，推过来的。"

所有人都看向黄海，除了朱慧。稍早之前，她和黄海在办公室里对大家宣布了离婚的消息。和平分手，还是朋友。这是朱慧当时的原话，但自此之后，她甚至连看都不看黄海一眼。比如此刻，她就拉着纳兰聊化妆品，好像眼前的黄海根本不存在一样。

吃饱喝足，众人散去，段迎九把黄海留了下来。虽然嘴上不说，但离婚确实让他萎靡了不少。他站在饭馆门口，点着了一根烟，吞云吐雾，等着段迎九发话。

"什么时候学会抽烟了？"段迎九问道。

"天天熬夜看球，太困，顶不住。"

"我要是说辛苦了，你会不会觉得有点假客气？"

黄海没接茬，直接汇报工作进度："快了，等我再输两场球，就能问老板要钱，再给就该见面了。"

"赢钱不容易，输个球也这么难吗？"

黄海掐灭了烟头，摇摇头说："没办法，实力太强。"

"吹吧。"段迎九笑着说道。可望着黄海离去的背影，她还是忍不住叹了口气。

刚从厦大回到洗车行，肖锐就被匆匆赶来的李唐揍了一顿。肖锐以为李唐是为小婷的事儿，抱着脑袋挣扎说："你弄岔了，我是去道歉的，你听我说呀！"

不明就里的黄毛抄起一把扳手朝李唐的脑袋砸过来，肖锐一见赶紧大喊："没你事，滚蛋！操你妈还看啥？这是李小满她爸！"说完，他又继续扯着嗓子解释："是李小满让我去找小婷道歉，我把骂都挨完啦！"

"还有小婷的事情？"李唐一听这话更来气了，他用膝盖顶着肖锐的胸口，又扇了他两巴掌。

肖锐连气都喘不上来了，艰难地哀求道："我快死了，不行了，求求你……"

李唐看他不像装的，便把膝盖从他身上挪开了。肖锐咳嗽着慢慢爬起来说："你闺女……你闺女说啥就是啥，不信你回去问问她。"

李唐指着他的鼻子，威胁着说："不管是小婷还是李小满，从现在起，再纠缠她们一次，剁碎了你。"

一听这话，肖锐反倒激动起来："小满是不是没告诉你？我俩是认真的！你别以为我和她就是玩玩儿，这个洗车行都是因为她开的，我是个负责任的人！"

李唐伸手推了肖锐一个趔趄："就你这种混子，负什么责任？黑社会的责吗？中国没有黑社会，你废了。"

肖锐没还嘴，他翻箱倒柜找出一个杂牌平板电脑，冲着脑袋一拍。屏幕碎裂，一缕鲜血顺着额头淌了下来。肖锐疼得龇了龇牙，但还是咬牙把眼睛上的血一抹，大声说："以后我要是对不起李小满，今天说这些话要是和你吹牛逼，叫我死了都没地方埋！"

李唐看着这个不知天高地厚的小伙子，哭笑不得。跟他纠缠没有意义，他转身离开了洗车行，但临走时还是扔下一句话："知道死是怎么回事吗？我告诉你，这世上肯为一个女的去死，毫不犹豫的，只有她爹。"

虽然撂了这些狠话，但回到家里李唐还是放心不下。他调出了之前安在肖锐住处和金湖洗车行里的监控回放，凝神查看起来。

肖锐的住处倒没太多可疑，左不过是李小满衣着暴露，和肖锐打闹亲热。李唐一边快进，一边忍不住暗自骂街。可另一幅回放里，林或竟然出现了。画面中，林或走进空无一人的洗车行，戴着手套在各个地方翻看。看到这一幕，李唐又小心地把监控往回倒了一些，发现在林或单独过来之前，洗车行刚刚准备关门的时候，阿良驾驶着他的路虎车过来，和肖锐与两个黄毛少年说了几句什么，然后把其中一个穿洞洞裤的黄毛带走了。

李唐一时解不开这些谜团，整整一夜，他辗转反侧，睡不安稳。第二天一早，便又来到了林或住处附近。无论如何，想办法摸进去，再谨慎的人，也会在窝里留下蛛丝马迹。

一直等到九点四十五分，林或从屋里走到阳台，把之前半开的窗户都关上了。不一会儿，他便穿戴整齐从单元门里走了出来，顺路扔了一袋垃圾，之后便朝小区外面走去。

李唐在手机里记下了林或关窗户的时间，然后在他背影消失之际，迅速在垃圾箱里翻找出林或刚刚扔掉的垃圾。之后，他找到小区里一处隐蔽的角落，开始逐一检查垃圾。

然而，李唐拿着一根小棍翻找了半天，也没有什么特别的发现。果核，烂梨，麦当劳的外卖桶，便利店的空饭盒，还有抽纸团，方便面筒，饼干纸，蒜味火腿的肠衣，坏掉的拖鞋和打烂的半个杯子，干瘪的牛奶盒，以及降压药的药瓶，林林总总。这就是一个独居男子的生活垃圾。

其间，李唐翻出过几张废纸纸片，还有一张便利店小票。但他仔细检查后，没有获得任何有价值的信息。

李唐看了看表，上午这个时间，应该是楼里人最少的时候。他把垃圾收了重新扔掉，然后走进了林或居住的楼里。

顺着老楼狭窄的步行梯，李唐一路辨认着门牌号，找到了302。他没有贸然靠近，而是贴着墙根，仔细地观察着各处可能存在的摄像头。可当他确认环境安全，刚要靠近林或的门口时，电梯开了。楼道另一头传来了邻居的说话声。尽管不甘心，但李唐还是马上转身顺着步行梯的方向匆匆离开。

肖锐托着淤青的腮帮子，犹豫地看着摆在眼前的手机，屏幕上已经输入了110三个号码。他又看了看身边的黄毛，捅了捅他的胳膊催促道："打呀。"

黄毛不仅犹豫，还胆怯，被肖锐捅了几下，更抽抽了："你打吧，我嘴笨，不会说。"

肖锐生气地踹了黄毛一脚："这都几天了也回不来，他是你老乡还是我老乡？是不是110？找不着人了我要报警，会不会说？"

黄毛抬眼看了看肖锐，紧张地咽了口唾沫，哆嗦着伸出了手。可就在他的手指刚要触碰到屏幕的时候，门开了。小黑拎着一袋子沾着冰碴的生蚝，走了进来。

二人赶紧站起来，毕恭毕敬地喊着："黑哥。"

放下生蚝，小黑走到二人跟前，拿起手机直接删掉了110，然后冷冷地说道："人，替你们找着了。推牌九，一夜欠了六百万，跳崖死了。"

黄毛傻了，他看着被小黑扔在破沙发上的手机，直愣愣地自言自语："死了？怎么会死了呢？他胆子小，不可能赌钱！"

肖锐也惊着了，他跟在小黑身后，着急地追问："黑哥你们是不是整错了？肯定是谁把他给坑了！"

此时的黄毛被刺激得失了分寸，他不管不顾地冲到小黑面前，大喊道："人是阿良带走的，一个大活人你说死了就死了？啊？你们把他弄哪儿去了？"

小黑没有回答，他从湿漉漉的袋子里拿出一只生蚝，一脚踹倒黄毛，不管不顾地把生蚝往他嘴里塞去。瘦小的黄毛缩在地上，呜呜地叫起来，不一会儿，嘴巴便被生蚝锋利的外壳划得鲜血直流。

肖锐愣在一边，小黑的手段他略知一二，可亲眼得见，还是

528

对自己手下，他也是第一次。他吓得大气不敢出，一动不动地站在原地。

直到黄毛几乎发不出声音的时候，小黑才停手。他拎起生蚝，边往外走边警告说："过后会有警察来问话，你们知道该怎么说吧？要是谁的嘴巴还不够严，可以来我这边吃生蚝。"

肖锐紧张得脑袋嗡嗡响，他甚至不知道小黑是何时离开的，是黄毛痛苦的呻吟声让他回过神来。他赶紧扶起黄毛，倒了点水给他漱口，接着二人便呆坐在休息室里，谁也不发一言。

过了不知多长时间，外面传来叫门声："有人吗？"随后，两个警察走了进来。其中一个把一张照片举到二人面前，上面是摔在山下死不瞑目的洞洞裤。

"分局的。这个人是这儿的吗？"

肖锐木然地点点头。

"失踪几天了？"

"三天。嗯，三天。"

"最近他有没有什么不对劲的地方？"

眼神涣散的黄毛机械地回答道："赌钱，他在赌钱，推牌九。"

警察转头看向他："你嘴怎么了？那么多血？"

黄毛低头擦擦嘴角："吃槟榔吃的。"

警察哼了一声摇摇头："不怕口腔癌啊？"

黄毛张了张嘴，但钻心的疼痛像一把悬在头顶的刀，不仅让他一句话也说不出来，甚至连呼吸都变得急促起来。两个警察对视了一眼，以为他们是被突如其来的死讯吓呆了，于是便温和地安慰道："有些事情就是这么突然，别怕。你们俩，谁到车上来做个笔录。"

黄毛已经吓得浑身僵硬动弹不得，肖锐瞥了他一眼，慢慢站了起来。

午饭时间，李小满找了个僻静的角落，准备给丁晓禾打个电话。昨晚在视频里看见他和小婷在一起，那架势完全是保护加爱怜。可当李小满把这件事第一时间告诉丁美兮的时候，她竟然完全不信，还指责李小满恶意中伤。

李小满对自己的直觉有百分之百的信心，丁美兮越不相信，她越要找到实锤证明给她看。什么差着辈儿，不可能，越是不可能，在一起的时候才越刺激，两个人才越分不开。就像她和肖锐，虽然她学习不好，但好歹是重点中学的学生，谁能把她和街边的小混混联系到一起呢？可他们就是在一起了，而且是真爱。

号码一拨出去，丁晓禾秒接电话，其时他正坐在办公室翻看小婷的朋友圈。李小满也不迂回，直接打趣着说："老牛吃嫩草，可以呀小舅？"

这话让丁晓禾一下从椅子上站了起来，他匆匆走出办公室，把门关紧了，才对着话筒小声说："别胡说八道啊，这种事传着传着就都信了！"

李小满嘿嘿一笑，揶揄着说："你慌什么，我又没告诉我爸。"

丁晓禾赶紧转移话题说："我告诉你李小满，我还要找你呢。那个泼了小婷一脸的小混子是谁？"

李小满一听这话有点不高兴了："谁是小混子？他脸上写着自己是混子吗？他有工作，自己挣钱，怎么就是混子了？"

丁晓禾紧跟着喂了两声，可电话已经挂了。李小满的话像一根小针，在他心头轻轻刺了一下，说不清是疼还是痒。

正在他拿着手机出神的时候，朱慧迎面走了过来。丁晓禾下意识地让开了路，擦肩而过之际，两人都没说话，甚至没有对视一下，像两个完完全全的陌生人。丁晓禾又想起那天朱慧在办公室宣布完离婚的消息后，经过他身边时说的那句话："别害怕，离了也不追你。"

又是深夜，黄海缩在网吧的一角。屏幕上连着赌球网站和在线的球赛直播，狭小肮脏的桌面上，扔着一个刚吃完的泡面碗。黄海喝了口水，飞快地敲打着键盘。满屏的弹幕里，飘着只有他和鲇鱼能看懂的摩斯码对话：

"专案组已经获得鲇鱼的DNA，正在排查。"

"排查结果是什么？"林彧在客厅的电脑上写道。

停顿了一会儿，弹幕里飞过黄海的话："我要加钱。"

摩斯码弹幕消失了，黄海等了又等，过了好半天才发现，对面的头像已经变成了灰色，鲇鱼下线了。他悻悻地关了电脑，结账走出了网吧。可就在他准备骑摩托离开的时候，手机上收到了一条短信："明天见，等电话。"

第二天一早，黄海早早起床。他穿戴整齐，系紧鞋带，凝神聚力，死死盯着茶几上的手机。不仅是他，整个专案组，包括段迎九都做好了十足的准备。当耳机里传来黄海轻轻的一声"喂"时，所有人都不由得屏住了呼吸。

而黄海在电话里听到一个女声说："半个小时后，南普陀寺见。"

电话挂断，黄海一把抄起茶几上的手机和一副手铐，塞进地上准备好的背包里，大步往门外跑去。耳机里，老魏猜测说："不一定是女人，有变声器。"

此时，段迎九下达了命令："各床的都吃过早饭了吧？开始查房。"几路人马从各个方向，同时向南普陀寺杀去。

南普陀寺气势雄伟，香客众多。黄海站在大门口的一块石阶上，朝四下里张望着。纳兰和哪吒则扮作香客，埋伏在人群之中。

寺门外的路边，一辆车打着双闪，临时停靠在路边。车前盖掀了起来，大峰趴在发动机上，装模作样地鼓捣着。车里，段迎九穿着大峰的外套，拿着一个小望远镜，从车窗缝隙里遥望着大门口的情况。

"够贼的，专门挑人多的地方。"段迎九对着耳机说道。

"我要是他，我也选这儿。"老魏接了一句。

大峰一边拧螺丝，一边问："今天抓的是鲇鱼吗?"

段迎九模棱两可地回答："反正都是鱼，什么不是个吃。"

哪吒倚在柱子上插了一句："以后是不是都是这样，光执行，也不知道具体任务?"

段迎九立马说："你要是需要，完事了我给你当面汇报。"

此时，耳机里传来老魏紧张的声音："看黄海。"

段迎九立刻调整望远镜朝大门口看去，只见黄海正在低头看手机。几乎同时，耳机里传来黄海和对方的对话:

"现在?"黄海有点吃惊地问。

电话里的声音变成了一个老头："我这儿堵车，不好意思，迁就一下老寒腿吧。"

顿了顿，黄海答应了他的要求："行，你在哪儿?"

第二十八章

从香客众多的南普陀寺到人头攒动的第八海鲜市场，再到商贩云集的明发商业广场，连同黄海在内的重案组成员，被一个个电话牵着鼻子走。而电话里的声音，从女人变成了老头，最后竟然变成了幼童。

按照幼童的指示，黄海在明发商业广场一个儿童手表促销台上，领了一个粉红色的小猪佩奇气球。而下一步，他需要经过消防通道前往明发商业广场的地下停车场。

这个地下停车场在厦州臭名昭著，一楼有一些地下宠物店，污水横流、恶臭遍地。因为通风不力，墙体大片大片地霉变。黄海屏住呼吸，憋得快不行了才勉强吸一口气。按照"幼童"的指示，他来到了地下二层，此时手机信号已经有些断断续续。黄海把手机紧贴在耳朵上，忽然听见里面说："停一下。"

之后，他让黄海走到一根承重柱前，松开手里的绳子。气球上升，刚好遮住了顶上的摄像头。之后，黄海继续按照指示往里走，最终找到了一辆车身满是积尘、四个轮胎全都瘪了的僵尸车。

"把车门打开。"电话里指示。

黄海先找了一块干燥的地方，把背包卸下来，再把手机放到背包上，转身过去鼓捣了半天，才一把拉开了锈住的车门。只见车座上放着一个黑色的塑料袋，黄海打开一看，里面装着十万块现金。他拎起钱袋子，又拿起手机，可屏幕上显示，这里已经完全没信号了。黄海冲着手机"喂"了几声，电话里再也没有传来回应的声音。

耳机里，所有人都听见了黄海的声音。驾驶座上的大峰转头问段迎九："人没了？"

可段迎九只管望着窗外，丝毫没有着急的意思。她不仅没回答大峰的问话，还反问了一个毫不相干的问题："你相过亲吗？"

"没有啊。"大峰愣了愣说。

"那就学着点。相亲的时候别着急露面，躲起来先看看女方中不中意，明白吗？"

这话让大峰更加茫然了："那现在呢？"

段迎九把车座放平，裹了裹外套说："先睡个回笼觉。谁知道哪有眼睛盯着，别急。"

"但是……"

"但什么但，别吵吵，我是个病人哪。"说着段迎九真的闭上了眼睛。

明发商业广场正对面的写字楼，林彧站在天台上，拿着望远镜仔细观察着对面的一举一动。看到黄海骑着摩托车离开后，他又分别向黄海附近的行人、车辆以及商场入口和出口眺望着，一切如常。

放下望远镜，林彧紧皱的眉头稍稍舒展了一些。

黄海拎着头盔走出电梯，这是他和朱慧结婚前自己租的一套房子。结婚后，朱慧跟他提过退租，他当时随口说："先留着吧，万一哪天让你轰出家门呢，我还有个窝。"哪想到一语成谶，他真被轰回来了。

兴奋了一宿，折腾了半天，可是鲇鱼还是没现身，黄海多少还是有些沮丧。可走到门口他不禁一激灵，家门留了一道缝，有人进去了？黄海有点紧张，他定定神，轻轻一推，门果然没锁。侧耳听去，屋里还有窸窸窣窣的声音，好像是从厨房传来的。

黄海轻手轻脚地走进去，扫视一圈，客厅没人。之后，他从茶几上抄起一个空酒瓶子，慢慢向厨房靠近。正当他马上要走到厨房门口的时候，突然听见一个女人"哎呀"一声，紧接着厨房门被一脚踹开，段迎九端着一口锅从里面快步走了出来。只见她把热锅往就近的餐桌上一放，马上用手指摸起耳朵来："烫死我了！站着干什么，取碗去，我还没吃早饭呢。"

黄海愣了一下，去厨房取了两副碗筷，一边捞面一边问："你怎么有这儿的钥匙？"

段迎九从堆满各种包装袋和空瓶子的餐桌上扒拉出半袋榨菜，闻了闻，往自己的面碗里挤了两块："天天赌球夜夜熬通宵，怕你猝死，叫朱慧多配了一把。你哪天没去单位，我不得来找你吗？"

盛好面条，黄海拿出手机打开直播软件，递到段迎九面前："鲇鱼来消息了，刚才。"

段迎九边秃噜面条边看着屏幕：球员伤病，教练也没办法。虽败犹荣，欧冠再见。

看着黄海颓丧的表情，段迎九问："你怎么想？"

"回回说见，回回见不着，我就当他耍猴了。"

段迎九呵呵笑了一下："我要是他，也不轻易见你。万一你长着歪心眼呢？先遛够了再说。"

黄海咽了一口面条，可脸上的表情却像吞了口黄连："他耗得起，我快不行了。那天要不是我跑得快，朱慧她爸能一枪崩了我。"

段迎九当然知道这一段，关于黄海和朱慧的离婚八卦，国安公安都传遍了，各种细节各种场面，堪比电视剧。可事到如今她能说什么呢，开弓没有回头箭，她自己也是一样。于是，她给黄海的碗里挤了两块榨菜，半是玩笑半是劝慰地说："毕竟也是老丈人，你跑的时候也留点面子，追你追得闪了腰，他现在还天天去省中医院扎针。有辣酱吗？"

黄海在桌子上刨了一会儿，找出个瓶底子，自己蘸了一筷子，又递给了段迎九。辣酱混在面里，汤色显得格外热辣红亮，黄海吃了一口，咝咝嘴，既像辣得，又像叹气。"我不是抱怨啊……"

"你就是抱怨，没事，抱怨吧。"段迎九把辣酱底子全都打扫进了自己碗里。

黄海抹了把汗："我现在就是人民公敌，连丁晓禾都拦着揍了我一顿，别人怎么看我那也不用说了。局里上下也传得沸沸扬扬，听说上面要开除我，是不是真的？"

这些问题，段迎九解决不了，也回答不出来，她只能埋头吃面，听见问话，也只能顾左右而言他："这什么酱，假的吧？一点也不辣。"

黄海这次真的叹了口气，他看着段迎九问："你觉得鲇鱼什么时候会见我？"

"我怎么知道？"

"你不是有直觉吗？"

段迎九想了想，很认真地说："下次吧。"

黄海也不叹气了，也不问了，直接把脸扎进了面碗里。段迎九看他丧气的样子，安慰他说："现在受的委屈，将来都会变成荣誉，加倍还给你，就是媳妇还不了了。说实话，我也没想到。"

"两码事。没这回事，我也得离。我从来没谈过恋爱，也没经验，那时候——唉，朱慧这个人吧，其实当哥们，特别好。"

段迎九吃光了最后一口面条，把碗往桌上一放："那你现在如愿了。"

李唐大衣柜后面的木板上，关于林彧出门时间的记录越来越多。时间点，活动规律，出门和在家时门窗阳台的样子，李唐都做了精准的分析。终于，在掌握了百分之百准确的规律后，他再一次摸进了林彧的家。

　　一个可以弯折的塑料片打开了林彧的家门，李唐把头上的渔夫帽又压低了一点。进门的第一步，要先排查摄像头。随后，他拿出手机拍摄了客厅里的陈设照片，以备稍后复原时使用。

　　整体看上去，林彧的住处没什么特别，就是一个单身汉的家。李唐戴着手套，走到柜子前，仔细地翻检抽屉。第一个抽屉没上锁，里面除了一些钱，还有一把美工刀，看样子是经常用的，放在了这里，隐蔽又顺手。

　　刀子下面压着四五张照片，是偷拍的林处长受贿与女性上床的照片。除此之外，在一瓶降压药的下面，还有一张工行转建行的转账小票，户名都是林彧，金额是一百五十万人民币。这正是欠着他和丁美分的数额，李唐心里骂了一句。

　　把这个抽屉一一拍照复原后，李唐伸手拉第二个抽屉，但是这个抽屉上锁了。李唐干脆坐在地上，从兜里掏出一个曲别针，捋直了开始撬锁。很快，咔嗒一声轻响，抽屉开了，可李唐刚拉开一点，外面传来了敲门声。

　　李唐的动作停住了，他侧耳听了听，敲门声一直没有间断，声音还异常响亮。过了一会儿，有人在外面喊了起来："开门，收水费！"

　　李唐坐着没动，但门外的人却根本没有停下来的意思："来一次没人，来一次没人，吃国家的水你得交钱哪。今天我早来了，特地等着，专门看着你进了门我才跟过来的，开门吧！"

　　门越拍越响，李唐收好了抽屉，起身朝门口走去。

收费员抱着一个自动打印计费仪，不停地拍门，越喊越来气："早晚都要开门。三个月的水费都没交，我都白跑多少趟了？"

门突然开了，李唐的脑袋上没了渔夫帽，顶着一头乱发，戴着口罩，裹着一件林彧的大衣，一边咳嗽一边揉着通红的眼睛没好气地说："感冒了睡个觉都不行，一点水费能欠你吗？"

拍得手心生疼的收费员走进客厅，不耐烦地说："看看水表吧。"

李唐做了个请随意的手势，可收费员还是站在客厅中间不动。"不是查水表吗？"

"热水自来水两个表，你得帮我把东西挪开呀。"收费员好像故意刁难人似的。

水表的位置肯定在用水的地方——李唐先走进了厨房，打开橱柜看了看，没有。他转身又进了卫生间，往洗手池下面摸了一下，也没有。再剩下就是洗衣机和洗手池背后的位置了，李唐扶着马桶，探着身子努力朝夹缝中看去，却不想收费员突然在身后说："那边不是吗？"

顺着收费员视线的方向，李唐看见了躲在洗衣机斜下方角落里的水表。他顺手挪开了一堆洗衣液，然后让出了位置。

收费员拿着手电筒照了一下水表，然后起身打量着李唐问道："你不是这家的人吧？"

"我表哥住这儿。"李唐答道。

"你把口罩摘了，我看看。"

"查水表还管相面吗？"

"水费早就归居委会管了，你不知道吗？你叫什么名字？"

收费员步步紧逼，这有些出乎李唐的意料。他放低了姿态，扶着收费员的胳膊，一边让一边客气地说："来，咱们出去说。"

事与愿违，这样的举动更加引起了收费员的怀疑，他甚至直接掏出手机按下了110的号码。李唐见状一把抢过他的手机，拽着收费员往卧室方向走。收费员也有点慌了，一边推拉撕扯一边大喊："你干什么!"

忽然，卧室门被哗的一下推开了，收费员望向屋里，当场愣住了——一个人从头到脚蒙着被子，一动不动地躺在床上。

"明白了吗?"李唐说着重新关上了卧室门，"我是单身，我无所谓，表嫂还得做人。你帮帮忙，下次再来收水费，当什么都没见过。我表哥的日子还能往下过，这算积德。行吗?"

看着李唐起起伏伏的口罩，收费员愣了一会儿说："我不掺和这些破事，你们去找居委会主任说吧。"

眼看收费员就要快步走出门了，李唐直接扑上去，一把扭住了他的胳膊，然后用力一转，直接把收费员按在了沙发上。

也许是对李唐的举动过于吃惊，收费员在沙发上呆住了。李唐转身从抽屉里拿出美工刀，推出一截锋利的刀片，然后把刀压在了一沓钱上。

"一千多块钱，身上就这么多，算我请你吃顿饭吧。这事要是传出去，我表嫂就是个死。她要是没了，我也活不了，你也跟着睡不着觉。当菩萨还是当杀人犯，要么把钱拿走，要么早点给我个痛快——"说着他把美工刀往收费员跟前一推，"选吧。"

收费员的呼吸也略显急促起来，思虑了一阵，他慢慢伸出手，取走了刀子下面的一沓钱。之后迅速起身，离开了林彧家。

下楼的时候，收费员与林彧在楼道里狭路相逢。见他走得急，林彧还主动侧身让了一下。看见那台机器以及收费员满脸晦气的神情，林彧猜想他大概是在自己家吃了闭门羹。他三个月没交水费了，不是贪这点钱，主要是不想让太多人见到他。

客厅里，李唐再一次打开了那个带锁的抽屉。他小心翼翼地翻看着每一样东西，终于在抽屉的最下面，找到了一张招商银行的银联卡。李唐拿起卡片，两面看了看。签名栏是空的，卡片显然用过很久，磁条已经磨出了些许瘢痕。

用这种卡的人很多，但李唐偏偏想起之前有一次他跟幺鸡吃饭，结账的时候幺鸡曾经用过这样一张卡。当时，他一项一项地核对菜单，还问服务员："招行金葵花，不是能打折吗？折呢？"

这会是幺鸡的卡吗？李唐凝视着卡片，眉头渐渐缩紧。但眼下，他没有太多时间思考答案。收费员的突然造访，让场景复原的工作量增加了一倍不止。离林彧回来的时间越来越近，他必须马上行动。最重要的就是那个躺着"人"的卧室。

李唐走进卧室，一边掀被子，一边翻出刚才拍的照片。伪装成人的两个枕头，重新回归原位。李唐对着照片看了又看，小心地调整着枕头的角度……

林彧开门进屋，第一步是站在门口，仔细观察屋里的全貌。他知道自己藏得很好，但多年的间谍生涯，已经把警惕二字刻在了骨头上。确认客厅里没什么异样之后，林彧挂起钥匙，刚要换拖鞋，卧室里传来一阵异响。他立刻把脚收回来，顺手拉开柜子上的第一个抽屉，拿出那把美工刀，朝卧室走去。

卧室的门留着一道窄缝，林彧给自己留出了闪转腾挪的空间，伸手把门一把推开，里面一个人也没有，只是窗户不知道什么时候松开了一道缝，外面的风灌进来，窗帘被吹得鼓起了大包。

林彧松了口气，他下意识地理了理乱七八糟的头发——今天的风确实太大了。他走过去，关好窗户，又朝楼下看了看，一切正常。林彧解开了上衣的扣子，脖子上的肉太辛苦，只有回家才能透口气。

李唐隐藏在步行梯通道里。从林彧进门到现在已经过去了十分钟，屋里暂时没有动静。以林彧的敏锐度，如果有破绽，他现在早就发现了。李唐把渔夫帽往下拉了拉，转身离开。

丁晓禾攥着手机，时不时扫一眼屏幕上的时间。上次见面，小婷说过今天下午只有两节课，所以屏幕上的数字一跳到16:30，丁晓禾立刻给小婷发送了一条微信："下课了？"

手机一直没有熄屏，因为出神的丁晓禾一直把手指按在小婷的微信头像上。头像上一个少女的剪影背靠在一棵大树下，少女低着头，仿佛有什么心事，大树无语，只是张开华盖为少女遮风挡雨。虽然这是一张网上的图片，但丁晓禾总觉得小婷就是那个少女，瘦弱倔强但又十分无助。那谁会是那棵大树呢？李唐，还是……

正在胡思乱想，大峰突然从身后拍了一下丁晓禾的肩膀："眼皮子一天都没眨过，等工资短信哪？"

丁晓禾吓了一跳，下意识地拿起了手机。嗡的一声，手心传来振动。他尴尬地一笑，起身走出去，在楼道里打开了小婷的回复："我病了，在宿舍。"

询问症状，买药打饭，连带烧水冲药，一系列行动，丁晓禾不到一小时就都完成了。碗里的冲剂袅袅地冒着白雾，丁晓禾晃晃碗，轻轻吹了两下，坐到了小婷的床边。

许是发烧的缘故，小婷的脸看上去红扑扑的。她半靠在被子上，腿上盖了一块薄毯子。见丁晓禾端药过来，她欠了欠身子想坐起来，可发烧带来的疲惫让这个往日轻而易举的动作变得十分费力。丁晓禾赶紧伸手一扶，小婷虚弱地靠在了他的胳膊上。一阵热气扑到了丁晓禾的脸上，他的胳膊不由自主地把小婷往怀里揽了一下。

小婷接过药，刚闻了下味道，就皱起了眉头。热气弥漫在二人之间，小婷的脸浮上了一层朦胧的柔光。丁晓禾轻声说："不苦，我替你尝过了。"

小婷的睫毛跳动了一下，重新把碗端到嘴边，可只喝了一口，就忍不住干呕起来。丁晓禾赶紧把药拿走，递给小婷一杯温开水。小婷抱着杯子猛灌了两口，想把恶心的味道压下去。水滴顺着她的嘴角滑了下来，和着微微的喘息，流进了丁晓禾的心里。

"骗子，还是苦。"

不等小婷把这句嗔怪的话说完，丁晓禾便吻了上去。小婷的身体本能地往后缩了一下，丁晓禾也犹豫地停住了。

"你不怕传染吗？"

小婷的声音比之前更轻更软，瘦弱的肩膀微微佝偻着，像极了头像上的剪影。

"我什么都不怕。"丁晓禾说完，坚定地吻了下去，他很清楚地知道，自己想做那棵大树，为小婷遮风挡雨。

昏暗的房间内，李唐死死盯着木板。围绕着林彧的信息越来越庞杂，这让李唐一时有些束手无策。留在厦州，他们的路已经越来越窄了，但想绝地反击，眼下还不是时候。他可以等，但是李小满呢？哪怕到了生死绝境，他也要保证李小满的绝对安全。

想到此，李唐拿出手机拨通了一个电话号码。"我想问问，孩子出国留学有什么手续，大概多少钱？时间越快越好。"

冷风萧瑟，转眼立冬了。李唐终于得到了一个修牙的机会，而且主治医生还是厦州口腔医院的郭京医生。他种牙的技术在厦州是一流的，如果不是林彧，李唐根本挂不到他的号。当然，林彧的号肯定不是白挂的。

今天是李唐第一次正式治疗，首先要做的是在牙龈上打桩。钳子、电钻轮番上阵，刺耳的嗡嗡声持续了好一会儿，覆在李唐脸上身上的消毒布才被护士取走。郭大夫一边洗手，一边交代后续情况："止血纱块咬半个小时再吐，这一两天里口水带血丝都是正常的。二十四小时之内不要刷牙，漱口也要注意，别太用力。别喝温度太高的热水，今天最好吃点流食，咬东西用另一侧。避免剧烈运动。术后一星期来拆线。墙上有我的出诊表，你可以拍一下。"

李唐扶着张了二十分钟的嘴，慢慢合上，麻药的作用让他暂时一句话也说不出来。他客气地冲郭大夫点点头，掏出手机拍下了墙上的出诊时间表。

"要是怕麻醉药效过了影响睡觉，可以买点芬必得备着。那就这样？"

李唐在麻木的嘴上戴了个口罩，跟郭大夫告别，走出了诊室。墙上的出诊表写着，郭医生今天在门诊，看来林彧早给他选好了看牙的良辰吉日。

口腔医院的隔壁就是家属楼，李唐戴着口罩混在人群里走进小区，看上去丝毫不突兀。3号楼中单元102，门牌号挺好找，但这个位置比较容易被外面的人发现。李唐迈着最自然的步伐，掏出林彧交给他的钥匙飞快开门，闪身进了屋。

站在门口，观察、拍照之后，李唐拿出诺基亚拨通了林彧的电话。"已经进来了。要找什么？"

"开始吧。"电话里传来林彧的命令，他那边听上去有点嘈杂，人也在微微喘息，应该是在走路。

电视柜上放着郭大夫与女朋友的合影，与别的姑娘或美丽或贤淑的样子不同，郭京的女朋友一身海军军装，散发出飒爽的气质。李唐的目标就是她的照片，当然不仅仅是这一张，郭京家所有的相册都被找了出来，所有包含这位海军女军官的照片都被李唐挨个拍了下来。出海、舰艇、西沙、军营、受勋、检阅，林林总总的信息，李唐边拍边印在脑子里。

除此之外，按照林彧的指示，李唐还搜寻了整栋房子，没有找到避孕套、口服避孕药和卫生巾这类物品，看起来女军官并没有在此长住。

最后拍了一张阳台晾衣服的照片后，林彧在电话里吩咐李唐："你的牙不是总要复查吗？能去几次，就去几次，我不嫌多。"

没等李唐应声，林彧便挂断了电话。在热闹的沙坡尾市集上转了两圈，他终于看到了小婷的身影。这里是大学生们勤工俭学的圣地，小婷守在一个摊位后面，售卖着一些包装好的台湾小吃，包装花花绿绿，但没什么特色，摊子也少人问津。

　　林彧溜达到摊位前，低头看着这些零食随手挑选着，一边挑一边不动声色地小声说："我还以为热恋里的情侣一秒钟都分不开。把你一个人扔在这儿，他舍得吗？"

　　小婷其实早就看到了林彧，虽然是约定好的见面，但她总想着能拖一分钟就拖一分钟，所以一直缩在摊位后面。现在林彧站在跟前，小婷还是不敢抬眼看他，只是瑟瑟地回答："他忙，下了班就会过来。"

　　林彧拿了一袋虾片和一盒凤梨酥，往钱盒子里放了两张二十元钞票，叮嘱道："千万别问，问得越多，他越怀疑。有的话是一把钩子，你不想听，他也非要说。明白我的意思吗？"

　　小婷从盒子里拣出四块钱，递给林彧，然后默默地点了点头。

　　林彧一张张地看着找回来的钞票，似在鼓励，又像是命令："你很聪明，要自信一些。哪怕他天生是个哑巴，手机也会说话。上面所有的信息，我都想看。"说着，他举起一张钞票，稍微大声地说："这个钱，不会是假的吧？"

　　小婷没看出林彧的用意，下意识凑过来看，耳边很快传来林彧低声的话语："药物是控制人最好的方法，叫你给他，你又不肯，不会是真的喜欢上他了吧？"

　　小婷像被针刺了一下似的，立马抽身摇头，紧跟着说了一句："没有。"

　　林彧微微一笑："感情就是口泥潭，好进不好出，你看看李唐和丁美分就知道了。我呢只管治病，你不想吃药，扎针按摩也行。

可你如果不好好治，你想要的东西，让我怎么给你？"

林彧说完转身离去，只留下脸色苍白的小婷呆立在摊位后面。对于她来说，林彧像一片巨大的乌云，时刻压在头顶，让她无处遁形。她有些后悔当初听了那个刘先生的话，来厦州找李唐——乌云就是乌云，哪怕镶着金边，也让人压抑得喘不过气来。

厦大第一医院的药房窗口，段迎九见配药师递给她一大袋子药，惊讶地问："这些都是我的？"

"对，单子上都有，不放心你自己再核对一遍，或者你再去诊室问一下大夫。下一位……"

配药师不耐烦地把她打发出了长长的队伍。段迎九叹了口气，明明刚才跟大夫说了，自己是扫大街的环卫工，居然还给开这么多药。不过，她是不准备再回去跟大夫理论了，刚刚在诊室，已经被骂了一顿——两年时间，中间只复查了一次，没有过往病历，在小诊所开药，也没太按时吃。"你这条命是别人的吗？就算命是别人的，难受起来，别人可替不了你！"

段迎九最怕见医生，因为每次都挨骂，她还没法反驳。可这次不来不行了，上次被汪洋摁下住院，她根本不好好配合，偷跑出来不知道多少次。结果最近这段时间，她连续好几天出现了视力模糊的症状，糖尿病已经开始在她身体里肆无忌惮起来。段迎九害怕了，眼睛看不清，还怎么抓鲇鱼。上次，如果不是血糖骤降导致晕倒，鲇鱼也绝不可能逃脱。她不允许自己再犯相同的错误。

医院大厅里人来人往，无论病人、家属还是工作人员，没一个好脸色的。段迎九的情绪也多少受了些影响，垂头丧气地朝外面走去。可刚走到大门口，她突然停住了。一个瘦弱的身影在她身边一闪而过，那正是她要找的。

段迎九转身往回追，可人头攒动的大厅里，早已看不见刚刚的那个人。情急之下，她冲到大厅中间的导医台，一下子跳上去，举起手里的药袋子大喊道："这是谁的药？谁把药丢了？"

整个大厅都被段迎九疯狂的举动镇住了，突然安静了一下。只听叮的一声，不远处的电梯门开了，一个穿着病号服的患者慢慢隐没在里面。段迎九立刻跳下台子，疯狂地朝电梯跑去。

医院二楼是放射科，一个极高极瘦的患者慢慢走下电梯。他身着医院的病号服，朝CT室走去。可没走两步，就被气喘吁吁的段迎九拦住了。病人吓了一跳，本能地朝后退了一步。段迎九摆摆手，指着病人脖子下面的一个留置管问道："不好意思，你这是怎么了？为什么要戴个这玩意儿？"

病人愣了一下，慢慢回答说："静脉留置管，化疗，手上没处扎了，戴个这个方便点。"

段迎九说了句谢谢，匆匆赶到了医院档案室。和许多老牌医院一样，厦大第一医院还坚持着手写和电子双病历的保存制度。段迎九亮明身份，在档案室里翻了多半天，终于找到了一份病历：要海勇，右肺上叶占位，肺Ca待除外。

曙光乍现，那一面贴满了线索和资料的大白板重新被搬到会议室。专案组的所有人围在白板旁边，听段迎九做最新的案件分析：

"幺鸡，一个早在一年前就身患绝症的病人，一个有未婚妻的间谍，一个怕别人找到他藏身之地的棋牌馆小老板，一个明知道活不了多久还借了高利贷的赌棍，一个邻居眼里从来没发过脾气的好街坊，一个藏着无数秘密的中年男人。他有病不治，看完门诊就从医院里消失了。我的问题是，他为什么要自杀？今天不要证据，只要直觉。照着这十几个关键词，每人给我编一个故事，不怕胡说八道，不怕狗血，也不怕心理阴暗，大峰你要能编个变态的我也欢迎。只有一个要求，逆向思维，任何人在任何时候都能轻易想到的桥段都不许用。"段迎九说完一指,"丁晓禾,从你开始。"

丁晓禾愣了愣,顺着段迎九的话说了下去:"一个男人为什么要自杀?求生是人的本能,会不会,是因为一个女人?"

"言情剧,我还以为会是反特的——接着说。"段迎九打趣了一句,身旁的大峰不禁瞥了一眼朱慧。

丁晓禾沉吟一下,继续说道:"为什么是未婚妻,为什么不结婚?刚认识的时候幺鸡不知道自己是肺癌,快订婚了才发现肿瘤晚期。我要是他,也不能耽误那个女的。"

此时,纳兰插了一句:"说清楚不就行了?为什么自己要去死呢?"

"那可能还有另外的原因,我先说他为什么不结婚。"

这回轮到大峰插话:"你觉得一个男人会为一个女的去死吗?"

虽然和案件有关,但这个问题还是散发出了浓浓的八卦味。但丁晓禾回答得非常认真:"在爱得够深的时候,我觉得会。"

段迎九似乎也对这个问题产生了兴趣,转头问哪吒:"你会吗?"

不等哪吒开口,黄海在一边闷声说了一句:"那得等纳兰不在的时候问。"

所有人都笑了起来,除了段迎九。趁大家放松的一刻,她悄悄往笔记本上记了一笔。

因为开会推迟了下班时间,可丁晓禾还是很有兴致地买了海鲜和红酒,走到小区门口,也没忘了笑着和门卫打招呼。小区毗邻厦州大学,他搬到这里已经有一阵子了。当然,这些都是别人知道的。不知道的,便是一起住在这里的还有小婷。

房子不大,但收拾得很整洁。丁晓禾进门的时候,碗筷已经摆到了桌上,小婷正在厨房做饭。丁晓禾直接拎着鱼和螃蟹走进去,绕过小婷伸过来要接的手,温柔地说:"你别管了,鱼我来。你先歇会儿。"

"嫌我做的不好吃啊？"小婷娇声问道。

"不是。"丁晓禾解下小婷身上的围裙说，"海鲜贩子告诉我，男人蒸的鱼有味。"

小婷笑了笑，帮丁晓禾系好围裙，转身出了厨房。丁晓禾的手机就放在桌子边上，小婷走过去，朝厨房看了一眼，然后迅速拿起手机，先调静音再开密码，动作熟练，一气呵成。

打开手机，她先点进相册，里面除了两人的合影，就是小婷的照片，没什么特别的发现。小婷又朝厨房看了一眼，紧接着打开了微信。小婷自己的名字被放在置顶的位置，下面信息繁多。她快速找到一个"同事"群组，刚打开页面，便听到丁晓禾在厨房招呼："姜没了？是不是用完了？"

小婷吓得手一哆嗦，稳了稳神，回答说："昨天刚买的。在水果刀旁边，你找找。"

厨房传来一阵塑料袋的窸窣声，小婷马上打开群组，飞快浏览了一番，发现了一个标题是字母X的PDF文档。打开这个文档需要输入密码，时间紧迫，小婷决定先把文档发送到自己的手机上。然而，"发送给好友"的按键刚刚点下去，一阵敲门声突然响起。

"谁呀？"丁晓禾抓着刮了一半鳞的鱼，从厨房探出头来问道。

小婷被吓得惊慌失措，赶紧把手机放回原位。也许是怕丁晓禾发现，她下意识地把手机扣在了桌子上。可之后她马上想到，手机之前是正面朝上放着的，以丁晓禾的敏锐度，回头扫一眼，就能看出端倪。

"我。"门外传来丁美兮的声音。

小婷被丁美兮救了，因为丁晓禾一听到姐姐的声音，就没空注意手机朝向这样的问题了，他得尽快收拾屋子，让这里看上去好像只有他一个人住。小婷也慌了一下，但她趁机悄悄往前挪了半步，挡住饭桌，在背后把丁晓禾的手机又翻了过来。

丁美兮抱着一大瓶腌好的辣萝卜干走进来，听着弟弟懂事的嗔怪："你也没打个电话，万一我还没回来呢，别白跑了。"

"学生家长投诉了，一路上都在接电话。女校长就是有更年期的毛病，话多，我的脑子现在都是乱的。"丁美兮轻车熟路地走进屋里，把罐子往桌上一放才想起进屋没换鞋，转身又往门口走去。

"姐你不用换鞋，随便坐。"

丁晓禾的话没拦住丁美兮，她的一只脚已经伸进了小婷刚刚换下的拖鞋里。一丝温热传来，丁美兮微微停了一下，但嘴里的话还是没断："这罐是刚腌的，你尝尝，要是味道没进去，改天我再给你带。"

餐桌上只剩了一副碗筷，海鲜和红酒也都收了起来。丁晓禾理了理围裙说："别麻烦了，你上下班就够忙的了。"

"放心，要不是你租的地方在学校旁边，我才不给你专门送。"说着，丁美兮从随身的包里掏出一台老款ThinkPad放在桌上，"学校这破电脑，一天死了四次机。机房的人刚辞职，没人管了，你给修修。"

丁晓禾坐过去，摁了下开机键问："着急吗？"

"快吗？"丁美兮看看腕表，"李小满还等着吃饭呢，我最多能等二十分钟。"

看着笔记本老牛破车一般的速度，丁晓禾摇摇头："怕是得重装系统。看这速度，最快也要一个小时。"

"我明天来拿。"丁美兮起身准备离开。

丁晓禾也跟着站起来，并没有挽留："也不知道你来，我就焖了一个人的饭。"

丁美兮边出门边留了一句："找个周末到我那儿，给你熬虾粥啊。走了。"

二十分钟后，丁美兮的电脑终于开机了。丁晓禾的鱼也蒸好上桌了，他夹了一口送到小婷嘴里："尝尝，是不是比你蒸的好吃？"

　　小婷品品味："豉油放多了，葱花也比我放得多。"

　　"舌头够灵的，还有呢？"丁晓禾望着小婷问道。

　　"你知道为什么男人做的菜比女人好吃？"

　　"男的手重，调料撒得多。"

　　小婷摇头，狡黠地一笑："因为女的脸皮薄，不好意思说实话。"

　　丁晓禾也跟着一起笑起来："我就喜欢你骗我。千万别说实话，求你了。"

　　小婷低下头，笑容渐渐消失。本是恋人间亲昵的玩笑，到了她这里却变成了一根扎在心里的刺。

　　丁晓禾敏感地注意到了小婷表情的变化，又夹了一筷子鱼放到她碗里，关切地说："是不是不舒服，要不晚自习别去了。"

　　小婷放下筷子，她得找个理由把这点情绪搪塞过去。于是，她轻轻叹了口气，有些低落地说："人生第一挂。你们的数学怎么这么难？"

　　"挂科啊，我还以为是——"

　　"什么？"

　　"我以为我做得太难吃了。"

　　小婷自嘲地笑了笑："成绩单不圆满，教训总结的活页纸上倒算是圆满了。"

　　丁晓禾还想再安慰她，忽然厨房传来锅开四溢的声音。"螃蟹粥，溢锅了！"

　　看着丁晓禾手忙脚乱地冲进厨房，小婷飞快地拿起桌子上丁晓禾的手机，打开微信，将之前那个需要密码的 PDF 文件发给自己，然后又删除了记录。就在她把手机放回原位的一瞬间，丁晓禾从厨房走了出来："怎么了？"

小婷慢慢转过身，端着丁美兮的电脑，指着一片蓝屏问："我也不知道它怎么了？你来看看吧。"

　　小区外，丁美兮并没有离开。刚刚起身离开的瞬间，她拿起手机，利用屏幕反光看了一下，丁晓禾的卧室里，分明有个女人的影子在地上晃了一下。加上那双温热的拖鞋，刻意摆布整齐的碗筷，这屋里分明有个女人。可丁晓禾交女朋友为什么要瞒着她呢？甚至碰上了还要刻意隐藏？

　　这个问题，直到丁美兮看见丁晓禾把小婷送到楼下，又摸了摸她的头，才算找到答案。

　　对着木板添加研究资料，已经成了李唐每晚的必修功课。今天在郭京大夫家收获颇丰，根据他拍的一系列照片，他推测出了很多翔实的数据：出海位置、出海时间、海域名称、探亲时间、探亲日期、探亲次数，加上各个照片上不同季节、海域、背景的时间与文字标记，围绕着林彧的资料又扩充了一大圈。与此同时，李唐找出了一张地图，在南海的一个标记点上画了个圈，打了个叹号。

　　围绕着林彧的信息已经占据了木板的大部分，或者说，几乎所有的人物和事件，最后都能与林彧产生关联。而在幺鸡的名字下面，李唐贴了一张招商银行的金葵花卡。他在幺鸡的名字上画了个问号，又在上面圈了三个粗粗的圆。

　　这时，丁美兮的电话打了进来。

　　"方便吗？"丁美兮低声问道。

　　"我在家，你说。"李唐回话的时候，眼睛也没离开木板。

　　"小舅子成了女婿，后妈要变姐姐了。"

　　李唐有点蒙："你说什么？"

　　"丁晓禾和小婷，好上了。"

第二十九章

　　自带庭院的咖啡馆门口挂着一块醒目的招牌：每次相见，都是初见。这是厦州大学八景之一，也是学生情侣经常光顾之地。但是今天坐在小婷对面的不是她的恋人，而是父亲李唐。

　　工作日的上课时间，咖啡馆里人不多。李唐拿着一根细木棍，一点点地撇着咖啡上的泡沫。对面的小婷也低着头，要说的事儿，二人早已心照不宣，沉默只是在心中小心翼翼地措辞。

　　过了一会儿，还是李唐先开口说："按理说我管不着这些事。十几年都没在你身边，我也没资格。你这个年龄谈恋爱，也应该。只要不过分，跟谁谈，也不用听我的意见。我还以为你住宿舍，要不是路过进来想看看你，也不知道你在外面。当然这不是问题，问题是——你觉得，你们合适吗？"

　　说到这里，李唐抬头看了看小婷，她的眼神比预想的要坚决。李唐想，也许自己还没说到她的痛处吧，于是他接着说道："你知道吗，光丁美兮就给他介绍过多少女孩子？他们单位还有一个，我不知道他有没有和你说过。不是我小人，你想想，丁晓禾单身单到现在，那么多的路不走，为什么非要找你？你明白我的意思吗？"

　　小婷依旧低着头，轻轻回答："我不明白。"

　　李唐正欲再言明，忽然身后传来了丁晓禾不卑不亢的声音：

"我明白你的意思。"说话间，他走到小婷的身边，注视着李唐反问道："姐夫，你当初为什么喜欢我姐？"

李唐看都没看丁晓禾一眼，这个国安局的小舅子本就够让他寝食难安了，现在居然搞他女儿，如果不是碍于局面不便把事情闹大，他真想像那天在金湖洗车行对肖锐一样，狠狠给他几拳。李唐望着小婷，沉吟了片刻说："再长大一点，你就明白了。"

但丁晓禾并没有因为李唐的态度而放弃，反而更加坚定地说："我喜欢小婷，和你喜欢我姐一样，不是报复，我没你想的那么下作。我和小婷之间的事情，都是我主动，所有的事情我都认。"说着，他拉住小婷的手，凝望着她的眼睛说："如果你愿意，我现在就向你求婚。我就是想让你爸爸看看，我是认真的。"

小婷先是震惊，很快眼中便贮满了泪水。可这一幕情比金坚却让李唐坚持不住了，他噌地一下站起来，刚要发作，口袋里便传来一阵嗡嗡声，诺基亚又振动了。李唐气愤地瞪了丁晓禾一眼，一摔椅子，拂袖而去。

等了好久，李唐才接起电话，林彧几乎要等得不耐烦了。所以，李唐刚刚喂了一声，他便直接说道："我可能被国安通缉了。最近别联系，有事我会找你的。"

挂断电话，林彧的脸色也有些凝重。刚刚告诉李唐的那个坏消息，正是来自小婷从丁晓禾手机里偷来的PDF文件。用解码器解开密码后，林彧看到了一系列国安内部的影像资料。虽然角度都不太好，画面也比较模糊，但加上那些人影模拟图，林彧还是能辨认出那个被锁定的目标，就是他自己。

国安的动作比他想象中的要快，人海战术的作用明显显现了出来。不过，眼下还不必乱了阵脚，林彧觉得只要握住手里的王牌，哪怕孤军奋战，他也有全面翻盘的机会。想到此，他拿起手机，在球赛直播室里给黄海发了一串摩斯密码弹幕：球星状态堪忧，进球越来越少了。

另一端，时刻关注比赛的黄海很快发送了答复弹幕：补时的进球更珍贵。鲇鱼的图像已基本成形，全城通缉近在咫尺。

发完，他放下手机，继续秃噜摆在跟前的一碗面条。此时坐在他对面的段迎九已经吃完了，她一抹嘴，对黄海说："先吃饭。吃面要趁热，越烫嘴越有味。你信不信，他比你着急。"

黄海吃了一口面条，有些无奈地说："线够长了，鱼就是不咬钩，他倒是不饿。"

"东奔西跑，迟早会饿的。我都不急，你急什么？"段迎九往塑料椅子上一靠，回忆起往事，"老魏当年还没你大的时候，跟了一个案子，一跟就是三十年，小魏成了老魏，恨不得要退休了才破了。面条怕坨也要慢慢吃，你看，噎着了吧？"

黄海喝了一口免费的面汤，打着嗝说："天天吃外卖，不快咽不下去，习惯了。"

段迎九凑过去小声说："那就找个给你做饭的。丁晓禾千年的铁树都开花了，你不再找一个？"

黄海把脸埋在碗里，头也不抬地答道："向领导学习，单身省事儿。"

厦州大学后门的停车场内，丁美兮坐在车里看着李唐脸色阴沉地走过来，心下便知，刚刚和小婷的谈话进行得不太顺利。可她没想到，李唐给她带来了更令人惊惶的消息。两人在车上默默地坐了一会儿，李唐嘱咐丁美兮说："林彧这么谨慎，现在都有麻烦了，你自己也要小心一点。"

丁美兮叹了口气："枪口都顶到后背上了，你这边还在操着谈恋爱的心。"

李唐没接她的话，而是对她讲起了送李小满走的打算："我找了个人，说是能办寄宿留学，新西兰、美国、西班牙都可以，无非是贵点儿。贵就贵点儿，我去想办法。我不是怕，这些事情总要去办。你说得也对，要么别想，想了就早点儿干。"

丁美兮望着李唐，刚才她几次想插话，都被打断了。之前那个犹犹豫豫反复思量的李唐，终于下定了行动的决心，这让丁美兮更加不安，看来他们是真的站在悬崖边上了。车里又沉默了一会儿，丁美兮缓缓说道："我给你买了一份保险。"

"这个好啊。我要是哪天先死了，保险公司能赔多少？"刚说完，李唐便感觉自己轻快的口气和丁美兮忧郁的神情有些不相配，他收起玩笑脸，认真地补了一句，"现在女人都比男人活得久。我一天天风吹日晒的，又爱操心，肯定会死在你前头，真的。"

丁美兮没有心力再计较这些细枝末节，现在围绕在她与李唐身边的，都是关乎生死的大事，由不得半步行差踏错。"像咱们这样的岁数，再不买，保险公司都不卖了。到明年，一分钱的折扣都没有，保费也要翻倍。我们对门有个女邻居，她丈夫比她才大三岁，心梗，睡着再没醒过来。老婆本来就是卖保险的，之前成天在小区里转，逮着人就推销，没一个买的。出了这个事，整个单元的都买了。"

"你给自己买了吗？"李唐问道。

"火传鲁之前就已经买过了，他给李小满也买了。"

丁美兮说着把车窗拉开了一道缝，虽是冬日，可车里还是让人憋闷得喘不过气来。北风不由分说地挤进了车里，李唐的脑袋在寒冷中骤然激灵了一下。为什么买保险？因为谁也不知道明天和意外哪个先来。可是如果有人知道答案呢？一个念头在李唐的脑海中闪过："你说，一个人要是知道自己哪天会死，他会怎么想？假如说你那个女邻居的丈夫，要是知道自己再也醒不了了，他会和他老婆说点什么？晚饭会在一起吃吗，还是把自己关到别的地方，或者是……"

丁美兮注意到了李唐眼神的变化，他想的已经不是保险的问题了："你想说什么？"

"幺鸡。他为什么会自杀？死的时候他为什么那么平静？那可是要去死啊，眼睛一闭，这辈子就完了，再好的东西再舍不得的人，全都再也看不见了啊！我永远也忘不了幺鸡死的那天，他就像平时一样，靠在沙发上，眼睛里没有一丝恐惧。他就那么甘心吗？"

"你觉得呢？"丁美兮小心地引导着李唐的思路。

"除非是他自己全都准备好了。你想想，一个人在什么时候，才会这么干？"

丁美兮正要说话，突然看见窗外，丁晓禾走出大门，匆匆离开。她想马上追过去，却被李唐拦住了："算了，你管不住，我也管不住。"

"我就怕小婷……"

"怕也没用。将来分了手，眼泪自己擦干净就行。孩子大了，不由爹了。再说，我这个爹当的，也没脸去管闺女。"

看着李唐无奈的眼神，丁美兮安慰他说："李小满说过，你是个好爸爸。"

李唐自嘲地笑了笑，一边打火开车一边说："这话以前都是我跟你说，现在反过来了。你们俩最近好像挺和谐的。"

"鞋穿久了，总有不磨脚的一天。你怎么样，最近没交个女朋友吗？"

"你和李小满都说我是好爹了，都给我上嚼子了，我还敢交吗？"

晚上回到家，李唐依旧苦苦思索着幺鸡的临终遗言："李唐，记住我的话，不该知道的不要知道，干完自己该干的，回去，回家。十七年四个月零三天，别白浪费了这么久。日他妈，我看不见你了。记住，十七年四个月零三天……"

饭桌旁，一团团的废纸上写满了幺鸡留下的神秘数字：17，4，3……李唐抱着脑袋，一筹莫展。

专案组办公室内，关于幺鸡的故事会也在继续。大白板上贴着十几个和幺鸡有关的关键词，还有两张A4纸上，记录着已经讨论出来的故事大纲。

这次发言的是大峰，被段迎九点到名后，他直愣愣站起来开门见山地讲道："小柳不是幺鸡的未婚妻，我觉得有可能是和他一起埋在厦州的间谍。本来就是互相利用互相配合，时间一长有感情了，不想接着干了，想跑又跑不了，那就装病。找人，做假病历，上面一看算了，不要了。不要就好办了，幺鸡瞒着小钟，黑吃黑，欠了一笔高利贷，打算带着小柳远走高飞。也不知道怎么事情就败露了，这下子麻烦了，上面肯定不能饶他，放贷的也要翻脸，幺鸡……"

当当当，段迎九用笔杆敲敲桌子，打断了大峰的发言。她捂着半边腮帮子说："你看看周围，你看看，好像所有人都觉得你这个故事有问题。"

"写作文我一直不行。"大峰有点悻悻地坐下了。

段迎九摇摇头："要不是我上火牙疼，就给你把后面的续出来。不会没关系，你不能把金庸和网文卷在一起抄啊。下一个。"

抱着脑袋想了一夜未果，李唐决定大海捞针。既然是幺鸡留下的线索，那就一定和他有关。现在是信息社会，在厦州生活十几年，再谨慎也会留下痕迹。微博、微信、购物平台，李唐挨个打客服电话，用幺鸡的身份证号找回密码，然后逐一筛查社交平台的留言和购买记录。除此之外，他还联系了移动公司、快递公司、税务所甚至医保中心和派出所。利用等客的间隙，整整查了一上午，李唐也没查到什么有价值的信息。忽然，他想起丁美兮昨天说的话：

"我给你买了一份保险。"幺鸡死得毫无留恋,会不会也买了保险?

想到此,李唐挨个拨打了几个大型保险公司的电话。直到阳光保险公司,对方的业务员一听李唐说出"要海勇"的名字,立马答道:"您都打了多少次电话了?"

李唐眼睛一亮,赶紧追问道:"我给你们打过电话吗?"

业务员叹了口气:"大哥别闹了。不是我们不认账,我们经理也和您解释过了,上法院也得看合同条款吧?"

看来幺鸡真的在这儿买过保险!李唐稳住气息,诱导着问对方:"霸王条款,法院也认吗?"

"万事都要讲理,咱哥的毛病不在保险范围内。这个事儿你们找了不是一回两回了,就算您拿着录音笔我也得这么说。"

"你没记错吧?"李唐小心地问道。

"哥,全厦州姓要的,也就你们两个人。"

"那可不一定,你说我哥叫什么名字?"

"要明岭啊。"

李唐心中生疑,这并不是幺鸡的本名。但姓要的确实很少,还是先把资料套出来再说。于是,他对业务员说道:"这样,你把他的保单复印件发我一份,我得交代一下嫂子。还有,你说不能报销,是说他的基础病,还是别的?"

"基础病还说啥,恶性小细胞肺癌,它真不在保单里呀。我们公司一年上万份保单,险种、保单范围那都规定得明明白白的,不是我们自己瞎胡来的……"

业务员的声音渐渐变得模糊起来,李唐努力回忆之前每次和幺鸡联系,对于自己患癌的事儿,他没有吐露过半分。为什么?李唐心中的谜团更大了。

送走李唐和丁晓禾之后,小婷的精神一直有些恍惚。李唐欲言又止，丁晓禾痴情真挚，两个人的脸轮番在她眼前闪现。不，不止他们两个，还有在老家街头主动找上她的刘先生，厦州机场隐藏在接机人群中的林彧，以及时不时向她袭来的微信、电话……

小婷的手不由自主地颤抖起来，老师站在讲台上，嘴巴一张一合，但她却什么都听不见。直到身边的同学用胳膊碰了她一下，她才猛然听到老师在叫她的名字："许惠婷？"

小婷猛然站了起来，只感觉一阵眩晕，不由自主地又跌坐在了椅子上。众人的目光都聚集在了她的身上，老师走到跟前，看着她额头上细密的汗珠，不解地问："是不是不舒服？"

小婷点点头，又摇摇头，稳了稳神，虚弱地说了一句："对不起。"

好不容易熬完了一天的课程，失魂落魄地回到家里，丁晓禾还没下班，小婷看看时间，把目光投向了书柜里的一个纸盒子上，那里面装有丁晓禾的各种证件。林彧曾经教给她，只有完全掌握了一个人的底细，才能真正了解他抓住他。

小婷注意那个盒子很久了，只是一直没有机会接近。此时，她快速打开书柜，小心地把盒子拿下来。打开盖之前，她又犹豫了。早上丁晓禾对她求婚的话还回荡在耳边，从来没有一个人对她如此真情真意，让她可以放心依靠。连李唐的心里都是李小满排第一，只有丁晓禾把她许惠婷像宝贝一样放在心尖上。难道真要无耻地欺骗他吗？

就在小婷双手微颤之际，手机振动，林彧传来了一条微信，内容只有两个字：加油。小婷深吸一口气，林彧阴魂不散，她已经没有回头路了。想到此，她果断打开了盒盖。盒子里都是证件，有丁晓禾的党员证、户口本、各级学历和学位的证件，还有他的一些工作资料。盒子的最下面是一个小小的纸袋子，小婷往外倒了一下，里面掉出一张丁晓禾穿着国安干警制服的证件照。照片上，他神色端正，眼神纯净。嘴角微微上扬，仿佛在对小婷微笑。

小婷心头一颤，可来不及多想，外面便传来了熟悉的脚步声——丁晓禾回来了。小婷赶紧收拾了一下，把盒子放回原位。丁晓禾推开门的瞬间，她刚好关上了书柜的柜门。丁晓禾照旧拎着食物，一边换鞋一边对小婷说："挂科的事情我找同学问了，留学生能多补考一次，等这几天忙完了，我给你补课，学费只收一半。"

　　小婷接过丁晓禾手里的食物，故作轻松地问了一句："能分期吗？"

　　"你不怕我是校园贷吗？"丁晓禾打趣地冲厨房问了一句。看着小婷在水盆前忙碌的背影，他稍稍放心一些。他们的感情已经公之于众，今后的路恐怕会越来越难走，但他不怕。而有他在，小婷也不用怕。

　　憧憬了一秒钟未来之后，丁晓禾想起自己兜里还装着今天刚刚发下来的社保卡。但看向书柜时，丁晓禾愣了——存放证件的纸盒子放歪了。书柜里的那块空当刚好能塞进纸盒，他担心证件遗失，每次都放得端正稳当。这个姿态，盒子一定被人动过了。

　　厨房传来做饭的流水声，丁晓禾轻轻打开盒子，在心中挣扎了一会儿，然后坚定地做出了选择。

　　有荤有素，还有一条蒸鱼，小小的居室内充溢着温暖的香气。丁晓禾颇有兴致地开了一瓶金门高粱，一口酒一口菜，还不忘对小婷的厨艺赞不绝口。

　　小婷也被带动着兴奋起来，主动递过去自己的杯子，好奇地问："你平时从来不喝高度酒，今天有什么好事？"

　　丁晓禾举起酒杯一饮而尽，他面带微笑看着小婷闪烁的眼睛，开始了一场二人间无声的博弈。

　　"事情不能说，总归是好事。"语气兴奋，又包裹着神秘，这是丁晓禾落在棋盘上的第一颗子。从刚才的书柜开始，他仔细回忆了同居以来的这段时间，衣服、手机、电脑，还有上下班要带的包，小婷都不止一次动过。以前，只把她当成恋人，这些举动看上去也无伤大雅。但如果换一个角度，那么她的所作所为就不简单了。如果有人授意她这么做，那背后的人，会是谁？

小婷没有接招，或者说她只是漫无目的地下了一颗闲子。见丁晓禾一下干了半杯，她赶紧劝道："再好也别喝这么多，你的胃前两天刚刚不舒服。"

语气亲切自然，是不是诱饵还不太明显？想诱敌深入，恐怕还要把局做得再明显一些。丁晓禾微微一笑，一边给自己倒酒，一边说："想抓的人抓着了，高兴，再喝点儿。"这个诱惑实在太明显了，如果有人教过小婷，那接下来，她就会问，这个人是谁。

"这是个什么人，叫你们这么高兴？"

小婷没有丝毫犹豫，立刻投子入局。丁晓禾努力压抑着内心的痛苦，继续布阵："你猜？"现在的局面，小婷有两种选择：要么毫无兴致，要么顺藤摸瓜，她会怎么选？

小婷的答案是后者："我怎么猜得出来——他犯了什么法，是不是像电视里曝的，腐蚀在校大学生？"

丁晓禾夹了一口鱼，使劲嚼了几下，对小婷说："上次就是班门弄斧。以后只要你在，打死我也不蒸鱼了。"能不能就此停下？小婷，我不想战胜你，因为我不愿失去你。

但蒸鱼的话题已经阻拦不了小婷的兴致，她以为自己也在布阵："你看没看新闻里那些间谍，你说，怎么没人找我呢？"

丁晓禾几乎笑出了声，一个小学生按照老师的指导，一步步摆出了虎口，全然不知对面的大师指挥的是一条大龙。他收起自己的功力，凝望着天真而自以为是的小婷，深情又苦涩地说："我要是他们派来的，第一个就找你。"

"那你会给我多少钱，我听听。你们抓的那个人，他是发钱的，还是收钱的？"小婷自以为步步为营，不等丁晓禾回答，又追问道，

"抓了人要问话吧，你今天不用加班吗?"

丁晓禾绝望了，棋局胜负已定，但他却一把掀翻了棋盘。"你今天的话，好像比平时多多了。"

听到丁晓禾的声音降了个声调，小婷意识到自己刚刚有些着急了。她赶忙掩饰道："你高兴，我也跟着高兴。你尝尝这个，广东同学教我炖的汤。"

此时，丁晓禾已经无心饮食。他双眼放空，心中焦灼不已，连小婷递到手边的汤都没有看到。

"你怎么了?"小婷观察着丁晓禾的脸色，小声问道。

丁晓禾回过神来，未及回答，茶几上的电话响了。他起身接起，走到阳台的窗口应答："对，你说。"

透过玻璃窗，丁晓禾能清楚地看到小婷在认真地听着电话。他假装无意地转身，小婷立刻把脸扭了回去。如果是接受正规训练的间谍，动作这么明显，恐怕都毕不了业。那么很可能，她只是个诱饵，身上还拴着钩连着线。那么下一步，就先找到系在她身上的线头吧。

晚饭后，趁小婷去卫生间的时候，丁晓禾仔细检查了小婷放在客厅里的书包。很快，他在一个夹角的针脚下面，发现了一个微微凸起的东西。丁晓禾顺手从书架上拿下一块磁钉，把它轻轻地贴在这个凸起外面，啪的一下，凸起吸附了上去。

这恐怕是背后的人放在小婷身边的窃听器。丁晓禾拿起一把剪刀，想顺着针脚拆开。可他转念一想，拆了窃听器，连在他和敌人之间的线就断了。从前，敌在暗我在明，但若把小婷这个接在中间的开关拨向另一边，那么情况就完全反转了。况且，线路一断，小婷就等于完全暴露了。对于间谍组织来说，暴露的弃子只有死亡一个下场。

丁晓禾把剪刀和书包又默默放回了原位。一阵马桶冲水声，小

562

婷走出卫生间。丁晓禾迎上去，深情地说道："小婷，刚才光顾着说单位的事儿了，其实我今天最想跟你说的，还是早上那件事。你愿意答应我的求婚吗？"

林彧坐在灯下，戴着耳机饶有兴味地监听着丁晓禾与小婷的对话。自古英雄难过美人关，丁晓禾也跳不出这个俗套啊。现在听来，他对小婷的迷恋已经到了无法自拔的地步，几乎快要赶上火传鲁对他姐姐丁美兮的程度了。

"我不知道是不是我自己有点心理问题。我一直觉得求婚是一件特别可笑的事情。它对我来说太不真实了。说实话，我也不知道我为什么会说出那样的话。"

试想一下，英俊潇洒、前途似锦的青年警官柔声细语地表白，有几个姑娘可以扛得住？林彧听了丁晓禾的话，恨不得变成个姑娘，马上答应下来。

可小婷的语气中似乎还有一丝犹豫："结婚是件大事，你得想清楚。"

丁晓禾不假思索地回答道："至少在那一瞬间，我想清楚了。我没喝酒，我连咖啡都没喝，我很冷静。"

耳机里静默良久，小婷没有答应。林彧的脸上闪过了一丝疑虑，他把耳机使劲儿往耳朵上贴了贴，恨不得听清楚二人的呼吸声。

过了一会儿，丁晓禾的声音再次传来："没关系，你在想什么，都可以说，我什么都能承受得住。"

"我怕我以后会后悔。"

"为什么？"

"我也不知道。"

丁晓禾叹了口气："感情这种事情，谁也不知道。你是怕你爸爸？还是怕我姐姐？"

"不，不是他们。"

"那你怕什么？"

林彧眉头紧蹙，等待着小婷的回答。过了一会儿，他听到一阵窸窸窣窣的声音，之后便是小婷的话："我得先回去了。我来厦州是读书的，挂科的事情肯定不行。我已经有些乱了。最近上课有些忙，过两天我再来。"

"小婷，小婷？你等等我，我送你！"丁晓禾追了出去，但小婷的身影迅速隐没在了黑暗中。

远处似有隐隐雷声，林彧的脸色也跟着阴沉下来。

厦大一院肿瘤中心的呼吸内科病房，一个护士坐在电脑前，头也不抬地问李唐："哪个岭？"

李唐拉了下口罩回答："山岭的岭，要明岭。你受累给查查，这是老家的一个亲戚，受不了晚期的疼，自杀死了，出院手续好像还没办。"

说话间，护士握着鼠标的手停住了："办完了啊。"说着，她把电脑屏幕转向李唐。果然，这份电子病历上贴着幺鸡的照片，登记的假名字是要明岭，而出院手续的签字栏，写着"柳国香"三个字。

"已经办了？不能啊。他什么时候住进来的，还有出院的时间，我能看看日期吗？"李唐一副难以置信的表情，继续问道。

护士不耐烦地指了指屏幕，意思病历上都有。李唐飞快地看着，忽然手机响了，来电话的是小婷。他快步走到楼道尽头，轻轻接起了电话："有事吗？"

小婷匆匆穿行在小区外面的胡同里，听到李唐的声音，她回头望了一眼，确认没人跟着之后，小声回答道："你在哪儿？对，有事。"

李唐向护士台扫了一眼，同样用很低的声音说："我有点忙。能在电话里说吗？"

"什么时候有时间？我想见见你。"

"出什么事了？"

小婷停了一下，紧紧抓着书包带子说："我想回去。"

李唐觉察出了小婷的异样，马上告诉她说："这样，把你的手机充好电，等我电话，我一忙完就去接你。"

胡同里的小婷有些不情愿地挂断了电话。她走出胡同，站在街边，隐隐感觉到一丝不安。虽然只过了五分钟，但她决定不等出租了，直接在软件上叫一辆快车。按键一点，立刻有人接单了，电话也紧跟着打了过来。

林彧的耳机里传来了小婷的声音："您好，我要去大同街。"

夜幕下，一辆轿车迎面而来。车窗摇下后，一个司机对小婷招呼道："是你叫的车吗？"路灯下，小婷对照着手机看了看车牌号，拉开车门，钻了进去。

与别的快车不同，这辆车和这个司机都格外安静，没有不停派单的提示音。小婷望向窗外，心中纷乱异常，也没觉得有什么不妥。行至半路，司机突然转了一下方向盘，头也不回地说："加点油，很快。"

没等小婷反应过来，车子已经下了主路，拐进了路边的加油站。油枪插进车子，司机拿上钱包去结账。小婷注意到他特意和钱包一起拿走了手机，加油站不能接打电话，为什么特意带上手机？她微微转头，往司机的方向瞥了一眼，果然看见他拿着手机打字，似乎在回复消息，而且还不时朝小婷的方向张望。

身边加油机的表已经跳停了，小婷急忙抓起书包，正要开门下车，司机却已经回来了。他堵在门口问："去哪儿？"

"卫生间。"

司机把车门一关："在前边，我拉你过去。"

"不用，我自己走过去就行。"小婷再次打开了车门。

这次司机没再找任何借口，直接冷冷地说了两个字："坐好。"

小婷抓着书包带子，缩在座位上不敢再动。司机回到驾驶座，咔的一下，前后车门都被锁上了。发动机传来嗡嗡的震颤声，似乎马上就要开动。忽然，一辆汽车从后面超了过来，一个急停斜在了快车的前面。车门一开，丁晓禾从驾驶室里快步走了出来。

呼吸科的楼道里，医护人员全都一路小跑。有个病人突然病危，晚上本来就人手少，能找到的人，全都上了。一直躲在楼梯间的李唐赶紧冲到护士台，打开电脑，调出幺鸡的资料，用手机飞快地拍了下来。

随后，他从步梯快速下楼，手里攥着手机，出了医院大楼马上打给了小婷。然而，小婷却迟迟没接电话……

丁晓禾的车打着双闪停在路边，性格温和的他气愤地冲着小婷大喊大叫："不是要回宿舍吗？不是要回去学习，怕挂科，再也不和我来往了吗？什么意思？这是去哪儿？去见谁？"丁晓禾的话像瓢泼大雨一样朝小婷砸过来，让她连插话的机会都没有。"小婷，我是真心实意跟你求婚的，我到底怎么了你告诉我行不行？之前咱们是不是说好的，不管是谁，只要不喜欢对方了，有什么事都要说清楚，千万别瞒着，对不对？"

"你听我说！"小婷眼眶泛红地插了一句，但马上又被打断了。

丁晓禾不断朝窗外看去，嘴里依旧一刻不停地说着："你听我说，小婷，你什么都别说了，要不是我出来送你，看你上了快车，我还以为你现在在学校的图书馆！"

"我要回家！我要去找我爸！"已经濒临崩溃的小婷再也承受不住一连串的责问，忽然不管不顾地哭喊起来。

566

可丁晓禾看上去似乎比小婷更着急，他不停地望着倒车镜，继续用刚才的语气质问小婷："你爸爸是我姐夫，他家在哪儿我知道。这是一条路吗？"

"他说他要加油——"

倒车镜里一束远光灯短促地闪了一下，丁晓禾突然捂住了小婷的嘴，注视着她的眼睛，继续说道："我不管他，我只管你，我就问你一句话，求婚的事情你一直犹犹豫豫，到底为什么？怎么不说话了？说呀！你要去哪儿？站住！许惠婷！"

小婷一下蒙了，她疑惑地瞪着丁晓禾。只见他一边说一边把小婷的手机和装着窃听器的书包放到后车座上，然后探过身子，把副驾驶室的车门推开，同时趴在她耳边小声说了一句什么。看着小婷先下了车，自己也飞快地跳下车去，把车门砰的一下使劲关上了。

一辆灰色轿车紧跟着从后面开来，停在了小婷身边。丁晓禾抓住小婷的手，迅速钻了进去。司机回头朝他俩看过来，原来开车的是段迎九。

林彧的耳机里安静了好一会儿，忽然传来了一阵手机铃声。第一通没接，紧跟着又是第二通。响了好几声，里面传来了小婷的声音："爸爸。"

"你在哪儿？我现在去接你。"李唐在电话里说。

"我没事了。"此时，小婷已经重新回到了丁晓禾的车上，车子平稳地行驶在路上。

"我去看看你吧。"李唐还是放心不下。

"不用，今天也有点晚了，改天吧。也没什么，就是考试挂科了，心情不好。"

"不是什么大事，想开点。改天我去看你。"

"嗯，知道了，再见。"

林彧的表情阴晴不定，小婷毕竟没有接受过正规训练，藏在国安身边，一时精神崩溃也说得过去。现在他想听的是丁晓禾的态度，他要看看这个国安干警是不是已经屈服在女人的裙摆之下了。

安静了片刻后，耳机里传来了丁晓禾的声音："对不起，刚才我可能是疯了。可能太在乎你了，所以没控制住情绪，向你道歉。"

小婷怯生生地回了一句："刚才你把我吓坏了。"

"以后再也不会了。"

林彧微微松了口气，但他并不知道，车内二人的神情与他们交谈时的语气截然不同。

段迎九的灰色轿车一直跟在丁晓禾的后面。她一边开车一边对着手机部署："丰田卡罗拉，二十分钟前的车牌号是闽D5N017。白色车身，左前灯有剐蹭，右后轮胎上有一道红漆。司机不到三十岁，短头发，黑色李宁的裤子和运动鞋，本地口音，刚才从新华路的加油站往北沿辅路走了，查这个车在哪些网约车的平台注册过，找到这个人——另外，把四号安全屋打开，马上。"

所有的安全屋里，四号外面看起来最不起眼，但里面的布置却是最舒服的。怎么说，也是丁晓禾的心上人，这点照顾还是可以有的。看得出来，她对丁晓禾也动了真情。五分钟之前，在这辆车上，她就跟小婷说了一句话："他们要害你。按我说的做，我们带你走。"

小婷的手一直和丁晓禾的紧紧握在一起，仅仅迟疑了两秒钟，她便对着丁晓禾点了点头。

柳暗花明又一村，段迎九自然高兴。可回想刚才那两人的眼神，她也不禁在心里暗暗叹息了一声：又崩了一对。

四号安全屋位于一条胡同内，这里极为狭窄，仅能容一辆车通过。丁晓禾的车停在一个挂着卷闸门的门口，看上去这里更像一座车库。

车里的丁晓禾用手势和小婷交流着。按照他的提示，小婷把车门打开，下车之前说了一句："我先回去了，明天见。"

丁晓禾则不动声色地回了一句："早点休息。"

砰的一声，车门关闭，小婷跟着段迎九钻进了缓缓升起的卷闸门内。门内确实是一座车库，但穿过车库，后面还有一座两进的院子，闹中取静，别有洞天。

小婷和段迎九走进去之后，卷闸门缓缓下降。此时，车里的丁晓禾拿起手机，故意拨通了小婷的电话："你的书包落车上了，那我明天给你送过去，好。"

丁晓禾瞥了一眼后座上小婷的书包，驾车离去。林彧则摘下了耳机，虽然仅仅是失联一夜，这依旧让他感到不安。夜里最容易出事，尤其是不睡觉的人。

这一夜，丁晓禾彻夜未眠。他站在四号安全屋幽静的小院里，望着头顶的漫天星光，心里五味杂陈。

和段迎九料想的一样，小婷只是一个被威胁和利用的学生。她根本不知道书包里有窃听器，对自己已经构成间谍行为的事也一无所知，更加没想到那些人会真的动手，杀人灭口。对她来说，戴罪立功就是最好的出路。

案子突然有了转机，专案组的同事们知道了，该有多高兴。丁晓禾默默对自己说："是应该高兴啊。"可抑制不住的伤感还是不断从心底涌起。小婷跟着段迎九进门的时候，一直回头看向他。丁晓禾恨不得让时间停住，哪怕只有一分钟。他想告诉小婷，自己真的是那棵大树，可以让她依靠，可以为她遮风挡雨。

然而时间不会为任何人停下脚步，他和小婷的故事永远地结束了。

段迎九亦是无眠。开诚布公地摆清利害之后，小婷很快交代了自己知道的全部，自小的身世，如何一步步从对岸来到厦州。最后聊到厦州的接头人，她有些犹豫地对段迎九说："我见过他，可是我认不出他，那个人从来没露过自己的脸。我只知道，他是个左撇子。"

段迎九一下子站了起来："又是他——不过以后就好办了……"

安置好小婷，段迎九一路冲到汪洋家，把他从被窝里拎出来听案件进展分析。

"鲇鱼的嘴里有两根吸管，左边是黄海，右边是小婷。源源不断，相互佐证。以彼之道还施彼身，我们也可以逆用小婷，把一个个通过丁晓禾获得的假消息，挨个传给鲇鱼。这些情报接二连三，都能在黄海那边得到验证。想想看，就算有李春秋和姚兰之死在先，鲇鱼都不肯轻信黄海。小婷就是一只手，可以推他一把。这只是个信任的开始，从今天起，我们就能左右鲇鱼和他背后这张间谍网在厦州的一举一动。"

看着汪洋打了个哈欠，段迎九有点不满地说："哎，听这么振奋人心的消息你还没醒盹儿啊，我可是一夜没睡，现在还激动得合不上眼呢！"

汪洋眼皮一抬，慢慢冲段迎九举起了一个大拇指，两人不约而同地露出了久违的笑容。

接下来的一段时间，段迎九的计划有条不紊地进行着。小婷拿到的红头档案，不断佐证着黄海的弹幕摩斯码。终于在一天下班后，黄海在家门口发现了一个黑色塑料袋包裹的盒子。

盒子里有一根金条和一部灰色的诺基亚手机。黄海长按开机键，一阵经典的音乐过后，屏幕上跳出一句问候语：江南无所有，聊赠一枝春。

刚吃完晚饭，李唐听到了一阵轻轻的敲门声。打开一看，小婷独自一人，落寞地站在门外。

"怎么不给我打电话，我去接你？"李唐一边把小婷让进来，一边小心观察着她的神色。

小婷坐到沙发上，低着头一言不发。

"到底怎么了？"李唐问道，见小婷摇摇头，又小心翼翼地追问了一句，"是不是因为丁晓禾？分手了？"

听到这个名字，小婷绷不住了，她抱着自己的肩膀，眼泪噼里啪啦地掉了下来。李唐立马抄起桌上的手机，翻找丁晓禾的号码。没想到小婷突然抬头拦住了他："和他没关系，我喜欢上别人了。"

李唐一时无言以对，他有点读不懂小婷的眼泪，也只好拍拍她的肩膀，以示安慰。无论谁背叛谁，失恋总是件令人难过的事儿。

此时，黑色诺基亚振动起来。

"你在哪儿？"林彧问道。

"在家。"

"听着声音有点低，没事吧？"

"没事，你说。"

"就是提醒一下，你该去口腔医院复查了，晚安。"

屋子里又静了下来，时不时能听到小婷微微的抽泣声。父女二人各怀心事，在昏黄的灯光下，沉默无言。

口腔医院的第六诊室，郭大夫拿着李唐刚拍的牙片看了看，问道："没什么问题，植体周围牙槽骨的吸收也挺好的，你是觉得难受吗？"

李唐从诊疗椅上慢慢起身，揉了揉发麻的腮帮子说："反正就是不太舒服，怕是不是栽歪了，来看看。"

郭大夫胸有成竹地说："不会，你这算恢复好的，下次到点复查就行。"

李唐答应着，接过缴费单往外走去。路过墙边的时候，他看了看上面的出诊表。郭大夫一上午门诊，留给他探秘的时间很充裕。

于是，按照林或的指示在郭京大夫家搜寻完毕后，李唐毫无防备地打开大门，和回家来取资料的郭大夫撞了个正着，两人当场都愣住了。郭大夫拿着钥匙的手在半空中悬了几秒钟，待他反应过来准备转身逃跑的时候，李唐已经一把捂住他的嘴，把他拽进了屋里。郭大夫惊慌失措，拼命挣扎。李唐只顾着去抢郭大夫的手机，以防他报警，不想被郭大夫四处乱抓的手，扯下了口罩。

"你?"郭大夫意外地望着李唐，还没等他想明白，一记重拳将他打晕了。再睁开眼的时候，他被捆住手脚扔在床上。李唐翻遍了他身上的每一个兜，胸卡、手机、钱包逐一搜查。

郭大夫嘴上贴着胶布，含糊不清地呜呜叫。见李唐从他钱包里取出一张少女的照片时，他从哀鸣变成了挣扎。

照片上的少女和李小满年纪相仿，李唐看看郭大夫，犹豫了一下，伸手把他嘴巴上的胶布扯开了一半。

郭大夫用尽可能理智的语言对李唐说："你想要什么，尽管拿，我绝对不会报警。床头柜里还有一块表和一些现金。钱包里是我孩子，我知道该做什么，不该做什么。如果你要找的是我女朋友的东西，她从来不把资料往家里带。我可以发誓。"

李唐盯着少女的照片仔细看了一会儿，她不仅和李小满年纪差不多，连校服都是一模一样的。"六中，哪个班?"

"重点班。"郭大夫犹豫了一下还是说了出来。

"叫什么?"

这次郭大夫没有回答，李唐也没坚持。他把照片取出来装进自己的兜里，把钱包扔在了床上。"我可以自己去问，如果需要的话。"

随后他重新戴上口罩，解开郭大夫手腕上的绳子，转身离去。

林彧的电脑里密密麻麻都是照片，全部是李唐这段时间在郭大夫家拍到的。电脑旁边的本子上，比电脑还乱，这些是林彧根据照片整理出的数据和规律分析。信息庞杂纷乱，林彧已经很长时间没睡好觉了。好在李唐最近的表现趋于稳定，小婷也渐渐平静了下来，林彧感觉自己离最后的宝藏越来越近了。刘处长年岁渐长，大老板也马上退休，阳明山下也该有一间属于他的办公室了。

正在这时，伴着一阵敲门声，外面有人喊了一句："收水费。"

林彧轻轻合上电脑和本子，走到门边听了听动静，慢慢打开了防盗门。收费员扫了林彧一眼，并没有马上进门，而是客气地问道："查个水表，现在方便吗？"

林彧哦了一声，把收费员让进了门。尽管表面不动声色，但收费员过分小心的口气和躲闪的眼神，已经引起了林彧的注意。一进屋，收费员问都没问，便轻车熟路地走进了卫生间，找到了藏在暗处的水表。不一会儿，手持机器里打印出一张单据，他撕下来递给林彧说："早八点到晚六点，支付宝交费就行。"

林彧没有伸手去接单子，他望着收费员平和地问道："不好意思啊，最近有点忙，总不在家。我欠了几个月了？"

"上面都有，三个月了。"收费员又朝林彧扬了扬单子。

林彧依旧看看收费员："咱们俩见过吗？"

"没有。"

"你上回来是哪天？我怎么没见着你？"

一丝尴尬从收费员脸上闪过，他摆弄了一下手里的机器说："我在门口敲门，几次都没人，没进来过。"

"那你怎么知道水表在卫生间？"

"这栋楼格局一样，都在厕所。"

林彧挡在收费员出门的必经之路上，终于伸手接过了缴费单，低头看了看，对收费员说："听说了吗，前几天四楼东门那家遭了贼，居委会也要去派出所配合调查，是吗？"

收费员已经待不下去了，摇摇头："不清楚。麻烦你让让，我还要忙。"

看着收费员慌张的神情，林彧慢慢让开了路，嘴里客气地说："混饭吃，总得往外跑，以后还得麻烦你。家里就我自己住，都得靠大伙儿照顾。"

收费员脚步匆匆，但和林彧擦肩而过的时候听到这句话，脸上瞬间闪过一丝惊愕。防盗门砰的一下关上了，楼道里一阵急速的下楼脚步声。待这个声音消失，林彧迅速拨通了物业的电话："物业吗？几天前，我家有人进来过。我要求调监控。"

在物业看监控的时候，林彧接到了李唐的电话。

"有麻烦，那个医生看见我的脸了。"

"你先回家，这两天先休息休息吧。"

林彧脸色阴沉地挂断了电话。监控画面里，一个人影从楼道深处走过来，举起一个强光手电，直接对准了监控摄像头，画面顿时一片逆光，无法辨认此人的身形和样貌了。

"我真的不认识那个女的！"之前搭载小婷的快车司机已经被押进了专案组审讯室，面对刺眼的灯光和手铐，他极力地给自己辩解，"我连她叫什么都不知道，不信你们去查，我说的都是真的！"

"不认识，你要带她去哪儿？"坐在司机对面的丁晓禾马上质问道。

"有人说她欠了高利的校园贷，让我把她拉到台湾街，到那儿就没我的事了。"司机的眼神有点飘忽，说话越来越虚。

丁晓禾继续追问道："谁？叫什么？"

"我不知道，就一起打过几次牌，谁也不问名字。电话号码我也给你们了，你们把他找回来我可以辨认……"

丁晓禾还在与司机缠斗，但坐在他身边的老魏冲着审讯室的大玻璃微微摇了摇头。

站在外面的汪洋和段迎九都有些失望，尤其段迎九，一个劲儿地揉着自己越肿越高的腮帮子。

"怎么了你？"汪洋问道。

"上火，牙疼。"

"上火去吃药呀，愁眉苦脸的管用吗？"

"吃了，不管事。明天我去找趟老郭。"

第二天，段迎九从诊疗椅上起来的时候，不断地吸凉气。"我真不娇气，可牙龈刮治也太疼了。"

郭京大夫叹了口气："没办法，牙周炎最麻烦，下星期你还得来一趟。而且光刷牙不行，再忙也得定期洗牙。半年一次，以后你得常来了。"

"你要了我的命吧。"段迎九捂着腮帮子说，"你要不是和我坐过同桌，我绝对不可能相信你说的这些话。"

郭大夫边收拾工具，边无奈地笑着说："哪个医生也不会害你——回去买个洗牙器，多少管点用。"

段迎九随口答应了一声，一边穿外套，一边八卦起来："和你那位小女朋友领证了没有？"

"不着急。"一提到这个话题，郭大夫又想起了前几天的经历，神色有些黯淡。

这样的变化自然瞒不过段迎九，她立马问道："你怎么了？以前拦也拦不住你说话。今天怎么有点没精打采的，不会是分手了吧？"

"没有，可能是有点累。"

"真的没事？"

郭大夫摘下口罩停了停，苍白的脸上努力挤出一丝微笑说："没有，能有什么事。"

李唐的餐桌上，满满当当地摆着有关幺鸡的各种资料。除了用假名字"要明岭"登记的住院和出院以及病历等各种资料的复印件，还有一份医保中心的证明和公证处的证明复印件。之前，他给民政局打了电话，查到了幺鸡和小柳的离婚时间，是在他自杀前十天。这绝对是幺鸡提前计划好的安排。

李唐趴在桌子上，反复回想那天和幺鸡诀别时的画面。十七年四个月零三天，17，4，03，答案似乎就在眼前，可却蒙着一层阴影，怎么也看不清楚。幺鸡平静地坐在桌子旁边，桌上还有没收拾的饺子盘，还有……

一道闪电从李唐的脑海中划过，他激动得一下坐直了身子……

第三十章

李唐给林彧小区的收费员寄了一个中医学校学生用的耳朵标本，为了看上去更逼真更血腥，橡皮耳朵上还沾了些假血浆。

可收费员还是把他出卖了，因为林彧更狠，直接下死手。乔装打扮，强光隐藏，这都是专业的手法，能摸进他住处的就那几个人：阿良、小黑、李唐，再加个丁晓禾。

刚开始，收费员对着这几个人的照片都摇头。可等林彧把他的头往水池里按了几个来回之后，他马上求饶，哆哆嗦嗦地指了指李唐的照片。那张照片是林彧从偷拍的全家福上抠下来的，照片里李唐笑得格外舒心。

金湖洗车行的卫生间内，阿良坐在马桶上接到了林彧的电话。林彧找他只有一件事，好在这次行动难度不大："专车司机好说，车祸就可以，车牌号你说一下……9521，黑色丰田，知道了。"

此时，旁边的隔间内，肖锐坐在马桶上紧张得一动不动。听到一阵冲水声和关门声之后，他蹑手蹑脚地把面前的木门轻轻拉开一道缝隙，看着阿良开着精洗后的路虎车离开，才颤抖着摁下了马桶的冲水键。

和黄毛简单招呼了一声，肖锐匆匆赶往六中。出门前，他想了想，抓了顶帽子戴在了头上。

被肖锐截在学校门口的李小满还是一贯咋咋呼呼的样子："你也不吭一声，吓死我了。"

肖锐没说话，把她拉到一条僻静的胡同，边朝外面张望边说："我要离开厦州，回哈尔滨，明天就走。"

李小满看他一副神秘兮兮的样子，有点紧张地问："你开车撞死人了？"

肖锐烦躁地摇摇头："出了点事儿，你别问了，反正再不走就要死了。"

李小满一把拉住肖锐的胳膊："我跟你走。"

"你别逗了大姐！"肖锐甩开李小满，无奈地说，"我回去还不一定啥时候回来，回不回来还两说了！"

李小满的火一下蹿了上来，她把书包使劲儿砸到肖锐身上，气急败坏地喊道："我他妈差点给你怀了孩子，说走就走，你去死吧！"

肖锐见状赶紧拉住准备掉头离开的李小满："不是不带，你叫我怎么带呀？你不要你妈了？"

"那是我的事。"

"你这不是难我吗？早知道我就不来了！"

"就一句话，你带不带我？"

肖锐为难得直搓手，见李小满眼圈渐红，终于下定决心说："那明天早上，三丘田码头，我等你。"

安排行动的路上，阿良路过一家洗车店，几个小工正拿着毛巾反复擦车，其中一个的发型和肖锐差不多。阿良心里一颤：忘了这小子了。他拿起手机，往车行打了个电话。

接电话的是黄毛："良哥？啥事啊？"

"肖锐在不在？"阿良用惯常的声音冷冷问道。

"没在，出去了。"

"哦。"阿良停了一下，又问，"他这一天到晚的怎么老不在？刚才我取车的时候也没见他啊？"

"没有没有，良哥。"听出阿良有点生气，黄毛赶紧打圆场说，"他那时候在，拉肚子蹲厕所呢。"

阿良没吭声直接挂了电话，脸色异常阴沉。他想了想，拐弯往肖锐的住处开去，但那里已经人去楼空。

后江埭路的上青本港海鲜永远爆满，李唐顺着楼道走进最里面的一个包间，推开门只有丁美兮一个人坐在里面。见他进来，丁美兮抢先问了一句："出什么事了？"

这话问得李唐有些意外，他把包间的门关上，反问了一句："出事了吗？"但看着丁美兮疑惑的神情，他马上反应过来："这个饭局不是你约的？"

"李小满给我打的电话，说一起吃晚饭，还有你。"丁美兮也恍惚了。

"她人呢？"

丁美兮噌地一下站起来，一边穿外套一边说："十分钟前就说在路上了，我还以为你去接的她……"

"妈，你去哪儿啊？"不等丁美兮走出包间，李小满推门进来了，她把手里的蛋糕往桌上一放，"你们怎么不坐呀？"

李唐赶紧找补着说："你妈见你一直没来，想下去迎迎你。"说着他指指蛋糕："你今天唱的哪一出？"

李小满一边小心翼翼地拆蛋糕，一边说道："下个星期就是我妈生日，你的生日之前也给忘了，今天补上，一起过吧。过几天晚上也要补课了，就今天，行吗？"

女儿突然的懂事，让李唐和丁美兮有些不适应。两人愣了一下，但很快便被发自内心的喜悦淹没，完全没有注意到李小满端蛋糕时微微颤抖的双手。

李唐伸手摘下蛋糕上的一颗樱桃扔进嘴里："不行——早干什么去了，才想起给我补生日？逆子。"

招牌菜外加整只龙虾，一家人很久没吃得这么丰盛了。不仅如此，李小满还格外勤快，布菜、倒酒，忙得满桌飞。丁美兮却越来越紧张，她太了解女儿，这样的表现，根本就不是李小满。跟前的盘子里，李小满给她夹的菜已经堆成了小山，丁美兮终于忍不住了。她放下筷子，尽可能平心静气地问道："小满，你是不是，有什么事情要说？"

李小满似乎在回避着丁美兮的探问，她一边往蛋糕上插蜡烛，一边嬉皮笑脸地说："唱个生日歌，算吗？"

打火机一闪，李小满熟练地点燃了蜡烛。丁美兮忍不住了，又问道："小满，你是不是……"

"哎！"李小满晃晃手里的打火机，"不是我的啊，刚才问服务员借的。"说着她把蛋糕推到桌子中间，"快，许愿吧"。

丁美兮还想追问，却被李唐拦住了。他当然看得出女儿的反常，但不管什么事儿，都不是靠吼叫和逼问能解决的，尤其是对李小满。咽下嘴里的龙虾，他转头看着女儿说："我生日早，我先来啊。咱们就不来闭眼睛那套了，这个岁数求个什么，心里都清楚。你是我俩的孩子，你替我们吹吧。"

蛋糕又被推到了李小满的面前，荧荧烛光之下，李小满双手合十，闭上双眼，默默祈祷了一会儿，然后一口气吹灭了蜡烛。随即，一边拍手一边唱起了《生日快乐歌》。

李小满的歌声算不上美妙，但李唐和丁美兮都跟着打起了拍子。一曲终了，三个人一起鼓掌庆祝，李小满的眼圈突然红了，她似乎想说点什么，可话到嘴边却哽咽住了。

李唐摸了摸女儿的头，用打趣的口吻安慰她说："天塌了有大个儿。平时不好好吃饭也有好处，矮，砸不着你。有什么事在咱家都过得去，你——"

"你们什么时候才复婚？"和着眼泪，李小满突然脱口而出。

听见女儿如此说，丁美兮反倒松了口气。现在对她来说，只要女儿没事，其他一切都不重要。她切了一大块蛋糕，笑了笑说："今天不减肥了，吃蛋糕！"

李小满尴尬地抹了抹眼泪，嘟囔着："算了，当我没说。"

丁美兮又切了两块蛋糕，先递给李唐，又看着李小满说："我不想为了哄你高兴，说一句不负责任的虚话，你爸爸也一样。我也不想说大人的事情你不懂，我知道你都明白。我和你一样希望咱们一家人在一起，谁也拆不开。但无论如何，这是我今年最高兴的一天。谢谢你，小满。"

认真地听完母亲的话，李小满握住了丁美兮的手。

"可以了，抒情就抒到这儿吧。我干了！"李唐举起酒杯，一饮而尽。

"爸，你少喝点……"

"这点酒对我来说，太不算事儿了。以前我那酒量，你不信问你妈……"

包间里又找回了家庭的温馨与欢乐，但李唐和丁美兮的心中却满是忐忑不安。

第二天一早，日子似乎又如常展开了。可当丁美兮站在路口要拦出租车的时候，李小满忽然说："我今天想坐公共汽车。"

"不用你挤这个，还绕远。打车快。"丁美兮说着继续朝远处张望着寻找出租车。

这时，一辆公交车正好到站。李小满三两步跑过去，直接上了车。丁美兮来不及阻拦，只能冲她挥手告别。而车上，李小满笑了一下便立刻转过头去，她怕母亲看到在她眼眶里打转的眼泪。

李唐一早出车，刚坐进驾驶座，还没来得及打开手机里的接单页面，就有人敲响了他的车窗。

车外站着一对情侣，看样子是外地来的自由行游客。他俩戴着围脖拎着手杖，身穿保暖的登山服，还每人背了个大包。小伙子弯着腰问："师傅，到永泰温泉，多少钱？"

"单趟啊？"李唐问道。见二人点点头，他在心里估摸了一下回答说："单趟三个小时，两百四十公里，走高速来回还得双份过路费……"

"走国道就行。不打表，便宜点。"女孩在一旁还价说。

李唐想了想："四百。"情侣一句话没说，转头走了。李唐又思量了一下，怎么说长途也比城里的散活儿利润高，于是他慢慢启动车子，追上情侣的脚步，从车窗里探出头来问："你们多少钱能走？"

"三百。"

"再给涨点，不够油钱。"

"三百五十不能再多了。"

"上来吧。"

大包放进后备厢，李唐的车一路朝郊外开去。

上完一节课，丁美兮抱着教案回到办公室。黄老师见她不停揉着右眼，关切地问："眼睛怎么了？"

"眼皮子从早晨跳到现在。"

"呀，我们老家说那是灾呀。去洗把脸，破一破。"

丁美兮笑笑："是吗？福州人怎么说是右来财啊？"

"那就按你们那儿的来。"黄老师也笑了笑，准备去上课了。丁美兮的眼皮又跳了几下，黄老师的话像一片云彩，从她心头飘过。

此时，她还不知道，与她命运息息相关的两个人——李唐和李小满都踏上了莫测的旅途。

专案组办公室，写满关键词的卡片几乎贴满了一面墙。饺子、自杀、肺癌、失踪、女友、债务、小钟、秘密、棋牌馆、便利店、关东煮、湖里区、棚户区……林林总总，最后都指向了一个名字，幺鸡。

线索越来越多，故事的情节也逐渐丰满起来。此时，哪吒正站在前面按照自己的推断给大家讲故事。卡片在他的讲述中被重新排序，所有人都眉头紧皱，不停思索着故事的真面目。

坐在后面的黄海依旧有点憔悴，听了一会儿，他搓了搓额头前面的乱发，闷声闷气地说："反正我觉得，不太可能是因为癌症。癌症病人五年十年的存活率很高，何况他这种还有化疗机会的。会不会是被逼的？比方说该办的没办好，事情弄砸了，躲在他后边的人想让他死，会不会？"

朱慧冷不丁插了一句："如果有人想让他死，办法有很多啊。就像咱们以前办过的那些案子，车祸最简单了，为什么让他自己服毒？"

黄海坚持己见："不说了是被迫的吗？"

朱慧反问："被迫的意思是你得听话，不听话我就捏你的七寸。幺鸡的七寸在哪儿？你告诉我。"

"女朋友啊。墙上不是写了吗，小柳就是他的死穴。"

朱慧好像辩论台上的选手，针锋相对地说道："我是小柳，你是幺鸡，有人拿我去威胁你，你不死我就得死，你去死吗？死之前你是不是应该先把我安顿好啊？还让我在便利店里收银，老老实实等着鲇鱼把我推到地铁底下吗？"

朱慧的话似乎更说得通，沉浸其中的众人把目光投向黄海。只见他想了一会儿，争辩说："得分人吧，万一幺鸡是个情种呢？"

朱慧不屑地一笑，直接走到黄海面前，继续咄咄逼人地追问："是不是情种暂且不论，我问你，如果你现在发现自己得了绝症，你会干什么？肯定是先去治病，对吗？"

"对呀。"

"好。连续疗程，积极化疗。那什么会让你中断治疗？你为什么要跑到一个棚户区，连女朋友的面都不见，天天一个人窝在家里，研究怎么去死？"

"你想说什么？"黄海有点招架不住的样子。

朱慧则乘胜追击抛出了自己的观点："我想说的是，你说的这些都不对。逻辑是错的，有漏洞，谁都替你补不上的漏洞。"

这话让黄海有点急了："怎么不对？所以我说有人胁迫他啊，谁想去死啊，他也不想，所以找个地方去躲着，女朋友也不敢见，这有问题吗？"

朱慧轻蔑地一笑："如果只是想躲灾避难，棚户区会是最好的选择吗？为什么不离开厦州？去外省，去海外，北京医疗条件也比这儿要好啊，还不好找。"

黄海还想反驳，可张了张嘴还是放弃了："我不说了，我不行。你那么厉害，你自己说一个吧。"

朱慧转身坐回自己的位置，不卑不亢地说："轮流转圈，互相刺激。谁有不同意见，站起来就驳。段老板说的。"

"没错！"一直在旁边默默倾听的段迎九高声说道。她走到墙边，把"棚户区"和"失踪"两个卡片调换了一下位置，想了想又坐回到椅子上，点点头说："撑得好，接着撑呀。我怎么感觉你们快摸着脉了？"

李小满下了车，一路走到三丘田码头边，边走边张望，却始终没看到肖锐的身影。这时，她的手机响了起来。她赶紧接起来问道："你在哪儿啊？"

循着电话的指示，李小满最终在一个小房子附近找到了躲在后面的肖锐。一走近，肖锐便拉起李小满的手朝入口相反的方向走去，嘴里还不停叨咕着："快走快走。"

"到底出了什么事儿？你告诉我。"肖锐警惕的举动让李小满也有些惴惴不安。

"上了船跟你说，抓点紧。"

李小满更犹豫了："警察会不会抓住我们啊？"

肖锐急了："你还走不走？"

李小满没说话，硬着头皮跟了上去。两人一路走到三丘田码头附近的一个海边公园，李小满远远看着肖锐和一个皮肤黝黑的男人交涉着。可没一会儿，两人突然吵了起来，肖锐骂骂咧咧地转头往回走。那男人并不挽留，也自顾自地转身走了。

"怎么了？能不能走？"李小满迎上去问。

肖锐气得涨红脸："定好的钱要给我涨两番，去他妈个逼的！坐车走！"

二人又绕回到三丘田码头，在附近一个出租车落客点，肖锐忽然拉住李小满，背身躲在了一个广告灯箱的后面。过了半晌，肖锐壮着胆子朝刚才的方向看了一眼，慢慢松了口气。就在刚才，小黑开着车从这里缓缓经过，车窗打开，四下张望，很明显是在找人。

李小满被肖锐一惊一乍的举动吓得不敢多问，只能紧紧拉着肖锐的手，跟在他身后。此时一辆四处转悠拉客的黑车停在了二人跟前，司机一看就是个老油条，嚼着槟榔抽着烟，冲肖锐一扬头问道："去哪儿啊小老板？"

肖锐小声回答："到福州。"

"上车。"司机烟头一扔朝后面指了指。

肖锐正要上车，却被李小满一把拉住："还没说多少钱呢！"

黑车司机吐了口槟榔渣说："走吧小妹妹，肯定比出租车便宜！"

李小满从没见过这样的司机，她印象中，司机最不济也是李唐那副样子。肖锐见她站在车外不动弹，凑到耳边小声说："先上车再说。"说着便强拉着李小满钻进了黑车里。

此时，李唐的车载着那对情侣已经开出了厦州。因为高速的建成，这条国道已经少有人走了。可李唐却对这条路记忆犹新，十几年前的桃园，开车载着花莲和新竹，从厦州往福州逃亡偷渡，走的正是这条路。

一块写着"福州方向260公里"的国道路牌一闪而过，回忆瞬间涌现。新竹和林彧的脸在李唐的眼前交替闪现，他的心里突然添了一丝异样的感觉。这对情侣似乎有些过于安静了吧？

这时，车后面传来大货车的喇叭声。李唐瞥了一眼后视镜，正好和后座上的小伙子对视了一下。对方似乎一直在盯着他，而目光相遇之际，他又马上把眼神挪开了。李唐顺着往下一看，小伙子本来揣在宽大裤兜里的手，瞬间飞快地拔了出来。

李小满乘坐的黑车简直是一座通信电台，脏兮兮的方向盘四周横七竖八地挂着好几条充电线。司机一边开车，一边关注着几台手机，各种信息、订单、软件提醒，叮叮当当响个不停。

李小满没受过这种罪，忍不住说："能不能好好开车啊？"

和从前的李小满一样，黑车司机也时刻塞着耳机，对李小满的话理所当然地充耳不闻。

肖锐心不在焉，一会儿看看手机，一会儿望向窗外。见他这副样子，李小满更不高兴了。要知道，平时李小满的脸色稍微有变，肖锐一定会马上凑过来搭话逗趣。可现在李小满抱怨了半天，他竟然一点反应都没有。

李小满用胳膊碰碰肖锐："想什么呢？"

肖锐仿佛如梦初醒，浑身一激灵："怎么了？"

李小满正要说话，忽然听见司机在前面说话了："下课了吧？我在车上呢，我就是想起个事来——今天给你带的饭，蘑菇和西红柿下面还有几块鱼，早上也忘了说，我怕你不知道，别咬着刺。"

李小满知道司机不是跟她说话，可这种卑微讨好的口气她太熟悉了。李唐不就是这样吗？因为车上有乘客，很多时候，他的声音柔软而低沉，有时候甚至有点低三下四的。

此时，司机听了几句，又说了起来："哎你等一下挂。那个，你想要的那双鞋，我问过朋友了，店里七百六，网上还不到五百，其实都是一家代工厂出来的，和我一起跑车的辉哥就懂这个，喂，喂？"

电话断了，可司机并不死心，他赶紧又拨回去，有点着急地说："一说不好就挂电话，你听我说呀。真的是一样，你非要去店里买……找你妈也没用，她顾着新家，顾得着你吗？"

李小满觉得这个司机简直是被李唐附体了，不只是李唐，电话对面的那个孩子，可能也是另一个自己。李小满低头看了看手机，信号满格。她忽然大喊了一声："停车！"

黑车吱地一个急刹车，停在了路边。沈海高速的收费站就在不远的前方，他们马上就可以逃出厦州了。可李小满的态度却异常坚决："我要回家。"

"抽啥风呢？师傅，接着走。"肖锐不管不顾地吼道。

"我要回家！"

"不能回去！现在回去不麻烦了吗？你……"

"都别喊了。"司机用不容置疑的声音打断了肖锐的话，他转过头，打量了一下后座的两个人，然后对肖锐说，"你得让她回去，家里该着急了。"

方向盘调转，黑车往厦州的方向，渐行渐远。肖锐茫然地站在路边，看着李小满的身影逐渐消失在视线中。他又拨打了几个号码，里面传来的都是"暂时无法接通"的提示音。肖锐绝望了，他抬头看了看天，然后横下一条心，拿出手机按下了110，电话接通后，他望着近在眼前的高速收费站，对电话里说："我要报警！有个专车司机被绑架了，有人要杀他！车牌号是……"

肖锐越来越紧张，语速也越来越快，完全没注意到，不远处小黑正开着车向他驶来……

"前方三百米有急转弯……"导航里传来林志玲温柔的声音。听到这个提示，李唐着意观察着路况，也通过后视镜关注着后座上的动静。小伙子似乎已经睡着了，闭着眼睛倚在靠背上一动不动。倒是之前一直很安静的姑娘有些如坐针毡，可能觉得车里太闷了，她把车窗打开一道缝，风立刻呼啸着吹了进来。但小伙子似乎睡沉了，依旧闭着眼睛一动不动。

前方是一片县域交界地带，路上人迹罕至，导航提示的急转弯越来越近了。李唐似乎开得很小心，但其实他在寻找路面上可以让他突然急转的障碍物。突然一块半大不小的石头出现在眼前，李唐赶紧一打方向盘，车身骤然晃了一下，车上的乘客也被猛甩了一下。

就在李唐刚刚把轮胎回正的一刹那，一条登山绳从背后勒住了他的脖子。不知何时醒来的小伙子两脚蹬在前车椅的背后，把手里的登山绳拉得笔直。

李唐的眼珠几乎要爆出，他用尽全力打着方向盘，将车转过前方道路的急转弯。身后的小伙子一边死死勒住他，一边指挥身边吓呆的女孩："去前面，抢他的方向盘，去开车，别傻着！"

绳子深深嵌入李唐的脖子，想抓都抓不住。李唐红着眼睛咬紧牙关，把脚下的油门踩到底。再有几十米就可以转过这个弯道，弯道尽头的路边有一棵大树。李唐拼命坚持着，已经可以看到大树的枝杈了。

咣——巨响之后，车子径直撞到了大树的身上。随着剧烈的震动，车里的三个人都晕了过去。

不知过了多久，李唐渐渐苏醒过来。后座上的女孩因为想抢夺方向盘，提前解开了安全带，剧烈的冲撞直接把她甩到了车外。而小伙子已经先一步醒来，正在用一把锋利的刀子切割卡死的安全带。很快他便挣脱了束缚，持刀向李唐扑来。

李唐被安全气囊卡在座椅上动弹不得，眼看着利刃向他袭来。千钧一发之际，警笛声呼啸而至，紧接着便传来警察的呼喊声："有活着的吗？"

刀刃停在了离他仅有十几厘米的地方，李唐松了口气，再次晕了过去。

火传鲁家里，大门半开着。丁美兮气得在客厅里直转圈，可这次无论怎么责骂，李小满也没有顶撞一句，只是站在餐桌旁边，低头痛哭。

"你是回来了，回不来怎么办！万一那个司机把你弄到哪儿去，你就再见不着我了！我以前和你说的那些话，是不是得给你跪下磕头你才听？啊！"

李小满已经哭得上气不接下气，她拉住丁美兮的手，想说句话，可接连不断的抽泣把这些话拦在了嗓子眼。正在这时，门被撞开了，李唐跌跌撞撞闯进来，额头和衬衫都沾了血。

丁美兮和李小满都呆住了，片刻后，丁美兮才走到李唐身边问道："你这是……怎么了？"

李唐没想到李小满也在，他尽量喘匀气息，对女儿说："你今天怎么没去上学？"

李小满张了张嘴，可眼泪又流了下来，她没有回话，直接跑进卧室，关上了门。李唐又看看丁美兮："出什么事儿了？"

"先别说她，你是怎么了？这些血是怎么回事？"

李唐压低声音说："李小满要是问，就说我开车不小心追了尾。"接着他又往前走了一步，贴在丁美兮耳边说："从今天起，就算是林彧叫你，也别出门。不管什么事，先找我。"

丁美兮惊骇地看着李唐问："到底怎么了？"

李唐回头看了看紧闭的卧室门，面色凝重，却什么也没说。

疲惫地回到家里，李唐打开了肖锐家的监控画面。果然，屏幕上出现了阿良的身影，他在客厅和各个屋子里看了一圈。随后打了个电话，交代了几句，便离开了。

丁美兮告诉他，李小满本来想自己出去玩，打了辆黑车，半路上觉得不对劲，就又回来了。但这只不过是李小满自以为聪明的谎言，联想到前一天晚上她主动给父母过生日的情景，她肯定一早预谋好要离家出走。而这次行动的主导也绝不是她，而是肖锐。

至于肖锐为什么要突然离开厦州，阿良的出现已经给出了答案。

此时，黑色诺基亚又振动起来。李唐看着它活像看一颗随时爆炸的手雷，他稳了稳神，接起电话喂了一声，林彧的声音马上从里面飘出来："有个好消息要告诉你。恐怕你还不知道，有个洗车行的混子，打算拐走李小满，差一点你就见不到女儿了。听说他沾了赌，欠了一辈子也还不上的钱。幸好债主追得紧，逼得他跳了海，你再也不用担这份心了。"

电话挂断后，李唐只觉得一阵毛骨悚然。家里安静极了，偶然有鱼缸里传来的声音。缸里的水多日不更换，已经浑浊不堪。金鱼死得只剩一条了，它顽强地把头伸出水面，似乎在拼命地大口呼吸。

另一个鱼缸里，肥硕的鲇鱼自在游动。专案组办公室的墙上依旧贴满了有关幺鸡的关键词，与之前不同的是，那些关键词已经摆脱了杂乱无章，变成了一条日渐清晰的线索，整整齐齐地排在幺鸡的名字后面。

段迎九的手里还拿着三张新卡片，她凝视着满墙的线索，为它们寻找容身之地。这时，老魏匆匆走进来："找着了——小柳用她妈妈的身份证还开过一个账户，你看看里头有几位数？"

段迎九看着账户资料里长长一串零，振奋地说："遗漏补缺，我就等着这笔钱了！"说完，她把手里的三张卡片依次贴在女友、情报和间谍的后面。而这三张新卡片上依次写着：转钱、导弹、鲇鱼。

"齐活！"

李唐再次在纸上写下了那串神秘的数字：17，4，03。他再次闭上眼睛，重新回到幺鸡最后藏身的民宅。轻轻推开门，幺鸡正站在电饭锅前捞饺子。冒着热气的饺子端过来后，幺鸡顺手将桌上的一个油腻腻的旧笔记本电脑合上了……

这次李唐没有再看向别处，如同快门按下的一瞬间，他死死盯着电脑屏幕上模糊的页面—— 一个谷歌邮箱的登录首页。

无尽的黑暗中射入了一线曙光。李唐扑到自己的电脑跟前，打开 VPN，然后点开了谷歌邮箱的登录页面。他将数字间的符号去掉，17403，连起来敲进登录邮箱的输入栏，再将这串数字输入密码栏。敲下 Enter 键，登录成功了！

看着谷歌邮箱的收件箱跳出来，李唐立刻拨通了丁美兮的电话："我找着了！"

专案组的会议又开到了深夜，站在完整的线索链下讲故事的人，终于换成了胸有成竹的段迎九。

"癌症，没完没了的化疗，无休止的癌痛。到了后期，吗啡也顶不住了。在医院目睹过生不如死的幺鸡，决定放弃这种痛苦，用最快的方法结束自己。计划好日期，他马上开始安排后事。

"首先把棋牌馆转给了看店的小钟，然后找到非法放贷公司，借了一笔高利贷，黑吃黑，把这笔钱和这些年的存款，用小柳母亲的名字在银行里存好，随后突然人间蒸发。在谁也找不到的一个地方，吸毒自杀。一个连生死都要计划好的人，潜伏在厦州这么多年埋在心里的秘密，他会甘心就这么带走吗？要是打算留下，他会留给谁呢？

"从最早的黄德铭开始，一直到现在被策反的'国宝'，包括对小婷和黄海的苦心经营，从东南到西北，厦州到兰州，不管是军事地图还是导弹资料，海洋和大陆，科技公司和军方渗透，十八年之间先后抓捕的各个间谍，都是为了织这一张网。心思缜密的幺鸡在临死前一定见过和自己单线联系的上下级，一上一下，上面是鲇鱼，下面会是谁，是那只凤凰吗？"

故事在这里停住了，而最后的问题就是专案组下一步的调查方向。

与此同时，李唐坐在电脑前看完了刚刚从那个神秘邮箱里下载下来的视频。幺鸡那些不能宣之于口但又必须要告诉他的秘密，全都在这个视频里一一交代出来。

原来，小柳并不是幺鸡的女朋友，而是他前妻。在自杀前十天，幺鸡用"要明岭"的名字和小柳办了离婚手续。他本来想把自己能挪动的钱，包括海外活动经费，全都转到前妻名下。但他自己也没想到，有人比李唐更早一步找到了他，用吗啡逼着他把一部分钱吐了出来。这个人，就是林彧。

为了替上头卖命，到头来连骨灰都撒不回去。幺鸡咽不下这口气，就把偷偷录下的监控传到邮箱里。担心林彧留下监听，在临死之前，他只能用哑谜告诉李唐一个人。私吞经费幺鸡没想推脱，但谁的屁股也不干净。这些年，林彧和他之间，以及这些年上面一直想要的秘密，幺鸡也一并都交给了李唐。

幺鸡曾经对李唐说："你相信我，我的命是你给的，我不会扔下你不管的。"他说到做到，临死之前，给李唐留下了这个"护身符"。

月光清冷而明亮，李唐匆匆地来到火传鲁家附近。昏黄的路灯下，他一股脑把这些事都讲给了丁美兮。

"幺鸡就是一把钥匙，只要打开它这扇门，就能看见林彧到底想要的是什么。幺鸡、火传鲁、刘晓华、鱼贩子、林处长、姚兰、李春秋、金世达、郭大夫在海军服役的女朋友，还有只能照办一个字都不能多问的我和你，所有这些人都在林彧的掌握之下。他宁可冒着被抓的危险，也要在厦州继续埋着——美兮，他想要的是和导弹有关的国防机密，这些东西，能判咱俩无期。"

丁美兮很久没有想过这么复杂的问题了。在厦州待了十几年，她这枚棋子终于看清了自己所处的棋局是多么复杂，而她和李唐都已经走到了生死一线的悬崖边。

待丁美兮把这些信息稍稍消化了一会儿后，李唐说了一个更令她胆寒的消息："肖锐死了。"

丁美兮下意识地往楼上看了一眼，转头问道："李小满知不知道？"

李唐痛心又无奈地说："该知道的迟早会知道。半年前我还觉得你不该乱抱怨，那时候我也不知道他会找人勒死我。"

一阵寒风袭来，丁美兮抱住肩膀，深吸一口气说："我有些乱，你让我想想。"

"该想的我都想过了。"李唐接着说，"他们想要的东西已经差不多了，最多等不到过年，这件事情就要画个句号。要不然林彧不会这么激进和冒险，连咱俩都不要了。"

丁美兮想了想反问道："你手里有老板的把柄，鱼死网破，他

593

们敢吗？"

"今天早晨八点整，他已经退休了。要是现在天还亮着，他说的话还有人肯听。"

丁美兮一把拉住了李唐的胳膊，低声说："自首。我自己去找段迎九。你带李小满跑，就算跑不了——"

"我要是林彧，也不会让你们轻易跑了。"李唐慢慢拉住丁美兮冰凉的手，把它从自己胳膊上拿下来。之后他凑到丁美兮的耳边轻轻说："还有机会。绑架黄德铭的时候，我也觉得活不了，不照样活到现在？麻烦就是糖葫芦，都到最后一颗了，无论如何我也要把它咽下去。"

"万一……"

"只要把幺鸡的秘密翻出来，就没有万一。"

开完会，段迎九兴奋地去找汪洋汇报。没想到，汪洋给她带来了另一个好消息："精卫真把海填上了。之前，公安那边一直配合排查的十几年来身份造假的海量户籍，终于有了两个进展——其中之一就是化名'要海勇'的幺鸡，除了这个假身份，还有另一个名字，'要明岭'。"

段迎九几乎是飞车到了厦大第一医院。可让她没想到的是，之前已经有人来查过要明岭的病历了。那人帽子口罩戴得很严实，直接让医院天花板上的监控失去了意义。

不仅如此，当他们再次回去幺鸡的自杀现场二次勘察的时候，又有人捷足先登了——纳兰在灶台旁的地板上发现了一块颜色不一的塑料布，那是个刚刚踩上去的新脚印。"男的，四十一的运动鞋，体形偏瘦——不像是鲇鱼。"

纳兰的判断没错，经过大量图像比对后，现在可以确定鲇鱼是个胖子。段迎九没说话，望着眼前的屋子，除了三名同事，她仿佛看到屋里还有一个人影。那人影从刚才脚印出现的灶台前离开，先是走到柜子前面看了看，然后往门口走去。眼看人影就要离开房间的时候，段迎九的电话响了，是汪洋。

"给幺鸡做假身份的人抓住了，大概在十八年前，他给三个人同时伪造身份，两男一女。时间太久名字都忘了，他只记得其中一个——李唐。"

挂断电话，段迎九再次望向门口，只见那个模糊的人影逐渐清晰，并且慢慢地转过头来。

李唐的脸上挂着惯常客气的微笑，甚至还抬手跟她打了个招呼。段迎九也朝他笑了笑，多少次的怀疑与擦肩而过，终于等到了正式见面的一天。

纳兰见段迎九对着空荡荡的门口傻笑，疑惑地问道："你在看什么？"

"你说得对，不是鲇鱼，是那只凤凰。"

深夜，黄海坐在电脑前，往球赛直播室里发送了一串摩斯码弹幕："我有大礼，必须面谈。"

第三十一章

厦州大学附近的环岛路号称世界上最美的马拉松赛道。丁晓禾走在外面，把小婷护在道路的里侧。远远看着两人的背影，似乎和普通的情侣没什么两样。但他们心里都知道，现在见面不过是在执行任务。

小婷比之前更瘦了，脸色也愈加憔悴。自从任务开始后，她几乎每晚都失眠。好不容易睡着了，又常常噩梦连连。梦里，林彧像一团扯不开的乌云，缠绕在她身边，恐惧而绝望。而梦醒后，面对丁晓禾，她又充满了无限的遗憾与愧疚。

虽然尽量让自己表现得平和，但其实丁晓禾的心里也不舒服。小婷是第一个他主动爱上的女孩，谁承想竟是这样的结局。他有时候会禁不住自问：是不是专案组里他看上去最弱，所以间谍才想方设法腐化他？但一切没有如果，现在他所能做的只有尽量完成好任务，尽早抓住鲇鱼。

今天小婷并没有背书包，所以他俩说话是不用避讳的。但即便如此，小婷也一直沉默不语。走了好一会儿，丁晓禾主动开口说："明天我会再给你准备一些东西，就当是你趁我睡着了，偷偷从手机里看到的。你最近睡眠不好，过两天我陪你去趟医院。"

"我自己去就好了。"小婷有些羞怯地说。

"看病这种事情，该有男朋友陪着。"见小婷没再拒绝，丁晓禾继续说，"求婚的事情，也应该到了点头的时候。我们要像真的一样，挑个好日子，我也要去见见家长。下次书包在身边的时候，难免会提到我姐夫。我可能也会抱怨他几句。"

小婷轻轻地回了一句："知道了。"

丁晓禾从包里掏出一本数学参考书，递过去："我刚读研的时候也挂过科，不算什么大不了的事情。"

小婷把书接过去，低着头说："你是个不会撒谎的人，不用说自己也挂过科来安慰我。"

丁晓禾尴尬地沉默了一会儿又说："不管有什么事，你都可以找我。这句不是上面让我说的。"

小婷看了丁晓禾一眼，继续沉默地向前走去。

车上被装了跟踪器，路口损毁多年的摄像头也修整一新，围绕着李唐的监控全面铺陈开来。

但李唐尚未觉察，跑了几趟市区的短活儿，下午他接到丁美兮的电话，李小满高烧住院，此时他刚刚开车冲到医院。

李小满脸色苍白，刚用上药，沉沉地睡着了。丁美兮站在床边，喃喃说道："前几天就发过烧，有一次我回去得晚，火传鲁还连夜给她送过药。我还以为是感冒。"

"肖锐的事情，她是不是知道了?"李唐打断丁美兮的话问道。

"不可能。早上还好好的，下午学校就给我打电话，说她病了。大夫说她的血象有问题，血象是什么?"

不等李唐回话，火传鲁拿着一张化验单满头大汗地推门进来。李唐不等他说话就一把抢过了化验单，丁美兮凑过去看了看，满篇符号箭头，什么也看不明白。她又转向火传鲁，用眼神询问着。火传鲁犹豫了一下，小声说："外周血常规WBC增高，严重贫血，凝血功能也有些异常，红细胞和血小板都有减少，可能还得做一个骨髓象。"

"骨髓象？"李唐着急地插了一句，"说人话，李小满到底怎么了？"

火传鲁皱着眉，艰难地说出了答案："也许……大夫说，疑似是急性白血病。"

丁美兮两腿一软，差点瘫坐在地上。李唐和火传鲁同时伸手扶住了她，二人尴尬地对视了一下，火传鲁于心不忍，赶紧说："美兮，你先别着急，还有个化验单没出来，我去取。"

病房的门被轻轻关上了，李唐和丁美兮都陷入了天塌地陷的绝望。就在这时，大股的鲜血从李小满的鼻子里涌出来，她一下子被呛醒了。李唐和丁美兮赶紧扶着她坐起来，可李小满一咳嗽，更多的血喷了出来，白色的被子一下被染红了一大片。

"我去叫大夫。"李唐慌乱地跑了出去。而丁美兮则一张张扯着床头柜上的抽纸，一遍又一遍地擦拭着女儿的下巴和脸颊。她的眼前模糊一片，不知是紧张还是泪水。

金湖洗车行关门了，卷闸门外显现着破败的迹象。阿良的路虎停在不远处，林彧坐在后座，望着洗车行的大门问道："我怎么听说，你那家体检中心刚开业，就要转手了？"

阿良靠在司机椅背上无所谓地说："资本运作，不就是你倒给我，我再倒给你。"

"是吗？"林彧轻巧的语气中透着怀疑。

"你是不是听到什么了？"阿良透过后视镜看了林彧一眼。

"挣够了就退休，没什么不对的。如今形势也不太对劲，该撤就撤，我能理解。不过用不着太着急，就像小时候捉迷藏，你越急，别人越容易发现你。"

"我怎么觉得，你比我着急。"

"所以我们需要互相提醒。人都有不自知的一面，谁都不是上帝，你说呢？"

"我从不信教，我只信自己。你要是信不过，换个人去找那个专车司机吧。"阿良太了解林彧，如果这样的失手换作别人，可能已经没有机会坐在这儿辩解了。

"全厦州叫我最放心的就是你了，你可别辜负了我。"林彧的话听着像是信任，实则是斥责。

"那是个意外。"阿良继续辩解着。

林彧真的有点不高兴了："什么叫意外？一次是意外，两次也叫意外。你说呢？"

"要不你把他约出来，今天再试一次。"阿良依旧不服气，但林彧没时间和他辩论了。手机振动，李唐打来了电话。林彧没有接，只是不动声色地对阿良说："稍微缓两天，别让厦州的警察把他和肖锐报警再联系起来。"

直到阿良驾车独自离去，林彧的电话一直在不停振动。林彧接起来问道："李唐啊，有事吗？"

"有事，我要见面。"

"好，等我电话。"

神情凝重的李唐从医院匆匆走出来，一到路面便开始伸手拦车。没一会儿，一辆脏兮兮的出租车开了过来，李唐快速钻进车里，对司机说："去共和路，到了告诉你。"

"哎好。""司机"老魏一边答应一边把"有客"的牌子翻了上来。

李唐下车的地方位于共和路的一处人员密集的路段，他一下车便大步往街道一侧走去。此时，哪吒戴着头盔和墨镜，跨在一辆摩托车上，全神贯注地看着腕表上的倒计时。在这个路段，和他一起时刻准备着的，还有四五个便衣。此时，耳机里传来段迎九的声音："打起精神来。嫌疑人受过专业训练，只要差一秒，差一步，就是个完。"

丁晓禾没有参加此次行动，为了避嫌他主动申请了调离。此时，他坐在段迎九的车上，关注着行动的实时进展。看着哪吒和李唐的背影，丁晓禾对段迎九轻轻说了句谢谢。

"别谢我，谢你自己吧。说实话，咱俩换换，叫我为了避嫌主动申请调离，反正我是做不到。"

"瓜田李下，你就不怕吗？"

段迎九瞥了他一眼："怕呀，所以我亲自盯着你。"

丁晓禾被段迎九逗笑了，心情也稍稍放松了一些。段迎九把头转向窗外感慨地说："有时候就是这样，需要的时候，你还会亲手抓捕你的同学，甚至同事，很正常。万一将来我当了叛国者，你也得抓我。"

李唐大步向前，忽然攥在手里的黑色诺基亚振动起来。他脚步不停地接起电话，听了几句便站住了，继而一个急转，掉头往回走去。这次，他比之前更谨慎了，加快脚步，还偶尔往身后看上一眼。穿过一个红绿灯，他拐进了另一条人来人往的街道。

腕表上的倒计时归零了，行动开始。看上去，街道上和刚才别无二致，但在川流不息的人群中，几个年龄各异的男女正在悄悄地向李唐迂回靠近。这些人有来有往，有的从商店里恰好出来，有的本来在前行，却因为各种看似自然的原因突然站住，众多的便衣就像是一张巨大的网，把小如虫蝇的李唐罩在其中。

与此同时，驾驶着摩托车的哪吒差点"不小心"撞上一个拎着水果的人，这个举动触发了多米诺骨牌般的连锁反应——水果顿时撒了一地，旁边刚好路过的第三个人故意一躲，把正好从这里经过的李唐挤到了路的最里侧。同时，李唐的注意力又被纳兰怀里孩子的哭声所分散，第五个便衣刚刚从路边一个便利店里走出来，借着李唐走神的一瞬间，两人擦肩而过。近在咫尺之际，他飞快地将一个极小的、集跟踪与监听于一体的微型装置粘到了李唐的衣服上。

李唐似乎觉察出了点什么，他下意识地刚要回头，手里的黑色诺基亚又振动起来。他一边接听，一边往前走远了。

段迎九凝神听着耳机里的动静，在李唐一声轻轻的"喂"之后，她终于听到了鲇鱼的声音：

"这么着急见我，有事吗?"

"急事，我要借笔钱。"

"出什么事儿了?"

"见面说方便吗?"

鲇鱼在电话里犹豫了一下对李唐说："本来确实是在等你。特别不巧，有个事情我必须去处理一下。这样，你等我消息吧，今天不管多晚，我找你。"

热闹的街头，一直在四下张望寻找的李唐突然站住，失望地挂断了电话。

而段迎九则对着耳机里吩咐道："跟死李唐，那条鲇鱼马上就要现身了。"

厦州翔鹭国际大酒店是厦州历届两会期间，政协会员和人大代表报到的指定酒店。林彧从来没有像今天这么急切过，他几乎是小跑着抢进了酒店大门。及至穿过幽深的走廊，到了房间门口，林彧又慢了下来，他平复了一下气息，整理好衣领，这才抬手轻轻敲了敲门。

房间的居住者是一位中年男人，他身着白衬衫和军裤，脚上的皮鞋擦得锃亮，此人便是林彧苦心挖掘到的"国宝"。在他面前林彧乖巧得像个小学生，他端坐在沙发上，身子微微前倾，两只手规规矩矩地放在腿上。

"国宝"看上去倒很轻松，他跷着二郎腿靠在对面的沙发上，操着一口京腔说："我就不爱到福泉来，什么好吃的都没有。人在哪儿嘴就在哪儿，你能习惯吗？"

林彧的态度极其恭敬，拿捏着分寸说了句玩笑话："刚来的时候也不习惯，后来去了一趟首都，吃了一碗豆汁，回来就习惯了。"

哈哈哈，"国宝"一阵大笑："得配焦圈呀孩子。咸菜丝儿淋香油，你们都不明白。"

林彧跟着笑了笑："也不敢问您这次时间紧不紧，要是有空——"

"国宝"直接打断了他："不敢问你也问了。"

"主要是我馋二锅头了。您每次带的都是正经原浆，我能闻闻味儿吗？"

"国宝"轻蔑地一笑："十二块钱一瓶儿，臭大街的东西。你是馋酒呢吗？"

林彧有些尴尬地低下头，抬起手腕飞快地瞥了一眼表盘上的时间，这已经是进屋后的第三次了。"别的我更馋。也不敢乱问，就等着您示下了。"

"国宝"拿起保温杯，抿了一口，口气有点冷："你挺忙的啊。"

林彧知道"国宝"已经注意到了他的动作，他索性看着表说："其实早就该到了，要不是长浩路今天有点堵车——"

话未说完，门铃叮咚响了一下。林彧跑过去拉开门，一个服务生端着一个托盘进来，放到了"国宝"面前的茶几上。打开罩子，里面放着一碗热气腾腾的老北京豆汁，一份焦圈，还有一小碟淋了香油的咸菜丝。

待服务生退下之后，"国宝"端起碗嘬了一口："嗯，可以。"

"老磁器口豆汁儿店，早起头一锅。我就怕早班飞机延误，托您的福，准点儿。"林彧努力说了个儿化音，为了这个儿化音，他练得舌头都快僵了。

"国宝"听了这话，神色严肃地说："知道我怕什么吗？南方人学北京话。"

林彧一愣，随即和"国宝"同时笑了起来。屋里的气氛轻松了不少，"国宝"边吃边说："你要的东西有眉目了，最迟到不了月底。"

"您辛苦。"

"那玩意儿和这豆汁儿一样，什么时候出锅，得看火候。再等等吧。"

"不敢着急。"

吸溜吸溜喝汤的声音里，一缕阳光从窗外洒进来，照在林彧得意的脸上。

夜里，李唐最后一次推开大衣柜，把那块写满资料分析的薄木板从墙上撬了下来。随后一阵撕扯敲打，所有的资料全都销毁殆尽。

看着满地狼藉，李唐把手里的羊角锤往地上一扔，坐在椅子上，掏出了一盒烟。好久不抽，他滑动打火机的动作已经有些生疏了。烟草的味道浸润了他的口腔和气管，李唐的眼神在烟雾缭绕中越来越坚定——除了复吸，他似乎还做了一个别的决定。

收网的日子已经迫近，黄海突然被段迎九叫到了办公室："朱慧马上就到，你的事儿可以告诉她了。"

"有这个必要吗？"黄海犹豫地问道。

"有！"不知何时，朱慧已经到了黄海的身边。

段迎九有点尴尬地挠挠头："要不你们去汪洋办公室谈吧，他那儿安静，我让他回避一下。"

办公桌前，朱慧久久凝望着坐在对面的黄海。在电话里听汪洋讲完黄海的情况，朱慧恨不得捶自己一顿。亏得她自诩眼力超群，黄海通过层层选拔进入国安局，刚一工作就直接进专案组，这样的人一夜之间变成赌棍，现在想来简直是天方夜谭。

但是现在说这些已经没有任何意义了，眼前的黄海依然是一副闷闷的样子。他拨开眼前的乱发，对朱慧说："鲇鱼肯见我了。"

朱慧沉吟片刻问了一句："什么时候？"

"就这两天吧，等他电话。"见朱慧没吭声，黄海在脑子里组织了半天，把千言万语汇成了一句话："不好意思啊。"

朱慧慢慢低下头，顷刻才缓缓说道："是我对不起你。说这些也没用，说得再多也回不去了。"

黄海自嘲地笑了笑说："你就当拿我练了次手，混蛋王八蛋都经一遭，以后再遇着渣男，也能分辨出来。苦吃个够，以后就都是甜的了。"

"真的吗？"

"真的，要是以后有人欺负你，我也跟丁晓禾一样，替你揍他。"

"那你不也成了狗了。"

一句话两人都笑了，黄海拿起背包，拍拍朱慧的肩膀走出了办公室。谁知，专案组的同事在楼道里，列成了两队，感慨万千地望着黄海。解开了秘密，大家才意识到黄海的不易。反倒黄海有些不自在了，他低着头从众人身边经过，看上去和平时没什么不同。

正式收网的日子终于到了，专案组的每个人都有些雀跃。行动前的最后一次全体会，汪洋亲自安排主持："第一次让我们怀疑自己人，是在鲇鱼和老怂准备见面的地方，有人给足疗店打电话预警。其实那是鲇鱼故意而为，要不是眼睛擦得亮，还就真叫他带到沟里了。"

说着汪洋看看腕表上的时间:"今天是三个小组。第一组,监控李小满所在的医院。第二组跟踪李唐。第三组,对好时间,只要等鲇鱼一通知黄海,马上出发——段迎九,你再补充几句?"

汪洋讲话的时候,段迎九的手机一直在振动。被汪洋点到名后,她又一次挂断来电,站起来说道:"老魏,备好油盐酱醋,我就等着吃酸汤鱼了。"

手机再一次振动起来,这回全屋的人都看向了她。段迎九知道这半天都是哥哥打来的电话,无奈地接起来,不等对面把话说完,便机关枪似的说了六个字:"没空没空没空!"

挂断之前,手机里传来了哥哥气急败坏的喊声:"以后你也别回这个家了!"众人都有些尴尬,反倒是段迎九不为所动:"愣着干吗,对表!"

隔着病房门上的玻璃窗,丁晓禾看见丁美兮坐在床边的小马扎上打盹儿。才几天工夫,她已经憔悴得没了人形。丁晓禾有点不忍心打扰她,在门口站了好一会儿,才轻轻推门进去。

见丁晓禾来了,丁美兮赶紧理了理蓬乱的头发,揉揉通红的眼睛说:"你来了。"

丁晓禾把一兜苹果放在床头柜上,看了看熟睡的李小满,对丁美兮说:"怎么不告诉我?"

"怕你忙,就没跟你说。"

丁晓禾掏出一个苹果,边削皮边说道:"别的帮不上。交个钱,取个药,能跑腿。"

丁美兮轻轻叹了口气:"是小婷告诉你的?"

"她也想来,又怕不方便。"丁晓禾说着用眼角的余光扫视了一下丁美兮的神色。

在丁晓禾面前,丁美兮的疲惫已经完全掩饰不住了,沉默了一会儿，她又问道："见你姐夫了吗？李唐。"

"没有啊，我以为他也在这儿。他是回家了吗？"

丁美兮没去接丁晓禾递过来的苹果，而是站起来说："他夜里我白天，三班倒吧。你着急走吗？"

"我不着急。今天休息。"

"那你帮我盯一会儿，我去办点事。"说着丁美兮便往门外走去。丁晓禾问她是什么事，用不用帮忙，丁美兮顾不上回答，只是摆摆手，便头也不回地走了出去。

从病房出来后，丁美兮一路向门诊药房方向走去，可即将到达药房门口的时候，她突然拐了个弯，加快脚步朝另一侧的出口方向走去。此时，候诊区的一位"患者"马上起身，快步跟了过去。

出口设在一个过道的尽头，"患者"刚一拐过去，骤然发现丁美兮正与他迎面相对，站在原地一动不动，仿佛在等着"患者"前来找她。"患者"视若无睹地朝前走去，与丁美兮擦肩而过。之后，丁美兮马上沿着原路快步往回走。而快到病房的时候，她非常清楚地看见丁晓禾正站在病房门口，遥遥张望，见她露头，飞快地闪身回了病房。

此时，丁美兮彻底明白了丁晓禾的来意，也更加清楚了自己和李唐的处境。

段迎九的母亲病恹恹地瘫软在床上，已经不认人了。饶是如此，她的嘴也没停下，一直自言自语地唠叨着："阿宝今天满月，我给他找了个奶妈，那边的孩子夭了，奶水正是足的时候。不用叫你妹妹，她也不在家，你叫陈华过来，我和他商量。我和你说话你听见没有？"

哥哥坐在餐桌旁择菜，听见母亲的话，把乱七八糟的菜叶子往盆里一摔，愤愤地说："你妈连你都不认识了，回来干什么？没用。

不用你伺候。赶紧走。生闺女生闺女，生了有个屁用！"

菜根上的几个小土粒飞溅到段迎九的脸上，她没躲，也没说话，只是站在母亲床边，静静地听着她与哥哥的埋怨和咒骂。此时，母亲费力地抬了抬眼皮，可是却把眼前的女儿当成了从前的女婿陈华："小九有毛病，你别计较她。阿宝只要断了奶，我帮你们带，不耽误你看病人。你怎么也不说话？第一次上我家你就这样，你得说话呀。"

看着母亲枯瘦的手挥来挥去，段迎九走过去，想帮她塞进被子里。可肌肤触碰的瞬间，母亲的记忆似乎又恢复了，她瞥了一眼女儿，嫌弃地把手抽了出来。

缩着脖子回到车上，段迎九沉默不语。大峰小心地问了一句："没事吧？"

"开车。"段迎九答非所问地命令道。

大峰挂上挡，絮絮叨叨地说："我早跟你说了，别说实话。不能说你是路过，顺道回的家，得说你是专门来的。人老了就得哄着，得骗她们。我妈也是，一天比一天糊涂，反正你也不知道她在想什么。耳朵也不灵了，你要是埋怨她，她倒是能听见。你妈是不是也这样？"

只顾着自己说话，大峰全然没注意到，这么一小会儿工夫，段迎九竟然已经在后座上睡着了。

丁晓禾走后，丁美兮真的离开了医院，火传鲁来替了她的班。李小满的烧暂时退了下来，稍微一有精神，她便端着手机靠在被子上打游戏。

火传鲁像个护工似的坐在一边，他用一把小勺搅动着碗里的热粥，不时还吹一吹，小心地估摸着粥的温度。

一声枪响，李小满的游戏终局了。火传鲁赶紧端着碗凑过去，哄着她说:"温度差不多了,试试?"

经历了这许多波折之后,李小满对待火传鲁的态度倒是客气了不少。可是眼前的这碗粥,她确实是没有一点胃口。眼见着火传鲁的殷勤和辛苦,李小满多少有些过意不去,她看着粥面露难色地说道:"真的有点儿不想吃,可是一会儿又凉了……"

话没说完,火传鲁便把粥倒回了保温桶内:"凉了怕什么,护士站有微波炉,借一下就行。不想吃饭空空也好,水果吃吗?"见李小满一直没答应,他又压低声音问道:"要不,我去问问大夫,你能不能吃冰淇淋?"

"你知道我妈去哪儿了吗?"李小满忽然没头没尾地问了一句。

"知道啊。"火传鲁回答得十分坦然,"去见你爸了。"

这么泰然自若,李小满觉得不可思议,她盘腿坐在床上,问道:"为什么?我是说她为什么要去见我爸?我还生着病呢她也不管。"

火传鲁的口气不像是回答问题,更像是劝慰李小满:"今天是他俩认识整十八年,这么久不容易。自从你住院她也没歇过,好歹能坐下来吃口饭,是我劝她去的。"

李小满越发好奇了:"火叔叔,我能问你个问题吗?"

"好啊。"

"他们俩见面,还吃饭,你就一点儿也没有感觉吗?你说实话。"见火传鲁没吭声,李小满觉得自己可能有些唐突了,"你要是觉得别扭就别说了。"

但火传鲁一点儿没生气,沉默片刻后,他反问李小满:"你觉得呢?你怎么看我?"

李小满犹豫了一下:"我能说实话吗?"

"当然。"

李小满想了想说:"你心里肯定不舒服,又要面子,怕我妈觉得你小气。越难受还越憋着,明明不希望她去,可是又不好拦她。

是不是我妈故意问你的？她吃准了你肯定不会拒绝她。"

没想到火传鲁竟然摇摇头说："猜错了。"

李小满一下瞪大了眼睛："你不会是受虐狂吧？"

火传鲁笑了笑，看着李小满说："人和人是不一样的。好比大家都喜欢吃好吃的，有人讨厌做饭，也有人喜欢在厨房里待着。我希望你妈妈高兴，我希望她天天等着吃我做的饭。只要她觉得好吃，油烟味我都觉得挺好闻。这是一种很奇怪的感觉。按理说你还小，我不该和你讨论这个话题，等你长大以后就明白了。"

李小满一脸的不可思议的表情，她组织了一会儿语言，但想了想似乎又把话都咽回去了。

火传鲁便问道："你想说什么？"

李小满看看他回答道："我就是觉得我妈挺厉害的。一个你，一个我爸，都让她灌了什么迷魂药了？"

李唐开着刚刚修好的车，来到了一家高档粤菜餐厅。迎宾远远看他从专车上走下来，客气地迎上来阻拦道："专车麻烦在外面等一下。"

"我来吃饭。"

"对不起，先生，您跟我来——请问您有预订吗？"

李唐往餐厅里张望了一下，在角落的一张桌子旁边看到了早已等候在此的丁美兮。这个位置选得极好，闹中取静，视野又开阔，坐在桌边几乎可以瞭望整个大厅。更重要的是，这里刚好是门口摄像头的拍摄盲区。

李唐拉开椅子，坐在了丁美兮的对面。已经醒好的红酒倒入杯中，两人举杯互相凝望了一阵，李唐先开口说："今天也不知道怎么了，堵车，人又多，好像都不用回家。怕迟到，就没回家换衣服，穿着这身吃饭，不傻吧？"说话间，他很自然地扫了扫肩头的尘土，又顺势掏了掏耳朵。

丁美兮明白了，李唐的身上有监控，此刻不知有多少耳朵在听着他们说话。她把酒杯轻轻一碰："特别傻。"

这家老牌的粤菜餐厅，从菜品种类到软硬环境布置都透露着浓浓的怀旧风。透明的橱窗里挂着油亮的烧鹅，橱窗上方吊着一台液晶电视，上面播放的是邓丽君1976年香港演唱会的现场版。此时，音乐响起，邓丽君缓缓举起话筒，婉转地唱起了那首《再见！我的爱人》。

李唐喝了一大口，拿起一只烧乳鸽，边啃边问道："以前叫你订个地方，抠抠唆唆的，今天怎么这么大方？"

丁美兮瞥了他一眼，笑笑说："反正你请客，我怕什么？"

"要不是你提醒，我都忘了来厦州有那么久了。"

丁美兮拿出手机看了看时间："再有十一个小时，咱俩认识就十八年了。"说着她把手机推到了李唐面前，屏幕上一个新建备忘录里写着一行字：医院有猫，我暴露了。

李唐对此似乎并不惊讶，仍然在大口大口地啃着乳鸽，时不时地喝一口红酒解腻。今天，他的胃口格外的好，仿佛是在享用人生中最后也是最美味的一顿晚餐。

丁美兮却没什么胃口，筷子都不动，静静地坐在桌子旁边。李唐连带丁美兮剩下的乳鸽也一并啃了个干净，指着桌上的其他菜说："吃呀，怎么不吃？"见丁美兮情绪低落，他便接着问道："想不想知道我第一次见你的时候，在想什么？"

"别念诗了，有点腻。"丁美兮苦笑了一下。

李唐似乎陷入了回忆之中："当初确实没想到你还懂诗。"

"你以为我是个庸俗不堪的女的。"

"庸俗点挺好。谈恋爱的时候再装，结了婚也得过碎日子。柴米油盐，吃喝拉撒，到哪儿写诗去？"

可丁美兮偏偏想起了那句诗："我爱你，与你无关，歌德。你不说我都忘了。"

"不是歌德。"李唐再一次纠正道，"作者是个德国女诗人，Kathinka Zitz。第一次见面我就说过，你忘了。"

"说过吗？我怎么没印象了？"

"谁知道你那时候在惦记些什么。"

丁美兮笑了笑："你那时候像个闷葫芦，话也不说，我怎么知道你是个什么样的人。第一次见我，你在想什么？"

李唐望着丁美兮答道："不知道为什么，我觉得你现在比年轻的时候好看。"

"腻。"这话催着丁美兮喝了一口酒，"比杜拉斯的小说还腻。"

李唐也喝了一口，接着说："真的。那时候没觉着你多漂亮，也就趁着年轻，不算难看吧。性格嘛不好不坏的，反正也看不出来。话不多，有点装。第一次请你吃饭，潮汕火锅，三十八块钱随便吃。自助餐啊，你吃得比今天还少。早知道花一份钱，多好。"

"其实那天我也挺饿的。"

"还记得咱俩都聊了些什么吗？"

"你说你嘴笨，不会说好听的。说我嫁了你别的不行，起码不会受欺负。"

"没错，一个字也不差。"

两人注视着彼此，诉说往事，更是在传递信任与抉择。

丁美兮终于吃了口菜说："嫌我装，还不说。你也够累的。"

李唐一边添酒一边感叹："有事都装在肚子里，倒不出来，说不出来。没办法，这辈子就这样了。一个跑出租的专车司机，满脸的煤灰，还要写两笔诗，你说有人信吗？"

丁美兮突然想起来了什么："我是不是有一次打扫屋子，还把你那个破本子找出来，我还问过你，你说什么来着？"

李唐掏出那本无数次在台灯下翻开的旧本子，推到丁美兮面前："你问我，你最近还写诗吗？我说，伺候老婆闺女和小舅子就够了，哪还顾得上那些有的没的。"

丁美兮望着那个本子，又看了看李唐，说："你还是不累。"

"我是怕你笑话，你说话多损哪。"

丁美兮伸手去拿那个本子，但李唐的手却一直压在本子上，停顿了一下才拿开。丁美兮心领神会，她刚要打开本子一看究竟，李唐就举起了酒杯："我敬你！"

丁美兮把这本手抄诗集装进了包里，望着李唐问道："敬我什么？"

"又要教书又要带孩子，我只知道在外头瞎跑，家里的事情也帮不上什么。这些年，辛苦你了。"见丁美兮举起酒杯，李唐又打趣着说，"又好看又能干，明明能嫁好，偏偏找个我这样的。你说你怎么这么笨？"

段迎九的耳机里，只有邓丽君的歌声忽远忽近。沉默了片刻之后，丁美兮自嘲的声音，清晰地传来："是啊，下次不会了。"

紧接着又是李唐："老火人不错，虽然没我长得精神，看久了也不算丑。跟他好好过吧。"

餐桌旁，所有的交代已经完毕。明知有监听，但李唐还是敞开心扉，自嘲地对丁美兮说："咱俩现在要是没离婚，你吃饭都懒得看我一眼。"

丁美兮连喝了两大口酒，怅然地说："第一次见面，我问你，能不能送我一首诗？"

恍惚间，他们仿佛又回到了十八年前的那扇小窗旁边。花莲有些出神地看着桃园说："我以为你从来不会这么说话。"

"怕说不好，就不敢说。"

"对所有人？"

"也不是，对在意的人。"

……

"你写诗吗?"

"写得不好。"

"肯定好。有时间的话,能送我一首吗?"

"要是我们明天能回去,一定写给你。"

"一定能回去。"

时空交错,物是人非。丁美兮握着酒杯,涨红了脸说:"那时候太幼稚,被你的两句话就骗了。结婚的时候你连个戒指也买不起,光会哄人,我还以为能真的和你白头到老。我还真就信了。"

李唐感慨地一笑:"我倒是把卡都给你,谁说钻石不值钱,非要给李小满攒黄金的?"

"她比咱俩都有福气,有个好爸爸。"

"也有个好妈妈。"

两人再次碰了碰杯,将心中千言万语都融进了酒里。电视里,邓丽君歌声婉转悲切,唱到动情处已是泪流满面。

桌上只剩残羹冷炙,李唐喝光最后一口酒。"就到这儿吧。"说着,他扯下胸前的餐布,"我先走了。"

丁美兮沉默不语,她看着李唐站起来,从自己身边走过去,怔了几秒钟,突然叫了一声:"李唐!"

李唐回头看着丁美兮,顷刻后,他转身大步走出门外。

漆黑的海面上漂荡着一艘脏兮兮的渔船,船头的灯,忽明忽暗,刺穿了无边的暗夜。阿良只身来到船舱里,翻出一个盒子。打开最上面的几块破布后,一把黑黝黝的手枪出现在盒子底部。阿良拿起手枪试量了一下,然后悄悄带在了身上。

第二天一早,李唐来到厦州六中,给李小满送请假条。楼道里，一个女生匆匆地迎面走来。快迟到了，她的脚步有些着急。与她擦肩而过的瞬间，李唐轻轻伸手，向她书包里塞了一样东西。

离开学校后，李唐掏出黑色诺基亚，拨打了那串再熟悉不过的号码，里面照例传出了"发送本机号码请挂机，回复其他号码请按1，留言请按2……"的提示音。

李唐按下了"2"键，留言说："今天在哪儿见？我去找你。"

第三十二章

太阳照常升起，每个人都踏上了属于自己的归途。

阿良带着前夜从船上取来的枪，上了路虎。

林彧站在穿衣镜前，几个月折腾下来，镜子中的自己好像瘦了一点。他系好外套的纽扣，戴上墨镜，开门走了出去。

临出门时，黄海再次确认了一下鞋带——全部紧紧系成了死扣。他戴好头盔，发动了摩托车。

国安局大楼监控中心内，段迎九像战场上的将军一般，站在大屏幕的正前方。黄海的摩托车上已经预先安装了带有拍摄功能的追踪器，段迎九一边关注着他的实时位置，一边惦记着李唐的动向。忽然，耳机里传来哪吒轻巧的声音："有人给李唐回电话了！"

片刻后，一个声音清晰地传来："就在码头吧，我第一次见你的地方。"

段迎九飞快地思索着：李唐要去见的是谁？会不会和黄海一样，也是鲇鱼？想到此，她立刻通过耳机布置计划："一组，照原计划跟紧黄海。二组的人员加倍，咬死李唐。不管他们见的是不是同一个人，今天都是大结局了。"

和预料的一样，就在黄海即将到达目的地的时候，狡兔三窟的鲇鱼打来电话，临时更换了接头地点。

和黄海的奔波往复不同，李唐顺利地到达了老码头附近的一个小公交站亭下。他安静地坐在休息椅上，点了一根烟，看着面前来往的行人，仿佛一个与世无争的局外人。

黄海按照电话的指挥走到了一条闹哄哄的步行街。此时，黄海已经被迫放下了摩托车，穿行在人流之中，他一边听着电话，一边四处张望。忽然，远处依稀出现一个背影，与之前鲇鱼留下的镜头极为相似，而且此人正用左手举着手机，在与人通话。

黄海几乎小跑着跟上去，熟悉的背影已经近在咫尺。他抑制着不断加速的心跳，往那人肩头一拍——一个陌生的路人转过头来，愕然地看着黄海。

此时黄海耳边的电话传来了"鲇鱼"的声音："别着急。我，还有你要的钱，很快就见到了。"

"你到底在哪儿？"黄海压低声音问道。

"往你的左边看……"黄海站在一个路口，左手边是一片棚户区。电话里继续说道："顺着路，往里走。"

听完了打给李唐和黄海的两通电话，段迎九的眼睛亮了，她冲着对讲系统说："鲇鱼！李唐和黄海要见的都是他——李唐呢，他现在在干什么？"

耳机里，老魏回答道："很安静，他在等人。"

段迎九信心十足地说："先黄后李。不容易，鲇鱼总算肯露面了。"

棚户区的道路狭窄逼仄，黄海紧紧攥着手机，沿着一条胡同走进去，一直走到胡同尽头一个挂着"毕昇印刷厂"牌子的大门口。他警惕地四下看了看，除了一个刚刚从传达室出来，拿着一个玻璃保温杯，正在倒茶渣的保安，附近再无他人。

黄海拿起手机，正准备拨打鲇鱼的电话，突然听见那个保安冲他招呼了一声："哎，找谁?"

"一个朋友。"黄海回答道。

说话间保安已经走到了黄海面前，听到他的答案，保安伸手拿走了黄海手里的诺基亚手机，往兜里一揣，然后沿着黄海来时的路原路返回。

黄海冲着他的背影喊了一声："去哪儿?"

保安好像没听见黄海的话，头也不回地往前走去，黄海只得快步跟了上去。

这片棚户区，比黄海想象的还要深。保安披着大衣，七拐八拐，不一会儿走进了一条没有摄像头的小巷里。黄海一直留心观察着周围的环境，走到巷口他已经意识到，一旦进入没有摄像头的盲区，那么他就是一个断了线的风筝。如果鲇鱼来个瓮中捉鳖，那他的处境将极其危险。

正在此时，迎面走来了一个低头看手机的年轻人。黄海灵机一动，偷偷用右脚踩向自己的左脚跟，把鞋踩得松了一点。和年轻人擦肩而过的一瞬间，他故意和他绊了一下。

保安闻声回头一看，黄海的鞋被踩掉了。年轻人见黄海蹲下整理散乱的鞋带，举了举手以示歉意，然后便匆匆离开了。而黄海则跟上保安的脚步，继续向棚户区深处走去。

此时，外围的一组也已经摸到了棚户区。段迎九在耳机中指挥道："把人散开，找到黄海。这片棚户区的路杂，很多地方都没有摄像头，监控死角，这是他们故意挑的地方。朱慧，还没找到黄海吗?"

"还没有。"朱慧轻声回了一句。一组成员里，她走得最快，此时已经到达了黄海刚刚经过的路段。棚户区里冷冷清清，朱慧走了很久才遇到一个迎面走来的人。与他擦肩而过之后，朱慧突然转身追了几步，叫住那人问道："麻烦你，见过这个人吗?"

那人一转头，正是踩掉黄海鞋子的年轻人，他看着朱慧手里的照片，下意识地说："见过，他——"

"他在哪儿？你是怎么见到的他？"朱慧抢着问道。

年轻人被她心急火燎的语气吓了一跳，有点警惕地看着她。朱慧平复了一下情绪后，说："这是我丈夫，刚才因为点小事吵起来了，他一赌气就走了。这里面的路我也不太熟，所以问问。"

这个理由说服了年轻人，他把刚才与黄海相遇的经过和地点一股脑说了出来。朱慧点头致谢后，急匆匆地朝他指示的方向走去。耳机里，朱慧的声音带着焦急的喘息："鞋带不可能被踩松，黄海有麻烦了，九源新村甲12，快！"

一座废弃的四层旧楼矗立在棚户区边缘，巷子和这栋旧楼之间的砖墙因为年久失修已经塌了大半，行人只需要迈过土墟碎块，便能从背后进入这栋人迹罕至的大楼。

保安和黄海一前一后，从砖石上越了过去，一个地下车库的入口出现在眼前。车库黑暗幽深，黄海犹豫了一下。而保安似乎料到了他的想法，回头看了过来。黄海吸了口气，跟着保安进了车库。

废弃已久的车库狼藉遍地，保安只管大步迈过地上的垃圾，头也不回地往前走。黄海跟着走了一段，忍不住问："他呢？"

"前面。"保安边走边说。

又走了几步，黄海站住了："前面哪有人？"

保安也站住了，回头对他说："看见那个屋子了吗？"保安所指的方向有一间空房，当初应该是一间仓库。房间的门虚掩着，两人继续一前一后地走过去。

然而屋里并没有人，黄海站在门口，向保安看了一眼。此时，被保安收走的诺基亚手机振动起来。保安接通听了一下，把手机放到了黄海的耳边。

"外面好像有人在跟着你。"电话里的声音分外阴沉。

黄海表情平静地反问道："是吗？"

"我在问你。"

"人呢?"黄海又反问了一句。

"你要告诉我什么消息?"

"在电话里说吗?那还叫我来干什么?"

电话里沉默了一会儿,然后传来一句说给保安的指令:"那谁,看看他身上有没有带东西。"

保安把电话挂断后直接关机,将电池和卡卸下来扔到远处,开始给黄海搜身。一无所获之后,他从兜里拿出两截不可逆的尼龙扎带,对黄海说:"手。"

"你们两个人,还怕我一个?"

"拴好你我就走。"保安的语气没有讨价还价的余地,黄海只好慢慢伸出手臂,眼睁睁看着保安把他的手腕捆死。然而,动作结束后,保安食言了,他向前一步看着黄海的眼睛问道:"说吧。什么破东西,能值五十万?"

黄海和他对视,沉默不语。

"什么破东西那么值钱?"保安再次追问道。

"他不会来了,对吗?"黄海答非所问。

"你觉得呢?"

"光是这次不来了,还是以后也不想再见了?"

保安不再问了,他从大衣里掏出一个刮胡刀,开始拆卸,将里面的刀片小心地拿出来。

"是不是就算我告诉你,今天也走不了?他是要离开厦州了吗?以后什么消息都不要了,是吗?"保安拿着那枚闪亮的刀片越靠越近,黄海又追问道,"他在哪儿?我要和他通个话。"

鲜血淋漓,黄海的腿上被割下了一大块皮肤,一瘸一拐地向后退着。他已经把提前准备好的情报说了出来,但保安似乎并不满意。

"还有呢?五十万,买条人命都够了,不止这一个破消息吧?"

黄海已经退无可退，他倚住墙，忍着剧痛继续周旋着："你觉得不值，他觉得值。钱我不要了，你给他打个电话，你问他值不值！"

　　眼看着保安悄无声息地逼了上来，黄海说完了最后一个字，瞅准时机突然一脚踹了出去。保安将手一扬，刺啦一声，黄海的裤子又被划烂一道，鲜血再次涌了出来。

　　黄海已经预感到了保安的动作，他没往后退，紧接着又是一脚踢过去。保安下意识地一躲，黄海不顾一切地往前冲去，利用一闪而过的机会，拼了命地往外跑去。双手被缚让他的速度大打折扣，保安在身后很快便追了上来。眼看一只手就要揪住黄海肩头的衣服，突然黄海脚下一绊，啪地摔到了地上。保安揪了个空，惯性把他往前带了个趔趄。

　　黄海摔得更重，地上遍布垃圾，他的腰被一个坚硬的东西硌了一下，疼得站不起来，只能匍匐着继续向前。但此时，保安已经来到了他的身边。刀锋划过，黄海小腿后侧的血管被划断了，鲜血像水柱一样滋了出来。

　　就在保安准备再来一下的时候，黄海突然转身用脚钩住了保安的一条腿，一拽一拉，失去平衡的保安一下子扑倒在黄海身上。和着血肉，两个人死死地缠在了一起。

　　这时，门口出现了一个影子，朱慧终于找到了这里。刚刚摸进阴暗的车库，她的眼睛还没适应过来，只看见地上浑身是血的两个人，辨别不出究竟谁是谁。

　　这时，黑暗中传来了黄海的吼叫声："走！快走！"朱慧看清楚了，她没有听从黄海的指挥，而是掏出手铐，不管不顾地扑了过去。

　　很快，三个人全都不动了。刚刚闪亮的刀片已经被血染得有些发乌，此刻它死死顶住了朱慧的喉咙。

　　朱慧望着近在咫尺的黄海，眼神里既是心疼更是愧疚。黄海还是像赌输了球一样，颓丧地躺在地上，气呼呼地骂了一句："叫你走偏不走，该！"

"干你娘，还真找得过来——起来。"保安骂骂咧咧地命令着，朱慧默默起身，心中像倒计时一样，重复了一遍刚刚黄海说的话："叫你走偏不走……"

电光石火的瞬间，蛰伏在地上的黄海突然大喊一句："叫你走！"趁保安一愣神，黄海用尽了全身的力气，突然蹿起来，一头将他顶了出去。刀片从一动不动的朱慧皮肤上划过，留下一道浅浅的血痕。朱慧一怔，黄海和保安像两个面口袋一样，重重摔到了地上。

保安先一步跳了起来，但很快就意识到了什么。他不可思议地低下头，一个断裂的门把手深深插进了他的肚子——这是之前黄海摔到地上，被硌了一下时，偷偷藏在身上的东西。扑通一下，保安跪倒在地，继而慢慢倒了下去。

此时，血泊中的黄海终于呼出了一口气。他的喉咙被划断了，鲜血顺着喉咙和嘴巴不停喷涌。朱慧不顾一切地扑上去，拼命用手堵住伤口，黄海用尽最后一丝力气，对朱慧笑了笑，然后在她的怀里永远地闭上了眼睛。朱慧的哭喊声，响彻了寂静的车库……

另一侧，李唐的专车依旧停在老码头边。黑色诺基亚突然振动起来，惊醒了睡梦中的李唐。他接起电话听了几句，马上打着车子，一边踩油门一边问道："你在哪儿？"

林彧的声音透过窃听器传到段迎九的耳朵里："不用着急，慢慢开车。我已经到了。"

段迎九听完马上快步向外走去，同时吩咐众人："跟进李唐，准备拉网！"

医院里，李小满的体温再次上升。她靠在丁美兮的怀里，虚弱得没有一丝气力。丁美兮强忍着悲伤，劝慰着女儿："越难受越得吃饭，免疫系统也得有子弹。你想吃什么，我去给你做。"

李小满无力地摇了摇头。火传鲁在一旁小声问道："海鲜粥呢？"

李小满依旧没什么反应，丁美兮想了想又问："酸辣肉丝汤？你爸爸喝多了我给他做的那个？"

不知是太累了还是懒得继续选，李小满终于点了点头。丁美兮把她的头慢慢靠在枕头上，起身对火传鲁说："我先回去，一会儿就来。"

火传鲁看看昏昏欲睡的李小满，又看看时间，说："现在不好打车，要不让护士照看一下，我陪你去。"见丁美兮没反对，他拿起车钥匙先往门外走去，"我去取车，大门口等你"。

丁美兮点点头，又往病床上看了看，李小满闭着眼睛，因为发烧呼吸显得有些急促。她抓起床头柜上沉甸甸的背包，思量了一下，把李唐之前递给她的那个诗集本子从包里拿出来，塞到了李小满病床的褥子底下。

天色渐晚，整座城市已经被灯光点亮。李唐的专车挤在车流里，一路往演武大桥的方向驶去。

而另一侧通往演武大桥的路上，阿良正沿着贴边的人行道，逆着车流的方向，朝演武大桥走去。

专案组的各路人马也朝着演武大桥集结而来。耳机里，老魏向众人通报："演武大桥，李唐的目标应该就是这里。堵车，他把车扔到了路边，下车，现在步行往大桥上走过去了。"

紧接着，哪吒的声音更加兴奋："是演武大桥。最靠外面的环形路上，观景台旁边站着一个人，十有八九就是鲇鱼。我正在往那边走，最多一百米，望远镜会看得更清楚。"

紧接着又有人在耳机里说了一句："阿良也来了，去的也是同一个地方。"

"这三个人聚在一起，看夜景吗？"大结局近在眼前，段迎九越来越激动了，她朝车窗外看了看开车的大峰问道："走得动吗？"

车流越来越慢，任凭大峰怎么按喇叭也是无济于事。段迎九笑了笑："故意选的。堵车，没摄像头，乱哄哄的，我要是鲐鱼，也选这儿！"说着，她推开车门对耳机里的众人吩咐："下车！"

在这座距离海平面最近的跨海大桥上，段迎九和她的同事们从各个方向朝观景台飞奔过去。远远的，她已经看到了阿良和一个男人在桥边对峙而立，阿良的情绪有些激动，大声地说着什么。与段迎九相对的方向，李唐也快步朝这二人走来。可能他也看到了段迎九的身影，于是拼命奔跑起来。

"快快快！李唐过去了！"段迎九一边跑一边在耳机里催促着各个方向的同事。她一路狂奔，不时拉开前面的行人，就在三人越来越近越来越清晰的时候，突然砰的一声，枪响了！

段迎九一下站住了，月光下，人影间，她依稀看见，枪响之时，林彧轰然倒地，而阿良从大桥上一跃而下，跳海逃生。桥面上，只剩下李唐呆立在原地。

干警们相继到达现场，地上的尸体被一枪爆头，面目全非。纳兰看了一眼，没忍住扭头吐了起来。李唐好像被吓呆了，木然地望着眼前的一切。亲眼看着两个同事把李唐带离现场后，段迎九又看了看那具血泊中的尸体，似乎若有所思。

火传鲁停好车，一路小跑过来，赶着给丁美兮开车门，还一直招呼她小心脚下。远处，一个戴着棒球帽的少年滑着滑板一路飘过来。就在火传鲁和丁美兮即将走入小巷的时候，滑板少年突然扑了过来，飞速抢走了丁美兮的包。

没等丁美兮反应过来，火传鲁已经追了上去。少年有些惊慌，脚下一个趔趄，从滑板上跌了下来。火传鲁一把揪住他，两人扭打在了一起。按身量，火传鲁并无劣势，但厮打了没几下，他便倒下不动了。丁美兮感觉不对劲，几步追过去，只见路灯下，火传鲁的胸口被插入了一把细长的水果刀。

丁美兮顾不上已经跑远的滑板少年，她一把握住火传鲁伸过来的手，尽量冷静地安慰着他说："先别说话，尽量节省力气，坚持住。"

火传鲁的嘴巴微微张开，此刻他想说也说不出来了。丁美兮一边抱着他，一边拨通了120，用尽量冷静的语气描述着病人状况和事发地址。

"思明梧村街道，万寿旧货市场旁边的铁路小区门口，对，有人受伤，外伤——心脏，水果刀，快点来！"

丁美兮一边说一边看着火传鲁的眼睛，但那束炙热的目光还是渐渐冷却黯淡了下去，那只紧紧握着的手，也逐渐无力地松开了。

"老火，火传鲁，你再坚持一下，医生马上就来了。"丁美兮的声音终于禁不住地颤抖起来，她无望地抬起头，向周围喊道："有人伤了，过来帮帮忙！别走！来救救人！救救人！"

在一声声呼喊之中，火传鲁停止了呼吸。他一句话也没来得及说，至死都凝望着他最爱的人，丁美兮。

国安局大楼的一间小屋里，老魏坐在一张桌子旁，一一分析着眼前的资料。

"虽然被爆了头，脸部面容无法识别，但DNA、指纹和体形都可以证明，死者就是鲇鱼，身份证上，他叫林彧。杀人的手枪上有阿良的指纹，加上李唐的证词，所有的证据都能证明，林彧是被跳海逃走的阿良所杀。阿良有间谍的底子，林彧一直都在威胁他。既有动机，也有证据。

"现在的情况是林彧死了，阿良失踪，截止到现在还没有找到他。现场也没有别的证据能证明凶手另有其人，比如李唐。暂时也没有直接的证据能证明李唐是间谍，且和林彧是同伙。这件事就暂时卡在这儿了。"

桌子的另一侧，段迎九听着老魏的分析，手指轻轻敲了敲桌面，突然说了一句："现在我不是段迎九，我是林彧。如果，如果我没有识破黄海的身份，就算他没价值，也没有灭口的必要。除非我已经决定要立刻离开厦州，所以要擦掉所有的痕迹。按照这个逻辑，阿良除了被逼无奈，一个快要上市即将洗白的企业家，不可能杀人。他有把柄被我攥着？因为我要走，谈崩了，所以开枪？"

段迎九的口气既像在问老魏，又像是自言自语："我要让阿良的人去杀黄海，自己又被阿良给杀了。就因为我威胁他，阿良就要当街杀人？还有最关键的李唐——他几次三番要见林彧，他想干什么？报仇，还是要债？他和阿良有没有什么见不得人的关系？"

老魏和段迎九都站起了身，李唐就坐在隔壁的审讯室，格外安静从容。

"三个人，一出戏。剧本是怎么写的，只有他一个人知道。"

众人再次聚在大办公室，看着段迎九把那块大白板再次拉出来。白板上的焦点已经变成了李唐，除了他，鲇鱼和阿良的名字也被红笔圈住了。

段迎九对大家说："找不到证据之前，不见李唐。他是个非常聪明的人，我总觉得这里头有事。"

"什么事？"大峰问道。

"我也不知道。"

"又是直觉？"

段迎九点点头："第一次见他，我就有这种直觉。事实证明我没猜错——"

这时纳兰抱着一些打印出来的资料走进来，放到桌上："这是我们调查过的阿良的社会关系，都在这儿了。"

段迎九看着这沓资料问："从开始注意并且调查他，一直到今天，多久了？"

老魏回答："到下个月六号，整四年。"

"整整四年，你们怎么评价这个人？"

"守时，自律。"老魏说。

哪吒接着说道："他的那些公司，不管大小，从来没有拖欠过员工工资。"

大峰补充了一条："每年都要体检，挺怕死的。"

纳兰想了想总结了一句："要是不知道底细，光看这个人，其实蛮优秀的。"

顺着众人的话，段迎九接着说："这个人平时从来不喝酒、不抽烟，咖啡、槟榔、红牛也从来不沾。除了泡茶，没有任何成瘾的习惯。每天散步，每周游一次泳，夏秋两届马拉松雷打不动，不打牌不赌博不下棋，定期体检，定期洗牙，大夏天连冰可乐都不怎么喝。这么一个极度自律、自我约束的人，为什么会突然开枪？"说着，她拍拍大白板："你们再看李唐。感性，忧郁，早恋，还有私生女，和前妻勾勾扯扯，儿女情长，戒了烟又要复吸。一个流亡他乡的间谍，居然还喜欢写诗。只有这样的人，才会激情杀人。假如，我是说假如，会不会是李唐开的枪？想想看，照着这个逻辑，是不是很多问号就都能解释通了？"

众人面面相觑，还在消化这个全新的思路，段迎九已经迅速做出了决定："纳兰去把阿良所有的底细翻出来。查他的通话记录，排查监控，看他的社交软件，私信、微信、短信、网上的聊天，我全要。老魏，我想向社会公开征集线索——找到大桥杀人之夜的目击者。不查个水落石出，我也对不住黄海。"

丁晓禾没有参加案情分析会，现在他的任务是盯住小婷。可偏偏这一个任务，还差一点出了纰漏。压力巨大的小婷，偷偷吞下了安眠药。如果不是丁晓禾及时赶到，带她去了医院，她恐怕已经不在人世了。

洗了胃，补充了些营养液，小婷渐渐苏醒过来。她看着身边的丁晓禾，一时不知从何说起。丁晓禾却发了脾气，他站在床边激动地对小婷说：

"你怎么想，是你的事情。我和你没关系，我也没资格说你。我就说我。四年级的时候我爸就没了，我现在都得使劲去想，才能勉强记住他长什么样子。我为什么要拼了命学习，往前考？我个子小，爸爸又没了，人人都来欺负我，只有考了全校第一，他们才不敢！

"他们欺负你，打不过还能跑，跑不了还有我啊，为什么要吃药？你自杀死了痛快了，别人呢？李唐呢？我呢？是不是到现在你还在怀疑我的用心？我可以明明白白地告诉你，那些人告诉你的东西，都是假的。你爸爸不是杀人犯，林彧也不是证人。他说要给你在老家买套房子，还要把你和李唐接回去退休养老，这话能信吗？"

眼泪顺着小婷的脸颊缓缓流了下来，她抹了抹眼角，终于开口说："你骗我，我骗你，都是这样。"

"是吗？"丁晓禾望着小婷问了他最想知道答案的问题，"要是没有林彧，你和我，是真的吗？"

小婷沉默良久，抬头看着丁晓禾说："那天，你和我求婚，我真的特别想答应。"

按照段迎九的计划，对李唐没有进行一次提审。所有人都把注意力放在外围调查上，蛛丝马迹亦不放过。很快，小黑被抓获归案。

段迎九和老魏第一时间审讯了他。小黑还是那副满不在乎的样子："既然都知道了，还问什么？有证据的我都认，没证据我也编不出来。"

"李唐呢？你和李唐的事情，也需要编吗？"段迎九问道。

"有人叫阿良去搞死他，和我又没关系，也不是我动的手。"

段迎九马上跟了一句："谁叫阿良去杀李唐？"

"你们去问他嘛。"

"哦。"段迎九知道他在耍滑头，慢慢从椅子上起身，走到小黑的跟前，一言不发地死死盯着他。没一会儿，小黑的眼神就软了下来，事到如今，多说两句也许对他自己还有点好处："阿良有家看牙的诊所，那个人去过一次。是个左撇子，我觉得是他。"

段迎九和老魏对视了一眼，后者快速把小黑交代的这一条记录了下来。这时，审讯室的门开了，哪吒门都没来得及敲，便举着段迎九的手机快步走进来："找你的。"

"谁的电话？"

"你同学，口腔医院种植科的老郭。"

这个时候递进来同学的电话，段迎九觉得哪吒的举动有些不可思议，她正要说什么，哪吒补了一句："他说有急事——李唐的事。"

郭大夫给段迎九带来了一个意想不到的消息。在他女儿郭璐的书包里，莫名其妙地出现了一份病历本。病历本上除了郭璐的名字，其他一片空白。联想到李唐从他钱包里拿走女儿照片时的样子，他终于下定决心把之前的情况全部告诉了老同学段迎九。

而另一组人在李唐家搜查的时候，在床下发现了一个小巧的硅胶假指纹模型。

越来越多的细节加入到了这个神秘的故事之中，这天夜里，段迎九带着一大壶水，准备对李唐进行第一次审讯。

再次见面，这对多次交手的老熟人，都显得非常平和。段迎九指了指水壶，对李唐说："茶喝完了，白开水够喝吗？"

"谢谢。"李唐礼貌地拒绝了。

段迎九坐在椅子上，像拉家常一样聊了起来："第一次见你，我就觉得你不简单。怎么说呢，你就不像是个开出租的。知道为什么吗？"

李唐望着她，没有回答。段迎九也没有自问自答，而是岔开话题说："但我确实没想到你和林彧是一路的。丁老师呢？她知道你是干什么的吗？"

李唐依旧沉默着。

段迎九笑了笑："在这儿，有时候沉默确实挺管用，但有时候反而会露馅。你很聪明，但有时候会过头，聪明反被聪明误，你承认吗？"

"有时候吧。"李唐轻声说道。

段迎九喝了口水："其实你也挺不容易。每天苦哈哈地出车，天黑了才能到家。还得照顾孩子，挣得也不多。能问一下，你们有退休金吗？"

李唐一脸认真地回答："累计缴纳社保十五年，就能享受退休保险待遇。你不知道吗？"

这样的小套路当然套不住李唐，段迎九笑了笑，看着他继续说："我关注过你的出车频率，专车公司每个月的前二十名都有你。叫车软件里的五星好评，你拿得最多。这么拼，我还以为他们什么都不管你。"

李唐吸了吸鼻子："没办法，我就是个小老百姓。"

段迎九话锋一转："人只有在没办法的时候才会杀人。你为什么要打死林彧？因为他让阿良找人害你，报仇，这算杀人动机吗？还是他要逼你做一件比窝窝囊囊活下去更难的事情？"

李唐停顿了一下，极为认真地回答道："我没有杀人。"

段迎九没在这个问题上执着，她又调回了闲聊模式："你喜欢读书。诗歌我不太懂，小说呢，你最喜欢谁写的书？"

李唐也用相同的节奏和她聊着："开车等人，打发时间，都是瞎看的。"

"勒卡雷和福赛斯，你喜欢哪个？"

"福赛斯吧，现在还有人看勒卡雷吗？"

"是啊。年轻人看剧都要一点五倍速，勒卡雷的节奏是有些慢。假如叫你选，你愿意当哪个年代的间谍？"

李唐望着段迎九，这个问题他选择不回答。而这次，段迎九自问自答起来："我觉得还是现在的好一些，起码不像以前那么危险。就算被捕了，也不会被马上枪毙。你说呢？"

"是吗？"李唐亦在小心地试探。

此时，段迎九突然单刀直入地说道："口腔医院郭大夫是我的同学，不了解吧？你们统计他女朋友出差和回家的数据做什么？推理海军在南海演习的时间和地点吗？我承认，这个方法确实挺聪明的，但是有些聪明要是过了，也麻烦。你如果没有第二次去威胁老郭，他那么胆小的人，也不会站出来指认你。"

李唐再次陷入了沉默。段迎九一边掏出手机一边说："要是一个证人还不够，还有两个你应该很熟悉。看看老朋友吧——"

手机里播放着一段早已准备好的视频，在一个监狱背景下，姚兰和李春秋先后出镜。姚兰憔悴了许多，她有些抱歉地看着镜头，说："迟早得说。李唐，日子还得往下过的呀。"

而李春秋的头发依然一丝不苟，但他的口气却更加平和："记得咱们说过的话吗？林或靠不住，靠自己吧。"

看过视频，李唐似乎有些触动。段迎九关了手机问道："想说什么？"

李唐长出了一口气："活着总是件好事，孩子也能少受点罪，挺好。"

段迎九直接抛出了下一个问题："间谍，杀人，先聊哪个事吧?"

"我没杀人。"

"你没开枪，家里那个假指纹，是用它打卡上班的吗?"

新证据的出现让李唐停顿了一下，但重新开口的时候，他还是那句话："我确实没有杀人，真的。"

录音设备和老魏一起忠实地记录着这场审讯室内的角力。段迎九又喝光了一杯水，她把杯子轻轻往桌上一放，对李唐说道："我给你讲个故事。不一定好听，你先看看像不像真的。一个专车司机，一个希望前妻和孩子能摆脱威胁，早点回家的司机。间谍这个差事肯定是不想再往下干了。危险，压抑，缺德，比跑出租还苦，又挣不着什么钱，不用自己贴就不错了，是吧?"

李唐静静地听着，仿佛段迎九真的是在讲述一个别人的故事。

段迎九继续说道："可惜你还没缴够林或要的社保。想退休?就算是警告吧，他让阿良找人去收拾你。这一次没死，下一回就不好说了。所以你要想办法。最好的办法就是找个机会，让这两个人自相残杀。如果他们不愿意，你就用假指模帮他们一把。所以你主动把他们都约到一个既堵车，又没有摄像头的地方。设计得特别好，先借刀杀人，再让自己脱身。可惜这出戏不能彩排，只有一次。剧本写好了，谁知道上场的时候出了纰漏，让阿良跳海跑了，你也没想到吧?"

此时，李唐摇了摇头。

段迎九绕到他的面前，问："没想到，还是我讲得不够好?"

李唐又重复了一遍："我是说，我没杀人。"

段迎九马上接着说："不承认杀人，因为这有可能会判死刑。承认威胁过那个医生，因为这只是恐吓。间谍罪和杀人犯，轻重完全不一样。你心里有杆秤，掂得很清楚呀。"

李唐抬起头，望着段迎九的眼睛，认真地说："你们搞错了，我确实没有杀人。"

录音设备还在继续，可老魏却把笔放下了。段迎九回到桌子旁掂了掂水壶，里面已经没水了。

清晨，丁美兮一身黑衣，神情肃穆地从殡仪馆的大门口走了出来。料理完火传鲁的后事，现在要进行下一步了。她站在路边，伸手拦了一辆出租车。上车后，"司机"纳兰问了一句："您好，去哪儿？"

第三十三章

丁美兮一路走向小婷的病房，全然不在意身后是否有人跟随。看着这个面色苍白的姑娘，丁美兮仿佛看到了年轻时的自己。她坐在床边的一把椅子上，全然没有了之前小心翼翼的客气，就像一个面对女儿的母亲一般，温柔又诚恳地诉说着自己的心意。

"你觉得如果李唐知道你这么做，他会怎么想？自杀是这世上最孬的事情。好好活着才了不起。"

小婷低着头，像个做错事的孩子，轻轻地说了一句："对不起。"

丁美兮并没有责怪，相反更像是开解："李唐说，他不是个好爸爸。他让我把这句话告诉你。小婷，别恨他，他是个好人，好人有时候就会身不由己。只有好人才会想得太多，才会有牵挂，让人能威胁的牵挂。你明白我的意思吗？"

小婷似懂非懂地点点头。丁美兮看着她泪光盈盈的双眼，温和地说："刚认识李唐的时候，我不知道他还有个女儿。后来我嫁给他，一直到李小满出生，过满月的那天，他才告诉我。他这个人就是这样，心里有什么事，开始总是不说，总是瞒着。你不用去催他，审他，过几天他自己就说了。我在像你这么大的时候，总觉得我能嫁个了不起的人。可能每个女孩子都觉得未来的丈夫应该是个大人物，他们不是普通人，不需要为钱发愁，长得好看，嘘寒问暖，还不会背叛自己。女人就是这么幼稚。你知道吗，到现在我连个钻戒都没有。不瞒你说，刚才来的路上，我还在想打车太贵了，我要不要坐公交车。但是我一点儿也不后悔。我这辈子做得最正确的一件事就是嫁给你爸爸。小婷，别人可能看不起他，觉得他窝囊、普通、小心眼还爱算计，但是在我这儿，他是个特别了不起的人。"

小婷第一次听到这样的话，第一次认识这样的父亲，她的眼睛闪闪发亮，渐渐有了期许的光。

丁美兮接着说道："别信电影里的那些鬼话。绝大多数女人，一生只有一天，所有人都会围着你转，所有的事情都是因为你在忙活，你只要说一句话，就会有人替你办好。这一天你最光鲜最漂亮，是这个世界上唯一的焦点。可惜只有结婚的这一天，从第二天起，就再没有那么多人围着你转，替你办你办不到的事情。以后要过的日子，都是鸡零狗碎的。这些话不中听，可它是实话。以后，找个能容着你、能和你一起过这些小日子的人，像李唐那样了不起的人。这些话不是李唐让我说的，是我自己想要告诉你的。"

小婷认真地点点头，在她二十多年孤独的生命里，终于有人像母亲一样，絮絮叨叨地嘱咐起她来。她觉得幸福，哪怕这个人的身份看上去有点尴尬；也觉得遗憾，为什么到现在才遇到这个人，留给她听这些话的时间已经不多了。

丁美兮也明白时日无多，她诚恳地望着小婷说："你来的时间太短了，我也没好好照顾你，有事还要跑来麻烦你，小婷，对不起啊。"

"什么事情？"小婷有些意外。

丁美兮掏出一把门钥匙，放在了小婷的手心里："按理说，你是客人。不管叫我阿姨，还是别的什么，该好好照顾你的都该是我。很多事情都是这样，平时总觉得来得及，真要想做的时候，反倒没时间了。你看，我连顿饭都没请你去家里吃过。火叔叔走了，我今天也会很忙。这是家里的钥匙，等小满能出院的时候，麻烦你和晓禾给她开开门。往后有什么事情，你们是一家人，互相多关照吧。李小满不懂事，我替她向你道个歉。小婷，你别怪她。要是以后有机会，咱们一起去武夷山，看日出。大人不能骗小孩子，说好的话，就得算。"

泪水在小婷的眼眶里打转，听到丁美兮一次次地道歉，她拼命摇着头说没关系。丁美兮显然还不知道她的自由之日也不多了，可是犹豫再三，她还是没有把这件事说出来，只是攥紧那把钥匙，有些伤感地说："小满会好好的，放心，丁阿姨。"

丁美兮露出了一丝苦涩的微笑，她想再说点什么，可又觉得言尽于此，已无话可说。她伸手摸了摸小婷憔悴的脸庞，在她清澈的眼眸中，看到了等在门外的丁晓禾。

"谢谢你。"丁美兮望着小婷说了最后一句话，然后转身走到门口对丁晓禾平静地说："走吧。"楼道的尽头，另一位便衣干警，正在等待着丁美兮。

段迎九身边的记录员由老魏换成了哪吒，但她和李唐的对弈仍在继续。整整一夜过去了，两人的眼神没有丝毫涣散，但是也的确到了决战的时刻。

"困吗?"段迎九问。

"还行。"李唐的回答跟段迎九保持着相同的节奏。

"体力不错。"

"老开夜车，习惯了。"

"有时候我在想，假如以前我考的是医学院，或者是师范，当个护士，要么像丁美兮一样，当个教语文的老师，现在的日子会是什么样? 起码不用像现在，没日没夜地陪着你这么干耗着，连个盹儿也不敢打。"

李唐笑了笑，像是理解，又像是自嘲。

段迎九接着说道:"你说呢?累死累活的,开车就够苦的了,还得风里来雨里去,帮他们送东西,接人,老开车的腰不好吧,还得蹲下去换假车牌子?"

"我还行。"李唐轻巧地回答道。

段迎九又想起一件事,饶有兴趣地问:"哎,像上次你去接李春秋和姚兰,拉着他们去酒店,汽油和过路费报销吗?"

"和你们一样。发票攒着,年底一块报。"

段迎九有些得意地说:"不不不,我们就这点好,实报实销。当然贴条罚款另算啊,要是自己的问题,自己解决。你呢?"

李唐不说话了,他似乎意识到了什么。段迎九看出了他神色的变化,马上问道:"怎么,聊累了?"

李唐看着她,反问起来:"从凌晨四点开始,不问案子的细节,一直在闲聊。你没那么八卦,你是在等什么吗?"

"聪明。"

"等什么?"

"你猜?"

李唐似乎流露出一丝紧张,很快段迎九便亮出了答案。那是一段从现场目击者那里获得的视频,虽然镜头摇摇晃晃,但还是能清楚地看到,李唐拿着一把手枪,动作隐蔽地射杀了林彧。

视频结束,段迎九把手机放到了桌上。她看着面无表情的李唐说道:"你很聪明。杀人的时机和地点,都是最优方案。唯一的问题是太聪明了,难免会有纰漏。想遮住所有破绽是不可能的。你找个堵车最严重的地方,就会面临目击者的可能。要是智能手机没那么发达,或许我还真拿你没什么好办法,可惜了。"段迎九舒展了下身体,揉揉脖子,看看哪吒,又看看李唐:"我还真是有点饿了。抓点紧,说完了咱们开饭!"

李唐低着头,望着戴着铐子的双手,铁证如山,他没有别的出路了。

专案组大办公室内，几张桌子拼到一起，中间架起了电火锅。鱼缸里养肥的鲇鱼，终于变成了一锅美味，滚着油花，冒着热气，在鲜红的汤汁里翻腾。

所有的人都欢欣鼓舞，唯有段迎九似乎有些失落，面前的一块儿鱼已经凉透了。老魏端了一碗鱼汤放到她面前："怎么，饿过劲了？案子结了，不是个好事吗？"

段迎九满脸疑惑地看了看老魏，皱着眉说："我也说不好。我为什么不满意？为什么就是不能和大家一样兴奋？李唐比我们想象的要聪明得多，像他这么聪明的人，为什么会留下破绽？既然他已经想好了整个计划，为什么会单单忽略目击者这一点？想想看，你要是李唐，桥上有那么多车，那么多的司机，你会想不到吗？"停了一会儿，她突然追问了一句："如果这个破绽是故意留下的呢？他想干什么？"

几句推理让老魏也不禁听得入神，筷子停在嘴边，竟然忘了吃。

段迎九顺着自己的思路继续说道："你有没有注意到他的眼神。我让他看手机里的视频，他很坦然，似乎一点也不意外。窝囊了半辈子，为什么非得到了现在就忍不了，要杀人？李小满到现在还躺在医院里，他真的豁出去，什么都不管了吗？他到底想干什么？"

此时，汪洋推门走了进来。他一眼便看到了神情疑虑的段迎九，直接走过去问道："有什么问题？"

"不对。"段迎九喃喃自语。

汪洋马上问道："哪儿不对？谁不对？"

段迎九摇摇头："都不对，李唐的心里一定还有我不知道的秘密。"

"什么秘密？"汪洋又问。

段迎九盯着汪洋看了一会儿，反问他说："我要是知道了还叫秘密吗？"

汪洋被当场噎住了，直接伸手向段迎九要证据。段迎九喝了口汤："直觉，还是直觉。"

认罪后的李唐，情绪极为稳定。按点吃饭，吃饱就睡，好像心里没有一丝忧愁与烦恼。隔着玻璃窗，段迎九看着他，仿佛看着一个未解之谜。此时，丁美兮已经到案的消息，传到了她的手机上。

坐在审讯椅上的丁美兮和李唐一样平静。把她安置好后，丁晓禾站在她身边，低声地说："我去医院看过小满，烧已经退了，从昨天夜里到今天早晨，再没烧过。她会好好的，有我呢。"

这话令丁美兮倍感欣慰，她望着这个跟在自己身后长大的弟弟，由衷地说了一句"谢谢"。

千言万语只剩唏嘘，丁晓禾没再说什么，转身离开了审讯室。段迎九和纳兰已经等在了门口，与丁晓禾擦肩而过后，走了进来。这次，她没带大水壶，似乎比上次更有信心。

落座后，她望着丁美兮，客气地打了个招呼："又见面了。"

"是啊。"丁美兮坦然答道。

"四个小时以前，李唐就坐在你这把椅子上。"

"是吗？"丁美兮的声音很轻。

"他说，这些年的这些事情，他都不后悔，唯一后悔的是没给你买个钻戒。他说你太抠了，只要钱进了兜，就像电焊烙在里头，绝对掏不出来。早知道这样，他就直接给你买了。"

丁美兮无奈地笑笑："要养孩子，要糊口，都是这么过日子的。"

"他还说，时间太急了，很多话都没来得及和你说。现在想说，你也听不到了。"

"老夫老妻，还有什么可说的。"

段迎九有些感慨："人就是这么奇怪。没离婚之前，回家都不能张嘴，孩子在的时候还好。只要剩下两个人在家，说一个字就是个吵。等真的离了，话反倒多了。"

"是啊。"

"你信命吗？"

丁美兮没回答，却反问道："你呢？"

"我是党员，当然相信共产主义。我看你经常去拜菩萨，管用吗？"

丁美兮笑了笑："拜佛求神，图个心安吧。女人嘛，过日子不就是求个踏实。"

段迎九的话题似乎离案件越来越远："要是让你重新选，你选火传鲁，还是李唐？"

丁美兮安静地坐着，似乎真的在认真思考这个问题。段迎九见她不出声，便替她回答道："我觉得还是李唐吧？我猜得对吗？"

这一次丁美兮彻底笑了起来，她的笑容那么有感染力，连段迎九也跟着一起笑了起来。片刻后，她又问道："还有什么后悔的吗？"

丁美兮想了想说："孩子吧。平时太忙了，没空陪陪她。你不是吗？"

"我和你不一样，儿子和闺女也不一样。太儿女情长，对男孩子不好。"

"可能是吧。"

段迎九换了个坐姿，也换了个话题："其实我挺愿意和你聊天的。可惜今天是在这儿。要不，咱们说说案子？"

"好。"丁美兮答应得很爽快。

"一只凤，一只凰。我以前一直以为凤凰是一个人。"

丁美兮似乎已经知道李唐全部招认，因此也变得知无不言起来："凤凰是上面给的代号，我和李唐，两个人。"

"李春秋和姚兰来厦州要干什么，你知道多少？"

"那段时间林彧已经对我开始保密了，到现在我也不知道。"

"李唐不会告诉你吗？"

"哪怕我们还没离婚，也不是什么都会说的。"

"刘晓华呢？用论坛网友的方式接近他，是谁的主意？"

"我对网上那些东西不是很熟悉，他们让我怎么做，我就怎么做。"

"姚兰和你很早之前就认识，十八年前你们从厦州分开，这期间她在哪儿，在干什么？"

"在上海。具体做什么，我不清楚。"

打乱时间顺序，重复询问已经问过的问题，掐头去尾跳跃式提问，段迎九把国安审讯时惯用的手段都用上了。虽然中间有情绪的起落，但总体来说，这场讯问进行得十分流畅。丁美兮越来越平静，而段迎九却越来越迷惑。丁美兮和李唐的供词严丝合缝——所有不利的罪责都被李唐揽下，而丁美兮交代的又足够戴罪立功。凤和凰的证词就是一个贝壳，两人各持一半，天衣无缝。虽然听上去无懈可击，但事实上太不合情理。怎么可能李唐一直犯错，丁美兮在一直劝他回头？这出戏太完美了，完美得不像真的。

段迎九突然不说话了，她沉默地注视着丁美兮，突然问道："你觉得，你和李唐的感情怎么样？"

丁美兮一怔："有什么问题吗？"

"没人嫉妒过你吗？捡着这么一个对你好的男人，这是福气。"

"我们已经离婚了。"

"就算你们离了，可比那些没离的，还要恩爱。"

话音未落，段迎九突然站起身，大步走了出去。

审讯室隔壁，丁晓禾痛苦地等待着丁美兮的审讯结果。段迎九

640

闯进来劈头问道："大桥杀人的前一天，李唐有没有给小婷打过电话？"不等他回答，段迎九马上又说："他肯定打过。我要知道他在电话里说了什么？快！"

很快，丁晓禾带回了答案："大桥杀人的前夜，李唐给小婷打过电话，说的都是鸡毛蒜皮的事情，生活费，住校，考试，吃吃喝喝，全是这些。"

段迎九坐在办公室的中间，穿着和李唐几乎一样的衣服，手上还戴着一副手铐。听到丁晓禾的话，她无奈地苦笑了一下："你没孩子，你不知道，只有一个父亲才会这么啰唆。这不是鸡毛蒜皮，这是在交代后事——我要是李唐，我为什么要这么说？"

"为什么？"

"因为我要杀人。我要把所有的事情都安顿好，要和家人告别，要做好每一步的计划。"

"什么计划？你有什么计划？"

段迎九微闭双眼，在丁晓禾的追问下仿佛被李唐灵魂附体："我要打死林彧，瞒天过海。先假装借刀杀人，我要让你们全都猜不透，谁也不会知道我到底要干什么，这不是激情杀人，这是预谋，这是一个完美的计划，我到底要干什么？"

演武大桥观景台的案发现场，段迎九仿佛再一次置身其中。她反复调换位置，企图临摹出与案发当时完全相同的角度。终于，在找到一个合理的位置后，她望向远处，一辆轿车恰好经过，坐在副驾驶位上的乘客正在用手机拍摄着海平面的景象。演武大桥景色壮美，从这里经过的乘客，经常会用手机拍摄。从左至右缓缓经过，不消半分钟，就可以拍到当天开枪的一刻。

此时，现场的阿良和林彧激烈争吵起来，之后他突然掏出了手枪。段迎九不禁朝前走了两步，却见阿良把手枪递给了她："不是要动手吗？你来。"

顺着阿良的目光，段迎九转头看见了站在他身后的李唐。望着李唐抬起的枪口，林彧大喊道："李唐，你是不是疯了！"但很快他就明白过来，李唐和阿良早已达成了默契，此时他能做的只有瓦解他们的攻守同盟，他指着阿良对李唐说："打死他，他的钱全都是你的！带着丁美兮和李小满，我让你们明天就走，去澳门，去美国，回家，随便去哪儿！"

阿良站到了李唐的旁边，望着林彧说道："你活着，他去哪儿都不踏实。"

远处，正在拍摄海景的乘客已经把手机摄像头慢慢转了过来。林彧还在提高价码，阿良正在大声催促。李唐的手紧紧握着枪，在一阵紧张的心跳声中，扣动了扳机。林彧轰然倒下，李唐下意识地看向阿良，枪口也跟着一起转了过去。

此时，不知哪辆车按响了喇叭，国安干警们飞快地冲了过来。电光石火之间，阿良纵身一跃，跳入大海。

一声落水的巨响，惊醒了段迎九。她猛然从椅子上站起来，大喊了一声："我明白了！"

"明白什么？"丁晓禾急切地问道。

"坑是李唐故意挖的，就等着我们往里跳。他早就想好了要打死林彧，一步步带着我去查他。"

"为什么？他为什么要这么做？"

"因为他是一个父亲！"段迎九说着便冲出了办公室，全然忘记了手上还戴着手铐。

再次见面，李唐似乎有些意外。他看着段迎九布满血丝的眼睛，沉默地揣测着将要发生的一切。

一天一夜没睡觉，但段迎九却像打了鸡血一般兴奋，她把故事重新梳理了一遍，再次讲给李唐听：

"没有孩子的人很难想象，为了自己的女儿，一个父亲会做出什么样的事情。你把丁美兮犯下的所有罪过都揽到自己的身上，随后引爆了林或这颗炸弹。十八年攒下的钱全部留给李小满，让她以后能出国留学。再把你自己知道的所有信息和线索，变成立功赎罪的机会，留给丁美兮——这是你为这个小家所做的最后一件事。"

李唐依旧静静地听着，这个故事离他更近了，但对他来说，还是别人的故事。

但段迎九却坚持讲了下去：

"林或把你们两口子逼得无路可走，甚至已经开始动手。为了保全妻儿，你决定蓄谋杀人。动手之前，你已经想好了每一步的棋路。动了牺牲自己的念头，你找到丁美兮，提前演练，对好了严丝合缝的所有供词。那天在餐厅，十八年纪念日的会面，就是你在向丁美兮做最后的交代。

"表面上看，你威胁郭大夫失败是一个意外。其实你早就知道他必定会举报你。再没有什么比女儿的威胁更让一个父亲恐惧的了。故意摊牌，互为因果，这是一个岔路口的指路牌，指向你间谍的身份，忽略你杀人的事实。我曾经沿着这个牌子，差点拐到你铺好的弯路上去。

"那个无意中被路人看到，并且用手机拍下你开枪的视频，才是你计划里唯一不能把控的环节。没有它，你一定不会承认。但是既抱了必死之心，你也不在乎了，对吗？比我还意外的应该是林或。他怎么都想不到，你和阿良会成为同盟。你发现了阿良是林或的打手，他为林或杀人放火无所不作。但他不是你，他是个成功人士。你把这当成筹码，赌的是阿良舍不得放弃眼前优渥的生活。只要把林或约出来，二对一，你来动手，阿良设法逃脱。你们二人便都可以求仁得仁。"

段迎九讲故事的能力，超出了李唐的预想范围。他在餐厅里，与丁美兮用手指在桌面上敲击摩斯码，做着最后的告别。他调取了金湖洗车行的监控，亲眼看到阿良带走了洞洞裤。阿良深夜潜伏在他房间里，把刀子顶在他腰上问他到底要干什么。他反问阿良："林彧是一颗定时炸弹，不怕在你上市敲钟那天炸响吗？我想和你做个交易。"这一切的一切，仿佛段迎九都在现场亲眼所见。

这场对峙，李唐本来怀有十拿九稳的信心，但此时，他好像有点慌了。望着段迎九，他急切地说了一句："这些事情都是我干的，这和丁美兮没关系！"

"从认识你到现在，你从来没这么着急过。"段迎九颇为感慨地说。

李唐深吸一口气，以最快的速度恢复了平静。他定神望着段迎九，诚恳地说："你是个聪明人，咱们不打哑谜。你要的是案子和人，我要的是丁美兮。有多少帽子，我愿意全戴着。你想知道什么，我都可以告诉你。"

"为什么要这样？"段迎九不解地问。

李唐的眼睛渐渐出神，半晌后回答："你辅导过孩子写作业吗？爹妈总要有个分工。以前我只管养家，孩子学习的事情从来也没管过，我也不会。我女儿现在还在医院，丁美兮得去照顾她，别的事情，就我来吧。"

"幺鸡的病历，你也去查过。他为什么要自杀？"

"得了癌，还被林彧逼。度日如年，扛不住了。"

"十八年前，你们三个绑架黄德铭，那个开车的是谁？"

"我。"

"火传鲁从单位里偷偷复印的批文，到了谁的手里？"

"我亲手给的林彧。"

"'国宝'是谁？"

"什么国宝？我不知道。"

几组问答，推进速度极快，根本没有反应的时间，所有的答案都是下意识的第一反应，李唐确实没有说谎。段迎九看了他一会儿，又问道："留在厦州这么久，你想过回家吗？"

李唐的脸上露出一丝释然的神情："我的家不就在厦州吗？"

火锅店的大包间里，众人开怀畅饮庆功酒。段迎九也终于甩开腮帮子，对着锅里的翻腾肉片放量招呼起来。

汪洋举着酒杯坐到段迎九身边，拍拍她的肩膀提醒道："血糖不高了？"

段迎九的嘴里塞得鼓鼓囊囊，咽了好几下，才勉强说出话来："三十个小时没吃饭了，老板，你把我饿死，谁给你去干活？"

"这么个吃法，我是怕你和我一样，血糖没好，痛风又犯了。"说着，他伸手拿走了段迎九的红酒，递给她一瓶矿泉水，"等这件事结了，你提个休假，歇几天。"

"什么意思？"段迎九警觉地望着汪洋。

"你身体的情况上面知道了。别这么看着我，又不是我说的。你觉得在这个单位能瞒得了多久？"

段迎九不吃了，把筷子放下，盯着汪洋问："'国宝'呢？不找了？"

"林或死了，你去哪儿找？"

"我就问你找不找了？"看着汪洋不置可否的脸，段迎九突然明白，"你要换别人去找，谁啊？"

见汪洋依旧沉默不语，段迎九一把推开椅子，大步朝外走去，全然不顾众人的吃惊和汪洋的挽留。就在她要冲出房门之际，老魏突然从外面走了进来。他顾不上和汪洋打招呼，直接把一份尸检报告塞进了段迎九的手里："你看这儿！"

尸检报告上写得明明白白：右手拇指和食指的夹缝衔接处有

磨茧，食指左右两侧有磨茧，提示有长期握枪和扣动扳机练习之经历……

"写的什么？"汪洋也凑了过来。

"死的这个人不是左撇子，他不是林彧！"段迎九说着飞快地冲出门去。

段迎九发疯似的再次来到了演武大桥的观景台。月光下，人影浮现，李唐、阿良和林彧仿佛又出现在她眼前，但这次，阿良和林彧对调了位置。尸体若不是林彧，那便只可能是阿良。李唐为什么要这么做？死的是阿良，林彧呢？他去了哪儿？是去见"国宝"了吗？

正在和脑子里乱蹦乱跳的问号拼命搏斗的时候，段迎九忽然感觉背后有一阵脚步声。她回头望去，这次悄悄审视她的不再是李唐，而是变成了林彧。

月光下，林彧凝望着段迎九，颇为自得地问道："你以为死的不是我？"

"不是，肯定不是。"段迎九喃喃答道。

"如果不是我，为什么尸体上的DNA，和你上次指甲缝里留下我的DNA完全一致？为什么？"

段迎九愣住了，她想伸手抓住眼前的林彧，眼前的视线忽然一阵模糊。和上次一样，林彧唰的一下消失了。

此时，老魏驾车赶来。他几步冲上前去，扶住了路边晃晃悠悠的段迎九："怎么了？是不是血糖又高了？"

段迎九的眼神有些恍惚，茫然地问了一句："什么高了？"

老魏见她这副样子更着急了："走，跟我去医院！你的病你自己不着急？刚才来股海风，你就要掉海里了！"

段迎九突然一激灵，她一把抓住老魏的胳膊问道："你说什么？"

"我说怕你掉海里！"

"不是这句话，上一句，再上一句！"

"我说你自己的病自己都不着急，你没事吧？"

段迎九的眼睛亮了："对，生病，医院，快——带我去李小满住院的病房！"

隔着病房的玻璃，段迎九凝望着李小满。她被病痛折磨得憔悴了很多，但脖子上那个小小的凤凰金吊坠却一如往昔般闪亮。

老魏从医生办公室出来，站在段迎九身边，疑惑地说道："症状和化验指标都疑似白血病，但又不是。按急性白血病治，也治不好，医生也觉得有些怪。你刚才说，李唐有问题，什么问题？"

段迎九沉浸在自己的思索中，半晌忽然说道："金正男——记得吗？"

"金正恩的哥哥？"

"对，还有英国的间谍中毒事件，扯了大半年也没个结果，都是神经毒剂。李小满，会不会和他们一样？"

老魏思量了一下，忽然瞪大了眼睛，这个思路让他也大吃一惊："你是说……"

段迎九皱着眉头说道："明知道女儿生重病住在医院，可从被捕到现在，李唐没有问过一句女儿的情况。这正常吗？那个平时的模范父亲去哪儿了？要是你闺女住在这儿，你会一点儿不担心吗？"

"有人和他做了交易？"老魏顺着这个思路说出了结果。

"李小满的症状和李唐的口供，必然有关联。把她的病历传真到北京，求证。马上！"

李唐安静地等在审讯室内，过不了多久，段迎九便会走进来。这次，她会带来什么样的故事呢？而他自己又该用何种面貌来应对呢？李唐暂时还没有想好。但这一切其实对他来说，都已经不重要了。该安排的事他都安排好了，生死关难过，但只要咬牙闯过去，那丁美兮和李小满就可以永远地逃出生天，从此过上无忧无虑的生活。至于他自己，监狱的生活，其实比开出租当间谍轻松多了。

外面似乎下起了雨，李唐忽然想起李小满出生的那天，好像也在下雨。别人怀孕都胖，可丁美兮偏偏越来越瘦，生下个孩子也瘦得像个小猴子。他足足熬了三大锅红菇鸡汤，才催下了丁美兮的奶水。

待到要去上户口了，丁美兮问他给孩子起了个什么名字。李唐看着瘦弱的女儿，轻声宣布："就叫李小满。"

丁美兮还有些不大乐意，埋怨他说："亏你还天天读诗，想了半年，就想出这么个名字？"

可李唐对这么名字甚是满意，他的姑娘这么瘦，别让大名字给压坏了，叫小点，好养活。他还告诉丁美兮，这名字是大师算过的，好得不得了，叫了这个名字，女儿必定安安稳稳，长命百岁。

这八个字是他对李小满唯一的期许，可就是这么一点愿望，最终都被林或当成把柄握在了手里。

李唐私下调查幺鸡的事儿林或早已看破，他根本没有害怕，而是直接祭出了终极武器："一个死人，不用再查了。还是把精力放在活人身上吧，比如李小满。"

"什么意思？"李唐不安地问道。

"要是放在以前，我们其实应该绕绕弯子，吃顿饭，最好再回忆回忆过去，感慨几句。最近的时间太紧，我就直说了。你要替我顶一个罪，杀人。"

"这和李小满有什么关系？"

"我一直在做的事情，你知道多少？"

"回答我的问题，关李小满什么事儿！"

"李唐，别和我唱大戏了。你有多聪明，我比你自己还清楚。

马上要走了，我也不瞒你。南海，台海，两个战略里和导弹有关系的情报，只剩下最后一块拼图了。什么时候一到手，我就可以荣退了。"

"你要是能走成，就不用来找我了。"

"是啊。段迎九像只苍蝇一样盯着我，一天到晚嗡嗡嗡，烦也烦死了。你说得对，全身而退，我确实没把握。所以得麻烦你，帮我去顶个缸。我知道你不服，但这件事，你只能答应，不能拒绝，因为李小满的病。"

"你在说什么？"

"上个星期五，放学回家。你回去问问她，在公交车上，是不是有个年轻人，不小心用背包的拉链，划破了她的皮肤？神经病毒感染，具体是几株合成的源，不用查，你也查不出来。就像查幺鸡一样，白浪费时间。段迎九的网早就张开了，你，我，还有丁美兮，一个都走不了。只有一个办法，能救你的前妻和孩子。别怪我舍车保帅，怪那只下棋的手吧。

"你被捕以后，李小满的主管大夫会收到一个匿名电话，有人会告诉他病毒的具体情况和针对性治疗的方案，不出一周就会痊愈。往后，李小满和小婷都很安全，也不会再有任何人骚扰她们俩。这件事我可以发毒誓，写保证书也行。"

直到现在身陷囹圄，李唐想起林彧的这些话，依然很想揍他。而那天在车上，他也的确是这么做的。他想不通，这世上怎会有如此禽兽不如之人。十几年前那个风雨交加的夜晚，他一个人守着角川。日本人狡猾得很，趁着上厕所的机会，差点置他于死地。过了很久，卧室里的新竹和花莲才匆匆跑出来。而花莲的脖子上，赫然留着一个吻痕。

留在厦州是上峰的命令，但和丁美兮结婚是李唐不得不做的选择。因为丁美兮怀孕了，李小满是林彧的女儿。

可当李唐把这个秘密告诉林彧的时候，他没有惊讶，没有后悔，只是平心静气地告诉李唐："我知道。其实，病毒本来是想给小婷注射的，但是我没把握用她能要挟住你。说实话，你对小婷有感情吗？这么多年不见了，看见她摔倒，你会疼吗？不会。我也不会。你对小婷什么感觉，我对李小满就是什么感觉。人心都是一样的。什么叫亲人？天天在一起，从小抱到大，肌肤之亲，才叫亲人，和血缘没有关系。"

"人渣！"李唐坐在审讯椅上，忍不住嘟囔了一句。此时，段迎九带着哪吒走了进来。还是那些人，那个故事。李唐听得有些腻了。他朝段迎九要了些水，一口气喝干后，说道："你的故事挺有意思，讲得也好听，三翻四抖，就是有点不像真的。"

段迎九不急不躁地说："有时候越不像真的，越能迷惑人。当天在大桥上，你确实杀了人，但打死的是阿良。那个穿着阿良衣服跳到海里跑了的，才是林彧。你为什么要替他做这个事情？被逼的。林彧逼你的唯一可能，就是李小满。他捏住了你的七寸，让你去顶罪，从而让他完美脱身，叫我永远不会再将注意力放到他身上。但这个罪怎么顶，具体怎么实施，得你自己想办法。在这方面，你比林彧聪明。但林彧知人善任，他确实比你更像那只下棋的手。为了李小满，你必须想到一个完美的骗局。怎么样，我讲得还行吧？"

"挺好的。它要是真的，就更有意思了。"李唐笑了笑说。

此时，审讯室外有人敲了敲门。随后，老魏推门进来，把一张刚刚收到的传真递给了段迎九。两人对视一下，脸上同时显现出意外的神情。

"怎么会变异？"段迎九问道。

老魏小声回答："病毒变异很常见，合成的也一样。"

"现在呢？北京那边什么意见？"

老魏瞥了李唐一眼，无奈地摇了摇头。

李唐真的坐不住了，听到变异二字他便开始焦躁地搓手指。见老魏摇头，他更是按捺不住地问道："你摇头是什么意思？李小满怎么了？说话呀！出什么事了？"

段迎九点了点头，老魏坦然相告："确认过了，神经毒素。主管医生昨天早晨接到一个电话，按照电话里的治疗方案，本来很顺利，但是在一个小时之前，有反复。"

李唐心急如焚："反复什么？变异是什么意思？段迎九，你帮帮李小满，你帮帮她，我真的不知道林彧现在在哪儿，你别用这种缺德的法子勾着我说，我真的不知道！丁美兮呢？我和她都被你们关着，现在谁在管李小满？是丁晓禾吗？老段你帮帮我，她这一关只要过得去，你问什么我要是瞒一个字，叫我死在你这儿！"

段迎九一句话也没说，她从老魏手里接过一部手机，打开一个视频，举到了李唐的面前。视频里李小满躺在隔离病房，虽然面容憔悴，但第一次自主地坐了起来。她凝望着镜头，一个字一个字地说道："爸爸，我没事，别担心。你在哪儿啊？我好想你呀。"

李唐再也压抑不住自己的情绪，伏在紧握的双手上，痛哭失声。良久之后，他缓缓抬起头，长出一口气，终于说出了故事的真正结局："你猜得没错，逃走的不是阿良，是林彧。"

十八年纪念是最后的晚餐，伴着邓丽君婉转的歌声，李唐敲击着桌面，用摩斯码告诉丁美兮："段迎九再聪明，也想不到这么多层。我把一切都担下来，你什么都不要认。麻烦就像糖葫芦，再咬咬牙，就到头了。小满和小婷都会长大，多保重吧。"

而丁美兮在去医院找小婷托孤之前，已经先给丁晓禾打了电话："我要自首。"

至于林彧如何将DNA偷天换日，这其实源自他未雨绸缪的谨

651

慎。他知道段迎九一直在追踪他，于是趁着去阿良的体检中心做检查的时候，偷走了阿良的血样。他早已想到了最终的局面，为自己找好了替死鬼。人会撒谎，证据不会。找机会把阿良的DNA送出手，最终他就可以像幽灵一样，全身而退了。

连段迎九也不得不在内心感叹林彧的手段之高明，但时间紧迫，她必须赶在林彧和"国宝"交易之前，抓住他。所以，她急切地询问李唐："他和那个'国宝'，什么时候见面？"

"很快，也许就在明天一早。只要两个人接头成功，拿到最后一笔情报，林彧就会返回对岸，再也不回来了。"

"见面的地点在哪里？"

"我不知道。"李唐停下思量了片刻，"但我也许能猜到林彧在哪儿。我和他最后一次见面，是一个早晨，刚起床。他给我电话，说是二十分钟后，叫我去海边见他。这意味着，从他打电话的位置到海边，车程正好满二十分钟。在通话过程中，背景声里有一辆公交车自动报站名的声音，我听得很清楚，电子播报说的是'28路车已到站'。根据这些信息，我想你们应该可以分析出他的行踪了。"

离开审讯室，段迎九一边分析一边布置任务："整个28路公交车一共有十一个站点，马上调出李唐和林彧最后一次见面当天的道路拥堵情况进行分析……"

大约半小时后，分析报告便出来了：从他俩见面的海边，到28路其中一个站点，用时二十分钟的地方，只有皂君庙这一站。干警们马不停蹄地调取了附近街道的监控录像，逐一放大筛选。终于在最后一幅夜晚的画面里，找到了一个打着黑雨伞的男人。那天夜里细雨纷纷，男人在路灯下抬头看了看天空，刚好露出了大半个脸，正是林彧。

"拖鞋！"纳兰指着监控屏幕兴奋地说，"他的脚上穿着一双酒店里才有的拖鞋!"技术人员马上放大画面,只见模糊的图像里,拖鞋的侧面绣着一行小字:泰山饭店。

在泰山饭店的前台,段迎九和工作人员详细询问着当天的情况。另有两名干警,则在电脑上查询着住客记录明细和酒店内的监控录像。终于,林彧的行踪暴露出来——一个酒店工作人员拿着一份记录告诉段迎九:"他通过前台订了厦州飞延吉,中转长春的一张机票和火车票。"

"什么时候?"

"就今天。"

大峰和数位便衣干警,搜遍了厦州高崎国际机场,终于在候机大厅发现了那个熟悉的身影——泰山酒店的监控里,林彧穿的就是这套衣服。此时,这人正站在航班起落信息的电子显示屏下,抬头看了看,转身往安检处的方向走去。

大家正欲上前实施抓捕,但林彧突然把手伸进了自己的上衣口袋。此时,迎面走来了一群学生旅客,为防意外,众人选择了悄悄收手,继续跟踪。

而本来要走向安检口的林彧却突然改变方向,向洗手间拐了进去。大峰带着众人迅速跟过去,包围了这个洗手间。

随着一声巨响,卫生间的隔板门被踹开了,可呆坐在马桶上的并不是林彧,而是一个身形与林彧极其相似的男人。大峰举着一张林彧的照片,劈头盖脸地问道:"认不认识这个人?"

面对乌黑的枪口,男人下意识地摇了摇头。

大峰更着急了,提高嗓门又问:"你的衣服怎么来的?"

男人愣住了,哆哆嗦嗦地说不出话来。另一位干警见状,又问了一句:"这是你的衣服吗?"

男人点点头,但马上又摇了摇头:"不是。吃饭……我的丢了,剩下这个。我只能穿着它……"

大峰立刻明白了，他们中了林彧的金蝉脱壳之计。此时段迎九的电话打了过来："什么情况？人呢？说话！"

"迟了一步，咱们可能来不及了。"

一辆绿皮火车穿行在白雪皑皑的林海之间，火车的外面挂着"长春—延吉西"的牌子。

"瓜子、泡面、火腿肠、扑克牌、报纸、杂志……"一辆小推车载着满满的物资伴着吆喝声，在拥挤的车厢里慢慢前行。

林彧裹着军大衣端着一碗刚接上热水的泡面，一步步地往自己的座位上挪动。好不容易落座，他向坐在对面的乘客问道："大姐，还有多久到延吉？"

"快，眼睛一眨巴就到了。"大姐操着地道的东北口音，爽快地回答道。

望着窗外的冰天雪地，林彧徐徐地出了口气。他即将大功告成，下次再看见袅袅的雾气，应该不会来自方便面碗里，而是阳明山下的温泉吧。

然而，仅仅畅想了两秒钟，林彧的左手便飞快地伸出，死死攥住了一个手腕——坐在他身旁的黑瘦男人正伸着两根指头，从他的衣兜里夹出一个钱包。虽然被抓了现行，但贼人根本不慌，嬉皮笑脸地松开手，把钱包放了回去。

林彧也不想闹出大动静，看着这个连窝都不挪的惯偷，他小声地说："要不是你，我还以为现在都没有吃火车饭的了。还有活儿吗？"

"凑足鸡毛做掸子。"贼人依旧笑嘻嘻地说。

"如今都手机支付啦，哪还有现金哪？"

贼人伸手一掏："那就偷手机呗。"

林彧饶有兴趣地看看这个手机问："有密码。解得开吗？"

贼人一脸满不在乎的样子，伸手一胡噜，屏幕便滑开了。正好一段视频进来，贼人看了林彧一眼，伸手点开了播放键。不想，里面竟然出现了段迎九的脸，她微笑地看着林彧说："路远，泡面吃饱再动身吧。吃啊，再不吃就坨啦。"

此时，对面的大姐从鼓鼓囊囊的衣服里掏出了一副手铐，放在了面前的小桌上。

泡面冷了下去，但林彧已经没有半点胃口了。

与此同时，一辆列车缓缓驶入安图火车站。伴着三三两两的旅客，七八名国安便衣，从车上押下了戴着手铐的"国宝"。他的真名叫孟强，是某军工研究所负责人。

而随着林彧和孟强的双双落网，这张编织了十数年的境外间谍网，终于被彻底摧毁，凤凰行动至此结束。

丁美兮交出了李唐留下的那本手抄诗集，那上面记录了李唐历年来的每一个任务，以及从幺鸡手里拿到的间谍名单。而那些记载着无奈和伤感的诗句中，隐藏着与林彧及本案有关的所有证据。

这是李唐留给丁美兮的最后一份礼物，一份希望能让她坦白交代、戴罪立功的礼物。这是一封情书，一封用十八年写就却永远无法抵达的情书。

案件结束了，生活似乎又恢复了往日的宁静。段迎九竟然开始养生了，年三十的晚上，她都没有大鱼大肉，而是认认真真地做着自己的绿色营养餐。墙上的照片里，母亲露出了久违的笑容。此时，敲门声传来，段迎九一边吆喝着"哥，你是不是耳朵不好使了"，一边打开大门——

"妈，过年好。"长高了半个头的阿宝，笑盈盈地站在门口。

女子监狱的探视间里，李小满望着玻璃窗内的母亲，对着话筒问道："今天过年了，给你们吃得好吗？"

丁美兮点点头："你呢？你怎么吃？"

"一会儿去舅舅家。"

"见你爸爸了吗？"

李小满摇摇头："探视时间有限制，来看你，就不能去看他了。"

丁美兮看了看李小满脖子上挂着的凤凰吊坠，望着女儿的眼睛说："找个机会，去看看他吧，他挺想你的。别换电话号，也别换微信和QQ。他说等他出去，希望还能找得着你。"

母女俩你一言我一语地诉说着日常，没一会儿，探视结束的时间便到了。

"好好吃饭，好好念书，别熬夜。要是忙，就少来看我，不来也行。"

李小满强忍着眼泪，一边听着母亲的嘱咐，一边不住地点头。

其他的女犯人已经陆续挂上电话离开了，可丁美兮还在抓紧时间问着说着：

"学会做饭了吗？"

"蛋炒饭，老是做不好。"

"打匀了鸡蛋先放盐，再架锅烧油，鸡蛋别炒太碎，炒好了盛出来，重烧油炒葱炒米，加盐加鸡精，最后再放炒好的鸡蛋，记住了吗？"

里外两个狱警已经走过来，要拿走她们的电话。李小满喊着："你说太快了，我记不住！"

而丁美兮则在电话被拿走前的一瞬间说出了那个秘密："李唐不是你亲爸爸！他……"

电话被扣上了，李小满拍打着玻璃，看着母亲越走越远。回家的路上，她一直在回想着丁美兮没说完的半句话。半晌，她塞上耳机，打开微信，找到了那个标注着"爸爸"的头像。

聊天记录里，有很多李唐发来的未读语音，有的是因为漏掉了，有的就是懒得听。李小满点开了最上面的一条未听语音，李唐熟悉的声音渐次传来：

"帮我开下门，忘带钥匙了。"

"更年期才会骂人，你要想不明白这个道理，你和你妈一样，都更了。"

"我跟你说话你听见没有？不给你爹回个消息吗？"

"在哪儿？我到学校门口了，出来右拐找我。"

"别看手机了，熬夜会丑的我告诉你。"

"跟你说个事儿啊，李小满。知道你生气了，今天，爸爸有点儿，怎么说呢，你就当我有病吧。说你说重了。话一出口我就后悔了。四十多岁的人了，我也得要点儿脸哪。当着你妈我也说不出来。我现在向你正式道歉啊。从今天往后，要是我再那么骂你一次，你就别叫我爸爸了。行吗？行不行？说句话呀你？"

颠簸的公交车上，李小满早已泪流满面。

大年初一，天色刚擦亮，礼花和鞭炮声遥遥传来。但在高墙内，这一天并不会有什么特别，早晨犯人们还是要排队跑步出操。李唐站在队伍的最后一排，跑了两圈，开始微微气喘。从前，这点运动量对李唐来说根本不算什么，可用药物故意损坏过心脏后，他的体力便大不如前了。可越是这样，李唐跑得越认真。监狱内的医生告诉他，要适量运动。他正值壮年，服刑结束后，也就是刚退休的年纪。到那时，还可以帮小婷或者小满带带孩子。

李唐就是跟着爷爷奶奶长大的，家里人多，爷爷是整个家庭的大家长，没人敢不听他的话。李唐也不敢，但他心里却知道爷爷其实偏爱他。因为如果一堆孩子挨骂，爷爷会在骂完人偷偷把他叫到一边，给他一颗包着玻璃纸的糖。

那些糖李唐舍不得吃，爷爷下葬的时候，他把糖装进一个小口袋，悄悄塞到了爷爷的身上。因为姑姑曾经告诉他，前半生，爷爷少小离家，阴差阳错到了对岸，一辈子没回过家乡，没再见过父母。后半生，老年丧子，白发人送黑发人。再也没有比他心里更苦的人了。李唐想，给爷爷带糖上路，糖化掉了，粘在身上，那下辈子一出生不就是被糖裹着吗？那样的人生就只有甜了吧。

等走出这堵高墙的时候，李唐也到了当爷爷的年纪。他希望自己能成为一个甜甜的爷爷，只发糖不骂人。不过要是他真这么做，丁美兮估计要骂了。小满小的时候，丁美兮就不许她吃糖，说吃多了坏牙又肥胖。可到那时，美兮也是奶奶了，她还会那么严格吗？也没准美兮变了，小满倒严格起来。自己小时候调皮不服管，可长大了就变成了严厉的妈妈。

这样一想时间可真快啊，小男孩一转眼就会变成老爷爷，时光多么难熬也不过是一瞬间。好像他小时候，吹散一朵蒲公英，只需要一口气的时间。种子们四散飘落，有的坠入泥泞，有的埋进沃土，但最终也不过是一朵花，一口气。

这时，墙外一个礼花冲天而起，犯人们不禁一齐看向天空。礼花炸开，五彩缤纷地散落开来。李唐望着天空，想起十八年前，他和丁美兮第一次在厦州过春节的情景。那时，他们刚结婚，和许多人一起挤在一处观景台上。丁美兮抱着他的胳膊，开心地望着天空中绽放的礼花。那时，小满还没出生，她还不是一个严厉的妈妈。很多事还没有发生，他们觉得这就是最美的烟花了。

狱警短促的口哨声，让众人恢复了原样。队伍继续向前跑去，只有李唐不舍地又望了一眼天空。

图书在版编目（CIP）数据

对手 / 王小枪著 . -- 北京：作家出版社，2022.1
ISBN 978-7-5212-1648-6

Ⅰ . ①对… Ⅱ . ①王… Ⅲ . ①长篇小说 – 中国 – 当代
Ⅳ . ①I247.5

中国版本图书馆 CIP 数据核字（2021）第 245069 号

对　手

作　　者：王小枪
责任编辑：宋辰辰
装帧设计：意匠文化·丁奔亮
出版发行：作家出版社有限公司
社　　址：北京农展馆南里 10 号　　邮　　编：100125
电话传真：86-10-65067186（发行中心及邮购部）
　　　　　 86-10-65004079（总编室）
E-mail:zuojia@zuojia.net.cn
http://www.zuojiachubanshe.com
印　　刷：唐山嘉德印刷有限公司
成品尺寸：152×230
字　　数：523 千
印　　张：41.75
版　　次：2022 年 1 月第 1 版
印　　次：2022 年 1 月第 1 次印刷
ISBN　978-7-5212-1648-6
定　　价：89.00 元（上下册）